KB143410

회상의 추억

한국수필작가회 대표작 선집

사단
법인 한국수필가협회

한국수필작가회 대표작 선집
허상의 추억

초판 발행 2017년 12월 15일
지은이 한국수필작가회 김의배 외 145인
펴낸이 한국수필가협회출판부
편집위원 최원현(편집주간) 문육자(편집장)
　　　　　 강현순 김자인 김혜숙 박원명화 서현성 이진화
펴낸곳 코드미디어 **북 디자인** Micky Ahn **교정 교열** 백이랑

등록 2005년 3월 22일
등록번호 제 2011-000098호
주소 서울시 마포구 양화로 156 엘지팰리스 1906호
전화 02-532-8702~3 **팩스** 02-532-8705
전자우편 kessay1971@hanmail.net
공급처 코드미디어 T 02-6326-1402

ISBN 979-11-87221-13-5 03810

정가 15,000원

한국수필작가회 대표작 선집

허상의 추억

한국수필작가회 지음

사단법인 한국수필가협회

서른 살의 자존감을 높이며

– 한국수필작가회 대표작 선집 『허상의 추억』에 부쳐 –

1987년에 창립한 한국수필작가회가 만 서른 살이 되었다. 그 서른 해 동안 『한국수필』을 어머니로 하여 수필가로 태어난 우리 회원들은 한국수필작가회로 하나 되어 역사와 전통 못지않게 어느 단체보다 내실 있고 활발한 창작과 문단 활동을 해왔다. 전국 곳곳의 문학단체 수장들로, 그리고 창작을 위한 문학 강사로 쉼 없이 활동해 온 회원들의 숨결이 각종 수상으로, 수많은 작품집으로 한국 수필 문단에서 무게감 있게 느껴진다.

그 서른 살의 우리가 이번에는 대표작 선집으로 '우리'를 내보인다. 그동안 우리 작가회는 매년 세미나를 통해 수필 쓰기의 전범을 보여 왔다. 또한 한 해도 거르지 않고 작품집을 출간했다. 이번에도 무려 146명이 참여하여 작품집을 묶었다. 그것도 대표작 내지 가장 애착을 갖는 작품들로 내보인다.

지난 9월 14일에는 잠실 롯데월드 금아 피천득기념관에서 서른 살의 우리를 내보이는 또 하나의 작업으로 수필화 전시회와 낭송회를 개최했다. 41명의 회원들이 수필화 전시회에 참여했고 낭송회도 성황리에 끝나 자존감도 높이며 화합의 장이 되었다. 서른 살의 성숙한 젊음으로 한국 수필 문단을 더욱 빛나게 한 것이다. 수필작가들이 고령화되었다는 말도 듣지만, 글을 쓰는 데는 정년이 없으며 나이도 제약이 될 수는 없다. 이제 더욱 정진과 도약이 있을 뿐이다.

지난 5월 17일에는 충남 아산 지역으로 봄 문학기행을 갔었다. 외암마을에서 고향의 정취를 느끼고, 아산레일바이크에서 바이크를 신나게 타며 사진도 찍고 즐겼다. 캐나다 부차드 가든을 본떠 외도를 만든 후 이곳에 만들었다는 피나클 랜드에서 꽃과 조형물들을 감상하고 자연을 맘껏 누렸다. 공세리 성당을 둘러보고 아산만의 등대횟집에서 바지락 칼국수를 맛있게 먹었던 기억이 새롭다.

10월 26일의 평창 이효석문화마을에서 문학의 향기를 느끼고, 대관령 하늘목장에서 목가적인 전원풍경을 감상했다. 정동진 모래시계공원에서 드라마 〈모래시계〉를 회상하고, 강릉 임업자연휴양림에서 밤하늘의 별을 보며 추억을 쌓았다. 27일 통일공원에서 남북통일을 기원하고 오죽헌에서 신사임당과 율곡 이이의 위업을 되새겼다. 낙산사 의상대에서 동해의 망망대해를 바라보며 즐겼던 강원도 가을 문학기행도 오래도록 기억에 남을 것이다.

새로운 도약의 시기를 맞이하여 앞으로 좀 더 발전하고 성숙한 문예지도 되리라 믿는다. 우리 한국수필작가회가 일취월장하고 수준 높은 대표작 선집이 되었기를 바란다. 지금은 회원들이 고령화되어 걱정도 되지만 한편으론 노인들의 지혜는 젊은이들이 따르지 못할 이로운 점도 많이 있다. 쥐도 늙은 쥐의 말을 듣는다고 했다. 사람도 노인의 경험과 지혜가 빛난다. 노인 한 분이 돌아가시면 도서관 하나가 사라지는 것과 같다는 서양 속담도 있다.

우리는 서른 살, 장년기를 맞이하여 더욱 알차고 내실 있는 작품으로 말해야 할 것이다. 더욱 서로를 이해하며 배려하고 도와가면서 즐겁게 작품 활동을 할 것이다. 그 시도로 31집은 한국수필작가회 대표작 선집 『허상의 추억』으로 우리를 내보인다.

제20대 한국수필작가회 회장 김의배

Contents

Contents

4
청춘의 고백

영산홍 연가

이정원

맏딸인 내 입에서 "오늘 당신은 참 멋지군요." 하는 말이 탄성처럼 나온 게 왜 하필이면 이승에서의 당신 마지막 자리였을까요. 훈련복에 군화 차림이거나 정복에 모자를 쓴 당신 모습을 보며 멋지다고 느꼈던 기억은 당신이 퇴역을 하면서 끝이었지요.

물론 그 후로도, 사람은 항상 일해야 한다는 당신의 신조대로 군대가 아닌 다른 일터에서도 열심이셨지만 멋지다고 느낀 적은 없어요. 일 년여 심해진 치매와 쓰지 못하는 다리 때문에 요양병원에 계시는 동안 찾아뵈면서는 더욱 그랬고요.

그 쇠잔한 모습을 잊어도 좋을 만큼 당신의 삶이 힘 있는 것이었다는 느낌은 사실 장례 기간 때부터 들기 시작했어요. 영정으로 모신 당신의 얼굴에는 비록 노인이기는 해도 그 눈썹과 꽉 다문 입술에 군인의 기개가 서려 있었으니까요.

거기다 육사 동창회에서 온 조기가 내걸리자 – 전시에 배출된 당신의 기수는 졸업생도 많았고, 전선에서의 희생도 유독 많았다지요 – 비로소 당신이 무공훈장까지 받은 마지막 참전 용사였다는 게 새삼 인식이 되더군요. 다들 연로한 탓에 평소 당신이 생사를 함께 넘나들었던 전우라고 손꼽던 동기생은 누구 하나 조문을 올 수가 없었지만요.

입관을 하고 관 전체가 태극기로 덮였을 때는 말이에요. 당신의 턱과 가슴과 다리에 나 있던 궂은 날이면 미처 제거하지 못한 파편으로 하여 몹시 저리다던 전투의 상흔이 그 위에 다시금 새겨지는 듯해서 가슴이 아파 왔어요.

유골함도 태극기와 함께 보훈처에서 전달이 되어온 것이라 더욱 뿌듯함을 안겨준 건 물론이었어요. 먼저 돌아가신 어머니의 유골 또한 국립대전현충원에 나란히 안장될 수 있다는 무엇보다 기꺼운 통보를 받은 뒤였거든요.

이십여 년 전에 가신 어머니의 유골함을 모셔다 당신의 영정 앞에 놓고 나니 오랜만에 보는 거군 하는 당신의 한마디가 들려오더군요. 십 년 전, 매장했던 어머니의 유골을 화장하기 위해 수습하던 날이었나요. 면장갑 낀 손으로 흙을 털어 내다가 머리뼈의 이마 부분을 쓰다듬으며 그리 말씀하셨지요.

그게 얼마나 힘든 시간의 아주 짤막한 토로였는지를 그땐 헤아리지 못했어요. 무남독녀였던 부인이 간 후 정신이 들락날락하는 장모를 삼 년 넘게 돌보며 지낸 것에 대한 거라고만 여겼을 뿐. 한데 내가 혼자되고 나서야, 당신의 그 홀로 버틴 나날이 지독히 외롭고 지루하고 맥이 풀리는 시간과의 또 다른 전투였다는 걸 알겠더군요.

화구에 들어가기 전 관 위의 태극기는 거두어지고, 두 시간 뒤 유골함에 담겨진 당신을 안고 밀려오는 졸음에 고개 끄덕대며 도착한 현충원. 그곳에서 부상을 입고 살아온 당신이 나라로부터 마지막 어떤 대우를 받는가를 여실히 보게 된 거예요.

합동으로 안장식이 거행되는 현충관 앞에는 이미 꽃으로 둘러싸인 단이 마련되어 있었어요. 도착하자마자 당신과 똑같은 유골함으로 옮겨진 어머니의 위패도 당신의 위패 옆에 나란히 놓여졌고요. 의식은 각 위패의 호명 뒤에 유족 대표의 헌화와 헌시 낭독과 트럼펫 소리 속에 행해진 묵념과 치사로 이어졌어요.

그리고서 흰 마스크와 장갑을 낀 의전병이 정중한 발걸음으로 당신의 유골함을 받쳐 들고 가운데 통로를 지나는 순간. 바로 그 순간에 손수건을 눈에서 떼지 못한 채 바라보고 있던 내 입에서 "우리 아버지 오늘 참 멋지시네." 하는 말이 터져 나왔어요.

그날 안장된 분들 중에 당신의 계급이 가장 높았기에 당신이 맨 앞에 서고 그 뒤를 어머니가 이어서 따르는데, 어찌 줄줄 흐르는 눈물 속에서도 가슴이 벅차오지 않았겠어요. 먼저 간 배우자까지 나라가 관리해주는 안식처에 들게 하는 당신의 힘이 느껴졌지요.

미리 파놓은 장교 묘역 당신의 자리엔 우리보다 앞서 유골함을 든 두 명의 의전병이 도착해 있었어요. 흰 보자기에 싸인 채로 당신과 어머니의 유골함이 나란히 놓인 뒤 차례로 흙을 뿌리고 나는 순례 길에 담아온 성수를 몇 방울 떨어뜨려 드렸어요.

당신과 어머니가 만난 것도 전쟁 중, 당신은 소위였고 어머니는 교사였다지요. 똑같이 황해도가 고향이었고요. 제주도에서 처음 보았을 때 어머니는 피난민이었고 당신은 피난민을 돌보는 임무를 맡고 있었다면서요. 미인인 어머니가 단박에 당신 마음을 사로잡아서 그 혼란 속에서도 연정이 피어나기 시작했다고요. 처음부터 마음에 든 건 아니었는데, 전방으로 나가면 못 살아올지도 몰라서 건넨 편지가 결국은 부부의 연이 되었다던 어머니 이야기도 새삼 기억이 나더군요.

그래서였을까요. 비석이 세워졌다는 연락을 받고서 나의 아들과 함께 현충원을 찾아갔을 땐 그곳이 마치 당신과 어머니가 신혼살림을 차린 동리로 여겨지는 거였어요. 당신 말마따나 오랜만에 해후하고 나누는 도란도란 말소리도 들리는 듯했고요.

게다가 묘역을 둘러싸고 영산홍이 줄지어 심겨 있어 다홍빛 그 꽃들이 울타리를 이루고 있는 정경이었어요. 부부로 살다가 그렇게 나란히, 꽃이 울을 만들어주는 나라의 안식처에 들 수 있는 이가 흔할까요. 전시가 아니면 맺어지지 못했을지도 모를 인연. 그래서 그 꽃의 값이 유난히 깊게 안겨 오는 저녁이었나 봐요.

■ 이정원 ■

1978년 『한국수필』 등단. 한국수필문학상, 경희문학상 수상. 작품집 『피에타의 꽃길』 『꽃에 담은 마음의 오 계절-喜·怒·哀·樂·靜』 『다시, 카라의 찻집』. ljw0663@korea.com

어느 할머니의 뒷모습

한영자

사람은 자신의 뒷모습을 모른다. 눈이 달린 앞모습은 하루에도 몇 번씩 거울에 비추어보며 곱게 보이려고 애를 쓰지만, 뒷모습은 가끔 한두 번 뒷 거울에 비추어보기가 고작이다. 또 아무리 재주 있는 사람이라도 자기 뒷모습을 감출 수는 없다. 본래 뒷모습은 타인의 앞에서야 제 모습을 솔직히 드러내는 까닭에 뒷모습이 오히려 더 진실한지도 모른다.

지난 세월 내가 만났던 숱한 사람들도 각양각색 모양의 뒷모습을 남기고 스쳐 갔다. 그러나 그들 대부분이 나의 기억 속에서 사라져버렸다. 뒷모습의 본성은 가족친지보다도 타인일 때보다 강한 시선으로 각인된다.

한 이십 년 전이다. 봄볕이 유난히 따스한 날이었다. 정오가 조금 지나서 한 노모가 나의 진료실을 찾아왔다. "하참, 하필이면 부끄러운 데가 하도 아파서 온 천지 여의사만 찾아다니다가 안 왔닝교." 숨을 몰아쉬며 목청을 한 옥타브나 높여 말하고는 의자에 비스듬히 앉았다. 간호사의 안내를 받아 진료실 안에 들어온 노모를 의아한 표정으로 바라보는 나를 보자마자, "원장님 맞지요, 틀림없지요, 내가 마 바로 찾아온 기라요." 나이도 지긋한 여의사를 만난 것이 무척이나 다행이라는 표정으로 안심을 하고는 내 앞에 다가앉는다.

노모는 부산 근처 어느 시골에서 농사를 짓고 있다고 했다. 병의 시초는 항문에 난 뾰루지가 문제였다 한다. 문진을 자세히 해 보니 치질과 탈홍증이 심한 것 같았다. 노모의 말에 의하면 이 약 저 약을 함부로 바르고 복용한 탓에 하체 전후

부분의 피부가 다 벗겨지고 약물복용 부작용으로 위장병까지 합병되어 있었다. 이런 몸으로 여의사를 찾으러 한나절이나 돌아다녔다고 한다. 진찰을 받는 동안 노모는 계속해서 나을 수 있겠느냐고 거듭거듭 되물었다. 치료만 잘 받으면 꼭 낫는다는 나의 답변을 듣고서야 노모의 근심 어린 얼굴이 활짝 피면서 어린애처럼 눈물을 글썽이며 좋아한다. 나는 노모의 소박하고 솔직한 모습에 호감이 갔다. 해서 더욱더 정성껏 치료를 한 끝에 할머니의 병은 결국 근 한 달 만에 깨끗이 완치가 되었다.

그 후 아마 6개월쯤 뒤였으리라. 어느 날 갑자기 큰며느리라는 중년 부인이 그 노모를 모시고 또 나를 찾아왔다. 한데 할머니는 완전히 딴 사람같이 달라 보였다. 그토록 화통하던 성품은 다 어디 가고 통 말이 없어진 것이다. "식사를 전혀 못 하셔서 링거주사를 맞혀드리려고 왔습니다." 거의 탈진한 상태인 노모에다가 며느리의 요구는 여간 진지해 보이는 게 아니었다.

나는 간호사에게 링거주사 처방을 한 후 입원실 밖으로 나왔다. 진료실의 면담실에서 며느리를 만나 가족적인 어떤 다른 문제가 있는 것 같아 질문을 하기 시작했다. 할머니는 한평생 농사일만 하면서 흙과 더불어 사셨다 한다. 30대에 혼자되어 아들 넷 다 고등학교까지 공부시켜서 출가를 모두 도시로 보내놓고도 노모는 그 농토를 떠나지 못한다.

몸은 점점 늙고 쇠약해 가는데 노모 혼자 그 땅을 지키며 살아오고 있는 것이다. 이런 할머니의 꿋꿋한 땅에 대한 신념은 이 세상 어느 누구도 꺾을 수 없다는 효부 며느리의 말을 듣고 난 후 나는 며느리에게 답을 내놓았다. 아들 넷 중에서 한 아들만이라도 시골에 남아 노모와 함께 농사일을 계승 받는 길밖에는 답이 없다고 했더니 그것이 안 되니까 문제라는 것이었다. 큰아들과 며느리가 어머님을 도시에서 편히 모시자고 합의 끝에 농토를 정리하려는 기미를 뒤늦게 눈치챈 노모는 그때부터 단식투쟁을 벌인 것이다.

주사를 맞고 생기를 되찾자 노모는 다시 당당한 어조로 말했다. 농사도 직업이다. 내 평생 배운 못자리 기술은 아무나 못 한다. 못자리 일이 어려워 농사 안 짓겠다고 너거들 젊은이들이 다 도시로 떠나버린 텅 빈 농촌은 누가 지키나. 이 고비를 잘 넘겨야 농촌이 산다. 이 시대에 맞춰 농기구는 젊은이가 배워 운전하고 재래식 못자리는 손에 익은 노인들이 도와가며 농사를 짓다가 곧 개발된다는 새 못자리법(볍씨를 직접 논에 뿌려 재배하는 개종법)이 나오면 그때는 힘 좋고 기술 좋은 젊은이들이 그 땅을 일굴 테니 그때까지는 내 농토 내가 지킨다. 힘주어 다짐을 하며 훌훌 앞서서 달려나가는 할머니.

그 당당하고 패기에 찬 할머니의 뒷모습을 나는 물끄러미 바라보면서 자꾸만 나의 뒷모습이 부끄러워지기 시작했다.

---

* 약 20여 년 전 동아일보(경남지역판) 신년호에 선정되어 전면에 수록된 작품.

━ 한영자 ━

1982년 『한국수필』 등단. 한국문인 평론 등단(동의대학교대학원 문학박사 취득). 저서 『항아리에 그린 얼굴』 『침묵으로 말하는 집』 『선집』 외 4권. 제7회 한국수필문학상, 노산문학상 외 다수 수상. 현재 음성 요양병원 진료원장. yhess38@naver.com

약식동원藥食同源

김경실

　　운동 후 마시는 차 한 잔, 향은 싱그럽고 맛은 달다. 등나무 아래 앉아 바람에 흘러가는 구름 한 무리 바라보며 한가함까지 맛보는 순간은 부러움 없는 망중한이다. 등나무 덩굴이 '영차영차' 뻗어가는 소리가 들리는 것 같다. 꽃에 정신이 팔렸던 벌들이 기척에 놀라 솟아오르더니 찰나 속으로 사라지는 것도 유쾌하다. 한쪽에는 어르신들이 장기 삼매경에 빠져 시간을 죽이고 있다. 소음도 내려앉아 조용해진 등나무 쉼터가 지척에 있다는 게 여간 행복한 게 아니다. 이런 호사는 일주일에 서너 번이면 족하다.

　　샤워 후 꽃눈박이 청자대접에 현미밥 한 주걱을 퍼담는다. 그 위에 열무김치를 적당히 넣고 볶은 고추장 한술에 고소한 들기름도 넉넉히 넣은 다음 쓱~ 쓱 비벼 이른 저녁을 맛있게 먹었다. 후식은 감자죽으로 숙성시킨 열무김치 국물이다. 열무맛이 적당히 밴 상큼 칼칼한 김칫국물이 목젖을 타고 넘어갈 때면 내 육신이 얼마나 건강한지 실감하게 된다.

　　어릴 적부터 제철 음식으로 잘 먹는 게 보약이라 여겨왔기에 지금껏 소박한 밥상을 차리고 있다. 여러 가지 채소와 집에서 담근 장건이와 텃밭에서 얻은 억센 음식(유기농 채소)이 식구들 건강을 유지해 주는 협력자이고 약식동원이다.

　　동원同源은 샘물의 근원이 같다는 뜻이다. 어떤 현상이 서로 다른 것 같아도 따지고 보면 근원이 같은 경우가 있다. 채소와 발효식품 그리고 나무새 종류가 많은 우리의 전통식단이야말로 절제의 미덕을 갖춘 밥상이다. '잘 먹자'는 '산해진미'와 동원이다.

송로버섯과 캐비어와 함께 서양요리의 3대 진미가 기름진 간 요리가 '푸아그라'이다. 오리나 거위의 간을 비정상적으로 키워 만든 푸아그라는 동물애호가들 때문에 일부 지역에서 금지되었는데 푸아그라 애호가들과 식당들이 반격에 나서 시끄럽다고 한다. 아시안 게임 당시 프랑스의 여배우 '브리지트 바르도'가 영양탕을 먹는 한국인들을 야만인들이라며 비하하여 국내가 시끄러웠다. 보신에는 이렇게 국경이 따로 없는 것 같다.

잘 먹고 화려하게 사는 것보다 중요한 것은 편한 마음으로 스트레스를 최소화하는 조화로운 삶이다. 수신의 제일 덕목은 식욕의 절제라고 어른들이 밥상머리에서 일러 주셨다.

흔적을 남기고자 모두가 '빠름'을 외칠 때 '느림'의 미학을 찾아보자. 휘들옷(쿨비즈의 우리식 신조어)을 걸치고 다운 시프트족(저소득으로 자기 뜻대로 살고자 하는 세대)으로 사는 게 쉽지 않은 현실이다. 이럴 때마다 시간도 멈추고 일상도 쉬는 숨 돌릴 수 있는 강기슭을 찾아간다.

썩은 나무 몸통 위에 미동 없이 백로가 앉아 있다. 긴 목을 늘어뜨린 채 먹이를 기다리는 백로의 기다림이 찬란히 아름답다. 강기슭 풀더미에 걸린 빈 깡통들이 바람이 건드린 듯 조용히 흔들린다. 백로에게서 생존이 아닌 여유와 사색이 느껴진다. 먹고, 움직이고, 사랑하는 날짐승에게도 달콤한 침묵을 볼 수 있다니…. 입에 문 막대 사탕이 다 녹을 때까지 그냥 앉아있고 싶다.

음식도 문화이고 자연과의 소통일진데 여유로움이 앞서야만 균형 있는 약식동원이 이루어지리라 본다.

■ 김경실 ■

1983년 『한국수필』 등단. 한국문인협회 이사, 한국수필가 협회 수석이사 및 부이사장 역임, 한국수필작가회 회장 역임. 한국수필문학상, 한국문인상 수상. 일간스포츠 작품공모 입상, 1회 서울시 작품공모 장원. KBS, CBS 리포터. 작품집 『환의 세계』 등 6권. ljhbd@hanmail.net

역 풍경

허정자

엊그제 입춘이 지났다. 추위는 좀체 수그러들질 않는다. 몸이 떨린다. 목덜미를 파고드는 칼바람을 막아보려고 외투 깃을 한껏 추켜 세워보았다. 추위는 여전하다. 자꾸만 움츠러드는 어깨를 추스르며 추위를 달래고 있었다. 그때, 그깟 추위쯤은 아무것도 아니라는 듯 우람찬 남성의 목소리가 넓은 역 광장에 쩌렁쩌렁 울려 퍼졌다.

"하나님은 우리를 사랑하십니다. 우리 모두 하나님을 믿고 천당에 가도록 합시다."

기차를 타기 위해 빠른 걸음으로 서울역 대합실로 향하던 나는 힐끗 소리 나는 쪽으로 눈길을 돌렸다. 평소 때 같으면 평범한 일상의, 길에서 흔히 만나는 기독교인의 전도려니 하고 무심히 지나쳤을 것이다.

그런데 오늘따라 낯선 남자의 그 목소리에 알 수 없는 힘이 실려 있었다. 왠지 그 소리 나는 쪽이 궁금해졌다. 걸음을 멈추었다. 내가 서 있는 곳에서 마주 내려다보이는 역 광장 모퉁이에 임시로 조립해 놓은 듯한 푸른 천막의 지붕이 하늘로 치솟아 있었다. 한눈으로 봐도 조금은 엉성했다. 천막 안쪽에는 짙은 오렌지색 유니폼을 입은 남자들이 서성이고 있었다. 아무래도 무슨 큰일이 있을 것 같은 낯선 풍경이다.

이 추운 날, 길 위에서 저렇게 큰 목소리로 전도하는 저 사람은 누구이며 어디서 왔을까. 천막 밖으로 혼자 나와서 마이크를 잡고 있는 중년 남성의 표정은 진지하다 못해 자못 숙연하다고나 할까. 행인들은 그 소리에 누구도 귀를 기울이지 않는다. "하나님! 우리의 구세주인 하나님의 복음을 듣고 천당에 갑시다. 가야 합니다. 반드시 하나님의 품 안으로 우리들은 가야 합니다." 한입에서 파열음이 마구 쏟아져 나온다. 그 복음을 듣지 않고 외면하는 사람은 파멸하고 말 것 같은 긴급선언이다. 그 말을 귀담아듣기엔 우리들의 마음은 너무 황폐해 있었다. 그렇게 온몸이 후들후들 떨리지 않았으면 아마 귀를 열어 놓았을지도 모른다.

그때 전도하는 그들보다 더 강렬하게 내 눈길을 끌어당기는 것이 있었다. 순간 나는 마음이 다급해지기 시작했다. 곧 기차를 타야 하는 나를 잊은 채, 내 목적지와 반대 방향의 그들이 있는 쪽으로 잰걸음을 옮겼다. 독실하지는 않지만 나는 불교 신자다. 자석에 이끌리듯 내가 그곳으로 향하게 된 것은 그 앞에 웅크리고 앉은 노숙자들 때문이었다. 패잔병 같은 그 모습이 파노라마처럼 시선에 꽂혔다.

노상 전도하는 곳에서 가까운 거리의 한쪽 길바닥에 빙 둘러앉아 있는 노숙자들, 헝클어진 머리칼에 때 묻은 옷이 꾀죄죄하였다. 그들만의 세계에 익숙한, 낯설지 않은 모습으로 다가왔다. 그들은 사회로부터 자폐되어 정상적인 생활에서 일탈한 사람들이었다. 일정한 곳에 뿌리내리지 못하고 떠도는 사람들, 휴식이 없는 안식처에 잠시나마 모여 앉았다. 주름투성이인 검고 더러운 손으로 술잔을 따르고 있는 늙은 남자와 챙이 조금 남은 낡은 모자를 푹 눌러쓰고 거만하게 소주잔을 받으며 거들먹거리는 젊은 남자를 비롯한 육칠 명의 노숙자들. 과연 그들은 세상에 거칠 것이 없이 행동하는 자유인인가. 사회의 굴레와 속박 그리고 제도를 떠난 유랑인인가, 아니면 세상이 싫어서 집을 뛰쳐나와 버린 허무주의자들인가. 그들 삶의 실체를 가늠하기 어려웠다.

노숙자 세계에서도 힘의 논리가 그대로 적용되는가. 나이에 관계없이 힘센 자는 군림하고 약한 자는 비굴하게 강자에게 굴종하는가. 외형상으로는 모두 평등한데 거기에서도 서열을 짓는 인간은 본래 서열의 군집인가. 늙은이가 젊은이에게 두 손으로 바쳐 소주잔을 따르던 모습이 내내 마음에 걸렸다.

그들은 하나같이 어두운 표정이었다. 휘몰아치는 바람과 냉기가 올라오는 시멘트 바닥에 앉아 찬 소주잔을 죽이며 무슨 생각들을 하고 있는 것일까. 가출의 습벽을 버리지 못해 방황하다가 거리의 삶을 택한 것인가. 그리워도 만나지 못하는 가족들을 생각할까. 아니면 바람개비처럼 떠돌아다녀야 하는 슬픔과 속 깊은 사연을 담은 채 무거운 현실을 한 잔의 술로 잊으려는 것일까. 나무토막으로 꺼질 듯한 불씨를 되살려놓고 한기를 달래며 둘러앉아 있는 노숙자들, 타오르는 불길 속으로 꿈을 잠재우는 사람들이었다.

그들과 마주 서서 목청을 돋우며 전교하고 있는 사람들과는 묘한 분위기를 만들고 있었다. 저토록 열심히 전교하는 기독교인들, 멀리 갈 것 없이 바로 앞에 앉아 있는 저 사람들부터 구원할 수는 없는 것일까? 또한 노숙인들은 저렇게 열심히 외치는 구원의 목소리에 귀 기울여 마음의 안식과 행복을 찾을 수는 없을까. 구원받지 못한 사람들과 구원하려는 그들의 너무 다른 두 모습은 내게 긴 생각에 잠기게 했다. 두고두고 깊은 여운을 몰고 온다. 집으로 돌아올 때까지 그 의문은 내내 거품처럼 일었다.

삶이란 무엇일까. 영원히 풀리지 않는 수수께끼인가.

━ 허정자 ━

1984년 『한국수필』 등단. 한국문인협회 이사. 대구 펜 고문. 한국수필문학상, 동국문학상, 대구 펜 아카데미문학상 등 수상. 수필집 『강물에 비친 얼굴』 『작가의 방』. hurjungja@hanmail.net

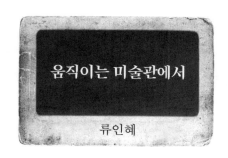

움직이는 미술관에서

류인혜

　　남편이 중앙병원 응급실에 들어간 이튿날이다. 전에 받았던 조직 검사 기록을 보고 싶다 해서 아침 일찍 고대병원으로 갔다. 담당했던 의사선생님의 진료가 오후에 들어 있어 그때까지 기다려야 된다기에 한참을 망연히 서 있었다. 그런데 로비 저편에 사람들이 모여서 웅성거리는 게 눈에 들어왔다. 들어올 때 무심히 지나쳤는데 '움직이는 미술관'이란 글씨가 보인다. 가까이 다가갔다.

　　국립현대미술관이 더 많은 사람에게 미술 작품을 접할 수 있는 기회를 주기 위해 관람객을 찾아 나선 것이다. 〈움직이는 미술관〉 개관 첫날이었다. 그림 구경은 내가 무거운 일로 병원에 들렀다는 사실을 잠시 잊게 해주었다. 천천히 칸막이를 돌아가다가 발길이 멈추어졌다. 가슴 어느 빈 공간에서 싸— 하며 바람이 일어났다.

　　하늘 위에 떠 있는 현란한 색채의 구름, 화폭의 대부분을 차지한 하늘 윗부분에 꽃이 피어 있다. 어둠이 내리기 시작하여 푸른 공기가 떠도는 한강변의 풍경이다. 앞쪽에 그려진 건물의 창에는 환하게 불이 켜져 있다.

　　강과 하늘이 맞닿은 오른편 모서리에 그린 이의 낙관이 무늬처럼 찍혀 그것마저 구도의 일부분으로 처리된 양 단정하고, 왼편에 대칭이 되는 전신주의 검은색 선이 뚜렷해서 강한 인상을 준다. 이 〈한강 위에 뜬구름〉은 정상복 님의 수채화다. 수채화의 부드러움이 그림 앞에서 오래 머물도록 마음이 평안해진다.

내가 그린 그림 중에도 하늘을 많이 그린 것이 있었다. 젊은 미술 선생님은 교실에서 이론을 가르치는 것보다 밖에 나가는 것을 더 좋아하셨다. 우리가 각기 운동장에 흩어져 앉으면 선생님은 나무에 기대어 '목련꽃 그늘 아래서~'를 흥얼거렸다.

운동장에서 볼 수 있는 풍경은 붉은 벽돌로 지은 학교건물과 그 뒤편의 나직한 산, 산자락에 모여 있는 낡은 초가집들, 운동장을 지나 저 멀리로 보이는 동산과 산 끝에 우뚝 세워진 예배당이었다. 따스한 봄볕이 내리는 운동장에 나와 앉은 것만으로도 마음이 헤퍼져서 나도 나무에 기대어 노래나 불렀으면 했다. 전혀 그림을 그리고 싶은 생각이 없어 대충 동산과 나무들을 그려놓고 비어 있는 윗부분을 전부 하늘로 처리해 버린 후 그림은 잊어버렸다.

다음 미술 시간이었다. 선생님께서는 그림 감상법을 가르쳐 주셨다. 칠판 앞에 그림을 세워놓고 같은 풍경을 사람마다 어떻게 그려냈는가를 비교하게 했다. 늘어 서 있는 그림 중에서 어느 그림에 눈이 갔다. 그림의 대부분이 하늘뿐이라서 막연한 느낌을 주었는데 어쩐지 눈에는 익었지만 늘 보던 풍경이었던지라 내 그림이란 생각은 전혀 하지 않았다. 손을 번쩍 들었다.

"하늘이 넓어 시원스럽게는 보이지만 밑부분에 칠해진 초록색의 농도가 짙어 우중충하니 어둡습니다."

선생님은 야릇한 미소를 지었다.

"여러 사람이 같은 풍경을 그렸지만 이처럼 하늘이 많아서 쓸쓸한 느낌을 준 그림은 없습니다. 그리고 본인이 말한 것처럼 너무 어두워서 우울한 느낌이 들지 않습니까."

저것이 내 그림이라니…. 너무 당황해서 부끄러운지 어쩐지도 모를 지경이었다. 그때부터 나는 쓸쓸한 사람이 내 속에 따로 있다는 것을 깨달았다.

하늘을 많이 그린 〈한강 위에 뜬구름〉은 전혀 쓸쓸하지 않고 황혼의 광경이 화려해서 행복한 느낌마저 들게 한다. 보라와 노랑, 빨강이 환상적으로 어울린

구름의 색깔 때문인가, 아니면 기법의 완숙이 주는 편안함에선가. 발길이 떨어지지 않아 마냥 서서 보고 있었다.

그때 휠체어를 탄 환자가 내 앞으로 지나갔다. 천천히 돌아서 나가는 그의 뒷모습을 보다가 느닷없이 굴러떨어지는 눈물방울에 당황한다. 눈에 어린 눈물이 쉽게 가시지 않아 보이는 것마다 한 폭의 추상화로 흔들린다. 관람객들도 그림 속으로 스며들어 움직이는 방향에서 각기 다른 구도의 인물화가 된다. 로비의 광경 전체가 눈물 그림이 되어 정말 움직이는 미술관이 차려졌다.

처음, 남편이 입원했을 당시에는 그렇게 잘 울었다. 병원까지 버스를 타고 오는 긴 시간 동안 차창 밖을 내다보다가 문득 목이 메었고, 진료카드를 쓰다가, 약제실 앞에서 전광판의 번호를 읽다가, 간호사가 남편의 이름을 부르는 순간에도 눈시울이 뜨거워졌다. 이 세상에 혼자 내버려진 듯 쓸쓸했다. 하늘이 무너졌다는 표현이 이런 상태로구나, 이런 어두움이구나, 짐작했다. 그런데 이제 더 급박한 상황인데도 이렇게 그림을 보고 섰다니, 마음이 나이를 먹어 아픔을 이겨내는구나. 대견했다.

사람이 절실히 위로받고 싶을 때 마음을 열 수 있는 계기를 마련해 주는 것이 얼마나 좋은 일인가. 이렇게 병원에서도 다양한 그림을 만나서 환자나 그 가족들이 위로받을 기회가 많았으면 하고 전시장을 한 바퀴 돌았다. 나오려다 뭔가 미진한 느낌으로 다시 〈한강 위에 뜬구름〉 앞에 가서 섰다.

저물어 가는 하늘의 끝에서 아름다운 꽃으로 피어난 마음을 본다. 화가의 완숙된 연륜이 허허로움을 푸근히 감싸 안는 아량으로 그림 속에 녹아있다. 앞으로 더 세월이 흐르면 내 속에 있는 쓸쓸함도 나이를 먹어 저절로 편안한 즐거움으로 변할 것이다.

■ 류인혜 ■

1984년 『한국수필』 등단. 한국수필작가회 9대회장 역임. 한국문인협회, 한국여성문학인회 이사. 수필선집 『마당을 기억하며』, 인문서 류인혜의 책읽기 『아름다운 책』. 제18회 한국수필문학상, 제23회 펜문학상(수필부문), 제11회 한국문협작가상 수상. innhea@hanmail.net

내 고향 진주

신일수

　　천년고도라 불리는 내 고향 진주는 예로부터 북평양 남진주라 할 정도로, 평양과 못지않게 맛과 멋 그리고 풍류의 고장으로 불리어져 왔다. 대부분의 사람들은 진주라 하면 1940년대, 이규남이라는 가수가 불렀던 〈진주라 천리 길〉이라는 노래를 떠올리곤 한다. '진주라 천 리 길을 내 어이 왔던고, 촉석루의 달빛만 나무 기둥을 얼싸안고…' 대충 이런 내용의 가사로 되어 있다.

　이 노래는 일제 말기에 나온 유행가 가운데 손꼽히는 걸작으로, 당시 지식층에 있는 사람들도 즐겨 불렀을 정도로 깔끔하고 세련된 곡이지만 이 노래가 월북 작가의 작품이라 하여 오랫동안 금지곡으로 묶여 있었다. 그러다가 1992년 50여 년이란 세월이 흐른 후에 비로소 완전 해금이 되었다. 그런데 월북 작가의 작품이라는 이유로 금지된 유행가가 한두 곡이 아니지만, 〈진주라 천 리 길〉은 금지곡 중의 금지곡으로 특별한 의미를 지니고 있다. 작사자, 작곡자는 물론 노래를 부른 가수까지 모두 월북해 버린 흔치 않은 경우였기 때문에 다른 유행가보다 우여곡절이 많았던 것이다.

　90여 년에 가까운 오랜 세월 동안 애환을 실어 나르던 열차와 그 역사驛舍도, 이제 역사의 뒤안길로 사라지고 한식구조의 기와로 새롭게 단장하고 다른 곳으로 역사를 옮기고 말았다. 옛날에 선비들이 과거 보기 위해 진주에서 서울까지 갈려면 반드시 문경새재를 넘어야만 했는데, 거의 달포나 걸려 한양漢陽에 당도할 수 있었다고 한다. 금세기에 들어와 철도가 개통되면서 열차를 이용해야 했는데 진주에서 열차를 타면 반드시 삼랑진에서 다시 갈아타고, 15, 6시간을 달려야만 겨우 서울에 도착할 수 있었다. 지금은 진주와 마산 구간의 선로가 복선화되면서 KTX를 타면 서울까지 3시간, 버스를 타면 3시간 3, 40분 정도밖에 걸리지 않는 데다, 비행기를 이용하면 불과 40여 분 만에 서울로 갈 수 있으니 돌이켜 생각해 보면 격세지감을 금할 수 없다.

진주라 하면 먼저 떠오르는 것이 우선, 촉석루와 남강 그리고 논개의 넋이 잠들어 있는 의기사와 의암이라는 바위다. 1592년 임진왜란 당시 김시민 진주목사는 군사 3천8백여 명으로 왜군 2만여 명의 공격을 받아 6일간 싸워 왜적을 물리쳤으니 행주대첩, 한산대첩과 더불어 임진왜란 3대 대첩 중의 하나로 진주성대첩이 높이 평가받고 있는 것이다. 진주성 공략에 실패한 왜군은 지난해의 패전을 설욕하고자 이듬해인 계사년, 1593년 5월 20일 도요토미 히데요시豊臣秀吉가 진주성 공략을 다시 시도하였는데 이때 도요토미 히데요시는 "진주성을 총 공략을 하되 조선군과 민간인은 물론 개, 돼지 닭까지 모조리 닥치는 대로 도륙을 하라!"는 작전명령을 내리기까지 했으니 쌍방 간에 얼마나 맹렬한 전투였는지는 짐작하고도 남음이 있다.

9일간 낮과 밤을 가리지 않고 치열한 공방전 끝에 드디어 1593년 6월 29일 진주성이 함락되었으며, 이 싸움에서 성안에 있던 7만여 민·관·군이 장렬한 최후를 마쳤던 것이다. 이때 논개는 의암에서 왜장을 껴안고 남강에 뛰어들어 순절함으로써 민족의 꽃으로 산화하여 만고에 빛날 충절을 남겼다.

당시 3천8백여 명에 불과했던 진주성을 지키던 조선군에게 전쟁으로 단련된 3만여 명의 왜병을 상대하는 것은 그야말로 목숨을 건 사투였다. 연일 계속되는 싸움에 병사들은 지쳐 있었고, 성안에 있던 남정네들은 물론 연약한 아녀자들까지 잠시도 쉴 틈이 없이 정성을 다해 병졸들의 뒷바라지에 여념이 없었다.

밤낮을 가리지 않는 격렬한 싸움터에서 무엇보다 시급한 것은 물과 식량의 공급이었다. 병사들을 위해 성안에 갇혀있던 부녀자들이 밥을 지어 나르기에 급급

했다. 숨 가쁜 전쟁의 와중에서 밥과 반찬을 따로 챙겨주는 일은 거의 불가능했다. 일촉즉발 전쟁터에서 빠른 시간 안에 가장 편하고 간단하게 먹을 수 있는 음식이 필요했다. 밥 위에 각종 나물을 얹고 비벼서 먹는 것이 가장 효율적이라는 사실을 전쟁터에서 터득하게 되었던 것이다. 하지만 힘을 내어 싸움에 임해야 하는 병사들에게 그것만으로 허기진 배를 달래기에는 부족함을 느껴 나물과 밥 그 위에 탕국과 소고기 육회를 듬뿍 얹어 함께 비벼 준 밥, 그것이 진주비빔밥의 시초가 되었던 것이다. 그래서 진주를 찾아오는 외래 사람들은 으레 진주비빔밥을 찾는다.

또 하나 진주의 대표적인 음식을 들라면 진주냉면이다. 북한에서 출간된 『조선의 민속전통』(1994)이란 책에 이런 글이 실려 있다. '랭면 가운데서 제일로 일러주는 것이 평양랭면과 진주랭면이었다.'는 내용이다. 이처럼 진주냉면은 냉면의 본고장 북한에서도 인정하는 것으로, 진주 지방에서는 옛날 양반의 특식이자 기방의 야식으로 유명했다고 전해져 내려오고 있다.

촉석루와 유유히 흐르는 남강, 진주성과 의암 바위, 그리고 진주비빔밥과 진주냉면만은 내 고향 진주에 들르면 꼭 한번쯤은 권하고 싶은 마음 간절할 따름이다.

■ 신일수 ■

1985년 『한국수필』 등단. 진주문인협회장, 경남수필문학회장, 한국수필작가회 회장 역임. 한국수필문학상, 수필문학상, 한국예총예술문화상, 파성예술인상 수상. 황조근정훈장 수훈. 수필집 『내 작은 뜰에는』 외 6권. ilsooshin@hanmail.net

Y 중령과 함박눈

변영희

언니네 집으로 가는 골목길에서 그 남자 Y 중령을 만났다.

먹구름이 무겁게 내려앉은 하늘에선 금시라도 눈이 퍼부을 듯했다. 그다지 추운 날씨는 아니었고 바람도 없이 푸근했다. 언니는 출타 중이었다. Y 중령도 윤희도 같은 시간에 헛걸음을 한 거였다.

"가게로 가보셨나요?"

윤희는 그 남자가 헛걸음한 것이 괜히 미안해서 물었다.

"일찍 들어가셨다고 해서 곧바로 온 겁니다. 뭐 괜찮습니다. 내일이라도 가게에 가서 뵈면 되니까요. 근데 윤희 씨는?"

Y 중령은 저녁 어스름에 나타난 윤희가 더 궁금했다. 몇 번이나 신당동의 망루 같은 윤희의 임시거처로 전화를 했어도 연결이 되지 않았다. 그녀의 언니가 살고 있는 홍릉으로 가는 골목길에서 윤희를 만나게 된 일이 그는 신기하기만 했다.

신당동의 망루라고 이름 붙였으되 엄밀히 말하자면 그곳은 윤희의 피난처였다. 해가 바뀌기 전에 시집 가라는 성화가 하도 지겨워 집을 뛰쳐나오게 된 사연이 깃든, 말 그대로 노숙을 겨우 면한 임시 거처였다. 신당동의 망루에는 소설가를 지망하는 윤희와 엇비슷한 이력을 지닌 K 대학의 L 교수님 제자들이 서너 명쯤 그들의 피난처나 사랑방으로 알고 상주하고 있던 터였다. 윤희는 뒤늦게 편입된 일원으로 기실 망루같이 생겨있는 이 작은 집에는 더 이상 윤희의 공간을 확보할 수 없는 나름대로의 애로가 있었다.

우선 눈칫밥을 면하기 위해서는 일감을 배정받아야 하는데 그 일감이라는 게 대부분 L 교수님의 조수 역할 내지 잔무처리, L 교수님의 부군 되시는 B 작가의 원고정리, 심지어는 부엌언니를 도와 각자 소질대로 특별 메뉴, 요리를 창조하는 일조차도 늦게 입주한 윤희에게는 차례가 오지 않았다. 눈칫밥 기간이 일주일을 후딱 넘기고 거의 2주일이 되어가는 즈음에 윤희는 언니의 전화를 받은 것이다.

"윤희야! 보고 싶구나. 잘 있는 거지? 학교 끝나고 집으로 오렴! 맛있는 것 많이 해 놓을 테니 꼭 와. 엄마나 형부한테는 절대 말 안 할게. 내일 알았지?"

얼마나 정다우냐. 과연이라니까! 언니는 남의 집에 있으면 수시로 배가 고프다는 사실을 잘 알고 있군. 윤희는 내심 감탄까지 했다. 그랬는데 와보니 빈집이었다. 난데없이 Y 중령을 만난 일 역시 기이했다.

"언니에게 속았어. 작전을 바꾼 거야", 윤희는 Y 중령에게 들리지 않도록 신경쓰며 투덜거렸다. Y 중령과 윤희는 긴 골목을 걸어서 찻길로 나왔다

이미 어둠이 동서사방의 향방을 가렸고 시내버스의 헤드라이트에 희끗희끗 하얀 눈발이 비치기 시작했다.

"어디 가서 차라도 한 잔…." Y 중령이 말했다. 윤희는 솔직히 배가 고팠다. 일부러 더 배가 고파서 언니네 집엘 온 것이나 다름없다. 차 한 잔이 아니라 제대로 된 밥을 먹어야 할 것 같았다.

신당동의 망루에 모인 묘령의 처녀 몇은 더운 커피에 비스킷을 적셔 먹어도 살이 찐다고 매양 엄살을 떨었지만 윤희는 이 세상에 나올 때부터 커피나 비스킷 체질이 전연 아니다. 오로지 바글바글 끓는 된장 뚝배기와 따뜻한 밥 한 공기 정도가 절실하였다. 그 바람은 망루에서의 생활이 길어질수록 더해 갔다. 스물하나의 터질 듯한 젊음이 방출하는 나이에는 단백질 탄수화물 지방 무기질 비타민 등 5대 영양소 외에도 맛난 음식은 그 무엇이건 다량으로 필요한 시기였다.

일식집이었다. Y 중령은 야채 튀김을 윤희 접시에 옮겨 주며 별말이 없다. 윤희는 모시조개 몇 개가 왜된장을 풀어놓은 국그릇에서 사그락사그락 소리를 낼 만큼 숟갈 대신 숫제 그릇을 들고 국물을 마셨다. 창밖은 소나기 퍼붓듯 함박눈이 내리고 있었다. 눈사람이 된 손님들이 툭툭, 마구 털어놓은 눈으로 출입구는 미끄러웠다. 눈발이 점점 거세지고 실내는 눅눅했다.

"눈이, 함박눈이 와요! 저것 좀 보세요, 사람들이 눈사람이 됐어요!" 윤희가 큰 소리로 외쳤다. Y 중령은 윤희의 잔에 정종을 따랐다.

"한 잔 쭉 들고 나갑시다. 멋진 연말이 되겠는 걸."

잠깐 사이 을지로 일대는 완전히 눈 나라가 되어 있었다. 수많은 눈사람이 빽빽하게 밀려갔다. 시내버스도 상점 간판들도 온 천지가 하얗다. 그들은 말없이 걷고 걸었다. 함박눈의 기세에, 흰색의 공격에 눌려서 인간의 언어는 그 위력을 잃고 있었다. 지척을 분간하기 어려웠다. Y 중령의 넓은 어깨도 그의 구두도, 윤희의 곱슬머리와 콧마루도 오직 흰빛으로 빛났다. 도심의 현란한 불빛도 더디 달리는 차량들과 행인들 그 모든 것들이 하얀 칼라에 압도당한 듯 도처에 적막함이, 엄숙한 분위기가 감돌았다. 하얀 빛 그 자체가 적막이고 엄숙함이었다.

두 사람은 눈에 홀려서 충무로를 지나 남산 방향으로 내쳐 걸어갔다. 함박눈은 계속 퍼부었다. 하늘 멀리서 하얀 덩어리들을 펑펑 쏟아붓는다고 해야 옳았다.

"너 어디 갔었니?" 언니의 전화는 생뚱했다. "무작정 걸었어. 하얀 거리를." 윤희의 대답 또한 간결했다.

그날 이후 윤희에게는 함박눈을 기다리는 버릇이 생겼다. 스물한 살의 함박눈과 눈길에 미끄러져 나가떨어지곤 하면서 Y 중령의 팔에 매달려 걷던 남산 길을 그리워한다. 어디에서 무엇을 하는지 생사조차 알 길이 없는 Y 중령을 생각하며 겨울을 꿈꾼다. 흰색의 화려한 꿈. 윤희 그녀만의 꿈을.

함박눈을 떠올리는 순간 윤희는 눈안개 속에 늠름하게 서 있는 눈사람을 본다. 따순 가슴을 가진 살아있는 눈사람을 찾아 눈의 나라로 떠나보고 싶다. 백색의 날개를 달고 스물하나 그 시절로 날아갈 수는 없을까. 일 년 내내 녹지 않는 눈의 나라는 지구의 어느 쪽에 위치하고 있는가. 함박눈은 윤회의 그리움이다. 삶의 질긴 끈이다.

━ **변영희** ━━━━━━━━━━━━━━━━━━━━━━━━━━━━━━━━━

소설 「동창회 소묘(素描)」(1984). 1985년 『한국수필』 등단. 수필집 『졸병의 고독』 『거울 연못의 나무 그림자』 『갈 곳 있는 노년』 『나의 삶 나의 길』 『몰두의 단계』 『엄마는 염려 마』 『뭐가 잘 났다고』 외. 한국수필문학상, 손소희문학상, 무궁화문학상 수상. hwajung661@hanmail.net

삶과 죽음의 신비

하재준

인간의 삶과 죽음에도 과연 신비가 작용하고 있을까. 이런 생각을 하면서 내가 의사로부터 위암이라고 판정을 받던 그 전날 밤에 꾼 꿈을 회상해 보았다. 마치 한 편의 드라마 같기도 하고 신비의 계시와 같기도 한 꿈이었다. 평상시에는 꿈을 꾼 일이 별로 없었던 터라서인지 유독 그날의 꿈은 나의 의식을 지배하고 있었다.

요즘 나는 몸이 자주 피곤함을 느껴 이날은 일찍이 잠자리에 들었다. 어느 지역인지 분명히 알 수 없으나 시간표도 없는 대합실에서 무작정 내가 타야 할 기차를 기다리고 있었다. 얼마간 기다리고 있는데 가까이서 기적 소리를 내며 열차가 역으로 들어오고 있지 않은가. 갑자기 많은 사람들이 웅성거리기 시작하면서 분주히 플랫폼으로 나가고 있었다. 그래도 나는 내가 타야 할 기차가 아닌 듯 여겨져 여전히 벤치에 그대로 앉아 있었는데 옆 사람이 저 차를 타야만 한다며 마구 나를 떠밀지 않는가. 그 바람에 나는 분별없이 일어나 개찰구를 막 빠져나가려던 참이었다.

그때였다. 어느 사람이 내 뒤에서 "여보시오!" 하고 고함을 지르며 "그 차를 타면 안 되오."라고 하며 나를 향해 달려오고 있었다. 그런데도 여전히 나가려는 나의 모습을 보고 그이가 언제 내 곁에 왔는지 급히 내 오른 팔목을 덥석 잡아 이끄는 바람에 그 힘에 끌려 나는 다시 대합실에 들어오고 열차는 서서히 떠나기 시작했다. 얼마 가지 않아 그 기차는 또 한 번의 기적 소리를 힘차게 울리는데 어찌나 큰지 고막이 찢어질 듯한 큰 소리에 놀라 잠이 깨었다. 꿈이었다.

꿈을 깨고 난 그날이다. 오전 열 시쯤 휴대전화 벨소리가 요란하게 들렸다. 의사로부터 걸려온 전화였다. "선생님, 건강진단 결과가 나왔습니다. 놀라지 말고 들으세요. 초기 암으로 진단이 되었습니다. 제가 보기엔 내시경 시술로도 가능하다고 보는데 혹 복강경수술을 할지도 모르겠습니다. 암을 일찍 발견했기에 퍽 다행입니다. 내원하시면 자세히 설명해드리겠습니다."

어쩌면 어젯밤의 꿈이 그리도 적중했을까. 내시경으로 시술할 정도라니 최초기最初期 암이 발견된 것이 아닌가. 만약에 꿈에서 개찰구를 빠져나갔거나 플랫폼에 이르렀다면 암이 어느 정도 진행되어 큰 수술을 받아야 할 터이고, 그 기차에 올랐다면 내 생명이 어찌 되었을까. 그렇다면 그 기차는 무엇을 의미하고, 저 기차를 타야만 한다고 나를 충동했던 자는 누구며, 고함을 지르며 그 차를 타면 안 된다고 내 팔을 잡아 끌어낸 사람은 또 누구인가. 너무도 신비스럽기만 한 꿈이었다. 내가 믿는 기독교 용어로 말한다면 전자를 사단 혹은 마귀라 하고 후자를 성령 혹은 천사라 할 수 있지 않을까.

일찍이 정신분석학자인 프로이드는 100여 년 전에 이미 꿈의 예지적 기능을 부정했다. 그리고 꿈은 과거의 의식들이 무의식의 영역에 남아 있다가 다시 결합하여 나타난 것이라고 했다. 그 이론의 핵심을 한마디로 요약한다면 우리들이 일상생활에서 충족되지 못한 욕구를 충족시키려는 일종의 소원성취 형태로 나타난 것이 꿈이라고 보았다. 그 이론이 그간 문학, 철학, 교육, 예술, 종교 등 다방면에 심대한 영향을 주었다. 그렇다고 내 꿈을 그 이론에 결부시켜 무시하기엔 너무도 아쉬웠다. 일종의 잠재의식이나 무의식의 발로發露와는 전혀 다른 꿈이었기에 그날의 나의 꿈이 더욱 신비롭게 느껴질 뿐이다.

물론 기독교와 불교, 유교, 심지어 샤머니즘에서도 꿈으로 한 생명이 태어나고 죽음을 예시하는 일들이 있다. 그래서인지 사형선고라고 칭하리만큼 무섭고 두렵고 떨리는 암이라고 판정을 받았음에도 나는 크게 동요됨이 없이 마음이 담담

했다. 어젯밤에 그런 꿈을 꾸었기 때문일까. 나도 모를 일이다.

이렇게 생각하는 동안 지난날 무속인이었던 매제가 들려준 말이 떠오른다. 형님(나를 지칭하는 말)은 어찌나 믿음이 신실하신지 귀신이 수차례나 물과 불 속으로 끌어들이려 해도 그때마다 방해꾼(성령을 지칭하는 말)이 돕고 있어 번번이 실패했다는 점괘입니다. 라고 했다. 그 말을 지금에 와서 곰곰이 생각해보니 최근 6년 동안만 해도 이번까지 세 차례나 크게 앓아 죽음의 고비를 넘긴 적이 있었다.

참으로 신비가 아닐 수 없다. 내가 꾼 꿈과 매제의 점괘가 일치하지 않는가. 그것은 분명히 무슨 의미를 담고 있다고 보는 자의 견해와 우연의 일치일 뿐이라고 말하는 자의 견해도 있을 것이다. 어느 쪽의 답이 현답賢答이고, 어느 쪽의 답이 우답愚答이라고 단언할 수 없으리만큼 크고 어려운 문제다. 우리의 인식을 초월한 문제라서 그러다. 첨단 과학도 논리나 이론을 지닌 철학도 불가능하다. 그러나 오직 신학神學만이 그 해답이 있을 뿐이다.

인간의 생명은 신비의 세계를 벗어날 수 없지 않을까. '육체와 영혼이 결합된 존재가 인간'이기에 그러하다. 우리는 육체에 영혼이 들어오면 새 생명이 탄생되고 육체에서 영혼이 떠나면 죽음이다. 이처럼 인간과 불가분의 관계를 지닌 영혼의 문제이지만 아직까지도 이 문제가 과학적으로 풀 수 없는 영묘한 비밀로 남아 있다. 이것을 신비라고 하지 않는가. 신비의 세계.

앞으로도 우리에게 영원한 수수께끼로 남을 것인가. 참으로 의문이다.

■ 하재준 ■

1986년 『한국수필』 천료. 한국문인, 국제펜클럽, 한국수필가협회 회원. 저서 『그 큰 아픔이 사랑이런가』 외 6권. 노산문학상 외 6회 수상. hajun41@hanmail.net

청송 바람

임재문

바람이 분다. 세찬 바람이 분다. 콘크리트를 핥아 삼킬 듯이 세차게 부는 바람! 우리는 이 바람을 귀신바람이라고 부른다. 야간 근무를 하노라면 창밖에서 들려오는 바람 소리가 흡사 〈전설의 고향〉에서나 나옴 직한 귀신의 호곡 소리처럼 들리기 때문이다.

돌부리를 울리며 흙먼지를 몰고 오는 청송 바람, 초가을 찬 서리가 내리기 전부터 불어대던 청송 바람은 겨우내 끊임없이 그렇게 불어대고도 모자라서 우수가 지나고 경칩이 지난 지금도 그렇게 끈질기게 불어대고 있는 것이다.

어느 해 늦가을 영농교육장에서 시커먼 먹구름을 동반하고 천둥 번개와 함께 비까지 퍼부으며 불어대던 돌풍을 나는 잊을 수가 없다. 도대체 어디에 그렇게 많은 바람을 모아 두었다가 겨울이면 그렇게 세차게 불어 보내는 것일까?

청송 바람은 변덕이 많은 바람이다. 믿지 못할 것이 여자의 마음이라고 하던가. 그렇다면 청송 바람은 여자의 마음처럼 부는 바람이다.

잔잔하고 화창한 어느 봄날, 낚싯대를 걸머지고 물가를 찾는다. 낚싯대라고 해야 간반짜리 들어 올리는 낚싯대에 지렁이 몇 마리면 족하다. 누군가 세월을 낚는다고 했던가. 그렇다. 나도 세월을 낚기 위해 물가를 찾고 있는 것이다. 잔잔한 호숫가에 낚시를 드리우고 찌의 움직임을 바라보고 앉았노라면 온갖 아름다운 생각들이 떠올라서 좋다. 그런데 내 생각의 실마리가 채 풀려나기도 전에, 찌의 움직임이 몇 번 보이기도 전에 기어이 청송 바람은 불어오고 있는 것이다. 그것도 위풍당당하게 불어오는 바람이고 보면 무어라 할 말을 찾을 수가 없다.

세찬 바람에 요동을 하는 찌를 바라보며 세월을 낚으리라는 내 생각은 어느새 사라지고 바람만 가득히 낚아 오는 꼴이 되고 마는 거였다. 그토록 잔잔하던 날씨가 바람을 몰고 올 줄이야….

청송 바람은 꿈을 짓밟는 바람이다. 청송의 푸르른 소나무들은 대들보의 꿈을 잃은 지 오래다. 고목의 자태와 축소미를 자랑하는 분재목처럼 그렇게 앙상하게 자라버린 야산의 소나무들, 바람에 시달리는 청송의 소나무여!

내 고향 해남에는 무화과나무가 많다. 부모님 계신 고향 집 뜰에는 앞에도 뒤에도 온통 무화과나무로 둘러싸여 있다. 추석 무렵에는 껍질이 벌어지도록 잘 익은 무화과의 향기가 집안 가득히 풍겨 나와 훈훈한 고향 냄새처럼 그렇게 좋을 수가 없다. 나는 고향 냄새처럼 향긋한 무화과 향기가 좋아서 고향 꿈이 담긴 무화과나무를 산 설고 물 설은 이곳 청송까지 가져와 심었다.

사무실 앞 양쪽 화단에 심어진 내 무화과나무 두 그루, 고향을 보듯이 보리라고 심어 놓은 내 무화과나무는 매서운 청송 바람에 견디지 못하고 죽어 가고 있다. 차라리 죽어 버리면 뽑아 내버리기라도 할 것을, 이듬해 봄이 오면 밑둥에서 다시 새순이 돋아나와 가지에 잎이 피고, 겨울이면 또다시 죽어가는 가련한 내 무화과나무, 나는 지금 지난겨울을 견디지 못하고 죽어간 무화과나무 가지를 꺾어 코에 대고 냄새를 맡아 본다. 고향 냄새가 난다. 향긋한 고향 냄새다.

이제 또다시 새봄을 맞아 내 무화과나무 밑둥에도 새순이 돋아나오고, 고향 꿈으로 가지에 잎이 피어날 것이겠지만, 겨울바람을 견디지 못하고 죽어야 하는 무화과나무의 운명은 야속하기만 하다.

바람아! 청송 바람아! 외로운 나그네처럼 살아가는 내 인생의 꿈을 짓밟지나 말아다오, 무화과의 꿈이 피어나 열매가 익어 향기를 토할 때까지 말이다.

— 임재문 —

1986년 『한국수필』 등단. 한국수필작가회 창립회원, 초대 감사, 초대 이사, 11대 회장 역임. 수필집 『담 너머 부는 바람』 『사형수의 발을 씻기며』. sullbong@hanmail.net

소금꽃

한동희

　　수입한 공업용 소금을 염전에 뿌려 천일염天日鹽과 섞어 팔았다는 보도가 있다. 그간에도 공업용 유해색소를 넣어 식품을 만들었다거나 고춧가루에 톱밥을 섞어 팔았다는 등, 충격적인 사건으로 믿고 먹을 수 있는 것이 없다고 한탄했었다. 요즈음에는 인간의 생체질서를 교란시키는 '환경호르몬'이라는 낯선 용어에 당혹감을 느껴왔는데, 이제는 간으로 맛을 내는 소금마저 불신의 손길이 닿았으니 끝간 데 없이 추락하는 인간의 양심이 두려울 뿐이다. 썩어가는 양심에 소금을 듬뿍 뿌려주고 싶다.

　식염으로는 천일염이 으뜸이다. 암벽에 소금층이 있는 나라도 있고, 남양군도 어느 작은 섬에는 1m만 땅을 파면 소금이 쌓여있다고도 한다. 그러나 그 어느 것도 햇볕과 풍력으로 수분을 증발시켜 결정체로 얻은 천일염에 비할 바가 못 된다고 한다. 수입한 소금의 성분을 알 수는 없지만 공업용 소금을 밥상에 오르게 한다는 것은 개운치 않은 일이다.

　내가 유독 '소금'이라는 말에 관심이 가는 것은 염전에 얽힌 사연이 있어서다. 유년기에서 청년기에 이르기까지 서해 바닷가의 염전은 내 생활의 일부였다. 그리고 그곳은 나의 문학의 본고장이기도 하다.

　아버지는 가난이 지겨워 열여섯 어린 나이에 혈혈단신 고향을 떠나 서울로 왔다. 자수성가한 아버지가 늘그막에 고향에 내려가 마련한 터전, 그것이 염전이었다. 농토와 정미소도 마련했지만, 중심은 염전에 두었던 것 같다.

　아버지는 정규교육은 받지 못했으나 교양은 두루 갖춘 분이었다. 필체와 사무

능력이 뛰어나 부청(시청)에 잠시 근무한 적이 있고, 외모 또한 출중하여 주위의 시선도 많이 받았다. 그런 아버지가 힘든 염전 일에 왜 그리 매달리셨는지 모를 일이다. 장마철에는 바닷가의 원둑이 무너져 염전이 바닷물에 잠기는 수난을 겪었고, 밤중이면 소금 실은 트럭이 지나가는 길을 슬며시 파놓고 방해하는 자들에게도 침묵하였다.

나는 차차 나이가 들면서, 아버지를 견디게 했던 힘은 고향에 대한 정과 자식이라는 버팀목 때문이었다는 것을 알게 되었다. 이따금 사랑채에서는 동네 어른들과 환담歡談을 나누었는데, 그 은근한 말투 속에는 서울에서 일류 대학에 다니는 큰오빠와 작은오빠에 대한 자랑이 들어 있었다. 외롭게 자란 아버지에게는 방학 때면 장성한 자식들이 고향에 내려오는 것이 더없는 기쁨이기도 했다.

내가 남편될 사람과 처음 아버지를 찾아뵙고 돌아올 때였다. 아버지는 장차 사위될 사람이 타고 온 지프차에 소금 한 가마니를 얹어 주셨다. 아버지가 주실 수 있는 선물은 값싸고 무거운 소금뿐이었겠지만, 소금에 담긴 의미도 함께 얹어 주셨다. 소금은 기독교에서는 신과 인간, 인간과 인간의 불변의 약속을 상징하며 조상들은 액귀厄鬼와 병귀病鬼를 물리치는 것으로 알고 있다. 그런데 돌아오는 길에 소금 실은 자동차의 타이어에 바람이 빠져 고생을 했다. 남편은 그때를 떠올리며, 지금은 이 세상 분이 아닌 장인을 그리워하곤 한다. 아버지의 생활신조는 근검, 절약이었는데 내가 아버지를 따라가려면 아직도 멀기만 하다.

사람이 자라온 환경을 벗어나기는 쉽지 않은가 보다. 바다를 좋아하는 것도 그렇고, 바닷가를 찾았다가 염전이 보이면 그리 반가울 수가 없다. 그러나 염전에서 예전처럼 활기찬 모습을 찾아보기는 힘들다. 지금의 염전들은 패잔병처럼 쓸쓸히 죽어가고 있는 모습이다. 차차 메꿔져 공업단지로 변한 곳도 있고, 폐염閉鹽된 곳도 많다. 힘겨운 일에 비해 터무니없이 소득이 적은 염전에 매달리는 것보다 차라리 공업단지로 바뀌어 보상을 받는 편이 나은 세상이니 문을 닫는 염전이 늘고 자연히 수입용 소금이 판을 치는 것이 아니겠는가.

수입용 소금이 천일염으로 둔갑하는 또 다른 이유는 기후변화 때문이기도 하다. 중국 양자강 유역의 대홍수로 생긴 담수대淡水帶가 북상하면서 제주도 근해는 물론, 서남해 근해의 바닷물이 싱거워져 소금이 제대로 만들어지지 않는다고 한다. 이로 인해 소금농사 짓는 사람들이 피해를 보고 있고, 일부에서는 피혁가공에 쓰이는 값싼 공업용 소금을 염전에 뿌려 천일염으로 속여 팔고 있다고 한다. 황해와 제주도 근해의 저염분 현상으로 어패류가 떼죽음을 당하고 있는데 이런 자연 재앙은 더욱 심해질 것으로 보인다.

어쨌거나 공업용 소금을 염전에 부어 식염과 섞어 판다는 것은 오랫동안 염전을 지켜온 사람들에 대한 모독이다. 나는 그 뉴스를 듣는 순간, 염전에 한을 품고 돌아가신 아버지가 생각나 울분을 느끼지 않을 수가 없었다.

한여름, 뜨거운 뙤약볕에 온종일 졸아든 바닷물이 소금꽃이 되어 순백의 보석처럼 피어오르는 모습은 글자 그대로 신비스럽다. 그것은 '순수' 그 자체인 것이다. 개펄 흙을 다져 만든 염밭에, 저장해 두었던 바닷물을 부어 하얀 소금을 걷어내는 일. 그것은 검은 것에서 흰 것을 건져 올리는 숭고한 작업이다. 거기에는 이물질이 있을 수 없다. 오직 짭조름한 맛과 향, 눈부시게 빛나는 하얀 결정체, 그것이 천일염인 것이다.

우리의 조상들은 부정한 것을 보고 듣고 입에 댔을 때 소금물로 눈과 귀와 입을 씻어냈고, 잠결에 오줌을 싸면 키를 씌워 소금을 빌어 오라며 이웃에 조리를 돌려 버릇을 고치게도 했다. 소금을 부정不淨과 살煞을 씻어내는 무기로 삼아 마음의 평온을 얻었던 것이다. 소금은 이처럼 우리의 정신문화를 상징하기도 한다.

우리 사회에는 공업용 소금이 식염으로 둔갑하듯 오합지졸이 모여 혼란을 초래하고 있다. 사회가 부패할수록 열다섯 단계를 거쳐 피어오르는 '소금꽃' 같은 존재가 필요하다. '빛과 소금'과 같은 인간이 절실한 이때에 천일염을 만들어내는 염전의 자취가 사라진다는 것은 안타까운 일이 아닐 수 없다.

━ 한동희 ━

1986년 『한국수필』 등단. 국제펜한국본부 회원, 문학의 집·서울 회원, 여성문학인회 회원. 17회 한국수필문학상, 고양시 예술문화상(문학부문) 수상. 수필집 『사람, 그 한사람』 외 다수, 수필선집 『퀼트와 인생』, 80년대 등단작가 6인대표선집 『여섯빛깔 숲으로의 초대』. hdhhw@naver.com

노래자랑과 목청자랑

임창순

　　나는 음치에 가깝기 때문에 노래자랑을 즐기는 일이 많다. 생활의 갈증을 남의 노래로 풀고 있는 것이다.

　　일본에 살면서도 그랬다. 일본의 국영방송인 NHK의 목청자랑을 즐겨 들었다. 목청자랑이란 한국 KBS의 노래자랑과 비슷한 '노도지망'을 내가 직역한 말이다. 이는 NHK에서 매주 일요일 정오 뉴스가 끝나는 15분에 시작하여 오후 1시까지 진행된다. 아마 한국 노래자랑의 '원형'일 것이다.

　　목청자랑은 우리의 노래자랑과 같은 시간대에 시작하여 15분쯤 일찍 끝난다. 끝나는 장면을 보고 있노라면 화면에서 칼바람이 난다. 화면이 채 사라지기도 전에, 기관총처럼 지체 없이 뉴스를 쏘아대는 아나운서의 성급한 목청이 그런 분위기를 만든다.

　　공연 장소 또한 전국을 돌아다니는 것이 원칙이고, 큰 행사 때만 본사에서 한다. 출연자의 선발 방식도 우리 쪽과 같아, 응모한 개인이나 그룹을 심사하여 보통 스무 팀 정도를 뽑는다. 다만 출연자 모두를 미리 무대에 올려놓고 시작하는 것만 다르다. 이는 개개인들이 무대로 들고 나는 시간을 절약하려는 의도이다.

　　목청자랑의 백미는 촌닭처럼 무대에 올라오는 출연자들의 어색한 행동이다. 이들의 어수룩함이 나의 우월감과 대비되어 내 깊은 곳에 있던 쾌감을 우려내곤 했었다.

　　목청자랑의 시작은 우리나라에서도 오래전부터 존재하던 유랑극단이 그 시작이었다. 유랑극단이 노천극장의 연기로 안착되면서 일반인의 참여가 시작되었다. 연기는 문명의 진화와 함께 중앙집권화 형태로 굳어갔다. 광대를 더 전문화된 연예인으로, 유랑을 더 짜임새 있는 행정조직으로, 딴따라를 현대인의 입맛 따라 감미롭고 우아하게, 관중을 동네 조무래기 수준에서 유명가수와 함께하는 주민동원령 방식으로 조직화하고 기계화하고 스마트화하였다.

목청자랑을 베꼈을 것으로 생각되는 한국의 노래자랑은 자유분방한 방향으로 진화하였다. 이런 자유분방함이 한국에 돌아온 나를 사로잡았다.

지금의 TV는 UHD 방송을 시험할 만큼 고급화되었다. 같은 화면에서 여러 채널을 같이 볼 수도 있다. 눈은 두 장면을 같이 볼 수 있어도 귀는 한쪽 소리밖에 들을 수 없는 것이 흠이지만 마음이라고 하는 또 하나의 청각기관을 활용하여 그런 대로의 감상이 가능하다.

이 두 나라의 노래자랑과 목청자랑은 각각 장단점이 있으면서도 잠시나마 나를 잡념으로부터 벗어나게 한다. 아마도 대중성의 마력일 것이다. 때로는 나보다 못난 것처럼 보이는 사람이 나름대로의 솜씨와 재능을 뽐내다가 민망해하는 것을 보는 것도 재미의 하나다. 목청자랑에서의 경우가 특히 그렇다. 노래자랑의 출연자들은 약간의 실수가 있어도 민망한 표정을 짓는 일이 거의 없다. 사회자의 여유 때문이다.

목청자랑의 경우는 사회자의 여유가 다르다. 그래서 일본인을 단순한 사람들로 만들어간다는 생각이다.

한국의 노래자랑은 사회자가 오랫동안 독단하고 있다. 아흔에 가까운 연세라는데 스스로 청춘임을 자처하면서 점점 노련미를 더하고 있다. 특이한 체구와 목청이 경력의 힘을 받으며 날로 인기를 더한다. 그분이 만약 백수白壽쯤에서도 이 프로의 진행이 가능하다면 그 인기는 하늘을 찌르고도 남을 것이다. 어찌 생각하면 좋은 일이다. 남녀노소를 가리지 않는 어울림으로 갓난이의 오빠가 되기도 하고, 맨바닥에 드러누워 버둥거리는 난역도 마다하지 않는다. 그는 밴드마스터를 조역으로 내세워 유머의 시간을 만드는가 하면, 심사위원을 하늘까지 추켜세워 그들을 민망한 척하게도 하는 쇼맨이다.

일본 목청자랑의 사회자는 복수다. 조직의 경직성을 벗어날 수 없는 고정 사회자와 게스트라는 가수 두어 사람이 등장하여 무대로 단체 입장하는 출연자들을 유도한다. 출연자들은 시작부터 끝날 때까지 무대에 올라와 동료 출연자를 응원해야 한다. 20여 명 중에서 칠팔 명 정도가 합격점을 얻는데, 인기상은 불합격자에게서도 나올 수 있다. 상품은 없다. 최고상으로 챔피언 한 사람에게만 트로피를 주고 급히 끝낸다. 사회자의 재량도 지극히 제한된다. 실수를 인정하지 않는 진행이다. 이는 매스컴에 등장하는 일본문화에서 일관되게 볼 수 있는 단순명료함이다. 무사가 칼로 베어 버리듯이, 생선을 잘라내는 요리사의 솜씨처럼, 한 송이 꽃을 꽂아 두고 마음을 다듬듯이, 다다미 두 장 정도의 한 평짜리 공간에 앉아 수필을 쓰던 방장기方丈記[1]의 가모노 초메이鴨長明처럼 단순하고 명료하다. 그것은 지도자를 도락에 빠지지 못하게 하는 문화의 모태일지도 모른다.

그렇지만, 나는 역시 한국의 노래자랑이 좋다. 집에 있는 일요일만 되면 채널이 거기에 고정된다. 놀 때는 화려하게 노는 것이 좋다는 생각을 점점 굳혀가기 때문이다.

---

1) 일본 수필의 원조(1155年)인 3대 수필집의 하나.

■ **임창순** ■

1987년 『한국수필』 등단. 서울의 관악고등학교에서 퇴임하고, 향리 보령에서 산다. 저서로 일본 체류기 『불타산36경』(1985), 『한국의 숨결』(2001), 『고향』(2016)이 있으며, 네 번째 『천방지축』과 다섯 번째 『혼자 걷는 도봉·북한산 33봉』을 준비하고 있다. imcs@lycos.co.kr

곡선과 직선

류동림

　　한복처럼 곡선이 많은 옷이 또 있을까. 친정어머니께서 내 혼수로 해준 보자기 속의 옷과 버선에서 다양한 곡선을 만난다. 저고리 배래나 도련의 느슨한 선과 물 찬 제비같이 날렵한 섶, 둥긋하게 감돌아든 깃의 곡선 위에 동정은 직선으로 마무리를 해서 조화를 이루었다. 큰 시누님이 혼수를 보고 "바느질 솜씨 곱기도 해라." 하셨다.

　곡선에는 다정함과 융통성과 유연성에 무궁성이 있다면 직선에는 냉정함과 경직성에 규격성 그리고 능률성이 있을 것이다. 곡선은 여유가 있으나 답답하고 직선은 속도감이 주는 쾌감은 있어도 긴박감으로 불안하다. 그래서 자연의 곡선과 인위의 직선이 서로 보완한다면 마음은 푸근하고 생활은 윤택할 텐데 현실은 너무 직선으로만 치우치고 있지 않은가.

　정적인 곡선을 동적인 직선으로 바꾸어 생긴 예를 들어보자. 강을 직선으로 바꾸는 공사를 했다. 효용성을 앞세운 처사였다. 그로 인해 수질은 나빠지고 홍수도 감당할 수 없게 되었다. 구불구불한 강은 큰물이 왔을 때 흐르는 속도를 늦추어 홍수를 예방하고 여울을 지나는 동안 산소공급을 받아 자정력이 배가되는데, 직선으로 만들어 그렇게 된 것은 자연의 질서를 어긴 결과였다.

　우리나라 문화는 곡선의 문화요, 전통미 또한 곡선에서 비롯되었다고 할 수도 있을 것이다. 옷과 버선과 고무신, 지붕과 국기와 무덤에 이르기까지, 어디 그뿐인가 노랫가락이며 춤사위 등 곡선과 더불어 살아온 민족이다.

기와지붕의 네 귀가 완만한 곡선으로 치켜 올라간 추녀는 조금 과시가 엿보이나 시원스럽고 초가지붕은 양 귀가 다소곳이 숙여서 겸손과 따뜻함이 배어 있다. 한국 사람은 곡선을 자연스럽게 살릴 줄 아는 미의식이 남다른 것 같다. 같은 동양권인데도 중국의 누각樓閣이나 정자亭子는 처마의 귀가 송곳처럼 뾰족하게 치솟아 하늘을 찌를 듯 시퍼런 기세가 섬뜩했다. 사뭇 공격적으로 보여서 곡선 같지 않고 거부감을 주었다. 국력이 번창할 때 지은 것일수록 날카롭다고 하였다.

태극기는 어떤가. 그 의미는 접어두고, 태극의 그 영원성에 쾌의 단절성이 네 구석을 받쳐주어 모양의 균형미와 색의 조화가 뛰어나지 아니한가.

맑은 사람은 곡선을 만들고 영특한 사람은 직선을 만든다는데 옛 여인 중엔 나의 어머니를 비롯하여 곡선의 명수名手가 많았다. 지금은 옷본이 있어 저고리 깃이나 섶의 곡선을 만들기가 쉽다. 대신 모양이 판에 박은 듯 똑같다. 어머니께서 저고리 곡선을 만들 때는 옷감을 전반 위에 펴놓고 적당히 달군 인두를 옆으로 세워 도련에서 섶으로 단번에 달리다가 인두를 떼면 빼어난 곡선이 나타났다. 도련에서는 부드럽게, 섶에서는 가파른 곡선으로 산뜻하게 끝낸다. 순전히 감각만으로 그런 곡선을 만들다니 어린 내 눈에는 곡선의 마술사같이 보였다. 버선의 곡선 또한 곱기가 둘째 가라면 서럽다. 그런 버선을 신을 기회가 많지 않아 반닫이 장바닥에 몇 켤레가 있다. 외씨같이 예쁜 버선 속에 발을 넣어 밟고 다니기에는 조심스러웠다. 특히 수눅의 느긋한 곡선에다 뒤축에는 반달 모양, 버선코 부분에는 직각으로 볼을 댄 것은 곡선과 직선이 연합해서 한층 더 섬세한 아름다움으로 돋보였다.

언젠가 〈2001년 우주여행〉이라는 SF 영화를 보았다. 그 영화에는 우주선을 탑승무원들이 어느 별에 갔을 때 그곳에 직사각형의 비석 모양이 있음을 보고 의아해한다. 그것은 문명의 흔적을 상징적으로 보여준 것이다. 우주선에서 컴퓨터와 인간이 벌이는 싸움은 치열했다. 인공지능 기술의 산물인 컴퓨터 'HAL'은 복잡한 우주선의 조종과 관리를 위해 만들었으나 이것이 정도를 넘어 인간을 지배하려고 하며 반역한다. HAL의 조작으로 승무원이 죽었고 주인공도 죽이려 한다. 결국 고장 난 우주선에서 주인공은 늙어 죽을 때까지 우주를 떠돌며 비석 모양만을 생각한다.

이 영화의 첫 장면에는 원시의 지구에 직사각형의 비석 모양이 있는데 그것이 원시인들의 호기심을 자극한다. 그들은 처음엔 주춤거리다 용기를 내어 비석에 손을 대 본다. 순수한 자연뿐인 곳에 직선의 물건이 이상했던 것이다.

사람이 과학을 발전시켜 문명을 누리다가 어떤 계기로 멸망해서 다시 원시로 되돌아갔음을 암시하는 영화다. 어떤 해설도 대화도 생략된 이 영화는 많은 상상력을 불러일으킨다. 인간의 과욕이 과학을 이용하여 신의 영역을 침범하면 파멸을 가져온다는 메시지가 아닌가 하고 내 나름대로 이해를 하였다.

날이 갈수록 생명을 내뿜는 산야는 좁아지고 그 자리에 반듯한 길이 뚫리는가 하면 아파트나 빌딩이 높이 솟는다.

갈수록 경제성의 직선에 밀려 곡선은 발붙일 곳이 없다. 직선에 지치고 곡선에 주려서 마음이 메마를 때는, 곡선으로 채워진 반닫이 장 속의 보따리를 풀어 놓고 어머니의 곡선을 대하면서 위로를 삼는다.

이 글을 쓰면서 달과 별과 무지개의 모양이 직선으로 변하지 않음이, 그리고 인간의 힘으로 바꿀 수 없음이 참 다행이라는 생각이 새삼스럽게 들었다.

무릇 생명은 곡선 속에 있음을 깨닫는다. 모든 씨앗이 그렇고 알(卵)이 그렇고 열매가 그렇다.

하나님은 곡선을 만들고 사람은 직선을 만든다던가.

■ 류동림 ■

1987년 『한국수필』 등단. 세계일보 신춘문예 당선. 청구문화제 산문 최우수상, 한국수필문학상, 구로예술인상 수상. 단행본 『유리병 속의 시간』. nabidr@hanmail.net

동백의 씨

고동주

　가을이 오붓하게 익어가는 어느 날, 동백의 섬 고향마을을 찾았다.

　밭 언덕마다 줄지어 늘어선 동백나무들은, 성장이 둔한 탓으로 어릴 적에 눈에 익은 그대로여서 더욱 정겹다. 멀리서 보면 녹색의 아름다운 관상 상록수이고 가까이 보면 윤기 흐르는 잎사귀마다 햇빛을 하나씩 나누어 간직한 초롱초롱한 눈빛들이다. 그 눈빛 이파리들 사이를 자세히 보면 작은 사과처럼 푸르고 불그레한 볼을 살짝 내민 야무진 동백 열매를 만날 수 있다. 그 열매 속에 간직된 검은 갈색의 씨는 가을이 짙어지면 두꺼운 껍질을 스스로 깨고 땅에 떨어진다. 그 씨에서 짜낸 동백기름을 옛 여인들은 아주 귀히 여겼다. 동백기름으로 머리를 곱게 단장하고 나서면 여인의 정갈한 품위에 윤기가 흘렀기 때문이다.

　그러한 옛 멋은 이제 흔적을 감춘 지 오래여서 아쉽다. 이처럼 동백의 씨가 상품가치를 상실하게 된데 대해 작은 안달을 해보는 것은 내게 그럴만한 사연이 있기 때문이다. 그 사연과 만나기 위하여 20대 초반의 시절을 떠올려 본다

　군에 입대하여 두 번째 휴가를 갔을 때로 기억된다. 영하 30도의 추위와 싸우면서 교육에 열중하다가 휴가를 받으면 사병들은 모두 정다운 가족의 모습을 떠올리면서 고향으로 달리는 발걸음이 가볍고 신이 난다. 나도 그들 틈에 끼어 춘천에서 군용열차를 탔다. 밤을 새워가며 달리는 열차가 서울을 거쳐 남해안에 가까워질수록 나의 마음속에는 무거운 그림자가 서서히 드리워지기 시작했다.

　어릴 때, 어버이를 여읜 서러운 외톨이의 고향은 이미 따스한 정이 식은 타향

이던 것을…. 얼마 전, 첫 휴가를 고향마을 숙부님 댁에서 묵고 귀대歸隊할 적에 몇 푼의 차비를 조카에게 쥐어주는 숙부님의 손길에 차가운 시선을 꽂던 숙모님의 모습이 확대되어 회상되었을 때 두 번째 휴가를 출발한 것이 후회막급이었다. 그러나 달리는 열차를 되돌릴 수도 없었다.

찻길 뱃길 합하여 하루 밤낮의 여독에 지친 몸으로 그리웠던 섬마을 가장 가까운 혈육의 대문을 두드렸을 때, 예상했던 대로 조카의 문안 인사조차 묵살되는 분위기에 다리가 휘청거렸다. 그보다 더 낭패스러웠던 것은 한 가닥 정의 끈인 숙부님이 장기 출타 중이시라는 충격이었다.

파도처럼 밀려오는 고독을 스스로 달래면서 친척 집들을 전전하다가 귀대 일자를 맞게 되었다. 그러나 귀대할 여비 마련이 문제였다. 나룻배를 타기 위하여 바닷가로 내려오면서 텅 빈 호주머니를 확인하는 순간 아찔한 현기증이 앞을 가렸다.

나룻배에 오르기는 했으나 큰 섬의 여객선 부두에서부터 승선을 거절당하면 어떻게 할 것인가. 귀대하는 것을 포기할 수도 없고, 그렇다고 시퍼런 바다에 뛰어들어버릴 수도 없는 절박한 상황이었다. 마냥 즐거워야 할 휴가가 이렇게 낭패스럽게까지 될 줄은 몰랐다. 아쉬운 배웅의 눈길 대신 외면의 설움. 주위에 아무도 없으면 저 먼 하늘을 향하여 '아버지! 어머니!' 하고 소리쳐보고 싶었다.

나룻배는 나를 포함한 10여 명의 손님을 실은 채 저만치 떠나고 있었다. 바로 그때, 마을 뒷산 언덕에서 "오빠!" 하고 울부짖으며 천방지축 뛰어 내려오는 열세 살의 어린 사촌 여동생 모습이 젖은 시선에 어렴풋이 나타났다. 나룻배 사공은 무슨 영문인지는 몰랐겠지만 뱃머리를 출발지점으로 되돌려주었다.

위태롭게 뛰어 내려오는 그 아이도 나와 비슷한 처지인 조실부모한 고아로서 일곱 살 때부터 숙모님의 시중을 들어 가냘픈 손마디가 거칠었고, 총명한 까만 눈은 학교의 문턱마저 까맣게 잊고 사는 불쌍한 아이였다.

오빠가 귀대하는 날 아침, 숙모님 대신에 동리 아주머니들을 찾아다니며 동백의 씨가 떨어진 이삭을 주워서 팔아 갚겠다며 돈을 빌려달라고 애원해서 어렵게 빌린 몇 푼의 돈을 손에 꼭 쥐고 뱃머리를 향하여 달렸던 것이다. 눈물범벅이 된 아이는 따스한 형제의 정을 건네주고는 바위에 주저앉아 외로운 오빠의 처지와 자신의 불쌍한 처지를 겹쳐가며 파도처럼 흐느꼈다. 가슴깊이 와 닿는 갸륵한 정의 전율을 느끼며 터지는 설움을 참을 수가 없었다. 두 고아의 가엾은 눈물을 보고 나룻배의 일행도 모두 측은해 하며 눈시울을 적셨다. 바다 저쪽 갈매기들도 같이 울어주었다.

다시는 휴가를 오지 않으리라 다짐하면서 억지로 눈물을 삼켰다. 이렇게 나의 낭패를 모면케 한 동백의 씨로 하여 동백나무에까지 정겨움이 더하게 되었고, 그 동백을 볼 때마다 여동생의 따스한 정情을 만나게 된다. 동백꽃의 아름다움과 사철 변함없는 그 잎의 윤기와 그 열매의 야무진 껍질과 그 속의 씨, 그 씨의 은혜를 입고 아찔한 고비를 넘어서 오늘에 이르렀다. 그러면서도 동백처럼 살지 못하고 허술하고 꺼칠하고 밋밋하게 살아온 지난날이 후회스럽다.

지금부터라도 그 동백의 씨 하나를 마음 밭에 묻어 사철 변하지 않는 아름다움과 눈부신 윤기와 야무진 열매를 주렁주렁 달 수 있도록 가꾸어 보면 어떨까. 겨울부터 이른 봄까지 차가운 갈바람 속에서도 붉은빛의 꽃을 빚어내는 강인한 아름다움을 배워야 하리라.

그런데 철부지 여동생의 소중하고 따스했던 정의 씨를 부지런히 나누어 심지 못한 이 숙제는 어쩌면 좋으랴.

■ 고동주 ■

『경남신문』 신춘문예 수필 당선 및 1988년 『한국수필』 추천완료. 수필집 『달빛 닮은 흔적』외 12권. 수필 교재 1권. 시집 2권. 올해의 수필인 상 외 10회 수상. kdj3608@hanmail.net

나무의 음덕

김의순

　　나는 나무를 사랑한다. 전지가 잘 된 정원수보다는 심산에서 잡목과 어우러져 살아가는 숲속의 나무를 더 사랑한다.

　산에 가보면 나무들과 어우러져 듬성듬성 놓인 바위며, 산을 감싸 안고 흐르는 비단 폭 같은 냇물과 뭇 새들의 지저귐도 아름답지만 이 모두가 거기 나무가 있기에 산의 향연이 펼쳐지는 게 아닐까 생각된다.

　나뭇잎 사이로 소슬바람을 걸러서 살갗을 간질이고 풋풋한 향기는 코끝을 취하게 하여 그저 황홀하기만 한 것도 그 또한 거기 나무가 있기 때문이다.

　온갖 자연의 아름다움을 예찬하려면 무궁무진하겠으나 그중에서도 나무만큼 변화무쌍한 미를 창출하기는 자연 중에서 단연 으뜸이 아닐까 싶다. 하지만 그는 전혀 뽐낸다거나 교만하지 않는다.

　계절마다 새 옷을 갈아입고 절기를 뚜렷이 알려준다. 하여 그 색의 조화는 화가의 손끝을 떨리게 하고 시인의 가슴을 울렁거리게 하며 현기증을 일으킨다.

　봄이면 흐드러지게 꽃을 피웠다가 낭자하게 낙화를 흩뿌려놓고 질탕하게 놀다가 여름으로 접어든다. 그리고 작열하는 태양 아래서 왕성한 성장으로 맘껏 팔을 벌려 세상을 온통 끌어안을 듯이 땅을 잰다. 그리고 어느날 찬바람이 스산해지면 이파리는 윤기를 잃어간다. 홍조를 띠고 영화롭던 지난날을 돌이켜 보며 부지런히 씨앗과 열매를 여물게 해서 세상을 풍요롭게 한다. 그리고 마지막 제전을 준비한다.

그는 또 한 번의 변신으로, 꽃보다 더 성숙한 단장으로 가을 산을 물들였다가 마침내 가진 것을 다 돌려주느라 떨어지는 가랑잎이 소리 없는 비명을 지른다. 입은 옷까지 훌훌 벗어놓고 온 산에 묵시默示의 제전을 차려 놓고 묵도를 올리는 참담한 가을 제식祭式을 끝낸다. 그리고 겨울 산에 들어서는 그는 소복을 입고 인고의 아픔을 견디며 하늘에 속죄하며 봄을 기다린다.

우리는 그의 미색과 향기로 기쁨을 얻고 여러 가지 편리한 쓰임새와 부를 얻는 덕도 보이지만, 성자 같은 그의 삶에서 깊은 철학과 무성 무음의 설법을 듣게 된다.

우리는 나무를 볼 때 잘 뻗는 수형의 자태와 현란한 꽃과 탐스러운 열매 등을 보고 감탄할 때가 많다. 하지만 심미안으로 뿌리를 본다면 땅 밑의 어둡고 습습한 지심 속을 깊이깊이 파고들면서 실핏줄 같은 잔 뿌리로 수분을 빨아올려 지상의 몸체에서 가지 끝까지 양분을 공급하는 뿌리에는 무심해지기 쉽다.

뿌리는 지상의 호사나 영화 같은 것은 아예 눈을 돌리고 나무는 잎을 피우고 꽃을 피우며 열매를 제때에 맺도록 밤낮없이 펌프질만 하는데 꾀를 부리지 않는다. 그뿐인가. 뿌리는 흙을 끌어안고 사태를 막아서 산을 보호한다

그리고 그는 밖을 엿보지 않는다. 나무는 제 몸만 가꾸는 게 아니다. 새들에게 둥지를 틀도록 가지를 양보하고 팔을 벌려 지친 새들을 쉬게 한다. 또 여기저기 표피 각질 속에는 곤충의 집을 짓게 하고 그들이 방자하게 오르내리며 간지럼을 태운다고 해도 털어낸다거나 화를 내는 일이 전혀 없다. 그리고 꽃 속에는 꿀을 안쳐서 벌과 나비를 불러 친구해 주고 꿀을 주면서도 추호의 공치사가 없다.

또 그의 삶은 어떠한가. 사철 밤낮없이 비탈에 서서 비가 올 때는 함초롬히 비를 맞고, 엄동에는 눈을 덮어쓰고 그 무게에 눌려 생가지를 찢기는 설해목의 아픔을 보게 된다. 그는 땅으로 고꾸라지면서도 누구에게 구원을 청하는 일도 없다. 또한 어떠한 고초도 혼자 겪으면서 인고의 쓴 잔을 거부하는 일도 없다. 그리고 사람의 손에 심겨지고 사람의 손에 베어져도 베일 것을 왜 심었냐고 저항한

다거나 따져 묻는 일도 없이 순종한다.

또 그가 죽어서는 어떠한가. 같은 나무라 해도 어떤 나무는 좋은 목기도 되고 또는 고급의 걸이가 되어서 주인의 사랑을 차지하고 매만짐을 받게 되며, 웅장한 건축자재로 사용되어 사람에게 부를 안겨 준다. 하지만 어떤 나무는 화목으로 밀려나서 한 줌의 재로 사위게 되면서도 그는 세상일에 전혀 불평하지 않는다. 그리고 운명이려니 하고 절대자의 섭리에 따라 순종한다.

수없이 많은 날을 낙뢰에 놀라고 풍상에 시달리면서도 그는 한시도 나태하지 않고 분수를 지킨다. 자신의 삶에 충실하다. 그의 소박하고 준수한 미와 건강하고 줄기찬 생명력을 볼 때 마치 해탈한 성자의 자태와 같다. 차라리 그의 모습에 숙연해질 뿐이다.

살아서는 꽃과 열매와 향기를 주어 우리를 기쁘게 하고 지친 이들에게 서늘한 그늘을 드리워서 쉬게 해 주는 나무!

그런 그가 죽어서는 온갖 쓰임새로 우리에게 편리와 부를 주지 않던가. 그러고도 그의 마지막 혼을 사르는 불길로 우리에게 따스한 온기를 주면서 한 줌의 재로 남았다가 흔적도 없이 사위어지고 만다.

얼마나 숭고한 일생인가! 그는 잘리고, 찍히고, 뽑히고, 버려지면서도 무저항, 무폭력이다. 늘 순종만 하는 무심한 천치일까.

그렇지 않다고 본다. 그도 토라지면 비정하다고 할 만큼 무서운 화재가 실눈을 뜨고 있음을 우리는 기억해야 하며 방심을 해선 절대 안 된다.

나무를 사랑해서 심고, 가꾸고, 애정으로 기르면서 그를 잘 보호해 주면 나무는 부를 약속할 것이다.

■ 김의순 ■

1988년 『한국수필』 등단. 한국문인협회, 한국수필작가회, 국제펜클럽 한국본부, 가톨릭 문인협회, 인천문인협회 회원. 인천 중구예술인협회 이사. 저서 『학이 연출하는 내 작은 전설』 외 다수. 수필문학상. 타고르탄생 기념 문학상 수상(예술공원 시비건립). 문예진흥원공모전 당선. uisun7@hanmail.net

다시 봄

이진화

2월 중순의 산기슭에는 아련한 봄볕이 스며든다. 얇아진 얼음장 밑으로 계곡물이 흐르고 겨울잠에서 깨어날 채비를 하는 나뭇가지 끝에는 연둣빛이 어린다. 큰 행사를 앞두고 산장에 모인 동료들은 30분가량의 산책길에서 몇 달간 살아갈 힘을 얻었다고 한다. 새로 시작한 사업의 기초를 닦느라 거의 1년을 쉼 없이 달려온 터라 그 심정을 충분히 이해하고도 남는다. 짧은 시간의 멈춤도 없이 질주를 하면 새로운 생각이나 영감이 비집고 들어갈 틈이 없어진다. 밤늦게까지 회의를 하며 많은 일을 했지만 맑은 공기 마시며 길을 걷고, 많이 웃고, 배고플 때 잘 차려진 토속음식을 먹은 후 푹 자고 났더니 머리가 맑고 상쾌해졌다.

그런데 다음날부터 핸드폰에 이상이 와서 배터리가 급속으로 닳고 충전이 되지 않았다. 한 주일 뒤에 이루어지는 대학교 신입생 1,500명 진로코칭 프로젝트를 위해 SNS로 실시간 소통하며 자료를 주고받아야 하는데 난감하기 그지없었다. 웬만한 앱은 정리를 하고 지웠지만 배터리가 쉽게 방전되고 단말기가 뜨거워졌다. 전자제품인 전화기의 뇌와 같은 CPU가 쉬지 않고 가동되면서 열을 내는 현상이라는 걸 알고 있지만 해결 방법은 알 수가 없어서 결국 서비스센터를 찾았다.

진단을 한 엔지니어는 내장 배터리가 많이 닳았다며 배터리와 충전기의 줄을 바꾸라고 권했다. 혹시 불필요한 것들을 지우기 위해 청소용 앱을 쓰면 어떨까 물었더니 그런 것들이 광고까지 끌고 들어와서 더 복잡해지고 차라리 전화를 자주 껐다가 켜주는 편이 낫다고 한다. 아니 그렇게 간단한 방법이 있었는데 모르다니, 전화기를 한 번씩 꺼주는 것만으로도 잘 돌아간다는 말을 들으니 간단한 것을 놓쳤구나 싶었다. 4차 산업혁명 시대에는 인간이 기계와 달리 놀아야 인공지능을 이길 수 있다는 말이 떠오른다. 쉬지 않고 돌아가는 반복적인 일은 인공지능이나 컴퓨터에게 맡기고 호모루덴스(놀이하는 인간)인 사람은 쉬고 노는 것을 통해 보다 창조적인 일을 만들어내야 한다. 스마트폰을 24시간 켜놓아도 되지만 한 번씩 시스템을 끄는 것이 도움이 된다는 말을 듣고 인공지능과의 일전을 꿈꾸다 되치기로 허를 찔린 느낌이 든다. 오히려 극대화된 피로나 긴장감은 뭔가를 자꾸 더할 때가 아니라 멈출 때 해결이 된다. 자연도 그런 이치에 따라 나무가 겨우내 잠을 자고 새로운 꽃망울을 준비한다는 원리를 깨닫는다.

함께 계룡산의 고찰 동학사까지 올라간 젊은 CEO는 유연한 몸놀림으로 춤을 추듯 태극권의 자세를 취했다. 통통하게 솜털이 덮인 목련의 꽃눈이 은빛으로 빛나는 나무 아래 선 그의 모습이 무위자연의 경지에 든 신선처럼 보였다. 전국적으로 쉬지 않고 강의와 훈련을 맡아서 하고 날마다 프로그램 개발을 위해 몰입을 하지만 일주일에 하루는 반드시 운동과 여가를 위해 시간을 비워두는 지혜가 심신의 건강을 유지하는 비결이라고 말한다. 주로 머리를 쓰고 말을 많이 하는 우리들도 몸을 움직여 기본적인 동작을 따라 했다. 호흡과 함께 쓰지 않았던 근육과 관절에 집중하니 몸이 깨어난다는 느낌이 들었다. 다양한 형상의 나무를 보며 그들의 자세를 흉내 냈다. 마치 발레리나같이 팔다리를 뻗은 나무도 있고 날아가는 새처럼 팔을 넓게 벌린 나무도 있었다. 모든 것이 정지된 것 같지만 다시 오는 봄을 맞이하여 힘차게 수관으로 물을 길어 올리는 나무의 일이 경이롭게 보였다.

2월의 마지막 주에는 대학교 신입생들을 위한 동기유발학기에 준비된 진로전문코치들이 들어가서 인생의 봄이 활짝 피어날 수 있도록 그룹으로 진로코칭을 진행한다. 4년 전 학기 초에 진로코칭을 한 후 학교생활을 잘 마치고 올해 졸업하고 취업한 학생들의 소식을 들으면 뿌듯하다. 그래서 설레는 꿈을 찾고 자신의 강점과 성격에 맞는 선택을 할 수 있도록 청년들과 동행하는 프로그램을 준비하며 덩달아 내 마음도 설렌다. 공부를 끊임없이 해야 안심이 되는 3차 산업혁명식의 교육은 더 이상 효용가치가 없다. 다가오는 4차 산업혁명시대에는 인간이 가진 고유한 감성과 협력하고 상생하는 인간관계를 통해 인공지능로봇을 가르치고, 조력자에 대한 주도권을 가지고 있어야 한다. 그것들은 입력된 정보와 지식으로만 움직이기 때문이다. 인공지능을 경쟁자로만 볼 것이 아니라 건강한 정보를 입력하고 효과적인 활용방법을 찾아내는 것이 우리의 과제다.

더 많이 가동하기 위해 여가나 쉬는 것까지도 프로그램화하기보다는 뇌(CPU)가 뜨거워지기 전에 전원을 빼고 단말기를 끄는 것만으로도 회복이 가능하다. 겨울잠에서 깨어나는 나무처럼 리셋을 한 후 새내기들과 함께 설렘의 행진에 나선다. 다시 봄이다.

■■ 이진화 ■■

1988년 『한국수필』 등단. 한국수필문학상 수상. 한국수필작가회 회장, 고양시문인협회 회장 역임. 작품집 『신을 신고 벗을 때마다』, 『마음의 다락방』 외. khgina@naver.com

감자꽃 향기

최원현

"할무니, 왜 이쁜 감자꽃을 다 따분당께라우?"

"꽃을 따내줘야 밑이 쑥쑥 든다고 안 그러냐?"

초등학교 4학년 때쯤이었을까. 할머니를 따라 밭엘 나갔다. 할머니는 밭을 한 바퀴 휘 둘러보시더니 감자밭으로 가 감자꽃을 따기 시작했다. 꽃은 꽃이고 밑은 밑일 텐데 어린 나는 잘 이해가 되지 않았다. 그런데 "니 어미가 감자꽃을 참 이뻐했느니라." 하시더니 눈물을 훔쳐내셨다. 엄마가? 순간 흐린 기억으로 어머니가 감자꽃을 바라보고 있는 모습이 보였다. "마당가 화단에 부러 감자를 심었단다." 감자를 수확하기 위해서가 아니라 순전히 감자꽃을 보기 위해 심었다는 말로 들렸다.

어머니는 내 나이 세 살, 서른도 안 된 젊은 나이로 돌아가셨다. 결핵이었다. 형도 결핵으로 세상을 떠났단다. 어머니는 나를 당신 근처엔 얼씬도 못하게 했단다. 하나 있는 핏줄인데 얼마나 안아보고 싶었으련만 그걸 막아야 하는 마음은 오죽 했겠는가. 하지만 이미 한 자식을 당신이 앓고 있는 병으로 잃어버린 입장이니 눈앞의 자식을 바라보면서도 살을 깎는 아픔으로 그걸 참아냈을 것이다.

하얀 감자꽃을 좋아하셨다는 어머니는 하얀 옷을 즐겨 입으셨단다. 어머니는 당신이 감자꽃이란 생각을 했던 것일까. 그러고 보면 감자꽃에서 어머니 모습만이 아니라 어머니 냄새까지 느껴지는 것 같기도 하다. 아니 어머니의 모습을 제대로 기억하지 못하는 나로서는 그렇게 생각이 들었다. 예쁘진 않지만 함초롬히 무리 지어 큰 송이처럼 피어나면서도 개체로 외로워 보이는 꽃, 가만히 들여다

보고 있으면 꽃의 화려함이 아니라 소박한 아름다움에 왠지 슬픔의 냄새가 풍겨 나는 감자꽃은 오히려 빈약해 보이는 것이 어울리는 것 같았다. 감자꽃은 자신을 아름다움으로 피워 올리기보단 저 아래 땅속 열매가 튼실해 지기만을 바라며 그곳으로 모든 것을 보낸다.

나는 어머니 모습만큼 냄새도 기억 못한다. 외할머니와 이모의 품에서 자란 내게 어머니의 냄새는 할머니의 냄새고 이모의 냄새였다. 한데 문득 어머니의 냄새는 감자꽃 향기가 아닐까 하는 생뚱맞은 생각이 들었다. 감자꽃 향기, 내 어머니의 냄새.

감자는 뿌리식물이라기보다 줄기식물이라고 한다. 땅속의 줄기가 뿌리 열매인 감자가 된단다. 자신의 몸을 땅속 깊이 묻어 땅속 열매로 키우는 사랑, 그렇기에 꽃에서 받아 써야 할 양분도 가급적 억제하고 땅속으로 보내다 보니 피어난 꽃조차 여리고 힘이 없어 보이는 것 같다. 영양이 될 만 한 건 모두다 땅속 자식들에게 양보하고 자신은 노랗게 말라가는 하얀 감자꽃, 내 어머니의 삶도 그런 감자꽃이었다.

할머니를 따라 나도 감자꽃을 땄다. 똑똑 목을 부러뜨려 따다가 손에 든 감자꽃을 코끝에 대보았다. 풋내 같기도 한 연한 라일락 향기가 났다. 할머니의 앞치마에 손에 든 걸 버리고 다시 할머니를 따라 꽃을 땄다. 그런데 다시 꽃을 따려는데 감자꽃의 목이 부르르 떠는 것 같다. 순간 내 몸에 오싹 소름이 돋았다. 아무 말도 못하고 목숨을 빼앗기는 참담이 어린 나를 통해 저질러지고 있었던 것이다. 해서 "할무니, 이 꽃 안 따면 안 돼?" 했더니 "따줘야 밑이 잘 든다잖냐?" 하신다. 난 꽃따기를 그만 두었다. 꽃이 불쌍했다. 아니 내가 무서워졌다. 손에 쥔 꽃들의 목에서 퍼런 피가 흘러나와 끈적대고 있었다. 퍼런 감자꽃의 풋내 같은 피 냄새가 코끝으로 스며들어왔다. 엄마의 냄새 같다는 감자꽃 향기, 난 엄마에게 크게 못할 짓을 한 것 같아 눈물이 나왔다. 손에 묻은 감자꽃 진도 어서 씻어내고 싶었다.

난 그날 이후 감자꽃을 따지 않았다. 할머니도 그 후로 감자꽃을 따는 것을 보지 못 했다. 마당에 병든 딸이 좋아한다고 꽃을 보기 위해 심었던 감자꽃인데 그 딸이 가버리고 없다고 수확을 올리겠다며 퍼런 피 흘리게 그 꽃의 목을 꺾는 이 율배반적 행위가 바로 인간의 삶이었다.

얼마 후면 감자꽃이 필 것이다. 시골에 있는 작은 땅뙈기에 무얼 심을까 걱정을 했더니 후배가 씨감자를 보내왔다. 그걸 아내와 둘이서 심었다. 어떤 감자가 열릴지 모르겠다. 어머니가 좋아하셨다는 흰 꽃이 피려면 두백감자여야 한다. 감자꽃의 꽃말은 자애, 당신을 따르겠습니다 라고 한다.

5월이면 유난히 어머니 생각이 많이 난다. 감자꽃이 피는 때다. 감자꽃은 씨가 맺혀도 그 씨를 심지 않는다. 결국 꽃이 필요 없는 식물이다. 그래선지 어떤 것은 아예 꽃이 없는 것도 있다. 씨는 씨이되 씨의 역할을 못하는 감자꽃의 씨, 대신 씨감자의 싹들이 생명의 씨가 된다. 그러나 감자꽃의 꽃말처럼 자애로 넘치는 어머니의 사랑 같은 꽃, 땅속 결실을 위해 모든 것을 포기하는 감자꽃의 사랑이야말로 어머니의 희생이다.

> 우리 엄마는 감자꽃이다/ 맛있는 건 모두 다/ 땅속에 있는 동글동글한
> 자식들에게 나눠 주고/ 여름 땡볕에 노랗게 시들어 가는/ 하얀 감자꽃이다
> — 이철환의「보물찾기」중 —

그러고 보면 나도 어머니처럼 흰 감자꽃을 좋아하고 있었던 것 같다. 어머니가 보고파지면 어머니 대신 볼 수 있는 꽃, 연한 라일락 내 나는 하얀 감자꽃 향기가 진짜 어머니 냄새일 것 같기도 하다.

■ 최원현 ■

1989년『한국수필』등단. 한국수필창작문예원장, 한국수필가협회 사무처장, 한국문인협회·국제펜한국본부 이사. 한국수필문학상, 동포문학상대상, 현대수필문학상, 구름카페문학상, 현석김병규수필문학상 수상. 수필집『날마다 좋은 날』『그냥』등 15권, 문학평론집『창작과 비평의 수필쓰기』등 2권, 중학교『국어1』『도덕2』등에 수필 작품이 실려 있다. nulsaem@hanmail.net

수양버들 앞에서

최은정

　　나는 늙은 소나무를 좋아했고, 고목의 느티나무를 좋아했으며 나이든 묵은 감나무를 좋아했다. 그런데 어느 날 수양버들이 마음에 들어앉기 시작했다. 바람 부는 대로 순응하고, 머리를 드는 것이 아니라 땅을 향해 고개를 숙이고 얼어붙은 대지가 녹으면 봄을 먼저 알린다. 강한 바람에도 풀어지지 않는 자세가 좋다. 그런 버드나무가 낙엽이 지지 않고 사철 청청하다 하여 칭송받는 소나무의 기상보다 못할 게 없다. 한때는 풍전세류라고도 하고 노류장화라고도 하면서 지조 없는 것의 상징으로 비유했다. 교육자이시던 시아버님도 학교 주변에는 버드나무를 심지 않는다고 하셨다. 이유인즉, 올라가다 쳐져 버려 기상이 없다고 해서이다. 아이들이 한창 자랄 때 행여 버들이 될까 봐 싫어했다.

　　그런 내게 대학 교정에 그늘을 드리운 채 사색에 잠긴 듯 서 있는 수양버들이 노학자의 겸손으로 보이기 시작했다. 고고하고 위풍이 있어 보이는 것이다. 대학가의 버드나무는 노자의 모습이다. 강한 바람에도 풀어지지 않고, 흩어짐 없이 바람결 따라 움직이되 자신의 모습을 지켜낸다. 조급하지 아니하고 자연스럽게 강한 바람에도 부러지는 법이 없다. 온화하고 과묵하며 속으로 의지를 다지고 있다. 이런 버들이 줏대 없는 풍전세류라는 평을 듣는다.

　　실실이 푸르게 늘어져 있는 모습이 겉으로 보기에는 순하고 약하다. 꺾으면 꺾일 듯이 낭창거린 그 버들이 손쉽게 잡혀서였을까.

　　'노류장화'라는 이름이 붙은 나무. 지난날 기생의 대명사가 됐던 나무. 하지만 기생도 아무나 되는 것이 아니다. 자기를 망실하고 깊고 넓은 마음으로 남자를 감쌀 줄 아는 기생. 일편단심으로 한 사람만 섬기던 옛 기생들은 겉으론 평범하지만 속으로는 지조가 강한 여인이었다.

미풍에 실가지를 흔드는 버들은 어떤 태풍에도 꺾이는 일이 없다. 전신주가 넘어가고 다른 강한 나무는 뿌리조차 뽑혀져 무너진다. 버들은 고개를 숙이지 뿌리는 안 움직인다. 입지를 바꾸는 것이 아니다.

이런 버드나무를 노류장화로 만만히 본다. 동짓달 엄동설한에 다른 나무는 잎을 다 떨궜는데, 버드나무만 잎이 푸른 채 서 있다. 눈이 내려 모든 나무들은 빈 가지에 눈을 덮은 채 서 있는데 버드나무는 눈마저도 털어버리고 하늘하늘 서 있다. 그 모습이 소유하는 것으로 채워지는 것보다 주어서 가슴을 채우는 모습이다. 마치 도인을 보는 듯하다.

수양버들을 보면 네 말도 옳고, 네 말도 맞는다며 똑 부러지게 흑백논리로 단정하지 않은 황희 정승이 떠오른다. 모든 사물에는 우열이 없다. 각각의 삶이 주어져 있을 뿐이다. 인생에 있어서 정답이란 무엇인가. 이것도 맞고, 저것도 옳다고 유연성 있게 대처하는 버드나무와 같은 삶은 어떠할지. 살아간다는 것은 부딪히는 일 하나 하나를 그때그때 해결하면서 사는 게 아니겠는가.

수양버들 속의 그런 진리를 모르고 사람들은 겉으로 보이는 대로 살아간다.

노자는 말하였다. 도의 작용은 부드럽고 약한 모습으로 나타난다. 순한 비, 부드러운 바람이 자연스러운 도의 작용이다. 회오리바람, 사나운 소낙비와 같은 부자연한 것은 하늘의 본연의 상태가 아니라고 말하였다. 약하면 손해 본다고 사람들은 생각하고 강하면 부러진다는 것을 잊으며 살아간다. 물은 부드럽고 강하기 때문에 도에 가깝다고 했다. 부드러운 물이 단단한 바위를 뚫듯이, 이렇게 부드럽고 약한 것이 도의 작용하는 본연의 모습이며 정치도 형벌이나 위력이 아니라 부드러운 것이 그 길이라고 한다.

나는 유약한 수양버들 나무에서 노자의 도덕경을 읽는다.

━ **최은정** ━

1989년 『한국수필』 등단. 광주문학상. 한국수필문학상 수상. 저서 『황금 연못』, 『황금 언덕』

여력의 활용

임병식

아침에 주방에 들러 컵에 물을 따른 후 시선을 창밖으로 돌리면 전방 직선거리에서 마주치는 것이 있다. 길 건너 슬레이트 지붕에 올려진 폐타이어다. 물론 먼저 그 이전에 본채의 건물이 시선을 압도하지만 하늘색 칠을 한 지붕 위에 덩그러니 올려진 것이 선명하게 대비되어서인지 모른다.

올려진 폐타이어는 두 개다. 이것은 일정한 간격으로 놓여있다. 보기 좋으라고 그리해 둔 건 아니고 나름의 쓸모를 생각해서 놔둔 것이 분명하다. 지붕이 들뜨지 않게 하고 바람이 불면 슬레이트가 날아가지 않도록 방비를 해둔 것이다.

이따금 이것을 보면서 나는 이런저런 생각을 해 본다. 지금은 수명을 다하여 지붕 위에나 올려져 있지만 한때는 전성기를 누린 때도 있지 않았을까. 애환의 희비곡직 굽이굽이의 수많은 삶의 터널을 지나면서 어느 차 주인의 발이 되어 함께 보냈으리라.

그런 타이어는 주인을 받드느라 몸의 거죽은 다 닳았고, 그러한 봉사로 세상을 휘젓고 다녀서 후회는 없을 성싶다. 타이어는 수명을 다하고도 쓸모는 여전하다. 지붕 위에서 누름돌 역할을 하는 것뿐만 아니라 방파제나 선박에 놓여 충동방지용으로 봉사하고 산사태가 나면 기꺼이 불려가 토사 유출을 막는 데 쓰이기 때문이다. 그야말로 제 사명을 다하고도 높은 활용도를 보이는 것이다.

내가 사는 아파트단지 앞 도로변에는 노점상들이 한 줄로 즐비하게 늘어져 앉아서 장사를 한다. 젊은이와 늙은이, 외지상인과 주변의 토박이들이 절반씩 섞이어 장사를 한다.

파는 품목은 옷가지나 지갑, 버클 등 공산품도 있지만 대부분은 식품류인 농산물이다. 이곳에서 장사하는 할머니들은 상부상조의 정신이 대단하다. 서로 감싸주고 지켜주며 잠깐 자리를 비우면 대신 물건을 팔아주기도 한다.

이 할머니들의 우애는 점심때 빛이 난다. 물건을 지키고 파느라 자리를 뜨지 못하고 한데서 식사를 하는데 제각기 싸온 음식을 모아놓고 공동 식사를 하는 것이다. 그러면서 후식을 내놓고 커피 심부름을 하며 설거지도 서둘러서 서로 하면서 떠미는 법이 없다. 그렇게 앉아서 판 것이 얼마나 남을까마는 노인들은 노상 자리를 고수하고 장사를 하고 있다.

나는 오가면서 그런 모습을 볼 때마다 최선을 다하며 사는 모습이 여간 존경스러워 보이지 않는다. 마지막 움직일 수 있는 순간까지 일손을 놓지 않겠다는, 공짜인생을 살지 않겠다는 의지가 드러나 보이기 때문이다.

생각하면 죽는 순간까지 생산 활동, 경제 활동을 스스로 해결한다는 의지가 얼마나 숭고한 것인가. 나이 먹었다고 아낙군수로 살지 않고 일거리를 찾아서 사는 모습이 얼마나 떳떳해 보이는가.

어떤 이는 간 크게도 나랏돈을 도적질하고 사기나 칠 생각을 하고 사는데 그런 사람과는 달리 몸을 움직여 푼돈을 벌겠다는 생각이 얼마나 건정한 사고방식인가. 그런 마음에 감동하여 나는 식재료는 거지반 마트 대신에 이들 할머니들을 찾아서 구입을 한다.

그 세월이 십수 년을 넘으니 이제는 어지간히 임의로운 사이가 되었다. 목례는 기본이고 더러는 새로운 것을 가지고 나왔다며 사가기를 권유받기도 한다. 그러면 그건 손이 많이 가서 "해 줄 사람이 없어서 살 수가 없네요."하고 손사래를 치기도 하는데, 그 바람에 이들 할머니는 내가 한 번도 나의 신상을 말한 적은 없지마는 불가피 내가 주부 노릇을 하는 사정을 꿰뚫고 있다.

요즘은 겨울도 깊어서 날씨가 많이 추워졌다. 어제는 내가 그곳을 지나가니 한 할머니가 "이것 남은 것만 어서 떨이하고 빨리 집에 가고 싶다."고 해서 시래기를 사가지고 돌아왔다. "아저씨 고맙소." 몇 발짝을 떼는데 덜미 뒤로 들려오는 소리가 포근하고 정겨웠다.

오늘도 나는 아침에 일어나 물 한 컵을 따라 들고서 창밖의 건물 위에 올려진 폐타이어를 바라본다. 제 수명을 다하고도 쓸모가 있어서 소용되는 폐타이어가 어김없이 한눈에 들어온다. 여력의 활용이 아름답게 느껴진다.

오늘따라 그 영상 위로 굽은 허리를 하고서 늙어서도 생업을 꾸려하는 노변 할머니들의 모습이 겹친다. 추워지는 날씨에 건강이 염려되어서인지도 모른다.

■ 임병식 ■

1989년 『한국수필』 등단. 여수문협지부장, 한국문협작가회장 역임. 한국수필문학상, 한국문협작가상 수상. 작품집 『꽃씨의 꿈』 등 6권. 수필작법서 『수필쓰기의 핵심』 외 1권. 올리브북스 『수석이야기』, 80년대 작가 6인 선집 『여섯빛깔 숲으로의 초대』 수필선집 『왕거미집을 보면서』. rbs1144@hanmail.net

반짇고리

김종선

  나란히 놓인 반짇고리 두 개가 정답다. 그중 하나의 뚜껑을 열었다. 맨 위 칸엔 어머님께서 쓰시던 투박하게 생긴 돋보기, 아버님 어머님의 젊은 시절 함께 찍은 빛바랜 흑백 사진 한 장과 손자들 삼 남매의 어린 시절 사진이 그대로 보관되어 있다.

  어머님의 첫 번째 반짇고리는 시집올 때 혼수품으로 가져오신 것이었다. 종이를 여러 번 발라 만든, 지함紙函으로 된 정사각형 상자이다. 겉에는 색종이로 꽃과 새의 그림이 그려져 있고, 네 면에는 각각 수복강녕壽福康寧과 지장첩화紙粧貼花라고 쓰여 있었다. 안팎으로 색종이를 붙인 다음 기름을 먹여 만든 정성이 가득 담긴 반짇고리. 몇 개의 칸막이 중 아주 작은 칸은 가죽과 헝겊으로 만든 골무, 그리고 직사각형으로 된 칸에는 돋보기와 바늘꽂이가, 커다란 네모공간에는 여러 색깔의 옷감 조각들, 가위, 칼, 인두, 줄을 치는 헤라, 단추 곽, 심지어 줄자까지 바느질에 필요한 것들이 빼곡히 들어 있었다.

  어머님은 실을 풀어 큰 바늘에 꿰실 때면 돋보기를 꺼내 쓰시고 한 땀 뜨기 전에 아버님과 다정하게 찍은 해인사의 흑백 사진을 들여다보신다. 그럴 때면 눈가에 이슬이 맺히곤 하셨다. 어머님은 자식들에게는 엄하셨지만, 나에게만은 무조건 내 편이 되어주었다. 부부싸움을 해도 늘 내 손을 들어주시곤 하시던 분이시다.

  내가 새댁 시절 가끔 이불 홑청을 시칠 때면 혹여 굵은 바늘에 손가락을 찔리기라도 할까 봐 "너는 보기만 하고 재미있는 얘기나 해 주렴." 하시며 직접 꿰매 주시곤 하였다. 어디 그뿐인가. 장 담그기, 김장, 메주 쑤는 일 등, 온갖 가정의 중요한 일들은 모두 해주셔서 힘든 줄을 모르고 살았다.

나무로 된 검정 실패에 실을 감을 때면 실타래를 나의 양손아귀에 걸쳐주고 어머니는 실패에 실을 감기 시작한다. 이쪽저쪽 양쪽 손을 공중에서 춤을 추듯 손놀림을 하며 실 감기를 할 때는 내 손이 잘 안 보일 정도로 민첩했다. 그럴 땐 꼭 친정어머니처럼 느껴져 뿌듯한 행복감에 젖기도 했었다. 한 타래를 다 감을 동안 어머니는 연방 손자들 자랑으로 미소를 지으시며 누가 낳았는지 명물들을 낳았다고 은근히 나의 기를 살려주시곤 했는데…. 내가 하는 일이 어찌 그리 마음에 드시기만 했을까만 그것은 어머님께서 주시는 애정이 자식에 대한 조건 없는 내리사랑임을 알았을 때는 어머니는 이미 이 세상에 계시지 않았다.

거의 30여 년을 쓰신 반짇고리는 군데군데 오려 붙인 꽃 모양의 색종이들이 떨어지고 낡아서 보기가 좋지 않았다. 내 혼수품인 반짇고리도 별로 마음에 들지 않아서 새것으로 바꾸고 싶었다. 어머님의 반짇고리를 사드린다는 핑계로 고급 수예점으로 가서 똑같은 모양을 한 지금의 반짇고리를 산 것이다.

당신께서 옆에 두고 쓰시던 투박한 안경을 비롯한 자질구레한 모든 것을 하나도 버리지 않고 그대로 넣어두셨다. 그 반짇고리를 마주하고 앉으면 꼭 어머님 앞에 앉아있는 것 같은 착각에 빠져든다.

한쪽은 주황색, 한쪽은 검은색 가죽에 주황색 색실로 곱게 기운 골무가 보인다. 어머니를 생각하면서 그 골무를 끼우고 어머니의 체취가 남아 있을까 싶어 코끝에 대어본다. 그리고 어머니처럼 흉내도 내어보고 돋보기도 써본다. 어느새 내 눈에 맞는 돋보기가 되어 있으니 세월은 그렇게 흘렀나 보다.

어머니의 손때 묻은 실패의 실 한 가닥을 쥐고는 데굴데굴 굴려 본다. "달그락 달그락." 그때 들었던 그 소리 그대로 내 귓가에 머문다. 오랜 세월이 흘렀어도 어머니의 손때 묻은 반짇고리는 그대로인데 다정했던 어머님의 미소는 대할 길이 없다.

젊은 시절 두 분은 독실한 불교 신자여서 유명 사찰을 찾아다니며 기도를 하시곤 했다. 어머니는 매월 음력 초하루와 보름날에는 어김없이 새벽에 일어나 정갈하게 분 세수를 하시고, 한복을 곱게 차려입은 단아한 모습으로 부처님께 불공을 드리셨다. 그것은 오로지 자손들을 위해 정성을 다하며 기도하는 모습으로 각인되어 있다.

어머니는 여든넷에 세상을 떠나셨다. 세상을 뜨시던 날 어머니의 손끝에서 성장한 손孫 삼 남매가 주체할 수 없는 눈물로 몸부림쳤다. 그 애들이 할머니의 지극한 사랑을 잃어버린 슬픔을 진실로 애달파하는 모습을 바라보던 문상객들도 덩달아 눈물을 훔치는 사람이 많았다.

나는 손자들에게 어머니처럼 다정하고 자애로운 할머니였는가 돌아본다. 또한 어떤 추억의 할머니로 비칠 것인가를 생각하니 깊은 회한이 밀려온다.

어머니의 반짇고리를 다시금 매만진다. 저 세상에서 어머님을 다시 만난다면 무슨 염치로 고개를 들까. 어머니처럼 손자들을 지극하게 사랑을 주지 못하고 살아온 나에게 살아계실 때처럼, 잘했다고 칭찬해 주시려는지 궁금하다. 오늘따라 어머님의 따뜻하고 다정했던 목소리가 그립다.

▬ 김종선 ▬

1990년 『한국수필』 등단. 한국문인협회, 한국수필가협회 일반이사. 충북여성문인협회 회장 역임. 충북수필문학회, 푸른솔문학회. 청주예술상, 충북수필문학상, 홍은문학상, 올해의 여성문학상 수상. 저서 『세월 속에 묻어난 향기』『어느해 겨울』『41인 명 작품 선집』. albina0604@hanmail.net

봄비의 약속

박영자

아침이면 습관처럼 거실문을 열어젖힌다. 맵싸하던 바람이 어느
새 부드러워졌으니 꽃샘추위 정도는 겁내지 않는다. 창밖 베란다 난간에 방울방
울 옥구슬이 맺혔다. 밤새 봄비가 온 것도 모르다니….

아파트에서는 빗소리가 잘 들리지 않는다. 귀의 몫을 눈이 해야 한다. 가는 빗
줄기는 아직도 내린다. 여린 옥색 비단실이 사르르 사르르 내린다. 봄비는 순하
디순하다. 봄비의 속삭임은 낮고 정답다. 봄비는 차갑지 않고 마냥 맞아도 좋을
것 같아 공원 속으로 걸어 들어가고 싶은 충동을 느낀다.

도시는 밤새 흠뻑 젖었다. 큰길, 젖은 포도 위를 달리는 차들도 오늘따라 한결
속도가 느려진 듯싶다. 집도, 골목도, 산도 골고루 적신다. 길모퉁이에 쓸모없던
땅 한 조각도 검고 부드럽게 적셔 놓는다. 큰길에 노란 우산을 받고 천천히 건널
목을 건너가는 한 여인은 봄 들판에 웃고 있는 한 송이 민들레로 피었다.

남풍에 실려 새색시 걸음으로 살금살금 오는 봄비는 잠자는 새 생명을 흔들어
깨운다. 손나팔을 하고 가늘고 고운 목소리로 "어서들 일어나. 봄이야!" 들릴 듯
말 듯 속삭인다. 봄비는 북쪽으로 걸음을 옮기며 언 강을 풀어주고 실개천의 물
을 부풀려 물소리를 스스로 키우며 흘러갈 것이다.

지난겨울 벌거벗고 서서 삶의 의지를 상실한 듯 침묵하던 공원의 나무들은 두
팔 벌려 봄비를 맞으며 세수부터 하고 거친 바람에 시달렸던 몸을 깨끗이 씻어
낸다. 굳었던 관절이 부드러워지고 피부도 매끈해진다. 잔가지 끝은 연둣빛이

완연하다.

어제 언덕길에서 만난 뾰족뾰족 내민 원추리 싹, 노란 꽃다지 꽃, 하얀 황새냉이 꽃이 생각난다. 겨울의 찬바람을 견뎌내고 눈 속에서도 고진감래하며 살아냈기에 마른 땅에서도 싹을 틔우고, 그 작은 꽃을 피워낸 것이 얼마나 대견하던가. 꽃을 피우느라 목이 탔을 텐데 오늘은 물을 흠뻑 마시며 앙증맞게 웃을 생각을 하니 내 마음도 촉촉이 젖어 온다. 행복은 겨울을 인내한 자, 살아남은 자의 몫이다.

이 비가 그치면 첫사랑처럼 찬란한 봄 햇살 속에서 매화의 젖멍울 같은 몽우리가 축포를 터뜨릴 것이다. 여기저기 제비꽃들이 다복다복 피어날 것이며, 들판은 곧 임산부처럼 부풀어 올라 해산의 기쁨을 만끽할 것이다.

보리밭 이랑은 초록이 눈에 띄게 짙어지고, 봄나물들이 여기저기서 "나 살아 있었어요." 하며 눈을 맞출 것이니 봄빛 속으로 나물을 캐러 나갈 것이다. 달래를 넣은 된장찌개가 구수하고, 신선한 봄나물 밥상 앞에서 식욕이 당기며 가족들의 웃음소리는 담을 넘을 것이다.

어느 산골 바위틈에 고사리 싹이 봄비 한 모금, 햇살 한 줌 받아 마시고 오그린 손을 쏘옥 내밀 것이며 가물거리는 아지랑이 속에서 진달래꽃이 그리움처럼 온 산을 불지를 것이다.

네가 오는 구나.
손에 든 초록보따리
그게 전부 가난이라 해도
반길 수밖에 없는
허기진 새벽

누이야

네 들고 온 가난을 풀어보아라

무슨 풀씨이든

이 나라 들판에 뿌려놓으면

빈 곳일랑 넉넉히 가리지 않으랴.

정인성 시인의 「봄비」가 중얼거려진다.

베란다에서 자라는 내 식구들도 봄비를 맞고 싶다고 창밖을 기웃거리며 수런거린다. 내가 주는 물을 먹고 자라고 꽃을 피우지만 봄비 한 그릇 마시면 보약처럼 소생할 것 같다는 그네들의 얘기 소리가 내 귀를 간질인다.

봄비가 그치면 농부들은 이제 바빠질 것이며 고단함 속에 삶의 의욕도 솟아날 것이다. 반만년을 이어온 그 습관보다 더 위대한 것은 다시없다. 나도 내 나름의 농사를 시작한다. 겨우내 잠자던 야채 재배 상자를 끌어내어 흙을 부수고 봄비처럼 가늘게 내리는 물줄기처럼 물뿌리개가 바쁘게 물을 나른다. 골을 타고 엊그제 육거리 시장에서 사다 놓은 열무 씨와 적상추 씨를 뿌린다. 손바닥만 한 내 밭이지만 거기서 싹이 트고 자라는 모습을 보며 뻔히 아는 신비한 일에 다시 감동하며 나는 배가 부를 것이다. 거기서 삶의 의미를 깨닫고 희망도 심을 것이다. 얼었던 내 마음의 땅도 함께 갈아엎으며 마음의 씨앗을 뿌린다.

누구는 봄비의 경제적 가치가 2,900억 원이 넘는다고 분석했지만 나는 그 말에 동의하지 않는다. 어찌 그것을 감히 숫자로 표현할 수 있는가. 그것은 영원한 무한대이기 때문이다. 다만 내년 봄에 꼭 오마고 했던 그 약속을 지켜준 봄비의 '위대한 약속'이 너무나 고마워 경건한 마음으로 머리를 조아린다.

■ 박영자 ■

1990년 『한국수필』 등단. 수필집 『은단말의 봄』 『햇살 고운 날』 『해자네 앞마당』, 칼럼집 『춤추는 바람개비』. 한국수필문학상, 충북문학상, 충북여성문학상, 충북수필문학상, 올해의 여성문학상 수상.
pyjjp@hanmail.net

배꽃 웃다

오덕렬

'저거다!' 그의 얼굴은 아침 햇살처럼 환해진다. 배 밭 울타리에서 대롱거리는 우듬지를 발견한 것이다. 수경 재배를 해 보겠다는 것이지만 주인은 벌써 두어 달 전에 전정剪定이 끝났기 때문에 이미 늦었다며 신청을 않는 참이다. '그래도 모르지, 꽃이 필지…' 요리조리 되작거리자 꿈속인 양 미간을 찡룩거리는 가지. 잎눈 하나 틔울 힘도 부친 듯, 눈을 꼭 감아버린 가지만 그는 아가를 보듬 듯 그러안는다.

입양된 가지는 독아지에 꽂혀 물을 만난다. 물은 생명의 근원. '니 꽃눈에 화기가 돈다야. 음마! 사춘기 소녀처럼 꽃눈이 부풀고 있구나!' 꽃눈을 싸고 있던 껍질이 트면서 방이 조붓해지는 느낌이다. 그는 수경재배로 온통 배꽃 천지였던 대전의 '쉘부르' 카페를 생각하고 있다.

회상에 잠긴 그에게 전화가 걸려온다.

"아버님, 애기 아빠가 쓰러졌어요."

"아이고매…! 먼 일이다냐."

쓰러졌다는 말에 쓰나미처럼 덮쳐오는 상념의 무리들을 제끼며 옷을 주서 입는다. 여기서 병원까지는 세 시간이 넘어 걸리는 거리. 허둥지둥 달리는 차 안에서도 핸드폰이 연신 울어댄다.

"숨을 안 쉰다고 그래요."

"설마 무슨 일이 있을라디야…"

"다시 숨이 돌아왔다고 해요."

"………"

그는 전화를 받으면서도 '무슨 일이, 설마, 무슨 일이…' 하며 마음은 주문을 외고 있다. 말은 씨가 된다지. 말 방정을 떨지 않도록 입단속도 한다. '미끈하게 잘 자란 가지였던 녀석이 어쩌다가…'

자정 무렵, 병원에 도착했다. 응급실은 태풍 전야같이 무거운 침묵만이 가득 차 있었다. 환자는 침대 위에서 흰 천을 목까지 올려 쓰고 와불처럼 꼼짝하지 않고 있었다. "최선을 다했습니다만…" 담당 의사가 애비를 옆으로 따다가 건넨 말이었다. 이제 부모가 보았으니 천을 한 뼘만 올려 얼굴을 덮어버리면 모든 일은 끝장인 듯했다.

그때다. '이럴 수는 없다.' 아침 햇살이 안개 걷어가듯 흰 천을 걷어내는 사람이 있다. 환자의 에미다. 손가방을 뒤지더니 사혈 침 하나를 찾아내어 환자의 온몸에 사혈을 시작하는 것이다. 열 손가락 열 발가락, 손바닥, 발바닥, 인중, 이마. 머리… 혈이란 혈은 모두 찾아 쪼고 또 쫀다. 뒤따르는 며늘아기와 둘째는 피를 짜내고 있다. 쪼고 또 쪼고 짜고 또 짜내도 아무런 반응이 없다. 오른쪽 손가락부터 다시 쪼기를 시작한다. 왼손 약지를 쫄 때다. 아무도 모르지만 미세한 느낌, 손을 잡아당기는 기미를 느낀다. '아, 살았구나! 내 아들…' 에미의 예감. 거미줄 한 올에 허우대 큰 자식이 매달려 있음을 감지한 것이다. '살아나 숨을 쉴 것인가…' 에미는 모든 기氣를 아들에게 불어넣었는지 체력은 소진되어 앉지도 서지도 못한다. 말도 멎어버린 에미의 손짓은 입원실을 가리키고 있다. 환자는 서둘러 중환자실로 이동이다. 우주비행사처럼 인공호흡기를 썼지만 모니터의 그래프는 오르고 내리고가 없이 평행선을 긋고 있다. 이런 환자를 간호사에 맡기고 쫓겨나듯 가족 대기실로 옮긴다.

희뿌연 새벽이다. 병실의 복도는 불빛도 희미하다. 문은 굳게 잠겨 있다. 중환자실 유리창에 귀를 대보는 애비는 뛰지 않는 심장의 고동 소리를 이명으로 들었을까. '암 그러고 말고…' 혼잣말을 하며 그림자도 없는 복도를 …왔…다… 갔…다… 하면서, 환자는 농부가 잘라버린 배나무 한 가지라는 생각을 하고 있다.

배꽃같이 환한 아침이 찾아왔다. 따르릉 따르릉 따르릉, 대기실의 전화벨이 침묵을 흔들어 깨운다. 무슨 소식일까, 에미가 전화기를 들자, "여기 중환자실인데요." 간호사의 음성은 약간 상기되어 보호자를 찾는 것이다. '무슨 말이 튀어나올까?' 피가 보뜨라지는 순간이다. 중죄를 짓고 판관 앞에 선 것처럼 겨우 입을 연다.

"예, 제가 에민데요."

"아, 그러세요. 맥이, 환자의 맥이 돌아왔습니다!"

"예에…! 그래요. 감사합니다, 감사합니다."

'멀겋게 말라버린 눈동자가 움직인다니….' 사흘만이다.

"내가 누구냐?"

말은 못 해도 에미를 안다는 표정을 짓는 환자. 한 번도 '잘못된다'는 생각을 한 적이 없는 부모는 곧 훌훌 털고 일어나 생활에 복귀할 것으로 믿었다. 영화에서처럼. 그러나 깨어난 환자는 휠체어에 실려 이 방 저 방으로 재활 프로그램을 따라 다녀야 했다. 몸의 세포 하나하나가 잠을 깨어나고 있는 모양이다. 살을 만지기만 하여도 아가들 경기하듯 깜짝깜짝 놀란다. 두어 달이 지나자 병원에서는 더 할 일이 없다는 것이다.

제 발로 걸어서 병원을 나서는 환자에게는 생각해 보면 그래도 기적이 옆에 있었다. 심폐소생술의 마지막 충격에도 어디 하나 상한 데가 없는 것이며, 조카들의 이름을 하나하나 대고 있는 두뇌 작용 말이다. 지난 일을 바둑 복기復棋하듯 그렇게만 된다면…. 환자 부부는 인사차 담당 의사를 찾았다. '부르가다증후군'을 앓았던 환자 같지가 않았다. 의사와 환자가 얼싸안았다. 누가 먼저랄 것도 없이 모두 함께 만세를 불렀다. 그리고 환자는 '럭키 맨!'의 칭호를 부여받았다. 이렇게 샘형의 장남은 럭키맨이 되었던 것이다.

　나는 춘곤증에 책상 앞에서 얼풋 잠이 들었나 보다. 비몽사몽간에 장성 남면 배 밭을 거닐다가 만세 소리에 그만 봄꿈을 깨고 말았다. 새포름한 하얀 배꽃이 한창 흐드러진 배 밭에서 큰애의 얼굴도 환하게 웃으며 눈짓하는 봄날이었다.

■ **오덕렬** ■

1983년 『방송문학상』 수필 당선. 1990년 『한국수필』 천료, 2015년 『창작에세이』 신인상. 수필집 『항꾸네 갑시다』(아르코창작기금 수상, 2013), 평론집 『수필의 현대문학 이론화』. 황조근정훈장 수훈. 광주문학상, 박용철문학상 외 수상. 광주광역시문인협회 회장 역임. 창작에세이문학회 회장. ohdl@naver.com

황학골 연가

차혜숙

　　녹사평역에서 하차해 네거리에 서면 왼편에 깎아지른 듯한 언덕
이 있다. 그 위로 카페와 음식점들이 올망졸망하고 영문으로 표기된 간판들이
알록달록, 지나는 이들을 유혹한다. 벼랑 위에 세워진 별장처럼 밤에는 네온사
인 불빛이 참으로 아름답다.

　녹사평에서 이태원역으로 이어져 하얏트 서울 호텔까지는 과거와 현재가 공
존하는 거리이다. 일제 강점기에는 일본군이 주둔했고 광복 이후에는 미군이 주
둔하게 되며 자연 외국인 밀집 거주지가 되었다. 호텔이며 음식점이며 상점들이
외국인을 위주로 하다 보니 이국적이 되었다고나 할까. 나 또한 아이쇼핑하러
이태원을 자주 찾게 되고 예전에는 데이트 장소로도 왔고 친구의 만남의 장으로
도 왕래했었다. 하지만 이태원의 유래에 대해선 문외한이었다.

　옛날에는 황학골이라고 불렸는데 그 당시에 운종사라는 절이 있었고 그곳의
비구니들이 머물고 있었다. 임진왜란 때 일본군이 쳐들어와 절에 머물면서 비구
니들을 강탈하고 떠나면서 불까지 지른 바람에 비구니들은 용경산 부군당 아래
에 토막집을 짓고 살았다고 한다. 그때 비구니에게서 생겨난 아이를 마을 사람
들은 이태(異胎)라고 불렀고 전해 내려오면서 이태원으로 불리게 되었다니 일
본군의 만행이 얽힌 황학골의 비극사가 아닐 수가 없다.

　이태원에 그런 슬픈 역사가 숨어 있을 줄은 지금껏 몰랐기에 여흥을 즐기러
갔던 지난날의 내가 그저 부끄럽기조차 하다. 그렇다면 부군당은 마을 당굿을
하는 곳인데 얼마 전에 경복궁 내에 있는 민속박물관에서 당굿에 관한 사진전을

관람한 적이 있잖은가. 그때, 고 김수남의 사진전이었는데 샤머니즘에 관한 작품이라서 눈여겨보았었는데 호기심이 생겨났다. 이태원 부군당은 400년이 되었다는데 지금까지도 전해 내려오고 있음을 문헌에서 본 것도 내게는 행운이라 할 수 있다.

비구니가 머물던 융경산은 녹사평역 산언덕이 아닐까하는 추측마저 일어 찾아 나서기로 마음먹고 주위를 둘러보던 중, 그만 깜짝 놀라고 말았다. 앗! 이제껏 이곳을 수없이 다녔어도 왜 몰랐을까. 바로, 카페가 있는 산 언덕위에 이정표가 바람에 나부끼는데 류관순 길이라고 적혀 있었다. 평소에 류 씨와 차 씨를 종씨라고 부르고 호적상으로 혼인도 할 수 없기에 늘 류관순 순국열사를 기리는 마음을 갖고 있었는데 이곳에서 만나다니 갑자기 가슴이 두방망이질 치며 콩닥거리기 시작했다.

발길은 자연 이정표를 향해 걸어갔고 좁은 골목을 지나 가파른 주택가를 올라가니 류관순 길이 끝나는 시점에 부군당 역사 공원이 있었다. 부군당은 유교적 제례라기보다는 당굿을 하는 무속에 가까운데 어떻게 그곳에 류관순 추모비가 세워져 있는 걸까.

조선시대에 관아에서 2~3평 남짓하게 사당을 세우고 마을의 안녕을 빌고 소슬대문에는 삼태극을 그리고 사당에는 나무로 깎은 남근과 종이돈을 돌돌 말아 줄에 꿰어 매달았고 부군 할아버지와 할머니 두 분을 모시고 제를 지냈다고 한다.

사당 안에는 산신, 장군신, 대동어른 대감, 칠성 제석 등의 화상을 탱화로 그려 모셔져 있는 것이 특징이다. 금기시 하는 것도 많고 기가 강해 외부인이 함부로 출입고 할 수 없고 그곳의 나무도 꺾으면 화를 입고 옛날에는 말 타고 지날 수도 없고 상여도 지날 수 없으며 소피도 볼 수 없었다고 한다.

제를 안 지내도 화를 입는다니 어찌 이토록 신성시하고 음양의 조화가 있는 부군당에 소녀의 몸으로 독립만세 외치고 아우내 장터에서 태극기 나누어 주며 독립운동하다가 일본 헌병에게 잡혀서 서대문형무소에서 모진 고문에도 뜻을 굽히지 않고 순국한 열사의 추모비가 부군당에 함께 자리 잡은 것은 열사의 기상이 높기에 기가 강한 이곳에 세워져서 음양이 화합한 부군신의 보호를 받는 것이 아닐까.

아니면, 부군당 앞에 전망대처럼 탁 트여 왼쪽에는 63빌딩, 미군기지와 용산이 있고 오른쪽에는 인왕산과 남산 목면산이 자리 잡고 그 아래 한강이 유유히 흐르는데 한 평의 감옥에서 머리도 둘 수 없는 좁은 곳에 갇혀서 고문에 의해 죽임을 당한 열사의 혼백을 위로하고자함이 아닐까.

이화학당에서 열사의 시신을 모시고 정동교회 김종우 목사가 장례식을 거행했다고 하는데 참으로 아이러니한 것은 당굿을 하는 부군당에 관련이 있는 것이다. 영혼을 기리는데 있어서는 종교를 초월한 것일게다.

추모비에는 류관순 열사의 유언이 새겨져 있다.

내 손톱이 빠져나가고 내 귀와 코가 잘리고 손과 다리가 부러져도 그 고통을 이길 수 있으나 나라를 잃은 고통은 견딜 수가 없다. 나라에 바칠 목숨이 오직 하나밖에 없는 것만이 이 소녀의 유일한 슬픔입니다.

나는 그 비문을 읽으며 가슴으로 통곡했다. 열사의 피로 얼룩진 이 땅 위에서 과연 무엇을 하고 어떤 마음가짐으로 살아 있으며 두발로 당당히 걸을 수 있는가. 나라사랑하던 독립투사 그분들의 위대한 영혼을 위해 남은 날들을 보답하며 살아갈 수 있겠는가.

열사들이여! 진심으로 감사합니다.

나는 경건한 마음으로 부군당을 뒤로 한 채 경리단으로 발길을 돌렸다.

▬ 차혜숙 ▬▬▬▬▬▬▬▬▬▬▬▬▬▬▬▬▬▬▬▬▬▬▬▬
1990년 『한국수필』 등단. 국제펜문학협회 이사. 한국문인협회, 서대문문협 부회장. 서포김만중문학상, 불교문학본상, 한맥문학상 수상

바닷가 숲속에서 만나는
학문과 예술의 향기

신용철

오죽헌에서 사임당과 율곡을 만나는 강릉은 바닷가의 절경에서
뿐 아니라, 우리의 사상 문화와 예술의 명승지이기도 하다. 성리학을 통치 이념
으로 하던 조선의 학문과 교육에 크게 공헌한 율곡의 탄생 성장의 고향이다. 학
자와 교육자로서뿐 아니라, 정치인으로서도 그는 국가의 안정과 발전에 크게 기
여하였다.

천재적 율곡을 길러낸 어머니의 전형으로서 신사임당 역시 문학이나 예술에
있어서 우리 역사상 보기 드문 전통시대의 여류 문인 예술가였다. 기호학파의
대 학맥을 이룬 율곡은 조선 전기의 조선유학사에는 물론 현실 정치에도 참여하
여 경세에도 불후의 업적을 남겼다.

율곡의 영정을 모신 오죽헌烏竹軒의 사당 문성사文成祠와 김은호가 그렸다는 표
준영정과 『격몽요결(擊蒙要訣)』 등은 모두 율곡의 상징이다. 그래서 학문과 예
술로 유명했던 모자는 오늘날 유통되는 지폐의 오만오천 원이나 차지한다.

그러나 율곡이 세상을 떠난 후, 1592년 조선왕조는 역사상 유례없는 대 전란
인 임진왜란의 참화로 왕조는 재기불능 정도의 붕괴에 직면하였다. 전란 이전
그에게서 만들어진 성리학적인 사상과 문화 질서는 크게 무너졌다. 난국을 극복
하고 시대의 과제를 해결하기는 너무 무력하였다.

인류의 역사를 지배하는 치국과 위란治亂이나 파괴와 건설破與立이란 반복의 진
리가 이처럼 빨리 그 시대의 사상과 문화의 혁신을 요구했다. 위급하고 새로운

시대적 도전이었다. 그런데 이 시대적 요구와 도전에 대한 응답도 또 이 강릉의 바로 근처에서 일어났으니, 강릉은 참으로 우리 사상사의 멋진 고향이다.

좌절의 자유인 허균과 허난설헌이 출생했다는 집은 거기서 멀지 않다. 아주 자유롭고 운치 있게 우거진 소나무 숲의 초당동 '허균, 허난설헌 기념공원'으로 찾는 이를 사로잡는다. 오죽헌에 비해 서민적이고 자유롭고 한가해 보이는 곳이다. 이곳이 허균(許筠, 1569-1618)과 허난설헌의 생가이다. 허균의 아버지 허엽(許曄)의 호이기도 하고 우리가 흔히 즐겨 먹는 '초당' 두부의 본고향이기도 하다.

천재 문인이며 시대를 너무 앞서 살며 홍길동처럼 사회를 개혁하려다 백성을 훔친 죄로 비참하게 처형된 자유인 허균을 우리는 잘 안다. 물론 홍길동전으로 더욱 유명하지만. 명문가에 태어나 판서의 서열에 오를 정도로 관도에 성공도 하지만, 계속하는 장원급제와 연속되는 파직에 이르며 처참한 역적으로의 죽음이 그의 숙명이었다.

몇 년 전, 커다란 인기를 누렸던 〈광해, 왕이 된 남자〉를 생각한다. 이 영화의 주인공 광해군 외에 또 다른 주인공이 바로 왕의 비서실장인 도승지 허균이었다. "이 사건이 있은 몇 년 후, 도승지 허균은 1618년 역모의 죄로 처형을 받았고, 광해군 역시 1623년에 왕위에서 쫓겨나 강화도로 귀양을 갔습니다."는 끝의 대사를 기억한다.

그는 조선왕조 치국의 이념인 성리학에 반기를 들고 이단으로 경시하던 불교와 도교를 수용하였다. 심지어 중국을 통해 들어오기 시작한 천주교를 수용하며 찬송가를 들여오기도 했다. "천리를 존중하고, 인욕을 버려라."는데 성리학에 반대하여, "정욕은 하늘이 준 것이고, 윤리는 성인이 만든 것이니, 성인보다는 하늘이 더 높다."고 욕망의 자유를 외쳤다.

조선의 성리학, 즉 질서를 확립하는 데 크게 기여했던 오죽헌의 사임당과 율곡에 비하면 아주 도전적이다. 강릉의 이웃에서 태어났어도 율곡과 허균의 가문은 이렇게 달랐다.

허균은 새로운 질서를 확립하기보다 불필요하게 굳어진 질서를 파괴하는 작업을 시작했다. 그것은 너무 어렵고 또 위험한 일이었다. 그래서 허균은 『홍길동전』을 써서 서자에 대한 차별과 양반사회의 질서에 대해서 반발했고, 새로운 사회의 유토피아를 향해 상업과 해외진출을 외쳤다.

아울러 우리는 조선시대에 보기 드문 또 하나의 비극의 천재적 여류시인을 이곳에서 만난다. 허균의 누이 난설헌, 허초희(蘭雪軒 許楚姬, 1563-1589)이다. 불행한 결혼에 실망하고 그를 받아들일 수 없는 사회에서 살아갈 수 없어 불행하게 생을 마감하지만, 그의 주옥같은 작품들과 자유로운 정신은 그 시대 여류문학과 사상의 한 송이 붉은 꽃이었다.

그러나 이 두 가문의 행복과 불행이나 영광과 치욕에 관계없이 그들의 사상적 문학적인 업적은 올바로 평가되기 시작했다. 허균의 사상적 영향은 조선 후기 실학사조와 문단의 꺼지지 않는 불씨와 지하수로 영원한 생명력을 갖게 되었으니 말이다. 그 점에서는 불행하고 비참한 생애였지만, 위대하고 영원한 사후의 영향이나 평가이다.

강릉은 언제나 혼탁하고 무질서하다며 아우성치는 현대의 복잡한 도시를 훌쩍 떠나 찾아보고 싶은 곳이다. 혼자 다시 조용히 오래도록 걸으면서 생각하고 싶은 숲이다. 성실하고 맹렬하게 살다 간 영광과 비극을 안은 채 몸부림치던 선인들의 아우성을 듣는 곳이다.

그래서 강릉은 문학과 예술의 향기로 가득한 바닷가 숲속 민족의 문학공원이다. 아픔 속에서 굴절하며 전개되던 조선의 사상사를 한 곳에서 느끼며 볼 수 있는 역사의 공원이기도하다.

■ 신용철 ■

1991년 『한국수필』로 등단. 경희대학교 명예교수(사학). 수필집 『하이델베르크의 추억』. 종합문예지 문예비전의 명예발행인. 춘원연구학회 부회장. yongchshin@hanmail.net

어머니, 나들이해요

김희선

　　　여름 햇살이 그리움을 부추기네요. 있잖아요 어머니! 그때 어머니 가시던 그해에 돌쟁이였던 막내가 벌써 나이가 삼십이 넘어 장가를 들었어요. 그리고 귀여운 아가들의 아빠까지 되었어요. 세월이 이렇게 빠르게 지나고 보니 바람결 따라 아쉬움도 자꾸 쌓여 가네요. 어머니 생전에 저와 함께 나들이한 기억이 많지 않으니 제가 이런 생각까지 하게 되는가 봐요.

　　어머니! 저와 함께 나들이해요. 어머니가 계신 그곳에서도 하루쯤은 나들이가 허용된다지요? 음력으로 7월 15일이 백중날이라 사후세계에서는 하루의 외출이 가능하다던데 그날이 어떠신지요.

　　모래알이 섞여 하얀빛으로 질척거리지 않는 거기 시골길, 걷기에 좋은 그 길 있잖아요. 시원한 바람이 불어오는 논둑길 옆으로 펼쳐지는 초록의 물결, 언덕으로는 밤나무, 도토리나무, 그리고 아카시나무가 숲을 이루고, 옆으로는 시원하게 맑은 물이 흐르는 곳, 언덕에는 분홍빛으로 싸리꽃이 피어있고, 논둑길에는 메꽃도 많이 피어 있었죠. 거기 시냇가 맑은 물에 어머니와 함께 발을 담그면 더위도 가시고 피곤함도 사라질 거예요.

　　고운 모양을 표현할 때, 메꽃처럼 곱다고 하시던 꽃. 지금도 메꽃을 보면 어머니의 말씀이 생각나네요. 메꽃의 연분홍빛은 한여름에도 시원한 느낌을 주네요. 참 어머니가 좋아하시던 수국꽃은 푸른빛이 귀하다고 하시면서 물에다 먹물을 섞어 주셨어요. 그래서 제가 먹을 갈아 드리곤 했죠. 청수국꽃이 필 때는 꽃송이가 어찌나 큰지, 마당에 있는 커다란 세숫대야를 보면서 꽃송이가 어쩜 이렇게 클 수 있을까 세숫대야를 가져다가 비교를 했었죠. 어릴 때 꽃 속에다 얼굴을 묻어보던 기억도 나네요. 내 얼굴보다 훨씬 컸던 탐스러운 꽃송이는 부드러우면서도 촉촉하여 살아있는 느낌이 좋아 꽃 속에다 얼굴을 들이대곤 했었죠.

어머니! 더운 날씨에는 모시가 제일이라고 하셨죠? 어머니가 모시옷을 빨 때는, 어렸을 때부터 제가 쪼그리고 앉아 구경을 했지요. 그때 어머니가 말씀하셨어요. 모시는 옷을 안 입은 것보다 입으면 더 시원하다고, 바람이 솔솔 들어와 살갗에 닿는 느낌이 선선해서 여름옷으로는 최고라고…. 요담에 커서 어른이 되면 모시를 꼭 입어보라고 하셨는데, 아직까지 모시옷을 입어볼 생각을 하지 않았어요. 모시는 빨래를 할 때에도 어루만지듯 살살 부드럽게 주물러 빨아야 상하지 않고, 약간 올이 튀여도 풀을 먹여 손질하면 언제나 진솔 같아 외출복으로는 최상품이라고 하셨습니다. 저도 한 칠십이 넘으면 꼭 입어 볼 거예요.

우리가 어릴 때는 대개의 집들이 초가였어요. 일 년에 한 번씩 가을이 되면, 초가지붕을 손질할 때마다 어머니께서 무척 힘들어하셨어요. 철저히 막는다 해도 집안 곳곳에 끼어드는 먼지를 치우는 일은 어마어마했었죠. 마당가에 있는 우물에 뚜껑을 덮는다 해도 속속들이 먼지가 스며들었어요. 가을이 되면 어김없이 초가지붕을 다시금 손질하는 일이 얼마나 힘든 일인가 어렴풋이 알고 있어요. 초가가 낭만의 지붕이긴 해도 장단점이 뚜렷하거든요. 여름에 시원하고 겨울에 따뜻하지만, 대신 노래기와 굼벵이, 벌레도 많고, 갈무리가 힘들었기에 결국 기와로 바꾸었죠. 어머니는 어깨에 있던 무거운 짐을 내려놓은 것처럼 홀가분하다고 하셨습니다. 어머니께선 평생을 서울에서 사셨건만, 매일 바라보는 남산마저도 올라가 보지 않았다고 하셨어요. 지금이라면 제가 손수 운전을 해서 남산은 물론, 예쁜 찻집도 가고, 잠시 시간을 내면 얼마든지 구경시켜 드릴 수 있을 텐데. 지금은 쉬운 일이 그때는 자가용 시대가 아니었으며 아이들 셋 키우느라 생활이 바쁘기만 했어요. 어머니의 사랑을 갚을 길이 묘연하게 되었어요.

이번 백중날에, 동인이 초대를 해주어 강원랜드에 갔었죠. 이 글을 쓰다가 간 나들이라 그런지 불꽃놀이를 보면서 "어머니 어때요, 정말 예쁘죠"라는 말을 불쑥 중얼거리고 있었어요. 앉은 자리가 흔들리는 통쾌한 소리. 커다란 풍선처럼 동그랗게 모였다가, 순간에 흩어지고, 천사들의 지휘봉에 따라 모였다 사라지고, 바로 머리 위에서 흩어지는 색색의 꽃별들이 얼굴에 떨어지는 느낌이라서 손가락을 좌악 펴서 그 사이로 보았어요. 불꽃놀이를 그렇게 가까이서 보는 것도 처음이었어요. 어머니는 6·25전쟁을 겪으셨기에 총소리가 싫을 수도 있겠다는 생각을 했어요. 그래도 하늘을 수놓는 불꽃들은 정말 감동이었어요. 어머니를 모시고 처음으로 불꽃놀이 꽃구경을 했네요.

어머니 가신 지 30여 년이 훨씬 넘었는데도 그리움은 새록새록 변함이 없네요. 계절따라 생각나고, 연하고 고운 색깔을 보면 어머니의 모습이 그리워지네요. 어느 골목길을 지나다가 구수한 찌개나 국 끓이는 냄새에도 문득 어머니가 그리워 가슴을 적시곤 합니다. 그리움과 외로움은 늘 함께 다니나 봐요. 어머니와의 나들이가 별로 없어 서운하거든요. 어머니 오늘, 저와 함께 나들이 하신 거 맞나요? 저는 그렇게 믿고 싶어요.

■ 김희선 ■

1991년 『한국수필』 등단. 서로다독서포럼 회장. 에세이문학 이사, 한국문인협회 이사 역임. 한국수필작가회 회원. 제19회 서울문예우수상, 연암문학예술상 수필부문대상 수상. 수필집 『모음이 피는 웃음꽃』 『잠깐』 『8인의 문학향기』(공저). heesun0222@hanmail.net

노점상 여주인

이순향

노점상을 하는 이웃집 언니를 못 본 지 달포가 넘었다. 그동안 산책을 다니지 않았기 때문이다. 우리 집은 북한산 줄기가 굽어보고 있는 주택가에 위치하여, 조금만 걸으면 북한산 국립공원 입구에 도착한다. 거기에서 언니는 길바닥에 평상을 펴 놓고 자질구레한 물건을 팔고 있다. 나는 가끔 평상복에 챙이 긴 보라색 모자와 안경을 쓰고 그곳으로 산책을 가곤 한다. 그러면 언니는 내가 귀부인 같아 보인다고 놀려대곤 하였다.

언니를 우리 가족이 알게 된 것은 수십 년 전 내가 중학교에 다닐 때라고 기억한다. 우리가 북쪽으로 이사 와 정착한 후인데, 밤골이라는 마을에서다. 차에서 내려 소나무길을 계속 올라가면 철책으로 둘러싸인 목장이 보인다. 멀리서도 젖소의 희고 검은 점박이가 한 폭의 그림처럼 평화롭다. 그곳에서 흘러넘치는 냄새는 향기롭지 않았지만, 지금은 만나기 힘든 토속적인 풍경 중의 하나로 여기까지 오면 밤골에 다 온 셈이다.

노점상을 하는 언니는 마을에서 교회집이라고 불리는 집의 맏딸이다. 그녀의 집은 화려하지 않으나 시멘트로 깨끗하게 단장되어 있었다. 거기에서 그네는 잡일로부터 유치부 선생, 부녀반장까지 닥치는 대로 일했으며, 나보다 서너 살 위이며, 천연두의 흔적이 얼굴 곳곳에 남아 있었다. 거기다가 기운이 장사 같고 성격이 활달하여 마을에서는 유능한 일꾼으로 통했다. 그래서 우리 집에 큰일이 있을 때마다 도와주곤 하여, 친척들과도 얼굴을 아는 사이가 되었다.

그녀는 가끔 산에서 땔감을 지고 내려왔다. 산과 친해선지 싸리나무는 몸의 부종을 없애고 우슬초는 신경통에 좋다는 등 아는 것이 많았다. 이런 놀이가 재미있어 쫓아다니곤 하였다. 그네는 산골 처녀 같았다.

어느 초가을 밤이었다. 책을 읽고 있는데 밖에서 외마디 소리가 들렸다. 도둑인가 싶었는데, 알고 보니 그녀가 길목에서 지나가는 사람을 놀래주려고 담요를 두르고 귀신 놀이를 했다고 한다. 독실한 기독교신자이지 입담 좋은 그네의 어머니는 짓궂은 딸이 그래도 아들 맞잡이라고 자랑스러워한다.

우리 집은 큰길을 끼고, 얼룩무늬 축대 위에 자리 잡고 있었다. 그런데 공교롭게도 옆집과 좋지 않은 일이 생겨 이사를 가게 되었다. 그곳을 떠난 후, 이웃집 언니를 만나지 못했다. 다만 소문으로 시집간 날 첫날 밤 남편이 모자란 사람인 것을 뒤늦게 알고, 충격으로 동네를 방황하다가 병원 신세를 진 이야기를 들었다.

그네를 다시 만난 것은 대학생이 되었을 무렵이다. 다시금 북한산 기슭, 지금 사는 동네로 이사 와서 산책을 시작한 이후였다. 그녀가 좌판을 벌여 놓은 곳은 울창한 숲이 보이는 전망 좋은 길가였다. 반가웠으나 처음에는 눈인사만 했다. 그러다가 호기심이 나고 미안하기도 하여 물건을 사곤 하다가 돗자리에 앉게 되었다. 길바닥 평상 위에는 짜들은 오징어가 고달픈 삶처럼 널브러져 있었다.

그 앞으로 사람들이 지나간다. 젊은 연인들과 등산복 차림의 노부부, 그리고 어머니 손을 잡은 아이들. 나도 가끔 그 무리에 낀다. 그럴 경우는 물건을 사는 척하며 친구를 선보이곤 하였다. 그녀가 자리를 비울 때는 내가 주인 노릇을 할 때도 있다. 하지만 계면쩍어서 손님을 놓치기 일쑤였다. 이런 줄도 모르고 나를 얼굴마담이라고 추켜세운다.

공원 입구에는 옥수수를 쪄서 파는 사람, 뻥 하는 소리로 주위를 놀라게 하는 뻥튀기 장수들로 부산하다. 특히 해산물과 술을 곁들여 파는 포장마차가 있어 더욱 시끌시끌하였다. 나는 거동이 불편한 어머니를 모시고 있는 그녀에게 포장마차로 바꾸어 보라고 권해 보았다. 대답은 물장수는 안 하겠다는 것이다. 그 순간 나름대로 자신을 지키는 모습이 대견하다고 생각했다.

어느 날 단속반이 와서 좌판 위의 물통을 발길로 뭉그러뜨리고 있는 것을 먼 발치에서 보았다. 내가 당하는 것같이 마음이 아팠다.

직장 근처에도 노점상이 많다. 깨끗한 할머니가 텃밭에서 갓 따온 듯한 무, 늙은 호박, 못생긴 모과 등을 정갈하게 다듬어 팔고 있었다. 나는 퇴근길에 그 신선함이 좋아서 걸음을 멈추곤 한다. 그곳에는 언니네 좌판에서 느끼던 군색한 삶보다는 잊혀져가는 시골 정취와 따뜻한 인정이 물씬 풍긴다.

밖에는 비가 오락가락한다. 이럴 때는 좌판을 벌이고 있는 언니는 비닐로 평상을 덮는다. 그러나 어떤 때는 빗줄기가 동전 한 닢짜리 과자까지 적시곤 하였다. 문득 평상 위에 고이는 빗방울이 그네의 눈물처럼 느껴졌다. 누르퉁퉁하게 부은 얼굴과 울긋불긋한 옷차림까지도….

옛글에서 '정이 많으면 병이 깊다.'라는 구절을 본 적이 있다. 그녀보다 가진 것이 많은 나는 복에 겨워 투정을 부릴 때가 있다. 생활 때문에 학교 앞에도 변변히 못 가 본 언니는 나를 부러워하는 기색조차 없어 보인다. 오히려 질경이 같은 생명력과 분수대로 사는 그의 삶을 배워야 하는 것이 아닐까.

수많은 노랑나비를 단 은행나무가 비바람에 잎을 떨구는 모습이 눈물겹도록 아름답다. 오랜만에 잎을 주워 들여다보았다. 말랑말랑한 피부에 가느다란 실핏줄이 애처롭다.

비가 그치면 가을 산을 보러 가야겠다. 도중에 노점상 그네를 만나면 손을 흔들면서 웃어주리라.

■ 이순향 ■

1991년 『한국수필』 추천완료. 한국문인협회, 한국수필가협회, 한국수필작가회 회원. 작품집 『꼬리표 인생』 외 공저 다수. jolok@hanmail.net

아버지의 수염

이사명

　　오늘은 친정아버지의 기제사 날이다. 음력으론 아직도 9월 중순인데 기상이변으로 소한을 연상케 하는 폭설의 첫눈이 내렸다. 아버지는 평소 아무리 눈이 많이 쌓여도 새벽 운동을 하고 해장술을 드셨다. 마흔이 되면서부터 시작한 술은 어쩌다 우리 집에 오셨을 때에도 예외가 없었다.

　어느 날인가. 어둠이 채 걷히지 않은 이른 새벽에 누군가 문을 지그시 밀었다. 찬바람이 스미는 순간 놀랐지만 곧 아버지임을 알았다. 짚이는 마음에 시계를 보니 5시를 비켜나고 있다. 다행히 남편은 아버지가 농 위 큰 병의 과일주를 안고 나가시는데도 술이 과했는지 미동도 없다. 아버지는 준비해 둔 육자배기 사발로 두 잔을 쭉 하시더니 "어! 흠!" 하셨다. 그 소리는 아버지 노안에서 가장 잘생긴 수염을 쓰다듬으시면서 내는 소리였다. 나는 모르는 척 누워있다 창이 환해지자 일어났다.

　눈이 감나무 대추나무 장독대 위에 소복하게 쌓였다. 서울에서 몇십 년을 살았지만 첫눈이 이렇게 많이 내린 적은 없었다. 눈을 볼 때마다 기억에 새로워지는 것은, 부모님의 완강한 반대에도 불구하고 무릎까지 차는 눈길을 만들면서, 열일곱 되던 해에 서울로 오는 기차를 탔던 때문이리라.

　우리 고장에는 딸이 보름날에 친정에 가는 풍습이 있다. 보름이라고 서울로 간 언니가 왔다. 나는 마침 학교를 졸업해 고민하던 중이라 언니를 따라가려고 부모님을 설득했다. 부모님은 느지막이 얻은 막내딸을 보내기가 안타까워 완강하게 반대하셨다. 그러나 나는 승낙을 받아내고, 서울행 완행열차를 타기 위해 새벽같이 일어났다. 아버지는 눈 쌓인 마당에서 은빛수염을 날리며 서성이셨다. 내가 가진 것이라고는 입은 옷과 쌀 다섯 되뿐인데 눈까지 내려 쓸쓸하기만 했다. 눈시울을 적시고 손을 흔드시는 부모님을 뒤로하고 눈물을 감추며 언니와 형부를 따라 일로역을 향해 걸었다. 눈은 홑바지 속으로 계속 스며들고 역은 멀기만 했다.

기차 안은 발이 얼고 눈물로 부어오른 얼굴과 몸을 훈훈하게 해주었다. 온갖 상념에 젖어있는데도 피곤했던지 잠이 들어버렸다. 여중생활 내내 입고 싶었던 감색 사지교복을 입고 아버지를 따라 다니던 바닷가에 가 앉았다. 아버지는 막내딸이 걸리셨는지 생시처럼 정신이 번쩍 드는 훈계로 깨닫게 해주셨다.

여러 역을 지나칠 즈음 차멀미가 시작되었다. 사촌형부는 연신 음료수를 들고 위로했지만 멀미는 그치지 않았다. 새벽에 탄 기차가 눈보라를 헤치며 종일 달려 서울까지 오는 동안 석양 하늘에 걸린 해는 노을을 만들며 지평선에 걸쳐 넘어가고 있었다. 서울역이 가까워졌을까? 소란스러워지더니, 〈나그네 설움〉이란 노래가 흘러나왔다. 나는 내 마음을 노래하는 것 같아 서러운 눈물을 쏟으며 서울 땅에 첫발을 내려놨다. 서울은 추위와 두려움에 떠는 나를 네온사인으로 감싸주었지만, 그 네온사인이 더 시려 몸과 발이 얼어붙어 걸을 수가 없었다.

마당에 소복하게 쌓인 설경에 눈을 묻고 아버지께서 목숨처럼 아끼고 좋아하셨던 수염과 술을 생각해 본다. 돌이켜보면 아버지는 수염을 정신적인 면과 외형적인 면으로 나누어 생각하셨던 것 같다. 오빠에게 훈계하실 때마다 수염의 무게를 놓고 비유로 말씀하셨는데. 수염이 남자의 위엄을 갖추는 품격에도 영향을 주지만 약해지려는 마음의 기둥으로도, 관상학적으로는 희망을 줄 수 있는 상징도 된다 하셨다. 나는 그런 수염을 어려서 아버지 품에 안겨 어루만지곤 했다. 술은 무슨 요물인지 아버지를 애주가로 만들고 끝내 술로 돌아가시게 했다.

하지만 우리 가족은 술을 원망하고 탓하지 않았다. 자식을 다섯이나 먼저 보낸 아버지의 한을 그 술이 삭여주고 위로해줬기 때문이다. 아버지의 성품은 강한 자에게 강하고 약한 자에겐 한없이 여리고 따뜻하기만 했다. 종교에 귀의하지 않으셨지만, 종교인 못지않게 진실하고 의롭게 사셨다. 궂은일이나 불의의 일에도 물러섬이 없으셨고, 칠흑 같은 밤에도 등불을 들고 불쌍한 시신의 묏자리를 찾아 묻어주었다. 그런 사람들은 대개 깊은 밤에 찾아왔는데, 싫은 내색 한 번 없이 울면서 하소연하는 그들의 청을 모두 들어주시고, 일을 해결하는 방법과 도리도 아울러 깨우쳐주셨다. 나는 지금도 그런 아버지를 잊을 수가 없다.

아버지께서 가신 지 오래되었다. 하지만 아직껏 아버지의 얼이 내 가슴에 살아있어, 내 삶의 사표로 용해되어 아버지의 뜻과 함께한다. 어린 시절 아버지를 따라 다니며 배우고 겪었던 일화들, 멀리 수평선을 바라보며 바닷가에서 일러주셨던 삶의 교훈들이, 내 일상 속에서 생활의 지표로 묻어 나온다. 그런 아버지가 안 계신 생각을 하면 어쩔 수 없이 비감에 젖게 된다. 아버지께선 만사란 깊이 숙고하지 못하고 인내하지 못하는 데서 그르친다고 하셨기 때문이다. 그리고 선한 마음이 모든 것에 우선한다며 성실한 일상의 태도에서 지혜를 얻고자 하셨던 아버지가 눈물겹도록 보고 싶고 자랑스럽다.

사람은 누구든 자기 나름대로 자신의 몸에서 자신만이 믿는 어떤 부분이 있는 것 같다. 아버지의 수염도 바로 그런 격이었다. 아버지는 그 수염에 희망을 두고 버팀목으로 의존하면서 운신의 폭을 넓히셨던 것 같다.

나는 아직껏 나를 안고 즐겁게 술을 드시던 아버지의 편안함에 감사한다. 그리고 애착하셨던 수염을 쓰다듬으시며 나를 사랑하시던 아버지가 그립기만 하다.

■ 이사명
1992년 『한국수필』 등단. 제31회 한국수필문학상 수상. 전) 광진예술문화단체 총연합회(예총회장). 한국수필가 협회, 국제펜클럽, 한국문인협회, 한국여성문학회 회원. 저서 『함께하는 행복』, 『굽은 나무가 선산을 지킨다』, 『백제를 가다』. cmsamyoung@hanmail.net

떨켜

박선님

"우리 집 귀물이야, 장비의 기상이라 칭하노라."

삼지창을 연상케 하는 선인장 화분을 두고 한 말이다.

입주 기념으로 손가락 크기만 한 것을 들여와 제자리 잡아 준 지 십여 년쯤 되었을까. 그동안 여느 집 애완용 강아지마냥 애지중지하지도 못하고 이따금 눈길 한 번 마주치는 것, 물 한 번 주는 것이 고작이었는데 운동으로 잘 다진 청년의 팔뚝마냥 울룩불룩 검푸른 빛을 띠며 잘 자랐다. 다람쥐가 쳇바퀴를 도는 것인지 쳇바퀴가 다람쥐를 도는 것인지 어리둥절 정신없이 살아가는 사람에겐 딱 좋은 화분인 듯싶다.

"바이러스 때문이에요." 꽃집 주인이 단호하게 말한다.

"삼지창을 고집하다가…." 남편이 얼버무린다.

"그렇다고 자연의 순리를 거역하면 안 되지요." 전문가다운 꽃집 주인의 말이다.

"무소유야."

속상한 마음을 누그러뜨리느라 안간힘을 쓰는 그이가 나를 탓하려 든다. 어느 것 하나라도 소유한 순간부터 노력과 관심이 필요치 않은 것이 있으랴. 더더군다나 화초를 키우는 데 사전 지식이 없이 문외한 어쩌고 하는 것은 무책임한 일이다.

들며나며 바쁜 와중에도 선인장 바라보는 재미가 쏠쏠했는데 장비의 기상인

삼지창은 자취조차 없고 왜소하기 그지없는 새끼 선인장 세 개가 꽂혀있듯 다시 그 자리에 있다. 이를 보고 있자니 아쉬움이 더한다. 이렇게 되기까지는 순전히 그이 잘못이 크다.

우람하게 일자로 쭉쭉 잘 자란 선인장이 어느 날부터 오른쪽 왼쪽에 새끼 가지를 치기 시작하여 삼지창을 만들었다. 집을 방문한 사람들은 이를 보고 꼭 바깥주인을 닮아간다고 말하곤 했다. 내가 보기에도 그랬다. 선친께서 지어주신 이름 덕을 톡톡히 치른 격이라고 해야 할까. 남편이나 선인장이나 삼국지에 나오는 인물의 분위기를 점점 더 닮아가는 것 같았다. 일상에 지쳐 기운이 없다가도 선인장의 기세등등함을 보면 힘이 솟는 듯 기를 받곤 했는데….

집 리모델링 이후부터는 편해지기 방편으로 무소유를 자주 들먹여가며 꼭 필요한 것 외에는 사들이지 않기로 했다. 그런 뒤끝이라 우리 집 살림은 볼만한 것이라곤 없다. 솔직히 그이나 나나 꾸미고 사는 것을 몰라서도 그렇지만 아이들 뒷바라지 하느라 여유가 없어서도 그랬다. 하지만 무엇 하나 집에 들어온 것이면 지고지순하게 쓰거나 간직하거나 하여 유효기간이 없다. 선인장 화분도 그중에 하나인 셈, 주인의 의지를 닮아 잘 자라고 있었다. 삼지창만 고집하지 않았으면 말이다.

"어? 또 이곳에 새끼 치네."

어느 날 선인장을 문득 대할 때 중국 계림의 산 모습이 떠올랐다. 평지에 느닷없이 솟아 있는 산을 보고 나는 '불쑥'이라는 낱말이 적절하다고 생각했다. 그야말로 불쑥불쑥 불거진 새끼가지들 때문에 짙은 녹색 빛이 연해지기 시작한다. 그 가지들이 여기저기에 자꾸자꾸 솟아 웅장한 모습을 잃어갔다. 급기야 그이가 손을 썼다. 가지치기를 한 것이다.

본래의 줄기에 양옆 가지 하나씩만 남기고 다 쳐냈다.

"음, 이제 본 모습이군."

지나치다싶은 관심은 오히려 화를 불러올 때가 있는 것 같다.

천장을 뚫을 듯한 기세는 어디 가고 갈색빛을 띠며 쪼그라든 선인장이 꽃집 바닥에 나동그라져 있다. 꽃집 주인은 세련된 손놀림으로 죽어있는 원줄기에서 새파랗게 붙어있는 새끼가지를 떼어낸다. 원줄기는 병들어 죽었는데 남겨놓은 새끼가지는 건재했다. 꽃집 주인의 말인즉슨 떼어낸 가지 자리로 균이 들어가 원줄기가 죽었다고 말했다. 가지치기는 그냥 막무가내로 하는 것이 아니라고 했다. 떼어낸 자리에 보호막을 만들어 줘야 한다는 것이다. 꽃집에서 사용하는 약이 있지만 손쉽게 촛농이나 매니큐어 혹은 니스 같은 것을 이용하여 땜질하듯 발라주면 막이 생겨 바이러스가 침투하지 못한다고 했다.

"긍께 한사고 건강허고 복 많이 받고 잘 지내야~잉."

팔순 노모가 자식의 안부를 묻는다.

"아이고 엄니, 아부지 걱정이나 하셔요. 우리는 다 잘 지내고 있으니까요."

"오메 우리 두 늙은이는 밥 잘 먹고, 잠 잘 자고, 쌀 것 잘 싸불고, 잘 있지야. 참 새미떡이 어쩌고저쩌고…."

염치없는 내 한마디에 외로운 엄니는 열 마디 말도 부족해서 묻지도 않은 동네소식 전하느라 통화가 길어진다.

'품 안에 자식'이란 말 그른 것 하나 없다. 연로하신 부모님 봉양은 고사하고 간간이 안부전화 한 번 못 드리니 가까이 있는 이웃보다 더 못할밖에. 일생을 자식들에게 고스란히 바치고 번데기처럼 오그라들었다.

"엄니, 정말 그래라 잉. 잘 싸고 잘 먹고 그러는 것이 최고지라 잉."

나도 덩달아 사투리를 써가며 엄니의 외로움을 달래곤 한다.

"우리는 이제 죽어도 한이 없어야. 느그들만 건강하게 잘 살믄 되제 무엇이 또 있것냐. 소원이 있으면 죽음 복만 주면 되제, 한사코 아푸지 말고 자식들 안 성가시게 하다 잠잔 듯이…."

전화 저쪽에서 콜록콜록 아버지 가래 끓는 소리가 간간이 들려온다. 지금도 부지런한 근성 잃지 않으시려고 밭곡식 제때에 심었다가 자식은 주고 싶은 도둑이라며 퍼주시는 부모님. 뼛속은 텅텅 비어가고 진이 빠져 푸석푸석해졌다. 새파란 잔가지 여기저기 친 선인장처럼 내 몸뚱이 진 다 빠진들 무슨 대수냐는 듯 자식 뒷바라지에 온갖 정성 다 들였다. 깃발 높이 세워 꽂고 언제든지 찾아들 고향에 진을 치고 있다. 행여 별일 없기를 하루하루 기원으로 우리들의 보호막을 치고 있다.

객지에서 지내는 아이들에게서 소식이 없다.

입력된 휴대폰 단축 숫자를 눌러대기를 수십 번씩, 저희들 개성 따라 깔아놓은 컬러링 노래만 감상하고 끊기가 일쑤다. 자나 깨나 조바심으로 하루를 시작한다. 오늘 하루 아무 탈 없이 지내게 해 주소서. 저절로 간절해지는 어미의 심정이 된다. 내 부모님의 기원처럼. 얼마만큼 기원하고 얼마만큼 수련해야 내 아이들의 보호막을 만들 수 있을까.

옮겨 심은 선인장 잔가지를 바라보며 다시금 우리 집 귀물을 만들어 볼 양으로 마음을 다잡는다.

"잎은 지혜롭습니다. 그는 떨어지기 전 잎자루에 '떨켜'라는 것을 만듭니다. 잎이 떨어진 자리에 병균이 침입하지 못하고, 나무의 수분이나 양분이 빠져나가지 않도록 보호막(코르크층)을 만드는 것이지요."

되새겨 읽어보는 글이다.

■ **박선님** ■

전남 보성 출생. 1993년『한국수필』천료. 광주문인협회, 무등수필문학회, 한국수필작가회, 한국수필추천작가회, 가교문학회, 광주여성문학회 회원. bakhahjang@hanmail.net

편안함에 대하여

강현순

뒷굽이 낮은 구두 한 켤레를 샀다. 디자인도 예쁠 뿐 아니라 신어 보니 발도 가볍고 편해서 마음에 꼭 들었다. 울퉁불퉁한 길도, 어두운 밤길도 걱정 없었다. 외출할 때면 망설일 필요 없이 그 신발만 찾았다.

살아오면서 나의 발을 거쳐 간 신발이 수없이 많았지만 그중에서 가장 편했다. 신발을 신었는지 안 신었는지 모를 정도여서 고개를 떨궈 내려다 볼 때도 있었다. 운전할 때는 물론 도보여행 때도 신었다. 그야말로 기분마저 상쾌하게 해주는 신이었다.

그렇게 좋이 몇 개월을 신다가 어느 날 중요한 모임에 참석하기 위해 정장을 차려 입고 굽 높은 구두를 신었을 때였다. 몇 걸음 못 걸어서 신체에 뭔지 모를 이상이 있음을 느꼈다. 난생 처음으로 굽이 높은 구두를 신는 듯 걸음걸이가 어색하였다. 무어라 형언할 수 없는 불편함이었다. 주위에서 내 걸음걸이에 시선이 쏟아진다고 생각하자 걷기가 더 힘들어졌다. 행사장 구석진 곳에 가서 발을 만져보기도 하고 신을 벗었다가 신었다가 하며 해답을 찾으려 안간힘을 써 보았으나 허사였다.

우울한 기분으로 집에 도착하였다. 현관에 항상 즐겨 신던 단화 한 짝이 뒤집혀져 있기에 정리하려고 고개를 숙이다가 그때서야 나는 알 수 있었다. 뒤집혀져 있던 오른 쪽 신 한 짝의 굽이 바깥쪽으로 기울어져 있었다. 그러니까 굽의 바깥쪽 반만 닳은 것이었다.

그동안 신이 편하다고 걸음을 걸을 때 조심성 없이 마음 놓고 걸었던 게 원인이었다. 거실에서 맨발로 걸어보며 나의 걷는 모습을 눈여겨보았다. 아! 이게 웬일이람. 오른쪽 발이 저절로 옆으로 비스듬히 기울어지는 것이 아닌가. 그간 나는 단지 그 편하다는 신만 신고 나의 자세가 볼썽사나워져 가고 있다는 걸 몰랐던 것이다. 요 몇 달 동안 나의 흐트러진 자세를 눈여겨 본 사람이 있다면 얼마나 속으로 웃었을까.

누구나 편안한 생활을 꿈꾸지만 기실 편하다는 것은 긴장에서 벗어났다는 뜻이 아닌가. 가령 편한 차림은 헐렁한 잠옷이나 밋밋한 운동복 같은 옷을 입었을 때이고, 편한 자세란 그 편한 차림으로 마음 놓고 행동하는 것이다. 본인이야 좋을지 모르나 그 모습을 바라보는 사람의 표정은 그다지 밝지는 않을 것이다. 분명 흐트러진 모습에다 언행 또한 곱지 않을 테니 말이다. 그렇고 보면 편안함이란 잠시 잠깐이어야지 언제까지나 즐길 것은 못 되는 것 같다.

그동안 나는 가족에게 편하다는 이유로, 벗님에게 친하다는 핑계로 이해해주겠거니 착각하였던 게다. 해서는 안 될 말과 얼굴 찌푸리는 행동을 얼마나 하였을까 싶어지니 얼굴이 뜨거워진다.

한동안 신발의 편함에 길들여져 있다가 그 편안함이 마냥 좋기만 한 것이 아니라는 것을 때늦게 알게 된 것이다. 나는 결국 더운 여름날, 한의원에서 물리치료를 받으며 마음속으로 수없이 반성문을 쓰고 있다.

■ 강현순 ■

1993년 『한국수필』 등단. 경남수필문학회 회장. 『경남문학』 편집장. 경남문협 부회장. (현)한국수필작가회, 창원문협, 경남문협, 경남문학관 이사. 수필집 『좋은 예감』 등 3권. 경남문협우수작품집상, 제35회 한국수필문학상, 제9회 경남수필문학상 수상. hyunsoon52@hanmail.net

허상虛想의 추억

장정식

만추晩秋의 빗속을 요란하게 불어닥친 샛바람이 은행나무 가로수의 금관을 심술궂게 찢어발긴 싸늘한 바람이다. 찢기운 금관인 낙엽들이 날아와 파상적으로 나의 창문을 두들기며 사라진다. 계절 따라 날아간 낙엽처럼 세월 따라 낙엽진 이 마음도 조용한 여울되어 일렁이는 밤이다.

2015년 을미乙未년도 한 해의 늦자락인 기상이 삭막한 겨울을 재촉하고 있는 어지러움인가 싶다. 덧없는 세월 또 한 해가 가는 것인가 무심한 생각에 허공을 응시하다가 흘러간 세월을 뒤돌아본다.

밤낮없이 긴장된 마음가짐으로 바쁘게 살던 지난날들이 그리 멀지 않은 세월로 착각된다. 하지만 꼽아보면 가장 출중한 나라의 동량재를 길러낸 스승이고저 사도師道를 닦은 노력을 멈추고, 사회의 뒷전에 묻힌 지가 강산이 두 번씩이나 변한 숫자에 이른다. 그 긴 동안을 그저 구연세월苟延歲月했을 뿐, 사유思惟의 마음밭에 잡초만 무성해 있다. 그 잡초 사이로 때로는 미미한 야생화처럼 허상의 추억 같은 것이 마음에 다가선다.

오래전의 사연이다. 젊은 나이의 현직에서 공무에 충실한 나날에 생애의 보람을 느낄 때다. 도내 지방학교 출장 중 임무를 마치고 돌아오는 길이었다. 월출산 줄기 따라 강진땅에 위치한 '문유사'란 절이 있다. 도로변에 사찰표시가 있어 내왕하는 버스 속에서 문유사의 푯말을 눈에 스치며 지나다녔다. 이날은 마치 차량을 이용한 출장이었기에 시간의 여유가 있어 필요한 곳에 들를 수가 있었다. 나는 평소 외지에 나가면 기회 있을 때마다 그 고장의 고적이나 명산대찰을 답사하고자 하는 관심이 남달리 많은 편이었다. 그런 성미 탓이라 오가며 눈여겨 보았던 문유사에 들리기로 일행과 뜻을 같이했다.

문유사는 여느 사찰처럼 심산유곡에 있는 절이 아니면서 사찰의 규모와 경내는 꽤 큰 절인 데다 오랜 역사를 지닌 절이었다. 국도에서 절까지는 승용차로 다다를 수 있는 편리한 곳인지라 지나는 관광객이 끊이질 않았다. 절간 입구 광장 한편에는 긴긴 세월 속에 제한 없이 무성한 은행나무 고목 몇 그루가 사찰의 역사를 짐작케 했다.

절에 가면 우선 대웅전부터 예불을 하고 절간을 두루 살피는 것이 답사의 순서이다. 그런 절차로 사찰의 유래와 창건연대를 알아보며 건물의 색다른 면 등을 관찰하며 느린 걸음으로 걸었다. 한가로이 약간 떨어진 건물 앞을 지나다 눈에 번쩍 뜨인 스님의 자태가 걸음을 멈추게 했다. 눈을 마주칠세라 순식간에 눈을 돌리고는 걸어가다 멈춰섰다. 다시 뒤돌아 몇 걸음을 걸었다. 눈여겨 보니 법당이 아닌 객방客房으로 승려들이 묵어가는 객사客舍와 같은 건물로서 한가로이 단장된 곳이었다. 여름철인지라 승려의 참선하는 방이 아니고는 건물마다 통풍을 위해 방문들이 거의 열려 있는 상태였다.

깨끗하게 도벽한 방안에 애띤 여승이 땀을 식히는 듯 양말을 벗은 채로 앉아 있었다. 눈을 지그시 감고 선禪을 하는 모습이 반쯤 열린 창밖으로 새어 나왔다. 그 여승의 자태를 일별一瞥한 순간, 그 미모에 황홀한 나는 어리둥절했다. 멈추어서서 긴 시간 엿볼 수는 없는 일, 그 문 앞을 두세 번 왔다 갔다 하며 흘금흘금 여승의 자태를 훔쳐보았다. 행여 눈이 마주칠세라 조마조마하며 불빛 스치듯 훔쳐보았다. 여승의 모습이 너무도 아름다웠다. 깨끗한 방안이 그로 하여금 더욱 눈부시게 환했다. 그녀의 의상은 백옥같이 눈빛 나고 날렵한 그대로 선녀가 앉아 있는 전설 속의 모습이 뇌리에 인각된 상상의 황홀경이었다. 여자의 미색엔 모발이 한몫을 한다는 것이 두고 쓰는 말이다. 하지만 삭발한 머리는 윤기에 빛나고 갸름한 얼굴은 어디 하나 흠잡을 데 없이 알차 있었다. 혈기 방장한 20대 중반의 피부는 대리석처럼 희고 깨끗하여 티끌 하나 없이 옥구슬처럼 맑고 눈부신 설부雪膚 그대로다. 남장을 한 옷이지만 눈빛 나게 하얀 한산모시 중의 적삼의 시원한 차림은 미모의 용자에 더할 나위 없는 품격 있는 차림이다. 저기에 까만 머리카락이 뭉게구름처럼 피어올랐으면 화룡점정이라 이름하여 더 무슨 사족이 필요하랴, 과연 경국지색傾国之色이란 이를 두고 한 말이던가. 여기서 나는 몽롱한 의식에 취해 수령에 노수가 된 은행나무 아래 앉은 채 바위처럼 굳어져 있었다.

참선하는 스님의 아름다운 자태를 세속적인 여인의 미모로 홀려 보듯, 마음이 끌리는 나의 속된 마음을 호되게 자책했다. 각성覺醒된 자책감이 천근 무게로 가슴을 짓눌러 왔다. 더 이상 여승의 방문 앞을 지나칠 수 없어 앉은 자리에서 그대로 절간을 빠져나오고 말았다. 정토의 비경 문유사를 뒤로 한 무거운 발걸음 따라 스님의 환상이 지울 수 없는 동영상으로 뇌리에 회전되어 왔다. 그토록 빼어난 아름다운 인물이, 세속의 생활인으로 활동한다면 이 혼탁한 진세를 정화할 수 있는 인물로서 대중의 구심점이 될 수 있는, 탁월한 인재임이 분명하다. 심산유곡의 도인道人으로만 있기보다는 민중의 출중한 지도자로서 인간적 존재가치를 다했으면 하는 아쉬움이 가슴에 고동쳐 왔다.

그런 후 나는 몇 번이나 문유사에 들러 일없이 절간을 기웃거리며 사연을 풀기에 초조했다. 그러나 햇별 스치듯 일별一瞥한 그때 그 여승의 자태는, 다시 볼 수 없는 미완의 환상으로만 추억하는 가운데 흘러간 세월이 수십 년이다. 지금도 문유사의 추억 속에 맴도는 여승의 곡두, 이제는 그 까까머리에도 된서리가 내리고 그 고운 얼굴엔 실개울이 교차를 이룬 도인으로서, 어느 심산유곡의 정토淨土에서 참선에만 취해 있으리라 상상할 뿐, 나 또한 경각에 흘러간 그때 그 시절을 환상의 연속성 속에서 황홀했던 인생을 구가하고 있는 것인가. 그것이 기껏하면 미완의 추억이라 이름한 나의 허상虛想이 아닌가 얼굴을 붉힌다. 이래서 늙은이는 추억을 그리며 산다고 했던가.

■ 장정식 ■

1994년 『한국수필』 등단. 한국문인협회, 한국수필가협회 회원. 한국수필작가회장 역임. 영호남수필문학상 본상, 한국수필문학상 수상. 수필집 『다도해 천백일』 등 4권. unescogj@hanmail.net

겨울로 가는 길목에서

김미정

계절의 눈매가 깊어지고 있다. 쓰레기 봉지를 모아두는 아파트 놀이터로 내려서는데 문득 놀이터 가장이에 붙박고 선 일체의 나무들이 황갈색 코트로 바꿔 입은 황홀한 자태가 눈길을 붙든다. 그 푸르고 무성한 잎새들이 어느새 곱게 물들어 얕은 숨결의 바람에 한 잎씩 포롱포롱 낙하하고 있는 것이다. 오늘따라 그 자태가 한없이 너그럽고 포근해 보인다. 마치 어깨 무거운 가장이 무거운 지게 짐을 내려놓는 안식과 안도의 몸짓이요 피안을 향해 가볍게 상승곡선을 그리는 무희의 춤사위 같아 보인다. 잎새들이 바람에 날리우는 모습에서 나는 또 나무가, 여몄던 품을 열고 단추를 끄르는 연상을 한다. 그리고 오래 걸어와 부르튼 맨발을 내놓으며 땀 절은 신발을 벗어 던지는 연상을 한다. 봄, 여름, 가으내 세찬 비바람과 뙤약볕과 뇌성 폭우를 견디며 완성을 위하여 달궈지고 인내하며 달려온 나무의 수없는 꿈틀거림과 부르짖음을 실어 나르던 잎새들, 외기와 연결하며 그를 표명하고 단련케 하며 교감해온 분신들을 이제 미련 없이 내던지고 있다.

나무는 버릴 줄도 아는, 아니 버려야만 내일을 꿈꿀 수 있는 절제 속에서 품었던 것들을 바람에 내주고 있는 것이다. 바람이 세차면 나무는 더 세차게 그 품을 확 열어젖히고 한 번에 더 많이 벗어던질 것이다. 꿈의 사체를 버릴 것이다. 준비된 마음으로.

그는 기다린 것이다. 그를 부추기고 달구던 그 안의 욕망에서 태어난 푸른 잎들이 절로 무르익을 때까지 그는 갖은 계절의 변화를 인고한 것이다. 그리고선 이제 안으로 더 깊은 눈매의 나이테를 간직하게 될 터이다.

세월은 그냥 무심히 흐르는 게 아니다. 흐르면서 많은 것을 채워주고 또 비워낸다. 한 자리에 붙박인 나무가 아닌, 능동적으로 움직이는 사회적 동물인 우리 인간은 그의 사고, 행동의 너비만큼 채우고 비우는 것의 이름과 종류와 무게, 진폭의 울림이 다양할 것이다. 무엇을 비우고 무엇을 채우는가에 따라 그 영혼의 빛깔과 모양이 달라질 것이다. 나는 이제 무엇을 채우고 무엇을 더 비워낼 것인가, 이는 수년 전부터 달궈온 내 영혼의 과제였다. 많이 사랑하고 많이 그 뭔가를 비워내고…. 이제 조금은 정립된 인생관은 나를 참 편안하게 한다. 그런 생각으로 사는 내가 흔들리지 않게 저 겨울 나목 같은 침잠의 기도를 이따금 하늘에 바치고 싶다. 그래선가. 늦은 계절에 나무들이 버리고 내어주는 모습이 외로워 보이지만은 않다. 허무롭거나 서글퍼 보이지만은 않다. 지난해도, 다 벗고 빈 나목으로 서서 안으로 침잠하는 그의 휴식이 도리어 참 편안해 보였었다. 이제 나도 겨울로 가는 길목에 선 탓인가. 나무를 보는 나의 눈이 예전과는 달라지고 있음을 느낀다. 그가 더 발돋움하고 채우려 했던 생체적 욕망의 빨판인 수많은 잎들. 그 보챔을 벗어던지는 모습에서 숙연한 우주적 질서와 순응을 읽는다. 버릴 때 버릴 줄 알고 벗을 때 벗을 줄 아는 순명의 자세에서 갖은 욕망의 불꽃으로 스스로를 담금질하는 우리 인간이 배워야 하는 우주적 질서와 그 순리를 생각한다.

나무가 잎새를 떨군다. 움켜쥐는 주먹이 아니라 펼쳐 보이는 손바닥이요 흡(吸)이 아닌 호(呼)의 숨결이다. 그의 발을 담고 어디든지 데리고 가 줄 수 있을 것만 같았던 신발들을 훌훌 벗어던진다. 진실을 가로막으며 턱도 없는 오해도 불러 일으켰던 붉고 푸른 외투도 거치적거릴 것 없이 다 버린 나상, 빈 몸의 자유를 온통 즐거이 누릴 날도 며칠 남지 않았다. 성큼성큼 세월이 걸어 오가는 소리, 지축을 울리는 소리를 함께 품고 잎들이 날리우고 있다.

허공에 선 여백의 나목처럼 그대가 나목이 되어도 부끄럽지 않을, 마주 설 수 있는 사람을 가졌는가. 온갖 겉껍질, 명예와 부, 치장 다 버리고 빈 나목처럼 앙상한 골격만의 그대를 드러냈을 때도 그 여윈 뼈대를 보듬고 사랑해 줄 순수한 자연 같은 사람을 가졌는가. 나는 또 그런 사람이 되어줄 수 있는가. 눈을 들어 허공을 바라본다. 세속적 타산에 때 절지 않고 선하고 어질며 더없이 따뜻한 사람, 그런 이를 곁에 두고 오래 간직하는 일, 그것이 내 생의 아름다운 소망이며 갖고 싶은 보석인 지금, 나목으로 가는 저 나무들의 자태를 바라보며 벗어가는 나무가 새삼 참 정결하다는 생각을 한다.

나는 잠시 내 어머니를 떠올린다. 올여름 미끄러지시고는 외출이 불편해진 분, 한 번씩 겨울나무 어머니를 찾아간다. 바람에 날리운 잎새되어 떨어져 바삭대며 살던 내가 어머니 곁에서는 왠지 봄날이다. 앙상한 어머니 얼굴에 내 뺨을 부빈다. 그런 날이면 가슴에 촉촉한 개울이 흐른다. 어쩜 그것은 어머니와 내가 한 핏줄로 이어져 흐르는 소리일 게다. 이로 하여 나는 물기 머금은 초록 잎이 되는 양하다. 그리고 '언젠가 너도 겨울나무 되리라' 말없는 가르침을 들으며 겸허한 자연의 하나로 동화되는 순간을 맛본다. 아흔 넷의 어머니는 나와 내 자식을 통하여 그리고 또 나의 손녀를 통하여 이미 다시 태어나 계시다는 사실을 문득 깨우치고 봄이 되면 다시 돋아나는 나목의 잎처럼 윤회와도 같은 그 영원한 진리를 가슴에 품는다

며칠 후면 이 놀이터 나무들은 완전한 나상이 될 것이다. 빈 온몸으로 허공을 쓸면서 벗어서 더 깊이 차오르는 이야기를 사람들의 맘에 들려줄 것이다. 놀이터 사방의 나무들이 바람결에 홀홀 허울을 벗고 있다. 겨울로 가는 길목이다.

━ 김미정 ━

1987년 경남신문신춘문예 수필 당선. 1990년 『한국수필』 등단. 1993년 『문예사조』 시 등단. 한국신문학인협회 회장, 경남수필문학회 회장, 한국수필작가회 부회장 역임. 현대시인협회 및 국제펜클럽위원. 에세이집 『안개 바람』 외. 순수문학상(수필), 한국신문학상, 황진이문학상, 한국문인상(시) 외 수상.
mj2000k@hanmail.net

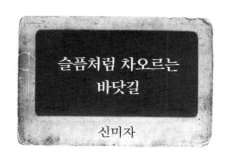

슬픔처럼 차오르는 바닷길

신미자

　　과학으로 지키는 우리 바다, 울릉도 독도 탐방에 나선 나는 꿈같은 현실에 맞닥뜨리니 벌어진 입이 다물어지지 않는다. 긴 세월 기회를 엿보았으나 좀처럼 울릉도 독도 길이 열리지 않았다. 일본이 왜곡된 역사를 들먹일 적마다 비분강개했던 시간들이었다. 침묵할 수 없었던 나의 시간들이었다.

　삼국시대부터 우리 땅으로 배워 왔던 독도에 간다는데 이렇게 가슴이 벅차오를 수가 없다.

　태정관 지령 등 일본 측 사료에도 일본 영토가 아니라고 기록되어 있다는 것을, 일본은 자기네 영토라고 주장하고 있어, 우리 국민들의 공분을 사고 있는 곳인 독도는 우리가 쉽게 갈 수 없는 곳이기도 하기에 나는 밤잠마저 설쳤다.

　독도에 가기 위해서는 울릉도를 경유해야 하기 때문에 울릉도에 가는 배 시간이 여유가 있어 논골 담 길에 서 있는 행복 우체통에 발걸음을 멈추고 구멍가게 문을 두드렸다. 친절하게도 늙수그레한 가게 주인은 엽서 값을 받지 않는다. 투박한 손으로 내미는 엽서를 받아들고 오늘의 벅찬 감정을 써 내려 갔다.

　하늘나라로 먼저 떠나간 남편에게 이 기쁨도 알리고 이제는 바다의 전설이 된 남편에게 남편이 누비고 다녔던 바닷길의 정황도 알려주기 위한 글이다. 나의 편지글은 안타까움 일색이다. 내 곁을 떠나간 지 두 해나 되었는데도, 어제 일처럼 생생한 일상이 되어 내 가슴에 살아 숨 쉬고 있다. 이 편지는 일 년 후 매월 초에 배달된다고 빨간 우체통에 명시되어 있다. 느린 우체통이다.

그때 이 편지를 읽는 나의 모습이 상상이 되질 않는다. 울릉도와 독도의 바닷길은 남편의 발걸음이 수없이 수놓아진 길이기도 하다. 남편은 끔찍이도 바다를 좋아했다. 남편은 해군이기도 했고, 해양경찰이기도 했고, 외항선 선장을 끝으로 바다생활을 마감했으나, 늘 바다를 동경하며 살았다.

남편은 바닷길에 오르면 삶의 희열을 느낀다고 항상 입버릇처럼 되뇌었다. 나는 그때마다, 숨 막히는 현실 속에 나 혼자 버려두고, 바다를 방패막이로 현실도피를 하는 것이라고 남편을 윽박질러 댔다. 남편이 낭만을 찾아 바다로 떠나가는 것이라고 생각되었기 때문이다. 나는 오로지 바닷길은 낭만이 넘쳐나는 곳이라고만 생각했었다.

그러나 그것은 나의 철없는 생각이라는 것을 남편이 뭍에 정착하면서 알게 되었다. 남편에게 바다는 삶이고 생활이었다. 바다 사람으로 오랜 시간 살아온 남편은 현실과는 동떨어진 시각에 머물러있어 어디서든지 불협화음을 일으키기 일쑤였다. 현실과의 타협이 어려워 바다를 더욱 그리워했는지도 모를 일이다. 녹록지 않은 뭍에서의 삶은 남편에게 편안한 삶이 아니었다.

해양경찰이 안내하는 함정에 오르니 젊은 날 속초항에서 남편을 기다리던 내 모습이 떠오른다. 바다 지킴이를 완수하고 귀항한 남편은 언제나 개선장군의 모습이었다. 나는 이곳에서 바다를 지키는 해양경찰들을 보면서 남편이 저런 모습이 아니었나 하는 생각을 해본다. 무소불위의 용맹스러운 바다 사나이로 내 눈에 들어왔기 때문이다.

나라를 위해 바다에서 사투를 벌이는 저들의 노고를 알고 있었기에, 세월호 사건으로 인해 해양경찰이 해체되었을 때는 통수권자를 원망했었다. 그런 환경 속에서도 의연히 바다를 지키는 저들이 있어 오늘 이렇듯 안심하고 먼 바닷길을 나설 수가 있었던 것이 아닌가.

울릉도에서 독도까지는 한 시간이 소요되는 뱃길이라고 하였다. 다행히 날씨가 좋아 곧바로 독도행 배에 승선할 수가 있었다. 여간해서 독도에 입항할 수 없다는 주위의 충고가 있었으나 하늘이 도와 무사히 독도에 입항할 수 있어 하늘을 날 듯한 기분이다.

독도 수호를 위해 수고하는 젊은이들이 우리를 반긴다. 독도 영토 주권 강화를 위해 파견된 젊은이들의 모습에서 일본의 파렴치한 행위를 걷어 드릴 수 있는 용기를 본다. 나도 그들과 동참하는 의미에서 태극기를 맘껏 휘둘렀다. 그리고 독도는 대한민국 땅이다를 일본 쪽을 향해 소리쳤다.

독도에 오니 지금은 타계하신 서정범 교수님의 말씀이 떠오른다. 일본 미야자키에서의 광경이다. 한일 간 문인들의 교류가 있었는데 서 교수님은 일본 사람들 앞에서 당당하게 다께시마는 죽도인데 독도에는 대나무가 살지 않는다. 그러고는 덧붙인 말씀이 있었지만 기억에는 없고 독도는 대한민국 땅임을 강조해 일본 사람들을 무색하게 만들었던 기억이 떠오른다.

바닷길이 슬픔처럼 차오르는 것은 우리 땅을 우리 땅이라고 외쳐야 하는 기막힌 현실 때문이다. 언제 국력이 튼튼하게 뒷받침되어 일본의 야욕에서 벗어 날 수 있을는지….

■ 신미자 ■

1990년 『한국수필』 등단. 한국문인협회 회원. 인천문인협회 부회장 역임. 한국수필작가회 회원. 인천시문화상(문학부문), 인천예술상(문학부문) 수상. 저서 『을왕리의 꿈꾼 사랑』(공저) 다수.
meiren21@hanmail.net

내가 웃는다

김자인

지난 4년을 돌아보면 나는 내 인생에서 가장 귀하고 값진 시간을 보냈다고 할 수 있다. 환승역에서 지하철을 갈아타듯 가정주부의 일상에서 학교라는 기차로 갈아탔기 때문이다. 깊은 파장의 울림은 살아 있다는 기쁨, 알아간다는 희열을 선물 받았다. 이젠 종착역이 다가오는데도 배짱 좋은 아이처럼 열차에서 내리고 싶지가 않다. 기차 안에서 보는 풍경에 흠뻑 빠져서이다.

어려서 기차 타보는 것은 늘 동경의 대상이었다. 멀리서 수인선이 달리는 것만 봐도 신이 나고 그걸 타보면 또 다른 세상이 있을 것만 같아 기다리곤 했었다. 그러나 기차는 나를 태우지 않고 혼자서만 내달리기 일쑤였고, 세상은 저만치 앞서가고 있었다.

결혼하여도 기차 타고 여행 가는 기회는 오지 않아 마음은 늘 역전 근처를 서성거렸다. 동그마니 앉아 있던 역전 풍경, 점점 멀어지는 기차는 자연히 그리움의 대상이었다. 그 그리움이 잊힌 것은 아이들이 장성하여 나의 곁을 떠나고 난 후에 비로소 놓쳐버린 시간의 열차를 탈 수 있어 가능했다. 드디어 벼르기만 했던 공부라는 여행을 시작하게 된 것이다.

학교에 다니고 싶은 욕망은 오래전부터 품고 있던 나의 꿈이고 희망이었다. 그 꿈은 나이 들어도 수그러들지 않고 오히려 빳빳한 풀처럼 일어서기만 했다. 고향이 그리운 사람처럼, 나이와 상관없이 공부할 수 있는 한국방송통신대학교가 있어 마음은 늘 그쪽을 향해 있었다. 결정을 내리고 나서 원서 접수 후 합격문자를 받고는 뛸 듯이 기뻤다. 이제 와서 무슨 공부냐는 가족의 반응은 시큰둥했지만 아랑곳하지 않고 보따리 하나 달랑 들고 뒤돌아보지 않고 기차에 올랐다.

막상 미지의 세계로 출발하는 기차에 몸을 실으니 두려움이 앞섰다. 험난한 산악등반을 앞둔 사람처럼 멀고 아득하게 느껴졌다. 눈과 귀, 마음을 열어 열심히 하다 보니, 시나브로 젖어 드는 이슬비처럼, 촉촉한 습기를 빨아들인 스펀지처럼 공부에 젖어 들었다. 어렵긴 하나 재미가 여간 쏠쏠한 게 아니었다. 기차를 타고 가다 보면 새로운 풍경에 가슴 벅차고 나도 모르게 탄성을 지를 때가 있다. 다양한 사람들과 정보를 교환하며 젊은이들과 어깨를 나란히 한다는 자체가 큰 기쁨이고 삶의 활력소가 되었다.

한편, 장손의 맏며느리 역할과 집안의 이런저런 일들이 나를 기다리고 있어 만만치 않았다. 두 마리 토끼를 잡으려는 내 속셈을 알아차리기라도 하듯 내 발목을 잡기 일쑤였지만, 마음을 다잡았다. 특히 앞으로 생의 마지막을 가고 있는 언니의 병간호는 시작부터 편치 않았다. 공부하는 자체가 호사라는 생각이 들었지만, 끝내 포기하지 않았다. 지난해 언니는 먼 세상으로 떠나가고 나는 다시 마음 추슬러서 마지막 피치를 올리고 있다.

우리의 삶은 하루에도 몇 번씩 선택해야 하는 갈림길에 서 있다. 밥은 무얼 먹을까, 어떤 옷을 입을까, 어떤 사람을 만날까, 이걸 할까 말까, 그 모임에 나갈까 말까 등등으로 애꿎은 시간을 보낸다. 할까 말까에 골몰하다가 시간을 허비하는 것이다. 그럴 땐 해보고 후회하는 쪽이 나을 것 같아 될 수 있으면 해보는 쪽으로 선택하는 편이다. 어차피 해도 후회, 안 해도 후회하는 것인데 해보고 나면 마음이 훨씬 가벼워서이다.

한 가정의 며느리와 아내, 두 아들의 어머니, 손녀의 할머니가 되어 있는 지금, 공부를 안 했으면 어쩔 뻔했나 싶을 정도로 인생 후반의 선택을 잘했지 싶다. 시들었던 식물이 물기를 머금어 생기가 도는 것을 생각하면 공부라는 그릇 안에 촉수 하나 담그고 있음이 흐뭇한 일이었다.

공부는 맛을 알면 맛있는 음식을 먹는 것처럼 여러 가지 맛이 그대로 느껴진다. 꼭꼭 씹어 먹을수록 자꾸자꾸 먹고 싶은 충동을 책 속에서 교수의 강의에서 느끼게 된다. 그것을 기차 타고 여행한다 여기고 호강한다 생각하면 기쁨과 보람은 저절로 따라온다. 새로운 지적 호기심을 유발하게 되고, 그 앎의 틀 안에 갇혀서 나오기 싫은 것이다. 늙은 쥐가 쇠뿔 속에 저절로 들어가듯, 공부 역시 스스로 그 안에 젖어들어 몰입해 있으면 그 맛에 흥건히 취하게 되는 것이다.

중국의 장가계를 여행할 때 수만 리 길 낭떠러지 절벽에 통유리 엘리베이터를 타고 오르면 아찔한 전경을 직접 보게 된다. 몸이 오싹할 정도로 무서움과 감탄이 절로 나오는데 그 관문을 통과하고 나면 두고두고 그날의 전경이 눈에 선하고 잊히지 않는다. 공부 역시 열심히 하다 보면 나도 모르게 무릎을 탁! 치며 감탄할 때가 있다. 그것에 매달려 있다 보면 정말 좋은 경치를 구경하게 된다.

1학년 때의 어려움 속에 시작한 여행이 어느새 졸업을 눈앞에 두고 있다. 그동안 북 나들듯 동아리에 가서 공부하며 천차만별의 학우들과 어깨를 나란히 하고 지낸 시간이 어제 일처럼 떠오른다. 물속에서 보이지 않는 발을 계속 내저어야만 앞으로 나갈 수 있는 오리처럼, 힘든 시간을 걷고 뛰고 종종걸음으로 여기까지 달려왔다. 몸은 고단했지만 최선을 다했다.

높은 산에 올라보면 나도 해냈다는 자부심이 저절로 생기는 것처럼 이제 인생 후반을 자신감으로 시작하고 싶다. 견문도 넓히고 배움도 얻은 그 상쾌함에 저절로 기분이 좋아진다. 가끔은 생의 간이역에 혼자 앉아서 기차를 기다리는 상상을 한다. 미지의 새로운 세계에 대한 도전의 그 기다림이 있었기에 오늘의 내가 있는 것이 아닐까. 청맹과니처럼 살았던 예전에 비해 요즘은 그동안 배운 가르침에 자신을 비춰가며 깨달음을 얻고 감탄하고 있다. 잃어버렸던 시간을 되찾아 희망 캐는 시간을 살고 있다.

이순이 넘은 나이에 학교라는 기차를 타고 공부라는 여행을 한다. 기차도 달리고 기쁨도 달린다. 그 안에 내가 웃고 있다.

■ 김자인
1996년 『한국수필』등단. 한국수필작가회 사무국장 및 편집주간 역임. 국제펜클럽한국본부 회원, 한국문인협회 회원, 동대문문인협회 편집위원. 저서 『그땐 정말 미안했어』, 『꿈꾸는 작은 새』. 제36회 한국수필문학상 수상. appleinja@hanmail.net

흑백 사진

유지현

　　모처럼 시간 여유가 있어 묵은 앨범을 정리하였다. 그때, 변색되어 바래진 흑백 사진 한 장이 내 시선을 끌었다. 부모님의 젊은 시절 모습이다. 화려한 컬러 사진 속에서 그 흑백 사진은 더욱 초라해 보였다. 그렇지만, 사진속의 얼굴은 다른 어떤 사진보다도 더 많은 말들을 내게 하고 있었다. 미남이셨던 아버지와, 고전적인 모습의 어머니가 어울려 살아온 생애가, 내 머릿속에서 파노라마처럼 펼쳐진다.

　　어렸을 적, 친구들이 우리 집에 놀러 오면 한결같이 하는 소리가 있었다. 어머니에 대한 이야기이다. 일본 여인 같다고 하였다. 그러나, 갸름한 얼굴에 수줍은 미소를 지으시던 어머니는 격동의 세월을 겪은 이 땅의 여인이었다. 고추보다 맵다는 시집살이도 겪었고, 전쟁도 겪었다. 그리고, 위가 안 좋아서 죽도 멀겋게 해야만 넘기셨다는 아버지를 위해 병원도 안 다닌 곳이 없었고, 몸에 좋다는 약재가 있으면 어떻게든 구해서 해 드렸다. 우리 집 화단 한 쪽에는 큰 솥과 시루가 올려져 있었다. 온 집안에 배어 있던 한약 냄새와 밤새 장작을 지피시던 모습이 기억난다. 그 정성 덕분인지 큰 병원에서도 고치지 못했던 아버지 위병이 다 나았고 지금은 아주 건강하신 편이다.

　　어머니는 친척 어른이나 손님이 오시면, 언제나 웃는 얼굴로 극진히 대접하셨다. 집에서 일하는 사람에게도 너무나 잘해주어, 나는 가끔 시샘을 부리곤 했다. 그런 어머니의 모습은 참으로 따뜻하였다. 내가 초등학교 다닐 때 학교에 오시면, 나를 불러내어 손을 꼭 잡아 주셨다. 그때, 살짝 풍겨 나오던 어머니의 향수 냄새가 지금도 잊혀지지 않는다. 그러나 내가 철이 들기 시작하자 어머니를 보는 시각이 달라졌다. 친구 어머니처럼 극성스럽지도 못하고, 헌신적이기만 했던 어머니의 삶이 답답하게 보이는 것이었다. 그때 나는 어머니 같은 삶을 살지 않겠다고, 마음먹었다. 아프면 아프다 하고, 싫으면 싫다 하고, 하고 싶은 대로 하면서 살겠노라 생각했다. 그런데 세월이 흐른 어느 날, 내 모습을 보고 아연했다. 내가 그토록 싫다고 했던 어머니의 모습을 내가 하고 있었다. 물론 어머니만큼은 아니지만, 이제서야 어머니의 속내를 이해할 수 있었다. 말없이 모든 것을 이해하고 참아 내신 것은, 어머니가 생각이 없어서도, 할 말이 없어서도 아니었다. 어머니는 대가를 바라지 않는 깊은 사랑을 베푸셨던 것이다. 사랑을 받을 줄만 알던 나는, 자식을 길러 보고서야 모든 것을 버리고 바칠 수 있는 사랑이 모성이라는 것을 깨닫게 되었다.

요즈음 텔레비전에서 흑백으로 처리한 광고가 눈에 띈다. 비싼 상품이거나 품격을 강조하는 상품에 흑백 광고를 이용하는 것을 볼 수 있다. 또 유명한 백화점에도 흑백의 조화만으로 만들어진 패션 매장이 들어 서 있다. 주위에 온갖 화려한 컬러가 세상을 뒤덮을 듯 만연해 있는데, 왜 흑백 광고를 이용하는 것일까. 그 흑백 광고들은 어떤 컬러 광고보다 더 강렬한 여운을 남긴다. 예술작품을 찍는 사진작가들도 흑백 사진을 주장하는 사람들이 많다. 흑백 사진 시대는 모든 것이 귀할 때였다. 풍요를 누리고 있는 지금, 과거에 대한 향수 때문일까. 흑과 백의 색깔은 소박하면서도 세련되고 고전적이다. 그리고 흑과 백에는 모든 인생이 들어 있어 밤과 낮, 빛과 어둠, 행복과 불행이 녹아 있다. 흑백 사진은 그 바탕에 삶의 깊이와 여운이 느껴진다. 하지만 컬러 사진은 밖으로 드러나 보이는 것이 전부이고 순간적인 시간을 담는다는 느낌을 준다. 컬러 사진에는 밤의 색깔이 없어 보인다. 낮만 있고 밤이 없다면 인생은 균형을 잃게 된다. 컬러 사진에서는 인생의 고뇌가 느껴지지 않는다. 컬러 사진은 내일을 모르는 현실주의자의 모습이 아닐까. 겉으로 화려하게 치장하고 겉으로 사랑하는 사람의 모습이다. 자기 중심적인 고통이나 즐거움만 느끼는 현대인의 모습이라는 생각이 든다.

　나는 빛바랜 흑백 사진을 보며 흑백 사진이 어머니 같다는 생각을 한다. 오랜 시간이 눌리고 접혀져 있는 것 같은 흑백 사진에서 어머니가 겪은 인내의 세월이 느껴진다. 자기를 지워야 하는 아픔을 겪으면서 사람들을 감싸 안고 사랑해 주신 어머니이시다. 흑백 사진에는 자기를 내세우지 않고 침묵하는 어머니의 인생이 담겨 있다. 그러한 어머니의 삶을 과거라는 이름으로만 치부해서는 안 될 것 같다. 컬러 시대에서 흑백만 고집할 수는 없다. 마찬가지로 이 시대에서 어머니와 같은 삶을 주장할 수도 없다. 컬러 사진이 필요한 때가 있고, 흑백 사진이 필요할 때도 있다. 온갖 색조가 다 등장하는 현대에서도 왜 흑백 사진을 이용하는지 곱씹어 볼 만하다.

　자연은 모든 것을 다 수용한다. 어머니의 사랑은 자연의 모든 것을 너그럽게 포용하고, 인내로 승화하였다. 그렇지만, 우리들은 자연의 섭리보다는 편리함을 추구했기 때문에 잊혀진 지난날의 기억이 더욱 그리워지는 것이 아닐까. 화려한 컬러 사진 속에서 오래된 흑백 사진 한 장을 보고 이런저런 생각을 떠올릴 수 있는 것도, 흑백 사진만의 매력이 아닐까 한다.

■■ 유지현 ■■■■■■■■■■■■■■■■■■■■■■■■■■■■■■■■■■

1997년 『한국수필』 등단. 한국수필작가회 회원. havenyjh@nate.com

보릿국

노영순

친정어머니께서 싸 주신 보따리를 풀었다. 콩고물을 묻힌 쑥떡, 노르스름한 영광 굴비, 고춧가루와 참기름에 버무린 황석어 젓갈, 그리고 뜻밖에 보리 순과 봄나물이 섞인 보릿국 재료가 나왔다. 푸른 보리 순을 보는 순간 고향 집과 넉넉하던 그 들녘이 눈앞에 떠올랐다.

내가 난 곳은 영산강이 평야를 적시며 남쪽 바다를 향해 느린 걸음으로 흘러가는 농촌 마을이었다. 영산강 큰 줄기 옆으로 흐르는 수많은 지류에는 학이 많이 살았던가 보다. 그래서인지 마을은 그 옛날의 전설을 숨긴 채 그저 '학다리'라 불렸다.

이른 봄, 눈이 채 녹기도 전부터 들녘의 보리는 파릇한 순을 내밀었다. 볼을 때리는 싸늘한 바람 속으로 어디에서나 보리 내음이 실려 왔다. 당시는 지금처럼 비닐하우스나 세월을 건너뛰어서 나오는 채소가 없던 터라 보리는 귀한 초봄의 채소였다. 그러나 지금은 흔해진 채소 탓에 보리는 저만치 밀려나 기억하는 이가 거의 없다. 온갖 수입 농산물에 밀려 보리밭이 제자리를 잃고 우리의 기억 속에서조차 잊혀져감을 생각하면 아쉽기만 하다.

초봄의 어린싹으로 보릿국을 끓여 먹던 어린 시절이 생각난다. 예전 우리 집은 식구가 아주 많았다. 나는 9남매 중 일곱째로 태어났다. 거기다가 교회에 가신 부모 대신 우리 집에 와서 살다시피 했던 작은집 사촌들, 산간벽지에서 올라와 고등학교에 다니던 친척 오빠들, 오갈 데 없는 아버지의 제자들, 기생을 데리고 어느 섬으론가 도망갔다는 외삼촌네 식구들로 항상 법석거렸다. 우리 집은 영산강 옆 기름진 나주평야에 토지를 가진 부농이었던 터라 일꾼들도 많았다. 그래서 언제나 식사 시간이 되면 비좁은 두레상을 빙 둘러앉아 보릿국과 황석어 젓갈로 밥을 먹었다. 두레상은 식사 후면 책상으로 변해 숙제를 하기도 했다. 그때의 흑백 사진을 보면 당시의 추억들이 떠올라 저절로 미소를 머금게 한다.

아버지는 시골 학교의 교장선생님이셨다. 일생 교육자의 사명을 안고 별 흐트러짐 없이 사셨기에 주위 사람들에게 존경을 받으셨다. 농사철이 되면 양복을 벗어버리고 논에 나가 일꾼들과 어울려 고된 노동을 함께 하시기도 했다. 왜 아버지는 그리도 보릿국을 좋아하셨을까. 아마도 보리처럼 *꿋꿋하고* 소박한 삶을 원하신 것은 아니었을까. 아버지는 그 모진 추위를 이겨내고 묵은 흙을 들추고 나온 보리의 강인한 의지를 사랑하셨는지도 모른다. 지금 생각하면 한 그릇의 국이 아니라 암만 밟아도 당차게 일어서는 보리의 진한 생명력과 끈기를 먹으며 자란 듯싶다.

내가 사는 이곳 지방에서는 보릿국이라는 이름조차 들어본 적이 없다고 한다. 남편과 아이들을 위해 오래전 먹었던 기억을 되살려 보릿국을 끓이기로 한다. 행여 물줄기에 흘러내릴세라 정성껏 씻어 어머니가 하시던 대로 쌀뜨물에 된장을 풀고 멸치와 다시마를 넣어 한소끔 끓였다. 보리 싹과 들깻가루를 넣으니 이내 향긋한 보리내음이 코끝을 스친다. 장미처럼 진하거나 난처럼 고아한 향은 아니지만 고향의 흙냄새와 여린 풀잎 냄새가 난다. 한 숟가락 입에 머금어 본다. 여린 듯 질긴 보리 순의 감촉과 혀끝에 감도는 봄의 향기가 기대했던 것처럼은 아니나 그런대로 감칠맛이 난다. 오직 나만이 아는 그 무엇이 있으므로 즐겁던 추억에 버무려진 미각을 갖게 된 것이리라.

보릿국으로 밥상을 차렸다 하니 아이들이 호기심과 기대에 찬 눈빛으로 밥상 앞으로 몸을 내민다. 한 숟가락 국물을 떠서 입에 넣어 보더니 이내 수저를 놓았다. 이미 강렬한 서양 음식에 길들여진 혀끝은 아이들 말대로 밍밍한 보릿국에서 별맛을 느끼지 못했나 보다. 그런 아이들에게 옛 입맛을 알려주려던 내가 부질없었을까! 식구들에게 보릿국을 맛보게 하려던 내 기대가 여지없이 허물어지고 말았다. 그냥 소중한 유년의 입맛으로 남겨둘 걸 그랬나 싶다.

현대 문명에도 오염되지 않은 푸른 보리는 내 마음의 영원한 고향이었다. 이른 새벽, 아버지의 뒤를 따라 논두렁을 걸어가면 끝없는 보리 이랑 사이로 안개가 자욱이 피어나곤 했다. 뿌연 안개 속에서는 다가오는 사람의 얼굴보다 목소리가 앞서 들렸다. 안개 속에서 아버지를 잃고 소리치면 금세 나타나던 아버지의 손을 잡고 집으로 돌아오던 길목. 어느새 안개는 걷히고 보리밭 고랑 사이에서 아지랑이가 아물아물 피어올랐었다. 때로 삶이 막막해지거나 마음의 안개에 갇혀 누군가의 도움을 간절히 바랄 때는 안개 속을 헤매던 유년의 기억과 함께 아버지의 투박한 손을 떠올려 본다. 알지 못할 힘을 갖고 계시던 아버지는 이제 더 이상 나를 데리러 와 주지 않으리라. 넓은 들녘에 푸른 보리가 물결치던 어린 날의 풍경도 이제는 찾을 수 없으리라. 홀로 앉아 보릿국을 먹으며 아버지를 그린다.

노영순

1996년 『경남문학』 신인상. 1997년 『한국수필 등단』. 한국수필작가회 회원. 현) 노선생논술학원장.
rhoan@naver.com

신의 선물

심정임

가랑비가 내리고 있지만 먼 하늘은 환하게 개이고 있다.

오늘은 이탈리아의 북부에 있는 후리울리베네치아 줄리아주(Friuli Venezia Giulia)에 있는 200여 개의 와이너리(와인 양조장)가 모두 개방하여 일반인에게 선 보이는 날이다.(정식 명칭: Cantine Aperte) 단 하루(매년 5월 31일), 주인이 직접 나와서 시음자에게 와인을 따라주고 제조과정, 저장 등 모든 것을 알리고 관람시켜 주어 자기네 와인을 홍보한다.

우리는 적당한 곳 다섯 군데를 선택해서 돌아다녔는데 가는 곳마다 많은 사람들이 시음을 하고 있었다. 양조장마다 그 나름대로의 대표 상품이 있었다.

와인의 맛을 결정하는 데는 포도의 품종, 생산지, 빈티지(포도의 수확년도), 양조자, 이 네 가지 조건으로 이루어지는데 특히 양조자의 개성에 따라 독특한 맛이 나온다고 한다. 원료인 포도도 와인용과 식용이 다르다. 척박하고 메마른 땅에서 자란 포도가 더 진한 맛을 낸다고 한다. 생존의 위기를 알고 뿌리를 더 깊숙이 내려 물과 다양한 영양을 흡수한 열매는 와인의 맛을 깊고 풍부하게 만들어 최상의 상품으로 탄생된다고 한다. 인간사에서도 어려움을 견디고 성공한 삶이 가치가 있듯이 포도 역시 고난의 시간을 견뎌낸 것이 최고의 맛을 낸다고 하니 그 고단함을 충분히 보상 받고 있다는 생각이 든다.

와인을 실컷 마실 수 있고 안주로 따라 나오는 치즈가 일품이어서 시음자들은 신이 났다. 술맛을 모르는 나는 안주가 더 좋았다. 레드 와인은 떫은맛이 나지만

화이트와인은 떫은맛이 덜해 그것만 홀짝거렸다.

다섯 곳 중에서 로사쪼 수도원의 와이너리가 제일 인상 깊었다(Vinai Dell' abbate Abbazia Di Rosazzo). 야트막한 산의 경사면을 계단식 밭으로 만들어 산 전체가 포도밭이었다. 가운데에는 아름다운 집이 들어앉았는데, 그곳이 와인을 만드는 곳이다. 유럽의 와이너리는 오랜 역사를 가지고 있어 고풍스러운 집과 주위의 풍경으로 마치 어느 유적지의 성채 같은 느낌을 준다. 특히 로사쪼 수도원은 산의 정상에 자리 잡아 위에 올라가 보니 아래로 펼쳐지는 포도밭이 그림 같다. 산 전체를 덮은 포도나무로 보기만 해도 취할 듯하다.

천이백 년 전 수도자들이 아름다운 이 마을로 들어와 동굴과 교회를 지어 수행하면서 포도주를 만들어 미사에 사용했던 것이 맛이 좋아 점점 생산량을 늘려 16세기 때는 베네치아 통령(수상)이 제일 좋아하는 와인으로 명성을 떨쳤으며, 수도원의 재정에도 많은 도움을 주었다고 한다. 지금은 개인 사업으로 전환되었다.

수도원의 분위기는 고즈넉했다. 수도사들이 수행하는 본채는 출입이 금지되어 아쉬웠다. 긴 세월을 지탱 못하고 허물어진 담 옆으로 붉은 장미가 5월의 햇살 속에서 환하게 웃고 있다.

기원전 육천 년경, 포도가 자연 발효되어 고여 있는 액체를 우연히 마셔 본 고대인들이 그 맛에 반하여 만들기 시작한 와인은 인류가 먹어 본 최초의 술이며, 역사와 함께 발전해 왔다. 로마제국이 번성할 때에는 점령지를 넓히면서 그곳에 포도나무를 심어 와인을 생산하였고, 그 후로 유럽 전역으로 전파되었다. 식수의 어려움과 전쟁으로 피곤한 몸을 풀기엔 더 없이 좋은 음료가 되었지만 지나친 음주는 멸망의 도화선이 되기도 했다.

플라톤은 "와인은 신이 인간에게 내려 준 최고의 선물."이라고 극찬했고, 히포크라테스도 "알맞은 시간에 적당한 와인을 마시면 질병을 예방하고 건강도 유지할 수 있다."고 말했다. 최후의 만찬에서 예수는 "빵은 나의 살이요, 포도주는 나의 피니라."하여 성스러움의 상징이 되기도 했다. 조선의 장승업은 술에 취한 상태에서만 그림을 그려 '취화사'라는 별호가 따랐고, 이태백 역시 달을 벗 삼아 배를 타고 강에서 술을 마시다가 달을 잡으려 강물에 빠져 죽지 않았던가. 정철의 「장진주사」는 내가 좋아하는 시조다.

> 한 잔 먹세 그려/ 또 한 잔 먹세 그려/꽃 꺾어 세어가며 무진무진 먹세 그려/이 몸 죽은 후면 /지게 위에 거적 덮어 줄에 메어가나/호화로운 관 앞에 만 사람 울어 예나…

인생의 허무함과 죽은 후엔 아무 것도 없다는 무상주의적 애상시조다.

그림, 도자기, 음악, 문학 모두 술을 극찬하며 과음했으니 인간의 이성이 그때부터 무디어진 게 아닐까. 황홀한 도취로 만사를 얕잡아보는 오만함에 파멸되어가는 현대인의 정신건강, 한 잔의 술로 괴로움을 잊어보겠다는 허약한 정신, 디오니소스는 인간에게 술 만드는 법을 알려줬지만 그 해악은 알려주지 않았다.

술 마시는 형식도 문화의 한 형태로 그 사회의 문화수준을 반영한다고 한다. 올바른 음주문화가 정착될 때 국민 건강도 좋아지고 건전한 사회가 될 것이다.

남편은 자칭 애주가다. 건강이 좋지 않은데 술을 마신다. 약주로 조금만 마신다고 변명처럼 말하지만 그 조금만이 언제 무너질지 모른다. 신으로부터 받은 최고의 선물을 거부하기가 그리도 어려운지. 한데, 나도 몇 잔의 와인 덕에 기분이 아주 좋다. 이래서 술이 술을 불러 목 줄기로 술술 넘어간다고 하여 술인가. 허약한 인간은 술의 유혹에서 해방되기가 어려운가 보다. 그러나 이것만은 잊지 말고 마시기를.

> 첫 잔은 갈증을 면하기 위하여/ 둘째 잔은 영양을 위하여/ 셋째 잔은 유쾌하기 위하여/ 넷째 잔은 발광하기 위하여 마신다. – 로마 속담 –

■ 심정임 ■

1997년 『한국수필』 등단. 한국문인협회, 문학의 집·서울 회원. 한국수필가협회 운영이사. 한국수필문학상 수상. 저서 『햇볕 훔치다』 외 공저 다수. gracejungim@hanmail.net

합창

강연홍

　　나는 어려서부터 틈만 나면 노래를 했다. 설거지를 하거나 청소를 하며 흥얼흥얼하면 지루함이 사라진다. 슬플 때도 큰소리로 부르고 나면 답답함도 사라지고 온몸이 가벼워진다. 조용히 가사를 읊조리는 때도 있지만 장소에 따라서는 힘차게 부르기도 한다.

　갓 결혼을 해서 고부 사이가 서먹할 때이다. 무슨 잘못을 했는지 불같은 시어머니로부터 꾸중을 들었다. 분위기를 바꿔보려고 속으로 성가聖歌 한 곡을 부르고 나니 거짓말처럼 어머님의 노여움이 풀어지신 화색으로 돌아왔다. 그 후로 자녀들과 언짢은 일이 있을 때마다 그 방법을 써보는데 효력이 있어서 그게 습관이 되었다.

　새벽부터 밤중까지 내가 부르는 노래는 수없이 많다. 사람들과 이야기를 하면서도 머릿속에는 리듬이 흐른다. 속으로 불러도 기도가 되고 버팀목이 되어준다. 성당에서 일주일에 한 번 있는 합창 연습에 다녀오면 그 한 주간은 복습에 열중한다.

　어렸을 때는 독창만을 원했다. 나만 칭찬을 받으면 스타가 되는 게 아닌가 하는 소견에서였다. 악보에 있는 원래의 음에 가까운 음을 절대음이라고 하는데 그 절대음을 뽐내고자 했던 것이다. 합창 도중에 절대음을 못 내고 간혹 틀린 음을 들으면 신경이 날카로웠다.

　초등학교에 다닐 때는 방송국 합창단원이었다. 중간에 가끔씩 독창이 나오는

데 내 차지가 되기를 바랐으니 공주도 아니면서 단단히 공주병에 걸려 있었다.

5학년 때던가. 도(道)내의 성악콩쿠르대회가 열렸다. 결선까지 갔는데 남자아이와 둘이 남았다. 곱살하게 생긴 얼굴처럼 노래도 곧잘 했는데, 높은음이 완벽했던 그 애 때문에 내가 떨어질지도 모른다는 불안감에 조마조마했다.

뜻밖에도 대상은 나에게 돌아왔다. 나는 대상을 받은 기쁨보다 그 아이가 받았을 충격에 더 신경이 쓰였다. 상을 나눠가질 수 있는 거라면 그리하고 싶었다.

중학교 면접시험을 볼 때는 특기란에 '성악'이라고 주저 없이 썼다. 연습은 못 했으나 점수를 올리겠다는 욕심이 생겼다. 장학생을 뽑는데 면접이 중요하다는 것이다. 면접시험을 보러 갔다. 잔뜩 긴장한 탓에 첫 소절은 쉰 목소리였으나 셋째마디 높은음에 가서야 겨우 목이 트였다. 면접시험에서 떨리고 당황했던 기억은 잊히지 않는다.

나이가 들면서 독창과 멀어졌다. 성악을 전공하지 않아 독창을 계속한다는 건 무리라서 여럿이 어울리며 하는 합창을 선택했다.

남편과 미국에 갔을 때도 예일대학 직원 합창단에 들어갔다. 지휘자는 슬라브족 특유의 분위기가 있는 러시아인인데 꽤 섬세했다. 발음하기가 까다로웠으나 서정적 선율에 매료되어 러시아 노래도 배웠다. 피부색이 달라도 쉽게 친해질 수 있었던 원인은 국경을 초월하여 음악을 좋아해서였다고 본다. 만일 독창을 했더라면 그들과 속내를 터놓는 친구가 되지 못했을 테니 말이다.

합창 중간에 독창이 필요할 때가 있다. 큰 발표회 때는 유명한 성악가를 따로 부르지만, 보통은 단원 중에서 뽑는다. 서로 뽑히려고 안달인데 그 행운이 내 차지가 되기도 했다. 어떤 이는 솔리스트(Solist)로 뽑히지 않았다고 악보를 이마에 대고 울기도 했다.

몇 년 전 많이 아파서 한참을 쉬다가 합창단에 나간 날이었다. 그 자리에 계속하여 앉을 수 있을지 불안했는데 막상 서고 보니 건강할 때 부르던 노래와는 달리 착잡했다. 더구나 곡의 제목이 '송년의 밤'이어서 한 해를 보내는 서운함에 눈물이 왈칵 쏟아졌다. 그때, 나의 귀에 같은 노랫말로 어우러진 다른 이들의 합창이 들려왔다.

아픔 뒤에 내 가치관도 변하는지 독창보다는 합창이 좋아졌다. 합창 중간에 나오는 솔리스트로 뽑히지 않아도 그 후로는 담담해질 수 있었다.

잃는 게 있으면 얻는 것도 있다더니 아프고 나서 사람도 그리워졌다. 나라는 존재가 저절로 우뚝 세워진 게 아님을 깨달았다. 나를 길러주신 부모님, 남편과 아이들, 형제들과 친구에 의해 제자리에 설 수 있음도 알게 되었다. 나를 뽐내려고 독창을 고집했던 게 부끄러웠다. 이웃을 바라보는 눈도 달라졌고 그들의 아픔도 나누어 가지려고 노력했다. 자연의 소리를 본 따서 만들었을 합창을 통해 자연과도 교감하려고 한다.

『삼국유사』의 「수로부인」 편에 '중구삭금衆口鑠金, 즉 여러 사람의 입은 쇠를 녹인다.'라는 말이 있다. 용에게 잡혀간 수로부인을 구하려고 노래를 지어 여럿이 불렀더니 용이 부인을 되돌려 주었다는 줄거리이다. 이렇듯이 고대의 합창은 주술적呪術的인 면이 있다. 삼한시대에도 여럿이 노래를 했다고 기록되어 있다. 우리 조상들도 합창을 즐겨한 듯하다.

오래 합창을 해오다 보니 그 맛을 알 것 같다. 합창은 남의 소리에 귀 기울여야 한다. 혼자서 고운 음성을 내도 소용이 없다. 두드러지지 않아야만 한다. 이는 사회나 가정 안에서 질서를 이룸과 같다. 큰 테두리 안의 조화는 아름답다. 합창은 화음으로 이루어지는 예술이다. 현대인들이 합창을 자주 하게 되면 개인주의도 바꾸어지지 않을까.

깨를 볶을 때, 물에 약간 젖어 있으면 알갱이가 튀는데 물에 젖어 있지 않아도 튀는 게 있다. 합창할 때 튀는 사람을 보면 그 광경이 떠올라 웃음이 나온다.

음표의 피아니시모(pp, 아주 여리게) 부분에서도 소리의 핵은 가지고 있어야 한다. 사회나 가정에서 작은 소리에 무심하면 안 되는 것과 같다. 핵을 가진 하나의 음을 소중히 여기는 너그러움에 합창의 참 맛이 있는지도 모른다.

여럿이 여린 음을 내면 아주 여리게 느껴지고, 센 음을 내면 더 세게 전해진다. 남의 소리를 들으며 나의 소리도 병행하여 내는 인품을 지니고 싶다. 합창의 맛과 멋을 내 생활 속에도 넣을 수 있다면 얼마나 좋겠는가.

■ 강연홍 ■

1997년 『한국수필』등단. 한국수필작가회 회원. 동대문문인협회 부회장. 작품집 『우리 집 오선지』.
rhyeonhong@naver.com

자발적 불편

김영월

　　시내버스 정류장에서 아주 큼직한 광고 문안이 눈길을 끌었다. 시커먼 곰 한 마리가 통유리에 그려져 있고 그 위에 '미련 곰탱아, 왜 그렇게 사니?' 라고 쓰여 있었다. 무얼 광고하려고 그러는 줄 모르지만 고객들에게 관심을 끌어 어떤 상품을 선전하려는 의도임이 틀림없다. 주변에서 돈은 많은데 쓸 줄 모르고 아낄 줄만 아는 사람한테 그런 말을 한 것 같다. 예를 들면 몸이 불편하지만 병원 가는 것도 꺼리거나 맛있는 외식 한 번 안 하고 그저 먹는 데 인색하여 짜장면이나 라면으로 때우는 경우를 볼 수 있다. 실제로 나의 지인 중의 한 분은 부모로부터 물려받은 농토도 적잖고 많은 재산을 소유하고 있음에도 불편한 생활을 계속 유지하고 있다. 자녀들도 모두 성장하여 독립된 생활 중이고 부부만 덜렁 남아 있어도 옛날 살던 단독 주택에서 그대로 살고 있다. 자녀들이 땅을 처분하고 작은 아파트라도 하나 구입하여 여행도 다니고 편히 살기를 원하지만 듣지 않는다. 조상이 물려 준 땅은 결코 팔아 치워선 안 된다는 지론을 가지고 있다.

　　모임을 주관하다 보면 회원들의 연락처로서 대부분 편리한 스마트 폰을 활용한다. 그러나 일부 회원은 젊은 축에 들지만 카톡 사용을 거부하거나 이메일 사용도 안 한다고 한다. 문명의 이기임에는 틀림없지만 그런 것에 구속 받기 싫다는 이유인 듯하다. 그런 분을 어찌 탓할 수도 없고 설득한들 소용이 없다.

　　〈인생보다 야생〉이라는 텔레비전 프로를 보았다. 자연인이라는 주인공은 깊은 산 속에서 홀로 지내며 약초를 캐거나 생식을 한다. 옹달샘에서 물을 길어 식수로 사용하고 야채도 손수 기르고 헌 옷도 몇 번씩 꿰매 입는다. 원시인처럼 야생에서 살고 있지만 도시생활이 주지 못하는 편안함에 만족한다. 불편한 생활이지만 맑은 공기 마시며 자연 속에서 건강관리하며 스트레스받지 않으니 그만이라는 주인공의 표정에 행복이 넘친다. 도시에 사는 자녀들은 왜 그런 생활을 하느냐고 만류하지만 스스로 좋아서 이런 생활을 택한다고 한다. 그런가 하면 어떤 분은 편한 집을 마다하고 자동차를 개조하여 살림집처럼 꾸미고 전국각지를 돌며 여행을 즐기고 있다.

스페인 북부의 유명한 '산티아고 순례길'을 다녀온 두 분을 만난 적이 있다. 프랑스의 피레네산맥 쪽 생장피드포르에서 산티아고 데 콤포스텔라까지 약 800km를 40일간에 걸쳐 다녀온 여성 수필가들이었다. 이곳을 먼저 다녀온 서영숙이란 분이 '제주도 올레길'을 비슷하게 만들어 관광지로 크게 성공을 거두었다. 사람들은 묻는다. 국내에도 걷기라면 좋은 곳이 얼마든지 많은데 굳이 외국에 나가 비용 들여 고생하고 힘든 길을 걸어야 할 필요가 어디 있느냐고. 그들의 답변은 이러했다.

참된 자기 자신을 만나는 길이었다. 순례길에서 내 삶의 찌꺼기를 모두 활활 불태워 버렸다.

일상생활에서 나는 약간의 불편함을 일부러 찾는다. 시내에 다녀올 때도 전철을 타거나 버스를 이용할 때 집 가까운 역에서 내리지 않는다. 한두 정거장 전에 내려서 느긋하게 걸어오면 운동도 되고 생각에 잠길 수도 있어 좋은 듯하다. 지하철역에서도 에스컬레이터나 엘리베이터가 있지만 가능한 외면하고 계단을 이용한다. 스마트폰이나 컴퓨터도 될 수 있는 한 멀리하고자 노력한다. 일주일의 하루쯤은 핸드폰에서 해방되는 날을 정해 놓고 실천하려 한다. 이런 때문인지 지인들 사이에서 전화 잘 안 받기로 유명한 사람이 됐지만 그런 비난을 감수한다.

편함과 불편함의 기준은 무엇일까. 그것은 내가 추구하는 가치와 의미에 따라 달라지는 게 아니라. 수필 작가와 시인의 길을 걷는 나에게 글쓰기의 불편함은 자발적 선택이다. 여행을 하는 동안에도 단순히 즐기고 가볍게 지나갈 수 없다. 남다르게 관찰하고 느낀 감정이나 생각을 정리하여 글로 남기는 고통을 자초한다. 긴장감 속에서 몇 번의 퇴고 과정을 거치며 한 편의 작품으로 완성시키기까지 겪는 고통을 마다하지 않는다. 75세의 서정춘 시인은 시 한 편을 4년간 80번 고쳐 썼다고 하며 아내로부터 그런 자기를 보고 '몹쓸 병'에 걸렸다는 말을 들었다고 한다. 시인은 글 쓰는 과정이 고통스러운 만큼 탈고의 해방감은 클 수밖에 없단다. '그 즐거운 고통, 묘한 맛 때문에 시를 쓴다.'고 고백했다.

글을 써야 한다는 중압감. 작가로서의 정체성에 대한 불편함에서 자유로울 수 없다. 그것은 나의 존재 이유라는 가치관에서 비롯된다. 자발적 불편은 결코 불편이 아니다. 내가 평소 좋아하는 성구가 언제나 나를 지켜 준다.

좁은 문으로 들어가라. 멸망으로 인도하는 문은 크고 길이 넓어 그리로 들어가는 자가 많고 생명으로 인도하는 문은 좁고 길이 협착하여 찾는 자가 적음이라. (마태복음 7장 13장. 14장)

■ 김영월 ■

1996년 『한국수필』 등단. 한국수필가협회 감사. 한국수필작가회 18대 회장 역임. 제32회 한국수필 문학상, 제6회 인산기행수필 문학상 수상. 수필집 『삶의 향기』 외 8권. 시집 『홀가분한 미소』 외 7권.
weol2004@naver.com

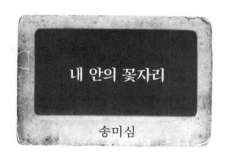

내 안의 꽃자리

송미심

1. 디포리 한 포

신규 발령을 받았던 학교에서 배로 반 시간 정도 걸리는 어촌으로 가정방문을 갔다. 학교에서 10리 이상이 된다는 동네였다. 학년 초가 되면 아이들 가정환경을 알아보기 위해 치르는 연례행사였다.

마을 어귀 바닷가에는 미역, 다시마 등이 널려있고 생선, 멸치, 오징어 등도 봄날의 햇볕에 건조되고 있었다. 멸치 건조장에서는 아낙네들이 잡고기를 골라내느라 분주했다. 풀치, 새끼 꼴뚜기, 디포리 등이 멸치에 섞인 잡고기들이었다.

아이들은 서둘러 자기 집으로 먼저 가자고 보챘지만 달숙이는 보이지 않았다. 그녀는 말 수가 별로 없는 여학생이었다. 작달막한 키에 이마가 야무지고 눈이 초롱초롱했다. 조용하면서도 할 일을 열심히 하는 모범생이었다.

아이들에게 달숙이의 집을 물었다. 그들이 가리킨 곳은 평지의 동네에서 떨어져 가파른 산 중턱에 있는 허름한 집이었다. 어른 걸음으로 올라도 한참이 걸릴 것 같았다.

뱃삯을 아끼려고, 하교 후 서둘러 산길로 달음박질을 하며 집으로 가던 달숙이. 여린 체구에 산을 어찌 넘어갈 수 있을지 은근히 걱정이었는데 해가 지기 전에 도착하려고 서둘렀던 까닭을 알 것 같았다. 쪼잘대는 아이들의 손을 잡고 그녀의 집에 오르면서 달숙이가 학교를 오가는 일이 참으로 힘이 들었겠다는 생각을 했다.

동네가 내려다보이는 곳에 있는 외딴집. 겨우 네댓 사람 들어갈 수 있는 오두막이었다. 달숙이는 동생들을 데리고 좁은 마당에서 놀고 있었다. 부모님들은 보이지 않았다.

한참 후에 아이의 아버지가 가쁜 숨을 몰아쉬며 달려왔다. 옷은 허름했지만 부지런하고 다부진 모습이었다. 둘러보기만 해도 쪼들린 살림이라는 것을 알아차릴 수 있었다. 그는 학교생활을 부탁한다는 말을 하고는 무척 쑥스러워했다. 아이를 걱정하는 아버이의 마음이 가득하니 안심이었다.

어머니는 멸치 건조장에서 날일을 하느라 못 오신다니 동네 어귀에서 일을 하던 여인들 중에 끼어 있을 것 같았다. 묻지 않아도 낌새를 알 수 있기에 달숙이를 꼭 안아주고 돌아가는 배를 타기 위해 산을 내려왔다.

그 후 나는 달숙이를 지켜 챙겼다. 학교에 조금 늦거나 서둘러 학교를 나서도 이해를 했다. 그녀는 아이들과도 잘 어울렸다. 공부도 열심이고 웃는 횟수도 늘어 갔다.

시간은 흐르고 학년도 달라졌지만. 학생들이 많지 않은 터라 해가 바뀌어도 달숙이와 나는 서로 마주치게 되었다. 우리는 눈빛으로 말하고 웃음으로 답하며 지냈다.

내가 학교를 떠나게 될 무렵 달숙이는 내 숙소를 찾아왔다. 어머니가 가져다 주라고 했다며 선물꾸러미를 내게 슬그머니 내밀었다. 시무룩한 표정으로 건네주자마자 후딱 내달렸다. 나와 헤어지는 것이 슬픈 것인지 어머니의 심부름이 못마땅한지 알 수가 없었다. 멸치 포대 선물이었다.

일을 하느라 가정방문 때 만날 수 없었던 달숙이 어머니. 그녀의 처지를 돌이켜보니 가슴이 알싸했다. 자식 두고 떳떳하게 나서지 못했던 가난의 아픔이 가슴에 옹이로 박히지는 않았을까 걱정이었다.

멸치 포대를 열자 멸치 대열에서 밀려난 디포리가 자잘한 꼴뚜기와 서로 엉켜 포개져 있었다. "우리 달숙이를 아껴주셔서 감사합니다. 제가 드릴 수 있는 것이 이것밖에 없어 죄송합니다."라고 쓴 메모지도 있었다.

여전히 가난에 허덕이면서도 그녀가 보낸 최고 정성스러운 선물이었다. 멸치 포대 끝에 묻은 손때를 들여다보다 나는 끝내 눈가를 훔치고 말았다.

그녀의 정성이 내 안에 꽃자리를 만들었다.

2. 약속

밤늦은 시간에 일부러 짬을 내어 건네준 그 돈은 틀림없는 잔돈 사만오천오백 원이었다. 종일 운전을 하고 집으로 가는 길일 것이다. 같은 날 두 번 만나는 것 도 특별한 인연이 아닐까.

아침 일찍 택시를 탔다. 요금이 사천오백 원이었다. 지갑을 열어보니 오만 원 짜리 지폐뿐이었다. 난감했다. 잔돈이 없다는 기사님도 딱하기는 마찬가지였다. 첫 손님일지도 모르는데 외상을 할 수도 없고, 그렇다고 다른 방법이 생각나지 않았다.

다음 승차 손님이 기다리고 있어 오만 원 지폐를 건넸다. 내 휴대폰 번호를 적 어주고 잔돈이 생기면 그때 연락해 달라고 했다. 기사님 전화번호는 묻지도 않 고 왔다.

일단 믿기로 했다. 어지러운 세상이라지만 사람 사는 도리를 아는 이가 더 많 을 테니 말이다. 내가 수소문할 연락처가 없으니 전화가 오기를 기다리는 수밖 에 달리 손쓸 방법이 없었다.

점심때가 지나고 해가 기울어갔다. 전화벨이 울릴까 귀를 세웠지만 전혀 기미 가 없었다. 서서히 믿음이 흔들리기 시작했다. 정신을 바짝 차려도 코 베어 가는 세상에 어수룩하기 짝이 없는 내 처사를 비웃을 것 같아 언짢았다. 강단지게 해 결책을 마련하지 못한 내가 한심하다는 생각이 들자 얼굴이 화끈거리기까지 했 다.

저녁을 먹어도 마음이 편치 않았다. 일진이 나빠 생길 더 큰 사고에다 빗대자고 나를 다독였다. 그러나 여전히 꺼림칙했다. 그 일로 사람을 믿지 못하고 경계하는 마음이 먼저 들 테니 내 마음도 편안하지 못할 것이다. 차라리 모든 기대를 포기하는 편이 나을 것 같았다.

밤이 이슥하여 전화벨이 울리고 남자의 목소리가 들렸다. 하루를 마감했으니 잔돈을 주고 싶다고 했다. 낮에는 일 때문에 짬을 낼 수 없었노라고 정중하게 사과까지 했다.

엔돌핀이 피돌기를 따라 퍼져갔다. 돈으로 계산할 수 없는 무한한 가치, 그 믿음을 저버리지 않아 고마웠다. 돌아서면 그만일 텐데, 약속을 지키려 한 그 마음에 코끝이 찡했다. 아침 햇살에 어둠이 사라지듯 찜찜했던 기분이 상쾌해졌다.

선한 사람이 내 안에 자리 잡은 꽃자리에서 웃고 있었다.

---

* 디포리: 밴댕이 말린 것을 말함

■ 송미심 ■

1997년 『한국수필』 등단. 수필집 『여덟 봉우리에 머문 눈길』. 23회 광주문학상(수필). 광주예총 예술문화상 특별우수상 수상. 한국문협, 광주문협 회원, 한국수필, 무등수필문학, 가교문학 회원. 현) 광주 YWCA, 광주가톨릭 평생교육원 영어 강사. elegant-song@hanmail.net

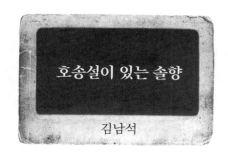

호송설이 있는 솔향

김남석

　　소나무는 우리나라의 대표 수종이다. 소나무의 고장은 강원도이다. 그중 영동지방의 소나무가 으뜸이다. 도로변의 소나무를 보면 강원도 소나무가 훨씬 좋아 보인다. 대관령을 넘어 영동에 이르면 나무줄기는 주황색 윤기가 흐르고 잎이 더 진녹색으로 생기가 감돈다.

　식민지 시대 우리 영토의 모든 가치 있는 것을 수탈해 갈 때, 일본제국주의는 강원도의 좋은 적송赤松과 경북 봉화 춘양 목을 벌채 해 일본으로 수없이 가져감으로 산야를 헐벗게 했다.

　영동지방의 소나무는 옛적부터 식목해 기른 기록이 많이 있다. 고려 충숙왕 때 공주가 강릉 최문한 공에 시집올 적에 소나무 여덟 그루를 가져와 심어 송정이 되었다는 고사도 있다. 조선조 초엽 파관 해직된 한급韓汲 목사가 재직 시 옥천 남북으로 늘어선 열두 기와집이 하룻밤에 소실되어 강릉 토호의 삶의 터전이 망가지고, 지금의 강릉고등학교 부근은 남대천 본류 물이 흐르던 넓은 하천의 수로 변경이다. 강릉 남대천은 화부산 마지막 줄기인 도토리산 밑으로 돌아 북쪽으로 흘러 강문 바다로 들어가던 하천이다. 이런 묘한 강릉 수구를 질투해 우회하는 본유 하천을 폐하고 지선을 확장해 안목으로 직선화했다고 구전한다. 그런 지형 변경으로 안목 일명 견소도 섬은 육지화했다. 본류 하천이 점유했던 넓은 지역을 식목하여 울창한 소나무 숲이 되었다. 그 숲속에 강릉교육대학이 있다가 강릉고등학교로 이어졌다. 강릉고등학교 교정에는 율곡 이이의 호송설護松

^說 비를 남 모 교장이 건립했다.

율곡(1536. 12. 26-1584. 1.16)이 호송설을 작성하게 된 경위는 강릉시 성산면 금산리 명주군왕 24대손으로 출사하지 않은 선비 임경당 김열 가를 방문하였을 시, 김열이 율곡을 보고 '뒤 정산^{鼎山}에 부친이 소나무를 심어 우리 형제 모두 이 집에서 저 소나무를 울타리로 잘 지내고 있는데, 후손들이 온전하게 보존하지 못할까 두려우니 교훈 될 만한 몇 마디 써 주면 걸어두고 자손들이 가슴 깊이 새기게 하겠다!'고 하여 이이가 써준 소나무를 사랑하라는 글이 호송설이다.

호송설 내용 중에는 '아버지가 돌아가신 후 그 서책을 차마 읽지 못함은 손때가 묻어 있기 때문이고, 선조의 물건에 대하여는 토막 난 지팡이나 신짝이라 하더라도 오히려 귀중하게 간수하고 공경할진대 하물며 손수 심은 집 주변의 수목은 더 잘 보호해야 할 것이 아닌가!'의 뜻이 담겨 있다.

소나무는 우리와 삶을 같이 했다. 나는 역사적 전통 마을 강릉 학산리 장안성^{長安城} 동대^{東臺} 골에서 태어났다. 학생 시절 무더운 날은 답답한 방에서 벗어나, 집 뒤 큰 소나무 밑이 나의 노니는 곳이고, 삼국지 등 재미있는 책을 읽은 장소였다. 또 애국가에는 '남산 위에 저 소나무 철갑을 두른 듯' 이라고 표현해 우리 정서에 가장 친숙하고 정다운 나무다.

북악산 아래 도읍을 정한 조선조는 태조 때부터 경사스러움을 이끌어 온다는 뜻을 가진 인경산을 남산으로 불렀고, 서울의 안산으로 울창했다. 그 아름다운 남산의 중턱까지 근세에 훼손되었다. 다행히 1990년도 초 남산에 있던 정부기관과 주공외국인 아파트와 개인주택 등 수많은 건물을 철거하고 소나무를 심고 녹지대로 복원했다.

남산을 복원할 때 각 도의 소나무를 옮겨 심었다. 나무 형태 줄기의 빛깔 등 군계일학의 나무가 강원도 소나무이다. 강원도의 자랑하는 소나무는 적송이다. 적송은 붉은색 윤기가 나며, 송진으로 속 재질이 채워졌기 때문이다.

강원도 적송은 우리의 문화재를 복원할 때는 제일 먼저 찾는 나무다. 굵고 곧으며 송진으로 육질이 다져진 향긋한 적송은 문화재 복원에 중요한 자재이며, 일명 황장목으로 부른다. 그래서 황장목을 함부로 벌채하지 말라는 옛 금표비가 울창한 소나무 숲이 있는 여러 곳에 있다.

굵고 큰 장목만이 좋은 것이 아니다. 굽고 휘고 꼬부라지며 퍼진 것은 관상목으로 더 없이 좋다. 그래서인지, 별별 구실을 달아 굴착된 소나무가 수없이 수도권으로 운반된다. 채취당한 소나무는 아프다. 돈 있는 건물과 호화주택 주변의 관상목 소나무는 외양이 애처롭다. 차량이 넘쳐나는 도시의 가로에 옮겨 심겨진 소나무는 공해를 먹으며 울고 있다. 겨울 혹한기에 보다 햇빛을 더 받도록 해야 하는 도로 가로수로 낙엽수가 아닌 상록수 소나무를 옮겨 심은 행태는 절로 헛기침이 나게 한다.

기후 온난화로 소나무의 삶의 터전도 점점 작아지고 있다. 소나무 치명적 재선충병도 생겼다. 당국에서는 재선충 방지에 최선을 다하기 바란다. 생태계의 보존과 보호를 위해서도 수목이 자연에 있는 그대로 생육하도록 보살피자.

적송은 백두대간의 산록 강릉지역 곳곳에 많이 자라고 있다. 보물 적송을 자식같이 생각하고 보살폈으면 한다.

■ 김남석 ■

1996년『한국수필』등단. 전 한국수필 운영이사. 수필집『순라꾼의 넋두리』, 『직승기가 구한인생』, 『사계절 꽃피는 봄내』. 새한국 문학상 수상. nsk1219@hanmail.net

마을 앞으로 흐르는 개울을 건널 때마다 피식 웃음이 나온다. 가만히 귀 기울이면 졸졸 흐르는 냇물과 함께 젊은 날의 애틋한 추억이 어제의 일인 양 흐르고 있다.

1973년도 S국립대학교에서 사무직으로 일하던 나는 집안 어른들의 소개로 남편을 만났다. 건장한 체격에 과묵한 첫인상부터 호감이 갔고, 카투사로 군복무를 마친 그가 낙농을 하겠다고 시골로 들어갔다는 사실도 예사롭지 않았다. 나 또한 삭막한 서울 생활에서 벗어나고 싶었던 차여서 만난 지 3개월 만에 약혼을 했다.

결혼을 며칠 앞두고 처음으로 신혼살림을 하게 될 집을 방문하기로 했다. 청량리 시외버스 정류장에서 그와 만나 버스를 타고 서울을 벗어나니 비포장도로여서 온몸이 사시나무 떨 듯 마구 흔들렸다. 얼마쯤 가다가 내린 곳은 눈 덮인 허허 벌판이었다. 5시에 퇴근을 했는데도 가로등 하나 없는 동짓달의 시골길은 칠흑처럼 어두웠다.

그는 설원雪原의 끝자락 어둠 속에서 샛별처럼 빛나는 전등불을 가리키며 우리 집이라고 했다. 가뜩이나 낯선 밤길이라서 평지를 걷기도 힘든데 외나무다리가 놓인 개울을 건너야 했다. 키가 작은 나는 헌칠한 그를 만날 때마다 굽 높은 신을 신었는데 도무지 엄두가 나지 않아 한 발짝도 못 떼고 장승처럼 서 있었다. 그는 내 앞에 등을 내밀었다. 얼떨결에 업혀 다리 아래를 내려다보았다. 눈 덮인 얼음

장 사이로 흐르는 물소리만 들릴 뿐 천야만야한 낭떠러지처럼 아득했다. 그런데
도 성큼성큼 옮기는 그의 발걸음은 외줄 타는 광대처럼 가볍기만 했다. 외나무
다리를 건너오고 나서도 나를 내려놓지 않았다. 한 사람 겨우 걸을 수 있는 논둑
길 역시 하이힐을 신고 걷기엔 위험천만이었기 때문이다. 그의 등에 업혀 가면
서 그와 함께라면 이 세상에 두려울 게 없을 것 같았다.

집 앞에서 내려놓아 바라본 시댁은 허허벌판에 울타리도 대문도 없는 오두막
집, 축사 한 채가 덩그마니 놓여있고, 처마 밑에 백열등 하나가 어서 오라는 듯
빛나고 있었다.

그동안 내게 한 번도 보여주지 않던 집을 처음으로 데리고 간 그의 심정은 어
떠했을까. 불을 때서 밥 짓고 펌프 물에 손빨래 하며 아들의 뒷바라지 하시느라
고 칠순의 어머님 손등은 터져서 핏기가 어려 있었다.

저녁을 먹는 둥 마는 둥 하고 집으로 돌아오는 내 심정은 착잡했다. 그도 내 눈
치를 알아챘는지 저지레를 하고 눈치만 보는 어린아이처럼 말없이 몇 발작 걷다
가 내게 또 등을 내밀었다. 할 수 없이 다시 업혀 그의 등에 얼굴을 묻었다. 양가
가족들이 한자리에 모여 약혼식까지 했는데 어찌하겠는가!

그는 개울을 건너서 나를 내려놓더니 자신의 외투주머니에 내 언 손을 넣고
꼭꼭 주물러서 녹여주었고, 우리 집 앞에까지 바래다주고 손을 흔들며 돌아갔
다.

그날 밤, 나는 참았던 푸념을 어머니께 털어놓았다. 어머니는 그의 건실함을
재삼 일깨워주셨고 고생 끝에 낙이 온다는 말처럼 반드시 좋은 날이 있을 테니
두고 보라며 다독여주셨다.

깊은 겨울에 시작한 신혼살림은 낯설고 생소함에 더욱 추웠다. 머리맡에 떠다
놓은 물이 꽁꽁 어는 방에서 잠을 자고 새벽 4시에 일어난 그는 맨손으로 소들
의 젖을 짜고, 소 먹이인 배합 사료와 건초 등을 등짐으로 날라다 주며 일을 모두
끝냈는데도 날은 밝지 않았다. 나는 아침 준비를 위해 물을 데우느라 장작불을

지펴놓고 그와 아궁이 앞에 나란히 앉아 세월이 빨리 가기를 발원發源했다.

　부엌에서 밥상을 차려 방으로 들고 들어가는 동안 물행주 친 상이 금세 얼어 상위의 찬 그릇들이 미끄럼을 탔다. 그 시절 내가 가장 곤혹스러웠던 것은 추운 겨울밤에 뒷간에 가는 일이었다. 넓은 마당 한구석에 있는 재래식 변소는 밤이면 귀기鬼氣가 서려 있는 듯했다. 뒤를 보러가려면 남편이 앞장을 서야 했고, 문을 반쯤 열어놓고 볼일을 봤다. 그가 먼발치서 뻐끔뻐끔 담배 피우는 불빛을 보며 안심하다가도 깜깜한 천장을 올려다보면 머리가 쭈뼛거려 급히 달려 나왔다.

　그 세월이 어느덧 40년 가까이 흘렀다. 지금은 모든 게 기계화되어 손가락 하나로 스위치만 누르면 온 집안이 온실처럼 따뜻해지고 세탁기, 전기밥솥 등으로 일손도 수월하다. 화장실도 수세식으로 편리하게 집 안에 있는 환경이 되었으니 격세지감을 느낀다.

　내가 이 자리를 굳건히 지킨 것은 그해 겨울, 외줄 타는 광대처럼 그이가 나를 업고 외나무다리를 건너왔듯이 모든 삶에서 행동으로 보여준 그의 진실은 열 마디의 말보다 설득력 있었기 때문이다. 성경 말씀처럼 믿음, 소망, 사랑을 내게 묵묵히 심어주었기에 함께 고난을 감내하며 살아왔지 싶다.

　지금은 좁았던 마을길도 넓혀졌고 외나무다리 대신 쇠파이프로 촘촘하게 엮어진 다리가 놓여 있지만 그해 겨울의 추억은 오늘도 여전히 흐르는 냇물 소리에 배어있다.

■ **최복희** ■

1997년『한국수필』등단. 국제펜클럽 한국본부, 한국문인협회, 한국수필가협회, 한국수필작가회, 문학의 집·서울 회원. 제36회 한국수필문학상 수상. 수필집『새들이 찾아오는 집』,『호랑이 놀이』,『푸르던 그해 겨울』. bokhee48@naver.com

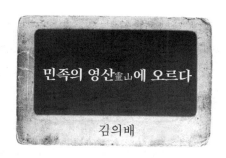

민족의 영산靈山에 오르다

김의배

나는 백두산에 네 차례 갔다. 첫 번째는 봄 사진을 찍기 위해 유월의 새벽 두 시에 버스로 한 시간 넘게 달려 산장까지 가서 장비를 지고 1,400여 계단을 걸어 백두산 서파西坡에 올랐다.

고개를 들어 하늘을 보니 촘촘히 수놓은 별들이 영롱하게 반짝였다. 민족의 영산에 오른 감격에 젖어 있을 때, 동녘 하늘에 서서히 여명이 밝아왔다.

어둡던 동녘 하늘이 천천히 열리고 붉은 해가 어둠을 사르며 눈부신 얼굴을 내밀었다. 백두산 천지 위로 떠오르는 해를 보는 순간 황홀감에 빠져 숨이 멎는 듯했다. 여러 번 와도 천지를 보기 어렵다는데, 나는 첫 번에 천지와 해를 봤으니 그 감동은 무딘 필설로 표현하기 어려웠다. 삼 대가 적선해야 천지를 볼 수 있다는데 천지의 일출까지 카메라에 담았으니 크나큰 행운이었다.

지인이 백두산 일출 사진을 자랑할 때 얼마나 부러웠는지 모른다. 그 사진을 내가 찍었으니 이 아니 기쁜가! 일출은 순간이었다. 그런 해를 렌즈에 담다니 세상의 모든 것을 다 얻은 듯 가슴은 한없이 방망이질이었다.

북파의 까마득한 천 길 낭떠러지 절벽을 네 발로 기다시피 천지로 내려갔다. 돌이 구르면 사고로 이어지므로 한 사람씩 떨어져서 조심조심했다. 포터에게 카메라 백과 트라이포드를 맡기고 카메라 한 대만 목에 걸고 지팡이를 짚었다. 흐드러지게 핀 노란 만병초와 빨간 좀참꽃을 앞에 깔고 천지와 병사봉을 파노라마로 촬영했다.

친구가 천지에 들어가 포즈를 취하며 사진을 부탁했다. 앵글을 잡는데 빨리 찍으라고 소리쳤다. 엄살이 심하다고 했더니, 발 시려 죽겠다고 했다. 설마 하며 들어갔더니 정말 참기 어려운 얼음물이었다. 포터가 지고 온 점심을 먹고 천지 물을 떠서 마셨다. 속이 시원했다.

북파를 우측으로 하고 달문 쪽으로 걸어가며 바위에 핀 두메양귀비가 바람에 흔들리는 것도 찍었다. 수많은 계단을 내려가니 웅장한 두 줄기 장백폭포는 천지가 무너지는 듯한 굉음과 함께 장관을 연출했다.

전에 봄·가을·겨울까지 촬영했다. 여름 촬영을 위해 칠월 하순에 네 번째 촬영에 나섰다. 변화무쌍한 백두산 천지는 자신의 속살을 쉽게 보여주지 않았다. 수줍은 새색시인 양 보여줄 듯 보여줄 듯 운무 베일로 가리고 때로는 비바람으로 밀어내며 마음만 타게 했다.

일출을 촬영하기 위해 서파 산장에서 이틀이나 묵으며 새벽 두 시에 두 번씩이나 힘들여 1,400여 계단을 올라갔지만, 천지를 제대로 보지 못했다. 전에는 하나의 돌계단 길로 오르내렸는데 관광객이 늘어나자 그 옆에 나무계단 길을 더 만들어 관광객이 일방통행하게 했다.

북파에도 새벽 두 시에 지프로 올라갔다. 세차게 내리는 비로 허탕 치는 줄 알았다. 그때 언뜻 보여주는 천지의 순간을 잽싸게 렌즈에 담을 수 있었다. 참으로 눈 깜빡하는 순간이었다. 그러나 흡족하지는 못했다.

두 번째 가을 촬영 때만 해도 북파에서 까마득하게 멀리 보이는 낭떠러지 아래 천지로 내려가 촬영하고 그 길로 어렵게 다시 올라왔었다. 지금은 천지로 내려가는 걸 아예 봉쇄했다. 서파에서 비공식적으로 1인당 1천 위안(18만 원)을 주면 천지로 내려가 사진을 찍고 물도 뜰 수 있다고 했다. 그때 북한 군인이 동력선을 타고 오다가 기름이 부족하여 중간에서 노를 저어 와서 돈을 받아간다고 했다. 천지는 북한 소유라서 북한군인들이 물고기도 잡고 사람이 천지로 내려가면 돈을 받아간다고 한다. 일행은 내려가려다가 날씨가 좋지 않아 포기했다.

6·25 한국전쟁 때 맥아더 장군의 인천상륙작전으로 북한군이 압록강까지 후퇴했다가 중공군의 인해전술로 1·4 후퇴를 했다. 중공군이 참전한 은혜의 대가로 김일성이 모택동에게 백두산의 4분의 1을 떼어 줬다고 한다. 그러나 실제는 동파만 북한이 지키고, 남·서·북파는 중국이 관리하며 많은 관광객을 유치하여 막대한 수입을 올리고 있다. 입산료가 1인당 125 위안(22,500원)이고 차비가 85 위안인데 서파에서는 매일 많은 관광객을 대형버스 100여 대가 아침부터 저녁때까지 연달아 실어 나른다. 북파와 남파에서도 소형버스가 쉴 새 없이 관광객을 나르는데 요즘 남파는 도로확장공사 중이란다.

중국이 동북공정으로 야심을 드러내고 있다. 그들은 시설을 확충하고 관광객을 유치하여 엄청난 돈을 버는데 폐쇄적인 북한은 무얼 하고 있는지….

지금은 우리나라 사람들이 중국을 통해 백두산을 관광한다. 하루속히 통일되어 우리 문인들도 우리 땅에서 백두산을 즐기고 그에 관한 문학작품을 발표했으면 하는 바람이다.

나는 백두산의 사계를 촬영했다. 어서 통일되어 동파에서 백두산 천지를 촬영할 날이 오기를 고대한다.

■ 김의배 ■

1998년 『한국수필』 등단. 한국수필가협회 부이사장. 한국수필작가회 회장. 미래수필문학회 회장 역임. 한국문인협회, 국제PEN클럽 회원. 제33회 한국수필문학상, 한글문학상 대상, 세종문학상 대상, 2016 한국을 빛낸 21세기 한국인물 대상 수상. 옥조근정훈장 수훈. 저서 『고향의 푸른 동산』, 『독도의 해돋이』. saesaem@daum.net

의정부 부대찌개

성철용

　　오늘 점심은 '의정부 부대찌개'를 먹기로 하고 생각해 보니 기왕이면 의정부에 가서 원조 '의정부 부대찌개'가 먹고 싶어 의정부행 전철에 올랐다. 의정부역은 청량리서 전철로 14개 역을 33분 동안 가야 했다. 도봉산역을 지나 망월사역, 회룡사역 그다음 역이 의정부역이다. 역사驛舍 주위를 둘러보니 바로 역 옆에 반세기 동안 미군부대(캠프홀링워터)였던 곳에 '나무은행 임시공원'이 들어서 있다.

　6·25사변을 중학교 시절에 인천에서 맞은 세대라서 그때 먹던 '꿀꿀이죽'을 나는 기억하고 있다. 시장에서 팔던 그 꿀꿀이죽을 돈이 없어서 못 사 먹던 시절을 살던 사람이기에 더욱 그러하다. '꿀꿀이죽'이란 먹다 남은 여러 가지 음식물을 한데 섞어 끓인 것을 비유하는 말이다. 1960년대에 재래시장 좌판에서 지금의 팥죽처럼 큰 다라이에 꿀꿀이죽을 담아 놓고 구기로 떠 퍼주며 팔던 약간은 비위생적인 음식이었다.

　당시 미군 부대에서 잡일을 하던 사람들이 미군이 먹다 버린 잔밥통을 뒤져서 저잣거리에 내오면 좌판상인들이 소시지, 햄, 베이컨 등을 골라내어 거기에 김치에 채소를 넣고 펄펄 끓여 재활용하여 먹던 죽이었다. 그 죽을 먹다 보면 미군이 피우던 담배꽁초, 휴지, 심지어는 씹던 껌까지 나왔다는 말을 심심치 않게 들어야 했지만 꿀꿀이죽은 당시로는 한국인들이 난생처음 먹어보는 별식 소시지요 베이컨이었다.

그래서 우리들은 꿀꿀이죽을 미군들이 들어오면서 생긴 '사생아 음식', 'UN 탕', '존슨탕(Johnson탕)'이라고도 비하하여 부르곤 하였다. '존슨탕'이라는 말은 1999년 방한^{訪韓}한 존슨 미 대통령 때문에 생긴 말 같다. 그런 음식이라는 선입관 때문에서인가. 나는 의정부 부대찌개를 지금까지 별로 사 먹지 않고 살아왔다.

지금으로부터 50여 년 전 우리나라가 세계에서 두 번째로 가난한 나라였을 때의 이야기다. 먹을 것이 귀하던 그 시절 그래서 생존을 위해서 먹어야 했던 절대빈곤의 그 시절 미군들이 부대에서 즐겨 먹던 음식은 군수품이던 햄, 소시지, 베이컨 등이었다. 당시도 미군은 위생관념이 철저해서 유통기한이 지난 음식들은 자동 폐기 처분하던 식재료들이었다.

이런저런 과정으로 부대 밖으로 흘러나온 서양 식재료에다가 우리나라의 김치, 고추장과 떡이나 신선한 야채를 넣어 펄펄 끓여서 얼큰하고 시원하게 먹던 것이 의정부 부대찌개의 유래다. 이렇게 의정부 부대찌개는 오늘날에는 동서양의 맛이 어우러진 최고의 퓨전 음식으로 자리 잡아 한반도는 물론 오늘날 내외국인 관광객에게까지 사랑받고 대접받는 향토음식이 되었다.

의정부에는 1960년대부터 시작되어 1990년대에 자연스럽게 '부대찌개거리'가 형성되었고, 2009년에는 경기도로부터 '음식특화거리'로 지정받게 되었다.

'의정부 부대찌개거리'에 들어서니 깨끗한 음식점 15개의 식당이 즐비한데 그 중 '부대찌개'라 하지 않고 '오뎅식당'이라 하는 부대찌개 원조라 하는 곳에는 또 다른 유래를 게시하고 있다.

우리 '오뎅식당'은 1960년도부터 지금의 의정부 부대찌개거리에 위치한 본점 자리에서, 오뎅을 파는 포장마차로 처음 시작하였습니다. 어느 날 우리 식당 단골이었던 근처 미군부대에 근무하던 분들이 가져다주던 햄, 소시지, 베이컨 등 각종 고기들을 볶음밥으로 만들어 이를 판매했더니 단골손님들이 점점 늘어났습니다. 그 손님들이 밥과 어울리는 찌개를 찾기에 그 기존 재료에다가 김치와 장으로 찌개를 만들어 팔던 것이 지금의 부대찌개로 탄생하게 되었습니다.

— 부대찌개 창시자 허기숙 할머니

이렇게 의정부부대찌개가 6·25와 미군부대와 꿀꿀이죽과 연관된 부정적인 이미지 때문인지 '의정부 부대찌개거리'의 간판들을 유심히 보면 '명성부대찌개', '오뎅부대찌개', '의정부명물부대찌개' 등 다양한 상호를 쓰고 있었다.

'사단법인 의정부 부대찌개 명품화 협회'가 이제는 의정부 향토음식이 된 의정부 부대찌개의 부정적인 이미지를 없애기 위해서 '부대'라는 이름을 빼고 의정부 부대찌개거리 입구의 대형 아치에다 '명물 의정부찌개거리'라는 이름으로 홍보하다가 시민의 여론에 밀려 다시 종전의 이름으로 환원했다는 일화가 전해오고 있다.

부대찌개는 고기와 소시지에 묵은 김치를 넣고 푹 고아낸 육수를 새빨간 고추장으로 간을 맞추어 얼큰하게 푹푹 끓여먹었는데 도중 라면을 곁들여 먹었다.

먹다 보니 생각보다 소시지와 햄이 적어서 고기, 햄, 소시지를 더 시켰더니 추가 요금 5천 원을 더 내야 했다. 먹은 후에는 그 국물에 밥을 비벼주었다.

부대찌개란 이름은 '군대의 찌개'란 뜻이지만 지금 우리가 먹고 있는 식재료인 소시지나 햄 그리고 베이컨은 국산 일반 식재료들뿐이다. 부대찌개로 유명해진 음식인데 그 이름을 버리고 구태여 다른 명칭을 고집할 필요가 있겠는가. 나는 의정부 시민에게 시 한 수를 선물로 남기고 가고 싶다.

향토음식 찾아 '의정부 부대찌개거리'를
찾아갔더니,
찾아왔더니.

'부대部隊'란 이름엔

'가난'이란 아픈 역사가

'찌개'란 이름엔

'전통'이란 Korea의

음식문화가 품겨 있었네.

부끄러운 그 이름을

도마뱀 꼬리처럼 잘라 버리고

춘천의 닭갈비처럼

향토음식 '의정부 명물찌개'가 되자던

'의정부 부대찌개'도

청국장淸麴醬처럼

오뎅처럼

의정부부대찌개란 고단한 이름으로나마

우리 먹거리가 되어 있었네!

– 부대찌개거리에서

■ 성철용 ■

『시조문학』, 1998년 『한국수필』 등단. 여행작가. 저서 『하루가 아름다워질 때』(시문집), 『한국국립공원
산행기』, 『한국도립공원산행기』. ilman031@naver.com

민들레

유연선

　　초원마다 흐드러지게 핀 민들레꽃에 자꾸 눈길이 갔다. 활짝 핀 민들레꽃이 녹색 하늘에 촘촘히 박힌 별 같았다.

　　캐나다는 시내만 벗어나면 광활한 초원이 펼쳐지는데, 집집마다 있는 정원까지 잔디밭이었다. 우리나라 같으면 푸성귀나 고추를 가꾸는 텃밭으로 쓰는 집도 있으련만, 이곳 사람들은 고집스레 잔디밭만 만들었다. 내가 머물게 된 집도 토론토의 교외에 있었는데, 100여 평의 정원이 잔디밭이었다.

　　정원마다 민들레꽃이 활짝 피어 훈장처럼 빛났다. 정원에 꽃을 따로 심지 않아도 민들레꽃이 잘 어울린다고 했더니, 주인이 정색을 하면서 민들레가 잔디밭을 다 망친다고 했다. 한국에서는 민들레를 약초로 쓴다니 많이 캐다가 약으로 쓰라고 했다. 땅속 깊이 뿌리를 박는 민들레를 꼬챙이로 일일이 캐내기도 힘든데다 기를 쓰고 뽑아도 자꾸 돋아나 해마다 민들레와 전쟁을 치른다고 했다.

　　민들레는 독이 없는 데다 쌉싸래해서 입맛을 돋우는 봄나물로 먹어왔다. 한약재로 쓰인다는 얘기도 들었다. 해열과 이뇨를 돕고 간을 해독하며, 관절염 위염 간염을 다스릴 뿐 아니라, 암을 억제하는 역할까지 한다고 했다. 하지만 아무리 좋은 약이라도 남용하면 해롭다는 얘기도 들은 터였다. 손쉽게 얻을 수 있는 약재라는데 귀가 솔깃했다. 민들레꽃으로 차를 만들어 먹으면 어떻겠느냐고 했더니, 약초인데 몸에 좋지 않겠느냐면서 많이 뜯어 가라고 했다. 커다란 비닐봉지에 민들레꽃을 뜯어 넣으니 금방 가득 채워졌다. 창고 바닥에 펴 널면서 냄새를 말으니, 민들레꽃 향이 스멀스멀 코끝에 맴돌았다.

이틀쯤 지났을까. 갑자기 주인이 창고에서 비명을 질러 달려가 보고 깜짝 놀랐다. 노랗게 핀 꽃을 뜯어 그늘에 펴 널었으니 예쁘게 마를 것이라고 생각했는데, 민들레꽃송이들이 하얀 갓털을 일으켜 세우고 공처럼 부풀어 있었다. 살짝 건드리기만 해도 풀풀 날아올랐다. 꽃차를 만들겠다는 꿈을 버리고 펴 널었던 신문지를 싸는데, 민들레 씨앗들이 흩어져 날았다. 짧은 줄기와 꽃송이를 바짝 말려가면서도 씨앗이 여물도록 영양을 몰아주는 민들레의 생식본능이 놀랍도록 신기했다.

실수를 저질러 미안한 중에도 민들레꽃 전설이 생각났다. 옛날 평생에 단 한 번만 명령을 내릴 수 있는 운명을 가진 왕이 있었다. 왕이라면 무엇이든 명령할 수 있어야 하는데 한 번밖에 명령을 못 내리다니. 자신의 운명을 결정한 별들이 원망스러웠다. 왕은 별들을 향해 모두 땅바닥에 떨어져 버리라고 화풀이를 했다. 하늘에 별들이 와르르 들판에 떨어져 노란 꽃으로 피어났다. 그래도 분이 풀리지 않은 왕은 양떼들을 몰아 별들을 짓밟고 다녔다. 양떼들이 아무리 짓밟아도 별들은 꽃으로 자꾸 피어났다.

두 달 동안 머물면서 여행을 다녀와서는 쉬고 다시 여행을 시작했다. 피곤한 심신을 쉬기 위해 정원을 어정거리면서 민들레가 성장하는 과정을 지켜보았다. 민들레는 잎이 날개깃처럼 갈라지면서 옆으로 퍼져 나와 짓밟히거나 잎이 잘려도 땅속 깊이 박혀있는 뿌리에서 새싹을 계속 돋워냈다. 줄기나 잎이 잘리면 젖빛 즙을 내어 상처를 치유하는데, 그 즙이 써서 그런지 곤충들도 덤비지 않았다. 땅에 엎드려 초록빛 꽃망울을 키우다가 꽃 필 때가 되면 꽃대를 재빨리 밀어 올렸다. 80여 개의 낱꽃이 촘촘히 붙어 한 송이의 꽃으로 뭉쳐 보였다. 밤이면 오므라들었다가 낮이면 활짝 폈다. 꽃은 벌 나비가 오지 않아도 자가수분을 했다. 꽃이 지고 나면 꽃대를 더 밀어 올리고 갓털을 부풀렸다. 씨앗에 붙은 갓털은 꽃씨를 달고 바람에 날리면서도 싹틔울 자리를 잡을 때까지 놓지 않았다. 놀라운 기세로 꽃씨를 날려 보내니 머잖아 초원은 민들레가 뒤덮을 것 같았다. 시도 때도 없이 민들레 씨앗들이 낙하산을 펴고 하강하듯 잔디밭으로 날아들었다. 여유 시간만 있으면 뙤약볕에서 땀을 뻘뻘 흘리면서 꼬챙이로 민들레를 캐고 있는 주인이 괜한 짓을 하는 것 같았다.

제초제를 뿌리면 편할 텐데 왜 고생하느냐고 했더니, 주인이 펄쩍 뛰었다. 제초제를 뿌리면 땅속에 있는 지렁이가 다 죽는다고 했다. 지렁이는 토양의 오염 정도를 측정하는 지표생물인데 지렁이가 없는 땅은 살아있는 땅이 아니라고 했다. 석회질이 많은 캐나다 땅은 지렁이가 흙을 쑤셔놓지 않으면 굳어서 쓸모없는 흙이 된다고 했다. 그 많은 잔디밭에 민들레가 지렁이 때문에 살아간다니. 자연계의 오묘한 공생 관계는 끝을 모르겠다.

정원에 민들레가 많으면 집주인이 게을러 보인다면서 소박하게 웃는 집주인도 따지고 보면 민들레가 아니던가. 고향을 떠나 멀리 이국땅에 뿌리를 내리고 억척을 떠는 모습이 민들레끼리 자리다툼하는 것 같았다.

▬ 유연선 ▬

2001년 『한국수필』로 등단. 한국수필가협회 이사, 한국수필작가회 부회장 역임, 강원문인협회 부회장 역임, 강원수필문학회 회장 역임. 강원수필문학상 수상. 수필집 『금자라를 찾아서』, 『황금날개』, 『그리운 소리』. nangok3309@hahmaml.net

밤, 개 짖는 소리

김경순

아버지 제삿날, 친정을 찾았다.

앉은뱅이책상 위에 한서를 펴놓고 소리 내어 읽으시거나 한시를 짓고, 가족과 담소를 나누시던 아버지만 계시지 않을 뿐 모든 건 그대로였다.

아버지가 먼 길 떠나신 뒤, 사람들은 호상이라고 했다. 팔십 가까운 연세에 한 달 정도 편찮으셔서 가족들의 보살핌 속에 가셨으니 죽을 복도 타고나셨다고 하였다. 그래서일까. 가족들은 가신 지 서너 달도 지나지 않았을 때도 아버지 이야 길 웃으면서 하였고, 애석해하지도 않는 것 같았다. 나는 그런 가족들 속에서 자신이 절실히 필요로 하지 않을 때는 부모 자식 간의 만날 수 없는 이별도 덤덤해질 수 있다는 사실에 인생무상을 느꼈다.

제사상을 물린 뒤 잠자리에 들었다. 모두 깊이 잠든 밤, 나는 뒤척이고 있었다. 그때 멀리서 개 짖는 소리가 들려왔다. 귀가 번쩍 열렸다. 아버지가 떠나신 뒤 친가에서 밤을 보낼 때 생긴 버릇이다.

아버지 가시고 두어 달쯤 지났을까. 밤이었다. 바람 소리 하나 없는 조용한 밤. 멀리서 개 짖는 소리가 들려왔다. 문득 아버지가 집에 오시는 걸 개가 보고 짖는 것이란 생각이 들었다. 그 후, 개 짖는 소리 뒤엔 항상 아버지가 계셨다. 아버지께서 가족들의 안부가 궁금해서, 때론 지켜주기 위해 매일 밤 산에서 내려오셨다가 가신다는 생각은 어디서 온 것일까. 아마 어린 날 들었던 '개가 저승사자 역할을 한다.'는 어렴풋한 기억에서 비롯된 것이 아닌가 싶기도 하다.

한 마리가 짖으면 약속이나 한 듯 온 마을의 개들이 이곳저곳에서 산발적으로 짖어댔다. 아버지가 지나는 근처에 있는 개들이 더욱 극성스레 소리를 돋우는 듯하였다. 아무리 귀를 기울여도 발자국 소리는 들리지 않고 바람이 나뭇가지와 잎을 흔드는 소리만 요란했다. 그것들에 발자국 소리가 묻혔는지도 모른다는 생각에 나는 호롱불을 켜고 앉았다.

아버지 먼 길 떠나신지

한 해가 되어

친정집 찾았다

검정 물감 같은 어둠 긁어모으는 밤

나뭇잎 바람 그네 타는 소리

호롱불 아래 맴돌 때

멍–

멍–

머–엉.

아버지 딸 보러 오신 건가

가만히 귀 기울인다.

아버지보다 먼저

이승 하직한 동생을

밤이면 정지에서 만나곤 했다.

무언가 찾으러 부엌문 열면

살강 뒤 벽 세로로 된 나무 붙들고

슬픈 눈길로

들어오고 싶은 듯 부엌을 들여다보면

후다닥 방으로 뛰어 들어온 나

그런 내가 미웠다.

이 밤, 그 아들 손잡고

아버지 집을 찾으신 걸까.

멍.

멍.

머~엉

개가 짖는다.

  밤의 정경을 쓰다 보니 눈가가 젖어 온다. 십일 남매의 아이들 건사에 집안 친척들 뒷바라지까지 하셨던 아버지는, 철들기 시작할 때부터의 나에겐 늘 가엾은 분이셨다. 그런데도 친정이 잘 사니까 모른 척 해도 된다고, 좀 더 형편이 좋아지면 생각하리라며 살기에 급급한 다른 형제들처럼 나 또한 그리 살았다.

  그런 자식들이 걸려 밤이면 오셔서 집을 한 바퀴 돌아보고 가시는 걸까.

멍 머~엉 멍….

나는 잠이 오지 않는다.

■ 김경순 ■

2001년『한국수필』등단. 2010년『문학예술』시 신인상. 2015년『징검다리수필』올해의 작품상 수상. 국제펜클럽 회원. 광주여류수필, 징검다리수필문학회 회장 역임. 현재 여류수필 주간.
kks707070@hanmail.net

고가

배대균

　나는 사랑채와 안채가 따로 있는 외갓집에서 어린 시절을 보냈다. 대문을 들어서면 사랑채로 통하는 문이 왼쪽으로 열리고, 바로 들어가면 넓은 마당에 이어 몇 계단 위에 안채가 서 있다. 사랑채로 드는 사람은 안채가 보이지 않는 그런 집이었다.

　백 살에 가까운 외증조할머니는 나의 몇 토막의 기억을 끝으로 돌아가시고, 그때까지 위로는 진사 시아버지와 진사 남편을 모시고 80년을 넘게 그 집에서 사셨다. 긴 담뱃대를 물면 나는 불을 앗아 드렸고, 볏짚으로 진을 닦아내는 일을 도왔다.

　외할머니는 시집와서 육 남매를 두면서 그 집에서 사셨고, 그 후 큰외삼촌에 이어 지금은 외사촌이 살고 있다. 줄잡아 170년, 고가는 아직도 건재하다.

　할아버지의 사랑채는 바깥손님들이 끊이지를 않았다. 며칠씩은 보통이고 한 달을 묵는 손님도 있었다. 어떤 때는 말을 타고 오는 손님도 있었다.

　사랑채 마당 아래쪽의 연못은 수련과 연꽃들이 피어올랐고, 붕어가 노닐었다. 할아버지는 손님들과 함께 시를 읊고, 때맞추어 가죽나무에서 왕매미가 소리높이 울었다. 밤에도 울었다.

　안채 우물가는 오백 년 된 정자나무가 있다. 덩치가 어린 팔로 열두 발이 넘고 네 칸 집 지붕과 마당을 통째로 가렸다. 동네 사람들은 '정자나무집'으로 통했다. 지금은 시 지정수로 등재되어 있다.

겨울밤이면 "윙" "윙" 소리가 무섭도록 들려왔다. 할아버지는 생각한 끝에 정자나무 뿌리에 동면하는 집지킴이 황구렁이 소리라고 하였다. 추측이지만 "얼마나 크면 저렇게도 큰 소리를 낼까." 그때부터 겨울이고 여름이고 고목나무 밑으로 가지 않았다.

마당은 참새와 쥐들이 들끓었다. 먹을 것이 많아서였다. 지붕은 짚 이엉이라 쥐와 새알을 노린 뱀들이 밤낮으로 보였다. 아주 큰 놈도 있었다. 한번은 늦은 밤에 마룻바닥에서 철벅하는 소리가 들려왔는데 대들보 밑의 제비집으로 다가가던 구렁이가 떨어진 소리였다. 그때 제비들이 지저귀는 소리가 어쩌면 그렇게도 요란했을까.

네 칸 집 본채는 한쪽으로 약간 기울어져 있다. 진사 급제 잔칫날 수행관들과 동네 사람들이 지붕에서 춤을 추는 바람에 기울었다 하였다. 한데 집은 아무 탈이 없다. 기둥을 기름에 볶아서 지은 집이라고 하였다.

할머니는 마흔이 넘었을 때 막내 외삼촌을 낳았는데 나보다 두 살 아래였다. 큰 방은 할머니 방이었고, 할아버지는 사랑채에만 계셨다. 나는 안채에 있을 때는 할머니와, 사랑채에서는 할아버지와 잠을 잤다. 훗날 생각한 일이지만 사랑채 갓방은 머슴들이 기거하면서 안채와 사랑채를 파수꾼인 듯 바라보는데 할아버지는 언제 안채로 드셨을까. 밤은 깊어만 가고, 할아버지는 사랑채로 나시면서 헛기침 하는 소리 듣는다. 증조부, 조부님들은 이렇게 오가면서 우리들을 낳고 기르셨다.

그 후 할아버지 할머니는 돌아가시고 큰 외삼촌이 그 방을 차지했다. 나는 쌍둥이 외사촌과 막내 외삼촌이 친구가 되어 수박서리, 닭서리 하면서 안 해본 것이 없었다. 집안의 어른인 큰외삼촌과 외숙모는 젊어서인지 우리들에게는 관심이 없었다.

집 뒤의 대나무 밭은 집터를 반달형으로 에워싸고 있었다. 외갓집에 갈 때면 대밭 뒷길을 한참 걸었고 내려서면 대문이 나왔다. 농촌 길 지나다가 대밭이 보이면 외갓집이 생각난다.

　마당 한 쪽에 위치한 남새밭은 우리들의 놀이터였다. 앵두나무, 무화과, 감나무, 대추나무하며 철철이 과일이 넘쳐나고, 오이 토마토는 먹어도 먹어도 남아돌았다. 외갓집을 나설 때면 한 보따리 싸가지고 왔다.

　밤이면 처마 밑의 참새 잡이에 나선다. 처마 끝을 뒤져서 통발을 들이댄다. 운이 좋으면 몇 마리 잡는다.

　학교 선생이 된 외사촌은 팔순 나이가 넘었고, 조카는 5대째의 삶을 준비하고 있다. 한지 문풍지가 바람에 떨고, 따뜻한 방, 이불 밑에서 옛이야기 도란거린다. 고가의 밤은 이렇게 깊어가고 있었다.

■ 배대균 ■

1991년 『한국수필』 등단. 한국문인협회, 국제PEN한국본부, 경남문인협회, 경남수필문학회 회원. 한국수필문학상, 경남수필문학상, 마산문학상 수상. bnp1969@hanmail.net

독버섯

이방주

등마루에 올라섰다. 골바람이 제법 삽상하다. 바람에 가을 냄새가 묻었다. 길은 충분히 젖어 있다. 하늘이나 사람들이나 다 지겨워하는 비가 아침에 반짝 그쳤다. 등마루에서 보이는 비탈에는 지난가을 활엽수나 소나무가 벗어 놓은 낙엽이나 솔가리가 수북하다. 가을 풀꽃이 예쁘다. 싸리꽃이나 으아리꽃도 예쁘고, 때를 놓쳐 늦게 피어난 원추리도 청초하다. 노란 마타리꽃이 파란 하늘을 배경으로 키 재기를 한다.

미동산에는 우거진 녹음 사이로 보이는 하늘이 가을빛으로 파랗게 물들이기를 시작했다. 하얀 명주실구름이 흩어져 더 파랗게 보인다. 하늘이나 수목원이나 세상은 철마다 이렇게 곱디고운 색으로 물들이기를 한다. 가을이면 우리도 한 가지 삶의 색깔을 더하듯이….

빗물을 흠씬 먹어 일렁일렁하는 나무 의자에 앉았다. 등마루에서 남쪽 비탈에 젖은 낙엽을 비집고 하얀 생명이 솟아올랐다. 버섯이다. 쌓여있는 낙엽 위로 잡풀 한 촉 나오지 못했는데 어떻게 솟아났을까. 순간 나는 신비스러운 생명력에 가슴이 뭉클했다. 버섯의 행렬은 끝 간 데가 없다. 하얀 무명 헝겊을 늘어놓은 것 같다. 두루마리 화장지를 풀어 놓은 것 같다. 두세 송이가 무더기를 만들며 한 줄로 늘어섰다. 마치 피난 행렬 같기도 하고, 하얀 제복을 입은 해군 장교들의 행군 같기도 하다.

티끌 하나 묻히지 않아 하얗고 깨끗한 버섯의 행렬, 그러나 그것은 독버섯이었다. 가만히 들여다보고 그것이 독버섯이라는 결론을 내리자 신비스럽던 감정이 사그라지고 지독하게 창궐하는 독에 치가 떨렸다. 독은 이렇게 희고 순결한 외양을 갖고 있다. 자연은 아름다운 것만 보내주는 것은 아니었다. 성폭행, '묻지마' 살인, 정치인들의 비리와 표리부동한 행태, 정치인을 닮아가는 문단 등 최근에 우리 사회에 연달아 일어나고 있는 독버섯 같은 사건들이 생각나서 소름이 돋았다. 독은 이렇게 희고 순결한 모습으로 사람을 유혹하고 있는 것이다. 무서운 독일수록 외양은 더욱 순결한 모습으로 남을 기만한다. 또 지하에 뿌리를 두고 맹렬한 생명력으로 여기저기 뻗어간다.

그 생명력에 현혹되었던 나는 눈곱만큼의 미련도 없이 자리에서 일어섰다. 등마루 보드라운 길을 걸으며 독버섯의 무서운 행렬이 자꾸 덤비는 것 같아서 몸을 움츠렸다. 그런데 이름도 모를 똑같은 독버섯은 열을 지어 여기저기에서 시도 때도 없이 나에게 달려든다. 아니, 나에게 덤비는 것이 아니라 온 산에 하얀 독의 행렬이 여기저기에서 마루로 향하고 있었다.

독은 왜 그렇게 지독할까. 그런데 갑자기 인간은 버섯에게 독이 된 적이 없을까 하는 무서운 생각이 났다. 우리는 다른 생명들에게 독이 되지 않을까? 다른 사람에게 독이 되지 않을까. 생각이 여기에 이르자 더 무서운 생각이 들었다. 나는 남에게 독이 아닐까. 내가 뱉어내는 말은 남에게 독버섯이 되지 않을까? 내가 하는 생각은 나에게 독버섯이 아닐까. 내안에는 독버섯 같은 사고가 행렬을 지어 나를 향하여 치닫고 있는 건 아닐까.

아, 나도 남에게 독버섯이 되는 때가 있겠구나. 나의 생각, 말, 일거수일투족이 남에게, 나 자신에게 독버섯이 되고 있을지도 모른다. 나의 문학이 독이 되어 스멀스멀 남의 사상을 좀먹고 있을지도 모르는 일이다. 나의 사상이 독버섯이 되어 나의 내면을 파고들고 있는지도 모를 일이다. 아, 그렇구나. 나도 독이 될 수 있구나. 내가 남의 독이고 내가 나의 독이구나. 우리는 모두 누군가에게 다른 생명에게 독이 될 수도 있구나.

산에서 내려왔을 때 문득 독버섯을 독이라고 자신 있게 말할 용기가 잦아들었다.

■ 이방주 ■

1998년『한국수필』등단.『창조문학』문학평론 등단. 한국문인협회, 한국수필가협회 회원. 내륙문학회장, 충북수필문학 회장 역임. 청주교대 수필창작교실 강사. 충북수필문학상, 내륙문학상 수상. 수필집『풀등에 뜬 그림자』외 4권. nrb2000@hanmail.net

바람의 집을 지나

김주안

터널을 막 지나자 울산바위가 시야를 한가득 메운다. 터널이 완공된 이후 속초를 오는 시간이 단축되었으나 옛길에 올라 동해를 바라보는 멋스러운 풍경이 사라져 아쉽다. 고갯길에는 늘 바람이 있었고 그래서 미시령은 바람의 집이 있을 것이라 생각하기도 했었다. 그 바람은 삶이 버거워진 사람들의 후줄그레한 등을 곧잘 두드려주곤 했다.

숙소로 들어와 짐을 풀고는 햇살이 화사하게 부서지는 창가로 갔다. 숙소가 고층에 있어 시야가 확 트이면서 사방이 훤했다. 울산바위가 지척에 있는 듯 보였고 멀리 동해의 푸른빛이 햇살에 반사되어 눈이 부실 정도로 아름다웠다. 언제부터 시작되었는지 미시령을 오르는 숲에서 나무들이 일렁이고 있었다. 이리저리 뒤척이는 걸 보니 바람이 부는 모양이다. 불면 얼마나 불겠나 했는데 오후의 햇살이 기울어지면서 더욱 소리를 내며 기세가 등등해졌다. 그 소리가 점점 가슴을 파고들더니 미시령 저쪽 너머 사람의 세상에서 있었던 시린 기억들이 떠올랐다.

삼십 년이란 세월을 넘어 함께 지내온 사람들이 있었다. 자그마한 의견의 대립이 생겨도 이해하고 넘어왔다. 작은 것이라도 서로 나누며 그것이 기쁨인 줄 알고 지내왔다. 그러던 어느 날 딱한 사정을 듣고 호의를 베푼다는 것이 도리어 관계성을 엉망으로 만들고 말았다. 금전적인 문제보다는 사람이 지켜야 할 기본적인 신의를 경솔히 여겼다는데 마음이 시렸다. 그동안 묵혀온 시간들을 헤아리며 이해하려고 할수록 가슴은 젖어갔고 생채기는 깊어갔다. 알 수 없는 방향에서 불어오는 바람은 관계들을 뒤흔들기 시작했고 두터운 침묵이 여러 날 흘렀다. 할 수 있는 일이란 가슴 한쪽으로 그냥 밀어두는 것뿐이었다. 시간이란 더께가 쌓이면 생채기는 어지간히 아물 것이고 새살도 돋아날 것을 기대했다.

일행과 창가에 앉아 마음을 풀어내다 보니 이도 속내가 아프다고 한다. 노을이 내려앉는 먼바다를 바라보며 지난 상처를 꺼내 보인다. 쉽사리 아물지 않는지 목소리가 축축하다. 그 목소리가 자꾸 젖어 들수록 창밖에는 바람의 소리가 점점 더 높아져 갔다. 마침내 어둠이 짙어지면서 사람이 내는 소리는 바람이 내는 소리에 파묻히고 말았다. 숙소를 집어삼킬 듯 사나운 소리를 내며 거칠게 주위를 맴돌았다. 온 천지가 바람의 세상이 되어 버렸고 우리는 꼼짝없이 갇히게 되었다.

바람이 왜 이토록 우리에게 전에 없이 거친 몸짓을 보이는 것일까. 어쩌면 우리에게 이르고 싶은 말이 있는 것은 아닐까. 우리네 마음에 놓여진 지독한 생채기의 골짜기를 지나면서 대신 악을 쓰는 것일까. 아니면 그만한 일로 엄살을 떠느냐고 호통을 치며 꾸짖는 것일까. 그래서 밤이 늦도록 이렇게 높은 망루 같은 숙소에 가둬놓고 호령하고 있단 말인가. 불현듯 맞닥뜨린 바람의 세상에 익숙지 않은 탓에 나는 밤새도록 잠을 설치고 말았다.

다음 날은 바다를 보기로 하였다. 여전히 이는 바람 속을 뚫고 자동차는 휘청거리며 북으로 달렸다. 속초에서 한 시간여 거리에 거진항이란 이정표가 보였다. 해변길로 접어들어 조그마한 해수욕장에 자동차를 정차시켰다. 자동차 문을 열자 기다리고 있기라도 한 것처럼 사나운 바람이 얼굴을 때린다. 아직도 털어버리지 못한 그 무엇이 있느냐며 사납게 따져 묻는 듯했다. 비장한 바람 때문에 정신이 번쩍 들었다.

이곳 지형을 잘 아는 일행이 파도를 일으키지 않은 것으로 보아 육지에서 이는 바람이라고 한다. 사람이 사는 세상에서 이는 바람이라는 말을 덧붙인다. 사람이 사는 세상에서 이는 바람 때문에 우리는 그렇게 넘어졌던 것이구나. 지내 놓고 보면 별거 아닌 서글픈 사실들 때문에 발이 묶여 뒤뚱거렸구나.

육지가 끝나고 바다가 시작되는 곳은 다치고 상한 이들에게 썩 잘 어울린다는 생각을 해 본다. 그곳은 결말과 새로운 시작이 있기 때문일 것이다. 이 해변에 거칠 것 없이 쏟아져 내리는 햇살 속에 젖은 가슴을 널어보기로 한다. 미시령에서 내리는 바람결에 시린 기억들의 꺼풀을 하나하나 벗기로 한다. 괴롭고 답답한 마음을 모두 내게 두고 가라고 이르는 그 언어도 섬세하게 읽어 내려고 한다. 굴곡 없고 아픔 지니지 않은 삶이 어디 있겠는가. 삶의 틈바구니에서 잠시 생겨났던 생채기들을 이제는 모두 미시령 바람에게 맡기고 한층 더 여물어진 인생을 얻어가고 싶다.

오후가 되자 사납던 바람은 언제 그랬냐는 듯이 어느새 꼬리를 감추었다. 우리는 바람의 집을 지나 사람이 사는 세상을 향해 다시 터널을 넘고 있었다.

━ 김주안 ━

1998년 『한국수필』 등단. 수필집 『낙지 코 고는 소리』. munvi22@hanmail.net

벗짚의 오지랖

김순자

연전에 시골에 사는 시숙에게 부탁해서 짚 한 단을 실어왔다. 밥을 주식으로 살아왔지만 부끄럽게도 볏짚의 속성을 몰라 간수하기가 쉽지 않았다. 거실 한 귀퉁이에 신문지로 싸서 장승처럼 반년을 세워두었다. 실내가 건조한 탓일까 검불이 여기저기 눈에 띄어 거추장스럽기도 했다. 해서 화단가 창문 옆에 세워두었더니 바람이 잘 통한 탓이기도 하지만 때때로 분무기로 물을 뿌려주었더니 부스러지지 않았다.

짚 한 단을 실어올 때만해도 꿈이 컸다. 우선 시골에서 감을 한 박스쯤 가져와 항아리에 짚을 켜켜이 깔고 쟁여 두고 무르는 대로 손자 손녀에게 겨우내 먹이리라. 청국장도 띄우고 콩 한 말을 삶아 메주도 쑤어야지 하는 야무진 계획도 세웠다.

겨울이면 농가에서는 뜨끈하게 불을 땐 사랑방에 동네 장정들이 모여 짚으로 온갖 생활용품을 만들어 쓰던 당시의 모습이 생각났다. 실내나 대청마루 부엌 할 것 없이 짚을 엮어서 만든 것들이 쓰임새에 맞게 어디에도 없는 곳이 없었다.

잘 부스러지는 겉껍질은 벗겨내고 단단한 속대로 새끼를 꼬아 짚신의 날을 매거나 가마니 칠 때 틀을 잡는 등 용도가 많아서 어느 집이나 서리서리 쟁여두고 썼던 생각이 났다. 손자와 함께 새끼를 꼬아보기로 했다. 손바닥에 침을 '퉤퉤' 뱉어서 새끼를 꼬면 짚과 손바닥의 마찰이 한결 부드럽다. 새끼는 꼬는 방향에 따라 오른새끼와 왼새끼가 있다. 초등학교 일학년인 손자는 어쩐지 왼손잡이라고 착각했을 만큼 왼새끼를 잘 꼬았다.

왼새끼를 쓰는 특별할 때가 있다. 집안에 산모가 있을 때 집안으로 잡인의 출입을 막을 목적으로 대문 위에 금줄을 쳤다. 금줄은 왼새끼에 빨간 고추나 숯, 솔잎을 꿰어 만든다. 이렇게 금줄을 치는 것은 해산하느라 지친 산모나 면역력이 없는 신생아를 위한 배려이기도 하다. 우리 집에서는 정월 장을 담는데 장을 담은 항아리에도 금줄을 치는데 빨간 고추나 숯, 한지로 버선을 오려 꽂아 금줄을 단다. 장을 담는 일이 일 년 농사 중의 하나이다. 음식 솜씨는 장맛에 달려 있다 해도 과언이 아니다. 항아리에 금줄을 치는 것에서 장맛을 변하게 하는 잡내를 없애야겠다는 아녀자들의 단단한 마음가짐을 엿볼 수 있다. 또 한마을의 공동 제의를 치르기로 한 장소 둘레에도 왼새끼를 둘러두어 삿된 행동을 삼가게 했고 제관祭官도 동네에서 모범이 되는 어른으로 정해서 며칠 전부터 제관의 집 대문에도 금줄을 쳤다.

상갓집 앞에는 고인이 가는 길에 신겨 보내려고 짚신 세 켤레를 삼아 매 세 그릇과 함께 삼색 나무새를 장만해서 초상을 치르는 동안 놓아두었다. 상주가 입은 상복에도 새끼줄로 상복 허리를 묶었고 여인들은 머리에 두른 너울 위에 새끼를 둥글게 둘러 부모님을 저승으로 보낸 불효를 나타내었다.

마구간 구유에서는 짚을 잘게 썬 것에 콩 한 줌도 같이 삶아 김이 무럭무럭 나는 구수한 여물이 마소를 반들반들 윤기 나게 살찌우고, 가축이 산통이 있는 것을 알아차린 주인이 짚단을 풀어 깔아놓고 그 위에 새끼를 낳도록 해 주기도 했다. 그뿐인가 짚은 돼지우리에서는 먹은 만큼 내놓은 많은 배설물을 걷어내는 기저귀 역할까지 한다.

장에서 돌아오는 아버지 손에 들린 간 고등어 한 손을 엮은 가는 새끼줄은 아버지의 사랑을 달고 온다. 먹을거리나 생활필수품 보따리를 인 어머니의 손에 들린 양잿물 한 덩어리도 짚에 매달려 집으로 걸어온다.

옛일을 되짚어보니 볏짚으로 만들어 썼던 생활용품이 집안 곳곳에서 흔하게 찾을 수가 있었다. 집안에 대사가 있을 때 마당에서 준비를 하는 이들을 위한 깔개나 멍석 맷방석이 짚공예품이었다. 기왓장을 가루로 빻아 짚수세미에 묻혀 놋그릇을 닦던 여인들은 무척이나 고달팠다. 하지만 반짝반짝 윤이 나는 유기그릇을 보는 재미는 하루 종일 손목이 아프도록 닦았던 고통을 잊게 해 주었다.

집집마다 우물이 없었던 시절에는 멀리 떨어진 우물에서 동이에 물을 길어 오시는 어머니의 정수리에는 짚으로 곱게 엮어 만든 똬리가 놓여있게 마련이다. 똬리는 물동이와 합이 잘 맞아서 아낙들의 신역身役을 도와주는 고마운 것이다.

닭을 많이 키웠던 농가에서는 닭장 속에서 닭이 알을 낳거나 알을 품기 좋게 짚으로 둥지를 만들어 준다. 달걀은 짚으로 꾸러미를 만들어 열 개씩 넣어 두면 참 안성맞춤이다. 달걀 꾸러미는 동네 대사를 치르는 댁으로 보내지는 귀한 선물의 하나이기도 하다.

믿거나 말거나 호랑이가 담배 먹던 시절에는 볏짚이 매파 노릇도 했다는 이야기가 있다. 어린 소년이 짚신을 신고 한 켤레는 목에 걸고 계란 한 꾸러미의 힘을 빌려 집을 나서지 않았다면 어떤 처녀 총각은 몽당 귀신이나 처녀 귀신을 면하지 못했을지도 모른다는 이야기가 있다 이 이야기는 어느 부부의 이야기일까.

헌신적인 사랑의 대명사인 어머니가 마냥 그리워지는 어버이날 아침이다. 급하면 부르는 어머니, 아쉬운 것이 있으면 부르는 어머니. 마음이 허할 때 불러보는 어머니는 살신성인殺身成仁의 표본이다. 이때 문득 볏단 속에서 "나처럼"하는 소리가 나는 것만 같다.

■ 김순자 ■

2002년 『한국수필』 등단. (사)한국문인협회, 한국수필가협회 회원. 한국수필작가회 이사. 저서 『내 인생 내 지게에 지고』. oldbnew@hanmail.ne

이름표

민문자

　　학생 시절에는 언제나 교복의 왼쪽 가슴에 이름표를 부착하고 다니는 것이 교칙을 지키는 일이었다. 처음으로 이름표를 달았던 기억은 초등학교 시절이다. 그때에는 하얀 광목에 두꺼운 마분지를 속에 넣고 밥풀로 빳빳하게 만들어 연필로 삐뚤삐뚤하게 쓴 이름표를 붙이고 다녔다. 이 이름표가 며칠 지나면 구겨지고 때가 묻어서, 그리고 비를 맞는 날이면 금방 훼손되어 다시 만들어 달아야 했는데 이게 보통 귀찮은 일이 아니었다.

　어렸을 때 우리 집에는 두꺼운 마분지도 귀했고 내가 맏이어서 스스로 이름표를 만들어야 하는 것이 여간 힘든 일이 아니었다. 언니 오빠가 있는 친구들은 만년필이나 펜을 사용해서 청색 잉크로 글씨도 예쁘게 잘 써서 이름표를 달고 다녔다. 그런 친구들이 나는 무척 부러웠다. 그래서 나도 사범학교에 다니는 육촌 큰오빠에게 부탁해서 예쁜 이름표를 만들어 여러 번 단 적이 있었다.

　초등학교 3학년 때의 까치설날, 그날도 큰오빠에게 다시 이름표를 만들어 달라고 어렵게 청했는데 바빴든지 작은 오빠에게 부탁해 보라고 하였다. 할 수 없이 중학생인 깍쟁이 작은 오빠에게 이름표를 만들어 달라고 부탁하였다.

　"흰떡 열 가락을 가져다주면 만들어 주마."

　그래서 할 수 없이 집으로 뛰어와서 어머니 몰래 흰 떡가래를 가져다주고 예쁘게 만든 이름표를 받아들고 좋아하던 기억이 엊그제처럼 느껴진다. 이제 반세기가 넘는 세월이 흘러 과학의 발달과 풍요로운 시대가 도래하여 이름표도 목걸이형 등 여러 가지 아름다운 형태로 바뀌었다.

성인이 되어 결혼해서 남편과 함께 사회생활을 하면서 평생 배운다는 자세로 여러 대학 캠퍼스를 찾아 주경야독하게 되면서 자주 이름표를 바꾸어 달았다. 여러 단체에 회원 가입을 하고 세미나에도 자주 참석을 하니까 왼쪽 가슴에나 목걸이 이름표가 자주 바뀌어 달린다.

어릴 때 나의 이름이 왜 그리 촌스럽게 느껴졌는지, 한때는 집에서 정임이라고 했다가, 현숙이라고 도장 새겨 은행 통장도 만들기도 했지만 호적에 등재된 민문자(閔文子)는 항상 내 곁에 있었다. 그런데 수년 전부터 '이름대로 살아지는 것인가 보다.' 하는 생각을 하게 되었다. 이름에 글월 문(文)자를 둘이나 가진 나는 불혹을 넘긴 나이에 생각지도 않게 글자와 씨름을 하는 작은 신문사를 경영하게 되었고 또 문단에 수필가로, 시인으로 이름표를 붙였다.

거기에 존경하는 나의 스승은 남편의 아호雅號까지 글월 문(文)자를 넣어 문촌 (文村)으로 지어주시니 그야말로 우리 가정은 문촌(文村)이 되었다. 나이 들어 글과 가까이하는 생활을 하라고 지어준 아버지의 깊은 뜻이 깃든 나의 이름이라고 생각되어 오래전에 돌아가신 분께 늦은 감사를 드렸다.

지금은 청주 시내가 되었지만 내가 태어날 당시에는 내 고향은 과수원도 없는 보리와 벼농사만 하는 농촌이었다. 내가 열다섯, 어머니가 서른다섯에 아버지는 서른아홉의 짧은 생을 마쳤다. 아버지가 안 계신 가정에서 자란 탓인지 자신감이 없고 소극적이며 우울한 처녀 시절을 보냈다. 뒤돌아보면 언제나 오금을 펼 수 없을 정도로 주눅이 든 모습으로 허약한 몸에 행동도 굼뜨고 매사에 자신감이 없었다.

그런데 가난하였지만 다행히 가슴이 따뜻하고 여성의 사회참여에 긍정적인 생각을 지닌 남편을 만나 사업에 동참하고 함께 고락을 나누며 사는 동안 적극적이고 긍정적으로 살아가는 삶으로 바뀌었다. 1987년도 남편과 함께 숭실대학교 중소기업대학원 최고경영자과정에 가서 공부하는 것을 계기로 우리 부부는 평생 공부하는 자세로 산 셈이다. 여러 대학의 평생교육 과정과 단체의 세미나 참석이나 조찬강의나 스피치교육, 문학공부를 우리 부부는 함께 참석하면서 공부하는 자세를 잃지 않았다.

평소 글 잘 쓰는 선배 문인들은 대체로 국어국문학을 전공한 분이 많다는 것을 알았다. 그래서 환갑이 넘은 나이에 한국방송통신대학교 국어국문학과 3학년에 편입학하여 학생 기분을 유감없이 발휘하였다. 열심히 공부해서 좋은 글 쓸 수 있는 자질을 키우려고 '수필가입네, 시인입네'한 이름표를 당당하게 붙이려고 애썼다. 스승께서 지어주신 아호 '소정(小晶)', 작고 빛나는 보석으로 갈고 잘 닦아야겠다고 마음먹은 지 벌써 십수 년이 지났다.

끊이지 않는 열정으로 평생교육을 받으며 또 강사로서 후배들과 웃고 생활하고 보니 어느덧 긍정적인 사고에 매사에 자신감이 있는 당당한 모습으로 변화한 자신을 발견했다. 그동안 아호를 내려주신 스승은 가시고 나의 이름표가 여러 형태로 바뀌어 우리 집 안방 문고리에 모아 걸려 있다. 실버넷 뉴스 기자, 자원봉사자, 수필가, 시인, 시 낭송가 등등.

앞으로도 내 가슴에 단 이름표가 모두 개선장군의 훈장처럼 더욱 당당하게 빛나도록 겸손한 마음으로 훌륭한 선배 문인들을 뒤따라 가면서 문학 활동에 적극적으로 참여할 것이다. 열심히 살다가 눈 감고 이 세상을 하직하고 나면 나의 마지막 이름표는 어떤 모습으로 남게 되려나 궁금하다.

■ 민문자

2003년 『한국수필』, 2004년 『서울문학』 시 부문 등단. 수필집 『인생의 등불』, 부부시집 『반려자』 『꽃바람』, 칼럼집 『인생에 리허설은 없다』, 『아름다운 서정가곡 태극기』. mjmin7@naver.com

따뜻한 말 한마디

최수연

아침에 일어나 창문을 여니 햇살이 유난히 눈부시다. 부엌으로 들어가 여느 때와 같이 몸에 좋다는 건강식을 믹서기에 갈아, 남편에게 건넸다. 그런데 잔을 받아든 남편이 갑자기 눈높이를 맞추고는 "고맙네." 한다.

나는 얼떨결에 할 말을 찾지 못하고 머뭇거리게 되었다. 그러자 이번엔 좀 더 큰 소리로 다시 한번 고맙다고 하는 것이었다. 평소와 다른 남편의 행동에 집히는 것이 있어 쿡, 웃음은 나왔지만 그 말이 왠지 싫지가 않았다.

얼마 전 남편 동기들 부부모임이 있었다. 오랜 시간 모임을 함께 하다 보니 만나면 자질구레한 가정사하며 소소한 얘기까지 스스럼없이 나누는 사이가 되었다. 다 가정이 원만하지만 그중에서도 유독 금실이 좋은 부부가 있기 마련이어서 은근히 주변의 부러움을 사던 차였다. 그날도 이런저런 대화가 오가던 중, 한 친구가 화재를 그 부부에게 돌려 남모를 특별한 비결이 있는지를 캐물었다.

먼저 남편의 답이 의외였다. 부인에게 무조건 고맙다고 말한다는 것이다. 기분이 좋을 때는 물론이고 설령 언짢은 일이 있어도 그 또한 '고맙네' 한마디 하고 나면 이상하리만치 금방 화평해진다는 논리를 폈다.

남자들은 그 말에 반기를 들며 믿으려 하지 않았지만 곁에 있던 부인이 미소로 고개를 끄덕이는 것으로 미뤄 우리에게 웃음을 주려고 그냥 지어낸 것 같지는 않아 보였다. 나는 행복 지수야 각자 다를 수 있어도 나름대로 그 말에는 일리가 있다는 생각이 들었다.

언젠가 어느 스님이 모 신문에 기고한 '~구나 5단계'라는 글을 읽은 적이 있다. 그 스님에 의하면 먼저 본인에게 감정의 초점을 맞추고 가장 좋았던 순간을 떠올리면서 "~구나"를 해보라고 했더니, 대부분의 사람들이 가슴 따뜻했던 순간을 떠올리면서 '행복하구나' '기분 좋구나'라며 무척 즐거워했단다.

반면 부부에게 설문지를 돌리고 나서 상대방에게 초점을 맞추고 서로에게 앙금이 있었던 부분을 털어놓는 시간을 주었다고 한다. 뜻밖에도 많은 이들이 당신은 '이것밖에 못했느냐'는 반응과 더불어 상처받은 경험을 이야기하면서 '나만 봐'도 아니고 '나 조금만 봐 달라'는데도 무신경에 화났던 얘기를 실타래처럼 풀어 놓았다는 기사였다.

여기서 주목되었던 것은 '~구나' 연습을 통해 자신의 마음을 들여다본 사람은 '~구나' 하면 먼저 상대방을 이해하게 되고 희망적인 감정을 전하게 된다는 내용이었다.

당시 나도 그 글에 공감되는 부분이 있어 시도를 해보았다가, 무슨 연유인지 불쌍하구나만 되뇌게 되어 그만 접어버렸는데, 고맙다는 말을 듣고 문득 다시 떠올리게 되었던 것이다.

내친김에 나는 아침을 준비하다 말고 그동안 표현하지 못했던 속마음을 한번 시험해 볼 요량으로, 마치 남편이 들으라는 듯 "미안하구나." 하고 리드미컬하게 톤을 높이고는 쑥스러움에 귀를 살짝 세웠다. 분명 "다 마셨어." 하는 엉뚱한 소리가 거실 쪽에서 들려왔다. 어쩌면 이건 한 단면에 불과할지 모른다. 우린 매사 이렇게 엇박자였으니까.

알 수 없는 것이 사람마음이라더니 다른 때 같았으면 그러려니 하고 넘겼을 일인데 새삼 허전한 이유는 뭘까. 돌이켜보건대 모가 나면 났지 깨지지 않는 돌과 같은 사람에게 있어 이 정도의 표현도 쉽진 않았을 것이다. 변화라면 변화였다. 만약 그렇다면 무조건 고맙다고 응수라도 해야 하나.

아무리 살아오면서 고마운 일이 어디 한두 번이었을까, 그런데도 내 눈에 들보는 보지 못한 채 남의 눈의 티끌만 탓을 한 것은 아닌지, 솔직히 나는 아니라고 선뜻 말하긴 어려울 것 같다. 비로소 '고맙네' 한마디가 그걸 일깨웠다고나 할까.

오늘 따뜻한 말 한마디가 주는 감동이 그 어떤 보석과도 견주어지지 않는 것을 보면, 옆 사람 마음을 사는 데 있어 앞으로 이만한 것도 없겠다는 생각이 든다.

■ 최수연 ■

1998년 『한국수필』 등단. 한국수필작가회 회원. ches107@hanmail.net

양귀비꽃 핀 자리

이종옥

　　　옛날 인도에 아름다운 꽃밭을 가진 왕자가 있었는데, 어느 날 다리에 금실을 단 예쁜 새가 날아왔다. 왕자는 그 새를 사랑으로 길렀으나 울지를 않았다. 어느 날 밤, 꿈에 한 공주가 나타나서 자기는 '아라후라'의 공주이고 그 새는 자기의 새이며 새 이름과 자기 이름이 같고 자기 이름을 아는 사람과 결혼을 한다고 하였다. 그리고 그 새는 자기 정원에 있는 어떤 꽃을 보아야만 우는데 그 꽃 이름도 공주 이름과 같다고 하였다. 꿈에서 깨자 왕자는 새벽에 아라후라의 궁전으로 몰래 들어가서 생전 처음 보는 꽃을 꺾어 가져와 새에게 보여 주었다. 새는 "파파벨라! 파파벨라!"하고 울었다. 공주의 이름은 파파벨라였던 것이다. 그리하여 왕자는 파파벨라 공주와 결혼하여 오래오래 행복하게 살았다. 인도의 국화이기도 한 이 '파파벨라' 꽃은 '양귀비꽃'이라고도 한다.

　옛날 8·15 해방 전, 을사보호조약 이후 일제강점 시절이다.

　현재는 양화대교가 있고 자유로가 생기고, 아파트와 문화의 공간으로 가득 채워져 역사의 현장은 전혀 찾아볼 길이 없는 곳으로 변모되어 있다. 지금은 가고 안 계시지만 아버지로부터 생전에 들은 슬픈 이야기다. 식민지 시절에 일본사람들이 우리에게 얼마나 많은 고통을 주었는지 지금 젊은이들은 모르기 때문에 알리고 싶다.

　그때 농민들은 자기 마음대로 농사도 못 지었다. 일본사람들이 강제로 양귀비꽃을 밭에 심게 해 그것이 꽃이 피고 열매가 열면 줄기에서 진(아편)을 채취하여, 모이면 공출을 해간다. 몇 푼도 안 되는 대가를 주고 말이다. 농민들은 가난에서 벗어나기가 어려워 진을 채취할 때마다 몰래 조금씩 빼서 뭉쳐 두었다가 소공동 중국촌으로 천둥 치는 가슴을 부여안고 팔러 갔다고 한다. 생활에 보탬이 될까 하고 말이다. 그러나 아버지는 그러한 얘기를 듣고는 마음만 아플 뿐 말릴 수도 없었다 한다. 그때 그곳 농촌에는 밭에서 나는 감자나 채소가 아닌 양귀비 꽃밭이 아름다워야 할 꽃은 아름답기는커녕 슬픈 가시나무밭이었으리라.

아편을 전쟁에 이용했던 것이다. 군인들에게도 아편을 복용시켜 전쟁에서 총탄을 가리지 않고 용감하게 싸우게 하는데 이용했던 것이다. 그것이 바로 '가미가제'라는 특수훈련을 받는 젊은 나이로 구성된 군비행기에 무기를 싣고 빌딩이며 배를 함락시킬 때 자살폭격을 하는 훈련병이다. 상상을 해 보라. 요즈음 같으면 그 양귀비 꽃밭이 얼마나 아름답고 환상적일까.

오월 어느 날이었다. 용인에 있는 모 랜드의 청밀밭에 양귀비꽃이 촘촘히 섞여 있는 꽃밭을 보았다. 초록 물결에 울긋불긋 양귀비꽃들이 얼굴을 내민 모습이 얼마나 아름답던지 사진작가들까지 많이 모여들었다. 우리도 밀릴세라 그곳에 들어가 사진을 찍었다.

환경에 따라 아름답게도 볼 수도 있고 슬프게도 볼 수 있는 것이다. 그야말로 지옥과 천당의 차이 같기도 하다. 그때가 지옥이라면 지금은 천당이 된 것이다. 그래서 그 이름도 양화교楊花橋라 했던가. 지금의 합정동과 망원동이란다. 한강이 말없이 흘러가는 강가에 이렇듯 애환의 목소리가 잠겨있을 줄 누가 알겠는가.

세월이 흘러갈수록 그 이름도 거룩한 양화교 근처는 한강의 르네상스 프로젝트란 거대한 명분으로 탈바꿈하려는 모습으로 꿈틀거리고 있다.

그때 그 백성들의 원한이 이제야 명분다운 이름으로 하늘을 가르며 소리쳐 승화하는 것이 아닌가.

하늘에서 꽃비가 내린다.
무지개빛 꽃이 내린다.

금의환향하며 내린다.

한강의 기적을 안고 꽃나비가 날아든다.

양화교가 흐느낀다.

아리수가 기쁨의 눈물로 출렁거린다.

솔솔 바람이 얼굴을 간질이며 속삭인다.

때가 왔노라

예쁜 양귀비의 혼령이 춤을 추며 무지개 타고서…

야생화의 성품은 은은하고 잔잔하게 우리에게 다가오지만 천하일색 양귀비라는데 실제로 양귀비꽃을 보니 관능미와 화려함의 극치다. 따가운 햇살에 등줄기에 땀이 흐른다. 관상용으로 가꾼 양귀비였지만 눈과 가슴은 환각상태가 되고 말았다. 자신이 피어날 시간에 제 몸의 가장 뜨거운 열기를 밀어 올리는 세상의 무수한 꽃들을 생각하면 고마운 생각이 든다. 다가서면 관능이고 물러서면 슬픔이다. 아름다움은 적당한 거리에만 있는 것, 너무 가까워도 너무 멀어도 안 된다. 어둠 속 사랑처럼 활활 타오르는 꽃, 그 아름다움은 관능과 슬픔이 태워 올리는 빛이다. 만개한 양귀비 꽃밭을 보며 나는 숨을 죽이고 바라본다. 저 오색 빛의 꽃잎은 명주 고름처럼 얇고 부드럽고 빛은 곱고 매혹적이다. 내 숨소리가 착한 꽃들이 달고 있는 주머니를 흔들어 터트려 버릴까 두려워지기 때문이다.

그 옛날 그곳의 양귀비꽃을 생각하면서 그리움과 안타까움을 회상하게 한다.

■ 이종옥 ■

2003년 『한국수필』 등단. 한국수필작가회 이사, 문학신문사 문인회 부회장,한국낭송문예협회 운영위원장. 황진이 문학상 본상, 한글 문학상 수상. 저서 『양귀비꽃 편자리』, 『꽃 이야기』, 공저 다수.
dlwhddhr39@hanmail.net

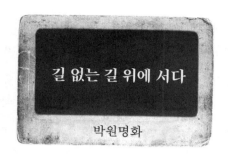

길 없는 길 위에 서다

박원명화

　　화사한 햇살이 스며들어와 그 남자를 깨운다. 눈을 뜨는 순간 알 수 없는 괴성이 남자의 입에서 흘러나온다. 고통으로 일그러진 소리가 들려오자 여자는 하던 일을 팽개치고 허둥지둥 안방으로 달려간다.

　"깼어요. 조금만 기다려요. 세수하고 밥 먹여줄게요."

　　절인 배추처럼 늘어진 남자의 몸을 여자는 익숙한 손놀림으로 이리저리 뒤채어준다. 힘든 건 여자인데 남자는 흡사 고된 훈련을 마친 병사처럼 온몸이 땀으로 흥건하다. 여자의 아침은 바쁘고 정신이 없다. 세수도 시켜줘야 하고 밥도 먹여 주어야 하고 밤새 쏟아져 나온 빨래도 해야 하고 집안 살림까지 해야 한다. 하루가 어떻게 흘러가는지 몸이 열 개라도 모자랄 지경이다. 그렇게 보낸 세월이 벌써 8년째다.

　　자신의 의지로는 손가락 하나 움직일 수가 없다. 결박된 듯 누워 있기만 하는 남자를 정성스럽게 보살피는 여자의 손길은 부드럽고 애틋하다. 그렇게라도 살아 있어 주어 고맙고, 곁에 있어 줘서 고맙다는 여자의 말을 들을 때마다 나는 위대한 성자를 보는 듯 따뜻한 감동에 젖는다.

　　시간이 흘러갈수록 남자는 점점 어린아이가 되어가고 풀기 빠진 여자는 명백한 노화현상으로 두드러져 간다. 남자의 나이 이제 겨우 60대 중반, 병석에 오래 시달린 탓인지 육신은 말라비틀어진 볏짚만큼 가벼워졌고 햇빛을 보지 못한 얼굴은 하얗다 못해 탈색된 광목조각처럼 부서져 내릴 것만 같다.

처음 남자가 그렇게 되었을 때만 해도 누구도 그가 그렇게 주저앉아버릴 것이라고는 생각하지 않았다. 나이 들어 공존할 수 있는 것이라며 자위적인 위안으로 불안감을 일축했다.

남자로서 큰 키는 아니지만 군복무 시절 월남 참전용사로 뛰어들 만큼 다부진 체격과 구릿빛 얼굴은 누가 봐도 건강미가 넘치는 상남자였다. 생활인으로도 야무지고 성실한데다 성품까지 부지런하여 신랑감으로 손색이 없었으니 그 여자인들 어찌 마음이 흔들리지 않을 수 있었으랴.

기대만큼 소망을 다 이루고 살지는 못했을지라도 두 사람은 그런대로 행복했고 안락한 가정을 이루었다. 자식들 뒷바라지에서 벗어나 둘만의 오롯한 노년의 해피엔딩을 설계해 놓고 이제 막 제2의 전성시대로 접어들 무렵, 불행은 예고 없이 찾아왔다. 건강한 육신을 거머쥐고도 고마운 줄 모르고 몸을 함부로 다룬 것에 대한 형벌이라지만 전신마비가 올 줄 상상이나 했을까.

하루 이틀 사흘…. 그리고 한 달 두 달, 세월이 가는 동안 여자의 영혼은 삭막한 시멘트처럼 메말라 갔고 지친 몸은 실신 상태로 치닫는데도 정신력을 향해 필사적으로 성냥불을 그어댔다. 두 달에 한 번, 병원을 옮겨 다녀야 하는 일은 몸 안의 수액을 비워내는 일이었다. 의사의 말에 따라 그 여자는 하루에도 열두 번씩 천당과 지옥을 오갔다. 부부로 살면서 절실하리만큼 사랑했던 기억도 없는데 왜 그리도 애틋한지. 가끔 남자가 삶을 포기하고 싶은 듯 눈을 뜨지 않을 땐, 어르고 달래고 화내고 미워해 꼴도 보기 싫다가도, 여자의 눈에 비친 남자의 모습은 그저 가엽기만 하다.

아내로서의 본분이 흐트러질세라 마음에 단단한 압정을 꽂는다. 사는 동안 애착하고 집착했던 모든 것을 내려놓고, 오직 한 사람, 남자의 손과 발이 되어 줄 것을 다짐한다. 점점 야위어 가는 남자의 모습을 볼 때마다 여자의 가슴엔 상처 위에 상처가 겹쳐 통증이 마비된 지 오래다.

꺼져가는 불씨를 어떡하든 살려보겠다는 여자의 욕망은 집요하리만치 강하다. 그러나 세상사 억지로 되는 일이 어디 있으랴. 과학문명의 빛나는 의술도, 소문난 명약도, 면면히 내려오는 민간요법도 끝내 그 남자에게는 명쾌한 길을 찾아주지 못했다. 여자의 불굴의 집념은 마침내 남자로 하여금 사람을 알아볼 수 있는 눈을 뜨게 해주었고 소리를 들을 수 있는 귀를 열리게 했다. 여자라고 매일 한결같은 마음이었을까. 상상할 수 없는 모진 풍상을 겪느라 여자는 아마도 우리가 모를 깊은 병을 앓고 있는지도 모른다.

그 여자를 보며 가끔 나 자신을 시험대에 올려본다. 만의 하나 내가 그런 상황에 부딪쳤다면 과연 감당할 수 있었을까. 부끄럽지만 자신이 없음을 고백하지 않을 수 없다. 금빛처럼 사치스럽지 않은 삶이라 할지라도 지금껏 내 의지로 판단하고, 내 머리로 생각하고, 내 육체로 움직일 수 있다는 게 얼마나 고맙고 감사한 일인지.

행복은 결코 눈으로 보고 손으로 만질 수 있는 것만이 전부가 아니라는 사실을 깨닫는다. 지금 이 순간, 어쩌면 우리 모두가 길 없는 길 위에 서 있는 것은 아닐는지, 한치 앞도 알 수 없는 게 우리네 인생이라 하지 않던가. 봄볕을 불러들이 듯 사랑을 채워주는 여자의 속삭임이 오늘따라 따뜻하게 다가온다.

■박원명화■

2003년 『한국수필』 등단. 한국문인협회, 국제펜클럽 한국본부, 문학의 집 · 서울 회원. 한국수필가협회 이사. 자서전(라이플저널)강사. 연암기행수필문학상, 한국문협백년상 수상. 수필집 『남자의 색깔』, 『개인 날의 낭만여행』, 『길 없는 길 위에 서다』 외 다수. junghi1203@naver.com

소나기

김인숙정

　　장마철답게 날씨 변덕이 심하다. 금방 비가 쏟아지는가 하면, 언
제 비가 왔나 싶을 정도로 햇볕이 쨍쨍하다.

　　옆집에서는 보름이 넘게 드릴 소리가 귓전을 때리더니 하필이면 이런 날씨에
이사를 하는지 사다리차 소리가 요란스럽다. 들고 날 일정이 그렇게 공교로웠던
것일까. 온몸이 찌뿌드드해서 낮잠이라도 실컷 잤으면 싶은데 이런 훼방이 없
다. 귀를 막아보아도 소용이 없다. 그냥 자리를 펴고 누워보니 그 소리가 더욱 기
승을 부린다. 치솟는 짜증을 어찌할 수 없다.

　　우산을 들고 쫓기듯 밖으로 나갔다. 비 내리는 거리가 산뜻하다. 어느 청소부
가 이렇듯 깔끔하게 닦아 놓을 수 있을까. 느닷없이 맨발로 걷고 싶은 충동이 인
다. 신발을 벗을까 하다 문득 그만둔다. 한 손에 우산, 또 한 손에 신발을 들면 돌
발 사태를 다스릴 손길을 잃기 때문이다. 스며드는 습기가 차차 끈끈해진다. 나
는 몇 번이나 깊은 한숨을 토하며 드릴 소리에, 기계 소리에 움츠러든 머리를 추
스른다.

　　하늘의 심통은 종잡을 수가 없다. 금방 햇빛을 내리쏟더니 갑자기 또 우산을
펼 겨를조차 주지 않고 분노처럼 소나기를 내리쏟는다. 재빨리 하늘을 가렸지만
뽀얀 포말이 안개처럼 우산 사이사이로 스며들어 온몸을 촉촉이 적신다. 젖어
드는 물기에 조심조심 다시 집으로 발길을 돌린다. 으스스 추위까지 달려든다.
마른 수건으로 온몸을 차근차근 닦는다. 서둘러 더운 차를 챙겨 마신다. 느닷없

는 재채기가 쏟아진다.

먼 폭음처럼 소나기 소리가 계속해서 창문을 두들겨 댄다. 단조로운 반복이 아니다. 강약 장단이 절묘하게 이어진 타악기의 코러스다. 저절로 그 음악에 빠진다. 문득 이웃집을 보니 이삿짐 사다리차가 도둑질하다 들킨 키다리처럼 머쓱하게 서 있다. 이삿짐들은 어찌 되었을까. 이부자리나 가전제품들은 소나기 덫에 걸리지는 않았는지, 그런 걱정이 재빨리 스치는데 또 재채기가 나온다.

우리는 좋든 싫든 아파트라는 공동건물 안에서 생활을 한다. 아파트는 편리하기 이를 데 없지만 불편한 점이 전혀 없는 건 아니다. 공동체 안에선 서로 서로 양보하고 도우며 사는 게 옳다. 다들 닫고 살아서 그렇지 사실은 서로서로 도울 일들이 없지 않았을 것이다. 나만해도 드릴 소리를 보름이 넘게 들으면서 시끄러움만 역겨워 했지 얼굴 한 번 내민 일이 없었다. 아무리 세상이 그렇게 변했다 해도, 그래도 되는가 하는 회의가 든다. 드릴 소리나 사다리차 소리 등에는 짜증을 내면서 왜 천둥소리나 소나기 소리엔 입을 봉하고 있는지…. 자연에 대한 불가항력이 이유가 아닐까.

여름이 되면 숨 막히는 폭염에 시달린 시절이 있었다. 나뭇잎 하나 까닥하지 않는 혹서! 한줄기 소나기라도 쏟아졌으면 탁 트일 것 같아 하늘만 우러르곤 했다. 지금은 놀랍게 형편이 좋아져서 선풍기, 에어컨 등이 없는 집이 없지만, 그때만 해도 그런 것들은 부잣집이나 가질 수 있는 귀한 물건들이었다. 애꿎은 부채만 흔들며 소나기 때문에 더위가 더 기승을 부린다고, 오지 않는 소나기를 원망하기도 했다. 어쩌면 우리 인간도 소나기 같은 변덕쟁이가 아닐까. 그러나 이 시간만은 소나기가 잠시 비켜 갔으면 하는 마음이다.

나도 비 때문에 이삿짐을 온통 적신 적이 있었다. 비 끝이긴 해도 날씨가 좋아 용달차를 불렀는데, 그만 기습을 당하고 말았다. 얼른 어디로 피할 수도 없었다. 짐을 다 풀고 나니, 약 올리듯 햇빛이 다시 얼굴을 내밀었다. 사흘 동안을 가구며 이부자리 등을 말렸다. 가구는 뒤틀려 원형이 일그러졌다. 문짝이 제대로 닫혀지지 않아 화도 나고 서글프기도 했다. 이부자리는 부풀려지지 않아 솜을 틀어 다시 꿰매야 했다.

지금도 빗속에 이사하는 이웃을 보면 그때 가슴 조이고 애태우던 생각을 떨쳐 버릴 수가 없다. 이사는 혼자만의 일이 아니다. 날씨와 함께 하는 일이다. 요즈음은 익스프레스 포장이사 시대라서 지난날과 같은 낭패감은 없을 테지만….

고개를 들어 베란다 쪽을 향해 혼자 중얼거린다. 이삿짐을 비 맞기 전에 다 올려야 할 텐데…. 그동안만은 소나기도 참아 주었으면 하는 마음이다.

■ 김인숙정 ■

2004년 『한국수필』 등단. 한국문인협회. 한국수필작가회 이사. 한국수필가협회 회원.
insook5117@hanmail.net

불량품

이정아

　의사로부터 신장이식을 해야 한다는 선고를 받고 나서는, 세상이
다 끝났다 싶어 울며불며 지냈다. 친구들도 교인들도 위로차 방문해서 함께 붙
들고 기도하며 눈물바다를 이루었다. 사무실 뒤편의 은밀한 장소에서 그랬어도
단체 울음소리에 놀란 직원들은 무슨 일인가 의아하게 바라보곤 했다.

　시간이 약이 되는 것인지 몸 상태가 호전된 것은 아닌데 마음이 점차 안정이
되어간다. 내 힘으로 고칠 수 없는 것이면 그냥 받아들이자고 생각을 바꾸니 훨
씬 마음이 편해졌다. 생김새, 부모, 형제, 선천적인 질병 등의 타고난 것은 수단을
써서 변경 가능한 것이 아니지 않는가 말이다.

　나의 병도 그랬다. 선친과 같은 약한 신장을 갖고 태어난 것이다. 신장기증자
를 형제나 자매 가운데 찾는 것이 가장 좋다는데 나의 남동생 셋은 모두 나와 같
이 좋지 않은 신장을 가지고 있어서 나누어 가질 형편이 되질 못 하였다. 다행히
혈액형이 같은 남편의 것을 받기로 하고 일단 큰 걱정을 덜었다 싶었는데, 이곳
UCLA 메디칼의 전문 의사와 상담을 하니 50세 넘은 사람의 신장은 받지 않는
걸 원칙으로 한다나?

　내가 다급한 마음에 "겉은 50이 넘어도 건강관리를 잘해서 속은 젊다."고 의사
에게 애원하듯 매달리니 내가 생각해도 우스웠다. 토끼 간을 빼먹으려는 거북이
가 된 듯 별주부전이 생각난 탓이다. 알배기 꽃게를 파는 어물전 아주머니가 까
보면 알이 많다고 자신만만하게 호객하는 것과 다를 게 무언가 말이다.

같은 학번으로 생일이 늦을 뿐인 남편을 어리다고 타박하고 종종 놀리곤 했는데 "이럴 줄 알았으면 더 영계와 결혼할 걸 그랬다."는 푸념이 나왔다. 가족 중에서 찾지 못하면 신장센터에 기증자가 나타날 때까지 기다려야 한다. 그 기간이 평균 5년인데 혈액형이 O형인 나 같은 경우는 7년 이상이라니 대단한 인내심이 필요하다. 백인의사는 기다리는 동안 죽을 수도 있다며 인정머리 없이 이야기한다. 하나님이 참을성 없는 나를 이번 기회에 혹독하게 훈련시키시려 작정한 듯싶다.

연휴에 으레 떠나는 맘모스 스키여행을 올해는 가지 못했다. 지난 밤까지도 가려고 짐도 쌌는데 며칠 전부터 몸 상태가 좋지 않은 것이다. 일년 전에 예약을 해 둔 것이라 취소도 불가능하고 해마다 아들과 남편은 스키여행을 손꼽아 기다리지 않던가. 미안해하며 떠나는 두 부자를 보내고 나니 마음이 쓸쓸했다.

주변의 친지와 교인들은 새벽기도로 중보 기도로 혹은 단체로 순번을 돌아가며 나를 위해 기도한다. 한국의 가족과 친구들도 그러하다. 기도의 사슬이 든든하다. 그에 비해 정작 당사자인 나는 그러하지 못하였다. 기도를 해야하는 줄 알지만 마음은 여전히 갈피를 잡지 못하고 막막하여 기도도 나오지 않는다.

마침 기회가 좋았다. 아무도 없는 빈집에서 하나님께 기도하리라 결심했다. 지나온 날을 감사하기도하고 지금의 처지를 울며 하소연도 하였다. 그러다 보니 이런 생각이 드는 거였다. 유전적으로 약한 신장을 갖고 태어난 것을 원망하곤 했는데, 날 때부터 가지고 나온 것이면 하나님이 불량품을 내보낸 것이 아닌가 싶었다. 돌아가신 친정아버지는 공정에 약간 힘을 보태었을 뿐 원자재는 하나님이 만드셨을 테니 공연히 친정아버지를 탓할 일이 아닌 것이다.

배꼽은 '메이드 인 헤븐'을 표시하는 하나님의 손도장이라고 어느 글에서 읽었거늘, 아직도 내 복부 한 복판엔 검수 낙관이 엄연히 존재하는 터이다. 디펙트(Defect)에 도장을 찍은 것이면 하나님이 책임져야할 일이 아닌가. 나의 이 신통한 생각에 처음엔 울음으로 시작된 기도가 슬며시 웃음으로 변하였다. 하나님이 반드시 고쳐주셔야 할 이유를 발견한 것이다.

주님께 당당히 기도했다. "불량품을 책임지세요. 나는 몰라요." 짐을 모두 벗은 듯 참 후련하였다.

━━ **이정아** ━━━━━━━━━━━━━━━━━━━━━━━━━━━━━━━━━━

1997년 『한국수필』 등단. 재미수필문학가협회 회장, 이사장 역임. 펜문학상(해외작가상), 조경희문학상 (해외작가상), 해외한국수필문학상 수상. 작품집 『낯선 숲을 지나며』, 『선물』, 『자카란다 꽃잎이 날리는 날』. joannelim7416@daum.net

대추나무에 걸린 연

이덕영

벌써 2년이 지났다. 바람이 몹시 불던 초여름 날 중국의 내몽고지
방을 관광하는 여행을 하였다. 황량한 모래벌이 지평선을 이루는 고비사막의 사
구에서 인간의 처절한 삶의 모습을 보았다. 그곳에서도 문명의 흔적들은 찬란하
였고 자연의 험한 환경을 조화롭게 일군 참모습은 아름다웠다.

여행을 즐기는 것도 건강이 허락해야 한다는 사실은 알지만 마음이 그리 넉넉
하지 못하여서일까. '이번이 마지막이지.' 하면서 다녀온 여행이었다.

좋아하는 사람들과 함께 마음이 하나 되는 즐거운 여행이었다. 다들 70 고개
를 넘나드는 황혼의 낭인들, 쌍쌍의 모습들은 더 없이 아름다워 보였다. 초원 위
에 펼쳐지는 군마들의 자유로운 모습들이었다. 방목된 망아지들의 춤사위를 보
는 듯하였다.

꿈같은 시간은 흘렀다. 가뭄에 단비 같은 시간이었다. 행복이라는 느낌도 갈급
함에서 더욱 새롭다는 것도 깨우치게 되기도 하였다. 아내가 사랑스럽다는 것도
자신이 소중하다는 것도 확인하는 계기였다. 개성이 적나라하게 나타나는 삶의
모습들이 보이는 기회였다.

여행에서 돌아와 내가 태어나 자란 환경 산하를 대하니 더욱 싱그럽게 느껴졌
다. 포근함, 아늑함, 이것이 조국이었고 모국의 품이었다. 천둥이 치고 비가 쏟아
지는 자연의 분노도 우리에게 주어지는 진리이며 생명의 혜원惠源이었다. 사랑해
야 할 조국이고 지켜내야 할 우리의 보금자리였다. 우리가 만년晩年에 살아야 할

강산이었다.

만년晩年의 시간이 왜 이리 빠른 것일까. '촌음 같다.' 라는 회한의 말들이 나를 엄습하는 것도 어쩔 수 없음인가.

여행에서 돌아온 지 벌써 2년, 그 시간 속에 대추방망이라 자처하던 ㅈ 선생님도 먼 길을 떠나셨고 사랑스러운 새 생명 나의 손자가 태어났다. 이것이 가고 오는 자연의 순리일까. 하늘이 뚫렸다는 말이 사실이듯 비가 쏟아진다는 일기예보가 두렵다. 인생은 간이역이라고 절규하신 ㅈ 선생님 모습이 떠올려진다.

뉴스 매체는 전직 대통령이 위독하다고 전한다. 인공호흡기를 장착했단다. 연초에 선종하신 추기경은 순명을 택하셨다는데 그분은 무슨 욕심이 있어 그리하셨을까. 인공 신장기에 의지하고 살아가는 동병同病의 고통 속에서 나날을 보내는 나는 마음을 놓아버렸다. 주치의가 수술을 하고 인공신장기로 투석을 해야 산다고 하는 날 허탈감에 빠졌다. 살아야 할 의미는 나에게는 없는 것 같았다. 그래도 그냥 죽게는 할 수 없다는 사랑하는 아내의 절규는 나를 붙잡는다.

멀쩡하다는 말을 들을 때마다 허허로운 웃음을 보낸다. 나는 올곧고 변함없는 단단한 가시나무에 걸린 연이 되었다. 순풍이 불어오는 날 바람의 노래를 부르리라. 물 폭탄 떨어지는 날 연은 스스로 날개를 접을 것이다.

■■ 이덕영 ■■■■■■■■■■■■■■■■■■■■■■■■■■■■■■■■■■■

2004년 『한국수필』, 2004년 『서울문학』 시 등단. 부부시집 『반려자』, 『꽃바람』. dylee64@hanmail.net

집에 있는 두 녀석에게 자존심이라는 주제로 강론講論을 편다. 물론 녀석들은 대학에서 오죽 많이 배웠을까마는 애비 된 노파심에서 기회 있을 때마다 가정교육이랍시고 강의(?)를 하지만 정성껏 듣고 있는지 갈피를 못 잡겠다. 그래도 자식들의 인격함양에 조금이라도 도움이 될까 해서 오늘도 잔소리를 했다. 자존심(self-importance, self-respect)은 자기 스스로를 존중하는 마음이다. 스스로의 품위를 높게 가지려는 마음이다. 아주 귀중한 마음이다. 사람은 누구나 스스로를 자기답게 지키고자 하는 욕망을 가지고 있다. 진정한 자존심이란 자기의 존엄성을 높이고 원만한 인격을 지키는데 필요한 마음가짐이다. 자존심이란 소중하고 존경스러운 단어다. 우리는 자존심을 가져야 한다.

그러나 많은 사람들이 이 거룩한 자존심을 바르게 사용 못 하는 게 문제다. 가끔가다 시원찮은 사람일수록 자존심을 더 들먹인다. 자존심 지키는 행동은 없이 자존심이라는 마음만 붙들고 요란하게 자존심 운운하며 시끄럽게 구는 사람도 있다. 심지어 어떤 사람은, 시원찮은 행동을 하면서도 입으로만 자존심을 들먹이며 고래고래 악을 쓰는 사람도 있다. 참다운 자존심이란 그런 게 아니다.

자기에게 주어진 일을 묵묵히 성실하게 잘하는 사람은, 자존심이 있는 사람이다.

하루를 열심히 살려고 촌음을 아끼면서 사는 사람은, 자존심이 있는 사람이다.

남의 눈치를 보지 않고 자기의 소신대로 자기가 맡은 일을 하며 사는 사람은, 자존심이 있는 사람이다.

아침에 일어나기 싫어도 제시간에 직장에, 학교에 가는 사람은 자존심이 있는 사람이다.

하기 싫은 공부지만 한 **字**라도 더 깨우치려고 열심히 공부하는 사람은, 자존심이 있는 사람이다.

스스로를 소중하게 여기고 치열하게 마음 쓰는 사람에게는 진정한 자존심이 자리를 잡게 되는 것이다.

좋은 자존심은 사람을 더욱 사람답게 만들고 향기 높은 품위와 풍성한 삶을 향유하도록 만든다. 좋은 자존심을 가진 사람은 참으로 아름답다. 좋은 자존심을 가진 사람은 주위 사람들을 황홀하게 만들고 즐겁게 한다. 좋은 자존심은 감동을 주고 경건하게 할 뿐, 옆 사람에게 시비를 걸지는 않는다. 자존심이 상해서도 그렇게 하지 않는다. 자존심이 다칠까 봐 자기의 언동言動은 조심스럽기만 하다.

사람들은,

자존심 때문에 일을 깨끗하게 훌륭하게 처리한다.

자존심 때문에 남에게 얕보이는 행동을 안 한다.

자존심 때문에 남에게 신세를 질 수가 없다.

자존심 때문에 하루를 열심히, 성실하게 산다.

좋은 자존심은 주위로부터 존경을 몰고 온다. 좋은 자존심은 책임 있는 행동을 동반하기 때문이다. 간혹 자존심이 상한다고 펄펄뛰는 사람을 보면, 어떤 것은 자존심이 아니고 허영심일 때도 있다. 치사한 허영심을 가지고 자존심으로 착각한다.

자존심을 내 세우지 않아도 될 때, 엉뚱하게 자존심을 꺼내놓고 신경질을 부리고 소동을 치는 사람은 곤란하다. 자존심하고는 아무런 관련도 없는 일을 가지고 자존심 운운하며 스스로 억지로 높이려고 떼를 쓰는 친구도 있다. 딱한 사람이다. 진짜 자존심이 울 일이다.

　그렇게 하면 안 받아도 될 멸시를 일부러 받게 되고, 주위사람들에게 환멸감과 낭패감만 주는데도 여전히 치태痴態를 못 버리는 사람이다. 안타까운 일이다.

　우리는 자존심을 올곧게 보존해야 한다. 좋은 자존심은 그 사람의 삶을 찬란하게 빛나게 만들고, 인격을 성숙시키고 인생을 향기롭고 만족하게 한다. 우리는 올바른 자존심을 갖도록 언제나 노력해야 한다.

▬ 윤행원 ▬▬▬▬▬▬▬▬▬▬▬▬▬▬▬▬▬▬▬▬▬▬▬▬▬▬▬▬▬▬▬▬

2004년 『한국수필』 등단. 수필가. 시인. 칼럼니스트. 한국문인협회 회원. 문예춘추 이사. 합천신문 논설위원. harvardy@hanmail.net

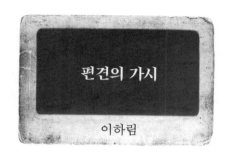

편견의 가시

이하림

　　며칠 전 방송에서 이런 일화를 들었다. 미국 어느 부호가 자신의 재산을 양로원에 기증하겠다는 뜻을 유언으로 남겼다. 그런데 단 하나의 조건이 그 양로원에 백인만 들어오게 하라는 것이었다. 그러나 양로원은 약속을 지키지 않았다. 그러자 유족들은 한 푼도 기부할 수 없다고 했다. 양로원 측은 인도적인 차원에서 벗어난 이러한 편견은 있을 수 없는 일이라며 재판을 신청했다고 한다. 그러면서 무덤에 있던 링컨이 이 말을 들으면 다시 일어날 일이라는 것이다.

　방송을 듣고 있으니 오래전에 겪었던 이와 비슷한 일이 생각났다. 강남에 있는 어느 호텔에서 일하고 있을 때였다. 외국인 호텔이어서 지시사항이 거의 영문으로 표기되어 있어 그 뜻을 제대로 파악하지 못해 곤혹을 치를 때가 많았다. 그럴 때마다 공부를 더 해야겠다는 생각이 들었다. 궁리를 하던 끝에 외국에 있는 호텔전문학교에 유학할 수 있는 길이 있다는 것을 알게 되었다. 유학을 마치고 돌아오면 국내에서 지배인 자격증을 취득하는 데 큰 도움이 될 수 있었다. 용기를 내어 독일인 총지배인을 찾아가 사정을 이야기했더니 의외로 흔쾌히 청을 받아 주었다.

　서둘러 서류를 갖추어 호주에 있는 학교로 발송했다. 곧이어 입학이 허가되었고, 관계대사관에서 비자만 발급받으면 되었다. 비자가 나오기만을 기다리는 동안 검은색 정장에 금빛 명찰을 달고 지배인으로 근무하는 꿈을 매일 꾸었다. 그리고 능숙한 영어로 외국인과 상담을 하는 장면도 종종 꿈에 나타났다. 벌써 마음은 지배인이 되어 있었던 것이다.

그런데 출국일자를 한 달쯤 남겨놓고 관계대사관으로부터 비자발급을 거부당했다. 예상치 못한 의외의 상황이라 황급히 담당자를 찾았다. 혼자 사는 사람은 불법체류의 가능성이 높아서 비자를 발급해 줄 수 없다는 것이었다. 담당자는 이 한마디 외에 더 이상 어떤 질문도 허용치 않을 것 같은 냉랭한 자세였다. 편견으로 응집된 제도 앞에서 그동안 꾸어왔던 모든 꿈들이 한순간에 무너져 내렸다.

남편과 헤어져 혼자 살아왔지만 어느 면으로나 당당한 삶이었다. 그러나 내가 생각한 당당함만으로는 지금 내 앞에 놓여진 현실의 벽이 너무 높다는 것을 깨닫게 되었다. 연못을 지나던 이가 무심코 발길로 찬 돌이 개구리의 목숨을 앗아가듯이 사소한 편견 하나가 내 앞날의 희망을 모조리 앗아가 버렸던 것이다.

그때에 있었던 일을 떠올리고 있으려니 문득 공자의 제자 담대멸명이 생각난다. 그는 외모가 보잘것없어 처음에는 공자로부터 입문을 거절당한 제자다. 그러나 배움의 길을 놓친 나와는 달리 끈질긴 간청 끝에 간신히 입문 허락을 받았다고 한다. 그래서인지 열심을 다해 학문을 이룬 후 공자를 떠났다. 후에 그는 공자의 가르침에 버금가는 군자다운 면모를 보이며 당대에 명성을 떨친 인물이 되었다. 외모만 가지고 사람을 판단했던 공자는 자신이 저지른 실수 앞에 회한을 드리웠다고 한다.

우리는 흔히 호박의 외모를 가지고 얼굴이 못생기거나 볼품없는 사람에 비유하곤 한다. 나도 예외는 아니었다. 그러나 호박은 못생긴 꽃과 모양에 비해 그 열매는 어느 것보다 요긴하게 쓰인다. 사람 또한 얼굴이 못생긴 사람이 마음씨까지 곱지 못한 것이 아니다. 오히려 그 마음이 따뜻하거나 너그러운 사람이 더 많다.

이처럼 외적으로나 내적으로 범해지는 편견은 매사에 좋지 않은 법이다. 그래서 『대학』의 「수신」 편에도 보면 사람의 참다운 면목을 파악하는 데 걸림돌이 되는 편파적인 감정을 없애야 한다고 말하고 있다. 그것은 인간관계를 그르치는 첫걸음이요 나아가 사회나 국가에까지 폐해를 끼치게 된다는 것이다. 그러나 세상 곳곳에는 아직도 이러한 편견의 가시들이 도사리고 있다.

한번은 아이 학교의 학부모회의에 참석을 했는데 담임선생님이 생활수준이 떨어지는 아이들은 문제아로 단정 짓는 것을 보았다. 우리가 사는 동네는 아파트단지인데 단지마다 생활수준의 차이가 심하다. 그러나 생활수준이 낮더라도 건강하고 밝게 자라는 아이들이 얼마든지 있는데 그 이유만으로 문제아 취급을 당한다는 것은 지나친 처사라는 생각이 들었다. 그 후로 또 한 번 편견이라는 가시에 찔려 마음이 욱신거리며 아팠다.

호텔에서의 일이 있은 후 그 상처가 덧나 마음이 욱신거려 아플 때가 있다. 그럴 때마다 나도 편견에 사로잡혀 세상을 색안경 끼고 내게 비춰진 색깔만 옳다고 우긴 적은 없는지 생각해 보게 된다. 그러면서 코끼리를 다리만 더듬고 코끼리는 기둥 같다고 정의한 장님의 실수를 종종 떠올린다. 내게도 이러한 실수를 범하지 않기 위해 폭넓은 시야로 지혜로운 삶을 살아야겠다고 다짐한다. 나에게는 가시가 있는 화려하고 요염한 장미보다는 가시가 없는 소박하고 둥글둥글한 호박꽃의 철학이 마음에 와 닿는다.

■■ 이하림 ■■■■■■■■■■■■

2000년 『한국수필』 등단. 미리내수필문학회, 중랑문인협회 회원. 동대문문인협회 간사. 한국수필작가회, 한국수필가협회, 한국문인협회 회원. 저서 『맨션 달동네 사람들』, 공저 『숨 쉬는 항아리』 외 다수.
harim4u@hanmail.net

목화꽃

김정자

　　이른 봄 아파트 마당에 화분 다섯 개가 다정하게 놓여 있다. 지나칠 때마다 어떤 씨앗을 품고 있을까 궁금했다. 그러나 뾰족이 머리를 쳐들고 나올 때까지도 궁금증은 풀리지 않았다. 어디에서 본 듯한데 생각이 나질 않아 그 화분에서 눈길을 뗄 수가 없었다. 그리고 여름내 나의 관심거리가 되었다.

　어느 날인가부터 그 새싹은 점점 커지더니 제 모습을 알 수 있을 만치 올라와 있었다. 나를 그렇게도 궁금하게 한 식물의 이름은 목화였다. 시간이 약인 듯 목화잎이 피어나고 대가 실해지면서 봉오리가 생겼다. 봉오리는 점점 부풀어 8월이 되면서 흰 꽃봉오리가 터지는가 싶더니 다음 날 아침에는 꽃이 활짝 피었다. 꽃잎은 다섯 장으로 첫날은 엷은 우윳빛이다. 이내 연분홍색으로 변하는 모습이 참으로 신기하고 예뻤다. 어느 꽃은 흰색, 백황색, 홍색으로도 변한다. 순백색 꽃잎이 조화처럼 하늘거릴 때는 마치 웨딩드레스를 입은 새신부의 모습을 연상시키기도 했다.

　연방 피어나는 목화꽃을 바라볼 때마다 지나간 어린 시절 추억이 떠오른다. 그 시절에는 목화밭이 많았다. 친구들과 목화밭에서 다래를 따 먹던 기억도 새록새록 떠오른다. 학교에서 돌아와 책가방을 마루 끝에 팽개친 채 친구들과 어울려 들로 산으로 뛰어다녔다.

　석양이 붉게 물들고 저만큼 목화밭이 보이면 우린 누가 먼저랄 것도 없이 목화밭으로 숨어들었다. 목화 다래를 따 먹기 위해서였다. 지금도 그 맛은 무어라 표현할 수 없다. 약간 달면서도 비릿하다고나 할까. 아무튼, 어머니의 젖 냄새가 나는 것 같기도 했다.

목화꽃은 8~9월에 핀다고 하지만 아파트 목화꽃은 10월인데도 연이어 피고 있다. 꽃의 모양이 삼각 상 난형으로서 자줏빛이 돌기도 하고 날카로운 톱니가 있다. 꽃받침은 술잔 같다. 꽃잎은 다섯 개가 복와상覆瓦狀으로 나열되고 연한 황색 바탕에 밑 부분이 흑적색이고 수술이 많은 단체單體이다.

꽃이 진 자리에 열매가 달리면 다래라고 했다. 다래가 익어 갈색으로 변해 서서히 벌어지면 하얀 목화솜이 마치 솜사탕을 연상하게 한다. 그래서 목화꽃은 일 년에 두 번 핀다고 하나 보다. 바로 이 목화솜 꽃을 살짝 꼬아 당기면 실이 서서히 풀려 나올 것만 같다. 보통 9월 하순에 수확하게 되는데 수확하는 날짜에 따라서 솜의 질이 결정된다고 한다.

목화솜은 까만 씨앗을 꼭 감싸고 있다. 부드러운 솜이 씨를 감싸고 있어서 종자를 보호하는데, 인간이나 모든 생물은 하나같이 종자를 보호하고 증식시키려는 본능을 지니고 있음을 느낄 수 있다. 그 모습은 엄마가 새끼를 꼭 껴안는 모습과 같다고나 할까. 마치 부모가 자식을 사랑으로 감싸 안은 듯한 씨 종자의 모습이 더욱 의미 있는 모습이 아닌가.

꽃 중에서도 가장 고운 꽃이 목화꽃이 아닐까 하는 생각을 해 본다. 다른 꽃은 잠시 예쁠 뿐이지만 목화꽃은 옷이 되어 세상 사람들을 따뜻하게 해 주지 않는가. 목화꽃에서 무명 치마를 두르신 어머니를 생각하게 하고 아버지의 모습을 떠올림은 왜일까. 어찌 보면 목화꽃은 어버이의 사랑을 담고 피어나는 꽃인지 모른다.

자식들을 위해 땀방울 흘리며 애쓰시던 모습을 이 꽃만큼 잘 표현한 꽃도 드물듯 싶다. 다른 꽃은 피었다가 대개 씨만 남기는 게 보통이지만 목화꽃처럼 세상에 따뜻함을 남기는 꽃도 흔하지 않다.

꽃을 가만히 바라보면 모습 또한 예사롭지 않다. 많은 수술은 자손을 의미하는 것 같고 그 자식들을 감싸는 꽃받침이 있어 그 속에서 포근한 사랑을 느끼며 자라는 것 같이 생각된다. 날카로운 톱니 모양은 자기만의 성을 의미하여 함부로 잡것이 얼씬하지 못하게 하려는 듯 보인다.

어버이의 사랑도 이와 같지 않을까. 내가 시집온 시절을 돌아보면 딸을 시집보낼 때, 시부모에게 예단으로 목화솜 이불을 선물하기도 했다. 그 속엔 당신 딸의 흠을 이불 덮듯 덮어 눈감아 주기를 바라는 어버이의 간절한 사랑의 근원이 배어 있지 않았던가.

목화꽃을 보면서 무명치마의 어머니와 그리고 아버지가 그립다. 따뜻하고 자애로운 은혜를 잊을 수 없으리라. 모든 만물이 아무 생각 없이 움직이는 것이 아니듯 꽃도 생명이요, 존재 일부이니 어찌 그저 예쁘다고만 할 수 있을지. 문득 부모님이 보고 싶고 지난 세월이 구름처럼 지나간다.

올해 수확한 다섯 그루의 목화는 종자 역할을 충분히 해냈다. 내년 봄에는 목화씨를 구해서 우리 집 베란다에도 한번 심어보고 싶다. 벌써 지난여름 내 끊이지 않고 피었던 목화꽃의 자태가 더욱 아름답게 다가온다.

■ 김정자 ■

2003년 『한국수필』 등단. 한국문인협회. 한국수필가협회 일반이사. 충북여성문인협회 회장 역임. 충북수필문학회. 푸른솔문학회. 청주예술상. 충북수필문학상. 홍은문학상. 올해의 여성문학상 수상. 저서 『세월 속에 묻어난 향기』, 『어느해 겨울』, 『41인 명 작품 선집』. albina0604@hanmail.net

테메노스

오정자

이른 아침부터 바깥이 소란스럽다. 쿵, 소리가 나고 누군가 고함을 지른다. 일순 심장이 두근거린다. 새로 이사 온 옆집 남자가 또 일을 벌인 것이다. 그가 이사 온 뒤로 소음이 동네를 차지했다. 그는 차고 앞의 멀쩡한 콘크리트 드라이브웨이를 깨부수며 요란한 전입 신고식을 했다. 그런데 그것도 모자라 이번엔 중장비와 인력을 동원하여 뒤뜰에 서 있는 아름드리나무를 뿌리째 뽑고 있었다. 자그마치 서른두 그루였다. 어느 시인의 시구처럼 나도 나무에게 '푸른 심장을 꺼내 보여다오' 하고 싶을 정도로 나무들은 사철 푸르렀다.

옆집 뒤뜰은 솔수펑이를 연상케 했다. 숲은 초록 물결로 넘실대며 한결같이 푸름을 선사해 주었다. 또 나무들은 우리 집의 배경이 되어 '제 모습 그대로' 실경의 풍경화로 펼쳐졌다. 해 질 녘 나무 저 너머로 엷게 번지는 노을, 나무 사이로 달리는 바람, 나무 위로 흐르는 달빛, 나는 그 숲을 무심히 바라보는 것만으로도 충만감을 느꼈다. 우리 집 쪽으로 수굿하게 몸을 기울인 숲에서는 언제나 새들의 노래가 들려왔다.

그런데 지금은 나무들의 절규만이 환청으로 들려오는 듯하다. 나무를 베는 순간 이상한 절규와 앓는 소리를 들었다는 고대인처럼 말이다. 그들의 말에 따르면, 나무는 인간과 마찬가지로 감정과 감각을 지닌 존재로서 나무를 베는 것은 생명체를 죽이는 것이기 때문에 함부로 베지 않았다고 한다.

제 생을 다 구가하지 못한 나무의 무참한 죽음을 눈으로 직접 보면서, 나는 내가 인간이라는 사실이 부끄러웠다. 자연에 대한 폭력을 멈추어야 한다고, 나무의 입장이 되어 생각해 보라고, 당장 옆집으로 달려가 목울대가 넘치도록 소리치고 싶었다. 아니, 그보다는 공사장을 방불케 하는 소음에 내심 화가 치밀어 올랐다. 그러고 보니, 남의 이야기 할 것 없이 나 역시 인간 중심주의라는 사실에 진저리를 쳤다. 어쩌면 옆집 남자는 이로쿼이 인디언처럼 벌채하기 전 나무의 정령에게 용서를 구했는지도 모른다. 그래서일까. 나무의 그루터기까지 송두리째 뽑힌 공간은 안온함마저 감돈다. 떠난 자리에 남겨진 무욕의 마음이다.

나무의 내부에 응축된 내공을 헤아려 본다. 인간을 위하여 자신의 몸을 기꺼이 내준 나무들의 숭고한 죽음은 나의 삶을 돌아보고 내면을 들여다보게 한다. 나무들은 산속도 아닌 비좁은 뜰에 모여 살면서도 서로 다투지 않고 새들에게 열매를 내어 주고, 인간에게는 시원한 그늘을 만들어 주면서, 피톤치드를 내뿜어 공기를 맑게 하는 미덕을 몸 안에 지니고 욕심 없이 살아왔기에 나무의 향기는 맑고 그윽하다. 그만큼 나무는 내부에 자신만의 '신성한 공간'을 만들었던 것이다. 나무는 생전에 고통스러운 부분까지도 그 공간에서 견뎌 내며 자신을 스스로 다독였으리라. 우주에 대한 겸허하고 평화로운 내면 풍경이 아닌가. 문득 스위스의 정신의학자 카를 융이 말한 테메노스가 떠올랐다.

융은 심리적 그릇을 '테메노스'라고 불렀다. 테메노스는 개인의 내면에 만들어지는 '심리적 공간'을 의미한다. 이 공간은 자신이 처리하지 못하는 감정을 숙성하는 공간이라고 할까. 중세의 연금술사들은 납, 아연, 구리를 적정한 비율로 섞어 헤르메스의 그릇에 넣고 밀봉해 두면 금으로 변한다고 믿었다. 인간의 마음도 마찬가지라는 생각이 든다. 자신의 경험, 감정, 정서를 심리적 공간에 간직해 두고 익히면 자신의 삶을 아름다움으로 가꿀 수 있을 것이다. 무엇보다 창의성을 발현시킬 수 있는 곳이 바로 그 공간이지 싶다.

나무들이 가뭇없이 사라진 텅 빈 뜰을 바라본다. 그 시선을 돌려 내 마음속을 들여다본다. 내 안에는 내가 너무 많아 나 자신이 낯설기까지 하다. 뒤집어 생각하면, '나도 모르는 나'가 풍성하게 저장되어 있는 것이다. 가족 이야기, 친구 이야기, 이웃 이야기…. 이는 내 안의 또 다른 나로서 내 안에는 무수한 사람이 들어 있다. 그것들은 내 안의 타자가 하는 이야기로써 서로 결합하여 발효되고 숙성되어 내면에서 익는다. 테메노스, 즉 연금술사의 그릇이 만들어진다. 생각이 여기에 미치자, 나는 나의 내면에 저장된 수많은 감정을 소화하지 않고서는 심리적 공간을 만들 수 없다는 것을 느끼기 시작한 것이다. 이 깨달음은 순전히 나무가 내게 남긴 무언의 죽비이다. 매 순간 깨어 있으려고 노력하면, 테메노스는 시나브로 마음에 깃들 것이다. 그 공간을 마음속에 갖는 순간 내 삶은 시가 되고, 수필이 되고, 소설이 된다.

아, 내 몸 안에는, 내 마음속에는 과연 테메노스와 같은 공간이 있는 것일까.

■ **오정자** ■■■■■■■■

2004년 『한국수필』 등단. 미주 중앙일보 신춘문예 논픽션 당선. 한국수필가협회, 재미수필가협회, 국제펜클럽 한국본부 회원. 한국수필작가회 이사. 수필집 『짝눈』. 재외동포문학상, 경희해외동포문학상, 해외한국수필문학상, 원종린문학상 수상. ohjj2010@hanmail.net

여자이니까

이재월

　　어머니는 복지회관에 다녀오시면 그곳에서 일어난 일, 들은 이야기를 곧잘 하신다. 누구나 자기 주변에서 일어난 일을 또 다른 주변에 전하면서 그곳에서의 희로애락을 다시 느껴보기도 한다. 그래서 희락은 배로 커지고 애로는 반으로 준다고 하나 보다.

　아무리 오랜만에 만난 절친이라도 자기 이야기만 다 할 수 없다. 차라리 제삼자의 이야기를 할 때가 흥 같지만 더 공감이 갈 때가 있다. 그날도 어머니는 한재댁이 한 이야길 나에게 전달하신다.

　그분은 어머니와 한동갑 아흔세 살인데, 어머니처럼 기억력이 좋으신지 옛날 이야길 하면 줄 줄 줄 끝이 없다고 하셨다.

　한재댁은 같은 동네에서 열여덟 살에 시집와서 살았기 때문에 시댁 형편이나 친정 생활수준은 사람들이 다 아는 정도였다. 그 당시엔 양가가 다 가난했고 몇 떼기 안 되는 논밭에 의존해 살다가 부지런한 자식들 덕에 노년엔 중산층 정도에 살면서 만족해하신 분이시다.

　오늘도 한재댁은 자기 처녀 때 이야기를 듣기도 싫게 했다는 것이다. "내가 이쁘다고 누구 집에서도 혼인하자고 했고 누구 집에서도 혼인하자고 했다."고 지금도 자랑을 한다는 것이다.

　"처녀 때는 곱닥허니 이뻤것 던디."

　"그렇지, 지금도 곱디 안."

"어머니는 아버지하고 어떻게 결혼했는디?"

"중매쟁이만 한번 왔다 갔는디 가난하다고 외삼촌이 승낙을 안 했었지. 하루는 늬 아버지가 쫓아 와서 외숙한테 '여동생 안 주면 가만둘 줄 아느냐'고 고래고 래 소리치는 바람에 동네 창피하다고 줘 부렀단다."

"아버지는 보지도 않고 중매쟁이 말만 듣고 점찍어 부렀그만."

"그때 시집오길 잘 했그만 우리도 낳고 이렇게 사니. 까딱했으면 우리도 태어나지도 못했겠네."

"말도 마라, 할머니가 내어 주는 쌀로 밥을 하면 밥을 그릇에 담을 때가 제일 싫었다. 차라리 끼니가 돌아오지 안 했으면 좋겠드라. 고모 밥하고 내 밥은 한 그 릇에 담아 나눠 먹어야 했으니까 숟가락질도 서로 미루다가 먹었는지 안 먹었는 지 모르지."

뭐가 뭐가 서럽네 해도 못 먹는 서러움이 크다는데 생명보존의 근본에너지가 나오니까. 끼니때 밥이 없어 못 먹고 밤낮없이 일을 해야 사는 힘든 세월을 사신 어머니 그 통에 내가 태어났다. 그런 상황에서도 이렇게 건강하고 삐뚤어지지 않게 생겨 나오길 천만다행이다.

골백번도 더 들었다던 한재댁 이야길 어머니는 하시고 또 하신다. 그때마다 속으론 놀라며 내가 그 나이가 되면 미모에는 관심도 없을 것 같았다. 그땐 까마 득한 젊은 나이었으니까. 팔십이 넘으면 예쁜 여자나 미운 여자나 똑같다고 했 는데.

그러나 이 자리에 당도하니 고로롱팔십이 되어가도 미모에 대한 유혹은 떨칠 수 없나 보다. 아침마다 거울 앞에서 눈썹을 그리고 입술을 그리는 나.

한재댁은 살면서 자기 고운 시절을 추억하고 행복해하시니 그게 바로 자기 마음속에 있는 참 행복이 아닌가. 그 누군가 예쁘다는 말 한마디에 자신감을 갖게 되고 마음이 뿌듯해지며 잠시라도 행복해진다. 이것은 여자만의 특성인가 싶다.

어쩌면 여자는 관속에 들어갈 때까지 아름다움의 유혹에서 벗어나지 못하고 눈썹을 예쁘게 그리고 화장을 하고 그러나 보다. 평소에 화장을 안 하셨는데 관 속에서 예쁘게 화장을 하고 계신 어머니 얼굴에서 그렇게 느꼈다. 나는 여자이 니까.

법정 스님도 삶의 질 중심엔 아름다움과 행복이 밀접한 상관관계에 놓여 있다 고 표현했었다. 그래서 아름다움을 가리켜, '시들지 않은 영원한 기쁨'이라고 했 다.

현대 여성은 직장에서는 능력 있는 꽃으로 가정의 등불로 제자리를 지킬 때 영원한 기쁨인 진정한 아름다움이 발산되리라.

■ 이재월 ■

2004년 『한국수필』 등단. 문학예술 신인상 수상(시). 광주문협 이사. 광주여류수필.영호남수필 전 부회 장. 광주수필 부회장. 광주시인협회 이사. 서은문학회. 영호남수필문학대상. 광주문학상. 광주시문학작 품상 수상. 수필집 『이 나이에 부러운 건』 외 다수. 시집 『세월강에 머문 그날들』 외.
ljw6827@daum.net

허공에 감도는 음률

양순태

　　손을 내밀면 하늘빛 잉크색이 묻어 날 듯한 시리도록 맑은 아침이
다. 산기슭에 마른 잔디 위로 작은 회오리바람의 소용돌이가 먼지를 일으키고 사
라지노라면 저만치서 연이어 옹골찬 속력으로 호르르 날아 재빨리 휘감아 돈다.
낮으나마 날렵한 기세가 예사롭지 않은 낙엽 휘둘림에 바람의 강도를 알린다.

　　음 으으 음으…. 어디선가 스산한 공기에 젖어 흐르는 무거운 음률, 어렴풋이
와 닿아 가슴으로 스며드는 비가悲歌. 귀 기울여 주위를 두리번거려도 포착되지
않는 근원지를 찾아 발길을 옮긴다.

　　광활한 공원이 한눈에 내려다보이는 잔디 마당 조각공원에 우직한 걸작들이
띄엄띄엄 자리하여 중후한 분위기를 더하는 가운데, 외진 곳에 멀뚱하게 서 있
는 로봇. 하늘 아래 홀로인 양 어정쩡한 자세가 애처로움을 가중시킨다.

　　마치 세상사 홀홀 털어 버린 듯 초점 잃은 표정으로 허공을 향해 흥얼거리고
있다. 한세상 부귀를 몸소 누렸을, 겉으로 배어나는 담담한 형상. 그럼에도 무언
가를 갈구하는 심경이 엿보인다.

　　연속적으로 회오리바람은 자생하여 살그머니 요동친다. 역력히 억제하고 있
는 오싹한 느낌이 어깨를 움츠리게 한다. 한차례의 폭풍 또는 추위를 몰아올 것
같은 기세가 삭막 감을 더한다.

　　이른 아침 외출채비를 하며 예고 없이 전화벨을 울린다. "아저씨, 지금 나오실
래요?" "응 그래." 상의를 걸치고 나가면 저기 오신다. 물병을 준비하여 뒷좌석에

모시고 안전벨트를 끼워 드린다. 우리는 그렇게 드라이브 길을 나선다.

40여 분 거리의 파주 온천장에 위치한 단골집에서 아침식사를 한다. 즐겨 먹던 불고기 낙지전골과 대나무 통술, 아저씨의 반주로 두 잔을 드시고 남은 술은 댁에 가서 드시라고 챙겨 넣는다.

푸짐한 상차림의 포만감으로 문산 들판을 가로지르는 통일로를 벗어나 임진각에 머무른다. 이산가족의 한이 서린 자유의 다리를 거닐고는 연못을 한 바퀴 돌아 나온다. 자판기의 커피도 마시고 매장에 들려 눈길 끄는 물건이 있으면 재미로 사기도 한다. 찬 공기에 포근한 감촉의 모자를 선택해 씌워 드린다. 따뜻해 보여서 즐겁다.

질주의 쾌감과 스릴이 교차하는 자유로를 달리며 일상 속에 일어나는 소소한 먼지들을 날려 보낸다. 통일전망대에서 바라보는 강 건너 이북 땅 민둥산의 냉기는 저 동네의 이념성을 대변하는 듯하다. 바람이 차다. 드넓게 펼쳐진 임진강 줄기가 가슴 트이게 하는 실내매장에 자리하여 앉는다. "아침을 달게 먹었더니 갈증이 난다."며 팥빙수를 청한다. "입맛이 없다가도 이렇게 기분전환을 하고 나면 음식이 당긴다."는 말씀이 너무 고맙다.

올해 79세의 어르신. 친정아버지 가신 지 얼마 지나지 않은 시기에 맺은 인연으로 아버지처럼 대우하였으며, 딸같이 맞아 준 이웃 할아버지다. 성격 외모 걸음걸이에서 모자 쓰시는 폼까지도 아버지를 무척 닮은 모습이다. 처음 뵐 때는 아버지가 환생한 듯한 착각이 들었을 정도였으니.

글을 써서 내밀면 문장을 훑어보아 지적해 주기도 하며, 어떠한 질문에도 만사형통인 할아버지, 그러나 아저씨라 부른다. 매사에 곧은 사고와 덕을 겸비한 선비이시며 소중한 인연이기에 내심 세월을 붙잡아 두고자 하는 바람에서이다. 친정아버지의 정을 또 잃고 싶지 않은 간절함이기도 하다.

초보운전 시절에는 주차안내를 도맡아 주었다. 특히, 미숙한 후진 시에는 번번이 엉뚱한 방향으로 이탈하노라면 참다못해 버럭 화를 낼 때도 무섭지 않았다.

아버지 같았으니까. 붉으락푸르락한 표정에서부터 더 놀랄 땐 안색이 하얗게 변하기도 할 정도로 마음고생을 시켜 드렸다.

삼 남매를 출가시킨 다복한 가정에 살뜰한 마나님의 다독임에도 불구하고 요즈음 들어 노년 우울증을 앓고 계신 것 같아 안타까운 마음이다. 산언덕 아래로 유유히 흘러가는 썰물이 햇빛에 반사되어 생선비늘을 쏟아부은 듯 은회색의 잔잔한 파고가 서럽도록 아름답고 강바람에 일렁이는 나뭇가지들의 몸부림에 낙엽 흩날리는 풍경이 을씨년스럽다.

서둘러 기우는 세월을 끌어당겨야겠다. 별식을 찾아 미식가로서의 명분을 세워도 드리며 드라이브의 속력은 한 단계 느리게 하여 경치를 감상할 시간을 연장시켜야겠다. 지는 해를 바라보는 서글픔을 떨치고 맞이하는 새날의 기쁨을 안겨 드리기로 잎 지는 계절에 마음은 분주해진다.

가슴이 허허로와 허심증虛心症이라 했던가. 계절적이며 시기적인 이유에서도 발병의 원인이 되는 시점이기도 하다. 두루두루 주위를 둘러보아야 할 허무의 계절에 더불어 함께하는 삶을 희망해 본다.

■ 양순태 ■

2004년 『한국수필』 등단. 한국문인협회, 한국수필가협회, 한국수필작가회 회원.
22521266@naver.com

기억 속을 여행하는 시간

이경임

　　일주일 중 목요일을 가장 기다린다. 가곡을 배우는 날이기 때문이다. 노래에 소질이 없는 나로서는 엄두도 못 낼 일이었지만, 지인의 권유로 시작했다.

　성악을 배우면서 발성법이 따로 있음을 알게 되었다. 몸을 가볍게 풀고 난 후 반듯한 자세로 마음을 정화시키고 수평 수직으로 몸을 열고 편다. '옹' 또는 'N'을 소리 내어 입천장에 아치를 만든다. 공명점을 기억하며 턱 밑으로 빠지지 않는 소리길을 만들라며 선생님은 목청을 높인다. 이십여 분의 트레이닝 중 입안의 공간 확보가 원활해지면 고음인 솔도 무리 없이 흘러나온다.

　이해를 돕는 부속조치로 늑대와 황소 우는 소리를 연습하기도 한다. 발성연습에 이어서 회원들과 두성으로 불러 보는 화음을 따라가면 몸과 마음이 환하다. 노래를 부르면 찌뿌둥했던 몸은 어느새 가벼워지고 얼굴은 밝아진다. 성악을 배우러 오는 분들은 주로 중년 주부들과 직장을 퇴직한 사람들이다. 가곡을 배우러 오는 이유도 다양하다. 집에서 무슨 일이 있었던 마음을 즐겁게 하나로 묶어주는 이 시간은 음악이 주는 묘약이 아닐 수 없다.

　가곡은 이별을 그려놓은 가사가 많다. 제목 따라 펼쳐지는 시어들은 내용만 다를 뿐 이별의 슬픔이나 외로움과 기다림이다. 노래를 부르는 동안 지나간 시간들이 무심히 스쳐 가는 것이 예사지만, 나도 모르게 목울대가 뜨겁게 올라오기도 한다.

특별히 악상을 살려 불러야 하는 노래를 만나면 그동안 빗장을 질러 두었던 날들의 그리움과 연민도 풀려 나온다. 지금은 없는 그에게 고해하듯 한 음 한 음 심정을 토해낸다. 사랑의 역설은 정점을 향해 치닫고 포말로 부서지는 감정들을 쓸어 담다 보면 한 곡이 어느 사이 끝나 있곤 한다.

그를 보내고 난 후 헤아리기조차 안타까운 시간 속에서 내 얼굴은 두려움과 긴장감으로 늘 굳어 있었다. 얼굴뿐 아니라 몸에 붙어 있는 근육은 뻣뻣하여 통증을 달고 살았다. 시간은 빠르게 달아나는 듯했지만 무쇠 같은 번민에 끌려다니다 보면 더딘 밤잠에 새벽은 쉽게 오지 않았다. 상실 후 남은 자의 뒷모습은 공허한 메아리만 가득 찬 울안에서 다만 견디는 일이었다.

이사를 하고 여행을 하고, 쇼핑 중독에 빠지기도 하면서 야윈 쇠골을 감추려 맛집을 찾아다녔다. 채워지지 않는 공허함을 메워보려 찾아 헤맸던 발걸음은 무거웠고 두 손은 늘 빈 채로 돌아오곤 했다.

내가 조금이라도 많은 걸 가진 게 있다면 그의 각별한 사랑이었다. 장남과 맏며느리의 책임과 의무는 서로의 거울이었다. 층층시하에서 부부간의 다정함조차 제대로 표현할 수 없었기에 우리의 나이테는 북쪽을 향한 가지처럼 촘촘하고 견고했다. 그는 사랑을 받아본 사람이 사랑을 베풀 줄도 안다면서 무뚝뚝한 나를 말보다 행동으로 감동시키곤 하였다.

방학 때면 이어졌던 우리문화 답사가 아이들의 고등학교 진학으로 자연스레 끝이 났다. 하지만, 재점화는 그 사람의 오랜 숙원이었던 트래킹이었다. 혹한의 강원도 무용담을 듣다가 애처로운 마음에 무작정 따라나섰던 도보여행은 7년 동안 이어졌다. 군대도 가지 못 할 평발이라 놀리면서도 한여름 밤 민박집에서 그는 더운 물로 내 발의 피로를 풀어 주는 등 마음을 표현하기도 하였다.

혈액순환이 잘 되지 않으셨던 아버님을 위해 우리 두 사람은 해마다 해풍 맞은 쑥을 캐러 다녔다. 더위가 시작되는 6월 중순쯤 아이들 키만큼 자란 자색 쑥대를 베어다가 말리면 1년을 사용할 수 있었다. 그때마다 그는 도시락 대신 특별한 점심을 내게 사 주곤 하였다. 3~4일 간격으로 말린 쑥을 자루에 담아 찜통에 끓이면 진한 쑥 향기가 집안에 퍼져 잡냄새까지 가시곤 했다. 그는 반신욕으로 피돌기가 되었을 텐데도 아버님의 온몸을 몇 번이고 마사지 해드리는 수고를 아끼지 않았다.

가곡 교재는 어느새 반 권을 익혀간다. 책 속에는 사랑의 유희로 시작되어 불꽃이 이는 페이지도 있고 아릿한 이별의 정서가 되풀이 되는 쪽도 있다.

굳어진 몸과 마음을 열어준 것은 음악 가사를 통하여 확인한 사랑이었다. 까마득한 옛날 그가 내게 가르쳐 주었듯 알토란같은 마음을 되돌려 받으면서 희망과 평온을 다시 찾은 것이다. 비어있는 마음 공간에 멜로디로 기억하는 사연들이 그와 나만의 화사한 둥지를 튼다.

> 꽃이여 사랑이여 지지 말라
> 사르기 위해 빛의 광채 마시고 피어나야 하나니
> 봄의 향연 두려워 말고
> 걸어 나오라 꽃이여
>
> ―〈꽃에게〉 가사 중에서

정수리를 맴돌다 지친 나를 일으켜 세우는 노랫말에 한 꺼풀의 상흔이 꽃잎처럼 날아간다.

아름다운 봄날이 가고 있다.

이경임

2003년 『한국수필』 등단. 동인지 『청다래』 공저 다수. gilee0719@hanmail.net

자작나무와 주목

신서영

창밖에는 는개가 수런거렸다. 빽빽이 들어찬 자작나무 숲에는 꼬리 긴 낯선 새들이 자유롭게 지저귀며 새벽의 적막을 깨웠다. 호텔 앞의 좁다란 오솔길은 정겨운 이가 손을 흔들며 나타날 것 같은 상념에 젖게 했다. 그런 풍경에 어젯밤 늦게 백두산 아래에 도착한 피곤함과 비밀스럽고 폐쇄적인 주위의 분위기조차 잊었다.

천상에서 쏟아져 내리는 듯한 긴 물줄기의 장백폭포아래, 통나무를 엮어 만든 숲속의 산책로를 같이 걷던 젊은 여선생이 "지리산의 주목을 닮은 남자와 백두산의 자작나무 같은 여자가 천생배필!"이라고 하였다. 겉과 속이 붉은 주목을 닮은 남자는 정열적이어서 사랑이 식지를 않는다고 한다. 여자라면 누구나 일생동안 변하지 않고 사랑해주는 그런 남자를 원하지 않겠는가.

자작의 일종인 사스레나무는 매서운 추위를 좋아하고 지상의 가장 높은 곳에서 자란다. 키 큰 자작도 북극이 가까울수록 난쟁이로 변해 수만 그루가 얼싸안듯 얼어붙은 땅을 이불처럼 덮고 있다. 껍데기를 벗겨도 또 다른 껍데기가 자꾸 나와서 속내를 알 수 없고 변신을 일삼는, 항상 신비로움을 간직한 아름다운 여자와 비유된다. 가을의 백두산은 곱게 물던 자작나무 잎으로 황금색 물결을 이루고 뽀오얀 껍질로 감싸인 둥치는 미인의 살결을 연상시킨다.

소녀 때는 가끔 환상 속에 빠지기도 한다. 언젠가는 사랑하는 사람이 생기고 그 사람과 변치 않고 일생을 함께하리라는 부푼 기대감에 잠 못 이루는 밤도 있기 때문이다.

결혼을 하고 나이가 들수록 상상했던 미래가 얼마나 부질없었던가를 알게 되고 눈앞에 놓인 현실 앞에서 때론 절망하기도 한다. 부부로 만나 몇십 년을 한 지붕 밑에서 살며 여자는 신비스러움을 잃지 않고 남자는 사랑을 느낀 처음의 그 정열을 간직할 수 있을까.

보통 사람들은 자신이 처한 삶의 범주에서 살아가기를 희망하지만 지루하게 반복되는 일상에서 가끔은 벗어나고 싶은 양면성을 지니고 있음도 부정할 수 없는 일이다.

눈앞에 닥치는 수많은 일들을 헤쳐 나갈 때 자신의 본성을 억누르며 고아한 자태로 대처할 수 있는 사람이 몇이나 될까. 그럴 때 드러나는 모습을 보고 상대방에 대해 실망하고 못내 참아야 하는 인고의 세월도 보내야 하리라.

서로에게 바라는 것이 많으면 실망도 커진다. 내가 해준 것에 대한 보답을 바라기보다 험난한 세상 한 자락, 내 옆에 있어주어서 고맙다는 생각을 가진다면 실망으로 인한 가슴앓이가 조금은 덜 할 것 같다.

숱한 고난과 역경을 함께한 부부의 주름진 얼굴은 이성 간의 사랑보다 그저 담담한 혈연의 정이 느껴져 편안해 보인다. 그것은 주목의 정열과 자작나무의 신비로움을 잘 승화시킨 이들만이 이룰 수 있는 생의 서사시가 아니겠는가.

백두산 주변의 사람들은 자작나무 아래에 태어나서 자작나무와 함께 살고 자작나무에서 죽는다고 한다. 지붕과 땔감, 생을 마감한 뒤의 관까지 자작나무를 사용해서 생긴 말이다. 순수함과 정결을 잃지 않고 품위를 지키며 모든 것을 내어주고도 보답을 바라지 않는 어머니 같은 자작나무의 품성. 그런 성품을 반만이라도 지닌 여자에게는 아무리 잘못된 남자라도 때론 뜨거운 열정으로 사랑해주는 주목 같은 남자가 되어보려 노력할 것 같다.

늦가을부터 눈부신 은빛 나신을 드러내는 겨울 숲의 귀부인인 백두산의 자작나무와 한겨울, 지리산의 칼바람에 붉은 청춘을 자랑하듯 의연한 자태로 당당히 선 주목은 어떤 것과도 비교할 수 없는 잘 어울리는 한 쌍이다. 그래서 멋을 아는 이들의 사랑을 받는 것이리라.

선물로 받은 주목으로 만든 찻잔 받침을 본다. 불타는 듯 타올라 나이테의 흔적조차 지워버린 붉은 나무. 상대에 의지하지 않고 순수한 영원을 꿈꾸는 가장 이상적인 연인의 품성이 이럴까. 주목받침 위에 자작나무로 곱게 다듬은 치마 입은 목각인형을 얹는다. 어디선가 참새목 소리가 들리는 듯하다.

---

*참새목: 극락조과에 속하는 소,중형의 산림성 조류

신서영

2005년『한국수필』등단. 국제펜클럽, 경남수필문학, 경남문인협회, 진주문인협회 회원. 작품집『호수는 잠들지 않는다』. young104995@hanmail.net

살기 위해 적는 삶들,
적어야 사는 사람들

함혜자

누렇다 못해 붉은빛의 황토물이 유유히 흐르던 강과 가파른 돌계
단이 내려다보이던 그곳에 서서 많고 많은 말 중에서 하필이면 그 말이 생각날
줄이야.

그 누구도 섣부른 발걸음으로, 설익은 호기심으로 그곳에 발을 딛지는 않았을
것이다. 나 역시 정보의 바다에서, 지식의 향기를 뿜어내는 도서관에서 그들의
흔적을 찾은 시간이 적지 않았기에 신발 끈을 동여맸지 않았던가.

송곳처럼 뾰족한 산들이 겹겹이 둘러싸인 미니어처가 있다면 그곳은 미니어
처를 확대해 놓은 그림 같았다. 중학교 때 교과서에서 그곳을 보고 품었던 궁금
증의 씨앗은 반백 년이 되어서 비로소 세상 밖으로 싹을 틔웠다. 가파른 절벽마
다 익어도 익어도 푸르른 청포도처럼 인간들의 호기심이 푸르게 푸르게 익어가
고 있는 마추픽추를 마주하고 섰다. 부드럽게 내 뺨을 스치는 바람의 손길도, 변
함없이 따사로울 햇빛도 그때나 지금이나 여전할 것이므로 어렴풋하게라도 나
는 이 말 정도는 할 것이라고 감히 생각했었다.

'그래, 그랬었구나…'

막연한 추측만 무성하게 키워왔던 역사학자, 고고학자들을 비웃었던 나는 그
곳에 가서야 하늘을 날다 방향을 잃고 어느 한구석에 처참히 처박힌 낙하산과
흡사한 꼴이 되고 말았다. 오로지 왜? 라는 말 외엔 아무 말도 할 수 없었다.

석회동굴 속의 석순이 황홀함은 억겁의 세월이라는 응축된 에너지가 있었기

에 가능했듯이 그곳 마추픽추의 풍경 앞에 섰노라니 마치 한 폭의 성화 앞에 선 듯 경건함마저 느껴졌다. 다시 몸을 돌려 잘 정돈된 공중도시 마추픽추를 뒤로 하고 섰다. 헝클어진 무명실처럼, 실지렁이의 몸짓처럼 어지럽게 이어지는 오솔길 사이로 한 줄기 햇살이 쏟아지고 있었다. 잉카인 그들이 사라졌던 그 날도 오늘날과 다르지 않을 것이라는데 생각이 미치니 내 머릿속도 마치 그 길처럼 헝클어진 실타래가 된 듯했다.

오래전 호기심에 목마른 학자들도 그 길을 따라 거기에 올랐을 것이며, 잉카인 그들이 사라진 폐허의 도시를 마주하고 섰었던 그들의 표정도 애써 상상해봤다. 마치 고장 난 신호등 앞에서 무작정 푸른 신호를 기다리던 기분과 다르지 않았으리라. 그들도 분명 숨 막히는 감동의 도가니에 갇힌 채 '누가, 언제, 어디서, 무엇을, 어떻게, 왜'를 외치며 기록을 남기지 않았던 잉카인들을 향한 원망과 안타까움에 몸서리를 쳤을 것이다. 수학과 천문학이 이용되었다는 증거가 있으니 문자 역시 있지 않았을까 하는 짐작에 다다르니 그 안타까움만 비눗방울처럼 허공을 향해 날아갔다.

잉카인들은 왜 이 산꼭대기에 와서 도시를 만들었고, 그들은 왜 흔적도 없이 사라졌던 것일까. 설에 의하면 황금을 쫓는 이들을 피해 도망을 와서 그들의 복수를 꿈꿨던 곳이라고도 하고, 전염병을 피해 깊은 산속에다 도시를 건설했다는 설, 군사적 피난 목적이라는 설, 자연재해를 피해 건설한 피난 도시라는 설, 황제의 여름 휴양시설이라는 설, 설만 남긴 채 그들은 흩날리는 봄눈처럼 지구상에서 홀연히 자취를 감췄다.

페루 원주민이던 잉카인들의 자부심이자 마음의 고향이라고도 불리는 이곳으로 모자람과 부족함이 없이 사는 현대인들의 발길이 끊이지 않는 이유는 무엇일까?

사람은 밥으로만 사는 게 아니라는 그 흔한 말조차 새삼 깨닫게 하는 마추픽추.

얼마 전 매스컴을 달궈 실소를 금치 못하게 했던 위정자들의 그 말이 마추픽추를 마주하고 서서 그토록 절절하게 다가올 줄이야. 적어야 산다던.

작가든, 학자든, 기자든 적어야 하는 것이 살아가는 이유인 사람들도 있지만 굳이 책임과 의무가 아니더라도 적고 쓰고 남기는 일 자체가 어쩌면 인간에게 주어진 최고의 의미가 아닐까 싶다. 비록 사람들이 무의미하다고 할지라도 이 지구상에서 만물의 영장이라고 불리며 살았다는 이유 하나만으로도 나는 그것이 무엇이든지 간에 쓰고 남기고 싶다. 적기 위해 살든, 살기 위해 적든.

물질로 환산되는 유산이 아닐지라도 나의 조상이, 부모가, 나의 형제자매가 살다간 흔적을 남기는 것만으로도 지구상에서 살다간 충분한 이유가 될 것이라는 데 한 점 의심이 없다.

잉카인들의 공중도시 이곳 마추픽추를 언제 다시 볼 것인가 하는 아쉬움에 혼자 남은 것조차 잊은 채 오랫동안 서성거렸다. 성곽과 신전, 계단, 곳곳에 그 옛날 그 사람들의 체취가 남아 잉카의 후예들의 존재에 대한 궁금증에 오가는 이들의 옷깃을 잡는 듯했다. 나 역시 떠날 때 의기양양했던 그 기개는 오간 데 없고 저녁 햇살을 받은 고고한 마추픽추의 위용에 눌려 고개를 숙인 채 돌아서야 했다. 그리고 그들의 흔적을 찾아, 기록을 찾아 당장이라도 발걸음을 내디디고 싶은 간절함에 메마른 입술만 고무줄처럼 당겨대기를 반복했다.

■ 함혜자

2006년 『한국수필』 등단. 한국수필작가회 회원. 갈물회 회원. 한국 서예·미술 진흥협회 회원.
hhj4937@hanmail.net

그저 빙긋이
웃기만 하지요

김녕순

　　　제목은 글의 대문이다. 들어서려는 문에 쓰여 있는 글귀가 얼핏 헤픈 웃음을 연상시키거나, 어리석은 사람의 치기稚氣를 떠 올릴 수 있겠지만 필자의 시각視角은 그러하지 않다.

　'그저 웃기만 한다' 이 말이 지닌 깊은 뜻과 절제의 여운은 때로는 스스로 자신을 해치는 오만의 칼날을 피할 수도 있고, 상대와의 팽팽한 긴장을 풀 수도 있다. 웃음이 겸손할 때 인간관계에서는 무지개가 핀다.

　당나라의 시선詩仙 이백이 남긴 시, 「산중문답(山中問答)」에서 '소이부답 심자한(笑而不答 心自閑)'이라는 구절을 반추해 본다. '어찌하여 푸른 산에 은둔해 사느냐'는 물음에 이백은 '말로 대답은 않고, 빙긋이 웃기만 했더니 마음이 저절로 한유하네'라고 읊었다.

　　　산중문답(山中問答) - 李白

　　　問余何事棲碧山 (문여하사벽산)
　　　笑而不答心自閑 (소이부답심자한)
　　　묻노니, 그대는 왜 청산에 사는가
　　　웃을 뿐 답을 않으니 마음이 절로 한가하네

밤 하늘의 달이 술잔을 거듭 비우는 이백에게 '어인 술을 그리 마시느냐' 핀잔

했더라도 아마도 이백은 그저 빙긋이 웃기만 했을 것이다. 곤란한 질문에 대한 회피용이나, 상대를 우습게보고 답변하지 않는 부정적 해석을 삼가고 그 말의 깊은 여운에 취해봄이 좋을 듯하다.

셈본에서는 정답이 하나이지만, 우리네 삶에서는 어찌 하나 뿐이랴. '네 말도 옳고, 내 말도 옳다'는 생각이 들 때가 많다. 남의 정답正答을 건드리지 말고 내 생각에 맞추라고 강요하지도 않으면, 험하다는 인생길도 좀 수월하게 갈 수 있지 않을까.

'굼벵이가 담을 넘어도 까닭이 있다'는 속담이 있다. 땅을 파고 기어가는 재주밖에 없는 굼벵이가, 담을 넘을 때는 그도 뜻이 있을 것이니 함부로 남의 일을 판단하지 말라는 경고의 말이겠지. 남이야 어찌 그 속사정을 알겠는가. 역지사지易地思之로 풀려 하면 보이지 않던 속사정도 보이게 될 것 같다.

의견의 대립이 팽팽할 때, 혹은 분노나 반론이 솟구쳐 오르더라도 꿀꺽꿀꺽 삼키고, 관용寬容과 옅은 웃음으로만 대응한다면 마음의 평화를 지키는 지름길이 아닐까. 속된 인생이 높은 경지까지 가지는 못하겠지만 이백이 읊은 한가로운 마음心自閑, 즉 마음의 평화를 흐트리지 않고 지키며 살도록 노력해야겠다.

인생은 야구경기가 아니다. 투수가 던졌다고 반드시 받아칠 필요는 없다. 바보처럼 사는 것 같고 무기력한 인생일 것 같아도 그저 빙긋이 웃을 수 있는 날을 위해, 먼지 쌓이듯 쌓이는 오만과 편견을 털어내고, 나날이 내공을 쌓아가며 스스로 한가로운 마음을 지니면서 오늘을 보내고 내일을 맞이하고 싶은 마음 간절하다.

━ 김넝순 ━

2001년 『한국수필』 등단. 제30회 한국수필문학상 수상. 수필집 『그린 그린 그린』 외 공저 다수. 한국수필작가회부회장 역임. sn2858@hanmail.net

곤달걀을 버리다

이희순

아내와 함께 4백 리 길을 한걸음에 달려갔다.

2009년 5월 27일 오후 세 시, 김해시 진영읍 본산리 봉하 마을로 가는 신작로
는 한 줄기 강이었다. 사람들은 침묵의 강이 되어 흘러갔다가 초라하고 작은 시
골마을을 휘돌아 나오면서 역시 말이 없었다. 허공을 바라보는 사람, 혹은 발등
에 시선을 떨어뜨리는 사람, 눈물짓는 사람들… 노무현 전 대통령의 '생전'을 만
나려는 무모한 행렬은 그렇게 강물처럼 흘러들어가고 끊임없이 흘러나오고 있
었다. 흘러가는 강물과 흘러오는 강물은 서로 알은 체도, 한사코 알려고도 하지
않았건만 이 강에서 하나가 된 듯하였다. 계절은 초하인데 가신 임의 밀짚모자
오리농법 무논에 한 발짝도 들여놓지 못한 자의 시련인 듯 뜨거운 태양이 내 얼
굴에 불비를 쏟아 붓고 있었다. 저 깊은 곳에 은밀한 양심으로 간직해 온 마지막
자존심이 일시에 무너져 버린 나는 오월의 끝자락을 붙잡고 아무런 대책도 없이
울었다.

2003년 2월 25일 11시. 국회의사당 앞뜰에서 베풀어지는 제16대 대통령 취임
식에 초대를 받은 나와 아내는 밤을 도와 새벽 네 시 서울역에 도착했었다. 서울
의 이른 봄은 잿빛 하늘을 이고서 스산한 아침 한기에 부르르 떨고 있었다.

"반칙과 특권을 용납지 않겠습니다. 기회주의자가 득세하는 일이 없도록 하겠
습니다. 원칙을 바로 세우며, 정당하게 사는 사람이 성공하는 사회를 만들겠습
니다."

2002년 가을, 공직사회 개혁의 깃발을 흔들며 공무원 노동운동의 선봉에 선 이들이 불쑥 손을 내밀었다. 그들의 손을 잡아 동지가 된 내 가슴 속에서 대한민국 제16대 대통령의 의연한 일성은 뜨거운 다짐으로 용솟음쳤다. 대미 쇠고기협상, 전시 작전권 환수, 독도문제 등 해묵은 현안에 대처하는 그의 의연함과 당당함에서 나는 오랜 동면을 깨뜨리고 벌떡 일어나는 민족정기를 보았다.

　그해에 나는 종묘공원에서 명동성당까지 수많은 동지와 함께 보무도 당당하게 행진하였다. 남중하는 태양의 힘을 빌려 드디어 내 그림자를 밟으며 득의에 찬 두 주먹을 불끈 쥐었다. 그러나 해를 거듭할수록 낯선 겨울바람이 세차게 몰아쳤다. 내 속살을 저미는 모진 바람은 뜻밖에도 '믿었던 그곳'에서 불어오고 있었다. 나는 절망과 분노에 휩싸여 나라님을 원망하였다. 선봉에 섰던 많은 동지들이 신체의 자유를 잃었고 자리를 빼앗기고 한데로 쫓겨났다. 몇몇 동지는 낙엽이 되어 먼 길을 떠났다. 동료들이 승진심사를 받을 때에 내 이름은 징계위원회에서 호명되었다. 그 시절에 나는 '바보 노무현'에 대한 존경을 거둬들일 뻔하였다. 나는 그가 '사람 사는 세상'을 외치고 있을 적에 눈치챘어야 했다. 시대의 이단아들이 부르짖어온 '대동세상'을 전유물로 삼을 수밖에 없었던 나라님의 고독을 감지했어야 했다. 힘꼴이나 쓰는 장정은 허다했으나 기꺼이 그의 병사가 된 사람은 많지 않았다. 사람들은 텔레비전 앞이나 술집에서만 투사가 되었다.

　"지켜주지 못해 죄송합니다."

　그들은 대체 무엇을 지켜주지 못했기에 저토록 비통에 잠겼을까.

　나는 애당초 그의 순결이나 도덕성을 흠모하지는 않았다. 보릿고개 그 숨 가쁜 가풀막의 굽이굽이에 넉넉히 새겨진 소탈한 미소, 꺼벙하고 어눌한 시골사람의 묵은 체증을 뚫어줄 만한 꿋꿋한 보짱을 사랑하였다. 그는 빙하를 관통하고 싶은 마그마였다. 그러나 넓고도 깊은 만년 빙하 한가운데서 기진한 마그마는 절명하여 바위가 되고 말았다. 마그마의 열기를 얻어 내 속에서 타올랐던 불길도 옹어리가 되었다. 일시에 뜨거운 용암을 분출했던 피 끓는 젊음의 아우성은 어느결에 잠들어버렸다. 나는 아픔을 악물며 가슴에 맺힌 응어리를 꺼내 들었다. 응어리는 그의 바위를 내리쳐야 할 '달걀'이었다. 달걀로 바위를 단죄할 무모한 기회는 몇 번이고 찾아왔었지만 나는 번번이 달걀만 만지작거릴 뿐이었다. 나는 절대온도를 녹이지 못한 채 숨을 거둔 마그마의 주검 너머로 어둡고 깊은 골짜기를 보았다.

공무원 노동운동이 막다른 골목에 내몰리고 있을 즈음 서울 사는 맏이가 제러미 리프킨의 『노동의 종말』을 책상에 올려놓고 갔다.

얄팍하고 뽀얀 조약돌을 주워 한껏 물수제비를 떠보았다. 조약돌은 다섯 번 짤막한 물수제비를 뜨더니 얕은 냇바닥에 맥없이 가라앉았다. 파문이 채 가시기도 전에 조약돌이 물속에서 나를 보며 씨익 웃고 있었다. 리프킨의 근심 어린 미소였다.

나는 달걀을 꺼내 햇살에 비춰보고 코를 대보았다.

"사랑은 미완성 그리다 마는 그림. 그래도 우리는 아름답게 그려야 해."

언제까지 사랑을 아름답게 그려야 하는 '우리'는 누구일까. 나는 웅얼거리며 이미 곯아버린 달걀을 봉하마을 어귀 언덕배기에 내던졌다. 내 고수레는 '우공 이산'이었다.

흐르는 세월 속에 어느덧 2017년 5월도 저물어가고 있는데 그 시절 『노동의 종말』을 보내주었던 맏이가 이번에는 영화티켓을 전송했다. 〈노무현입니다〉였다. 그의 얼굴만 보아도, 그의 목소리만 들어도 왜 눈물이 흐르는 것인지 손수건을 준비하지 못한 나는 두 손으로 연신 눈물을 훔쳐냈다.

세상이 바뀐 지 겨우 보름인데 바보 노무현이 주인공으로 등장하는 다큐멘터리 영화도 보게 되었다. 8년 전, 봉하 마을 언덕배기에 남몰래 곤달걀을 버렸던 나도 용기를 내어보기로 한다.

■ 이희순 ■

2007년 『한국수필』 등단. 한국수필, 한국수필작가회, 동부수필 회원. 저서 『방언사전 여수편』. pattohsl@hanmail.net

청주향교

전성희

청주의 진산인 우암산 남서쪽 자락에 청주향교가 있다. 청주향교
는 할아버지의 할아버지 그 할아버지가 공부하던 중등공립학교로 충청북도 유
형문화재 제39호다.

성종 6년(987년) 전국 12목에 향교가 세워졌다. 고려 말 성리학이 전래되고
숭유억불정책이 일면서 조선 태조 초기에 교육제도가 정비되어 유교사상을 바
탕으로 하는 향교가 많이 창건됐다. 처음에 문의 양성산 기슭에 자리했을 것으
로 추측하며 광해군 1년(1609년) 문의현의 남쪽 기산리로 이전했다가 숙종 9년
(1683년) 현감 이언기가 지금의 대성동으로 이건하였다.

청주향교는 배움의 공간인 명륜당과 제향의 공간인 대성전으로 강학과 문묘
의 기능을 갖추었으며 명륜당이 앞에 대성전이 뒤에 위치한 전학후묘로 건물이
배치되었다. 그리고 세종 26년(1444년)에 초정 행차 시 서책을 하사하였고 그 후
20년이 지나 세조 10년(1464년) 속리산 가는 길에 문묘에 소를 제물로 바치는
대뢰를 지내서 삼남제일의 향교로 불렸다.

상당공원을 돌아 도청 동편으로 몇 발자국 내디디면 훤한 오르막길 막다른 곳
에는 한국 전통 건축의 고풍스러운 향기를 자아내는 배움의 요람이 우뚝하다.

마을 어귀 담장 벽화에는 과거시험에 장원급제를 하여 고향길에 나선 삼일유
가 행렬이 길게 늘어져 있다. 광대가 춤을 추고 주악이 울리는 가운데 유생은 어
사화를 쓰고 백마를 타고 천동의 인도를 받으며 배움의 전당을 빛내고 있다.

홍겨운 잔치 행렬을 따라가다 보면 벽사의 의미로 붉은 칠을 한 홍전문 앞에 다다른다. 門(문)자가 변형된 모양으로 윗부분에 화살이 줄을 이어서 홍살문이라고도 한다.

홍전문 옆 검은 돌(오석)에 '대소인원과차자개하마(大小人員過此者皆下馬)'라 씌어 있는 비석은 하마비다. 말을 타고 오면 신분이 높거나 낮거나 안장에서 내린 후 지나가라는 푯돌이다.

귀부와 이수를 갖춘 청주향교성묘비를 한 바퀴 돌면서 청주향교의 연혁을 되새기며 삼도를 지나 태극모양이 그려진 외삼문으로 오른다. 삼도나 삼문은 계단과 대문이 세 부분으로 나뉘어졌음을 말하며 동입서출로 가운데는 신이나 왕 제사장만이 다닐 수 있다. 태극문양은 음양의 조화를 상징하며 길상의 표현이다.

명륜당은 강학의 공간이다. 지붕을 옆에서 보니 지붕 선이 人(인)자 모양인 맞배지붕이고 벽에는 눈과 비바람을 막기 위하여 풍벽을 달았다. 또 창문에 빗물이 들이치지 않도록 눈썹처럼 챙을 살짝 내어달은 것이 두 손을 올려 대성전에 큰절을 올리는 것 같다. 단청은 파랑색 바탕에 단순한 문양으로 검은색 흰색 붉은색을 약간씩 넣어 엄숙함과 정숙한 분위기를 담았다.

향교에는 양반과 평민이 서당 공부를 마치고 시험을 거쳐 입학하였고 과거시험에 응시할 수 있었다. 국비생으로 숙식과 학용품이 지급되었고 군역을 면제받았다. 교육기간은 3년 6개월인데 군역을 피하기 위하여 글자를 모르는 채 40세가 되어도 향교에 머문 학생이 있었다고 전한다. 학문을 연마하던 교생들이 기숙하는 동쪽에 동재와 서쪽에 서재가 있기 마련인데 보이지 않는다.

명륜당 뜰에는 재물을 심사하는 비석과 성생단이 있고 은행나무 소나무 향나무 배롱나무로 가득하다. 공자가 제자를 가르친 곳이 은행나무 그늘아래 행단이요 소나무는 김정희의 세한도가 말하듯이 사시사철 푸르러 변하지 않는 의리요 충절이다. 선비의 집에는 향나무와 배롱나무를 심었다. 향나무는 주위를 정화시키는 작용을 하고 배롱나무는 백일동안 꽃이 피고지고를 되풀이하며 껍질을 벗으니 의기로운 사람을 벗으로 삼으며 의롭고 절개 있는 자신이 되기를 수양하여 충효를 다함이었다.

내삼문으로 오르는 길에는 크나큰 아름드리 느티나무가 삼강오륜의 덕목을 지닌 어른으로 거듭나고자 고군분투하는 유생들의 글 읽는 소리를 간직하고 오랜 세월 유교 요람의 수호신이 되어 방문객을 맞이한다.

가파른 지형에 신도만이 내삼문과 정면으로 연결되었고 우리들은 향을 피우고 차를 다리는 증반실을 지나 측문으로 들어선다. 넓은 내회랑 앞에는 층계가 놓여 있으니 대성전은 구중궁궐 높은 곳에 위치한다.

대성전은 문묘의 공간으로 공자의 성상과 증자 맹자 안자 자사자 및 송조육현과 우리나라 성인 이황과 이이를 비롯한 십팔현 모두 29분의 위패를 모시고 봄·가을 석전제례와 초하루 보름에 삭망봉심의 제사를 올리는 공간이다.

축문과 제문을 소지하는 망료대를 돌아서 대성전 뜰 앞에 서니 내삼문 지붕 너머로 삶이 북적이는 시가지가 내려다보인다. 문하나 사이에 저승과 이승이 존재하는 듯하다.

공자의 가르침은 어질 인(仁)이다. 마음을 씻어내듯 관세대에 손을 씻고 합보로 계단을 올라 성현님들께 예를 올리고 귀를 기울여보자. '수신제가치국평천하'라는 글귀가 새삼스럽지 아니한가.

청주향교는 갑오개혁 이후 학교로서의 기능은 사라졌으나 충효관과 양현당 숭인관 연수관이 일렬로 지어져 예절교육과 복지사업 등 현대에 적합한 사회교육이 이루어진다. 아직 숨 쉬는 향교로 삼남으뜸의 맥을 이어가고 있는 곳이다.

━ 전성희 ━

2007년 『한국수필』 등단. 한국수필작가회. 충북여성문인협회. 청주문인협회 회원.
mamjsh@hanmail.net

지리산 노랑동백꽃

정동호

　　지리산에 봄을 알리는 꽃이 있다. 다른 나무들은 아직도 겨울잠에서 깨지 못하는 3월 중순께 세상을 밝히는 선각자처럼 앙상한 잡목들 사이에서 샛노랗게 꽃을 피워 자신의 존재를 드러낸다. 야산에서는 산수유도 피고 매화도 피고 벚꽃도 이어 피지만 1000고지 이상에서는 보기 드문 봄꽃이다.

　　"이 높은 산에 웬 산수유가?" 의아하게 여기는 이들이 많다. 꽃이 피지 않았다면 누가 그의 존재를 알기나 할까. 우거진 덤불속에 숨어만 있었다면 그의 이름을 알아보려고나 했을까. 팔목만한 굵기에 내 키보다 약간 큰 정도의 낙엽수다. 죽은 듯 가무끄름한 가지에서 올망졸망한 꽃송이들이 다보록하게 핀다. 금가루를 뿌려 놓은 듯 샛노란 생강나무 꽃이다.

　　이 꽃을 볼 때마다 김유정의 소설『동백꽃』이 생각난다. 강원도에서는 이 꽃을 동백꽃이라 불렀던 것 같다. 꽃잎을 비벼서 코에 갖다 대면 약간의 생강냄새를 느낄 정도인데, 유정은 '알싸하고 향긋한 냄새'라 했다. 지리산에는 '흐드러지다' 할 만한 군락지도 없다. 여기저기서 띄엄띄엄 자신의 존재를 알릴 뿐인데 '점순이와 소년이 부둥켜안은 채 흐드러지게 핀 동백꽃 속으로 폭 파묻혀버렸다.'고 했다.

　　장미처럼 매혹적이거나 벚꽃처럼 터널을 이룰 만큼 화려치도 못하고, 유채꽃처럼 벌 나비를 불러들이지도 못한다. 빼어나게 호감을 살 만한 구석은 없지만 서민적인 냄새를 물씬 풍기는 꽃이라 할까. 사춘기 점순이가 수줍어하는 소년에게 매력을 느낀 것처럼 지리산에 핀 동백꽃은 산객의 마음을 사로잡는다.

뒤엉킨 잡목들 틈에서 피어난 노란 꽃은 군계일학 같다. 노란색이 희망을 상징한다면 이 꽃은 희망찬 새봄을 소망하는 산객들의 마음도 담았으리라. 세월호의 노란 리본이 떠오르기도 한다. 노란 풍선들이 노란 꽃술을 신고 두둥실 떠다니는 듯하다. '살려 달라'는 아우성으로 몸부림치던 304명의 어린 생명들이 속절없이 물속으로 빠져들었던 세월호가 3년이 지나서야 뭍으로 올라왔다. 그동안 수많은 노랑 물결에 담겨진 의미는 무엇일까. 유가족들의 애타는 마음을 위로하며 온 국민의 간절한 소망의 물결은 아직도 흐르고 있다.

여름 내내 짙은 녹음 속에 갇혀서 까맣게 잊고 지내던 생강나무는 가을 단풍철이 되면 또다시 눈길을 끌 것이다. 봄의 영광이 아쉬워서일까. 손바닥만 한 둥근 잎들이 다시 노랗게 물이 든다. 붉은 단풍만 아름다운 것이 아니라는 사실을 금세 알아차릴 수 있다. 푸른 하늘과 빨강 노랑단풍이 어우러져 지리산의 가을을 한층 더 아름답게 수繡놓을 것이다.

사람은 저마다의 빛깔이 있다. 각자의 지문이 다르듯 그 사람만이 갖고 있는 재질이나 품성, 목소리까지도 다르다. 밖으로 풍기는 외모에서부터 보이지 않는 영혼의 세계까지 천천만만이다. 평범한 것 같은데 특별히 튀는 이가 있는가 하면 특이한 것 같으면서 평범한 이도 있다. 틀렸다 해도 알고 보면 다른 것이지 틀린 것이 아니다. 내가 좋아하는 빛깔이나 내가 하는 일에 최선의 가치를 부여한다면 다른 이의 성격과 취미도 존중해 주어야 한다. 서로의 다른 빛깔도 조화를 이루면 아름답게 보인다.

겉보기는 화사한데 가시를 품은 장미처럼 안과 밖이 달라서 적이 실망하고 당황스러울 때도 있다. 화사한 목련은 닷새도 버티지 못하고, 벚꽃은 십 일을 못 채워 낙화하고 만다. 비록 산속에서 피어난 꽃이지만 생강나무는 한 달여 동안 피어있다. 우선은 보기도 좋아야지만 쉽게 바뀌지 않는 성격이면 더 좋겠지.

할 수만 있다면 보이지 않는 듯, 수줍은 듯 겸손하게 살아가고 싶다. 아무리 백

수시대라지만 뒤따라오는 세대를 생각해서라도 나의 주장은 가급적 접어야겠지. 흙냄새 풍기는 서민적 이미지가 나잇값에 맞는 것이리라. 생강나무처럼 드러내야 할 때는 분명히 드러내지만, 조용히 보고 있으면 그저 즐겁고 행복을 느끼는 노랑 빛깔이고 싶다. 주위 사람들에게 편안함과 희망과 용기를 주는 빛깔, 많은 사람들의 손에 들려 펄럭이는 깃발이 되고 싶다면 주제넘은 욕심이라 할까.

한 편의 수필작품도 나름의 빛깔이 있어야 할 것이다. 평범한 듯 낯섦이 있고, 사소하고 일상인 것 같은데 마음에 와 닿는 진한 알갱이가 있다면 얼마나 좋을까. 많은 독자들의 공감을 사고, 잔잔한 감동을 전하는 글이면 작가의 마음도 행복하리라. 고만고만하다가 이름도 없이 잡다한 잡목들 속에 묻혀버릴 것인가. 범람하는 책들 속에서 생강나무 꽃처럼 빛을 발하는 한 편의 글이라도 남길 수 있다면….

꽃이 생명의 시작이라면 단풍은 생의 마지막일 것이다. 생강나무는 노랑꽃으로 시작하여 노랑단풍으로 마지막을 장식한다. 생의 마지막까지도 희망의 메시지를 전하는 것이 참으로 아름답지 않은가. 우리 인생도 희망으로 시작하였으니 마지막 가는 길도 희망을 전할 수 있었으면 좋으련만.

■■ 정동호 ■■■■■■■■■■■■■■■■■■■■■■■■■■■■■■■■■■■

2007년 『한국수필』 등단. 한국수필작가회 부회장 역임. 경남수필문학 회장. 경남문협, 진주문협 회원.
작품집 『자투리에 문패달기』. jdh3415@hanmail.net

광화문에서

오순희

　　지난여름엔 '서울의 전통문화와 이해' 라는 강의를 들으러 서울역사박물관에 자주 드나들었다. 박물관에 가려면 버스에서 내려 길을 건너야 하는데, 정류장은 광화문 로터리 쪽과 강북삼성 병원의 중간지점이어서 어느 쪽 건널목으로 가든 한참을 돌아가야 한다. 답답한 도시의 공기는 아스팔트의 열기로 숨이 막힐 듯하고, 마주 보이는 박물관을 두고 돌아가려니 발길이 더욱 무겁다. 건널목으로 가기 위해 발길을 돌리는데, 같이 간 친구가 무단횡단을 하자고 유혹한다. 2차선의 시골길도 아닌 왕복 10차선의 대로를 건너자는 것이다. 내가 안 된다고 했지만 "그럼 횡단보도로 빨리 건너오세요." 하며, 마침 도로 공사를 하느라 세워둔 공사 차 옆을 지나 혼자서 성큼성큼 건너가 버린다. 도로 공사 중이어서 인부들과 공사차가 길의 일부분을 막아 서 있기는 하였지만, 붙잡을 사이도 없이 순간적으로 벌어진 일에 기가 막혀 쳐다보고만 있었다. 나보다 십여 년이 어린 그의 젊은 용기가 부럽다는 생각을 했지만, 내가 그의 나이만큼 젊었더라도 광화문 근처에서의 무단횡단은 생각도 못할 일이다. 요즈음 그 길을 지나면서 보니 그녀가 무단 횡단하던 곳에 건널목이 생겼다.

　서울에 나오면 가끔 광화문 부근을 지나게 된다. 그곳을 지나갈 때마다 눈길을 주게 되는 광화문은 경복궁의 정문으로 조선조 500년의 역사와, 일제가 우리를 강점하고 지배하던 조선총독부가 있던 곳이다. 광화문 일대의 지형과 건물을 보면서 사람에게 운명이라는 게 있듯이 땅에도 운명의 기운이 작용하는 게 아닌가 하는 생각을 해 본다. 그 일대에는 경복궁을 중심으로 창덕궁과 창경궁, 그리고 임진왜란 이후 광해군 때 지은 경희궁과 일제강점기부터 덕수궁으로 불리고 있는 경운궁이 있다. 궁궐을 중심으로 육조가 자리하고 있었으니, 자연히 고위 관리들의 생활권이 가까이 있게 마련이다. 따라서 벼슬을 탐하는 양반들이 몰려 들어 마을을 이루었는데 그곳이 바로 지금의 현대사옥 뒤편인 북촌 한옥마을 일 대이다.

얼마 전 북촌 답사 길에 갑신정변의 주역인 서재필과 김옥균의 집터가 있는 정독도서관에서 한옥 마을을 내려다보았다. 빌딩 숲에 눌려 한옥의 기와지붕이 납작 엎드린 거북이처럼 보였다. 조선시대엔 권력자들의 세력이 하늘을 찔렀을 북촌마을이, 지금은 도시의 세련됨도 아니고 한적한 시골 모습도 아닌 형태로 남아 있다. 그곳은 한때 천하를 호령하던 사람들이 살던 곳, 태조 이성계가 한양 으로 천도한 이후부터 근대에 이르기까지 수많은 인물들이 역사를 만들어 가던 곳이다. 세월은 모든 것을 변화 시키는 속성이 있지만 지난날의 영화는 사라지 고 권력의 무상함만이 남아 보는 이의 가슴을 쓸쓸하게 한다.

오늘날의 광화문 앞 광장은 해마다 한 해의 마무리와 새해를 맞는 제야의 의 식을 치르기 위해 수많은 군중이 모여 광장으로서의 기능을 톡톡히 해내고 있 다. 역사적으로도 참 많은 일이 있었다. 3·1운동 때에는 대한문 앞을 중심으로 사람들이 모여 만세를 부르던 집결장소이였고, 농민들이 토지개혁에 대한 불만 이 있거나 과세의 부당함을 호소할 때에도 시위를 하여 광장으로서의 기능을 발 휘하던 곳이다. 그리고 2002년의 월드컵 경기가 있었을 때에는 붉은 물결의 군 중이 세계를 놀라게 했다. 조선시대에 힘없는 백성들이 신문고를 울려 억울함을 알렸던 것처럼, 지금은 촛불이 신문고 역할을 대신하여 시시때때로 각종 촛불집 회가 벌어지기도 한다. 땅의 기운을 배산임수라든지 좌청룡 우백호니 하며 풍수 지리적으로 말하기도 하는데 광화문 광장에는 예나 지금이나 군중이 모여드는 기운이 서려 있는 곳이다.

이렇게 온갖 풍상이 서린 광화문 광장에는 역사적 사건만이 아니라 지극히 서 민적이고 평범하며 재미있는 일들도 벌어지게 마련이다. 어떤 곳이라도 사람이 살아가며 만들어내는 인간사가 있기 때문이다. 그런 인간사 중의 하나가 되겠지만, 동네 친목회에서 오래전에 제주도로 여행을 갔다가 여수에 들러 버스로 돌아오는 길에 광화문을 지나게 되었다. 서울 시내에 들어서 광화문을 통과할 즈음엔 밤 12시가 넘은 시간이어서 차가 많이 다니지 않았다. 그때 일행 중에 저녁 먹은 게 탈이 났는지 촌각을 다투는 급한 일이 생긴 이가 있었다. 참으려야 참을 수 없는 일이다. 버스운전기사가 광화문 앞 양쪽 차선 한가운데에 심어 놓은 나무 화단 옆에 차를 세우자 볼일이 급한 이가 정신없이 뛰쳐나갔다. 버스 안의 일행들은 딱해하면서도 재미있는 상황에 웃고 있는데, 조금 후에 나무 뒤에서 나온 여인이 기어들 듯 버스에 오른다. 급할 땐 생각할 겨를이 없었지만 볼일을 마치고 나니 무안하여 얼굴을 들지 못한다. 오랜 세월이 지나 광화문에 서서 그때를 떠올리니 그 일도 사람이 살아온 흔적이며 서울의 한 귀퉁이에서 벌어진 인간사가 아닌가.

이런저런 서민의 애환도 영화를 누리던 숱한 인물들도 역사 속에 묻혀만 가는데 화마를 막아 준다는 광화문 앞의 해태는, 어려운 우리나라 경제의 발등에 붙은 불은 좀 막아 주지 않으려나. 실업자가 점점 늘어만 간다는 뉴스를 보며 엉뚱하게 해태에게 책임을 돌린다.

이 글은 2004년에 쓴 것이다. 지금 그때의 나무들은 다 뽑히어 사라지고, 광장에는 한국인이 가장 존경하는 세종대왕과 이순신 장군이 서서 우리를 지키는데 때때로 분노의 함성과 위로의 한숨 대신, 조용히 켜 든 촛불이 세상을 밝히고자 한다. 정 동쪽의 정동진에서 직선거리에 있는 한반도의 중심 광화문광장에, 오늘은 또 다른 일이 벌어지며 역사를 만들어 가고 있다.

■ 오순희 ■

1998년『한국수필』등단. 파주문학회 회장 역임. 한국문인협회 회원. 한국수필가협회, 한국수필작가회 이사. 파주문학회 고문. 수필집『그대에게 노란 장미를』. violetsooni@hanmail.net

가로등 연서戀書

정진철

1970년대에 나온 영화 〈상하이의 불나비〉에서 배호가 〈희미한 가로등〉이란 주제가를 불렀다. 가사를 요약하면 님 없는 거리 별 없는 거리에서 지울 수 없는 상처를 입은 괴로운 가슴에 스미는 바람을 안고 희미한 가로등이 역에서 운다는 내용이다.

가수 남상규의 〈가로등〉이라는 노래는 밤 깊은 로터리에 쓸쓸한 가로등이 외로운 그림자만 울려주는데 이리 갈까 저리 갈까 이 밤을 어디서 새울까라는 방황하고 고독한 내용이다.

진미령이 부른 〈소녀〉와 〈가로등〉이란 노래도 별 하나 없는 깜깜한 밤하늘에 창백한 가로등불만이 슬픔에 지친 소녀를 달래준다는 내용이다. 또 함중아의 〈안갯속의 두 그림자〉라는 노래도 자욱한 안개 속에 희미한 가로등불 아래 쓸쓸한 두 그림자가 마지막 작별의 손을 잡고 떠나보내는 내용이다.

이와 같이 가로등은 방황하고, 외로워 쓸쓸하고, 창백하고, 상처 입고 헤어지는 분위기에 딱 알맞은 조명시설인 것 같다. 이왕이면 안개 속에 뿌옇고 희미한 가로등불 아래로 바바리코트를 입은 청년이 떠나가는 뒷모습을 바라보며 손수건으로 눈물을 닦는 소녀를 떠 올려보는 것도 한층 청승맞을 것 같다는 생각을 해본다.

서울 지하철 3호선이 수서역에서 가락시장역을 지나 오금역까지 연장된 것은 2010년 2월이었다. 개통 전에는 강남구 수서동에서 한 정거장 거리인 송파구 가락시장까지는 광평다리를 걸어서 넘어 다녔다. 탄천을 가로지르기 위해 건설된 광평다리는 본격적인 차도로 바뀌면서 가로등부터 최신식으로 꾸며졌다. 머리에 삿갓을 쓴 유선형의 쌍 가로등이 초입에 서 있고 다리 위에는 외 가로등이 각기 방향을 달리하여 조화롭게 서 있다.

그런데 슬픈 이별의 가로등이라는 생각을 하고 보면 이 가로등을 설치한 기술자는 상당히 문학적인 것 같다. 초입에 서 있는 가로등은 쌍 가로등이지만 서로 등을 대고 서 있다. 그리고 다리 위로 올라가면서 외 가로등이 하나는 왼쪽 그다음에 오른쪽으로 서 있는데 두 청춘 남녀가 헤어져서 따로따로 걸어가는 모습을 연상하게 하기 때문이다.

이 쌍 가로등은 요즘은 새벽녘에 일을 하는 청소원들, 또 박스를 주워 담은 리어카를 끌고 가는 노인에게는 다리를 건너기 전에 잠시 쉬어가는 쉼터가 되고 있다. 가로등이 보통 사람들이 일상생활을 하는데 일종의 기준점이 되고 있는 것이다.

다만 가로등은 낮이나 밤이나 눈이 오나 비가 오나 바람이 부나 한결같이 그곳에 서 있는데 오가는 사람들이 저마다의 의미를 붙이고 편의를 위해서 이용하고 있는 것이다. 뿐만 아니라 새들도 잠시 내려앉는데도 아무 반응이 없다. 비바람이 몰아쳐 지나가도 끄떡도 하지 않고 버티고 있다. 이렇듯 가로등은 말없이 서 있는데 이곳에 갖은 의미를 붙이는 사람들을 보고는 어떤 생각을 할까.

데카르트의 '코기토 에르고 숨(cogito ergo sum)'은 '나는 생각한다. 고로 존재한다.' 라는 의미다. 즉 '나는 의심한다. 그러므로 나는 생각한다, 그러므로 나는 존재한다.' 라는 뜻이다. 우리가 의심하고 있는 동안 의심하고 있는 자신의 존재를 의심할 수 없다 라는 말이다. 그러나 이 말은 생명을 가진 인간의 자아에 대하여 한 말이지만 가로등 같은 무생물은 과연 생각을 하거나 할까.

'존재한다 고로 생각한다' 이렇게 갖다 붙이면 말이다. 하기야 가로등이 생각한다고 갖다 붙이는 사람의 궤변이고 말장난일 것 같다. 안개가 끼면 희미하게 퍼져 보일 뿐이고 밝기는 30룩스 정도로 고정적인 것이다. 가로등으로서 존재하고 있을 뿐인데 생각을 한다고 연상하는 것은 사람이 만든 인위적인 말이라는 뜻이다. 가로등은 그냥 가로등일 뿐이라는 말이다.

　중국의 유신이 노자의 화광동진을 설법하면서 제자들에게 "삼십 년 전 산은 산으로 물은 물로 보았다가 수도를 한 후 산은 산이 아니고 물은 물이 아니게 보았는데 이제 휴식을 얻고 보니 산은 산이고 물은 물이더라." 라고 했다. 이 설법 중에서 성철 스님이 "산은 산이고 물은 물이다."라는 말을 인용했다. 성철 스님의 법어는 외부 세계나 자연을 주관의 작용과는 독립하면 사물이 존재한다고 관망하는 태도를 획득한다는 의미라고 한다. 평범하게 생각하면 산이나 물을 보고 이런 말 저런 말 갖다 붙이지 말고 그냥 처다보면 산은 산으로 보이고 물은 물로 보이는 것이다. 그러나 좀 더 사색해보면 산이나 물이나 우주에서 창조될 때의 성분은 같은 원소일 것이므로 산이나 물이나 서로 같다 라고 보지만 여기까지는 주관이 개입된 단계이고 그 단계를 초월하여 주관을 독립시켜 존재를 관망하는 태도를 얻게 되면 비로소 산은 산이고 물은 물이라는 뜻인 것 같다. 다만 이 경지에 이르면 처음에 산이 산으로 보일 때와는 달리 마음이 한없이 즐겁고 화평하게 된다는 것이다.

　보통사람도 마음의 평정을 취하게 되는 날은 꽃이 아름답게 보이고 똥은 냄새가 지독하여 더럽다는 생각을 갖게 되는 것이다. 그런데 눈에 기쁘게 보이거나 코에 냄새가 나서 더럽게 생각나거나 간에 그대로 보고 있다가 꽃이나 똥이나 우주에서 같은 원소로 만들어진 물질일 뿐이라고 생각하면 혼란을 경험하게 된다는 것이다. 꽃이 똥으로 보인다는데 어찌 혼란이 오지 않을 수 있는가. 그러다가 꽃을 보는 시각을 없애서 주관적 아름다움을 버리고 똥냄새를 맡는 후각을 없애서 지독한 냄새를 맡지 않는다면 비로소 꽃이 꽃으로 똥이 똥으로 보이면서 마음이 지극히 평화로워진다는 것이다.

　가로등이 가로등으로 보이는 것은 그나마 찾은 다행이지만 애잔한 이별이나 외로운 방황 그리고 안개 속에 희미하고 창백한 인상을 떨쳐 버릴 수가 없다. 이 것들을 머릿속에서 모두 지우고 가로등을 보고 어화둥둥 노래 부르며 따뜻하고 평화로운 마음가짐을 배울 수 있는 길은 진정 요원한가.

■ 정진철 ■

2006년 『한국수필』 등단. 한국수필작가회 이사. 문학미디어 운영위원. c325@hanmail.net

무심천

이효순

지난 유월 무심천 하상도로를 지나게 되었다.

몇 해 전부터 자연스럽게 조성된 숲은 그곳으로 자연을 불러들이고 있었다. 맑은 물과 냇가 주변에 가득한 푸름은 행인의 마음을 상쾌하게 해 주었다. 흐르는 개울 안에 작은 바위섬이 있었다. 그곳에 우뚝 서 있는 한 마리의 백로는 물과 주변의 푸른 숲과 조화를 이루어 한 폭의 그림 같았다. 마치 행복한 청주를 품에 안은 듯 평화로워 보였다.

청주의 젖줄이자 시민정서의 모태가 되는 무심천은 우암산과 함께 청주를 대표하는 자연이 준 청주시민의 가장 큰 선물이다. 현재 고수부지 롤라스케이트장에 있는 무심천 유래비에 보면, 통일신라시대엔 남석천南石川, 고려시대엔 심천沁川, 조선시대엔 석교천石橋川, 대교천大橋川, 일제강점기시기엔 무성뚝, 오늘의 무심천無心川으로 불려왔다는 유래가 있다.

내가 어릴 때의 기억으로는 지금은 없어진 남다리와 고당다리. 서문다리만 있었다. 시골에서 지내다 가끔 여름에 부모님과 함께 큰어머니 댁에 갈 때는 물이 맑아 다리로 가지 않고 개울로 건너던 기억이 생생하다. 흐르는 세월 따라 무심천은 여러 모습으로 내 마음에 남아 있다. 그중 가장 인상 깊었던 것은 주로 큰 장마로 인해 여름이면 붉은 황토 빛으로 내려갔던 많은 물이었다. 물 구경을 하러 건물 옥상에 올라가 보면 만물상처럼 온갖 것들이 거센 물살과 함께 떠내려갔다. 그 모습을 보며 마음 상한 적이 한두 번이 아니었다. 장마 질 때마다 물과 함께 쏟아지는 쓰레기 더미가 마음을 불쾌하게 한 것도 여러 번이었다.

언제부터인가 시 당국의 배려로 무심천은 다시 옛 모습을 차츰 찾아가고 있다. 개울 양쪽 둑에 벚꽃 길을 조성하고 대청댐 물을 끌어들여 사계절 맑은 물을 볼 수 있도록 하였다. 차츰 살아나는 생태계는 각종 새와 곤충, 물고기, 동식물이 공존할 수 있는 터전을 마련하였다. 몇 년 전 C교육청에 근무할 때의 일이다. 점심을 먹고 나면 마땅히 쉴 곳이 없어 무심천으로 나왔다. 한창 봄이 무르익을 무렵 둑엔 벚꽃의 향연이 흐드러지게 펼쳐지고 있었다. 무심천은 말없이 봄을 신고 유유히 흐르고 있었다. 흐르는 맑은 물을 거슬러 올라오는 붕어 떼가 보였다. 붕어가 자맥질을 하며 내가 보고 있는 주변을 올라갔다 내려갔다 하면서 재미있게 놀고 있었다. 순간이었지만 그 물결에서 세월을 보았다. 어린 시절 개울에서 물고기를 잡던 기억이 새로웠다. 기억은 아득히 먼데 눈앞에 지난 시절 모습이 펼쳐지니 얼마나 신기하고 정답던지…. 머릿속에 있는 스트레스가 모두 풀리는 듯하였다. 그곳에 근무하는 동안 겨울철 얼음이 언 때를 제외하곤 무심천의 물고기와 많은 시간을 같이하며 윤택한 시간을 보냈다.

무심천의 봄은 개울 가장자리에 가장 먼저 온다. 누구의 지시 없이도 자연은 그곳에 버들가지의 보송보송한 모습으로 새봄을 알린다. 맑아진 물소리와 생명이 솟아나는 경이로움을 개울 가장자리 언덕에 앉아 음미한다. 말 없는 자연의 소리는 사람에게 평안함을 안겨준다. 스스로 자신들을 조절하며 언제 무엇을 해야 하는지 때를 거르지 않고 차분하게 연출해 간다. 어느 것 하나 어수선함이 없이….

무심천은 세월이 더해감에 따라 흐르는 하천에서 서서히 테마가 있는 청주 시민의 쉼터로 발돋움해 나가고 있다. 하상도로를 통해 교통체증을 분산시키고, 또한 자연과 더불어 즐길 수 있는 산책로, 자전거 도로, 각종 문화 행사를 할 수 있는 고수부지의 넓은 공간, 어린이들의 생태 학습장, 롤라스케이트장을 갖추고 있다. 이렇듯 시민들은 이곳에서 만남을 통해 정서를 키우며 삶의 질을 향상해

간다.

 객지에서 가끔 만나는 오래전 청주에 살았던 고향친구나 동료들은, 계절에 따라 무심천의 안부를 꼭 묻는다. 이렇듯 고향을 이곳에 둔 사람에겐 무심천은 어머니의 품처럼 정이 가득 담긴 보금자리가 되고 있다.

 자연은 사람에게 말없이 살아가며 지켜야 할 도리를 가르치고 있다. 물이 맑아지니 자연스럽게 고기 떼가 몰려오고, 먹이가 있으니 백로도 날아든다. 지난날 생활폐수가 흐르던 때는 수많은 생명체들이 그곳에서 살 수 없었다. 우리가 가꾸고 보존하지 않으면 다시 자연은 황폐해지고 찾아왔던 새와 물고기는 더 좋은 곳을 찾아 다시 멀리 떠날 것이다.

 무심천에 백로가 날아왔다. 도심지 중앙으로 유유히 흐르는 무심천, 얼마나 아름다운가. 도시 주변에 하얀 백로가 노닐고 평화로움이 가득한 행복한 청주, 이곳에서 우리의 꿈나무들이 둥지를 틀고 자랄 수 있게 가꾸어 가야 되겠다. 무심천이 살 곳이라 날아온 백로가 해마다 이곳에서 우리들과 함께 정을 나누는 풍성한 삶의 요람이 되었으면 좋겠다.

 무심천에 날아온 백로처럼 나도 이곳에서 그들과 함께 오래도록 살고 싶다.

■━ 이효순 ━■

2006년 『한국수필』 등단. 한국수필가협회, 한국수필작가회, 충북수필, 청주문협, 충북여성문협, 푸른솔문인협회 회원. 수필집 『거꾸로 자라는 양배추』 『닭고기 간다』 『석곡의 은은한 향기 속에』 『은방울꽃 핀 뜰에서』. 한올문학 본상, 푸른솔문학상 수상. 2663819@hanmail.net

가을 아침에

장순남

집 뒷산에서 아람 벌은 밤송이가 고요한 아침 공기를 깨우고 있다.

"투둑~ 툭~ 툭~"

그 소리를 따라갔더니 금방 밤나무에서 떨어진 밤 송아리가 품 안에 밤톨 삼 형제를 보듬고 앉아 나를 반긴다. 올망졸망 밤톨 삼 형제가 비좁은 공간에 들어앉아 있기가 버거웠을까, 갑각류처럼 견고한 깊은 속살을 파헤치고 몸을 반쯤 드러낸 채 바깥세상 탐닉에 나선 듯하다. 그 모습이 어찌나 앙증맞던지 나도 모르게 '오메나' 소리가 저절로 입 밖으로 흘러나왔다. 해마다 두어 톨 잡으면 손안에 꽉 차던 밤톨이 올해는 도토리만 한 게 자잘한 것들뿐이다.

지난겨울 눈다운 눈도 내리지 않고 여름마저 큰비 없이 그냥저냥 지나더니, 가을까지 이어진 가뭄 탓에 양분을 충분히 섭취하지 못한 것 같다. 그게 어디 밤나무뿐일까, 대지도 목을 축이지 못해 갈증으로 몸살을 앓고 있다. 마을 사람들이 밭에 심은 김장채소가 말라간다고 농기구로 물을 실어 나르지만, 목마름을 채워주기에는 역부족이다.

밤톨이 눈에 차지 않아 두고 오려다, 그 가뭄에도 속살을 키운 수고를 외면할 수 없어 몇 알 집어 든다. 밤톨들의 치열한 삶을 보는 것 같다. 살기 위한 생존의 몸부림이 얼마나 고되었으면 요렇게 작을까. 그 수고를 생각하면 눈에 차지 않을 만큼 작더라도 홀대하지 말아야하는데, 당장 눈앞에 보이는 것만 생각해 분별력을 상실한 나를 탓하며 산에서 내려온다.

문득 간밤의 꿈이 생각났다. 어찌나 무섭고 두려웠는지, 꿈을 생각하니 마치 생시였던 것처럼 온몸에 한기가 돈다.

좁다란 산길을 걷고 있었다. 길 양옆은 천길만길 낭떠러지였고 내 몸 하나 의탁하기 어려운 그런 길이었다. 떨리고 오금이 저려 앞으로 나아갈 수 없는 상황인데도 그 길을 가야만 했다. 뾰족 산처럼 가파르게 솟은 길이다. 흙마저 푸석거려서 무너져 내릴 것이 뻔한 길이라는 것을 알기에 차마 걸음을 내딛지 못하고 쩔쩔매다 엎드려 기느라 온몸에 땀이 흠씬 솟는다. 그야말로 진퇴양난, 무조건 앞을 향해 가야한다니 나는 결단을 내려야 한다. 무서움을 피할 요량으로 눈을 꼭 감고 어린아이가 배밀이 하듯 전진하는데, 누가 나를 묶어 놓은 듯 시원스러운 전진이 없어 그 자리에 머물고 싶은 심정이었다.

까마득히 멀었을 것만 같아 실눈을 뜨고 보니 어느 결에 왔는지, 꿈이었지만 포기하지 않고 그 두려운 여정의 길을 완주하고 나자 고통스러운 이 길을 버텨 낸 내가 참으로 대견스러웠다. 그 상황에서 두려움을 이기려고 어떻게 두 눈을 꼭 감고 기어갈 생각이 났을까. 잠에서 완전히 깨어나서도 한동안 꿈을 떨쳐내기 힘들었다.

주머니 속에 들어있는 대여섯 개의 밤톨을 만지작거린다. 땅속 깊이 뿌리를 내려 수분을 흡수하느라 온 힘을 다했을 밤톨들, 이 가을에 결실을 맺은 열매 앞에서 꿈속에서 겪은 나의 용기를 자랑하기에는 어딘가 내가 작아지는 느낌이다. 내가 꿈에서 배밀이를 하며 힘겹게 목표를 향했던 것처럼 밤나무도 그 오랜 가뭄을 견디며 열매를 향한 간절한 소망을 담고 있었음이 아닌가. 지난밤 꿈속에서 나의 고통처럼 바람에 흔들리지 않는 삶은 세상에 아무것도 없는 듯하다.

보물인 것처럼 주머니 깊숙이 넣어 가지고 온 밤톨들을 쟁반 위에 꺼내 놓으며 마음이 뿌듯해진다.

'앞으로 가.'

목표가 있으면 나아갈 힘이 생기는 것일까. 비가 오든 오지 않든 자연은 계절에 따라 나름 부지런히 옷을 갈아입는다. 한때 푸른 젊음을 과시하며 하늘을 뒤 덮고 있던 나뭇잎도 가을바람에 우수수 떨어져 내린다. 머물 때와 떠날 때를 알 고 스스로 떠난다는데 어찌하랴. 모든 생물은 숭고하고 아름답다.

가을바람은 차지만 알밤 맛은 달콤하다. 작지만 알차고 눈부신 밤톨의 알몸, 비록 몸은 작지만 탱탱한 몸매가 갓 목욕한 열일곱 사춘기 소년처럼 보인다. 가 뭄에도 결실을 본 밤톨들이 대신 말해주고 있다.

■ 장순남 ■

2000년 『한국수필』 등단. 한국문인협회. 한국수필작가회. 파주문인협회. 파주문학회 회원. 파주문학회 회장 역임. (현) 한국수필작가회 재무. 저서 『대문을 나서며』. 경기문학상 본상 수상.
csn5597@hanmail.net

오늘은 나도 꽃이 된다

구은순

　며칠 전, 첫 교시 수업이 끝나자 6학년을 맡고 있는 윤 선생이 들어오더니 야
생화도감을 뒤적이며 뭔가를 찾고 있다. 들꽃을 좋아하는 나도 궁금하였다.

　"화단에 가득 핀 보라색 꽃 이름이 뭐죠?"

　"나를 잊지 마세요! 물망초."

　"아, 그 꽃이 물망초였군요."

　그가 돌아간 후, 물망초에 대해서 더 알아보고 싶었다. 겨우 찾았지만 옹색한
사진은 그나마 색깔이 흐릿하였다. 그런데 꽃 이름이 물망초가 아니라 자주달개
비였다니, 순간 혼자서 민망하게 웃고 말았다. 곧 윤 선생에게 정정해서 알려주
었지만, 사뭇 신선하기까지 했던 그의 질문에 한 치의 망설임도 없이 간결했던
내 모습이라니.

　자주달개비는 달개비와 그 생태가 비슷하나 꽃이 더 보랏빛을 띤다고 하여 갖
게 된 이름이라고 한다. 알고 보니 물망초는 자주달개비와 비슷한 구석이 없었
다. 줄기 끝 가느다란 꽃자루에 모여서 피는 자주달개비와는 달리 달팽이처럼
말고 있던 꽃차례를 서서히 풀면서 피는 더 아기자기한 꽃이다. 하지만 번갈아
보아도 물망초란 이름은 아무래도 내가 알고 있던 자주달개비와 더 어울린다.
꽃 이름 하나 잘못 안 것이 큰일은 아니지만, 사는 일에서 이렇듯 근거도 없이 길
들여진다면 자칫 인생의 덫이 되기도 할 터, 누군가 나처럼 잘못 가르쳐 주었거
나 물망초 꽃말이 그려낸 이미지가 자주달개비와 닮았거나, 그 꽃이 언제부터

나에게 물망초였는지 알 길이 없다.

보이는 것, 알고 있는 것이 전부일 수 없는 우리의 삶. 누군가를 온전히 사랑할 수는 있어도 온전히 이해할 수는 없는 것이 사람이라지만, 생각해보면 타인은커녕 내 스스로도 낯설 때가 종종 있지 않은가. 존재의식이 깊다면 누가 나를 어떻게 보든 무슨 상관일까.

표정만 보아도 마음을 안다고 여겼던 친구가 있었다. 그런 그가 어느 날 낯선 모습으로 돌아섰을 때, 그때의 허망감을 오랫동안 지우지 못했었다. 지루한 길항의 시간을 지나 여기쯤서 찬찬히 돌아보며 사람에 대한 내 이해가 짧았던 탓이었다고 다시 고개를 끄덕이게 된다. 자주달개비가 한 번도 물망초였던 적이 없었던 것처럼, 그도 다만 그만의 삶을 사는 한 사람이었다는 것을.

나는 함초롬한 아침의 자주달개비를 좋아하지만, 퇴근 무렵 어느새 꽃잎을 오므린 채 무심한 그도 좋다. 다른 꽃이야 한창이건 말건 제살이로 묵묵한 그 뒷짐은 차라리 정결하다.

출근하며 보니 헌칠한 모란 아래 소곳소곳 핀 꽃들이 선생님을 에워싼 아이들만 같다. 오늘따라 더 맑은 꽃을 그냥 지나치지 못하고 잠시 키를 낮추어 눈 맞추기를 한다. 여린 꽃잎이 지어낸 작은 화심에는 명주 올 같은 털이 수술 주위를 포근히 감싸고 그 보드라운 털 위로 송홧가루를 얹은 듯, 보라와 노랑의 선명한 대비. 제 존재를 향한 간절함이다.

고운 품 열어 투명하게 맞는 아침, 그런 꽃들 앞에서 오늘은 나도 꽃이 된다.

■ 구은순 ■

2003년 『한국수필』 등단. 한국문인협회, 한국수필작가회 회원. jy84930@hanmail.net

숙제

박양호

겨우내 죽은 듯 잠들어있던 나목에도 봄기운이 도는 것 같다. 사람들도 덩달아 아파트단지 화단의 나무들에 가지치기를 하느라 전기톱 소리가 햇살 부신 아침부터 요란하다. 문득 얼마 전의 친구들 모임에서 보았던 아픈 기억이 살아나 빛바랜 초등학교 앨범을 열게 한다.

배움에 목말라 하던 시절의 우리는 크고 작은 상처들을 가슴 안에 품은 채 삶의 여행을 했다. 그러면서도 제각기 뚜렷한 자기만의 발자국을 남기려 했다. 그 시절 우리 삶의 길들은 포장 잘된 평탄한 길도 있기는 했었지만 하나같이 흙길이었고 먼지 폴폴 날리는 그 길을 혼자만이 아닌 여럿이 함께하면서 어려울 땐 서로 의지하고 넘어지면 일으켜 세워주는 서로의 여행으로 만들었다.

그래서인지 40년 세월의 강을 건너와서도 잊고 지낸 친구들까지 수소문해 동창모임을 하고 있다. 처음에는 서너 명이었지만 해가 갈수록 연락되는 친구도 많아져 지금은 삼십 명이 넘는다. 어느덧 우리는 한 교실에서 같은 문제를 풀고 같이 노래하면서 보냈던 신나고 즐거웠던 그때의 풍경을 추억하는 세월의 나이테도 본다. 젊음을 떠나보낸 자리에서 주름살과 반백의 머리를 얻었지만 마음은 그 시절의 아이가 되어 일만 생겼다 하면 서로 찾아가서 힘을 보태기도 한다. 만나면 뭐가 그리 좋은지 목소리를 높이고 휴대폰에 저장된 손주들 사진을 서로 보여주며 행복해한다. 사위자랑, 며느리자랑에 신명 난 친구의 모습은 세월이 준 훈장처럼 반짝인다.

그런 우리에게도 서로에게 보여줄 수 없었던 상처들이 있었던가 보다. 놀랍고 당황스러웠던 한순간이 눈앞에 생생하다. A는 아주 가끔 모임에 나왔었다. 말하기보다 듣기를 좋아하는 친구로 기억되던 그가 오랜만에 얼굴을 보이던 날 대기업 임원으로 해외지사에 있던 친구 B도 함께했다.

　　그날 우리는 오랜만의 친구를 위해 축하의 잔을 들었다. 술을 못하는 친구는 물 잔을 들면서 오가는 박수와 이야기 속에 제법 분위기도 무르익어 갔다. 그런데 술 때문이었을까. 그때 친구 A가 좌중을 향해 두 손을 내 저으며 "야~! 많이 배운 놈들, 대학 나온 놈들 말이야!" 하며 한숨 같은 말을 뱉어냈다. 그러더니 "아침이면 교복 입고 책가방 들고 학교 가는 너네들 보기 싫어 나는 내 키보다 더 큰 지게를 지고 신작로를 피해 골목을 달렸어…" 하고는 울먹이기 시작했다. 순간에 벌어진 일이었지만 친구 A의 말을 듣던 우리들은 각기 다른 느낌으로 항변을 했다.

　　술주정이라며 너만 아프냐? 네 말에 우리까지 아프다고도 했고, 어차피 삶이란 각기 가는 길이 다르니 서로 안 보고 사는 게 답이라는 친구도 있었다. 네 맘이 내 맘이라며 동조하는 친구도 있고, 그렇게 많이 배운 친구가 미울 만큼 부러웠기에 그 자격지심과 오기로 오늘의 너로 여기까지 올 수 있었던 것이니 오히려 그 친구에게 고마워해야 하는 것 아니냐고 하는 친구도 있었다.

　　그러나 A는 그런 우리의 말을 하나도 듣는 것 같지는 않았다. 다만 아까의 분노 같은 기세는 간 곳 없고 말없이 고개를 숙이고 있다. 다른 친구들도 모두 그 침묵에 가담했다. 새삼스러울 일도 아닌 데다 아무도 답을 낼 수 없는 문제라는 것을 너무도 잘 알기 때문인지도 모른다. 아니다. 그 시절의 우리가 안고 살았던 시대병이었을 수도 있다. 사실 그랬다. 그 시절의 우리는 그 친구가 우리를 피하던 만큼 우리도 그의 눈을 피해 순전히 주어진 환경의 힘에 의해 자기의 길을 갈 수밖에 없었다. 하지만 그의 입장은 우리와는 달랐을 것 같다.

　　그러고 보니 학교에서도 늘 기운이 없어보이던 A와 늘 여유롭고 활기 넘치던

B가 생각난다. 그런 B를 부러운 듯 바라보던 A의 모습도 기억난다. 이만큼 세월이 흐른 지금 둘 다 성공해 있지만 한처럼 가슴에 박혀있던 A의 설움과 아픔은 B를 보자 다시 살아났던가 보다.

지금 우리는 어느 계절을 가고 있는 것일까. 세월이 이만큼 흘러버린 지금에도 결국 아무도 답이 없는 문제 앞에서 다시 숙제를 가슴에 담은 채 서둘러 헤어졌다.

집으로 돌아오는 내내 나도 다시 생각해 보았다. 산다는 것은 어쩌면 이렇게 답도 낼 수 없는 문제들을 끌어안고 고민하며 시간만 흘러 보내는 것이 아닐까. 그 자체가 삶이라고 생각해 버리면 어떨까. 그렇다면 구태여 답을 내려 할 게 무언가. 어떤 모습이건 사는 것 자체가 답이 되지 않을까. 그러고 보니 겨우내 잘 버텨온 나목들의 가지를 봄을 맞으며 잘라내는 이치도 삶의 문제를 푸는 열쇠가 될 것 같다. 그렇다. A의 그런 모습에 무슨 죄인이나 된 것처럼 숨죽이며 가만히 있기만 하던 B의 마음이 헤아려진다.

어느덧 불빛이 거리를 밝히고 있는 시간 애꿎게 하늘을 쳐다보며 숙제하듯 혹시라도 보일지 모를 별 하나를 찾는 내 눈에 A의 슬픈 눈망울이 별로 떠 있다. 그래, 삶은 제각각일 수밖에 없는 것이고 살아가는 것 자체가 나를 보내신 이가 내준 숙제를 하는 것이지 않을까.

━ 박양호 ━━━━━━━━━━━━━━━━━━━━━━━━━━━━━━━━━━━

2005년 『한국수필』 등단. 한국수필가협회, 구로문인협회, 한국수필작가회, 솔샘문학회 회원. 수필집 『내 이름은 시냇물』(공저) 외. nika012@hanmail.net.

주인 잃은 학교

박종은

　　초봄의 어느 하루, 등교일도 등교 시간도 아닌데 나는 시골학교 정문 앞에 서 있다. 학교 종이 울리기만을 기다리는 것도 아니요, 친구들을 기다리는 중도 아니다. 까까머리에서 희끗희끗한 반백이 되어서야 찾아온 터이다. 꼭 45년 만이다. 하늘을 찌를 듯한 나무들에 에워싸인 꿈동산이 어떻게 변했을까. 당시 60여 명이 꿈을 키우던 교정이다. 세월에서 오는 두려움에 선뜻 들어서기가 망설여진다.

　　촌로村老가 논둑길을 따라 자전거를 끌고 와서는 싣고 온 거름을 논에다 부린다. 고향 마을 이웃 동네분이면 알아볼 듯도 한데 초면이다. 가볍게 인사를 하니 그는 내가 묻기도 전에 폐교의 원인에 대하여 이야기를 시작한다. 이농현상에다 학부모들의 교육열이 더해져 아이들이 도시로 나가게 되었다고. 자신은 이 학교 출신이 아니라고 하면서도 아쉬움을 감추지 못하는 기색이었다. 그러면서 머지 않아 주변 개발이 이루어지면 다시 개교하게 될 거라며 은근히 지역개발을 기대하는 눈치이다.

　　철제로 된 정문은 굳게 닫혀있고 쪽문만이 한쪽으로 기운 채 열려있다. 수명을 다한 듯 장식마저 떨어져 나갔다. 교문 위에는 아치형으로 '아름다운 학교'라는 글자가 흐릿하다. 오른쪽 기둥에 달린 '○○국민학교'란 교명만이 문패 역할을 한다. '초등학교'란 명칭을 사용하기도 전에 주인을 잃은 운동장은 빈터로 겨울잠에서 깨어나고 있다. 여기저기 듬성듬성한 새싹들이 눈부시다.

운동장 둘레에는 반세기를 넘긴 측백나무들이 울타리 역할을 하는데, 띄엄띄엄 서 있는 은행나무와 교문 양쪽에 버티고 선 플라타너스 두 그루가 학교의 역사를 말해 준다. 플라타너스는 한아름이 넘는 둘레로 가지가 삭아 바닥에 널브러져 있다. 예전엔 이 나무 아래서 꿈을 키우고, 때론 눈물을 흘리기도 하였으며, 알 수 없는 외로움으로 먼 하늘을 바라보기도 했었다. 나는 일순 어린아이가 되어 나무들을 팔 벌려 안아본다. 귀를 대고 고목의 깊은 숨소리도 들어본다. 묘한 기운이 감돈다. 아름답고 포근하면서도 순간순간 소스라치게 한다.

　학창시절 숙제를 안 해서 벌청소를 한 날이면, 혼자서 텅 빈 운동장을 서성거리곤 하였다. 그럴 때마다 저 나무들이 든든하게 지켜주었다. 이제는 제 역할을 다한 놀이기구들만이 초라한 모습으로 남아있어 마음 한쪽이 허탈해진다. 졸업생인 듯 보이는 두 여성도 아이들의 손을 잡고 학교를 한 바퀴 돌아보고 나가는 모습이 보인다.

　내가 학교에 다닐 때는 졸업앨범이 없었다. 달랑 한 장의 사진이 그 시절을 말해줄 뿐이다. 뒷면에 이름과 전화번호를 적어 코팅을 하였지만, 누렇게 변한 사진 속의 얼굴은 나로 하여금 어렴풋한 옛 시절로 돌아가게 한다.

　징소리와 함께 막은 오르고 그동안 갈고 닦은 갖가지 재능을 펼치는 학예회가 시작되었다. 학부모들이 모인 자리에서 펼쳐지는 행사는 가을운동회 다음으로 컸는데, 나는 그때 노래를 하기로 되어 있었다. 교실 두 개를 합해 한쪽에는 무대를 만들고 나머지 공간에는 학부형들이 빼곡히 자리했다. 나는 무대 뒤 교실에서 대기하며 차례를 기다리고 있었다. 그러나 너무 긴장한 탓인지 용변이 급해, 화장실에 다녀오느라 그만 무대에 올라가질 못했다. 간발의 차이로 노래가 무산되었으니 무대 뒤에서 주저앉아 울음을 터트렸다. 초등학생으로서의 마지막 기회였는데 망쳤다는 생각에 발까지 굴렀었다.

　사진속의 교실은 목조건물이었는데, 자취를 감춘 지 이미 오래인가 보다. 옛 교실 터엔 '국민교육헌장' 탑과 '자연보호헌장' 탑이 새로이 자리 잡고 있다. 그것들에게서는 아무런 감정을 느끼지 못한다. 조금 전까지 일던 설렘은 온데간데 없고 아쉬움에 잠겨 우두커니 서 있다. 공간 사이사이에 있던 연못과 동물사육장의 흔적이 쓸쓸함을 더해준다.

교실을 둘러보려고 다가갔으나 문이 잠겨 들어갈 수가 없다. 유리창을 통해 안을 볼 수 있어 다행이었지만 교실엔 칠판만이 남아 있을 뿐 액자는커녕, 책상 걸상마저 없다. 텅 빈 창고를 방불케 한다. 허탈감에 건물 뒤로 돌아가 보니, 지나간 시간으로 나를 되돌린 듯하다.

내 또래들의 학창시절은 동란動亂 이후라서, 굶주림에 지치고 지쳐 허기를 끌어안던 때였다. 미국의 원조품인 밀가루와 우유가루를 배급받던 기억이 떠오른다. 옥수수 빵으로 굶주림을 달래던 시절, 그래도 교육열만은 높았다. 어른들은 허리띠를 졸라매면서도 아이들을 학교에 보냈고, 우리들은 한자라도 더 배우려고 교실 안으로 몰려들었다.

교정을 한 바퀴 돌고나서 나는 다시 운동장에 섰다. 가을 하늘아래 펄럭이는 만국기 아래에서 그 옛날 운동회 때처럼 마음껏 달려보고 싶다. 뭐니 뭐니 해도 운동회의 꽃은 릴레이경주였는데, 어디선가 '청군 이겨라!' '백군 이겨라'하는 소리가 들리는 듯하다. 순간, 무엇인가 소중한 것을 찾았을 때의 놀라움 같은 것이 가슴에 와 닿는다. 아이들의 글 읽는 소리가 우렁우렁하고, 어느 교실에선가 새 나오던 여선생님의 풍금소리도 환청으로 들린다.

모처럼의 학교 방문을 마치고 돌아서는 길, 주인 잃은 학교의 목련꽃이 배웅이라도 하는 양 미소를 보내온다. 논에 거름을 부리던 촌로의 바람대로, 새 주인들이 운동장 가득 들어차는 그날을 기대해 본다.

■ 박종은 ■

2006년 『한국수필』 등단. 한국문인협회, 구로문인협회, 한국수필작가회 회원. eun396@hammail.net

잣대와 함지박

최혜숙

결혼할 아가씨를 데리고 인사를 오겠다고 아들이 전화를 했다.

아들은 이십대 초반에 부사관으로 입대하여 십 년이 넘도록 영내 관사에서 생활하고 있다. 야간에는 대학원에 다니며 공부에 여념이 없는 아들이 언제 아가씨를 사귀어 결혼 얘기가 나올까. 학수고대하던 소식을 막상 들으니, 만감이 교차했다. 한편으로 드디어 나도 며느리를 보게 되는가.

직업 군인으로 규율에 얽매어 서른을 훌쩍 넘기니, 내심 걱정이 아닐 수 없었다. 세상이 달라져 만혼이나 독신을 고집하는 풍조가 팽배해져가도 아들 친구들은 벌써 결혼하여 자식 낳고 안정 되게 사는 것이 얼마나 부러운지 몰랐다. 절제된 생활에 변변한 연애 경험도 없는 숫기 없는 아들이, 부대원 소개로 아가씨를 만났다는 전화를 받은 순간부터 마음이 설레였다. 결혼만 해주면 더 바랄게 없겠다던 내 마음은 어느새 며느리 감에 대한 궁금증이 증폭되어가고 있었다.

아들이 온다는 날, 첫 대면이 몹시 마음이 쓰였다. 너무 요란하게 음식을 준비해도 부담일 것 같고, 간단히 차려내면 자칫 소홀해 보여 섭섭한 마음이라도 들지 않을까 하여 배려의 마음을 가득 담아냈다. 며느릿감을 보는 자리이자 시어미자리를 선보이는 자리이기도 한 것이다. 조금 후, 아들 뒤를 따라 그 아이가 들어섰다. 화사하고 곱다. 선한 얼굴에 가냘픈 몸이지만, 누구에게도 눌리지 않을 야무진 아이같다. 식구가 될 아이라 여기니 무엇 하나 흠이 없이 친근하다.

이 아이도 나의 함지박 안에 비빔밥으로 잘 비벼지길 바래본다. 생각이 다르다고 미워할 일이 없다. 자신에게 충실한 것은 자존감이 강한 개성이지 탓할 일이 아니다. 삶의 함지박 안에는 잣대로 길이를 잴 수 있는 것 말고도 얼마나 많은가. 머리로 이해하면서 가슴으로 받아들이지 못할 일 또한 많고 많다. 사람은 누구나 자기 함지박 안에 들면 자신과 같아지길 바란다. 가족과 친구는 물론 누구라도 염려와 안부를 챙기기 시작하면 정이 돋고 관용과 배려의 양념을 더해 함지박 안에 드는 모두가 비빔밥으로 어우러져야 편안하다.

간혹 비벼지지 않는 생나물처럼, 개성 있는 치기라도 보일라치면 가차 없이 골라 버려지는 아픔을 감내해야 한다. 누구나 바라는 것이 많아진 만큼 섭섭함이 깊어지게 마련이다. 그럴 땐 먼저 나를 살펴봐야 한다. 변 묻어 냄새나는 걸 모르고 겨 묻은 걸 탓하면 더 소원해지는 것이 내 함지박 안의 사람이다. 관심이 간섭으로 오해받지 않게 세심한 배려와 넓은 도량으로 품어 안아야 할 가장 조심스럽고 어려운 관계가 내 함지박 안에 든 사람, 사랑하는 사람들인 것이다.

수많은 인간관계 중에 고부의 관계만큼 조심스러운 관계도 없다. 설령 밉고 싫다 하여 쌀에서 뉘 골라내듯 할 수 없는 일이다. 사람마다 지닌 사고가 다른데, 형평에 맞지 않은 세상의 잣대를 가지고 기준을 삼는 우매함을 버려야 한다. 하물며 함지박도 크기에 따라 쓰임새가 제각긴데 이해한다, 용서하자는 말을 너무나 무의미하고 쉽게 던지는 오만은 버려야 한다. 함지박 안에서는 이해나 용서라는 말보다 인정하면 되는 것이다.

검은 고무신은 닦을수록 검어지고, 흰 고무신도 닦을수록 희어지는 것이 원칙 아닐까. 그 원칙이 기본이 되고, 원리적 사항으로 사람 살아가는 근본 법칙임을 새삼 일깨운다. 더 살아 생각이 바뀔 수 있겠지만, 지금 나는 진행이 더디고 융통성이 결여된 사람으로 보이더라도 마땅한 도리나 이치를 따르는 순리적인 사람, 무던한 버팀목이 되고 싶다.

━ 최혜숙 ━

1995년 『한국시』 등단. 2007년 『한국수필』 등단. 수필집 『바람이 전하는 말』. 매월당 김시습 문학상 수상. 1959chs@hanmail.net

나를 만난 날

김성옥

　　우리의 삶이 얼마큼 즐거우며 어느 정도 괴로운 것인지 뚜렷한
비율을 정할 수가 없다. 지금 박장대소하다가도 돌아서면 어두운 근심이 쳐다
보고 있다. 어느 누군들 행복을 찾아 헤매어 보지 않았을까. 다가간다고 해서 기
다려 주지 않는 야속한 모습이다. 움켜쥔 손가락 사이로 새어 나가는 모래알처
럼 슬그머니 사라진 재물에 낙심도 했고 남의 일로만 여겼던 아픈 상처에 쓰라
려 보기도 했다. 잡힐 듯 잡히지 않고 만나도 쉬이 꼬리를 감추는 기쁨은 묘하게
도 항시 떠날 차비를 단단히 하고 있다. 선뜻 왔다 오랫동안 머물러 주리라 믿어
지지 않는 느낌이 드는 까닭이다. 행복하지 않다면 불행한 것인가 하면 그것 또
한 아니다. 거창한 것보다 소박하게 좋다 나쁘다 할 정도의 내 인생행로였다. 초
년고생은 사서라도 한다지만 값을 치르고 산 고생은 해볼 만한 것이 아니다. 고
된 날을 보내기 원하는 사람은 거의 없을 것이다. 득보다 실이 많다는 이유도 있
을 법하다. 그렇다면 편안하고 걱정 없이 지내야 되는 소원이란, 이루어져야 그
뜻의 몫을 다 할 터인데 막연히 염원으로 단락을 내리곤 한다.

　거북이는 유순하고 한가롭게 살기에 200년의 장수를 누린다. 성질이 포악한
맹수는 20년도 채 못 사는 단명의 생을 산다. 느긋하지 못하고 급한 성격을 갖고
있으면 짜증을 잘 내고 두서도 없을 것이다. 좀 더 참을 걸, 한 발 뒤로 물러설 걸
하는 후회막급한 일들을 어쩌다보면 하고 있다. 제 성질에 지고 마는 일들은 생
명을 깎아 내는 일이다. 온순하고 너그러이 사는 방법도 장수의 길이건만 행동

으로 연결하지 못하는 실수를 심심찮게 저지른다. 자기와의 싸움은 언제나 승리와는 상관없이 주저앉는 나약함을 보여주고 침울해한다.

행복한 생을 살았다는 헬렌 켈러와 행복한 날은 없었다고 한 나폴레옹의 차이는 극과 극이다. 마음이 열려야 느낄 줄 아는 것을 눈으로 보고 판단하는 것은 아니라는 깨우침을 얻었다. 누구나 한 번 다녀가는 세상에서 반듯하게 살고 싶겠지만 그렇지 않기에 갖은 절망과 비관의 골이 생기는 것이다. 쏜살같은 시간 속에서 어제보다 좋아지기보다 어제보다 나빠지지 않으면 감사한 나이가 되었다. 생활이 만족하여 즐겁고 흐뭇함을 느끼는 상태나, 부족함이 없는 것이 진정 행복이라면 어렵고 길게 잇지도 못 할 찰나를 어찌 다스릴 수 있으랴. 행복의 조건은 정말 많은 것들을 필요로 하고 요구한다. 때론 당치 않은 것까지 원할 경우도 있다.

과거는 커다란 창고이고 현재는 툇마루에 앉아 있으며 미래는 방 하나 정도라는 소릴 들었다. 어쩌다 조용한 시간이 생기면 큰 창고를 열고 회상하는 일이 종종 생겼다. 적지 않은 부분이 회한과 아쉬움으로 각인되어 가슴이 먹먹해진다. 그러기에 짜릿했던 행복감도 찾기가 쉽지 않다. 수도 없는 일들을 겪으면서 그때 그 순간이 영원으로 이어졌으면 했던 적이 있었던가. 굳이 하나라도 올려놓으라면 잃어버렸던 나를 찾은 그 날이 아니었을까 짐작된다. 우여곡절의 인생길을 걸어오면서 자기 자신은 없었고 주위 사람들만 챙기며 살아온 날들이었다.

어느 날, 한숨을 돌리면서 행여 다른 모습의 나를 발견할 수 있으리라는 기대를 가져보았다. 우연찮게 들어선 글쓰기의 문턱과 친구의 권유로 연습해 본 오일 페인팅이었다. 한 편의 글과 한 점의 그림이 완성되었을 때는 마음에 별들이 쏟아져 보석이 되었다. 내가 아닌 나를 만난 그 날은 감격과 행운이 한꺼번에 몰려와 얼싸안았다. 스스로를 치켜세운 십이월, 매서운 추위가 덤벼도 흥분의 열정이 가득하여 내 자신은 녹아버리고 남은 것은 가슴 뿌듯한 환희였다. 내 인생의 아름다운 순간이었으리라. 메마르고 건조한 사막 길에서 시원한 물 한 모금 마시는 청량감 같았다. 시간은 흘러가는 것이 아니라 채워가는 것이라 했듯 남겨진 날들을 무엇으로 메워 가야 옳고 그른지 고심을 한다. 흔한 사람이 되지 말고 귀한 사람이 되라는 가르침을 듣는다. 나를 힘들게 하는 사람이 스승이 될 수 있다는 역설적인 말씀도 귀담아본다. 달려가다 쉬는 것은 게으름이 아닐 것이다. 옳은 가르침이 제대로 성장하도록 마음 밭을 가래질하여 이기심과 욕심을 거른다. 우선 마음에 깃들이는 평화가 행복이며 거기 내가 있기를 바라기 때문이다.

■ 김성옥 ■

서울 출생. 1987년 도미. 2008년 『한국수필』 등단. 한국수필가 협회, 한국수필작가회 이사. 국제 펜클럽 한국본부 회원. 제1회 청향문학상 작품상 수상. 수필집 『다우니의 조약돌』, 『숲의 향기를 따라』(공), 『숲의 향기 아래』(공). sungogi5004@hotmail.com

심초석 心礎石

박기옥

소 한 마리도 그려본 적이 없는 사람이 한국미술사 공부 모임에 들어갔다면 '소가 웃을 일'이다. 그러나 그 모임에서는 그림은 그리지 않는다고 했다. 시험도 치지 않는다고 했다. 이름 그대로 한국미술의 흐름을 공부한다기에 들어갔더니 한 학기 내내 PPT로 탑塔만 보여주었다. 신라탑, 고려탑, 목탑, 전탑, 석탑 등을 보다가 오늘은 단체로 버스를 내어 경주 일원으로 탑을 직접 찾아 나섰다. 그중에서도 내 눈을 끈 것은 황룡사 9층 목탑이었다.

동양 최고의 목조 건물이었다는 황룡사 9층탑은 지금은 소실되어 황량한 절터만 남아 있다. 진흥왕에서 진평왕을 거쳐 선덕여왕에 이르기까지 100여 년에 걸쳐 완성했으나 몽고 침입 때 한순간에 불타고 말았다. 9층탑의 '9'는 '많다' 혹은 '극(極)'을 의미하여 주변 9개 나라를 모두 아우르는 신라 중심의 우주관을 표현했다지만 먼지를 일으키며 말을 달려 침범해 오는 몽고군에게는 역부족이었던 모양이었다. 탑은 온데간데없고 지금은 광활한 빈터에 주춧돌만 남아 있었다. 초겨울이라 스산한 날씨에 바람까지 불어 해설사의 희끗희끗한 머리칼을 흩어 놓는데, 눈을 확 끌어당기는 것이 있었다. 드문드문 주춧돌이 보이는 한가운데 우뚝 선, 무려 30톤이나 된다는 돌덩어리였다.

"잘 생겼지요? 심초석心礎石입니다. 탑 기둥의 기초가 되는 돌이지요. 몇 년 전 이곳이 발굴될 때…"

해설사는 심초석을 부드럽게 쓰다듬으며 눈을 먼 곳으로 주었다. 탑이 불탄지 740년 후의 발굴 현장이었다. 그는 이마에 깊은 주름을 잡으며 당시를 회상했다.

"이걸 들어 올릴 때 저는 심장이 멎는 줄 알았지요."

포크레인 기사가 30톤 무게의 심초석을 들어 올리자 조사원들이 겁도 없이 돌 아래로 들어간 것이었다. 심초석을 내려놓을 때 잔존 유물이 파괴되는 걸 우려해서였다. 돌이 얼마나 무거웠던지 들고 있던 포크레인이 휘청거릴 정도였다. 그들은 위험을 무릅쓰고 돌 아래로 몸을 던져 조상들의 유물을 샅샅이 훑었다. 예상은 적중했다. 심초석이 놓였던 자리를 파 들어가자 청동거울과 금동 귀고리, 청동 그릇, 당나라 백자항아리 등 3000여 점의 유물이 한꺼번에 쏟아졌다. 탑을 세울 때 귀족들이 사용하던 장신구와 부처에게 바친 공양품과 액땜을 위해 땅속에 묻은 예물들이었다.

설명이 끝나 일행이 자리를 뜨는 동안 나는 혼자 천천히 돌에게로 다가갔다. 너무 크고 무거운 나머지 제 아무리 몽고군이라도 훔쳐갈 수 없었을 돌이었다. 1400년 전 왕을 움직여 9층 목탑을 쌓게 한 이 돌은 어떻게 여기까지 오게 되었을까. 이 돌을 딛고 일어선 9층 목탑은 얼마나 늠름하고 당당했을까. 경주는 광활한 분지로 되어 있기 때문에 백성들은 어디서든 80미터나 되는 목탑을 바라볼 수 있었을 것이었다. 밭을 갈다가 나무를 베다가 아궁이에 불을 때다가 문득 하늘에 이르는 탑을 보기 위해 고개를 들지 않았을까.

해설사 또한 차마 자리를 뜨지 못하고 2010년 삼성물산이 시공한 버즈 두바이(Burj Duai) 칼리파 빌딩을 화제에 올렸다. 828미터나 되는 세계 최고의 건축물이었다. 그는 두바이의 원동력을 1400년 전 황룡사 9층탑을 건설했던 한국 기술력의 DNA에서 찾아야 한다고 열변을 토했다. 또한 그는 2034년경에는 9층 목탑이 원래의 모습대로 복원되어 우리 민족의 위대한 기상과 우수성을 전 세계에 알릴 수 있는 좋은 계기가 될 것이라고 흥분했다.

인간이나 사물이나 그것을 있게 하고 떠받치는 심초석이 있기 마련이다. 현존

하는 목탑 중 가장 오래 되었다는 중국 불궁사의 목탑보다 무려 400년이나 앞서 건축되고 17미터나 더 높다는 황룡사 9층 탑 또한 저 믿음직한 심초석이 사력을 다 해 떠받치고 있었기에 가능했을 것이었다. 심초석이 있었기에 탑은 국민의 통일 염원을 모으는 구심점 역할을 하여 왕실과 백성이 혼연일체가 되는 시너지를 창출했으리라.

나는 미련하여 이순耳順에 이르기까지 나의 심초석을 인식하지 못했다. 나의 존재를 비나 물, 공기처럼 당연하고 마땅한 '자연현상'으로만 받아들였다. 이순에 이르러 비로소 부모님이라는 불가사의한 존재가 나의 모든 것을 떠받치고 있는 심초석임을 알았을 때 나는 그동안 한 번도 감사해 본 적이 없는 나를 자책했다. 나는 부모님에게 '감사하다'는 말을 하고 싶었다. 큰절이라도 올리며 나를 있게 한 부모님의 노고에 진심어린 사랑을 전하고 싶었다. 그러나 부모님은 이미 이 세상에 계시지 않았다.

"뭐 하세요? 분황사로 이동한다는데요"

일행의 독촉을 받고서야 나는 자리를 떴다. 무거운 걸음으로 일행을 뒤따르며 몇 번이고 심초석을 돌아보았다. 돌은 말이 없었다. 말 없음으로 거기, 역사의 흔적만이 남아있는 자리에 하늘을 이고 묵묵히 서 있었다. 그것은 돌아가신 나의 아버지와 어머니의 모습이기도 했다. 부모님은 팔을 들어 어서 가라고 재촉하는 것 같았다. 나는 울컥하여 걸음을 멈추고 잠시 두 손을 모았다.

■ 박기옥 ■

2008년 『한국수필』 등단. 수필집 『아무도 모른다』, 『커피 칸타타』. 대구대학교 수필창작 〈에세이 아카데미〉 주강. giok0405@hanmail.net

한영

더 웨이브(The Wave), 그곳에 내가 왔다.

흰색과 주황색의 아름다운 물결무늬가 따로, 때로는 나란히 함께 어우러져 눈앞에 펼쳐진다. 크고 작은 물결이 발밑에서 하늘까지 이어진다. 바위 위에 환상적인 색들이 부드럽게 줄무늬를 이룬 모습은 보고 있어도 믿기 어려울 정도로 신비롭기만 하다.

친구가 들뜬 목소리로 그곳에 같이 가자고 할 때까지 나는 '더 웨이브'가 어떤 곳인지 어디에 있는지도 잘 몰랐다.

웨이브는 유타 주의 카납에서 약 40마일 떨어져 있다. 주라기 시대에 나바호 사암(沙岩, Sandstone)에 물이 소용돌이치고 내려가 U자 모양으로 침식된 것이 서로 교차하여 만들어진 것이다. 그 후 계속 사막의 모래바람이 불어와 깎아내기도 하고, 머물기도 하면서 아름다운 물결 모양을 만들었다.

국토 관리소에서는 자연 그대로 보호하기 위하여 하루에 스무 명 만의 방문을 허용한다고 한다. 출입 허가 4개월 전에 인터넷신청을 받아 뽑은 열 명과 하루 전날 카납 사무실에서 로터리 추첨을 하여 다시 열 명을 뽑는다. 출입허가증을 받느라 수고한 친구 덕에 나는 무임승차하는 행운을 얻었다.

여자 셋이 길을 떠났다. 한국에서 온 중년의 여인과 미국에 사는 동갑의 두 여자, 사십 년도 넘은 오랜 친구 사이다. 강한 호기심과 모험심을 실천하며 즐기는 친구들과 함께하는 여행길은 설레면서도 마음 든든하다.

자이언 국립공원 안 숙소에서 하루를 묵고 떠나는 아침, 그늘도 없는 곳에서 왕복 6마일을 걸을 생각을 하니 슬그머니 겁이 났다. 웨이브 안내 지도를 얻으려 안내소 사무실에 들렀는데 다음날 웨이브에 갈 사람들의 추첨이 막 끝난 참이었다. 열 명을 뽑는데 어떤 때는 이백 명이 오기도 한다고 한다. 오늘은 아무래도 겨울이라 그렇게 많은 사람이 오지는 않았다.

단지 사진과 안내 글만 있는, 생명줄 같은 보물 지도를 받아서 코요테 봉우리 웨이브(The Wave of Coyote Buttes)를 향했다. 겨울인데도 날씨가 좋아서 비포장도로 8마일을 큰 어려움 없이 운전해 들어갈 수 있었다. 유타 주에 있는 주차장에 차를 세우고 애리조나 주에 있는 웨이브를 향해 허가증 붙인 가방을 메고 걷기 시작하였다.

정해진 트레일도, 간판이나 방향을 알려주는 표시판 하나 없이 오직 지도 위의 사진과 실제 지형을 대조해 가면서 길을 찾아야 한다. 해낼 수 있을까. 예전에도 이런 자리에 서 있었던 것 같다. 가는 길을 알지 못하고 내디딘 미국에서의 첫 걸음, 짐작할 수 없는 미래를 향하여 불안하게 발을 떼어 놓던 날들의 기억이 되살아난다. 이 길은 어쩌면 내 이민 여정을 닮았으리라는 예감이 든다.

처음에는 그나마 먼저 간 사람들의 발자국을 따라갔는데 바위를 지나고 점점 더 나아가니 길 찾기가 어려워졌다. 설명서를 보면 쌍둥이 봉우리를 오른쪽으로 돌아가라고 했는데 둘러보니 여기도 저기도 쌍둥이 봉우리가 한둘이 아니었다. 이곳까지 왔다가 목적지를 찾지 못하고 헤매다 그냥 돌아간 사람들이 많다고 한다. 어떤 사람들은 완전히 길을 잃어 구조대의 도움 끝에 빠져나온 사람도 있다고 했다. 셋이서 머리를 맞대고 의논한 끝에 먼 산의 가운데에 난 계곡을 방향타로 삼기로 하였다.

바위 언덕을 지나면 발이 빠지는 모래밭, 또다시 언덕 아래로 모래뿐인 마른 강바닥, 그렇게 영 끝날 것 같지 않은 유난히 멀고도 먼 3마일을 걸었다. 끝에 다다른 가파른 모래 언덕을 힘겹게 오르고 나니 갑자기 눈앞에 모래바위 물결이 일렁인다.

마치 싸리 빗자루로 쓸어 놓은 것 같은 물결무늬가 가파른 언덕을 내려갔다가 다시 반대쪽 언덕을 오른다. 동서의 골이 남북의 골을 만나서 기묘한 모습을 만든다. 단지 물과 바람과 모래의 힘이라기에는 너무나 오묘하고도 정교하다. 해가 조금씩 자리를 바꾸어 앉을 때마다 물결은 다른 색의 옷으로 바꿔 입고 새로운 모습을 보인다. 무늬도 다양하다. 빗살무늬뿐 아니라 꽃무늬도 선명하다. 아프지만 아름답게 삭힌 세월의 흔적이 쌓여있다.

거대한 물살 같은 풍파가 깊은 골을 만들고 굽이치며 지나갔어도, 모래바람이 세차게 불었어도 그뿐, 나는 아직도 얼룩지고 뭉뚝하고 단단한 바위로 깎일 줄 모르고 서 있다. 바람에게 나 자신을 내놓아 준다면, 더 깎이고 다듬어진다면, 나에게도 아름다운 무늬가 새겨질까. 이곳에선 차마 나를 넣은 사진을 찍지 못하겠다.

의당 돌아오는 길은 쉬우리라 짐작했으나, 가면서 보던 모습과 되돌아오면서 보는 모습은 너무나 다르다. 보는 각도가 조금만 변해도 전혀 다른 풍경이 된다. 앞만 보고 허둥지둥 걷지 말고 가끔 뒤돌아볼 걸 그랬다. 어느새 비경은 모래 언덕 뒤로 그 모습을 숨기고 사라졌다.

꿈같던 모래바위 물결이 아직도 내 안에서 흔들리는가. 문득 작은 모래알이 되어 바람을 타고 물결을 타며 그곳에 머물고 싶다는 생각이 든다.

━ 한 영 ━

2008년 『한국수필』 등단. 재미수필문학가협회 이사. 국제PEN 한국본부 미주서부지역위원회 이사. 수필집 『하지 못한 말』 외 동인지 다수. 미주PEN 문학상 수상. younghahn@yahoo.com

은행나무 추억

윤영자

뒤뜰 한쪽에 아름드리 은행나무 한 그루가 있다. 이층집보다 더 높이 자란 나무는 팔십 년을 넘긴 고목이다. 은행이 알알이 영글기 시작하자 은행잎은 기다렸다는 듯이 노란 옷을 갈아입기 시작한다. 바람이 한바탕 휘날리는 날에는 노란 은행잎이 온 마당에서 황금물결을 이루어 장관이지만, 그대로 계속 둘 수가 없어 쓸어보지만 치워도 치워도 끝이 없다. 가을이 깊어갈수록 은행잎을 치우는 일로 한나절을 보내야 한다.

여고 시절, 예쁜 은행잎을 주워 책갈피에 끼우면서 중앙청에서 효자동까지 걷던 추억에 잠겨도 좋으리라. 은행잎을 방석 삼아 나무 밑에 앉아 추억의 노래라도 부르면 댕댕거리며 지나던 전차 소리처럼 사라진 아득하고 무심한 세월의 소리들이 몰려올 것 같았다. 은행나무 빈 가지 사이로 올려다본 하늘은 무척 푸르고 깊어, 어렸을 때 꿈꾸다가 이루지 못한 아쉬움을 하소연해도 다 수용해줄 듯싶었다.

나는 결혼 후 봄이면 고목에서 트는 새싹을 기다리듯이 일상에서의 조그만 바람을 은행나무 밑에서 속삭였다. 손이 열 개라도 모자라게 아침마다 법석 떨며 남편을 출근시키고 아이들을 등교시키고 나면 적막감이 밀려왔다. 그때 나는 은행나무를 의지하여 과연 나의 실존은 무엇인가 생각해보고, 임금님 귀가 당나귀 귀라는 비밀을 숨겨왔던 이발사가 갈대밭에서 '임금님 귀는 당나귀 귀'라고 외쳤듯이 은행나무에게 속 시원하게 소리쳐 본 일이 있었다. 노엽거나 슬플 때 황폐한 가슴에 한줄기 신바람을 찾아주던 나무였다.

5월이면 초록의 이파리들이 숨바꼭질할 때 얼굴을 살짝살짝 내미는 아이들처럼 상큼하고 예뻤다. 여름이 시작되기도 전에 초록빛은 넓은 마당에 그늘을 만들어 주어 내 아이들과 동네 꼬마들의 놀이터가 되기도 하고 어른들의 쉼터가 되어 주기도 했다.

은행나무에 때 맞춰 거름도 주고 가지를 치는 정성을 쏟아주었더니 잘 자라서 가지가 담 너머 이웃까지 뻗쳤다. 미안한 마음에 치워드리겠다고 했더니 "무슨 말씀이세유. 은행이 얼마나 많이 떨어지는디, 내 집안에서 줍게 되었으니 오히려 저희가 고맙지유." 하며 웃었다.

이웃과 친화력을 다진 것보다도 우리 가족의 화목에도 버팀목이 되어준 은행나무. 한때는 우리 집에 삼대, 동서네 식구들까지 한 울타리 안에서 살았다. 아랫동서와 12년 동안 함께 살면서도 한 번도 마음 상한 일이 없었다. 시장은 물론 목욕탕까지 시어머니를 모시고 함께 다니고, 친자매처럼 지내는 우리를 보고 부럽다고 칭찬하는 소리도 많이 들었다.

은행알을 수확할 때는 저마다 바쁜 가족들이 외출을 하지 않고 은행나무 밑으로 다 모였다. 줍는 작업은 시어머니, 나와 동서, 그리고 작은집 두 아들, 우리 아이 셋이 2인 1조 마대자루에 많이 담기 시합부터 했다. 은행잎도 깨끗이 주워서 자루에 모았다. 나무가 큰 탓인지 시도 때도 없이 흩날리던 노란 은행잎이 점령군처럼 마당을 넘어 집안까지 침입했는데, 이날만은 각 조마다 잽싸게 적군을 소탕하듯 깨끗이 치웠다. 은행알을 하나라도 더 줍기 위해 그야말로 야단법석이었다. 일이 끝나면 아이들은 대가로 과자 한 봉지씩을 받고 네 자루에 담긴 은행을 바라보며 뿌듯해 했다.

나무그늘에 4~5일 정도 놔두면 껍질이 삭으면서 고약한 냄새가 나기 시작했다. 며칠 후, 동서와 나는 면장갑을 속에 끼고 겉으로 고무장갑을 단단히 덧싸고 껍질을 씻어내는 작업을 했다. 은행자루를 수돗가 큰 통으로 옮겨서 싹싹 문지른 다음 깨끗이 씻어 마당에 쫙 펴 말리면서, 구슬땀 흘려 농사한 농부의 수확한 기쁨을 짐작하게 되었다. 물기가 가시고 하얗고 뽀얀 은구슬이 된 은행알, 깨끗하게 단장한 은행을 친척이나 친지들에게 한 됫박씩 나눠주고도 우리 몫이 넉넉하게 남았다. 두 자루쯤은 단골 건어물상회에서 현금으로 바꾸어 시어머니의 용돈으로 드렸다. 은행알을 살짝 구우면 쫄깃한 술안주는 물론, 약식이나 찜에 넣어도 색깔도 예쁘고 담백한 맛을 낸다. 오줌싸개들에게도 좋다는 말이 있으니 이래저래 사람에게 유익한 나무임에 틀림없다.

그런데 은행나무가 어느 핸가 내게 고통을 준 일이 있었다. 은행을 만져서 옻이 오른 것이다. 남들은 하루 정도 약을 먹으면 괜찮아진다고 했지만, 약을 먹어도 신열도 나고 발진도 생겨 괴로웠다. 그때 가족들이 나무의 존폐문제로 의논을 했다. 고생하는 나를 봐선 당장 베어내자는 의견도 있었으나 예방약을 알아내서 나무도 살리고 나의 고생도 없도록 하자고 결론이 났을 때 나는 쾌재를 불렀다.

은행나무는 암, 수가 떨어져서 자란다. 그래도 멀리서나마 마주 보아야 열매를 맺는다는데 주변에 높은 집들이 가려서 우리 집 은행나무의 배필이 어떤 나무인지도 모르고 지내왔다. 그 사랑의 비법이 신기하기만 하다.

가을이 깊어지면 풍성한 이파리들이 떨어져서 가지만 앙상한 모습으로 드러날 것이다. 그런데 쓸쓸하지 않고 당당해 보이는 것은 지난 계절 동안 많은 열매로 자기의 소임을 다했다는 자부심에서일까, 은행잎 낙엽은 혈액순환 의약품의 재료로 많은 사람의 혈액을 맑게 해준다는 생각만으로도 내 지끈거리던 두통도 물러날 것 같다.

은행알 수확 가족대회 날 저녁에는 동서와 같이 낙엽들을 쓸어 모아 불을 지핀다. 다른 가족들은 낙엽 타는 향긋한 냄새 속에 즐거운 이야기를 나눌 것이다. 해가 서산 너머로 기우는 시간, 온 식구들이 즐거워할 식탁 마련으로 동서와 나는 손놀림이 바쁘지만 흐뭇한 마음이다. 젊은 날 은행나무와 함께한 것이 내게도 아이들에게도 즐거운 추억 만들기가 될 것이기에.

　머칠 후면 은행 열매를 수확하고, 단합대회를 할 수 있을 것 같다. 다시 은행나무를 올려다보니 내 어깨 위로 노란 이파리 두 개가 얹힌다. 2주일 후란 암시던가.

■ 윤영자 ■

2008년 『한국수필』 등단. 한국수필가협회. 한국수필작가회 회원. young45ja@hanmail.net

봄의 향기

송국범

봄은 희망이다. 생명이며 부활이다. 따사로움이며 빛이다. 조화와 융합이 만들어 내는 환상이다. 생명들이 솟아올라 대지를 소리 없이 진동 시킨다. 그 진동은 조용한 혁명이며, 그 혁명은 일순간에 딴 세상을 만든다. 그것은 천국이요 극락이다.

봄은 에너지다. 지칠 줄 모르는, 포기를 모르며 분출되는 에너지로 세상을 변화 시킨다. 그 변화된 세상은 생명력 넘치는 아름다운 땅이다. 생명과 아름다운 땅은 빨, 주, 노, 초 파랑이 어울리며 조화의 극치미美가 된다. 그 세상은 아름다움이란 아름다움을 모두 모아 놓은 에덴동산이다.

봄은 열락悅樂이다. 기쁨이고 벅차오름이다. 뭉클함이고 울컥함이다. 기뻐 울컥하며 내 안의 메말랐던 정서가 다시 살아나는 약동을 느낀다. 그 약동躍動은 나를 변화 시킨다. 따사로움으로, 용기로, 다시 시작으로 그렇게 가슴 뿌듯하게 솟아오른다.

봄은 꿈이다. 조병화는 '봄처럼 꿈을 가져라'고 반복했다. 나뭇가지에서, 물위에서, 둑에서 솟는 대지의 눈이라고 했다. 대지의 눈들이 깨어나 세상을 변화 시켜 녹색물결을 만들고 형형색색의 꽃물결이 무릉도원을 그려놓는다.

봄은 설렘이다. 방방 뜬다. 바람이 든다. 그래서 바람이 난다. 주체할 수 없는 소용돌이가 마음속에 일어나면 속수무책이다. 봄바람 난다고 하지 않는가. 내 마음에 불을 질러 사랑하게 만드는 힘을 가지고 있다. 그 거대한 힘, 그 밀려오는 힘을 누가 막을 수 있겠는가. 그래서 봄은 위대한 것이다.

봄은 향기다. 세상이 향기로 뒤덮인다. 향기에 휩싸인다. 산과 들에서 피어나는 수많은 꽃들의 융합이 만들어 내뿜는 향기 속에 매몰되고 만다. 내가 향기가 되고, 향기가 내가 되는 순간이다. 향기에 취한 자신을 발견하는 기쁨을 누린 사람만이 진정한 의미의 봄을 만끽하는 사람이다.

봄은 행복이다. 행복을 느낀다. 행복감에 젖는다. '행복은 당연한 것들을 놀라움으로 받아들이는 것'이라 했다. 해마다 반복되는 그 당연함에 놀라워하는 이유가 무엇일까. 당연히 누리고 있던 행복을 행복인지 모르고 있었다는 우매함에 대한 회한이 아닐까.

동토의 땅, 그 죽음의 땅이 다시 살아나는 계절, 봄이 찾아왔다. 그 신비의 세계에 대해서 크게 고마워하지도 감사하지도 않게 당연하게 받아들이며 살아왔다. 가끔씩 참 신기하다는 생각과 봄, 여름, 가을, 겨울의 사계절이 주어진 나라에서 사는 당연한 운명이라는 생각도 하며….

그것이 얼마나 어리석었던 일이라는 것을 깨닫기 시작한 것이다. 철이 드는 것인가. 그중에서도 봄이 주는 신비에 감탄하며 감사를 달고 산다. 신이 내린 이 신비를 마음껏 누리자. 마음껏 느끼고, 보고, 품고 사랑하며 봄의 동산을 헤맨다.

헤매는 세상에서 발견하는 것은 벅차고, 메이고, 울컥하며 솟아오르는 주체할 수 없는 감동이다. 그 감동은 살아 있음에 대한 감사다. 존재 자체에서 오는 열락이고 행복감이다. 그 행복감은 새로운 나를 만든다. 새로운 나는 평화와 기쁨이다.

떠난다. 행복과 기쁨을 만드는 세상을 향해 떠나고 또 떠난다. 꽃물결이 출렁이는 곳으로, 벚꽃 속으로, 진달래 철쭉 붉게 물든 산야로, 유채밭으로, 수선화 물결 속으로, 보리밭 속으로, 산수유, 매화밭으로, 이팝꽃 흐드러진 도로 위로, 모란의 향기로 뒤덮인 고즈넉한 사찰로, 라일락 향기 뒤덮인 그 휴양림으로, 찔레꽃 진한 고향 언덕배기로, 아카시아 진한 향으로 범벅이 된 그 고갯길 산 위로, 아름다운 향기 뒤덮인 수목원으로 떠난다. 그곳엔 행복낙원이 기다리고 있기 때문이다. 평화와 기쁨이 넘쳐나기 때문이다. 내가 비로소 봄꽃이 되어 향기가 되기 때문이다.

봄의 향연이 극치를 이루는 고향을 향해 달려간다. 연초록과 산꽃들이 어울려 펼쳐지는 고향 시골 마을 속으로 들어간다. 마음이 급하다. 대둔산 자락에서 흘러나오는 산촌마을은 무릉도원이다. 안견 선생이 꿈속에서 만났던 그 세상이다. 그 절정의 순간들은 짧다. 순간이다. '순간이여 영원하라'는 파우스트의 외침이 들리는 듯하다. 순간을 영원 속에 담는 순간 어느덧 그 장관은 녹음 속으로 숨어들고 내년을 기약해야 한다. '한순간, 꽃은 피어나지만/ 그 순간이 모두 천리길이다'(이교상). 그렇다. 그 아쉬움이 너무 크다. 그러나 사라진 것이 아니라 해마다 어김없이 나타난다는 희망으로 아쉬움을 달랜다. 그 희망의 기다림은 아름답고도 슬프다. 웃으면서 운다. 그 울음은 벅차서 나는 울음이고 눈물이다. 바로 그런 마음상태가 된다.

금년에도 며칠 동안 고향에 머물며 봄의 향기로 몸살을 앓았다. 자그만 정원에서 피어나는 향기와 사방 천지에서 만들어 내는 싱그러운 향기에 취하며 감사했다.

봄, 봄은 영원한 나의 기쁨이요, 친구다. 향기 나는 영원한 나의 사랑이다.

■ 송국범 ■

2008년 『한국수필』 등단. 서산문화 대상, 서산교육 대상, 안견미술대전(서예) 우수상 수상. 『교육대통령은 보이지 않는다』 수상집 외 다수 발간. (전)한서대 교양학부 교수. bindlle21@hanmail.net

숲에 들다

김혜숙

청량하다. 삼상한 기운이 온몸을 감싸 안는다. 비가 개인 안면도 자연휴양림은 맑은 공기와 초록의 싱그러움으로 꽉 차 있다. 유월의 열기는 저 만치 달아나고 시원한 바람이 솔향을 전해준다. 쭉쭉 뻗은 잘 생긴 소나무들을 바라보며 숲 속 산책로를 따라 걷는다.

청정한 기운과 숲 향기에 취해 계속 코를 벌름거린다. 우람한 소나무들의 숲, 새들의 맑은 노랫소리, 발길에 닿는 솔가리들의 부드러운 감촉, 홍송이 뿜어내는 피톤치드…. 동행한 문우들의 모습에서도 여유와 흥이 묻어난다. 안온한 휴식터에서 일상을 내려놓는다. 마음속에 엉겨 붙었던 감정의 찌꺼기들이 모두 떨어져 나간다.

부스스 문을 열고 나오는 기억이 있다. 그때의 숲 속 산책은 남편과의 갑작스러운 이별에서 비롯됐다. 상실감에서 비롯된 온갖 감정 덩어리들이 쉽게 떨어져 나갈 기미를 보이지 않았다. 그대로는 살아갈 수가 없었다. 벗어나야 했다. 아파트 뒷산을 오르며 풀과 꽃, 나무와 바위, 구름과 바람을 느끼며 천천히, 아주 천천히 걸었다. 아무에게도 할 수 없는 말들을 속삭이듯 내뱉으면 그때의 바람, 그때의 산새가 말대답을 해 주었다. 산행을 이어가게 만든 건 그런 대답들 때문이었으리라. 오래오래 걸으면 오래도록 눈물 쏟기에 좋았다.

마음자리 흔들림이 조금씩 줄어들 무렵, 산 입구에서 쑥부쟁이와 구절초를 만났다. 가만히 들여다보다가 쓸쓸한 말벗에게 고마움을 전해야겠다는 생각이 들었다. "참 예쁘다." 말을 건네고 지긋이 웃음 지어 눈을 마주쳐 주었다. 그러다가 스스로 놀랐다. 얼마 만에 지어본 따뜻한 미소였을까. 예절로서의 미소가 아니라 마음속 편안함에서 비롯된 미소라는 게. 별일 아닌 그 일이 내게는 퍽 놀라운 일이었다. 머리 위를 올려다보았다. 숲 속 새들이 떠들썩하지만 청아하게 말을 걸어오고 있었다. 충만감마저 느껴지는 듯했다. 감사를 표하고 싶었다. 가슴 한복판 솟아오르던 불꽃을 감각하는 것보다 그게 더 중요하다는 생각이 들었다.

그때의 숲 속 오솔길에서 나는 치유의 순리를 엿보았다. 고통과 쓸쓸함과 원망과 두려움은 충분히 끌어안고 함께 울어준 후에야 제자리로 돌아갔다. 피하려 할수록 집요하게 내 품을 파고들어 떼쓰던 그 어린 감정들도 안고 얼레고 쓰다듬어 달래주면 기진하여 잠든다는 걸 알게 되었다. 사나운 기색이 풀어지려면 내 눈물과 내 시간과 내 수고로움이 바쳐져야 하는 거였다.

안면도엔 군데군데 쉬어갈 수 있게 마음 써서 설치한 벤치들이 많다. 그곳에 앉아있노라니 녹음이 우거진 숲 속에 하얀 나비 떼가 무리지어 앉아있는 풍경이 눈에 들어온다. 들여다보니 조그마한 손잡이가 달려있는 하얀 바람개비꽃이다. 잎 위에 '차려' 자세로 하늘을 향해 서 있는 모습이 익숙하다. 단연 유월 숲의 주인공이다. 그 시절, 뒷산에서 보았던 친구들이기도 하다. 이렇게 고고한 친구들이 퍽이나 지겹도록 내 말을 들어주었지. 괜시리 미안해진다. 내 수고로움이 사무치면 이웃의 수고로움을 볼 수 없게 된다. 이 또한 피할 수 없는 것 아니겠는가. 내가 할 수 있는 일이란 미안한 마음을 깨닫게 되었을 때, "미안해." 하는 일 고민하지 않는 것.

나는 오늘도 안면도의 찬 숲 속에서 다 버리지 못한 속진을 또 덜어낸다. 아직도 덜어낼 마음이 남아있다는 자책조차 내 욕심이리라. 나는 앞으로도 또 번뇌하고 또 조바심치며 덜어낼 찌꺼기를 마음에 남길 것이다. 이 또한 내가 살아 있고 사람과 부대끼며 스스로 깨우치려는 노력을 하고 있다는 의미가 아니겠는가.

되는대로 숲을 찾아 나서야겠다는 생각이 든다. 그 시절 내 이야기를 숲이 들어주었던 것처럼, 이번엔 내가 먼저 그들의 말을 들어주어야겠다. 방금도 안면도의 백년송 등걸이, 어루만지는 내 손에 속삭였다. 오랜 세월 물난리, 천둥 번개 피하며 잘 살아왔다고.

━ 김혜숙 ━

1996년 『한국수필』 등단. 한국수필문학상 수상. 한국수필가협회 부이사장, 백미문학 회장 역임, 한국수필작가회 이사. 저서 『젊어지는 샘물』, 『인연의 굴레 사랑의 고리』, 『지금도 나는 초록빛으로 산다』, 『나는 늘 여행을 꿈꾼다』, 『먼 길 되돌아 온 당신』, 『밥 잘 사주는 남자』. ajook47@hanmail.net

고비

백용덕

　　고비란 일이 되어가는 과정에서 가장 긴요한 기회나 막다른 때의 상황을 말한다. 사람은 일생을 살아가면서 몇 번의 고비를 반드시 만나게 마련이다. 당사자가 그 고비를 어떻게 넘기느냐에 따라서 인생길이 확 달라지는 것을 체험이나 다른 사람의 이야기를 통해서 잘 알고 있을 것이다.

　지금까지 살면서 여러 번의 고비를 넘기고 이때까지 살아왔지만, 이제 그런 고비가 다시 찾아올지 모르겠다. 그러나 나이 어린 사람들에게는 아직 살아갈 날이 많이 남은 만큼 몇 번의 고비가 찾아오리라는 것은 의심할 여지가 없는 일이리라.

　25년 전쯤의 이야기다. 아들은 내가 서울에서 직장을 다닐 때라 초등학교부터 서울에서 공부했다. 아들은 시험을 쳐서 상급학교를 진학한 나와 달리, 본인의 선택이 아니라 추첨으로 중학교와 고등학교까지 다녔다. 내가 은평구에 살던 때라, 아들은 그곳 교육 당국에서 정한 학군에 따라 고등학교에 다녔다. 결과는 제일 좋은 학교도 아니고 제일 나쁜 학교도 아닌 대체로 중간정도의 학교였다.

　드디어 아들이 고등학교 3학년이 되어 대학을 가게 되었다. 대학교는 본인의 선택에 의해 학교와 학과를 정하고 입학시험을 봤다. 아들이 담임선생님과 대학교 입학에 대해 상담할 때, '자신이 원하는 곳이 아닌 다른 학교의 학과를 가는 것이 좋겠다.'고 의견을 제시했다면서, 내가 담임선생님을 한 번 만나보기를 원했다. 직장에서의 업무는 항상 많았지만, 나는 이것이 아들에게 있어서 첫 번째 고비라고 생각하고 그의 요청을 들어 주기로 했다.

　다음날 직장 상사에게 '내일 아들의 대학입시문제로 담임선생님을 만나기 위해 늦게 출근해야겠다.'고 말씀드렸다. 상사는 쾌히 승낙했다. 그는 나보다 나이가 한참 위였고, 고향이 시골이라 나의 사정을 잘 이해하는 것 같았다. 나는 아들의 담임선생님에게 전화를 걸어 내일 아침 9시에 만나기로 약속했다.

　다음날 아들은 평소와 같이 학교로 갔고, 나는 사무실에 출근할 때보다 좀 늦은 시간에 집을 나섰다. 학교로 가서 아들 담임선생님 방에 들어갔더니, 그는 혼자 있었다. 아마 고등학교 3학년 담임선생님이어서 학생들이나 학부모들과의 상담을 위해 학교에서 조그마한 방을 별도로 마련해 준 것 같았다.

　우리는 서로 인사를 나누고 바로 상담에 들어갔다. 담임선생님은 '그동안 아들의 성적을 봤을 때, 본인이 원하는 학교의 학과에 가는 것은 조금 무리'라고 생각했다. 그래서 '한 칸 낮추어 아들의 적성에 맞을 것 같은 다른 학교의 학과를 상담시간에 말해줬다.'고 했다.

　그 말을 듣고 나는 한동안 망설였다. 그러나 아들이 엊저녁에 나에게 말한 것이 있어, 담임선생님에게 똑똑히 말했다. 아들은 엊저녁에 나와 같이 대화하면서 '자기가 원하는 대학교의 학과에 가고 싶다.'고 했다. '나는 그의 말을 들어준다.'고 했기 때문에 오늘 이 자리에 왔다고 했다.

　사람이 일생을 살아가려면 몇 번의 고비를 반드시 만나게 된다. 그 고비가 어떤 것인지는 사람에 따라 각기 다르게 생각할 수도 있을 것이다. 그러나 내가 생각하는 것은 다음 몇 가지라고 했다. 즉, 그것은 대학교와 학과를 선택하는 일, 첫 직장을 가지는 일, 남녀가 만나 결혼하는 일 등이 중요한 고비라고 했다. 만약 '아들의 실력이 모자라 자기가 원하는 곳에 떨어지면, 한 해 재수를 하더라도 그가 원하는 대로 해주고 싶다.'고 했다.

　내가 직장에 다니면서 저녁에 술을 먹고 들어오는 경우가 종종 있어 아들 공부에 지장을 줄까 봐 걱정되었다. 그래서 나도 그동안 다니고 싶었던 '대학원에 입학원서를 내고 저녁에는 나름대로 열심히 공부하고 있다.'고 했다. 담임선생님은 나의 얘기를 듣고 '아버님이 그렇게 생각하신다면 아들이 원하는 곳에 원서를 써주겠다.'고 하셨다.

아들은 담임선생님의 결단과 지도로 자기가 원하는 대학의 학과에 원서를 접수했다. 입학시험을 치는 날은 차가 막힐 것을 우려해서 나와 함께 일부러 지하철을 타고 대학교로 갔다. 겉으로 말은 하지 않았지만, 아들이 입학시험을 잘 쳐서 합격하기를 은근히 기원했다.

드디어 아들의 합격 소식이 전해졌다. 지금과 달리 그때는 직접 학교까지 가서 합격자 수험번호를 보고서야 합격 여부를 알 수 있었다. 그날 아들과 같이 저녁을 먹으며 '나도 대학원 합격통지를 받은 지가 며칠 되었지만, 너의 발표가 나올 때까지 누구에게도 말하지 않았다.'며 우리의 합격을 자축했다.

지금은 모두 지나간 옛이야기에 불과하지만, 그때 인생의 첫 고비를 아들의 의사에 따라준 담임선생님 덕분에 그는 지금의 삶을 살고 있는 것 같다. 만약 그때 담임선생님의 말씀을 따랐다면 그는 지금과 다른 인생길을 걸었으리라. 어느 것이 아들의 장래를 위해서 더 좋았을지는 잘 모르겠지만, 아들이 원하는 방향으로 흘러간 인생이 앞으로도 즐거웠으면 좋겠다.

■■ 백용덕 ■■■
2008년 『한국수필』 등단, 한국문인협회, 한국수필가협회, 한국수필작가회, 하서문학회(평창문예대학) 회원. 0123pyt@hanmail.net

창

김창식

창窓에 매미 한 마리가 달라붙어 운다. 빗금이 그어진 투명 날개가 정교한 반도체 회로를 보는 것 같다. 매미는 쩌렁쩌렁 배를 움직여 울고 찌르르르 꼬리로 소리를 만다. 암컷을 찾는 신호라고 하지만 도회의 잿빛 아파트에 짝이 있을 리 없다. 매미는 집주인에게 뜻을 전하는 모양이다. 깨어나라고, 깨어 있으라고.

창은 목적물이나 대상 자체는 아니다. 창을 통해서 무엇을 내다보거나 들여다 볼 뿐이다. 창은 존재를 감추면서 다른 존재를 드러낸다. 창은 안팎이 있을지언정 뒷면이 없다. 내다보는 창의 뒷면은 들여다보는 창의 앞면인 것이니까. 창은 사물과 현상을 구분하는 기준이 되기도 한다. 세상의 모든 것은 창 안에 위치하거나 창 밖에 존재하지 않은가. 창은 내포內包이자 외연外延이다. 창은 안의 것을 다독이고 포괄하며 밖의 것을 내보이고 확장한다.

사이버스페이스라는 미지의 공간을 연 마이크로소프트사가 컴퓨터 운영체제를 '윈도스(windows; 창)'라고 이름 붙인 것은 깊은 함의가 있다. 새로운 세상을 들여다보고 내다본다는 복합적인 뜻을 떠올리면, '윈도스'라는 명칭은 탁월한 상징이자 기표記標다. 사용자는 창을 두드려 불특정 다수와 교호하며 네트워크를 형성한다. 시공간을 초월해 가상공간을 유영하고 동서고금을 넘나든다. 지식과 정보를 검색하는 것은 물론 동영상을 관람하고 음악을 재생해 듣는다.

수필가 김진섭이 수필 「창」에서 '모든 물체는 그 어떠한 것으로 의하여서든지 반드시 그 통로를 가지고 있을'뿐더러 '창에 의하여 이제 온 세상이 하나의 완전한 투명체임을 본다'라고 짚은 것은 앞서간 통찰이다. 시인 정지용도 「유리창1」에서 '유리에 차고 슬픈 것이 어른거리는'것을 보며 '고흔 폐혈관이 찢어진 채로 아아, 늬는 산새처럼 날아갔구나!'라고 아이의 죽음을 읊었다. 창을 통해 안팎의 대상을 동일시한 것이니 같은 맥락인 듯싶다.

창은 자유와 탈출의 상징물이기도 할 것이다. 수인囚人의 창을 생각한다. 이국의 좁은 감방에서 죽어가며 조국의 침탈을 자신의 책임으로 여겨 부끄러워한 순결한 시인의 창을 생각하고, 남미 어느 작은 나라에서 불의와 독재에 항거하다 영어의 몸이 된 혁명 지도자의 창을 생각한다. 또 오페라 〈토스카〉에서 처형의 날이 밝아옴에 '그래도 별은 빛난다'고 연인과의 지난날을 떠올리며 비통한 심정을 노래하는 화가의 창을 생각한다. 어쩌면 우리 모두 수인일지도 모른다. 저마다의 가슴 속에 폐쇄된 창을 가진.

창밖의 세상을 그리워하는 절체절명의 사람들에게야 비할 수 없겠지만, 내게도 비슷한 경험이 있다. 고등학생이었을 때 아버지의 거듭된 사업 실패로 정릉동 산마루턱의 '해 뜨는 집'에 세 들어 살았다. 문패도, 담장도, 변소도 없는 집이었다. 하나 뿐인 방에 형제가 다섯으로 식구가 일곱이었다. 동거자는 또 있었다. 식구보다 훨씬 더 많은 수의 쥐들이었다. 방은 흙벽에 신문지로 대충 도배를 한 골방이어서 매캐한 흙먼지 냄새가 났다. 한번은 자다 일어나 불을 켜보니 벽에 붉은 점들이 어른거렸다. 빈대들이 노역에 나선 죄수들처럼 부지런히 벽을 타고 오르내렸다. 그 방에는 창이 없었다. 나는 꿈꾸었다. 바깥세상을 이어주는 창이 있었으면! 하늘로 열리는 조그만 창, 햇살이 반가운 듯 찾아들고 수줍은 달이 지나가며 별이 쏟아져 내리는 창, 이따금 큰 나무 그림자가 불쑥 손님처럼 들어서고 비 오는 날이면 빗방울 소리가 구슬처럼 부딪는 창이 있었으면….

내 마음에 고향처럼 남아 있는 두 개의 창이 있다. 하나는 안데르센의 동화 「성냥팔이소녀」에 나오는 격자창格子窓이다. "성냥 사세요! 성냥 사세요!" 어느 세

밑, 밤이 오면 집집마다 행복의 불이 켜지는데 성냥을 팔아 하루하루를 연명하는 소녀는 추위에 떨며 성냥을 켜 언 손을 녹인다. 사회의 냉대와 이웃의 무관심 속에 허탕을 친 소녀는 세밑 가족들이 단란하게 모여 앉은 집 낮은 창가에 기댄 채 숨진다. 소녀는 꿈속에서 그리워하는 할머니 품에 안긴 채 하늘로 올라간다.

또 다른 창은 오 헨리의 단편 「마지막 잎새」에 나오는 반원형半圓形의 창이다. 뉴욕 그리니치빌리지의 아파트에 사는 화가 존시는 폐렴에 걸려서 죽을 날을 기다린다. 존시는 삶에 대한 희망을 잃고 침대에 누워 창문 너머로 보이는 담쟁이덩굴 잎이 모두 떨어질 때쯤 자기의 생명도 끝난다고 생각한다. 심한 비바람이 불었는데도 다음 날 아침 나뭇잎이 그대로 달려 있고 존시는 생의 끈을 붙잡는다. 존시는 친구 수를 통해 이웃에 사는 노화가 베어먼의 희생이 있었음을 전해 듣는다.

소외돼 그늘진 곳에 자리한 두 인물이 내게는 같은 사람인 것처럼 느껴진다. 거리의 소녀가 본 것은 들여다보는 창이고 병상의 처녀가 본 것은 내다보는 창이지만, 두 개의 서로 다른 창 또한 같은 창으로 다가온다. 거리의 소녀는 소멸의 빛을 보았고 병상의 처녀는 생명의 싹을 보았지만, 창을 통해 바라는 간절하고 순정純正한 마음은 다름이 없었으리라. 희망과 절망은 영원회귀의 순환궤도에 잇대어 있어 낮과 밤, 동전의 양면과 같다. 한 사람은 죽어가면서 축복을 안았고 다른 한 사람은 죽음을 딛고 생명의 끈을 찾았다. 이로써 두 사람 모두 구원에 이른 것이다.

두 개의 창을 떠난 눈길이 거실 창으로 옮겨온다. 침묵 속에 매미는 나를 보고 나는 매미를 본다. 매미가 나를 본 것일까, 내가 매미를 본 것일까. 나는 꿈속 '장주莊周의 나비'가 된다. 창을 통해 우리는 하나가 된다. 매미가 무엇에 놀란 듯 더듬이를 움찔한다. '푸릇!' 매미가 창을 떠난다. 나도 매미를 따라 나선다. 매미는 도회의 빌딩숲을 지나 어릴 적 순수의 숲으로 날아간다.

▬ 김창식 ▬

2008년 『한국수필』 등단. 제7회 흑구문학상, 제8회 조경희 수필문학신인상, 제3회 한국수필작가회 문학상 수상. 수필집 『안경점의 그레트헨』 『문영음을 사랑했네』. 칼럼집 『마르지 않는 붓』(공저).
nixland@naver.com

수탄장愁嘆場

허익구

섬을 연결하는 다리는 바다 위를 달리는 기분만으로도 명소가 될 만큼 풍광이 좋다. 거금도로 가는 길에서 첫 번째 섬을 우측으로 돌아 아름다운 섬에 안착했다. 어린 사슴의 섬이라는 소록도, 편견 속에 익히 들어왔던 이름과는 전혀 다른 느낌이다. 마을 어귀에서 관리소를 만난다. 마치 군사지역에라도 들어가는 것처럼 외부차량은 진입이 통제된다. 주차장에 차를 세우고 걸어서 마을로 가야 한다. 입구에 들어서면 잘 가꾼 소나무 숲 속으로 허연 아스팔트가 초병들이 지키는 군사분계선마냥 정적을 안고 마을로 이어진다. 가끔씩 자동차가 드나드는 것 외에는 별다른 의미를 못 느꼈음은 당연하다. '아마도 차를 타고 들어가는 사람들은 여기 사는 사람이겠지. 아니면 물자를 공급하는 특별한 사람들일 거야.' 그게 뭐 이상할 것도 없는 데 이런 생각들을 할까. 마을 사람들과 여행객, 아니 일그러진 사람들과 그렇지 않은 사람들. 이렇게 두 부류로 나누어진 잘못된 생각을 떨쳐버리기엔 모든 것이 너무나 자연스럽게 순응되어 살아가는 모습들이다.

수탄장愁嘆場, 한자의 의미를 새겨보지 않으면 알 수 없는 이름이다. 박물관 한쪽 벽에 걸린 사진 한 장을 보며 마을 초입의 숲 속 차도가 울음바다가 된 그 이름임을 알았다. 길 가장자리에서 아이들과 어른들이 마주 보고 서 있는 한 장의 사진이 이곳 사람들의 모든 애환을 말해준다. 환자들이 거처하는 병사지대와 성한 가족들과 관리자들이 기거하는 직원지대로 나누어 생활한 나환자 동네인 소록도의 가슴 아픈 모습이다. 한식구라도 같이 살지 못하고 생이별로 괴로워하며 한 달에 한 번씩 상봉이 이루어진 이곳이 어찌 수탄장이라는 한자 의미만으로 다 설명이 될까. 미감 兒(아) 아들이 혹시나 바람결에라도 전염될까 봐 일정한 거리를 두고, 아이들은 바닷바람이 불어오는 바깥쪽에 세우고 나균에 감염된 어른들은 반대편에 서도록 하여 바라만 보는 가족상봉을 했다고 하니 어찌 인간의 감성으로 태어난 것을 원망하지 않았겠는가.

수탄장 아스팔트길을 따라 그들의 심경을 생각하며 걸어본다. '모르고 3년, 알고 3년, 죽어 3년'이라는 말로는 표현할 수 없었을 설움의 흔적들을 보며 성한 자로 사는 것이 미안한 생각이 든다. 감금과 강제 낙태, 심지어 번식 방지를 위한 단종, 길고양이들에게나 있을 법한 단어들을 거부할 수조차 없었던 그들의 심경을 어찌 짐작이나 하겠는가. 환자이기보다 강제 노역으로, 사람이기보다는 미물 같은 천시 속에 죄 없는 사슴들은 파도소리에 묻혀 불러도 메아리가 없는 울음을 삼키며 감옥보다 괴로운 감금의 나날을 보냈을 것이다.

시들지 않는 꽃은 없다. 죽으면 썩어질 껍데기, 수많은 세균과 찢긴 상처들은 누구에게나 주어진 운명이며 일그러진 얼굴 또한 우리의 마지막 모습이 아닌가. 자꾸만 처지는 주름살, 훤하게 빠져버린 머리카락, 두꺼워지는 돋보기, 육도를 윤회하며 그저 이번 연극에는 배역을 이렇게 맡았을 뿐이라고 놓아버리면 그만인 것을, 껍데기에 집착하여 괴롭고 또 괴로워하며 살고 있는 우리는 다 같은 숙명적 모탈의 인간이 아닌가.

━━ 허익구 ━━

2009년 『한국수필』 등단. 경남과학기술대학교 교수. 국제펜클럽, 사)한국수필가협회 회원.
koohur@naver.com

하얀 귀밑머리

황옥주

오래된 책들을 정리하려고 꺼내다 보니 묵은 메모장 속에서 빛바랜 종이가 떨어진다. 펼쳐보니 「독좌비쌍빈獨坐悲雙鬢」이란 한시가 적혀있다. 출전에 대한 정보는 없이 '빈방에 홀로 앉아 있으면 늙어감이 서럽다.'라는 해석만 있다.

이 메모장은 일본 오카야마岡山 한국교육원에 근무했을 때에 쓰던 것이라 어느 신문이나 잡지를 보다가 별 뜻 없이 적어놓았던 모양이다. 그날 이후 잊고 살아오기 20여 년, 그게 오늘의 내 모습을 예견이라도 하고 써 놓은 것 같아 이상야릇한 기분이다.

쌍빈이란 양쪽의 귀밑털을 말함이다. 기나긴 가을밤 잠을 이루지 못하고 홀로 앉아 있는 파리한 노인의 모습이 거울에 비친다. 하얗게 세 버린 귀밑털을 바라보는 눈에는 쓸쓸한 웃음이 스친다. 눈앞에 환하게 떠오르는 그림이다. 같은 글일지라도 자신의 처지나 환경에 따라 받아들여지는 느낌이 다르다.

'눈 먹던 토끼 얼음 먹던 토끼가 다 각각'이라는 속담도 겪고 있는 상황이 생각을 달리하게 한다는 의미이리라.

사람은 대개 자기가 보고 싶은 것만 보고 생각하고 싶은 것만 생각한다. 행동도 마찬가지다. 취향에 따라 사물의 존재의미와 가치부여를 달리한다.

이 글을 보았을 당시에는 하루하루가 분주했고 보람과 긍지를 느끼던 터라 늙음이라든가 외로움 같은 건 생각 속에 끼어들지도 못했다. 읽는 것도 기록하는 것도 남의 이야기처럼 모두가 가벼운 마음이었다. 세월의 수레바퀴 따라 몸과 마음도 날마다 변하고 있다는 평범한 진리도 나와는 상관없으려니 지나쳐버린 것이다.

이제 건강에 무게를 두어야 할 나이이고 보니 고독이라든가 슬픔 같은 단어가 예사롭지 않다. 그러려니 했다가도 하찮은 일에 외로움이 일고 책을 읽다가도 창 너머 먼산을 바라보는 빈도가 늘었다.

아내가 곁에 있어도 그 외로움과 허전함은 여전히 가슴속을 휘젓고 친구와 같이 웃고 떠들어 보아도 공허함은 마찬가지다. 빗방울이 유리창에 부딪쳐 소란을 떠는 밤이면 더욱 그렇고 소슬한 바람에 하동하동 지는 낙엽을 보면 '아! 가을인가.' 하는 노랫말이 저절로 떠오른다.

'인생은 반드시 외로운 것만은 아니다.'라는 말에 전적으로 공감은 하고 싶다. 그러면서도 주변을 맴도는 외로움 앞에선 웃음도 맥이 없다. 세월 앞에서 주눅이 들어 힘이 빠진 것이다. 늦게나마 독래독왕獨來獨往이요, 독행독사獨行獨死임을 알게 된 게 죄다. 결국은 혼자라는 사실이 서글프다. 날마다 그리운 이를 만나고 친구들과 어울려도 그림자 없이 흘러가는 인생길은 쓸쓸하고 씁쓸하다. 그래서 '늙었다는 확실한 징후는 고독이다.'라고 한 여류 소설가 루이자 메이 올컷의 말에 공감한다.

누군가가 말하기를 남자는 마음으로 늙고, 여자는 얼굴로 늙는다고 했다. 입밖으로 내비치지 않아도 그 늙음의 인식이 바로 고독이다.

요임금 시대 활의 명수 예(羿)는 자기의 생명이 얼마 남지 않았음을 알았다. 그래서 곤륜산의 서왕모에게 무릎 꿇고 간청하여 불사약을 얻었다. 불사라는 말에 눈이 멀게 된 그의 아내 항아는 그것을 훔쳐 먹고 달로 달아났다. 달 속의 두꺼비가 되어 숨어버린 것이다. 죄책감을 느낀 양심은 있었어도 죽고 싶지 않다는 욕망은 이겨내지 못했다.

삼천갑자 동방삭(東方朔)의 설화도 흥미롭다. 전한의 무제가 서왕모에게 복숭아 30개를 얻어 왔는데 그 속에 천도복숭아 3개가 있었다. 눈치 빠른 동방삭이 용케도 천도복숭아만 모두 훔쳐 먹어 버렸다. 이를 알지 못하고 별 볼일 없는 복숭아만 먹었던 무제는 70세도 제대로 잇지 못했으나 동방삭은 삼천갑자[1]를 살았다는 이야기다.

무제의 총애로 상시랑과 대중대부라는 높은 벼슬로 호강과 향락을 누렸던 그도 장수할 수 있다는 마력 앞에선 은혜도 충성도 허깨비의 말장난에 불과했던 것이다. 노老와 사死를 피할 수 있는 길이 있다는데, 공맹이나 석가 같은 성인인들 마음의 흔들림이 없었을까.

겹쳐진 주름투성이 하얗게 변해버린 머리털, 누구라도 계피학발鷄皮鶴髮은 싫을 게다. 하물며 죽음을 말해 무엇하랴. 사람으로 태어났다는 고뇌다.

유형의 사물은 변해가며 사라진다. 사라지기 때문에 가는 세월을 붙잡아두고 싶은 아쉬움을 느낀다. 어차피 유한한 삶인 것을 어쩌겠는가. 늙음이 안타깝다고 청승스럽게 한숨이나 쉴 게 아니다. 나이에 걸맞은 가치를 쫓아 더욱 값지게 후회 없이 살아 볼 일이다.

유자 향은 농익을수록 짙고 저녁노을은 아침노을보다 아름답다. 작을지라도 꿈이 있는 한 마음은 언제나 청춘이다. 쌍빈이 희어졌다 무슨 대수이랴!

맥아더는 "세상일에 흥미를 잃어버리지 않는다면 마음에는 주름이 생기지 않을 것."이라 했으니….

---

1) 詩經과 더불어 중국문학의 兩大支柱라는 楚辭의 작자는 10명이나 된다. 그중 「七諫」의 작자인 동방삭의 生卒 년대는 불분명하나 그가 남긴 글과 「골계전」에 늙어 죽었다는 기록으로 보아 삼천갑자 이야기는 어디까지나 설화에 불과한 것임.

■ 황옥주 ■

2005년 『한국수필』 등단. 현 광주수필문학회 회장. 저서 작품론(日語) 夏目漱石(나쓰메 소세키) 『吾輩は猫である(나는 고양이로소이다)』, 수필집 『하얀 귀밑머리』, 에세이 『기 살리기의 허상』.
h-okjoo@hanmail.net

생명 찬가

장명옥

　　시간만 나면 텔레비전 앞에 앉아 있다. 벅찬 가슴은 내 귀에도 들리게 쿵쾅거린다. 33인의 광부들이 68일이나 갇혀있던 700m 지하에서 드디어 피닉스란 구조 캡슐을 타고 지상으로 올라오고 있다. 69일 만에 만나는 하늘과 바람과 사람들. 그들은 짙은 색안경을 쓰고 지상으로 올라온다. 지하의 어둠에서 지낸 68일을 훌훌 벗기에는 몸이 잘 적응하지 못하리라는 염려로 앰뷸런스까지 준비하고 의료진들이 대기하고 있다. 그중에는 세베스티안 피녜라 대통령 내외도 함께 있다. 에바 모랄레스 볼리비아 대통령도 다녀갔다 한다. 지금 엘에이 시간은 10월 13일 오전 10시 46분. 18번째의 광부 에스테반 로하스의 지상 도착을 기다리고 있다. 31분 36초. 째깍-37초. 초침은 쉬지 않고 앞으로 간다.

　　칠레의 코피아포시에 있는 산호세 광산. 지난 8월 5일 매몰 당시, 많은 사람들은 구조가 무척 어려운 지점이고 살아있기 힘들 거라며 계획을 포기하려 했었다. 가족들의 만류로 계속 파들어가던 중, 17일 만에 곡괭이 끝에 딸려 나온 쪽지가 발견됐다. "우리 33인은 모두 살아있고 건강합니다." 탄성! 환성! 뜻이 있는 곳에 길이 있다 했던가. 구출을 위한 준비가 쉽지 않았지만 계속됐고 다행히 그들은 잘 견뎠다. 사방 7m의 좁은 공간 안에서 33명의 장년 남자들이 질서 정연하게 일과를 분할하며 지낸다는 보고는 아름다웠다. 내려보낸 카메라로 촬영도 해서 외부로 보내 소통하며 지냈다.

　　그들은 광부다. 먹고 살기 힘들어 이웃나라 볼리비아에서 온 카를로스 마마니는 광산에서 일 시작한 닷새 만에 변을 당한 거다. 그를 만나러 대통령도 국경을 건너왔다. 그들은 정치인도 교수도 아닌, 평범한 사람들이었기에 결국은 똘똘 뭉쳐 견뎌낸 것이다. 따지고 계산하기보다는 신에게 의지하는 신앙의 힘으로 뭉쳐 있었다고 한다. 그중 누군가는 말했다. 우리는 33명이 아니라 34명이었다고. 왜냐하면 하나님은 한순간도 우리를 떠난 적이 없었고 항상 함께 계셨다고. 칠레는 국민의 87%가 기독교인이다. 어찌할 수 없을 때 붙잡고 구하면 함께하고 도와주시리라는 근본 신앙을 갖고 있는 그들이었다. 오전 10시 50분. 드디어 18번째로 구출된 에스테반의 반팔 티셔츠 왼쪽 소매에는 'Jesus'란 다섯 글자가 선명히 찍혀 있다. 사경을 헤맬 때 억지로라도 용기를 주는 존재라면 누가 됐던 고마운 일이다. 그들에게 힘이 되어주신 분은 고마우신 하나님이었다. 지상에서 기다리던 부인을 그저 바라본다. 무릎 꿇고 성호를 긋는 에스테반. 기다리며 둘러선 사람들에게 포옹하는 지친 몸짓 곧 들것에 실려 담요를 덮고 구급차를 타고 의료진이 대기하고 있는 곳으로 인도된다. 그가 떠난 후 많은 사람들이 오랫동안 부인을 안아주고 있다.

서른한 살의 플로렌스 아발로스는 그곳에서 카메라맨으로 불리던 건장한 광부다. 그가 제일 먼저 불사조를 타고 올라왔다. 가장 건강한 사람을 먼저 태우기로 했다. 산소마스크까지 끼고 지름 53cm, 높이 4m의 좁은 피닉스를 타고 1초에 1m씩의 느린 속도로 올라오는데, 도중에 생길 수 있는 불상사를 견뎌 낼 사람으로 그가 선택된 것이다. 그는 성공했고 그 후에는 일사불란, 오후 9시 56분에 33명이 다 올라왔다. 전날 밤 11시 20분에 시작해서 22시간 30분 만에 끝냈다. 기적! 인간승리! 비극에서 축복으로! 온갖 표현으로 환호한다. 그들은 살아나갈 수 있다는 희망 하나로 버텼다고 한다. 마지막으로 올라온 알베르토 우르주아. 그 속에서 리더로서 광부들을 이끌어 온, 끝까지 남아서 광부들을 모두 올려 보내고 지상에 도착한 사람, 정말 장하다. 대통령 내외와 포옹하고 국가를 부르고 풍선을 띄우고 이제는 감격시대다. 치치치! 레레레! 칠레 비바! 모두 함께

부르는 환호의 구호다. 오랜 시간 동안, 이 지구상의 가장 유명하고 다정한 구호
가 되리라.

다 이루었다는 지금, 내가 구태여 텔레비전을 볼 필요는 없다. 하지만 나는 아
무것도 못하고 앉아있다. 그들만의 기쁨이 아니고 진하게 안겨오는 나의 기쁨을
느낀다.

2010년이 시작되는 새해 벽두, 1월 12일. 7.0 진도의 아이티 지진. '아직도 이렇
게 가난한 나라가 있구나' 놀라며 바라보던 참담한 현장이 기억된다. 23만여의
사상자가 있었다. 곧이어 2월 27일. 칠레에 8.8 진도의 지진. 듣기만 해도 아찔한
강한 지진이었다. 지난달 아이티 지진을 기억하며 칠레가 다 떨어져 나가는 건
아닌가 걱정했었다. '빈번한 화산폭발과 지진으로 단련된 준비성'이란 표현대로
700여 명의 사상자를 내고 마무리됐었다. 그때의 잔잔한 감동을 주던 나라 칠레.
9등신 미녀의 체격처럼 날씬한 큰 키의 칠레. 오늘, 10월 13일에는 33인 광부의
생환을 보며 '칠레여 고맙습니다.'를 중얼거린다.

생명의 아름답고 귀중함을 생각하면, 우리 인생은 너무나 소중하다. 내 생명이
소중하듯 남의 생명도 소중하고 존귀한 것이다.

33인의 광부의 생환은 세계인들의 걱정과 정성 어린 노력이 있었기에 끝난 인
간 승리다. 다시 산 것이 그들뿐인가. 우리의 끈기 있는 용기와 불굴의 정신이 다
시 산 것이다.

아직도 텔레비전 앞에 앉아있는 나는 인간 승리라는 감동의 드라마 한 편을
본 것 같은 하루였다.

귀하고 귀한 목숨을 하찮게 여기는 일이 요즘 너무나 많아 가슴 아프다.

■ 장명옥 ■

2009년 『한국수필』 등단. LA 수향 문학회 회원. 국제PEN한국본부 미주서부지역위원회 이사. 작품집
『밤바다에 붙났다』. 제4회 인산기행 수필 문학상 수상. mokchang@gmail.com

목척교橋 위의 어머니

강승택

"이대로 잠자듯 갔으면 좋겠다."

돌아가시기 몇 해 전부터 어머니는 잠자리에 들 때마다 입버릇처럼 말씀하셨다. 너무도 엄청난 말을 아무렇지 않게 하는 어머니가 그때마다 야속하고 미웠으나 얼마나 심신이 고단하고 지치면 저러실까 생각하니 마음이 아팠다.

열다섯 어린 나이로 한 살 아래인 아버지를 만나 혼례를 치른 어머니는 돌아가시기 전까지 한시도 마음 편할 날이 없으셨다. 8·15 광복과 함께 월남하시어 6·25 등 역사의 큰 고비를 돌 때마다 찾아온 아버지의 경제적 좌절은 어머니로 하여금 길거리로 나서지 않으면 안 되게 만들었고 결국엔 가족 모두의 생계를 떠맡게 되었다.

목척木尺 다리 위에 처음 좌판을 깔던 날, 양말 보따리를 풀던 어머니의 손은 차마 용기가 나지 않으셨던지 몇 번이나 풀었다 묶기를 반복했는지 모른다. 아버지의 실직이 가져다준 일시적인 고행이려니 믿고 싶었던 나의 희망과는 달리 한 번 시작된 노점상은 그 후로도 오랫동안 어머니를 해방시켜 주지 못했다.

어머니가 취급한 물건은 옷이었다. 전후戰後 복구를 위해 미국으로부터 보내지는 구호물품이 어떤 경로인지는 알 수 없으나 시장으로 빠져나오고 있었다. 나는 이곳에서 다양한 옷들을 만나게 되었는데 여자들의 브래지어라는 것을 처음 보게 된 것도 이곳이었다. 대구 피난 시절, 앞가슴이 도드라져 나오는 것을 한사코 감추기 위해 애쓰던 큰누나의 모습과는 달리 서양 사람들은 오히려 그곳을 과장하기 위해 특별한 속옷을 사용한다니 이해되지 않았다.

어머니가 물건 파는 모습을 구경하는 것은 나에겐 유일한 낙이었다. 학교 공부가 끝나기가 바쁘게 부지런히 시장으로 향했다. 가는 동안 보미당의 진열대에 놓인 고기만두와 김이 모락모락 피어오르는 찐빵을 들여다보며 언제 저것들을 실컷 먹어볼 수 있을까 군침도 흘리고 왕생백화점을 지나 중앙극장 정문에 이르러서는 페인트로 그려놓은 영화 포스터를 올려다보며 이리저리 줄거리를 맞춰 보는 재미도 좋았다. 건장하게 생긴 기도 아저씨가 떡 버티고 서 있는 극장 안을 힐끗힐끗 훔쳐볼 때면 안에 있는 사람들이 그렇게 행복해 보일 수가 없었다.

대부분의 한국영화는 비극으로 끝났다. 최무룡, 김지미 같은 주인공에 유난히 얼굴이 긴 허장강이 함께 등장한다면 두 사람의 지고지순한 사랑은 여지없이 깨어지게 마련인 것을 나는 포스터 하나만으로도 알아맞힐 수 있었다.

물건을 놓고 벌이는 어머니와 손님 사이의 신경전도 재미있었다. 입었다 벗었다 하기를 몇 차례, 마음에 들어 곧 살 것처럼 덤비던 사람들도 마지막 흥정에선 돈 몇 푼을 깎아주지 않는다고 미련 없이 발길을 돌리곤 했는데 그런 사람일수록 다시 돌아온다는 것을 나는 몇 차례의 경험을 통해 알고 있었다.

손님이 흩어지고 한가해질 때면 어머니는 언제나 "무엇 사줄까?" 하고 묻곤 하셨는데 이 또한 내가 시장을 찾는 이유 중의 하나였다.

하루 장사가 끝나고 짐을 묶을 때면 어머니의 얼굴은 언제나 힘들고 지쳐 보였다. 자신의 몸보다 더 큰 보따리를 어깨에 들쳐 메고 보관 장소로 이동할 때면 어머니의 작은 체구 어디에서 저런 힘이 나올까 신기했다. 그리곤 밤마다 앓으셨다. 어쩌다 밤중에 일어나 요강을 찾노라면 어머니의 가는 신음소리가 어둠을 뚫고 들려오곤 했다. 그러면서도 이튿날 아침이면 거뜬히 일어나 시장으로 향하시는 어머니는 한 번도 힘든 내색을 비추는 법이 없었다.

저녁에 돌아오면 어머니는 허리에 둘렀던 전대를 풀어놓고 지폐들을 세는 작업부터 했다. 손에 침을 묻혀가며 하나하나 정성껏 세어나갔다. 열 장 단위마다 그중 하나를 반으로 접어 띠를 둘렀다. 어머니가 벌어오는 돈이 얼마나 힘든 고

생의 대가인가를 모를 리 없는 나는, 그러나 어머니 몰래 전대를 뒤진 일이 몇 차례 있었는데 사정이 이러했다.

우리 집 앞에는 악극을 주로 하는 극장이 있었다. 공연이 없을 때면 개봉, 재개봉까지 거치고 온 철 지난 영화들을 두 편씩 묶어 조조할인을 했는데 영화관으로는 하류관인 셈이었다. 일요일 아침, 딱히 갈 곳도 없을 때 15원을 들고 극장 문을 들어서면 두 편의 영화를 실컷 보고 나올 수 있었으니 시간 보내기는 안성맞춤이었다. 그러나 이 극장의 진면목은 앞에서도 이야기 했듯 악극 공연으로 〈눈물의 여왕 전옥〉은 물론 〈이수일과 심순애〉의 가슴 아픈 사랑이야기 등 당시 대표적인 공연에서 나타났다.

분장실이 우리 집 쪽으로 있었던 탓에 팔짝팔짝 뛰어오르면 낯익은 출연자들의 얼굴이 모두 보였다. 이런 날이면 초저녁부터 좀이 쑤셔 견딜 수가 없었다. 극장엘 가긴 해야겠는데 돈이 없으니 답답했다. 결국 생각이 미친 것이 전대였다. 어머니와 함께 돈을 세어나가다 한두 장씩 눈속임을 하는 것이었는데 불쌍한 어머니는 전혀 눈치를 못 채셨다. 더욱 가증스러운 것은 다른 날에 비해 돈이 더 들어왔다 싶은 날엔 그에 비례해 더 빼냈다는 것이었다.

세월이 흐르면서 어머니의 노점상도 차츰 쇠락의 길로 접어들었다. 목척교와 중교가 복개되고 그 위에 현대시설을 갖춘 홍명상가와 중앙데파트가 들어서면서 어머니의 노점상은 차츰 사람들의 관심에서 밀려났다. 시간은 또다시 흘러 현대시설을 자랑하던 두 상가마저 얼마 전 철거되고 사라졌던 목척교가 복원되는 과정을 거쳐 사람들 앞에 나타났지만 그 위에 어머니의 모습은 환영조차 만날 수 없다.

5, 60년대의 암울했던 시절, 한 가정의 생계를 떠맡아야했던 어머니와 목척교에 대한 기억은 아픔과 함께 아련한 그리움으로 다가온다.

━━ **강승택** ━━━━━━━━━━━━━━━━━━━━━━━━━━━━━━━━━━━━━

2009년 『한국수필』 등단. 한국수필가협회, 국제PEN 한국본부 회원. 한국수필작가회 이사. 작품집 『살던 집 순례하기』. kst1000-2000@hanmail.net

성장을 멈춘 나이테

오태자

외로움이 누더기가 되어 온몸을 겹겹이 휘감았다. 꿰매고 또 꿰맨 자국이 선명하여 찢어질 것 같은 아픔으로 다가왔다. 누더기는 적당히 곰삭아 어머니를 만나 벗겨지겠지. 불길한 예감에 형제들의 전화번호를 챙겨보았다.

5박 6일의 동남아 여행 후, 여독도 풀리지 않은 채 동생과 교대하기로 했다. 스산한 바람이 옷깃 속을 스며드는 한기寒氣를 느끼며 병원으로 들어섰다. 산자락에 위치한 병원은 넓고 깨끗했으나 절망스러운 모습만 보였다. 상쾌한 솔 냄새와 청아한 새 소리 퍼드덕 뛰어다니는 들짐승들, 모두가 사랑놀이를 했다.

복잡한 서울을 떠나 세상사를 잊기 위한 공간으로는 안성맞춤이나 노인들에게 사람 냄새가 더욱 필요한 곳임을 알게 했다. 누군가 곁에 있어주기만 해도 힘이 되고, 대화가 없어도 그냥 편안한 마음이 되는 것 같았다.

긴 복도를 걸을 땐 캄캄한 터널을 지나는 기분이었다.

"따악딱딱." 구두소리가 요란하면 환자들은 모퉁이를 돌아설 때까지 목을 길게 빼고 눈을 떼지 않았다. 그런 눈망울이 내게도 따갑게 박혔다.

"아버지. 멀리 비행기 타고 여행하고 왔습니다."

"잘했다. 참 잘했구나."

기력을 잃은 초점 흐린 눈으로 반가워하셨다. 눈꺼풀이 몹시 무거워 보였다.

"여러 날 집을 비워서 대청소하느라고 늦었어요. 아버지 보고 싶었는데…. 좀 있다가 비행기 타고 온 이야기 해드릴게요."

아버지는 무엇인가 말씀을 했으나 알아들을 수가 없었다. 의자를 끌어당겨 머리맡에 앉았다. 무엇을 부탁하고 싶었을까. 기운이 쇠진하여 입술만 움직일 뿐 의사소통은 어려웠다. 이심전심으로 느낄 뿐이었다. 거친 숨소리가 내 가슴을 답답하게 눌렀다. 셋째 딸 얼굴을 잊지 않기 위해 한참 동안 눈도장을 찍는 것 같았다.

팔 남매의 다섯째인 나는 항상 부모님 사랑을 목말라 했다. 샌드위치가 된 나는 위아래를 살피며 스스로 내 몫을 챙겨야 했다. 위로 오빠 둘을 의사 공부시키느라고 나를 챙기지 못했던 아버지는 내게 그것을 늘 미안해하셨다.

어린 시절, 약주 한 잔이라도 드신 날엔 우리들을 무릎에 앉혀놓고 엉덩이를 토닥거리며 노래하셨다.

'정이월 다 가고 삼월이라네. 강남 갔던 제비가 돌아오면은 이 땅에도 또 다시 봄이 온다네.'

봄 아지랑이 속에 희미하게 들려오는 노래가 끊어질 듯 아스라이 들려왔다. 물기 빠진 얇은 손을 꼭 잡아 깍지 끼웠다. 비뚤어진 새끼손톱이 정겨웠다. 초등학교 입학식 날 만지던 손톱. 눈망울은 점점 힘을 잃었다. 그러나 나의 여행담을 들을 땐 아버지도 함께 창공을 날고 있었다.

멀미하는 듯 점점 창백해지는 얼굴. 홑이불을 한 자락 더 덮어드렸다.

"추우세요?"

말이 없었다.

"다리 주물러 드릴게요."

근육질이 빠진 앙상한 뼈마디는 잘 마른 장작개비와 같았다. 떨리는 손으로 언니, 오빠들을 불러 모았다. 북풍한설北風寒雪에 부대낀 겨울나무처럼 앙상한 다리는 점점 차가워지고 있었다.

간병인의 발걸음이 부산스러웠다. 당직의사가 뛰어왔다. 병실이 순간 소란스러워졌다.

"아버지 편안히 주무셔요. 천군천사가 호위할 겁니다."

평소 즐겨 부르던 찬송가로 이별의 아픔을 나눴다. 여든아홉 해를 버티던 겨울나무는 마흔일곱 가지에게 기운을 빼앗겨 점점 쓰러져 갔다.

"아버지 추워요?"

두꺼운 담요를 한 장 덮어드렸다. 힘이 풀린 손을 잡으며 먼 길 떠날 아버지를 사랑의 줄로 굳게 잡아맸다. 사랑의 줄은 매듭이 풀려 점점 멀어졌으나 보내는 마음은 편안했다. 나의 아버지가 추한 모습을 보이지 않고 떠나기를 원했기 때문이다.

어느 시인의 말처럼 이 세상 살아가는 일은 저 세상에서 잠시 나온 소풍 길이라고 했던가. 소풍 길을 힘차게 걷고 싶었을까. 두 달 전 영양주사를 맞고 싶어 했다.

"주사보다 밥이 보약입니다." 했을 때 서운해하시던 모습, 이제 와 생각하니 철없는 소리였다.

브로콜리와 토마토를 비타민 덩어리라면서 권해드렸다. 생명에 대한 애착이었을까. 삶에 대한 욕망이었을까. 그 날 이후 한 끼도 거르지 않고 비타민 덩어리를 상床에 올리게 했다.

어머니가 계신 길목까지 배웅하며 약속했다. 다시 태어나도 아버지의 딸이 되겠다고, 셋째 딸만이 지켜보는 가운데 긴 숨을 큰 소리로 토해냈다. 비타민도 보약도 무용지물이 된 아버지의 나이테는 2001년 3월 25일 늦은 밤에 성장을 멈췄다.

━ 오태자 ━

2009년 『한국수필』 등단. 한국문인협회, 국제펜클럽, 문학의 집·서울, 한국수필가협회 회원. 한국수필작가회 이사. 저서 『은빛살구』, 『시들지 않는 꽃』, 『단 한 번의 생일 선물』. rudia0502@naver.com

밥상 위 작은 행복

조옥규

한줄기 바람이 스치니 단풍잎이 우수수 떨어진다. 어느새 준비한 붉은 옷 갈아입고 홀가분한 양 허공을 맴돌다가 땅위에 몸을 눕힌다. 단풍잎 위에 가을햇살이 애도의 눈물방울처럼 반짝이고, 나는 숙연해지는 마음으로 청자빛깔 하늘을 올려다본다. 위대한 자연이 빚어내는 가을정경 앞에서 거역할 수 없는 인간사 순리를 생각하며 겸허해진다.

인생의 가을에 들어선 사람에게도 마음속엔 낙엽이 진다. 울창한 숲을 이루었던 지난날의 추억을 반추하며 자꾸만 힘이 빠지는 어깨를 추스르며 살아간다.

한때는 누군가의 그늘이 되어 주었고, 힘들여 끌어올린 맑은 물로 목마름을 채워 주던 시절도 있었다. 세월은 그동안 주어진 역할에 충실했으니 이제 등에 짊어진 삶의 무게를 내려놓으라 한다. 낙엽처럼 가벼이 옷을 벗어라 한다. 그 옷은 마음을 비우는 것, 자랑도 원망도 후회도 없이 가을나무를 닮으라 한다.

빈 벤치에 앉아 낙엽을 바라보는 노인의 텅 빈 동공 속에는 인생의 덧없음이 묻어난다.

남편이 은퇴를 하고 나면 아내들이 가장 힘들어하는 일은 하루 세끼 식사를 준비하는 일이다. 평생을 수고한 남편에게 이제는 편히 쉬시라하고 싶어도 어느 사이 아내의 얼굴에도 빨간 단풍이 물들었다.

옛날 같으면 며느리가 차려주는 밥상을 받을 나이지만 핵가족이 보편화 된 현시대에서 남편 챙기는 일은 오롯이 같이 늙어가는 아내 몫이 될 수밖에 없다. 이식이 삼식이라는 신종언어가 친구들 사이에서 가볍지 않은 화두로 입에 오르곤 하니 나도 인생의 가을이 깊어가는 것을 실감한다.

어느 친구가 아침은 맥도날드에서 먹고, 점심은 헬스장에서 해결하고, 저녁 한 끼만 차려 주는 형편인데 그것도 마켓에서 반찬을 사다가 그릇만 바꾸어놓는 수준이라고 한다.

요즘 텔레비전에서는 집에서 쉽게 음식을 만들 수 있도록 가르쳐주는 요리프로가 많다. 그래서인지 부엌은 여자만의 공간이라는 개념이 허물어지고 남자들도 즐거이 요리 솜씨를 발휘해 가족에게 사랑을 전하는 추세다.

산책길에서 어느 집 앞을 지나는데 부부가 부엌에서 저녁을 지으며 무슨 이야기를 하는지 즐거운 웃음소리가 창 너머 바깥까지 들렸다. 그들은 함께 만든 요리를 사랑이라는 그릇에 담아 행복이라는 맛을 음미할 것 같아 나도 덩달아 즐거웠다. 남편 덕분에, 아내 덕분에, 서로의 수고에 감사하며 여생을 살아간다면 마음이 허전해지는 이 계절도 잘 익은 한 잔의 와인을 마신 것처럼 행복이 촉촉하게 스며들 것이다.

가을은 지난날 못다 한 부부의 정을 단풍잎처럼 사랑으로 곱게 물들이는 계절이다. 곁에 있어주어 고맙다는 애정표현도 하고, 긴 세월 동안 알게 모르게 할퀸 생채기들을 쓰다듬으며 따사로운 햇살을 즐길 때다. 행여 또 미루고 나면 영원히 후회만 남게 될 시간이 넉넉지 않은 계절이기도 하다.

나는 빈 들에서 자연의 소리를 들을 수 있는 지금이 행복하다. 우리 집 삼식 씨와 함께 막국수를 말아 먹을지라도 밥상 위에서 작은 행복을 누릴 수 있으니 내 인생의 가을은 축복이라고 할 수 있으리라.

■ 조옥규 ■

2009년 『한국수필』 등단. 한국수필작가회 이사. 국제 PEN 한국본부 미주서부지역 위원회 회원. 수필집 『내안의 빨간 장미』, 공저 『작은 꽃』, 『헛꽃에 반하다』, 『생각의 유희』, 『골목길 쉼 돌에 앉아』 외 다수.
okkyu515@yahoo.com

나뭇잎

김기연

어느 날 갑자기 세월의 뒤안길에서 서성대는 나를 발견한다. 자연이 몹시 그리워지며 무심했던 나무와 나뭇잎들에게 다가가 한마디 건넨다. "너희들 참 멋지다, 그리고 위대해." 나무와 나뭇잎은 나의 칭찬에 겸손할 뿐 말이 없다.

나뭇잎들이 앙상했던 가지에서 손을 내밀며 봄이 왔음을 제일 먼저 알린다. 그 손은 생명의 손이며 약손이다. 세상에 온기가 돈다는 표시이며 희망을 주는 물줄기이다.

어느 화창한 날 집을 나섰다. 나뭇가지의 여린 잎들은 고운 연두색으로 단장을 하고 수줍은 미소를 지으며 하늘하늘 춤을 추고 있다. 내 마음도 푸르러지며 겨우내 움츠렸던 어깨를 펴고 사뿐사뿐 걸어 본다. 집안에서만 놀던 동네꼬마들도 나와 여기 기웃 저기 기웃 놀거리를 찾는다. 그런데 이게 웬일인가! 아이들이 갑자기 사나운 폭풍우로 변하여 손에 든 막대기로 나뭇잎들을 마구 후려치는 것이 아닌가. 슬프게도 나뭇잎들은 파르르 몸을 떨며 바닥에 떨어져 초록빛 바다가 된다. 자기들처럼 앞으로 살날이 창창한 잎들이었는데.

그 나뭇잎들은 지난겨울에 있은 혹독한 추위를 이겨내고 힘겹게 나온 것을 나는 보았다. 나뭇잎들은 이렇게 추운 겨울을 어찌 지내나 호기심이 발동하여 가지 하나를 '뚝' 하고 부러뜨려 본다. 순간 아차! 내가 바보짓을 했구나. 죽은 듯이 메말라 있는 가지는 속에서 봄에 나올 준비를 하고 있다. 초록빛의 생명 혈이 조용히 흐르고 있다. 자리를 뜨는 나에게 '상처를 치료 해 주고 가야지요!' 하는 것 같아 뒷머리가 근질거린다.

나뭇잎들이 얼마나 귀한 생명인지, 얼마나 값진 삶을 사는지, 그들이 살아야만 인간이 살 수 있음을 우리는 잊고 사는지도 모른다.

여름이 왔다. 어린 나뭇잎은 푸르다 못해 검은 빛을 띠우며 두꺼워지고 단단해졌다. 짜면 뚝뚝 초록물이 떨어질 정도로 물이 올라 있다. 때려도 끄떡없을 듯이 억세졌다. 웬만한 바람에는 흔들리지 않겠다는 의지도 보인다. 때로는 마음씨 예쁜 아가씨의 책갈피 속에 도인처럼 숨어 지내다 세상 밖으로 나와서 멋진 공예작품이 되기도 한다. 성숙한 나뭇잎들은 울창한 숲을 이룬다. 사람들은 그들의 정기를 받으러 숲 속으로 들어간다. 자연인이 되고 싶다고들 한다. '자연으로 돌아가라'는 어느 사상가의 말이 새삼 진리로 가슴에 와 닿는다.

가을이다. 세상은 온통 색의 잔치가 벌어진다. 어느 누가 그 잔치를 지나칠 수 있을까! 환호성을 지르며 그들을 찬양한다. 빨강색, 노란색, 황금색, 갈색, 아직 그대로인 초록색까지 질서 정연한 자태로 아름다움의 극치를 표현하고 있다. 자연의 신비이며 신의 조화이다. 누가 이렇게 찬란한 광경을 연출할 수 있을까! 사람들은 그들을 보고 기뻐하며 행복해한다. 누군가를 행복하게 해 준다는 것은 가치가 있는 일이다.

오 헨리의 「마지막 잎새」의 한 장면이 생각난다. "내가 얼마나 나쁜 계집애였는가를 알려주려고 저 마지막 나뭇잎이 저 자리에 남아 있는 거야. 죽고 싶어 하다니 죄받을 일이지. 그 국물 좀 갖다줘, 우유에 포도주 탄 것도…." 주인공은 그 마지막 나뭇잎 하나 때문에 마음을 고쳐먹고 삶의 의욕을 갖는다.

겨울이 되니 양분을 얻던 태양열은 희미해지고 꽁꽁 얼어붙은 땅은 숨을 죽인다. 바람이 싫어 미풍에도 나뭇잎은 떨어진다. 떠나야 함을 숙명처럼 받아들인 그들은 그 화려했던 모습을 미련 없이 하나둘씩 내려놓는다. 나뭇잎은 슬퍼하지 않는다. 생을 마감한 그들은 죽어서도 자기 몸을 불사른다. 언 땅을 포근히 감싸며 다른 생명의 태동과 안위를 돕기도 하고 몸이 썩어 후손을 위한 밑거름이 되기도 한다. 우리는 그들의 바스락 소리를 사랑하며 시인이 된다. 인생에 깨달음을 주고 지난날들을 성찰하게 한다.

나도 뒤돌아본다. 허황된 이상만 쫓아 내 자신의 내실은 접어두고 오직 바깥 세상의 찬란한 모습만 탐내지는 않았는지. 아집을 버리지 못하고 자만과 패배를 넘나들며 쉽게 포기하고 자책만 하지 않았는지.

나는 그들을 예찬한다. 아니 존경하고 싶다. 그들의 삶에 비하면 나는 얼마나 나약한 존재인가! 나뭇잎의 의연한 자세와 여린 듯 부드럽고 또한 강하며 아름다운 나뭇잎의 삶을 닮고 싶다.

■ 김기연 ■

2009년 『한국수필』 등단. 한국수필작가회 회원. kky067@hanmail.net

기도할 수 있는데

서현성

새로운 천년을 앞둔 새 학년 첫날.

우리 반 아이들은 마치 첫사랑처럼 나에게 다가왔다. 스물다섯 번째 맡는 고3 담임이었다. 3학년의 수능달력은 일 년이 열두 달이 아닌 아홉 달이다. 3월부터 11월까지 평생을 좌우하는 시간이 그들 앞에 기다리고 있기 때문이다. 활시위를 당기기 전의 팽팽한 긴장감이 감돌고 있는 첫 담임시간. 그동안 쌓아온 진로지도의 생생한 경험담을 온 마음을 다해 들려주었다.

"얘들아, 지금부터 시작해도 결코 늦지 않단다. 한 발 한 발 걸어가는 과정 그 자체가 중요한 거야. 최선을 다하면 목표에 도달할 수 있어. 설혹 성과가 더디거나 실패하더라도 또 다른 길이 얼마든지 열려 있단다. 선생님이 꼭 함께 가줄게."

나는 아이들이 지친 친구의 손도 잡아주고 가끔은 교실 창밖 하늘에 흘러가는 구름도 바라보면서 힘든 수험생활을 견뎌내도록 당부했다. 내 책상 위에는 자기들의 속마음을 털어놓는 아이들의 러브레터가 쌓여갔다. 그 바쁜 아이들이 어느 틈에 연습했는지 나의 애창곡 〈마법의 성〉을 화음 넣어 불러줄 때 얼마나 행복했던가.

교정을 온통 꽃자리로 꾸민 벚꽃이 지고 등나무가 보랏빛 꽃을 떨구더니 어느새 능소화가 여름을 부채질하며 한 학기가 끝나가고 있었다. 차츰 심신이 안정되고 실력이 향상되는 반 아이들을 다독이며 왠지 좋은 일이 일어날 것 같은 예감마저 들었다.

그런데 그 무렵 참 이상한 일이 벌어졌다. 자꾸만 눈이 침침해지고 안개가 덮인 듯 사물의 초점이 잘 잡히지 않았다. 더위를 먹은 걸까, 땀과 먼지가 눈에 들어갔나, 아니 너무 피곤해서 그런 걸까. 자문자답하면서 며칠을 보냈지만 회복의 기미는 없고 책 읽기도 불편해졌다. 서둘러 유명하다는 안과 몇 곳을 찾아 검진을 받았지만 원인을 찾을 수 없었다. 어느 의사는 그냥 그 상태로 여생을 보낼 수밖에 없다는 기막힌 진단을 내리기도 했다. 고3 우리 반 아이들은 어떡하라고, 아이들에게 가장 중요한 시점인데, 날벼락이었다.

　어떤 렌즈에도 반응을 보이지 않고 점점 희미해져 가는 시력 탓에 대학병원에서 3주간에 걸친 각종 검사를 받았다. 만약 황반변성이라면 치료약도 없고 앞으로 시신경도 상해갈 수 있다는 예단뿐이었다. 병명도, 치료방법도, 예후도 불투명한 상태에서 나는 학생들을 졸업시킨 후 다시 오겠다고 결단을 내렸다. 의사는 실명할 수도 있는데 무엇이 더 중요하냐며 어이없어했다. 무슨 거창한 사명감이라기보다는 나를 의지하고 따라와 준 우리 반 아이들의 앞날을 걱정하는 마음뿐 다른 생각은 파고들 틈이 없었다.

　수능은 고도의 심리전이기에 내가 아픈 것을 당분간 비밀로 했다. 내가 흐릿하게 보이는 영어 철자 때문에 어쩌다 더듬거릴 때도 아이들은 긍정적으로 받아들였다. 선생님에 대한 끝없는 신뢰와 사랑이 아이들에게 마법의 안경을 씌워준 것일까.

　어느새 소슬한 가을바람이 교정의 은행나무 잎을 노랗게 물들이기 시작했다. 나는 저만치 앉아 있는 선생님의 얼굴도, 벽에 걸린 괘종시계의 시침도 분명하게 볼 수가 없었다. 워낙 익숙한 얼굴들과 익숙해진 일상이었기에 그런대로 꾸려나가며, 나의 행동반경을 가능한 한 학교와 집으로 한정시켰다.

　그 무렵, 우연히 테이프로 듣게 된 〈기도할 수 있는데〉는 선물처럼 내게 다가왔다.

　'기도할 수 있는데 왜 염려하십니까/ 기도하면서 왜 방황하십니까…' 매일매일 이 성가를 듣다 보면 불안감은 어느새 사라지고 형언할 수 없는 평안이 밀려오면서 이런 시련도 감사로 받아들일 수 있었다.

"지금까지 밝은 눈으로 아름다운 세상을 보며 살아온 것 감사합니다. 삼중고를 겪은 헬렌 켈러가 '사흘만 볼 수 있다면' 하면서 간절히 소원했던 그 소소한 일상들을 수없이 체험하며 살아온 것 감사합니다. 그럼에도 불구하고, 그녀가 이루었던 기적 같은 일들을 떠올리게 된 것 또한 감사합니다."

우여곡절은 있었지만 아이들은 무사히 시험을 치렀다. 겨울이 되어 해가 짧아지자, 나의 귀갓길은 가관이었다. 계단에서 헛디디기, 가로수에 부딪칠 뻔하기, 화단 철책에 걸려 넘어지기 등. 그러나 아무 일도 없었던 것처럼 집으로 들어서곤 했다.

입시철이 되었다. 어려움은 많았지만 대입성적은 어느 해보다 알찼다. 소신지원이 특성인 수시지원에서 스물두 명이 합격하고, 정시까지 거의 모든 학생들의 입학이 결정되었다.

드디어 졸업식 날, 그동안의 사정을 털어놓자 놀라며 울먹이는 아이들에게 나는 작별인사를 했다. "얘들아, 너희들이 오히려 나의 버팀목이 되었단다. 너희들과 함께여서 선생님은 내내 행복했단다." 그리고 아이들은 내 품을 떠나갔다.

그제야, 다시 찾은 대학병원에서 실낱같은 가능성의 불씨라도 살릴 수 있다면 나는 의사의 어떤 지시도 믿고 따르겠다고 했다. 백내장은 아니지만 시력이 조금이라도 좋아지길 원한다면 백내장 수술이라도 해주겠다고 했다.

수술 다음 날, 안대를 풀었다. 기적이 일어났다. 그때 바라본 세상은 얼마나 환하고 벅찼던가. 그때 나는 사물을 바라보는 눈만 뜬 게 아니었다. 잘 안 보이던 내 눈은 일상에 떠밀려 가는 나를 돌아보게 했고, 마중물이 되어 내 마음의 눈도 뜨게 해 주었다.

얼마 전 나는 행복한 선생님으로 사십 년 교직생활을 아름답게 마무리했다. 그 세월동안 졸업시켰던 각계각층에서 활동하는 자랑스러운 제자들이 찾아와,

그 옛날 자갈밖에 없는 황무지에 희망이라는 꽃씨를 뿌려준 선생님을 잊지 못한다고 말했다. 나는 평생 교사의 길을 걸어온 보람과 감사로 가슴이 뜨거워졌다.

지금 나는 시신경이 손상돼 늘 비상약을 지녀야 하고, 빛이 부족하면 꼼짝도 못하지만 지금 이 순간 이 모습 이대로 기쁘게 걸어가리라. 내가 걸어가야 할 그 길에서 결코 포기할 수 없는 내 몫의 역할을 감당하면서 후회 없는 삶을 살아가리라. 무엇이 두려우랴, 기도할 수 있는데.

■ 서현성 ■

1996년 『한국수필』 등단. 한국수필가협회 운영이사. 한국수필작가회 부회장. 전 백미문학회 회장. 한국문인협회. 국제펜클럽 한국본부 회원. 한국수필가협회 올해의 작가상(2012) 수상.
s-h-esther@hanmail.net

비단잉어 실종사건

강대진

수런거리는 소리에 잠을 깼다. 창문의 커튼을 걷었다. 간밤의 추위로 유리창에 성에가 심하다. 손으로 닦고 밖을 내다본다. 마당가에 서서 연못을 내려다보는 사람, 서로 마주보고 손짓을 해가며 얘기를 하는 사람, 연못 쪽에서 마당으로 올라오는 사람, 마당에서 연못 쪽으로 내려가는 사람, 뭔가 불안하고 어수선하다. 불길한 예감이 든다. 얼른 옷을 챙겨 입고 마당으로 나갔다.

"간밤에 잉어가 없어졌어요. 한 마리도 안 보여요. 어젯밤 개가 유난히 짖어대더니만…" 처형이 다가오며 말했다. 나는 얼른 마당을 가로질러 연못 쪽으로 내려갔다. 모두들 나를 쳐다보고 있다. 잉어는 다 어디로 갔느냐고 묻는 듯하다.

일주일 전에 비단잉어 40마리를 사서 연못에 넣었다. 찾아오는 사람들에게 황량한 산골의 풍경만 보일 수 없었기 때문이다. 반원형의 연못을 빙빙 돌며 아름다움을 연출하던 그들이 한 마리도 보이지 않는다는 것이다.

"겨울잠을 자러 바위 밑으로 들어갔겠지…" 인터넷에서 읽은 기억으로 내가 말했다. 그런데 아무도 내 말을 믿지 않는 눈치였다.

연못의 서편, 땅에서 1m정도의 높이로 방 하나 정도의 넓은 바위가 동쪽에서 서쪽으로 비스듬히 누워있다. 그 위로 내려갔다. 높은 쪽 난간에 서서 연못을 내려다본다. 시냇물은 내가 서 있는 바위 밑에서 홈통을 타고 흘러내린다. 투명한 거품을 일으키며 20평 남짓한 연못 안 구석구석으로 흘러간다. 훤히 비치는 연못 바닥 어디에도 사람이나 짐승이 지나간 흔적은 없다. 바위 사이사이에 있는 개나리와 담장 밑의 장미는 삭정이처럼 말라 이마를 간질이는 바람에도 근드렁거린다. 하얀 서리로 덮인 연못가의 잔디 위에도 사람이나 동물의 자취는 없다.

"당신, 돈만 날렸잖아요." 원망 섞인 아내의 말을 귓등으로 들으며 마당의 자갈길을 가로질러 거실로 왔다. 일흔 번째 맞는 나의 생일을 축하하러 온 일가친척들이 밥상을 사이에 두고 빙 둘러앉았다. 모두들 불안해하는 눈치다. 이들을 안심시켜야 한다는 강박감이 차가운 뱀이 되어 가슴과 등을 칭칭 감는다. 온몸에 소름이 돋고 마음이 들썽거린다.

"여보세요, 지난번에 비단잉어 사 온 사람인데요, 어제저녁에 한 마리도 없이 다 사라졌어요. 무슨 일일까요?" 마음속으로 겨울잠을 자러 은신처로 갔을 것이라는 대답을 기대하면서, 비단잉어를 판 양어장에 전화를 걸었다. "혹시 냇물이 가깝습니까?" 양어장 주인이 물었다. "예." 하고 내가 대답했다. "그렇다면 두루미가 잡아먹은 게 틀림없습니다." 양어장 사장이 대답했다. "아무리 두루미라 해도 하룻밤에 40마리를 어떻게 잡아먹습니까?" 내가 말했다. "떼를 지어 왔겠지요." 양어장 사장이 말했다. 떼를 지어서 왔을 것이라는 말에 '그럴 수도 있겠다.'는 생각이 든다.

며칠 뒤 어느 모임에서 우연히 잉어의 실종에 관한 말을 꺼내게 되었다. 마음속으로는 누군가 겨울잠 얘기를 해 주기를 바라면서.

"그건 말이야, 너구리 짓이야." 산골에서 닭을 기르는 농부가 말했다. "너구리가 어떻게 하룻밤 사이에 40마리를 해치워?" 하동읍에 사는 친구가 말했다. "모르는구나. 너구리가 얼마나 영리한데, 닭장의 철사 그물을 이리저리 비집고 들어와 닭도 잡아먹는데 그까짓 잉어 몇 마리 못 잡아먹겠어? 연못 가운데 바위 있잖아, 거기 엎드려서 지나가는 잉어를 앞발로 탁 치면 꼼짝없이 잡히네." 닭을 기르는 친구는 눈으로 본 듯 오른손을 들어 비스듬히 내려치는 시늉을 해가며 설명한다. '물고기는 위기를 느끼면 본능적으로 도망가고 숨는데'라고 생각하면서도 우리 연못을 잘 아는 그가 하는 말이라 나도 무시할 수가 없었다.

"아니야, 수달의 짓이야. 최 참판 댁 연못 있잖아, 수달이 거기까지 올라와서 연못 속의 잉어를 다 잡아먹었대." 하동읍에 사는 친구가 말했다. "악양천에서 최

참판 댁까지의 거리가 얼마인데 1km도 넘잖아." 곁에 있는 다른 친구가 말했다. "하수관을 타고 들어왔대, 관리하는 사람이 직접 봤대." 읍내 친구가 대들 듯이 말했다. 우리 집에서 냇물까지는 직선거리로 50m 정도밖에 되지 않는다는 것을 생각하니 이 말은 정말 신빙성이 있어 보인다. 수달은 물속이나 물위를 헤엄치며 물고기를 잡아먹지 않는가.

"내가 볼 때는 아무래도 사람 손을 탄 것 같다." 경찰 공무원으로 근무하다 정년 퇴직한 친구가 말했다. "아무리, 사람이 어떻게 물속의 잉어를, 그것도 하룻밤 새에 40마리나 잡아갈 수 있겠어?" 양계장을 하는 친구가 의아해하며 물었다. "무슨 소리, 섬진강에 돌아다니는 장어도 하룻밤에 수십 마리씩 낚아 올리잖아. 그런데 1m 남짓한 연못 속의 물고기쯤이야 쪽대로 뜨면 잠깐이지. 40마리 아니라 100마리라도 잡아 올려, 이 사람아." 전직 경찰관이 말했다. 듣고 보니 그럴 것도 같다. 믿을 수 없다는 생각을 하면서도 자기의 경험에 비추어 하는 말들이라 부정하기도 힘들었다. 교과서에서 본 적이 없으니 겨울잠에 대한 확신도 없다. 술잔이 돌아갈수록 목소리는 커져 갔다. 두루미와 너구리, 수달과 낚시꾼에게 혐의를 씌운 채, 고장난 유성기처럼 자기들의 주장만 되풀이하고 있었다. 기쁨과 슬픔을 같이 한 우리 사이에 총알도 뚫을 수 없는 투명한 벽이 존재한다는 사실만 확인한 셈이다.

겨울의 끝자락, 2월 어느 날. 봄의 초입에 들어선 듯 햇볕은 따스하고 바람은 조용하다. 너럭바위 위에 우두커니 서서 연못을 내려다본다. 온통 흙탕물이다. 자세히 살펴보니 비단잉어들이 연못바닥을 기듯이 헤엄치고 있다. 처음엔 우두망찰했다. 살아서 움직이는 그들을 보니 기쁘기도 했다. 그렇게 열을 올리며 떠들어대던 주장이 다 빗나간 것을 생각하니 몹시 허탈하다. 차가운 바위에 엉덩이를 붙이고 앉아 하늘을 쳐다본다. 흰 구름 점점이 하늘가를 맴돌고 있다.

━ 강대진 ━

2011년 『한국수필』 등단. 2016 한국수필가협회 올해의 수필작가상 수상. 한국수필작가회 부회장. 한국수필가협회, 경남수필 회원. topguby@hanmail.net

사점死點

은종일

"끝까지 올라가야 하나?"라는 말에 발목이 잡히어 팔공산 팔부 능선에서 점심 보따리를 풀었다. "무리한 운동은 도리어 건강을 해친다."는 평계가 여론몰이를 한 셈이다. 평생직장의 친구였던 일곱 명이 일주일에 한 번씩 가지는 정례 산행에서였다.

3백 회를 넘어서는 동안 줄기차게 정상까지 올랐건만, 언젠가부터 사점死點에 이르는 고통을 기피하려는 현상이 서서히 나타났다. '사점에 이르는 고통'은 오름에 따르는 신체적 고통의 극치를 일컫는다. 달리기나 등산 등 유산소운동을 심하게 하다 보면 호흡이 급해지고, 가슴이 답답해지고, 머리가 어지러워지는 순간에 이른다. 그만하고 쉬고 싶어진다. 쉬지 않으면 심장이 멎을 것 같은 무서움이 인다. 이 순간이 사점(dead point)이다.

다년간의 등산을 통해서 이 죽을 것 같은 사점 너머엔 처절한 고통이 있는 것이 아니라 새로운 즐거움을 맛볼 수 있는 제2의 정상상태(second wind)가 기다리고 있다는 것을 너무나 잘 알고 있다. 산쟁이들이 "산행 초반은 힘들어도 바짝 땀 흘리고 나면 몸이 풀린다."고 얘기하는 바로 그것이다.

사점을 5분 정도 견디어 일단 넘어서면, 넘기 전까지 고통스럽고 답답하고 어지러웠던 상태는 서서히 사라지고 호흡이 안정되고 정신이 맑아지지 않던가. 누구나 이 상태에서 절정의 즐거움과 만나게 된다. 숙명적으로 만나는 오름의 고통을 극복하고 만나게 되는 이 즐거움을 맛본 사람은 즐거움 자체에 깊이 빠지게 되고, 즐거움을 맛보기 위해 끊임없이 산으로 달려가게 된다. 그러나 사점에 이르는 고통의 고비를 이겨내지 못한다면 이처럼 중도에 포기하여 산을 내려오거나 아니면 목표했던 코스가 아닌 진로 바꾸기가 불가피하다. 정상으로의 코스가 보증하는 사점을 기피하고픈 생각들은 아마도 나이를 먹어가면서 나타나는 자연스러운 현상이 아닐는지.

일행 가운데는 '30분 걷고 5분 쉬고'를 페이스 조절의 왕도라며 고집하는 이들이 있다. 그러나 저마다의 체력에 차이가 있고, 그날의 컨디션들이 다르고, 등산로의 오름의 조건이 다르고, 지역적으로 기후가 다르기 때문에 이러한 일정 간격의 휴식을 통한 걷기속도 조절은 분명 좋은 방법이 아닐 것이다. 단체 산행의 성패는 리더의 역할에 달렸다고 하지 않은가.

사점에 이르기 전에 휴식을 갖는 등산패턴을 자동차에 비유하여 과속-엔진 과열-운전정지를 거듭하는 꼴이라며 비하하기도 한다. 등산으로 체력이 다져지면 같은 속도에서는 난이도가 더 높은 오름으로, 같은 난이도에서는 더 빠른 속도로 사점이 이동됨을 체험하게 된다. 등산이 허락하는 육체적 쾌감에 이르기는 누구에게나 견디기 힘든 사점에서의 고통이 필수적 전제이다.

등산은 정상에서 느끼는 정신적인 쾌감보다 어쩌면 사점을 넘어서 만나는 육체적 쾌감을 즐기기 위해서라는 것이 보다 맞는 말이다. 그리고 보면 굳이 정상에 오르려는 고집보다 사점을 넘어서려는 육체적 쾌감 찾기가 더욱 중요하다는 생각에 이른다. 이처럼 등산의 목적이 사점 너머의 육체적 쾌감 찾기라면 어떻게 하면 보다 덜 고통스럽게 사점을 넘어설 수 있는가에 초점이 맞춰진다.

산을 오르는 사람은 내남없이 사점의 고통을 덜고 싶어 한다. 그러나 산행엔 왕도가 없다. 나는 그 방책을 자기최면뿐이라고 여긴다. 초기에는 선두에 서는 것이었다. 일행의 산행 속도가 나로부터 결정되기 때문이었다. 다음으로는 목표 걸음을 정해놓고 100보씩 끊어가는 방법을 써왔다. 목표에 몰입될 수 있어서 참 좋았다. 지난 6년간은 기도를 하면서 오름의 고통을 줄여왔다. 가톨릭 신자로서 신약성경의 환희, 빛, 고통, 영광의 신비를 묵상하는 묵주기도를 바친다. 고통 중에 드리는 기도가 오름의 고통을 희석시키기 때문에 가장 큰 효험을 얻는다.

고통이라는 관점에서 보면, 사점이라는 것이 어찌 유산소운동에만 해당되겠는가라는 생각이 든다. 육체적인 사점이 있다면 정신적인 사점도 있기 마련이다. 육체적인 고통보다 어쩌면 정신적인 고통이 더욱 견디기 어렵다. 육체적인 고통과 정신적인 고통이 함께하는 사점은 또 얼마나 많겠는가? 각종 수험생에겐 해당 시험의 합격이, 직장인에겐 승진이, 농부에겐 알찬 수확이, 상인에겐 큰 돈벌이가 각자의 사점 너머에 있는 목표물이 아닐는지.

성공한 사람과 실패한 사람의 차이점은 바로 사점에서 이미 차이가 났다고 여겨진다. 성공한 사람들은 모두 자신의 분야에서 사점을 극복한 사람들이다. 성공이 사점 너머에서만 만날 수 있는 것이라면 사점의 고통은 달게 받아들여야 할 대상임이 분명하다. 내가 하는 공부, 내가 하는 일, 심지어 내가 하는 봉사활동까지 사점을 느끼고 사점 너머의 희열을 맛보고 있는가이다. 행여 성공하지 못하고 있다면 얼마나 집중하여 사점을 감내하려했는지를 되돌아볼 일이다. 사점, 성공으로의 길라잡이이자 반드시 넘어야 할 깔딱고개이기 때문이다.

■ 은종일 ■

2005년 『한국수필』 등단, 2015년 『창작에세이』 평론, 2017년 『문학시대』 시 등단. 달구벌수필문학회 회장(역), 대구광역시문인협회 부회장(역), 군위문인협회 회장(역). 저서 수상집 『거리』, 수필집 『재미와 의미 사이』 『춘화의 춘화』, 시집 『사소한 자각』. 한국수필작가회 문학상, 한전전우회 대경예술상 수상. eunji4513@hanmail.net

어머니의 향기

문육자

　　어머니의 기일이다. 몇 주기라는 말이 무색할 만큼 아득하다. 성
당에서 어머니의 영혼이 편안한 안식을 누리기를 바라며 저녁 미사를 봉헌했다.
그리고는 촛불을 밝혀 놓자 어머니는 손을 내밀었다. '그래도 잘 살아 주었구나!'
환청으로 들려 온 이 한마디에 설움도 안타까움도 녹아 버리고 어머니의 향기만
이 남아 있었다. 온몸을 태우며 승천하는 양초의 냄새 속에.

　　"정구업진언淨口業眞言은 수리수리마하수리…."

　　어머니는 천수경으로 마음을 비워내고 금강경, 법화경, 화엄경 등이 적혀 있
는 두꺼운 불경을 읽었다. 단지 내가 기억할 수 있는 것은 천수경의 첫머리였다.
아주 어려서부터 들어왔기에 무슨 뜻인지도 모른 채 어머니 곁에서 따라하곤 했
다. 어머니는 장난스럽게 읊는 내게 그러면 안 된다고 야단을 치기도 했지만 곧
잘 외는 나를 가끔은 대견한 듯 바라보기도 했다. 그러나 어머니는 독실한 불자
佛者였고 나는 일찍부터 성당의 종소리에 마음을 빼앗긴 가톨릭 신자였다.

　　어머니는 까막눈이었다. 외가가 그리 가난하지도 않았는데 학교 문 앞에도 가
지 못한 연유는 알 길이 없다. 이름 석 자는 쓸 수 있었는지 기억조차 없지만 두
꺼운 불경은 읽었다. 아니, 책 한 권을 다 외웠다. 재미있는 것은 중간쯤에서 읽
게 한다거나 글자를 물어볼라치면 한 자도 알지 못했다. 불경을 다 외면서도 책
없이는 한 페이지도 외어서 넘기질 못했다. 모른다고 했다. 책을 다시 펴 드리면
첫 페이지부터 손가락으로 한 자씩 짚어가며 그 두꺼운 책을 다 외웠다. 넘기는

책장도 틀린 적이 없었다. 넘길 곳에서 넘기고 쉴 곳에서 쉬었다. 지혜롭고 명민했기에 그러한 것이 가능했지 싶다. 그 두꺼운 책이 어머니의 머리에서, 가슴에서 흘러나오기까지 읽고 또 읽으며 외고 뇌고 했을 그 세월들이 빛바랠 때까지 끊이지 않았을 테니 꿇어앉은 어머니의 다리 한 부분은 닳아버린 고무신 밑바닥같이 반질반질하다 못해 굳은살이 배었다. 어머니의 얇디얇은 흰 고무신 바닥과 다를 바가 없었다. 시름의 깊이를 초월한 가슴팍이 비움으로 그리 얇아졌을까.

어머니는 부산 변두리에 있는 대처승이 지주인 작은 절에 다녔다. 스님이 불경을 읽을 때 어머니도 불경을 펴고는 손으로 짚어가며 책갈피가 얇아지도록 따라 읽곤 했다. 불경을 들고 절집을 찾을 때에 스님이 툇마루에 서 있으면 부처님이 내민 연꽃에 깨달음을 얻고 빙그레 웃던 가섭처럼 그날도 긴 불경을 읽어주실 걸 믿으며 가벼워진 몸으로 마루에 올라서곤 했다. 그런 열정이 까막눈을 뜨게 했을까. 그건 무엇으로도 설명되지 않는 어머니의 전부였다. 기도였다. 자신을 내려놓고 타인을 위한 헌신의 바탕이었다. 삶이 그러했으니. 짬만 나면, 아니 짬을 만들어 어머니는 줄달음쳐 절집을 찾아갔다. 여러 번 따라가 보았지만 스님은 낭랑한 목소리로 제자가 따라 읽는지 힐끔거리며 목청을 높이곤 했다. 그런 어머니를 스님은 도저히 외면할 수 없었지 싶다. 조르는 것보다 더한 힘이었으리라. 아무튼 그렇게 욀 때까지는 얼마나 긴 세월이 걸렸는지 알 수 없을 뿐이었다.

어머니의 구절양장의 세월이, 겉멋에 허황되게 구름 잡듯 다니는 아버지 대신 가계를 책임지며 흘렸던 땀이 눈물이 되어 책을 적셨지 싶다. 책은 색깔조차 바래져 있었다. 어머니의 책에서는 가끔 솔바람 소리가 나고 솔 냄새가 나기도 했다. 절집에서 피우는 향의 냄새였을까. 그렇게 거기에서 새어나오던 향기는 내 몸에 서서히 배어들고 있었다. 그 책은 어머니의 세월이었고 저린 냄새는 목숨이었다. 그것이 내게 와서는 살아가는 힘이 되었다. 질긴 힘이 되었다.

그러던 어머니였는데 말 한마디 없이 쪽진 머리에 꽂혔던 비녀며 긴 한숨 속에 친구 삼았던 곰방대며 아끼고 품었던 불경까지도 떨어뜨린 채 떠나갔다. 아직 철없이 어머니가 영원히 살아계시리라 믿었던 나에게 보아란 듯 그렇게 떠나갔다. 걸음 한 발조차도 허술히 디디지 않던 터라 허망과 함께 가슴에 녹아드는 것은 절망이었다. 얼마나 야속했던지 고함이라도 지르면 들리도록 하늘과 가까운 산꼭대기에 자취집을 마련했다. 외출을 할 때는 불을 켜 두었다. 어머니가 행여 올 지도 모른다는 기다림 같은 걸 오랜 세월 지니고 살았다. 그것 또한 허방이었다. 무엇을 말할 것이며 아뢸 것인가 곰곰 생각했지만 그 내용은 점점 줄어들더니 어느 날 목이 메는 것으로 끝을 맺었다.

손에 들려진 유품에서 맡았던 어머니의 냄새를 잊을 수 없었다. 장미의 진한 향도 아니요, 난(蘭)의 향기도 아니었다. 절집의 냄새도 아니었다. 긴 세월을 묵묵히 저며 온 사랑과 온몸으로 빌었던 절실한 기도가 푸새한 옥양목 치마저고리에 배어 고운 향기로 남아 있었던 것이다.

기일인 오늘, 성당에서 어머니를 위해 드리는 기도가 저런 책에 깃든 어머니의 삶과 절실한 기도와는 비교도 되지 않겠지만 촛불을 밝히고 어머니의 세월을 읽는다. 내 몸에 배어 버팀목이 되어 준 어머니의 향기를 맡는다.

■ 문육자 ■

2009년 『한국수필』 등단. 한국문인협회, 한국수필가협회, 한국수필작가회, 가톨릭문인회, 문학의 집 · 서울 회원. 수필집 『동행』(수필과비평 사선집) 외 5권. 시집 『과수원』(2인 공저). 인산기행수필문학상 (2016) 수상. theresia42@hanmail.net

갈무리

김의숙

　　누렇게 빛이 바랜 육십오 년 전 사진 속에 새색시가 홀로 서 있다. 양쪽 장롱 지게 가운데로 꽃가마가 놓여 있다. 어머니가 시집가는 길이다. 새색시는 머리에 족두리를 썼고, 두 손은 흰 천으로 가려 길게 늘어뜨렸다. 먼 길을 가는 꽃가마가 재를 넘으며 잠시 쉬고 있는 모양이다. 가마에서 나온 색시는 수줍은 듯 두 눈을 내리고 서 있다. 어릴 적, 몰래 문틈으로 숨어서 보며 가슴 졸이던 오라버니의 친구에게 시집을 간다.

　어느덧 십일월 말이다. 뒹구는 낙엽을 보니 쓸쓸함이 몰려온다. 때마침 어머니를 뵈러 가자는 여동생의 말에 두말 않고 그러마 했다.

　구순의 어머니는 밀차에 불편한 몸을 의지하신다. 그래도 기분이 좋으신지, 이야기꽃을 피우며 걸으신다. 상기된 어머니는 다리에 힘을 주며 빨리 걸어야 건강에 좋다고 걸음을 재촉하신다. 낙엽이 뒹구는 늦가을 거리를 걷는다. "하나 둘 하나 둘~" 얼마나 걸었을까. 어느새 어머닌 쉴 곳을 찾으신다. 잠시 숨을 돌리자 다시 걷자고 하신다. 발아래 차이는 낙엽들을 세듯 밟으며, 어머닌 여동생의 도움으로 앞서 걸으신다. 뒤를 따라 걸으며 나는 그들의 뒷모습을 본다. 모녀의 곁으로 낙엽이 날린다. 노란 은행잎, 빨간 단풍잎 그리고 주황색 잎들도 내려앉는다. 벌레가 먹어 상처 입은 낙엽도 고운 빛으로 발아래 뒹군다. 지나칠 수 없어 하나 주워들고는 낙엽과 함께 어우러지는 그들의 모습을 한동안 바라본다.

　어머니가 계신 평촌에는 중앙공원이 있다. 늘 교우 분들과 그곳에서 만나 해

바라기를 하신다지만, 20여 년이 되도록 차로만 지나 다녔지 들어가 보지는 못했다. 무엇이 그리 바쁜지 곁으로 지나다니며 그저 넓은 숲이려니 생각만 하였다. 여름이면 손자들이 모여 물놀이를 하곤 했다는 말씀에도 그러냐고 맞장구했을 뿐이다. 그런데 공원을 들어서는 순간 가슴이 서늘해졌다. 내가 사는 목동의 파리공원에 비하면 족히 3배는 되고, 물놀이장은 물론 운동장과 야외 공연장까지도 있다. 막연하게 별것 아닐 것이라 여긴 것이 얼마나 섣부른 생각이었던가. 이처럼 어머님을 대했던 나의 마음이 그 모양새는 아니었나하는 생각에 마음이 아팠다.

어머니 댁으로 돌아오자, 어머니는 무에 그리 급하신지, 작은 보퉁이 몇 개를 주섬주섬 꺼내 놓는다. 의복류와 아끼시던 물건들이다. 늘 어머닌, 당신의 어머니와 언니가 모두 이른 춘삼월에 돌아가셨다곤 하셨다. 그래서일까, 어머닌 내년 봄 즈음을 마음에 품고 갈무리를 하시는 모양이다. 나는 낯익은 금반지 하나를 골라 손에 끼고, 지쳐 누우신 어머니를 향해 들어 보였다. 아버지가 처음으로 어머니께 주셨다는 그 반지다. 두 분의 정표이니 소중하게 간직하겠다는 마음에서다. 어머니는 힘없이 웃으신다. 그리고 초래 청에 사모관대와 족두리를 쓴 부모님의 사진도 들어 보였다. 게다가 옛 외할머니의 빛바랜 모습과 우리 가족의 사진도 적지 않게 챙겼다. 어머니가 늘 머리맡에 놓고 보시던 사진들이라 하셨다. 그래도 어머닌 굽은 허리를 펴지 못하신 채, 사진 속의 외할머니와 추억을 다시 읽으신다. 아쉬운 듯 눈가를 조이며 한참을 보고 또 보시더니, "난 우리 어머니가 보고 싶다. 요즘 부쩍…." 하신다. 몹시 피곤하신가 보다. 누우신 어머니를 뒤로하고 가만히 문을 나선다. 그리고 나는 마음속으로 아버지를 만나 행복했느냐고 어머니에게 혼잣말로 가만히 물어본다.

집으로 향하는 길, 낮에 걷던 공원 거리에 어느새 어둠이 깔렸다. 실눈으로 차창을 본다. 세 모녀의 모습이 얼비쳐 너울너울 낙엽처럼 사라져 간다. 울컥 어머니가 또 보고 싶어진다.

집에 도착하니, 모처럼 작은 아들내외가 뒤따라 들어온다. 잠시 후, 탁상 머리에 놓아둔 사진뭉치를 본 며느리가 흑백 사진부터 들여다본다. 며느리는 사뭇 신기한 듯 집안에 관하여 자세히 묻고 또 묻는다. 이제야 우리 집 식구가 되는가 싶다. 그녀의 모습이 한여름 풋풋한 잎새를 닮았다. "와우~ 아버님 어머님 젊으셨을 때 정말 멋지셨네요." 하며 나를 보고 생긋 웃는다. 순간 마주하는 나의 눈빛이 사르르 떨린다. 나도 모르게 내 마음은 오색낙엽으로 사분사분 내려앉는다. 그저 미소로 화답하는 그런 내 모습을 가만히 들여다본다. 마음 안에 조심스레 의문의 파도가 인다. 며느리는 이런 내 모습에서 어떤 색의 낙엽을 보고 있을까, 몹시 궁금해진다. 그리고 어떤 모습으로 갈무리되길 내게 원하고 있을까. 어느새 속마음을 헤아리는 긴장감이, 단풍의 아름다운 빛으로 내 안을 살포시 비추인다.

■ 김의숙 ■

2010년 『한국수필』 등단. 한국수필가협회, 한국수필작가회, 솔샘문학회 회원.
catarina_kim@naver.com

자투리

도혜숙

　　욕심은 사람의 눈과 마음을 큰 것 쪽으로 끌고 간다. 그래서 집도 큰 것을 좋아하고 승용차도 큰 것을 가지고 싶어 한다. 먹고사는 문제가 해결되면서 생기는 좀 더 편하게 살고 싶은 인간의 욕망이리라.

　　내남없이 살기가 어려운 때가 있었다. 근검절약이 생활의 미덕이었고 살뜰하게 살림 잘 하는 주부가 되는 것이 여인들의 소망이던 때는 해진 옷을 기우려 해도 덧댈만한 헝겊 한쪽이 아쉬웠다.

　　나는 진주 중앙시장에서 자투리 베를 파는 가게에 종종 갔었다. 필 베를 잘라서 팔다가 남은 어중간한 자투리는 정상가격의 반값에 살 수 있었다. 한 마 (90cm)가 채 못 되는 자치는 거저 주는 거나 다름없었다. 그걸 가져다가 요모조모 맞추면서 아이들의 옷을 만들었다. 내 아이들에게 손수 만든 옷을 입히는 엄마의 행복감은 경험한 사람만이 가질 수 있는 풍성한 회수분이다.

　　친구에게서 가죽 반코트 하나를 얻었다. 생일 선물로 남편이 사준 옷인데 난로 가까이 섰다가 앞자락 한쪽이 눌어붙어서 못 입게 된 옷이다. 아직 사랑땜도 못했는데 입지도 못하고 버리기도 아까워 속상해하는 친구를 데리고 나와 위로 점심을 사주고 가지고 왔다.

　　못 쓰게 된 앞판 하나는 따로 제쳐 놓고 성한 앞판과 등판, 그리고 소매 두 쪽을 모두 6.5cm 크기로 정사각형 조각을 만들었다. 조각마다 가장자리를 돌아가면서 송곳으로 스물네 개의 구멍을 뚫었다. 코바늘을 가지고 구멍 사이로 뜨개

실을 뽑아 올리면서 짧게 뜨기와 사슬뜨기를 하였다. 백서른 개가 넘는 네모 조각들을 모두 마름모꼴로 이어 붙여서 재킷을 만들었다. 목 부분에는 털실로 칼라를 짜서 달고, 소맷부리에도 털실로 멋을 내었다. 보풀거리는 털 칼라와 소맷부리가 가죽이 풍기는 냉기마저 봄날로 만든다. 아무도 눈여겨 보아주는 이 없는 공간, 장롱 속에 유폐되었던 애물단지가 나들이를 꿈꾸며 기지개질을 한다. 세상에 그 누구도 만들지 못하는 희소한 재킷을 내가 만든 것이다.

남은 조각들은 밤톨만 하게 여러 개의 동그라미를 그려서 가위로 오렸다. 더 작은 조각도 엄지손톱만 한 동그라미를 만들었다. 하나하나를 짧게 뜨기 해서 큰 동그라미들은 핸드백을 만들고 작은 동그라미는 손지갑으로 거듭났다. 20년이 더 지났는데도 그것들이 내게는 더 없는 애장품이다.

옛 생각이 나서, 한복 바느질을 하는 동생한테서 비단 헝겊 한 보따리를 가지고 왔다. 쓸 만한 것들은 가려내고 나머지는 버린다는 것들인데, 그중에서 색깔이 고운 것만 골라서 가져 온 것이다. 헝겊 보따리를 풀었다. 쓰고 남은 조각들이라 색깔이 여러 가지에다 모양도 제각각이다. 세모진 것, 네모난 것 길쭉하게 생긴 것, 이것도 저것도 아닌 어정쩡하게 생긴 것, 끼리끼리 가려 모았다. 이것으로 무엇을 만드나.

성경에서는 인간의 연수는 칠십이요 강건하면 팔십이라고 했다. 인간의 평균 수명이 팔십이라고 보고 사람의 한평생을 한 필의 베라고 본다면, 천명을 안다는 시간의 구비는 베 한 필의 여덟 마디 중에서 이미 일곱 마디에 접어들었다. 춘분도 추분도 지나고 어느새 나는 말분 앞에 선 자투리로 줄어든 셈이다.

손톱만한 조각도 핸드백의 비늘이 되거늘. 이 많은 조각들을 이어 붙인다면 얼마나 아름다운 무지갯빛 필 베가 될 것인가. 여섯 마디를 다 쓰는 동안에 더러는 자의로 더러는 타의로 잘려나간 편린들을 생각하면서 재봉틀을 내놓고 조각 천들을 하나하나 기워 잇는다. 퍼즐을 맞추듯이 부지런히 이어 깁는다. 인생처럼 아롱다롱한 시간들이 엮여 나온다. 꽃밭 같은 언어들이 종알거리며 방에 쌓인다. 아무도 거들떠보지 않는 자투리가 된 나, 남은 자투리로나마 밤을 덮어버리는 별 밭 같은 언어의 이불보 하나 만들어 봐야겠다.

■ 도혜숙 ■

2010년 『한국수필』 등단. 한국수필작가회. 진주수필 회원. 작품집 『자투리에 문패달기』.
dhs3415@hanmail.net

아버지의 그날

김용순

　　아침부터 붉게 타오르는 해가 만만치 않다. 아버지가 가시던 15년 전 그해에도 일찍부터 더웠고 장맛비가 질벅거렸다. 장례식 날에는 구름 뒤에 숨은 햇빛이 불쾌지수를 높이기는 하였지만 비는 내리지 않았다. 우리는 아버지의 기일에 제사를 지내지도 음식을 준비하지도 않는다. 자녀들이 산소에 모여 추도 예배만 드린다. 아버지는 가신 후에도 자식들에게 털끝만큼의 작은 짐도 지우지 않으셨다.

　　그날, '아버지가 위독하시다'는 어머니의 전화를 받았다. 황급히 도착하였을 때는 이미 혼수상태였다. 급히 병원으로 모셔 응급처치를 받으신 후, 아버지의 의식은 너무나 또렷하게 마치 정상인처럼 돌아오셨다. 의식을 되찾으시고는 '왜 병원에 데려 왔느냐'며 의사의 치료를 거부하셨다. 병원에서는 검사 결과 아직은 큰 이상이 없으며 식도에 천공이 생길 때까지 당분간은 돌아가시지 않을 것이라 하였다. 삶이란 언젠가 반드시 죽음에 이르는 어길 수 없는 우주의 질서이다. 아버지는 이 질서에 순응하시고 자신의 죽음을 하느님께 맡기신 것 같았다. 그리고는 평온하게 죽음을 맞이하고자 쓸데없는 치료를 거부하시는 것이다.

　　마음을 놓고 병원을 나선 지 채 한 시간도 못 된, 집에 도착할 때쯤 '아버지가 다시 이상해지셨다'는 어머니의 전화로 급히 차머리를 돌렸다. 아버지는 코를 골며 주무시고 계셨다. 의사는 예사 잠이 아니라며 임종을 준비하는 것이 좋겠다고 하였다. 꺼지기 직전의 촛불은 마지막 초물을 전부 태워 불꽃을 만든다. 한

달 가까이 한 숟갈의 미음도 넘기지 않으시고 혼수상태에 빠졌던 아버지가 얼마동안이라도 정상적인 의식을 되찾으신 이유는 무엇일까? 생명을 거두어 가기 직전 잠시 작별 인사라도 나누라는 신의 배려인지도 모를 일이다. 마지막으로 자신의 식솔들을 보고 떠나시려고 실낱같은 기력을 전부 쏟아 잠시 정신을 차렸을 것이다. 먼 곳의 동생들과 목사님도 도착하셨다. 아버지는 우리가 다그쳐 부르는 소리에 잠을 깨신듯 하였으나 눈 뜰 기력조차 없었던지 끝내 뜨지 못하셨다. 아버지는 당시의 자녀들이 지켜보는 가운데 찬송가 소리를 들으며 하늘나라로 가셨다. 당년 77세이셨다.

당시 나는 사업체가 중국에 있어 두어 달씩 중국에 머물다 귀국하곤 하였다. 그날도 공항에서 바로 아버님 댁에 들어서자 어머니께서 "아버지가 식도암에 걸리셨다."며 울먹이신다. 아버지는 "얼마 전부터 목 안에 뭔가 걸리는 것 같고 음식 삼키기가 불편하여 동네병원에 갔더니 식도암 같다고 하였다." 하신다. 동생들에게 아버지의 발병 사실을 알리고, 종합병원에 입원시켜 정밀검사를 받은 결과 식도암 판정을 받으셨다. 병원에서는 수술을 받으면 2년 정도는 더 살 수 있다고 하였으나 아버지는 단호히 거부하셨다. 고통스러운 1~2년의 생명연장은 아무런 의미가 없다고 하셨다. 자식들에게 경제적인 부담도 지우고 싶지 않으셨던 것이다. 검사를 마치고 퇴원하셨지만 수술을 하지 않아 별다른 치료 방법이 없었다. 동생들이 기적적으로 암을 완치시킨다는 약을 사다 드리며 드시게 하는 정도였다.

아버지의 일상은 이전과 별다르지 않았다. 일요일이면 교회도 나가시고 오후에는 어김없이 산책을 하셨다. 그 즈음하여 아버지는 순탄치 못하였던 자신의 삶과 다가올 죽음에 대하여 깊은 성찰과 고뇌를 하셨던 것 같았다. 그리고는 얼마 남지 않은 삶의 스케줄을 작성하신 모양이었다. 부산 사학계의 원로이셨던 아버지는 평생의 교직에서 불명예스럽게 물러나셨다. 사립학교를 운영하시면서 학교 신축이전 과정에서 발생한 인명사고 및 붕괴사고 등으로 자금난을 겪으며,

끝내 부도가 나고 말았다. 그 후, 낯선 서울로 황망히 떠나와 은거하시며 사셨다. 학교 신축이전에 관한 일을 내가 주관하였기에 부도는 나의 책임이 컸다. 명예를 잃으신 말년의 아버지 삶을 지켜보면서 자책감으로 가슴 아파하였다.

다시 중국으로 들어가 한 달쯤 머물다 귀국하였을 때 아버지의 상태는 한결 나빠져 있었다. 많이 야위셨고 앉아서 엉덩이를 밀며 화장실에 가시는 것 외는 기동도 못 하셨다. 베이컨은 "나는 살아 있을 때 죽음 외에 모든 준비를 하고 있었다."고 하였지만 아버지는 살아서 죽음 준비를 하고 계셨다. 평소에 쓰시던 사소한 소지품부터 자신이 가신 후, 필요 없을 물건들도 직접 정리하셨다. 장례식 사회는 누구에게 시킬 것인지, 식장에서 낭독될 자신의 약력을 적어 놓는 등, 묘지와 장례절차에 대하여도 꼼꼼히 챙기셨다. 홀로 남게 될 어머니에게 앞으로 어떻게 살라며 자세히 일러주시기도 하셨다. 칩거 후 만나지 못하였던 친구들을 만나러 며칠 동안 부산을 다녀오시기도 하셨다고 한다.

살아가는 일도 어렵지만 죽는 일도 쉬운 일이 아니다. 잘 사는 것보다 잘 죽는 것이 힘들다고 한다. 오랫동안 병상에 누워 고통에 시달리면 본인은 물론 가족들도 힘들어진다. 아버지는 이미 예정된 죽음을 기다리기보다는 자신이 먼저 죽음에 다가가기로 하신 것 같았다. 더 이상의 삶은 고통의 연장과 식구들의 부담일 뿐 아무런 의미도 없다고 생각하신 것이다. 신변 정리를 끝내신 아버지는 음식이라면 그 무엇도 미음까지도 거부하셨다. 병원은 물론 링거주사까지도 어머니와 우리가 아무리 사정하여도 완강하셨다. 냉수로 타들어 가는 목만 조금씩 축일 뿐이었다. 아버지는 음식을 섭취하지 않으면 자신이 언제쯤 가게 될지 알고 계셨던 것이다. 음식을 거부하신 지 두어 주일 후부터 정신이 혼미해지기 시작하였다. 그 상태에서도 영양제는 물론 식염수 링거도 계속 거부하셨다. 그렇게 20일쯤 지나 혼수상태에 빠지셨고 그날 저녁, 단 하루의 오차도 없이 자신의 스케줄대로 서둘러 가셨다.

산소에는 부산 동생도, 분당 여동생 부부도 아직 도착하지 않았다. 물 머금은 초록 잔디와 빗물에 씻긴 까만 비석이 예쁘게 어우러져 있다. 비석에는 아버지가 생전 즐겨 부르시던 찬송가 460장 '나를 위해 예비하신 고향 집에 돌아가 아버지의 품 안에서 영원토록 살리라'가 선명하다. 공자는 "아직 삶도 모르는데 어찌 죽음을 알겠는가." 라고 하였다. 아버지가 우리에게 보여주신 죽음의 교훈은 삶도 죽음도 모르는 나에게 깊은 고뇌를 하게 한다.

■ 김용순 ■

2010년 『한국수필』 등단. 한국문인협회, 한국수필가협회, 한국수필작가회 회원. 수필집 『남쪽포구에는』, 『아름다운 동행』. ys725kim@hanmail.net

소심한 증언

최필녀

　　자동차에 미등을 켜기 시작하는 시간, 마을버스를 탔다. 맨 앞자리에 앉아 3~400m 간격으로 있는 정류장에서 버스에 오르는 새로운 얼굴들을 본다. 다양한 표정들을 바라보며 피식 혼자 웃는다. 어쩌면 내 모습을 본 것 같아 차창 유리에 비친 내 얼굴을 보는데, 창밖에 헤어지기 아쉬운 듯 서로 안고 있는 젊은 한 쌍이 보인다.

　　그렇게 몇 정류장을 지났을까 이번엔 얼굴이 뻘겋게 되어 술냄새를 풍기는 취객이 탔다. 이른 저녁 시간인데 벌써 만취 상태로 비틀거린다. 혼자 투덜대는 것으로 보아 분명 기분 나쁜 일이 있었던 것 같다. 그토록 술을 마셔야 했던 일들이 궁금해 분명하지도 않은 그 말에 귀를 기울인다.

　　갑자기 버스가 커브를 돌면서 심하게 흔들린다. 놀란 취객이 기분이 더 나빠져 "운전 똑바로 하라고!" 소리쳤다. 그때부터는 할 수 있는 말이 그것뿐인 듯 "운전 똑바로 하라고." 그 말만 계속 반복한다. 견디다 못해 뒤쪽에서 누군가 조용히 하자며 불편한 마음을 드러낸다.

　　잠시 멈칫하다가 다시 투덜거리며 이번엔 기사 옆으로 다가선다. 느닷없이 지나온 은행 앞에 내려 달라고 부탁했는데 왜 말 안 해 줬냐며 트집을 잡기 시작한다. 분명치 않은 발음으로 억울한 말을 하자 기사는 크게 숨을 내쉬어 감정 조절을 한 뒤 "손님 그런 부탁 한 적 없습니다." 또박또박 냉정하게 대답을 한다. 이번엔 비틀비틀 뒤쪽으로 가더니 '시민의 소리' 엽서를 빼 들고 불친절 기사로 신고 한다고 소란을 피운다.

난 앞자리에 앉아 그 상황을 다 지켜보고 모두 알고 있기에 기사의 억울함이 느껴졌다. 그런 부탁 하지 않았다는 증언을 하려니 가슴이 콩닥콩닥 뛰기 시작했다. 몇 번 노려보면서도 그 말은 하지 못했다.

또 취객이 엽서를 높이 들고 불친절 기사라고 하자 기사도 인내의 한계점에 다다른 듯 얼굴빛이 뻘겋게 달아오른다. 다툼이 일어날까 불안해진다. 승객들이 취객을 향하는 눈빛이 점점 따갑게 느껴진다. 그때 내가 내릴 정류장에 도착했다. 난 버스 문이 열리자 준비하고 있던 말을 한다.

"아저씨, 제가 처음부터 다 보고 들었는데 그 부탁 하지 않았습니다. 조용히 가세요."

모기 소리로 말하고 재빨리 버스에서 내려 뒤쫓아 올 것 같아 뛰었다. 내가 내린 버스가 또 다른 손님을 태우고 뒤따라왔다. 버스기사를 쳐다보자 기사가 손을 들어 보인다. 무슨 뜻인지 확인할 수 없지만 이 소심한 증언이 고맙다는 것으로 느껴진다. 마음의 평정을 찾은 듯 얼핏 보인 얼굴이 밝아 보였다. 사실을 알고 사실대로 말만 해줘도 고마운 것을.

본 것을 사실대로 말해야 하는 것도 여러 가지 이유로 외면할 때가 있다. 때로는 내가 외면하면 잘못될 것을 알면서 고양이 목에 방울을 다는 일로 여겨 서로 등을 밀어대다 일을 아주 그르치는 일도 있다. 그러면서 이것만은 비밀을 지켜 달라는 말은 아는 것 이상으로 내가 산 증인이라며 전하기도 한다. 이 아이러니를 어떻게 이해해야 할까.

분명히 남의 허물은 본 자는 보았기 때문에 못 본 자는 못 보았기 때문에 말하지 말아야 한다고 했다. 입이 간질대는 남의 비밀은 산 위에 올라 임금님 귀는 당나귀 귀라고 외치기라도 한다지만, 내가 누군가에게 꼭 필요한 증인이 되어야 한다면 또는 나에게 필요한 증인 한 사람이 외면하면 어떻게 할까. 내가 억울한 일 당했을 때 내가 너를 안다고 하는 그 한마디에 그만 왈칵 눈물을 쏟거늘. 그런데 왜 버스에서의 내 소심한 증언은 큰일 날 일이라며 내 가까운 사람들은 다시는 그러지 말라고 한다.

그런 이유로 "목격자를 찾습니다." 증인이 외면한 현수막이 오늘도 비를 맞고 있나 보다.

■ 최필녀

2010년 『한국수필』 등단. 한국수필가협회, 한국수필작가회, 솔샘문학회 회원. cpn55@hanmail.net

하양

박계용

　　　무의식과 의식 나의 모든 근원은 하양으로부터 시작된다. 무채색
인 하양은 본디의 아름다움이요 영원한 안식이다. 내 영혼 가장 깊숙이 자리한
첫 기억도 하양이다. 옥양목 바지저고리를 입으신 아버지 무릎에 앉혀 시조를
읊으시던 가락에 흔들리던 아기의 모습이다.

　때때로 해 질 무렵 창가를 서성이면 어렴풋이 들리는 노랫소리, '해는 져서 어
두운데…'

　숲속에 숨어있던 흰옷 입은 무리가 비탈길을 달음질쳐 내려온다. 위험에 처한
주인공을 마적 떼로부터 구해주던 영화의 한 장면이다. 장터 마당에서 보았던
독립군 이야기를 통해 백의민족이란 의미가 선명하게 각인되던 어린 날이었다.

　기와지붕 위에서 펄럭이던 하얀 저고리, 할아버지 제사 때쯤이면 어둠 속에서
빛나던 백목련은 슬픔의 흰옷을 입었다. 손녀딸들은 미농지를 접어 소담스러운
꽃송이를 만들고 증손들이 길게 늘인 광목 끈을 어깨에 메었다. 상엿소리도 없
이 소복 차림의 상제들은 울음을 삼킨 극진한 예로 하얀 꽃상여를 뒤따랐다. 조
팝꽃이 흐드러지게 피어있던 개울가를 지나 소라실 고개를 넘어가는 찔레꽃 향
기는 처연한 슬픔이었다. 이제 하양은 울음을 뚝 그친 희망이요, 기쁨이다. 칠흑
같은 어둠일지라도 하얀 박꽃이 등불 밝힌 죽음에서 생명으로 건너가는 길목이
다. 안개꽃으로 단장한 꽃방석은 큰딸의 혼인예식을 준비하는 선물이요 은방울
꽃으로 신랑의 부토니에와 새색시의 부케를 밤새워 엮으며 마중한 잔칫날은 첫
눈처럼 순결한 맑음이요 기쁨이 멀리멀리 퍼져가는 새벽 종소리였다.

하양은 비밀스러운 베일, 그 안에 숨어들면 평화만이 감도는 고요한 삶의 여백이다. 자정미사에 참례하여 세례를 받던 성탄절, 달빛을 받아 온 천지가 하얗게 반짝이던 설야雪夜는 내 영혼의 샘물이다. 한 점 티끌도 없이 하늘을 날 것 같던 순수한 기쁨으로 돌아가 지치고 때 묻은 영혼을 씻으며 생기를 얻는다. 바가지가 동동 떠다니고 물이 넘쳐흐르던 우물가에 당도하여 시원한 생수를 긷는다. 바람이 부는 날에는 모시옷을 지어준 큰언니의 정을 입고 흰 고무신을 신고 길을 나선다. 하얀 탱자 꽃이 가시마다 열렸던 사랑채 언덕에 당도하여 꽃그늘에 앉아 절로 자란 가시를 버린다.

맑은 물방울이 뚝뚝 떨어지는 이불 홑청이랑 옷가지를 널어놓은 빨랫줄이 끊어져 순식간에 흙투성이가 된 날이 있었다. 무거운 김치 병을 떨어뜨려 김칫국물이 사방에 튀고 유리조각은 살갗을 파고들어 붉은 선혈로 앞치마를 물들이는 날도 있었다. 출타 중이시던 아버지, 흰 두루마기 자락 날리며 급히 돌아오셨다. 함박눈이 휘몰아치는 산길을 걸어오신 아버지께서 말씀하셨다. "얘야, 비켜 서거라! 다칠라."

상처 난 손엔 붕대를 감고 갈아입은 흰옷엔 하얀 앞치마를 두르고, 아버지 새로 매어주신 튼실한 빨랫줄에 더러워진 빨래를 다시 헹구어 넌다. 뒷동산에서 베어오신 곧은 대나무 바지랑대 높이 세워 놓으시면 바람은 춤을 추고 햇살은 아롱아롱 숨바꼭질한다. 때마침 날아온 하얀 나비 한 마리 향기 가득한 치자꽃 잎에 앉아 있다.

하양은 내게 지어주신 배냇저고리다. 얼룩진 저고리를 양잿물에 폭폭 삶아 방망이질을 한다. 해진 옷을 하얗게 빨아 기워 입고 산들바람 벗 삼아 내가 가야 할 길을 걸어간다. 보드랍게 낡은 오래된 흰옷이 참 편하다. 고향으로 돌아가는 날에 입을 나의 예복은 하양, 아버지께서 꿰맨 자국이 없는 하늘의 옷天衣無縫을 마련해 주실 것이다.

■ 박계용 ■

2010년 『한국수필』 등단. 수필집 (공저)『숲의 향기 아래』, 『작은 꽃』외 다수. 한국수필가협회, 국제PEN 한국본부 미주 서부지역위원회 회원. 한국수필작가회 이사. lamorada@hanmail.net

쉰 살의 무게

윤은주

　　화장대 앞에 앉아 거울을 본다. 오늘따라 거울 속에는 나 아닌 또 한 사람의 내가 남 얘기하듯 퉁명스럽게 한마디를 던진다.

"내 나이 쉰이 되었다."

　　언제부터 서랍 귀퉁이에 자리를 잡았는지 알 수 없는 돋보기에 눈이 간다.

　　돋보기를 쓰자 글씨가 선명하게 보이고 전과는 달리 보톡스 광고에 관심이 끌린다. 바깥나들이 할 일이 있을 때마다 입고 나갈 옷을 고르느라 축내는 시간이 길어졌다. 결국 고른 것이 가급적 젊게 보이는 것임을 알지만 몸이 먼저 안다. 순발력이 떨어지며 글씨는 이중으로 초점이 흐려지고 기억력도 예전 같지 않아서 돌아서면 잊어버린다.

　　서른이나 마흔이 오고 갔듯이 쉰이란 나이가 너무도 당연히 내게로 온 것이다. 옛날에는 오십이라는 나이가 나를 기다릴 줄은 생각도 못한 채 나와는 전혀 무관한 숫자라고 생각했었다. 스무 살을 앞둔 시절에는 느리기만 한 세월에 가속도가 붙기를 원했다. 그러면 일단 대학 입시에서 해방이 될 테고 어른이 되어 그들이 누리는 갖가지 삶을 즐기는 꿈에 부풀었다.

　　서른이 넘고부터는 두 아이 엄마로 생활에 파묻혀 나이 따위는 느낄 겨를도 없었다. 마흔에 접어들어 아이들의 생활도 일일이 내 손에서 조금씩 멀어지자 시야가 조금은 넓게 보였다.

　　"인생 칠십 고래희(人生七十古來稀)"란 말이 있지 않은가. 지금은 평균 수명이 길어져 팔십을 쳐도 인생의 절반이 지난 셈이다. 그동안 무엇을 하며 지나왔는가를 생각하니 허송세월이었다는 후회와 아쉬움에 우울했었다. 마흔이라는 나이와 적당히 적응하며 살만하니까 이젠 쉰이란다.

나보다 한 살 위인 글벗 K는 마흔아홉 끝자락에서 아쉬움과 미련을 버리지 못했다. 그녀는 서른아홉부터 십 년을 류마티스 관절염으로 병마와 싸우며 무던히 고생을 했다. 사십 대에 질병으로 병원을 쫓아다니고 독한 약에 시달렸으니 곁에서 보아도 지난 세월이 아까웠다. 그녀는 마흔을 유보하고 싶었을 게다. 일 년 먼저 그녀로부터 예방 주사를 경험하고 나니 내 몸 안에 면역체가 생긴 것 같다. 내 스스로 나이와 타협하고 있었다.

어머니가 소설 같은 삶을 넋두리처럼 늘어놓았을 때가 당신의 나이 쉰쯤 되었을 무렵이다. 앞뒤로 호령꾼 세우고 꽃가마 타고 시집오던 날은 함박눈이 펑펑 하늘을 메웠다. 순백으로 변한 온 누리를 바라보며 가마 멀미 참으며 뿜는 새색시의 하이얀 입김은 눈처럼 맑고 깨끗하게 살리라는 다짐과 각오가 되어 하늘로 날아올랐다.

시집온 지 한 달이 채 될까 말까할 즈음에 아버지가 군에 입대하셨단다. '시어머니 용심은 하늘이 낸다.'는 고약한 속담이 있다. 모진 시집살이가 어머니만의 몫이었을까마는 끼니를 걱정해야 할 어려운 살림에 칠 남매 맏며느리로서 시동생 시누이 뒤치다꺼리까지 겹쳐 꽤나 힘든 시집살이였으리라. 뒷산 아래에 있는 저수지를 볼 때마다 '저 물속으로 풍덩 빠져버리면 만사가 해결되는데'하는 망측한 생각이 들 때도 있었단다.

아버지가 제대를 하고 시동생 시누이들도 가정을 이루어 한숨 돌릴 때쯤 할머니는 뇌졸중으로 쓰러지면서 치매까지 왔다. 한시도 할머니의 곁을 떠나지 못하면서 대소변을 받아 내는 병 수발을 했다.

"세월이 얼마나 빠른지 마흔인가 싶더니 쉰이라니 사람 사는 게 잠깐이란다."

어느새 자라서 말동무가 된 이십 대의 딸에게 당신의 삶을 고백하듯 풀어놓는 어머니의 표정에는 꼭 회한과 탓만 있는 것이 아니었다. 착잡한 감정 밑바탕에 당신의 서럽고 고생한 삶보다 감사와 보람이 깔려 있음이 보였다. 그것이 며느리, 아내, 어머니로서 쌓은 무너짐 없는 '여자의 성城'임을 깨달은 것도 최근이다. 아무리 단단한 남자의 성城도 눈에 보이지 않는 여자의 성이 무너지면 소용없다.

공자는 쉰에 천명天命을 안다고 했다. 그 시대와 지금의 시대적 차이를 감안해도 오십 년을 살아온 내게 들려주는 하늘의 이치라는 게 무엇일까.

내 나이 쉰에 쉰을 더한다 해도 감히 선현先賢의 흉내를 낼 수 있을까. 오히려 그것이 나의 허물임을 안다. 높은 산에 오를수록 시야는 넓어지고 사물은 흐리게 보이는 것처럼 다만 보이는 것이 많되 흐릿하여 확실한 것이 쥐어지지 않아 안타깝다.

쉰 살의 무게가 만만치 않음을 실감한다. 그렇다고 비명을 지르거나 엄살을 부릴 수도 없다. 남편이나 아이들 앞에서 호들갑을 떨어봐야 나만 추해질 뿐이다.

'세월의 흐름은 피부의 주름살을 늘리나 정열의 상실은 영혼의 주름살을 늘린다.'고 울만은 그의 시에서 말했다.

삶의 색상을 고르는 심안心眼은 돋보기 없어도 세월이 흐를수록 밝아지고 영혼의 보톡스는 중독이나 후유증도 없다.

오십 대에 글벗은 행복을 찾았고 어머니는 당신의 성을 쌓았듯이 나도 흐릿하게만 보였던 목표물을 확실한 쉰 살의 무게로 채우기 위해 또 다른 열정으로 주변을 정리한다.

▬ 윤은주 ▬▬▬▬▬▬▬▬▬▬▬▬▬▬▬▬▬▬▬▬▬▬▬▬▬▬▬▬

2006년 『한국수필』 등단. 한국수필가협회, 한국수필작가회 회원.

저문 강가에서

홍성란

　　살아간다는 것은 저물어 가는 것이리. 저문 강가에서 시간의 지층
이 허물어지는 소리를 듣는다. 이승길이 깊어진 아버지의 시린 무릎에서는 희미
한 강물소리가 들려 왔다.

　지난겨울, 꽤 날이 차고 눈이 내려 길이 반들반들 미끄럽던 날이었다. 친정아
버지의 소식을 듣고 한달음에 달려오신 친척 할아버지는 한눈에도 쪼그라든 누
에를 연상케 했다. 죽은 듯 누워 계신 아버지의 모습을 발견하곤 눈물이 그렁하
시며 목이 메어 말을 잇지 못하신다.

　"이게 어찌된 일이여, 눈 좀 떠 보게나 이 사람아."

　세상모르고 누워 계신 아버지가 알아들을 리 없건만 노인은 그렇게 울먹이며
안타까움을 토로하셨다. 그러나 아무리 말을 건네도 대답이 없으시고 설사 눈을
뜬다 해도 말을 할 수가 없다. 당신의 의지로는 숨을 쉴 수 없어 인공호흡기에 의
지해야 하는 아버지는 이제 생의 경계에까지 이르신 것이다. 두 번의 수술 후 통
증과 부작용으로 의사소통은 물론이요 육신이 허물어지고 계셨으니 그 절망과
안타까움을 어찌 말로 할 수 있을까. 방금도 통증으로 괴로워하시다 주사를 맞
으시고 간신히 잠이 드셨던 터이다. 얼마나 괴로워하시는지 꿈속에서도 고통을
호소하는 듯 가끔씩 신음소리를 내실 때는 가슴이 미어지고 하염없이 눈물만 흐
른다.

　노인은 애처로운 눈빛으로 환자의 몸을 이리저리 살피셨다. 노인의 손이 등창

으로 벌겋게 짓무른 하체를 거쳐 수수깡 같은 다리에 머물렀을 땐 감정이 북받치시는지 차마 고개를 돌리신다. 그러나 흐르는 눈물을 어쩔 수 있단 말인가. 참았던 설움과 연민이 파도를 타듯 출렁거린다. 들릴 듯 말 듯 가장 깊은 곳에서 새어나오는 소리. 그것은 마치 못다 한 말들이, 못다 한 말들 끼리 소리 죽여 흐르는 강의 소리처럼 내겐 들려왔다.

산다는 것이 무엇이며 죽는다는 것이 무엇이기에 이토록 고통스러워해야 하는지. 참혹한 모습이 믿기지 않는 듯 다리를 쓰다듬고 또 쓰다듬으며 하염없이 흐느끼신다. 왜 아니 그러하시겠는가. 얼마 전까지만 해도 두 분은 친구처럼 지내시며 저무는 황혼 길을 나란히 걷고 계셨었다. 언젠가는 떠나야 하는 길이란 걸 왜 모르시겠는가. 다만 갑자기 다가온 지금의 저문 하늘을 어찌 바라봐야 하는지 당황스럽고 안타까우신 게다. 더구나 머지않아 당신도 떠나야 하는 생의 서글픔과 남자의 정한으로 가슴이 쓰라리셨으리라.

대낮이건만 찬바람이 앙칼지게 가슴을 파고든다. 병원을 나서던 노인은 갈퀴 같은 손으로 남동생을 토닥이며 아버지를 잘 간호하고, 엄마 건강은 너희들이 챙겨 드리라는 당부를 하신다. 또한 이 늙은이가 힘이 되지 못해서 미안하다며 또다시 눈을 붉히셨다.

멀어져 가는 노인을 바라보며 저문 강을 생각한다. 해 저무는 저녁은 쓸쓸하고 저문 강에 서면 왠지 슬프다. 그 허전하고 쓸쓸한 강가를 걸어가고 있다. 저편 수평선 위로 마지막 석양이 물 위로 내리면 강은 세월의 무게를 물결 속에 내려놓는다. 저문 강은 아버지의 모습 같기도 하고 언젠가 다가올 내 모습 같기도 하다. 한때 아버지는 도도한 강물이었다. 물결은 넘실거렸고 힘차게 흘렀다. 세상 어느 것도 거칠 것 없던 아버지의 강이 세월의 강을 넘지 못하고 지금 저물어 가고 있다. 흐르지 못하는 강은 언젠가 죽고 마는 법. 그것이 자연의 순리요 법칙이 아니던가. 강이 울고 있는 것이다. 울음소리는 아버지의 희미한 신음소리처럼 내 귀에 들린다. 거침없고 당당했던 목소리는 어디로 사라졌을까. 아버지는 지금 차가운 북풍에 어쩌지 못하고 떨고 서 계시다 마치 겨울 갈대처럼.

서걱대며 바람에 흔들리는 한줄기 갈대. 날카롭던 서슬 다 갈리고 퍼렇던 젊은 핏줄 사라져 누런 남루를 걸친 채 홀로 서 있다. 누구나 그렇듯 언젠가는 계절이 지나는 벌판에서 한 생이 꺼억거리며 스러지리라. 그러나 겉모습이 스러진다고 영혼마저 사라지는 것은 아닐 것이다. 비록 아버지의 육신이 허물어져 시간의 지층에서 사라진다 해도 아버지가 들려주시던 영혼의 소리를 어찌 잊을 수 있으리.

강물 속을 들여다본다. 물속엔 수많은 몽돌들이 아직도 내 마음속에 남아 있는 무명의 조각들처럼 누워 있다. 가끔은 지금의 순간들이 영원할 거라는 착각을 하면서 살아왔다. 그러기에 아버지의 저문 강 앞에서 나 또한 생의 미련을 버리지 못하고 있는지 모른다. 이제 저문 강가에서 아버지는 서서히 다가오는 강물 소리를 들으며 무슨 생각을 하고 계시는 걸까. 언제일지 모르나 우리 모두 그 강을 건너야 하리라. 저무는 강가에서 눈물 어린 이별의 시간이 흐르고 노인은 그 강에서 한줄기 겨울 갈대가 되어 강물 소리를 듣고 계시리라.

■ 홍성란 ■

2007년 『한국수필』 등단. 푸른솔 문학, 한국수필작가회, 청주문인, 충북수필, 충북여문협 회원. 동서커피문학상, 홍은문학상 수상. 저서 『열무꽃』. sl1503@hanmail.net

우산 속에서

최춘

멈췄던 폭우가 다시 쏟아졌다. 푹 내려쓴 우산 끝으로 지팡이와 발꿈치가 보였다. 우비 하나 없이 비를 맞고 가는 할머니 뒤에서 우산을 씌워주면서 물었다.

"어디까지 가셔요?"

할머니가 어설픈 걸음을 멈추고 안전하게 서기까지는 약간의 흐름이 걸렸다. 눈을 맞추고 환하게 웃으며 대답하기까지도 역시 그랬다.

"조기 사는데 비가 멈추기에 걸으려고 나왔더니 또 쏟아지네요. 어디 살아요?"

"요 골목 살아요."

"그럼 들어가세요."

"괜찮아요. 가시는 곳까지 모셔다드릴게요."

할머니는 허리를 다친 당뇨환자라고 했다. 학교 앞까지 가면 남편이 우산을 가지고 나와 있을 거라고 하면서 내 성의를 받아들였다. 그분의 젖은 어깨를 맞대고 이런저런 이야기 들으며 걸었다. 맞닿은 팔에서 온기를 느끼며 걸으면 걸을수록 우리 집에서 멀어지는 동안, 한쪽 어깨부터 발끝까지는 빗물이 흘러내렸지만 마음은 따뜻하고 보송보송했다.

그리 멀지 않은 학교 앞. 한참 만에 다다랐다.

"저기 우리 남편이 기다리고 있네. 중풍 맞았는데 이제는 많이 나았어요."

비스듬히 서 있는 할아버지. 할머니의 남편은 건강한 분일 거라고 생각했었다. 그런데 그분은 당신 혼자서 우산 쓰고 걷기에도 버거워 보였다. 댁이 어디인지는 몰라도 대문 앞까지 가기로 생각했다.

할머니는 내 마음을 알기라도 한 것처럼 당신의 남편 우산 속으로 들어가지 않고, 남편에게 보고하듯 나를 만난 이야기만 했다. 그리고는 내 우산 속에서 내 허리를 더 꼭 감싸고 걸었다. 아주 오래전부터 알고 지내는 가까운 사이처럼.

우리 집 골목에서 할머니가 말한 '조기'는 학교 앞에서도 삼십 분쯤 더 걸어간 곳, 마당이 넓은 집이었다. 내 허리를 놓지 않고 안으로 들어가자고 했다. 할아버지도 그러자고 하셨다. 내가 할머니에게 우산을 씌워주었을 때 민망하지 않게 사양하지 않은 것처럼 나도 그분의 뜻을 받아들였다.

마당에는 허브가 가득했다. 한쪽으로 온실처럼 꾸민 곳에는 난분이 즐비하고 기둥처럼 우뚝한 감나무와 모과나무가 지붕에 닿았다. 할머니가 마당을 한 바퀴 돌며 허브 이름을 가르쳐 주고 잎을 따서 내 코끝에 대주기도 했다.

"안에 들어가서 허브차 마시고 가요"

"아니에요. 이제 갈게요"

"그러면 나물 뜯어가서 저녁에 해 먹어 봐요"

할머니는 마당에서도 내 옷자락을 놓지 않았다. 가지 않겠다는 다짐까지 받고 안으로 들어가더니 소쿠리를 들고 나왔다. 몸이 불편한 어른이 허리를 구부리고 나물을 베는 것보다 내가 자르는 게 낫겠지만, 차마 그분들이 가꾼 것을 내가 먹자고 직접 벨 수가 없어서 뜻에 따르기로 했다. 소쿠리를 들고 따라다니며 할머니가 나물을 베면 나는 소쿠리로 받았다. 젖은 민트 향기와 물방울 머금고 핀 한련화의 화려함에 후각과 시각이 모처럼 호사도 했다.

소쿠리에 나물이 수북했다. 할머니가 봉지에 꾹꾹 눌러 담았다. 나는 그것을 공손히 받아들고, 거실 창문으로 내다보는 할아버지의 잔잔한 미소를 보았다. 할머니가 지팡이를 짚고 대문까지 나와서 내 손을 만지고 또 만졌다.

삼 남매는 모두 출가하고 남편과 둘이서 나무와 꽃을 가꾸며 살고 있으니까 언제든지 와서 나물 베어가라고. 약도 안 주고 순전히 거름으로만 가꾼 거니까 마음 놓고 먹어도 된다고. 가을에는 모과와 감도 따 가라고 신신당부하셨다.

언제 나는 내 어머니와 한 우산 속에서 허리를 감싸고 걸어본 적 있는가. 우산 속에서 정답게 나물 베고 나물 받아 본 적 있는가. 우산 들고 마중하고 배웅 한 적 있는가. 비 오는 하늘을 올려다보며 어머니를 그려 본다.

고향에 가면 백발이지만, 타향에서는 서른다섯 살 즈음의 모습만 떠오른다. 어린 시절. 우리 집에는 누에를 쳤다. 그 일은 거의 어머니의 몫이었다. 어머니는 늘 바빴지만 추석이 다가오면 더 바빴다. 가을누에는 추석날을 걸쳐 마지막 잠을 잘 때도 있지만, 막잠을 자려고 뽕잎을 가장 많이 먹을 때가 더 많았다.

가을누에 칠 때는 태풍과 폭우도 잦았다. 아버지가 뽕나무 가지를 잘라 와 잎의 물기만 닦고 가지째 잠박에 올려주는데도 어머니는 앞산자락에 있는 밭에서 뽕잎을 따 담은 자루를 이고 오셨다.

마루에 젖은 뽕잎이 수북수북했다. 마른 수건으로 잎 하나하나 물기를 닦아서 누에 밥을 주셨다. 그리고는 저녁을 지어 우리들 먹이고, 누에 밥 듬뿍 주고, 새벽에 또 누에 밥 주고…. 누에 밥 먹는 소리와 빗소리로 어머니는 더 분주하셨다.

그렇다. 비 맞고 일하는 어머니를 마중 나간 기억 없고, 우산 속에서 허리 감싸고 나란히 걸어본 기억도 없다. 양산으로 햇볕 가려 드린 기억은 더 더욱 없다.

고향에 가면 아버지가 그러신다. 젊은 사람들이 어머니를 차에 태워줬고 우산도, 양산도 씌워주고 시장 본 물건도 현관문 앞까지 들어다줬다고. 맘씨 좋은, 착한 사람들이라고. 그래서 텃밭에서 자란 채소와 감자, 고구마를 주고 객지에 사는 우리들을 생각하면서, 담 밖으로 늘어진 과일나무에서 감과 대추도 따 가라 했다고 말이다. 마치 자녀들에게 효도 받고 나누어 준 듯 즐거워하신다.

내가 할머니에게 베푼 조그만 선의가 돌고 돌아 나의 부모님께로 돌아가는 것은 아닐까 하는 생각을 하니 마음이 따뜻해졌다.

━ 최 춘 ━

2010년 『한국수필』 등단. 사)한국문인협회 독서진흥위원. 한국수필가협회 회원. 한국수필작가회, 현대수필 이사. 포토에세이집 『길』(공저). 제2회 한국수필작가회문학상 수상. choik003@hanmail.net

내가 문화재청장이라면

김윤숭

　　내가 문화재청장이라면 문화재 행정에 있어 이런저런 일을 해내면 좋겠다는 뜻이지 벼슬에 욕심이 있다는 뜻은 아니다. 이런저런 일은 딱 세 가지면 족하다. 문화재청장이 된 누구라도 이 세 가지를 실현한다면 훌륭한 청장이 될 것이다.

1. 국보 제1호를 바꾸는 것이다.

2. 광화문과 대한문 현판을 바꾸는 것이다.

3. 시조의 유네스코 등재 추진이다.

1. 국보 제1호를 바꾸는 것이다.

　　국보 제1호 문제는 문화재청장이라고 맘대로 할 수 있는 일이 아니다. 2005년 유홍준 청장이 있을 때에도 재지정 논의가 있었는데 진보측 신문 논설에선 찬성하고 보수측 신문 논설에선 반대하였다. 국보 제1호 재지정 문제도 진영논리에 좌우되니 이상한 일이다. 결국 흐지부지되고 말아 안타까운 일이다.

　　당시 국민일보의 논리다.

> "이 기회에 문화재 지정번호를 놓고 문화재를 등급화하는 전근대적인 사고방식도 바꾸어야 할 것이다. 문화재에 우열을 매긴다는 것은 있을 수 없는 일이다. 일본의 경우처럼 문화재 지정번호는 단지 지정번호일 뿐이다."

경향신문의 논리는 타당한 듯싶다.

"물론 문화재는 서열이 없다. 다 소중하다. 하지만 국보 1호가 단순 지정 번호라 해도 그에 내포된 상징성은 크다. '1'이라는 숫자가 갖는 대표성을 간과할 수 없다. 국보 1호라면 우리나라를 대표한다는 국민의 인식도 널리 깔려 있다. 대외적으로도 한국을 상징하는 의미가 적지 않다. 이런 점에서 국보 1호 재지정은 적극 검토되어야 한다. 국보 1호만큼은 한국을 대표할 수 있는 상징성을 지닌 문화재가 되어야 한다는 것은 합당하다."

문화재에 서열이 없다는 논리와 수정에 드는 비용이 엄청나다는 논리는 양대 문제이다. 서열이 없다고? 물론 제1호 이후는 지정번호순이지 서열은 없다. 그러나 국보 제1호는 누구나 외울 것이다. 그것만 강조되기도 한다. 그러니 상징성이 있음이 분명하다. 숭례문이 무슨 상징성이 있는가. 일제가 사대문을 헐어버릴 때 건축학적 가치로 동대문과 남대문을 보존한 것이 아니다. 임진왜란 때 가등청정과 소서행장이 한성 정복하고 입성한 유적이라서 보존시켰다는 증언도 있으니 한국의 국보가 아니라 일본의 국보인 것이다.

국보 제1호로 하자고 여러 가지를 제안하는 사람들이 많다. 필자도 그중의 한 사람이다. 독도를 국보 제1호로 지정하여 일본의 독도야욕을 분쇄해야 한다고 생각한다. 그러나 국보나 보물은 유형문화재여야 하니 법부터 바꾸어야 한다. 제일 많이 거론되는, 가장 강력한 국보 제1호 후보는 한국의 상징, 한민족의 자랑 한글을 밝힌 『훈민정음』이다. 『훈민정음』을 국보 제1호로 지정하고 숭례문은 『훈민정음』의 지정번호 국보제70호로 뒤바꿔 재지정하면 될 것이다. 비용문제는 다른 비용도 많이 쓰면서 바로잡는 데 드는 비용을 아까워하랴. 진작에 20년 전에 바꿨으면 그만큼 비용이 절약되었을 것이다.

2. 광화문과 대한문 현판을 바꾸는 것이다.

경북궁의 정문인 광화문은 한자 현판에서 박정희 대통령의 한글 현판으로 바뀌었다가 유홍준 문화재청장 때 원래의 현판으로 복원되었다. 한문으로 되어 있던 것을 다시 한문으로 다는 데 무슨 문제인가. 아무래도 박정희라는 진보측이 싫어하는 인물의 글씨이다보니 진보정권 시대에 핑계 김에 수난을 당하여 강판되었을 것이다. 세종대왕의 한글 집자 새 현판이었다면 복원운운 안 하면서 그대로 달아두었을 것이다.

지난 4월 24일부터 5월 14일까지 국립고궁박물관에서 경운궁의 현판전이 열렸는데 마지막 날이라고 부리나케 찾아가서 관람하였다. 현재의 덕수궁 동문인 대한문大漢門은 원래의 현판인 대안문大安門 현판이 그대로 남아 전시되고 있었다. 대한제국이 을사늑약으로 외교권을 박탈당하고 통감부가 설치된 해인 1906년에 대안문에서 대한문으로 고종의 명으로 바구어 달았다. 왜 그런 어명이 내렸는지 학설이 분분하다.

필자는 대한문(大漢門)을 한국의 국호로 바구어 대한문(大韓門)으로 바꿔 달아야 한다고 주장한다. 그러나 다시 생각해보니 대한문(大韓門)은 중국이나 일본 사람 외에는 알지 못한다. 그럴 바에야 일단 대한문(大韓門)으로 바꾸고 현판은 한글 대한문을 달아 놓으면 한글을 몰라 읽지는 못해도 한국의 상징으로 남을 것이다. 나아가 고궁의 정문은 다 한글 현판으로 바꾸는 것이다. 창덕궁의 정문 돈화문과 창경궁의 정문 홍화문까지. 상징적인 외부 대문이라서 그렇지 안의 것을 다 바꾸자는 이야기가 아니다.

3. 시조의 유네스코 등재 추진이다.

지난 6월 1일(목)에 국제펜한국본부 주최 서울시민과 문인들이 함께하는 한글과 세종대왕 탐구 기행에 국립한글박물관, 영릉(英陵, 세종대왕), 영릉(寧陵, 효종대왕), 신륵사를 다녀왔다. 마침 그날 국립한글박물관에선 『청구영언』과 한글 노랫말 이야기 전시회가 열리고 있었다. 한마디로 시조 이야기인데 시조란 명칭이 없었다.

『청구영언』(1728)을 위시한 『해동가요』(1755), 『가곡원류』(1876)를 삼대시조집이라고 하는데 이 삼대시조집을 유네스코 세계기록유산으로 등재하고 3장 6구 12소절 45자내외의 창작 방식과 옛 작품 3만수를 일괄하여 시조 자체를 유네스코 인류무형문화유산으로 등재시킬 필요가 있다. 시조는 현대에도 창작되는 문학장르의 하나이니 타 장르와의 형평성도 고려해야 한다지만 국가 문화재요 인류 문화유산에 값한다. 존중받고 우대받아 마땅하다.

내가 문화재청장이라면 국보 제1호를 『훈민정음』으로 바꾼다. 광화문, 대한문, 돈화문, 홍화문의 현판을 한글현판으로 바꿔 단다. 시조를 세계기록유산 및 인류무형문화유산으로 등재 추진한다. 이 세 가지만이라도 달성하여 조국과 민족의 선조들이 남겨주신 문화유산에 대한 고마운 마음을 갚고 청장노릇 제대로 한 보람을 느낄 것이다.

━ 김윤숭 ━
1999 『월명총시문』 번역문학 등단. 2011년 『한국수필』 등단. 지리산문학관장. (사)한국수필가협회 부이사장, 한국수필작가회 부회장. insansi@hanmail.net

내 마음의 강

김학구

　고즈넉한 저녁, 눈 쌓인 한강 변을 걷는다. 한겨울 찬 공기를 마시며 발밑에서 꺼져가는 눈의 아우성을 듣는다. 홀로 걷는 이 순간만큼은 잡다한 일상에서 벗어나 온전히 스스로 몰두할 수 있는 나만의 시간이다. 단절됐던 기억과 멈칫거리기만 했던 삶의 그늘을 하나씩 떠올려가며 빗질하듯 마음을 추슬러본다.

　목마른 갈대숲에선 긴 머리칼을 휘날리며 바람결에 노래를 실어 보내는 갈대의 속삭임과 하루를 마무리하기에 바쁜 새들의 합창이 한창이다. 무엇하나 남아 있을 것 같지 않은 차디찬 강바람에도, 이렇게 자연이 거느린 숨결은 멈추는 일이 없다.

　강가로 다가서면 바다처럼 멀리까지 시원스레 펼쳐져 있는 한강이 한눈에 들어온다. 검푸른 물결이 넘실대는 사이로 겨울 철새들이 추위도 잊고 떼를 지어 한가로이 자맥질하고 있다. 한 떼의 무리는 날렵하게 하늘로 박차고 올라 상승 기류에 몸을 맡기고 평화롭게 자유비행을 즐긴다. 한 폭의 풍경화가 따로 없다. 모든 시간이 문득 정지하여 있는 듯하다. 건너편 멀리 숨죽인 채 서 있는 고층 건물이나 물길을 가로지르며 당당히 버티고 있는 교각들만이 내가 존재하는 현실의 시간임을 깨우쳐주고 있을 따름이다.

　강가에 앉아 강물을 바라본다. 깊은 물길은 아무런 표정도 없이 흘러간다. 저 많은 강물은 어디서 오는 것인가. 알지 못할 곳에서 시작된 빗방울 하나하나가 모여 골을 이루고 내를 만들며, 이윽고 모두 한몸이 되어 지나온 세월을 반추하는 것이 아닌가. 이렇게 오랫동안 한 걸음씩 지속하여 온 인고의 시간을 통해 오늘이란 만남이 있는 게 아니던가. 그 흐름이 이어온 발자취가 한층 더 감동으로 다가온다.

흐르는 건 강줄기만이 아니다. 그 물길 따라 시간도 흐른다. 말없이 소리도 내지 않고 도도히 흘러만 간다. 흐르는 물처럼 시간은 되돌아오는 법이 없다. 잠깐의 동요나 멈춤 없이 무심하게 제 갈 길만 재촉하고 있다. 강물은 눈으로 확인할 수 있는 대상이지만, 시간은 보이지도 만져지지도 않는다는 것이 다를 뿐이다.

내 안에 웅크리고 있던 의식의 강도 물결을 따라 흐른다. 언제부터 깃들게 되었는지 알 길 없는 내 그림자의 잔영들도 깨어나 흐르기 시작한다. 흘러가 버린 강물이나 시간은 되돌아오는 법이 없지만, 내 마음의 강과 시간은 그러하지 않은가 보다. 흐르다가 멈추고 한동안 제자리에 맴돌고 있을 뿐만 아니라, 어느샌가 왔던 길로 한참을 되돌아가 잠들어 있던 기억들을 찾아내기도 한다.

물리적인 시간의 흐름 속에 삶이라는 시간표는 예정된 바대로 여전히 진행되고 있지만, 그 안에서 숨 쉬고 있는 내 의식은 끊임없는 반란을 예고하고 있다. 흘려보내지 못한 세월의 껍데기와 산적한 삶의 찌꺼기가 남아, 곳곳에 복병처럼 몸을 숨기고 있다. 마치 타임머신을 탄 듯 아득한 지난날로 돌아가기도 하고, 가보지 못한 먼 미래를 에둘러 보여주기도 한다. 가슴 벅찬 환희로 가득한 장면이 연출되다가, 더없이 캄캄한 나락으로 추락을 하고, 예견할 수 없는 불안에 떨기도 한다. 나는 시간이라는 날개를 달고 시공을 넘나드는 유랑객이 된다.

헤르만 헤세의 『싯다르타』가 떠오른다. 브라만의 아들로 참 진리를 찾기 위해 길을 떠나 사문 생활을 하는 싯다르타. 하지만 그는 세존인 고타마의 사변적인 가르침으로는 해탈할 수 없음을 알고 정신적인 방황을 한다. 그런 과정에서 카말라라는 여인에게 빠지고, 부를 추구하는 세속적인 삶을 산다. 그런데도 감각과 본능의 세계에서 채워지지 않는 생의 허무를 깨닫고, 다시 길을 떠나 커다란 강가에 다다른다. 그곳에서 뱃사공 바주데바와 오랜 대화를 나누며 마침내 강의 진리를 깨우친다. 바주데바가 떠난 후, 흐르는 강물을 바라보며 그는 마침내 최고의 경지에 이르는 수행을 이룬다. 강은 싯다르타에게 존재하던 모든 모순이나 대립을 융화시키며, 새롭게 생명을 재탄생시키는 상징적인 대상으로 각인되고 있다.

세월은 흐르고, 인생의 계절이 바뀔 때마다 점점 내 마음도 바빠져 간다. 해시계가 차츰 기울어 감을 느끼기 때문이다. 마음 한구석에서 깃발을 흔들며 서두르라는 무언의 압박이 점차 강도를 더해 가고 있다. 원하든 원치 않든 간에, 삶의 도정에서 상처 입은 우리의 영혼이 어디 한둘이겠는가. 그 무거운 짐을 내려놓지 못하고 지금까지 끌고 다니는 내 모습이 강물에 투영되어 눈앞에 어른거린다. 추억은 남겨짐으로써 아름다울 수 있지만, 의식의 밑바닥에 남아 있는 쓴 뿌리들은 헤쳐나가야 할 우리의 삶을 피폐하게 할 뿐이다.

고고히 흘러가는 저 강물 위에 마음속 쓴 뿌리들을 모두 흘려보내고 싶다. 아름다운 기억만을 모아서 기쁨과 희망이라는 배를 띄우고도 싶다. 우중충한 무채색 배경을 거두고 밝은 희망의 빛으로 가득한 새 인생을 그릴 수 있다면, 더할 나위 없는 축복이 될 것이다.

흐르는 물은 썩지 않는다. 쏜살같이 내달리는 시간은 되돌아봄이 없다. 유독 나약하기만 한 내 안의 의식은, 내달림도 없이 한 길로 나아가지도 못하면서 주변만을 기웃거리고 있다. 상처 입고 외면당한 상념의 조각들이 마음 깊은 곳에 남아서, 시간의 흐름을 거스르며 그늘을 드리우고 만다.

영혼을 어지럽히는 어둠을 몰아내자. 저 강물의 거대한 흐름 속에 남김없이 흘려보내자. 되돌아오지 않는 시간의 뒤안길에서 주어진 삶의 의미를 새롭게 되새겨보면서. 꾸밈없는 성찰과 의미 있는 시간의 창출을 통해서, 못다 한 지난날의 아쉬움을 극복해가는 발걸음을 서둘러야겠다.

자리를 훌훌 털고 일어서자, 차가운 강바람이 힘껏 내 등을 떠민다.

━ 김학구 ━

2011년 『한국수필』 등단. 문학박사(독문학) 한국문인협회, 강남문인협회, 한국수필가협회, 한국수필작가회 회원. 이음새 문학회 동인. 『기다림, 나의 고도는』 등 공저. prosaist9@naver.com

골목길

임민자

저벅저벅 소리가 점점 크게 들렸다. 잠은 천리만리 달아나고 발자국 소리에 귀를 기울였다. 창문 앞에서 걸음이 딱 멈춘 듯 조용하다. 문틈으로 살짝 밖을 내다본다. 희미한 불빛 아래 담벼락에 우뚝 선 사내는 주위를 살피고 있었다. '도둑인가…' 머리가 곤두서면서 온몸에 한기가 내린다. 갑자기 '쏴' 하는 소리에 살며시 창문을 닫았다.

이곳으로 이사 온 지도 벌써 일 년이 되어간다. 헌 집을 수리하면서 작은 창들은 크게 넓히고 거실 창문은 손을 대지 않았다. 수도꼭지가 달려있는 걸 보니 예전 주방으로 쓴 것 같다. 집안이 어둠침침해 좁은 창문을 크게 트면 거실이 환해질 것 같았다. 흠이라면 골목하고 가까워 밖에서 환히 들여다보인다는 거다. 어쩔 수 없이 수도꼭지를 볼트로 막는 걸로 마무리를 했다.

작은 창이지만 마음이 답답하거나 바람이 그리울 때면 무조건 활짝 열어 놓는다. 골목에서 불어오는 맞바람은 맑은 청량제만큼이나 시원하다. 그 신선한 바람을 실컷 마시고 싶어 심호흡을 크게 한다. 좁은 길인데도 새로 단장한 듯 아스팔트 양쪽 라인이 선명했다. 길을 마주 보는 낮은 집들은 평수가 엇비슷하다.

철원이 수복되고 한때는 북적북적한 시장이었다. 오일마다 장돌뱅이가 풀어놓는 짐 보따리가 총천연색을 이루었다. 또 난전에서 채소 파는 아낙들이 쭈그리고 앉아 싱싱한 야채를 다듬었던 시장 골목이었다. 지금은 그들의 소금기 젖은 땀 냄새는 사라지고 쓸쓸한 풍경만 바람 타고 골목을 맴돌고 있다.

소형차가 들어와도 돌릴 수 없는 좁은 골목이다. 오일장은 사라지고 가끔씩 사람 소리가 왁자지껄할 때가 있다. 대부분 노인들만 살고 있는 한적한 골목이 언제부턴가 하굣길에 학생들이 빙 둘러서서 잡담하는 은밀한 장소로 변한 것 같다. 그곳은 골목길 사람들이 큰 도로로 나가는 직선 길이기도 하다. 미로 같은 이 길을 통해 나가면 약국, 미용실, 마트가 있는 대로변이 나온다. 가끔 요리를 하다가 재료가 떨어지면 뒷문에 벗어놓은 슬리퍼를 질질 끌고 마트로 향한다.

창문을 열 때마다 눈에 거슬리는 것이 있었다. 여름이면 하루가 다르게 자라는 잡초들을 보면 당장이라도 나가 뽑아 버리고 싶어진다. 밤길에 툭 튀어나온 하수도 철망에 사람들이 넘어질까 봐 그것도 걱정이다. 읍사무소에 고쳐달라고 했는데 예산이 없는지 감감무소식이다. 그뿐이랴, 이웃집은 오래전부터 빈집으로 방치된 채 곳곳이 풀들로 뒤엉켜 있다. 군데군데 펑 뚫린 담벼락하며 굳게 닫힌 창문과 녹슨 방범창만 바라봐도 빈집이라는 걸 알 수 있다. 희미한 가로등마저 없으면 우범지역 같은 스산한 느낌이 들었다.

며칠째 앓고 나니 답답한 마음이 어깨를 짓누른다. 맑은 바람이나 쏘일까 싶어 창문을 열었다. 잦은 봄비 탓인지 잡초들이 무성하게 자라 어느새 골목길 사람들 발길을 스치고 있었다. 이대로 두었다가는 잡초에 씨앗까지 맺혀 골목길을 온통 풀밭으로 만들 것 같아 조바심이 났다.

늦은 오후, 장갑을 끼고 잡초가 무성한 골목에 쭈그리고 앉는다. 노랗게 핀 애기똥풀이 어느새 뿌리를 깊게 내린 탓에 한 손으로는 꿈쩍도 않는다. 힘으로 역부족이니 가져온 호미로 파헤치며 뽑아냈다.

크게 자란 잡초들은 다 뽑아내니 그동안 큰 키에 가려 기죽어 있던 제비꽃이 활짝 웃으며 눈인사를 한다. '너는 예쁘게 자라도록 보살펴 줄게.' 바람에 나풀대며 안도의 긴 한숨을 내 쉰다. 저만치 솜털 대궁을 흔들며 흰 민들레가 나도 살고 싶다며 애교스러운 몸짓을 한다. '너도 안 뽑을 테니 걱정 마라.' 노란 민들레도 덩달아 봐달라고 수줍게 웃는다.

"잡초에 걸려 넘어 질 뻔 했는데 고맙수다."

불편한 몸을 지팡이에 의지하고 한 발자국씩 걷는 노인에게서 오랜 세월 골목을 지켜 온 흔적이 묻어났다.

━ 임민자 ━━━━━━━━━━━━━━━━━━━━━━━━━━━━━━━━━━

2011년 『한국수필』 등단. 저서 『박하향기』. 세종시 문학나눔 우수도서 선정(2016년).
img458@hanmail.net

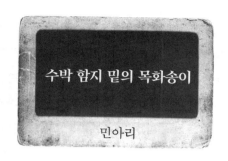

수박 함지 밑의 목화송이

민아리

여름날 시골의 저녁 풍경이라는 것은 늘 그렇듯이 특별할 것이 없었다. 그 날 저녁도 평소처럼 식구들이 대청마루에 둘러앉아 갓 쪄내온 옥수수가 식기를 기다리며 이야기꽃을 피우고 있었다. 그런데 갑자기 메리가 사납게 짖으며 대문 밖으로 뛰쳐나갔다. 바깥마당에서 이상한 소리가 들려왔다. 양철지붕 위에서 늙은 호박이 굴러 내리는 소리 같기도 하고, 손수레가 덜커덩거리는 소리 같기도 한 것이 우리 집 쪽으로 점점 다가오고 있었다. 식구들은 고개를 갸웃거리며 대문간 쪽만 바라보았다.

드디어 지그려 놓았던 대문을 삐거덕 밀면서 한 사람이 들어섰다. 푸짐한 웃음을 앞세운 금순네 아주머니였다. 아주머니는 '조금 전 소리'가 가득 담긴 커다란 양은 함지를 머리에 인 채 술에 취한 듯 몹시 비틀거렸다. 다리가 불편한 분이긴 하지만 걸음걸이가 평소와는 사뭇 달랐다. 왼쪽으로 부리나케 내닫다가 돌연 오른쪽으로 기우뚱하기도 하고, 앞으로 성큼 다가오는 듯싶다가 갑자기 뒷걸음질 치기도 했다. 그런데도 무엇이 그리 좋은지 아주머니는 연신 싱글벙글하며 입을 다물지 못했다. 무언가 자랑할 만한 일이 있는 것 같았다. 식구들이 함지를 받아주려 뜰팡으로 내려섰을 때, 모두 폭소를 터뜨리지 않을 수 없었다. 함지 안에서 깨소금 단지만 한 수박 네 덩이가 제멋대로 굴러다니고 있는 것이 아닌가.

아주머니가 내려놓은 수박들은 때깔이 영 시원찮아 보였다. 장에 나갔다가 김장거리를 파종할 시기라 서둘러 수확한 끝물들을 사 온 것이 틀림없었다. 아주머니는 파장 때 거저 얻듯이 싸게 샀다며 매우 신이 나 있었다. 우리는 불편한 몸으로 뙈리도 없이 무거운 것을 이고 밤길을 걸어온 사람에게 수박 꼴이 우습다는 말은 차마 하지 못하고 무용담을 열심히 들어 주었다. 이마 위의 땀을 훔치며 가장 큰 놈으로 골라 엄마에게 성큼 내미는 아주머니의 어깨에는 전에 없던 힘이 가득 실려 있었다. 모르긴 몰라도 오랜 바람이 이루어지는 순간이었으리라. 식구들은 아주머니가 굳이 우리 집에 먼저 들러 근년에는 처음으로 사 보았을 '귀물'을 내놓는 속내를 충분히 헤아리고 있었다. 아주머니는 우리 집에 이런저런 신세를 진 처지라 어떡하든 보답할 기회를 찾고 있었을 것이다. 엄마는 그분의 성의를 흔쾌히 받아주는 것도 도리라고 생각하는 것 같았다.

수박을 받아놓은 엄마는 사지가 불편한 아주머니를 위해 남아있는 함지 속 세 녀석이 더는 장난치지 못하도록 함지 밑바닥과 녀석들 사이사이에 보릿짚을 넉넉히 채워 주었다. 그리고는 헛간에서 뙈리를 갖고 나와 아주머니의 머리에 얹은 후 그 위에 함지를 올려놓아 주면서, 성치 않은 사람에게 달랑 물건만 팔아치우고 편히 이고 갈 수 있게 배려해 주지 않은 야박한 수박 장수를 나무랐다. 식구들은 평소처럼 사람 좋은 웃음을 남기곤 한결 점잖아진 걸음걸이로 대문을 나서는 아주머니의 당당한 뒷모습을 흐뭇하게 바라보았다. 가슴 훈훈한 여름날 저녁이었다.

금순네 아주머니! 그분을 생각할 때면 맨 먼저 목화송이처럼 환하게 웃는 얼굴이 떠오른다. 그 웃음은 장애와 가난이라는 숙명을 문신처럼 지니고 살아야 했던 아주머니에게 그것들을 감싸줄 수 있는 단벌 외투였다. 한껏 벌어진 목화송이같이, 목젖이 다 보일 정도로 고개를 젖히고 푸짐하게 웃던 특유의 웃음이 야말로 가장 든든한 삶의 동반자였으리라. 또한, 사지가 불편한 사람으로서 세상의 시선에 맞서는 방패였을 터이고, 허기진 배를 채워주던 끼니였을 터이며, 실낱같은 희망의 불씨를 지켜준 바람막이였을 터이다. 또 그것은 아주머니가 자신의 삶에 건네는 적극적인 입맞춤이요, 삶을 긍정하겠노라는 운명과의 약속이었을 터임을 나는 오랜 세월이 흐른 뒤에야 비로소 깨닫게 되었다.

인생길을 걸어오면서 어두운 터널을 지나야 할 때면, 캄캄해서 아무것도 보이지 않는다고 칭얼대는 내 안의 나를 어르기 위해 나는 내게 주술을 걸곤 했다. '삶이 그대를 속이더라도…' 주문으로 푸시킨의 시를 왼 다음 아주머니의 웃음을 흉내 내보는 것이었다. 그러고 나면 터널 저쪽에 한 점 빛이 나타났고, 그것을 향하여 조금씩 다가가다 보면 빛의 크기도 점점 커지면서 어느덧 터널 밖으로 빠져나와 있는 자신을 발견하곤 했다. 영험한 주술이었다.

운명이란 어쩌면 그런 것일 터이다. 내려놓으려야 내려놓을 수 없었던 아주머니의 수박 함지와도 같은. 머리 위 수박덩이들이 쏠리는 대로 이리저리 비틀거려야만 했던 아주머니의 걸음걸이처럼, 내 것인데도 좀처럼 내 뜻대로 남겨지지 않는 발자국과도 같은….

인생길이란 어쩌면 그런 것일 테다. 아주머니가 도와줄 사람 없는 고갯마루에서 수박 함지를 내려놓고 잠시 쉬어보지도 못한 채 내처 걸어야만 했던 그날의 밤길과도 같은. 버스에서 내린 아주머니가 무거운 수박 함지를 머리에 인 채 어둠을 가르며 신작로를 지나고, 도랑을 건너, 고개를 오르내린 후, 드디어 마을 안으로 들어서서 희미한 불빛이 기다리고 있는 곳을 향하여 걸었던 노정과도 같은.

아주머니는 주어진 운명에 순응하며 누구보다 자신의 삶을 긍정했던 여인이었다. 웃음이라는 꺼지지 않는 등불로 캄캄한 인생길을 밝히며 머리에 인 수박 함지를 지켜낸 아주머니를 떠올릴 때마다 숙연해지는 마음을 금할 길이 없다.

얄궂은 수박 함지에 휘둘리듯 살았던 여정 뒤에 자식들의 극진한 효도를 받으며 편안한 노년의 길을 걷고 있다는 아주머니의 이야기는 언제 들어도 반갑기만 한 고향 연가이다. 아주머니를 뵈러 고향에 한번 다녀오고 싶다. 그분의 웃음만큼 커다란 수박 한 통사 들고서.

■ 민아리 ■

2011년 『한국수필』 등단. 한국수필가협회, 창작산맥문학회 회원. 제2회 한국수필작가회동인작품상 수상. min01620@naver.com

절박했던 순간

주영기

친구의 딸 결혼식이 있는 날이다. 이른 아침부터 많은 비가 내린다. 오랜 가뭄으로 밭작물이며 모내기 할 논에 물 잡기도 어려워 걱정들을 하던 참이다. 온 대지를 흠뻑 적시는 이 비는 참으로 귀하고 고마운 단비다. 창을 열고 밖을 내다보니 하늘이 나지막하게 내려앉아 쉽게 그칠 비는 아닌 것 같다. 시원한 빗줄기에 바람까지 불어와 오월의 신록이 더욱 선명한 생명력으로 퍼덕인다. 이렇게 줄기차게 비가 내리면 잊고 있던 일이 불현듯 생각난다.

몇 해 전 딸의 결혼식이 있던 날이었다. 그날도 오늘처럼 비가 엄청나게 쏟아져 내렸다. 온겨우내 비 한 방울 내리지 않던 터라 모두들 반가운 비라고 했다. 그러나 집안 대소사에 비가 오면 여간 불편한 것이 아니다. 우선 찾아오는 하객들에게 미안하고 송구스럽다. 멀리 있는 친척들이 일찌감치 집으로 왔다. 예식 시간이 넉넉함으로 우선 음식을 대접하고 이야기를 나누다보니 출발 시간이 되었다. 미리 준비해둔 한복 상자를 챙겨 식장으로 향했다. 신부 대기실에서 순백의 웨딩드레스를 입고 '엄마'하며 살포시 웃는 딸을 본다.

이 세상에서 제일 예쁜 공주를 보는 것 같았다. 이제 남의 식구가 될 딸의 앞날에 엄마로서의 마음속 모든 결정체들을 모아 축복하며 탈의실로 갔다. 한복상자를 여는데 응당 있어야 할 치마가 없다. 갑자기 눈앞이 캄캄해지고 정신이 하나도 없다. 구겨질까 봐 다림질하여 옷걸이에 걸어둔 채 깜박 잊고 그냥 온 것이다. 엘리베이터를 기다릴 사이도 없이 정신 나간 사람처럼 오층이나 되는 계단을 바람처럼 내달렸다. 시계를 보니 결혼식까지는 30여 분 남은 상태다. 바쁘면 신호는 왜 그리 잘 걸리는지 마음이 조급하니 속도 따위는 안중에도 없었다. 비는 장대같이 쏟아지고 자동차 와이퍼는 쉴 새 없이 유리를 닦아내지만 앞이 잘 보이지 않았다. 이윽고 집에 당도하여 열쇠를 찾으니 없다. 설상가상이라는 말이 이럴 때 쓰일 줄이야. 집에 나이 많은 시누님이 있었는데 벨을 눌러도 기척이 없다. 한참 만에 기척이 나더니 문을 열 줄 모른단다. 밖에서 문을 여는 방법을 알려주어도 찰칵거리는 자물쇠 소리만 났지 문은 도통 열리지 않았다. 시간은 흐르고 심장이 타는 듯했다. 그 절박함을 어디다 견줄까. 한참 만에 잡고 있던 손잡이가 드디어 찰칵 열리는 것이다. 순간 쏜살같이 방으로 뛰어들어 치마를 낚아채듯이 들고 어떻게 식장까지 왔는지 모른다. 그날 예식은 황망 중에 마쳤다. 그 일을 겪은 후 심신이 놀랐는지 며칠을 몸살로 고생했다. 얼마 후 웨딩사진이 나왔는데 모두들 우스워 죽겠단다. 여자는 머리가 80%라고 하지 않나. 그날 미용실에서 애써 꾸민 머리는 온데간데없고 얼굴 표정은 바람 빠진 축구공처럼 기운이 쏙 빠져있었다. 그 일을 겪은 후 지인의 결혼식에 비가 오면 그 절박했던 순간이 되살아난다.

어릴 적 친정엄마는 주변을 잘 정리정돈하며 뒤돌아보게 했다. 머리를 빗고 나면 앉은자리 둘레에 흩어진 머리카락을 말끔히 쓸어 모아 아궁이에 흔적 없이 태워버리게 했다. 목욕탕에서 수건이나 비누통을 가끔 잊고 올 때도 있었다. 그럴 때마다 뒤돌아보는 습관이 몸에 배지 않음을 나무랐다. 마당을 쓸 때도 비질한 곳을 두세 번씩 다시 쓸고 또 빠진 곳이 없는지 살펴보게 했다. 아주 작은 행동에도 침착하고 실수가 없도록 훈계했다. 그런데 딸의 결혼식이라는 대 명제 앞에서 그 당부와 가르침이 속절없이 무너져 버렸다. 실수는 무지에서 든다. 그러나 덤벙대다가 깜빡 잊어버리는 경우도 더러 있다. 소위 덜렁증이다. 이런 것들은 다분히 방심에서 오는 경우가 많다. 반면 생각이 날듯 말듯 다 쓴 형광등처럼 깜빡깜빡 잊어버리는 건망증도 있다. 정작 잊어야 할 것은 잊히지 않고 오랜 세월이 흘러 딱지가 된 굳은살로 변했던 것들을 망각했으면 좋았으리라. 몇 날을 울음으로 몸부림치다 정말 잊지 못하는 젊은 날의 초상화 같은 것들은 왜 잊히지 않은지 모를 일이다. 하마터면 내 일생에 잊지 못할 방심에 의한 큰 실수를 저지를 뻔 했다. 옛 어른들이 이르기를 마른 논에 물들어 가는 것과 자식 입에 밥 들어가는 것이 제일보기 좋다고 했다. 오늘 지인의 딸 결혼식이 마른 논에 물 들어가듯 축복의 봇물이 터지기를 빌어본다.

━ 주영기 ━

2011년 『한국수필』 등단. 경남대학교 평생교육원 수필 전문반 수료. 붓꽃문학회 회원.
caltivate@hanmail.net

보석步石

김선희

여름을 맞은 파주삼릉 숲은 하늘을 가릴 만큼 무성한 초록으로 짙어간다. 삼릉은 극상림에서 보이는 서어나무 군락이 있는 아주 오래된 숲이다. 요즘 이곳엔 식재한 꽃들이 더러 피어있기도 하지만 야생화는 미나리아재비만 조금 있을 뿐이고, 봄꽃이 지고 여름꽃이 피어나기 전이어서 꽃이 귀하다.

다른 꽃들이 많이 피었을 때는 곤충을 유혹하기 힘들었던지 때를 맞춰 백당나무에 꽃이 피었다. 백당나무는 꽃이라고 해봐야 좁쌀보다 작은 것들이 한 줌 모여 있을 뿐이어서, 꽃 주위에 헛꽃이라 부르는 낭화浪花를 대동하고 왔다. 볼품없는 진짜 꽃보다 헛꽃이 더 예뻐서 헛꽃만 피도록 개량한 이들도 있고, 커다랗게 핀 헛꽃 송이가 부처님 머리를 닮았다며 불두화佛頭花라 부르기도 한다. 미국에서는 뭉친 눈송이 같다고 스노우 볼이라 부른다는데, 사람마다 관점이 달라 이름이 여러 개이지만 스스로 번식할 수 없어 꺾꽂이를 해야 한다.

백당나무 꽃이 지고 나면 가을부터 겨울까지 빨간 열매가 달리는데 힘들게 얼어서인지 색깔이 퍽 곱다. 꽃 중에는 진짜 꽃보다 훨씬 더 예쁜 헛꽃도 있고, 꽃받침이 더 예쁜 것들도 있다. 자세히 살펴보면 참꽃도 예쁘긴 하지만 너무 작아서 진짜 꽃만 가지고는 곤충을 유혹할 수 없어 헛꽃이나 꽃받침의 도움이 필요한 것이다. 헛꽃보다 작아서 스스로의 힘으로는 수정하기 어렵지만 열매를 맺는 건 볼품없는 참꽃이다.

헛꽃이 없으면 곤충이 모여들지 않으니 참꽃 입장에선 헛꽃이 얼마나 고마울까. 나는 그것이 진짜 꽃이 아니란 사실을 처음 알았을 때 참 불쌍하다고 생각했다. 그렇게 예쁘게 피었으면서 어째 수정할 수도, 열매를 맺을 수도 없는 운명이 되었나하고 말이다. 그러나 어디에서건 자기 역할에 충실한 모든 것은 존재할만한 가치가 있다.

산수국도 백당나무처럼 참꽃과 헛꽃을 가지고 있는데, 참꽃의 가장자리에 달린 헛꽃은 청보라빛 참꽃 주위를 춤추며 날아다니는 나비처럼 화사하다. 헛꽃의 소임은 화려한 외관으로 곤충들을 유인하여 참꽃에 머물게 하는 것이지만, 꽃이 진 후에도 계속 남아 이듬해 봄까지 산수국의 존재를 알려주고 있음이 못내 애처롭다.

산수국의 헛꽃만 핀 수국도 불두화처럼 씨앗을 만들지 못하는 꽃 중에 하나다. 산딸나무도 하얀 꽃잎 같은 총포 네 개를 만들어 곤충들을 불러들여 수정하고 나면, 하얀 총포가 누렇게 변하면서 미련 없이 뚝 떨어져 버리고 만다. 산딸나무는 열매가 마치 딸기같이 생겨서 붙여진 이름인데 그 작은 꽃 몽우리에 녹색 꽃이 촘촘히 모여 있어 헛꽃이 아니라면 벌 나비의 눈길을 끌지 못할 정도로 작고 특징이 없다.

아무리 뛰어난 재능이 있어도 세상을 혼자 살 수는 없다. 함께 살면서 모두가 행복하려면 자기 역할에 충실한 것이 기본이다. 그렇지 못하면 이런저런 문제가 발생하게 된다. 회사에서 홍보팀에 소속된 사람이 홍보는 안 하고 물건 만드는 게 좋다고 공장에 앉아 있다면, 아무리 좋은 물건이라도 판매가 불가능해 창고에 쌓아 두게 될 것이다. 그러면 결국 회사도 망하고 그 속에 속한 자기도 망한다. 그렇게 볼 때, 헛꽃은 홍보 담당이니 제 역할을 잘 감당하고 있다고 하겠다.

어렸을 적에 살던 집 안채 마루 앞 댓돌은 할아버지처럼 반듯했다. 말갛게 닦아 댓돌 위에 올려놓은 하얀 고무신이 조금이라도 흐트러지면 어머니의 가르침에 따라 조막만 한 손으로 바르게 놓곤 했다. 한여름에도 할아버지 모시적삼에선 움직일 때마다 사각사각 소리가 들렸는데 그 소리가 대문을 벗어나면 우리들은 조심하던 말과 행동에서 자유로워졌다.

때로는 그 댓돌을 밥상 삼아 풀 뜯어 반찬 만들고 꽃 뜯어 밥을 지어 소꿉놀이를 하며 놀았다. 댓돌은 다소 높은 마루에 쉽게 오르라고 배려한 디딤돌로 다른 말로는 보석(步石)이라 하는데, 역할도 그렇지만 한자를 빼고 보면 그 말도 예쁘다. 보석돌이 없었다면 어린 아이들이 마루에 올라가기가 쉽지 않았을 것이고, 어른들도 점잖게 오르기 어려웠을 것이다.

살면서 내게 맡겨진 역할은 상황에 따라 수도 없이 많지만, 그중에서 내가 꼭 하고 싶은 한 가지는 보석 역할이다. 모든 이의 조명을 받는 주인공 역할의 보석(寶石)이 아니라, 남의 편리를 위해 디딤돌이 되어주는 보석(步石) 역할 말이다.

내 아이도 셋이나 되지만 아이들과 지내는 걸 워낙 좋아하다 보니 NIE 지도, 독서지도, 기후강사, 숲 해설, 역사탐험 등 여러 가지 일을 하고 있다. 주변 사람들은 나보고 왜 그렇게 바쁘게 사느냐고 하지만, 나는 어린 아이들을 위한 디딤돌 역할을 하고 싶다. 낯선 환경을 접할 때 두려움과 걱정 때문에 시도조차 하기 어려워하는 아이들에게 조금은 수월하게 도전해 볼 수 있도록 편안한 도우미 역할을 하고 싶은 것이다.

팔을 잡아끌거나 번쩍 안아서 마루에 올려놓을 수도 있지만, 그건 내 욕심일 뿐이고 아이들을 위한 것은 아니다. 높은 마루를 짧은 다리를 벌려가며 버둥버둥 그냥 오르려면 얼마나 버겁고 힘겨울까. 힘들고 서툴러도 디딤돌을 딛고 아이들 스스로 해 볼 수 있으면 좋겠다. 하나부터 열까지 모두 다 해결해 줄 수 없다면, 스스로 헤쳐 나가는 연습을 할 수 있도록 도와주는 것이 보석步石 역할일 것이다. 그래서 백당나무나 산수국에 달린 헛꽃이 유성화가 아니라고 하여 가치 없다고 할 수는 없다. 헛꽃이 디딤돌 역할을 해주지 않았다면 어찌 그렇게 예쁘고 고운 빨간 열매를 맺을 수 있겠는가. 아이들 가까이에서 낭화浪花 같은 보석이 되어주고 싶다.

■ 김선희 ■

2006년 『한국수필』 등단. 파주신문 인물인터뷰 작가. 생태역사문화체험 〈자연에서〉 대표. 수필집 『보석 步石』. 동시집 『천사를 위하여』 등. kimsunny0202@hanmail.net

느티나무와 빨래터

김옥례

　　세탁기를 돌리다 불현듯, 예전에 살던 동네 빨래터가 떠오른다. 세탁기가 처음 나왔을 때, 집안 아주머니에게서 그 귀한 것을 선물 받고 쓰기 아까워서 빨래터로 달려가던 일을 생각하면 지금도 실소가 나온다. 요즘은 버튼 하나만 누르면 건조까지 되는 세상이니 빨래터가 있어도 갈 일이 없다.

　마을 한가운데로 사시사철 맑은 개울물이 흐르고 여름이면 여인들의 웃음소리가 떠나지 않던 빨래터가 있었다. 물은 옛날에 용이 승천했다는 산자락 용화굴에서 솟아나왔는데, 어찌나 차가운지 발을 담그면 금방 얼얼했다. 개울가 둔덕에 있는 큰 느티나무가 시원한 그늘까지 드리워서 얼굴 탈 염려도 없으니, 종일 여인들의 수다가 물위에서 찰랑거렸다.

　새댁 때는 집안 청소가 끝나면 으레 빨랫감을 이고 개울가로 나선다. 일찍 서둘러도 어느새 아주머니들이 크고 작은 빨랫돌을 차지하고 앉아서 비집고 들어갈 틈이 없다. 힘겹게 펌프질해서 빤 것에 비해, 백옥 같은 옷가지를 보면 마음까지 하얘져 돌아올 때는 날아갈 듯 발걸음이 가볍다. 하루라도 빨래터에 안 가면 무엇을 빠트린 것 같아 일부러 멀쩡한 옷을 가져갈 때도 있다. 사람들의 풋풋한 이야기가 좋아서, 귀퉁이에 쪼그리고 앉아 자리 나기를 기다리는 시간이 지루하지 않았다. 그 시절엔 빨래터가 아낙들의 유일한 대화마당이었고, 애환을 달래던 휴식처였다. 한바탕 웃고 떠드는 사이 시집살이의 시름이 모두 날아간다.

　어느 날, 마을이 수용된다는 소문으로 술렁일 때 빨래터에 더 이상 갈 수 없는 끔찍한 일이 일어났다. 개울가 옆에서 가축을 키우던 집 딸아이가 어처구니없게도 개에게 물려 참변을 당했다. 돈사 옆에 내다 버린 돼지에게 키우던 개가 덤벼들자 어린애가 개를 쫓으려다 당한 일이다. 평화롭던 빨래터에는 약속이나 한 듯 사람들의 발길이 끊겼다. 웬일인지 쉼 없이 흐르던 개울물도 차츰 줄어들었고, 여인들의 웃음소리 또한 다시는 들리지 않았다. 그 일은 곧 마을이 없어진다는 징조였는지도 모른다.

단오절이면 느티나무에 그네를 매었다. 이웃 사람들이 삼삼오오 모여서 그네를 탈 때면 힘찬 함성과 함께 개울을 가로질러 하늘 높이 올랐다. 유년 시절엔 그 모습을 보며 행여 빨래터로 떨어지지 않을까 걱정하던 때도 있었다. 나무 밑동에 어른이 들어갈 만한 구멍이 있는데 그 속에 큰 구렁이가 산다는 말이 전해져 왔지만, 아무도 보았다는 사람은 없다.

십 년 넘게 방치한 땅을 콘도가 들어선다며 마구 파헤친다. 그 느티나무도 뽑아버린 줄 알았는데, 옆을 지나다가 아직 장승처럼 우뚝 버티고 서 있는걸 보니 반가웠다. 안 그래도 나무를 캐버리려고 땅을 파는데 커다란 구렁이가 나왔다 한다. 땅을 팠던 사람 중 하나가 밤사이 죽어 나가는 일이 생겨서 도로 나무를 심었다는 말에 예사로운 일이 아니었음을 짐작했다. 어림잡아 오백 년은 족히 넘었다는 나무를 옛사람들은 신처럼 받들었을 터인데, 그리 가벼이 생각했으니 어른들 말씀처럼 정말 구렁이의 혼이 노한 것은 아닐까. 캐버리려고 했을 때 이미 정기를 빼앗긴 것인지, 그 이후로 나무가 서서히 말라가더니 개발이라는 명분 아래 느티나무와 빨래터가 흔적도 없이 묻히고 말았다.

바쁜 사람에게 자리를 양보하던 빨래터의 인심을, 요즘은 왜 기대하기 힘든 것인지 그 시절이 사뭇 그립다.

━ 김옥례 ━

2003년 『한국수필』 등단. 제8회 율곡문화제 백일장 입선(차하). 한국문인협회, 한국수필가협회, 한국수필작가회 회원. 현 파주문학회 회장. 저서 『느티나무 아래 빨래터』. kol71000@hanmail.net

천연독 이야기

최은아

　　벌써 30년도 더 지난 옛날, 대구여고 다니던 시절 저는 길을 가다 한의원 간판이 눈에 띄면 속으로 생각하곤 했지요. '20세기 최첨단 과학문명 시대에 아직도 저런 미신 같은 곳에 가는 사람들이 있다니….' 그 당시 제게 한의원은 무당이나 점집 비슷한 이미지였습니다. 한국적인 것에 대한 무시, 홀대, 편견이나 선입견은 일개 여고생이 동양 석학들의 학문을 비웃게 했지요.

　　그 후 의사가 되고자 순천향의대에 합격하였고 우연히 인산 선생의 의서『우주와 신약』을 읽게 되면서 제 인생은 완전히 바뀌게 되었습니다. 그때 처음으로 한의학이 자연의 법칙을 기반으로 확립된 과학이란 걸 깨달았습니다. 청소년 시절 내내 삶의 의미를 찾아 지독히도 방황했던 저는 한순간의 망설임도 없이 의대를 포기하고 인산 선생의 제자로 들어갔습니다. 인간의 이기적 본질 때문에 극도로 자기 혐오감에 빠진 염세주의자인 제가 드디어 이 세상에 태어난 이유를 찾게 되었던 것입니다. 천년동안 정체되어 있던 한의학의 완성체인 인산의학을 후인에게 전달해주는 것이 제 삶의 목적이 되었습니다.

　　한의학은 지구와 인간과 동물, 식물, 광물을 우주론적 관점에서 하나의 자연으로 봅니다. 인간이라는 생명체를 나무로 본다면 질병이 발생한 부위는 나뭇가지이고 근본뿌리는 오장입니다. 가지가 썩으면 그 가지를 잘라 내거나 독성물질을 뿌려 상한 부위를 죽이는 것이 서양의학적 병소를 죽이는 치료방법이라면, 뿌리인 오장을 튼튼하게 하는 천연물질을 공급하여 정상세포가 재생되면서 가지의 썩은 부위가 쪼그라들어 저절로 말라 떨어지게 하는 것은 한의학적 정상세포를 살리는 치료방법입니다. 이렇게 한방과 양방이 치료 목적은 같으나 치료 방법은 정반대이고 적용 부위도 정반대입니다.

인산 선생의 한의학 중에서 특히 시선을 사로잡는 부분은 천연독성물질의 법제법입니다. 유황이나 주사, 백반, 담반 같은 독성 광물질을 법제해서 독성을 없애고 약성을 강화시켜 치료약으로 쓴다는 사실은 그저 감탄스러울 뿐입니다. 수천년전에 중국, 한국 등에서 이미 발견되어 제한적으로 사용된 광물약이 오랫동안 법제법을 몰라 방치되어 있다가 20세기에 와서 인산 선생이 비로소 그 법제법을 창안하여 책에 밝혀놓았지요. 독은 독일뿐인데 독성을 없애서 오히려 생명을 살리는 약물질로 바꾸는 것은 경이로운 화학이고 과학입니다.

'주사'라는 붉은 광물은 이미 기존 한의학에서도 법제법이 밝혀져 있는 약재인데 뇌혈관에 효과적인 천연약물질입니다. 교통사고나 뇌경색 등으로 뇌부위가 손상되어 터지고 부어오르고 신경을 눌러 사고력이 혼미해지고 말이 어눌해지거나, 혼수상태에 빠질 때 신경세포들이 더 손상을 입기 전에 시각을 다투어 재빨리 이 '주사'를 법제하여 첨가한 처방약을 복용시키면 뇌혈관 및 뇌세포를 회복시킬 수 있습니다. 시간이 흘러서 이미 너무 많이 죽어버린 뇌세포라면 되살릴 수 없지만 죽어가고 있는 뇌세포들은 얼마든지 진행을 막아 회복시킬 수 있습니다.

몇 년 전 교통사고로 뇌를 심하게 다친 젊은 아가씨가 서울대병원에 입원했는데 뇌의 사고력, 언어력 부위가 모두 손상을 입어 의사들이 회복하려면 1년은 걸릴 거라고 진단하였습니다. 환자는 못 오고 오빠가 왔는데 바로 '주사'와 '천마'를 주재료로 한 처방을 써서 며칠 만에 호전되었고 약 한달 만에 언어력과 사고력이 모두 정상이 되었습니다.

의사들은 놀랐지만 천연물질 중에는 합성약의 효능보다 빠른 약용물질이 많습니다. 천연물질이라 독성을 잘 법제하면 인체에 부작용이 전혀 없습니다. 천연독과 합성독은 차원이 다릅니다. 천연독은 법제하면 해독하는 영약으로 바뀔 수 있으나 합성독은 영원히 독성물일뿐입니다. 미네랄, 즉 천연약용광물질은 생체신호전달체계에 관여하고 동물성 독은 법제하면 강력한 영양물로 바뀝니다.

약용광물은 수목화토금에서 금에 해당되어 찬 성질입니다. 금생수金生水 즉 금(광물)은 물의 원천이기 때문에 찬 것으로 인식합니다. 수생목 목생화 화생토 토생금 금생수水生木 木生火 火生土 土生金 金生水 따라서 다쳐서 붓고 열나고 염증이 생길 때 차게 식혀서 부기와 염증을 억제하는 약물로는 광물약이 가장 효과적입니다. 뇌졸중 환자에게 바로 쓰면 뇌혈관과 신경손상을 막아 마비의 많은 부분을 다스릴 수 있습니다. 그러나 모든 질병이 그렇듯 시간이 지나버리면 어렵습니다.

교통사고로 뇌를 다친 환자, 급작스러운 뇌경색환자에게 필요한 '주사'의 뛰어난 약용가치가 일반인들에게는 잘 알려져 있지 않습니다. 저는 현대의학에서 이런 뛰어난 천연물질을 병행 사용해서 오직 환자의 고통을 없애고 보호자의 아픔을 없애는 것만을 목적으로 하는 날이 오기를 바랍니다. 한의학이면 어떻고 서양의학이면 어떻습니까. 환자가 죽어가는데, 고통스러운데 그까짓 학파가 무엇이라고, 평생 장애를 안고 살아가야 할 사람과 가족들의 불행을 줄일 수 있는데. 그러나 돈과 지위와 명예가 걸린 거라면 현실에서는 달라집니다.

어쩌면 세상만사가 궁극적으로는 심리, 사회, 교육, 철학적 문제로 귀결되는 것 같습니다. 의학도 마찬가지입니다. 이 사회의 인식체계를 바꿔나가는 것이 저의 새로운 소명일지도 모르겠습니다.

■ 최은아 ■

2012년 『한국수필』 등단. 한의학박사, 인산죽염(주), 인산한의원 대표이사, (사)경남여성경영인협회 명예회장, (사)한국여성발명협회 부회장. insankr@daum.net

손녀의 베스트 프렌드

조사무

    손녀가 다니는 유아원에 칼리파Khalifa라는 보모대장이 있습니다. 옛날식으로 말하면 보모상궁인 셈이지요. 아프리칸-아메리칸으로 체격은 좀 우람스럽긴 해도 웃을 때 표정이 비단결처럼 부드럽습니다.

    작년 시월 손녀가 유아원에 입학한 첫날이었습니다. 오후에 아이를 픽업하러 들렀다가 처음 만난 칼리파가 한순간 그렇게 미울 수가 없었습니다. 할아비가 너무 반가워 뒤뚱뒤뚱 달려오는 아이를 막 안아 올리는데 그녀가 말했습니다.

    "헌터가 사고를 쳤어요.(She has an accident.)"

    얼마나 놀랐는지 모릅니다. 사고라니. 혹시 손녀가 어디를 다치지나 않았나, 무엇을 깨뜨리지나 않았나, 누구를 때려 상처를 내지 않았나, 짧은 순간 온갖 불길한 생각이 꼬리를 물었습니다. 그녀가 환하게 웃으면서 비닐봉지 하나를 내밀었습니다. 두 살배기 손녀가 아침에 입고 갔던 옷가지가 들어있었습니다. 촉촉한 질감이 묵직했습니다. 안도의 한숨이 절로 나왔습니다. 곡절을 알고 나니 칼리파가 새삼 듬직하고 예뻐 보였습니다.

    엊그제 아이를 데리러 갔다가 유아원을 나서는 그녀와 마주쳤습니다. 손이나 흔들고 그냥 지나치려다가 아무리 생각해도 그동안 너무 무심했던 것 같아 잠시 대화를 나눴습니다.

    "퇴근길인가요?"

    "아, 예. 손녀를 데리러 오셨군요."

"그렇습니다. 아이를 잘 보살펴주셔서 정말 고맙습니다."

"천만에요. 당연한 걸 가지고."

"헌터Hunter가 그러는데 유아원에서 제일 친한 친구가 칼리파라고 하던데요."

칼리파가 손뼉을 치며 좋아했습니다. 그야말로 박장대소였습니다. 그 즐거워하는 모습이 꼭 천사 같다는 생각이 들었습니다.

말은 선약도 되고 독약도 됩니다. 말 한마디로 슬퍼하는 사람을 위로해줄 수도 있지만 까딱하면 마음을 상하게도 합니다. 말로 상처를 입은 사람들이 얼마나 많습니까. 말은 좋은 약방문이기도 하지만 자칫하면 비수가 되어 촌철살인을 저지르기도 합니다.

글도 마찬가지입니다. 요즘 분노를 촉발하는 글이 너무 많은 것 같습니다. 가상공간이나 현실공간을 넘나들며 마구잡이로 독침을 쏘아대는 독설가들이 얼마나 많은가요. 이에 동조하며 덩달아 분노를 터뜨리는 사람들은 또 어떻구요.

이곳에도 '말 한마디가 천 냥 빚을 갚는다.'는 우리 속담과 비슷한 말이 있습니다.

'A soft answer turns away wrath.'입니다. '친절한 대답 한마디가 분노를 잠재울 수 있다'는 뜻이겠지요. 그렇습니다. 분노로 분노를 다스릴 수는 없습니다. 분노는 분노를 낳습니다.

'분노의 포도'로 담근 포도주를 홀짝거리면서 사랑을 노래할 수는 없지요. 붉은 깃발을 저으며 '만국의 노동자여, 투쟁하라.'면서 세계평화를 주창할 수는 없는 일이 아닙니까.

좋은 약도 과용하면 독약이 되고 남용하면 약효가 미약해지기 마련입니다. 진통제도 그렇고 환각제도 마찬가지입니다. 그래서 점점 강한 약을 찾게 되나 봅니다. 사랑도 그렇습니다. '사랑한다'라는 말 한마디나 연서 한 장으로는 어림 쪽도 없다면서요. '정말 정말 사랑해'도 영 말발이 서지 않는다면서요. '죽도록 사랑해'도 이젠 한물갔다면서요. 서프라이즈가 없는 사랑은 앙꼬 없는 찐빵이나 마찬가지라면서요.

말이 점점 거칠어집니다. 표현의 강도가 자꾸 독해집니다. 말의 힘, 즉 약발이 급속히 떨어져 발생하는 불가피한 현상일 테지요.

두 살짜리 우리 손녀의 베스트 프렌드인 칼리파가 아무렴 고의로 헌터가 사고를 쳤다고 험한 말을 하겠습니까. 어쩔 수 없는 사회현상인 듯싶습니다. 그래도 그렇지, 처음 그 소리를 듣고 말 한마디도 없이 그냥 넘길 수가 없었습니다.

"정말 놀랐어요. 앞으론 헌터가 할아버지 선물을 준비했다고 말해주면 고맙겠습니다." 했더니 검은 천사가 선하디선한 눈을 껌뻑이며 당황하는 것 같았습니다. 그 순간, 아차 했습니다. 정말 미안했습니다. 요즘은 그녀와 마주치면 제가 먼저 아무렇지도 않게 묻곤 합니다.

"오늘 혹시 사고가 있었나요?"

■ 조사무 ■

2011년 『한국수필』 등단. 한국수필가협회, 한국수필작가회 회원. chosamoo@gmail.com

시와 직박구리

박경우

　일요일 아침 성당에 가려고 집을 나섰다. 걷기에는 먼 거리여서 겨우내 차를 타고 다녔는데, 오늘은 봄기운도 느껴볼 겸 걸어가기로 마음먹고 공원길로 들어섰다.

　햇살이 따사로웠다. 혹시 봄꽃이 피었을까. 유심히 주위를 살폈다. 기대와 달리 개나리, 목련은 아직 꽃봉오리를 열 기미조차 보이지 않았다. 얼마쯤 갔을까. 저 앞쪽에서 노란빛이 아른거렸다. 그렇지, 산수유가 있었구나. 반가운 마음에 걸음이 빨라졌다. 가까이 가자 성근 꽃송이 사이로 낯선 새 한 마리가 보였다. 가지에 앉아 산수유 꽃을 따먹고 있었다. 신기하기도 하지, 꽃을 따먹다니. 새가 눈치 채지 않게 살그머니 다가가 조심스레 사진을 찍었다.

　집에 돌아와 사진 속의 새를 자세히 보았다. 꼬리가 길고 머리와 가슴은 회색, 배는 연한 갈색으로 흰색이 점점이 섞여 있었다. 등과 날개는 어두운 갈색을 띠고 있었고, 한 뼘 정도의 길이에 통통한 몸매를 가진 귀여운 새였다. 사선으로 앉아 먼 곳을 바라보고 있는 포즈 또한 마음에 쏙 들었다. 그런데 정작 이름을 알 수 없으니 난감했다. 어쩌담. 어느 시에서처럼, 이름을 불러주어야 나에게로 와 꽃이 될 텐데. 잊혀지지 않는 하나의 눈짓이 될 텐데….

　수소문 끝에 어렵사리 새의 이름을 알아냈다. 직박구리였다. 이름을 듣는 순간, 「직박구리의 죽음」이라는 시가 떠올랐다. 이 시는 류시화 제3시집 『나의 상처는 돌 너의 상처는 꽃』에 수록되어 있는 시로, 명상을 통해 얻은 시인 특유의 사색이 담겨있다. 이 시에서 직박구리라는 이름을 처음 알았을 때, 왠지 낯설지 않고 정감이 갔다. 그래서였을 것이다. 이름을 듣자마자 생각났던 게. 얼른 시집을 펼쳤다.

> 오늘 나는 인간에 대해 생각한다
> 인간이란 무엇인가
>
> 가령 옆집에 사는 다운증후군 아이는 인간으로서
> 어떤 결격사유가 있는가
>
> … 중략 …
>
> 늘 집에 갇혀 지내는 아이가 어디서
> 직박구리를 발견했는지 모른다
> 새는 이미 굳어 있었고 얼어 있었다
> 아이는 어눌한 목소리로 부탁했다
> 뜰에다 새를 묻어 달라고
> 자기 집에는 그럴 만한 장소가 없다고
> 그리고 아이는 떠났다 경직된
> 새와 나를 남겨 두고 독백처럼

이어지는 부분에, 아이가 돌아와 신발 한 짝을 내밀며 새가 춥지 않도록 그 안에 넣어서 묻어 달라는 내용이 들어있다. 양말도 신지 않은 맨발에 한쪽 신발만 신은 채로. 이 시를 읽자 사그러들던 감성이 살아나며 시에 대한 갈증이 일었다. 목을 축이듯 천천히 시를 읽으며, 직박구리가 물어다 준 시간에 젖어들었다.

시를 읽고 나자 이번엔 시인의 근황이 궁금해졌다. 인터넷으로 검색했더니 최근 산문집을 출간했으며, 곧 사인회를 한다는 소식이 올라와 있었다. 마침 잘됐다 싶었다. 사인회장을 찾아 오래 기다린 끝에 차례가 되었다. 시인이 사인을 하는 동안 직박구리에 대한 얘기를 했다. 얼마 전 산수유나무에 앉아있는 직박구리를 보고, 「직박구리의 죽음」을 떠올렸다고. 시인은 사인을 하다 말고 쳐다보며, 그 시를 기억하냐고 놀라워했다. 그러면서 시의 내용이 실화라고 했다. 실화라니, 뜻밖이었다. 그는 그 뒤에 아이가 사라졌다며 시설로 보내진 게 아닌가 하는 생각이 든다고 했다. 며칠 전 그의 집 명자나무에도 직박구리가 날아와 앉아있었다고. 회상하는 듯한 그의 얼굴에 잠시 쓸쓸함이 스치고 지나갔다.

맨 처음, 시에서 직박구리라는 이름을 알았고, 직박구리를 본 뒤 시를 기억했으며, 그 기억으로 시인을 만나 진솔한 대화를 나누게 되었다. 시인과 독자로 만나 몇 마디 주고받은 게 전부였지만 여운은 길었다. 이렇게 이어진 과정 속에서, 내게서 멀어지던 시가 다시 마음속에 자리 잡기 시작했다.

그 뒤로 공원길을 걸을 때면 유심히 나뭇가지를 살피는 버릇이 생겼다. 그러다 운 좋게 직박구리를 볼 때도 있었는데, 몸집이 작은 걸로 보아 그때의 직박구리는 아니었다. 그래도 반가웠다. 자세히 알아보니 직박구리는 산수유꽃뿐만 아니라 주로 꽃을 좋아하는 새로, 내가 처음 봤을 뿐 그리 희귀한 새는 아니었다. 그렇다 해도 내겐 직박구리가 그 어느 새보다 소중했다. 스쳐 지나칠 수도 있었던 직박구리. 그러나 내 눈에 띄었고 내 마음에 들었으므로, 사람의 인연도 그렇지 않은가. 하고 많은 사람 중에 그냥 지나치지 못하고 굳이 만나, 세상에 다시없는 사람으로 알고 인연을 쌓아가는 것이.

봄빛이 물들기 전, 산수유꽃을 따먹던 직박구리. 다시 봄이 오고 산수유 노란 꽃송이들이 아른거릴 때면 제일 먼저 기억하리라. 이미 나에게 잊혀지지 않는 하나의 눈짓이 되었으므로.

━ 박경우 ━

2012년 『한국수필』 등단. 한국수필가협회. 한국수필작가회. 한결문학회 동인. 공저 『나는 인생의 작가다』. 『눈부신 계절에』. pkw715@naver.com

소낙비

이림

항상 와왁왁왁 샤샤샤샤-.

소낙비 소리가 들린다.

너무 많아 셀 수 없는 날들, 너무 많아 셀 수 없는 누에고치들. 널따란 뽕잎을 던져주면 와왁와 샤샤샤 뽕잎 갉아 먹는 소리, 그리고 하얀 누에고치가 너무 많다. 소낙비 소리가 너무 많이 난다. 진보랏빛 오들깨(오디)가 맛있다. 뽕잎은 누에에게 오들깨는 내가 뽕잎은 누에 수만큼 많지만 오들깨는 혼자서도 모자라 누에도 내 맘도 소낙비 소리가 난다.

토닥토닥 톡톡톡 빗방울이 떨어지면 차착 차착 착착착 소낙비와 같이 연잎 우산을 쓰고 고향 둑길을 뛰었던 일이 생각난다. 뽕잎에 빗방울이 떨어지면 수많은 누에가 내는 소낙비 소리가 생각난다. 수돗가 빨간 석류에 빗방울이 떨어져서 영글어가고 청개구리가 펄쩍펄쩍 뛰던 어릴 적 연못과 비 오는 풍경 그리고, 코스모스에 방울방울 빗방울이 떨어지는 시골 거리를 걷다 보면 현실에서 벗어나 초연히도 기억 속으로 들어가 본다.

연두색 나무개구리가 연잎 위와 코스모스 둑길 사이로 펄쩍펄쩍 뛰어다니고 빗방울 주루룩 톡 주루룩 톡 연잎 위로 떨어지면 연두색 나무개구리는 조금 좋다 하고 친구들은 좋다 한다. 연잎 우산을 쓰고 주루룩 톡 주루룩 톡 동네 한 바퀴를 걸으면 비는 조금 좋고 연잎 우산은 좋다. 소낙비를 피해 연잎 우산은 던져 놓고 마을 길 옆 지붕 밑에서 떨어지는 빗소리를 들으니 빗소리는 조금 좋고 비바람 소리는 좋다. 비가 그치면 조금 좋고 비가 오면 좋다. 나무개구리, 청개구리 조금 좋고 소낙비가 오면 좋다. 나무개구리, 청개구리 조금 좋고 연잎에 비 떨어지는 소리 빗방울은 좋다. 비 오는 밤이 조금 좋고 밤에 비가 개이면 좋다. 소낙비 오는 소리에 하늘에서 나풀나풀 자유로이 날리는 빨주노초파남보 천연염색 물들인 천을 걷으며 가을 노을의 아름다움과 토닥토닥 가을비가 오는 소리를 감상해본다.

소낙비가 그치면 햇볕에서 제대로 빛을 발할 천연 감물, 노란 치자 물, 황토에 자연스럽게 색을 낸 금빛천, 숯으로 색을 낸 천, 나무로 색을 낸 아름다운 천연염색천이 창공에 아름답고 자유로이 무지개색으로 휘날리며, 무지개와 함께 아름다움이 펼쳐지리라.

이 림

2002년 『한국수필』 등단. 한국수필작가회 회원. tharhd33@naver.com

고사목

김아가다

청송 주산지다. 고요한 호수 가운데에 검고 음습한 나무가 서 있다. 영화 〈킬링필드〉의 한 장면이었던 썩은 나무들이 이리저리 물살에 휩쓸려 가는 영상이 떠오른다. 오래되어 죽은 나무라고 한다. 마치 어머니가 서 있는 듯 목젖을 타고 서러움이 치밀어 오른다.

역사를 가지고 있는 주산지는 농업용 저수지다. 1720년 숙종 때 쌓았다고 하니 300여 년 전의 일이다. 임금은 가뭄과 수해로 굶주림에 허덕이는 백성을 긍휼히 여겨 저수지를 만들게 했다. 높고 깊은 골짝마다 흘러서 모인 물은 한 번도 바닥을 드러낸 적이 없어 오랜 세월이 지난 지금도 일대의 농지를 비옥하게 한다.

주산지로 들어서면 흥미로운 글귀를 만나게 된다. '무장애 자연관찰로'라는 안내판이다. 길의 '턱'을 없애 장애인일지라도 편리하게 자연을 관찰할 수 있도록 잘 만들어진 길이라는 뜻이다. 아름답게 가꾸어진 산책로에 화장실과 휴대전화 충전시설까지 보인다. 자연과 문명이 만나 정돈된 길은 누구나 걷기에 편안하다. 바위틈에 핀 제비꽃도 보이고, 바위 끝 벼랑에는 허리 굽은 노송이 땅을 내려다본다. 오솔길 들어서니 조붓한 계곡의 흐르는 물소리에도 가락이 있다.

그뿐인가, 저수지 가장자리에 뿌리내린 수령 150년 된 왕버들은 주산지의 자랑이다. 왜 하필 왕버들일까. 아름드리 큰 덩치로 성장이 빠른 버드나무는 수해를 방지하고 타들어 가는 가뭄에도 잘 견디기에 예부터 둑이나 물가에 많이 심었다고 한다. 그중에서도 주산지의 왕버들은 오랜 세월과 함께 특유의 우아함과 처연함으로 예술가들의 사랑을 듬뿍 받아왔다. 새벽안개가 깔린 주산지의 정경은 몽환적이어서 사진 촬영지로 인기가 높다. 덕분에 지금은 관광명소가 되어 후손들의 생계에도 도움을 주고 있다.

어찌된 일일까. 늘 푸르고 청정하던 버드나무가 언제부터인지 시름시름 앓기 시작했다. 농번기가 되면 물을 빼주고 가두기도 하며 저수지를 관리해야 하는데 영화 촬영장소가 되고 유명세를 치르기 시작하면서 문제가 생겼다. 일 년 내내 물을 담고 관광객을 맞이하다 보니 변고가 생겼다. 사람이나 자연도 휴식이 필요하다. 우선 눈에 보이는 관광수입에만 급급하다 보니 탈이 난 것이다. 왕버들의 생사보다 나무 한 그루에 들어가는 치료비가 아깝단 말인가. 자세히 보니 뿌리까지 썩지는 않은 모양이다. 가냘프게나마 가장자리의 왕버들이 노르스름한 잔뿌리를 내리기 시작했다. 놀란 관리들이 혼비백산하여 물을 빼고 나무에 응급처방을 시행한 덕분이다. 나무마다 영양제를 달고 있다. 하마터면 알량한 인간의 이기심 때문에 간당거리던 목숨을 잃을 뻔했다. 생명의 소중함이 어디 이뿐이랴, 사람 사는 모습도 이와 같을 터이다.

처연하게 물속에 자리하고 서 있는 고사목. 넋마저도 묻은 듯 일부종사하는 여인의 모습이다. 간암이 림프샘까지 전이된 남편을 살려보겠다는 젊은 아내의 몸부림을 뒤로 한 채 아버지는 세상을 떠났다. 병시중에 가세가 기울어 당장 끼니도 어려운 판에 아이가 다섯이나 있으니 누가 보아도 기가 막힐 지경이었다. 그나마 집이라도 한 채 있어서 어머니의 버팀은 시작되었다. 길갓집이라 구멍가게를 해봤지만, 세끼 밥도 해결하기 어려웠다.

한번은 이웃에 사는 생선장수 아주머니가 자기를 따라다니며 갈치장사를 해보라고 권했다. 이를 앙다문 어머니는 수산시장을 다녀왔다. 생선 상자를 머리에 이고 나간 어머니는 해가 저물어도 돌아오지 않았다. 밤이 자꾸 깊어지니 동생들이 울기 시작했다. 나도 무서웠지만, 속울음을 삼키며 막냇동생의 손을 잡고 어머니를 찾아 나섰다.

동네에는 커다란 연못이 하나 있었다. 달빛마저 숨어버린 칠흑 같은 밤이었다.

어둠 저편에, 버드나무를 껴안고 흐느끼는 어머니를 보았다. 집을 두고 못에는 왜 갔을까. 질긴 인연, 자식들이 눈에 밟혀 모진 목숨 참고 견디어 보리라 마음먹었을 터이다. 온종일 생선 상자를 머리에 이고 골목길을 돌아다녔지만 "갈치 사세요." 소리가 목구멍에서 나오지 않았다고 했다. 한 마리도 팔지 못하고 돌아오는 발걸음은 세상과 부딪혀 살아야 할 미망의 서러움이 절절히 가슴에 맺혔으리라. 갈치는 어머니의 마음만큼 애를 태운 모양이었다. 우리는 쿰쿰한 냄새가 나는 갈치 찌개를 몇 날 며칠 동안 먹어야 했다. 지금도 나는 갈치를 좋아하지 않는다. 그날의 아픔이 가슴 밑바닥에서 도리질하고 있어서다.

어머니의 애옥살이는 끝이 없었다. 지독한 가난에서 벗어나려고 온갖 고생을 다 했다. 한창 자라는 아이들의 먹성은 만만치 않았다. 어떻게 하면 자식을 굶기지 않고 공부를 시킬 수 있을까 하는 각오가 땅이 꺼지라 내뱉는 그 한숨 속에 녹아있었다. 화장품 방문판매도 해보고, 공장에 가서 험한 일도 겪었다. 자식 버리고 돈 많은 홀아비에게 시집가라는 말에 상처를 받아 까무러친 적도 있었다. 배를 곯아도 자식들과 함께 살겠다고 하던 어머니는 그 각오를 끝까지 지키셨다.

호수는 침묵하고, 숱한 인고의 세월을 마감한 고사목이 깊은 잠에 빠져있다. 저 고사목, 생을 마친 후에도 뿌리를 깊숙이 박고 떠나지 못함은 무슨 연유에서일까. 만백성의 어버이가 백성을 굽어살피시어 주산지를 만들었듯이 어머니도 자식을 위해 손발이 다 닳도록 작은 몸피 하나로 댐을 막아 버팀목이 되었다. 삶의 마디마디 홍수가 나서 모든 것을 쓸어가도, 하는 일마다 꼬이는 힘겨운 가뭄에도 수위를 지키며 의연하게 살아오지 않았던가.

사체死體가 된 고목이 가슴에 잔잔한 파문을 일으킨다. 물결 따라 떠내려가지 못하고 애오라지 참고 살아야 했던 여자의 일생을 의미하는지. 주산지의 파수꾼이었던 왕버들 고사목을 바라보니 어머니가 보고 싶다.

■ 김아가다 ■

2012년 『한국수필』 등단. 한국수필가협회. 한국수필작가회. 대구문인협회. 대구수필가협회 회원. 경북일보 문학대전 수상. 수필집 『회나리』. agada8867@hanmail.net

원두막

김권섭

　　5, 60년대 만 해도 나의 고향은 들녘마다 6, 7월이 되면 온통 원두막이 들어섰다. 그때의 정경이 선하다. 푸른 들판에 그림처럼 펼쳐진 그 모습은 조선 후기 풍속화가 김득신의 원두막 그림에서나 볼 수 있으니 이제는 아쉬운 추억이다.

　　나는 초등학교 시절 공휴일이 되면, 원두막에 가는 것을 큰 기쁨으로 여겼다. 장님 문고리 잡기로 어쩌다가 지나가는 행인들 중 참외를 원하는 사람이 있었다. 지금처럼 휘황찬란한 보기에도 귀하고 군침을 삼키는 겉이 노랗고 흰 줄이 있는 은천참외가 아니라, 껍질 거죽이 녹색 바탕에 개구리 무늬처럼 얼룩져 있어 일명 개구리참외다. 참외를 따 달라는 행인에게 나는 제일 잘 익은 참외를 따 준다. 이런 참외는 단내가 코를 진동한다. 참외를 따 주면 돈을 준다. 돈을 받으면 그렇게도 좋았다. 어린 내가 돈을 만진다는 것은 큰 행운으로 여겼다. 당시에 나는 일 년 중 섣달그믐 저녁이나 되어야 어머니로부터 10환 한 장을 받았다. "한 해의 마지막 밤에 돈을 지니고 자면 새해에는 복이 들어온다."는 풍습으로 돈을 주셨다. 원두막을 다녀오면 제석(除夕)에나 한 번 받을 수 있는 돈을 별도로 손에 쥐게 되어 벙글벙글하였다. 돈이 생겨서 나도 모르게 빙그레 웃고 있으면, 할머니께서는 내 속도 모르고 "너는 무엇이 그리 좋아 사내 녀석이 의젓해야지 '헤헤' 입을 벌리고 있느냐!"고 나무랐다.

　　모내기가 끝나면 산과 들이 온통 푸르디푸르다. 마을 앞을 흐르는 섬진강 자갈 위로 흘러가는 냇물 소리와 함께 뻐꾸기가 뻐꾹뻐꾹 우는 소리가 들렸다. 가뭄으로 벼논바닥이 갈라져서 종일 논에 물을 대야 할 때였다. 아버지께선 그간 나와 함께 밤에는 원두막에 갔었는데 논에 물을 대느라고 갈 수 없게 되었다. 그래서 그날은 누님과 여동생이 나와 함께 원두막에 가게 되었다. 참외밭 둘레에는 옥수수가 크게 자라 울타리가 되어 무성하다. 옥수수밭에 사람이 숨어 있어도 보이지 않을 때다.

엄전한 집안에서만 자란 삼 남매는 원두막에 이르자 해방을 맞이하는 듯했다. 셋이 캄캄한 밤 원두막 멍석에 누워서 노래하고 얘기하고 밤이 새는 줄 몰랐다. 즐거운 마음으로 원두막에서 쉬지 않고 노래를 실컷 불렀다. 집에서는 고지식한 조부모님, 부모님이 노래라곤 아예 싫어해 입 밖에 뻥끗도 못 해 주눅이 들고 살다 모처럼 불렀다. 동요에서부터 유행가를 넘나들었다. 그 많은 노래를 언제 그렇게 많이 알았는지 신통하다. 부르다 지치어 자정 무렵에 곤히 잠이 들었다. 노래가 멈추니 그간 옥수수밭에 숨어 있었을 것이라 여겼던 도둑은 슬그머니 원두막의 사닥다리를 한 계단 두 계단 올라오는 것이다. 나는 겁이 나서 쥐 죽은 듯이 잠자는 시늉만 하고 있었다. 도둑이 사닥다리를 올라올 때 나는 심장이 멈추는 듯했다. 두려움과 공포심에 가슴이 벌렁벌렁하였다. 당시 불과 몇 년 전 나는 크게 놀란 경험이 있었다. 6·25사변 중 밤에 지리산에서 반란군이 우리 집에 올 때 크게 떨었다. 당시 어른들은 다 피하고 나 혼자 방에 자고 있을 때 혼났다. 나는 도둑은 그때 반란군처럼 느꼈다. 자라 보고 놀란 가슴 소댕 보고 놀란다. 누님과 여동생은 처음 보는 낯선 사람을 보고 "도둑이야! 도둑이야!" 큰소리로 고함을 질렀다. 원두막에 올라오던 그 남자는 잽싸게 줄행랑을 쳤다. 도둑놈이 저만치 가고서야 나는 사뭇 기가 꺾인 태도로 "누구 왔소?" 하고 겸연쩍 부스스 자리에서 일어났다. 이러고 나서 삼 남매는 서로 부둥켜안고 당황하며 오들오들 사시나무 떨듯 날이 새기만을 기다렸다.

누님과 여동생이 용감하게 고함을 쳐서 무서움을 쳤던 그 사람을 쫓아 버렸다. 자매는 그 후 부모님께서 어쩌다 "원두막에 가라."하면 마치 "소에게 도살장 가라."는 것처럼 싫어했다. 지금도 원두막 이야기가 나오면 누님은 나에게 "너는 그때 도둑이 왔는데 잠만 자고 일어나지도 않았지!"하고 말하면 쥐구멍이라도 찾을 지경이다. 이런 내가 이제 자매들에게 잘해주지 못한 것 같아 후회스러운 마음이 든다.

평화로운 들판에 희망의 등대였던 원두막이 오래오래 있을 줄 알았는데 한 세기가 가기 전 자취도 없이 사라져 버렸다. 열대야로 잠 못 이루는 밤일지라도 원두막에만 가면 지친 몸도 솜사탕처럼 스르르 사라진다. 어려서 누님은 나를 무척 위하고 사랑해줬다. 50년대 가난한 농가에서 본인은 초등학교만 졸업했으면서 내가 소풍갈 때면 전날 밤 어른들 모르게 과자도 챙겨 주고 용돈도 줬다.

원두막에 있으면 산바람 골바람 따라 삼복더위에도 산들바람이 불어온다. 불현듯 반짝이는 반딧불은 풀벌레 소리와 함께 너울거렸다. 원두막에서 보면 은하수가 보석같이 빛났다. 이제는 반딧불도 안 보이고 은하수도 공해로 희미해졌다. 마치 그 좋았던 누님과의 사이가 소원疏遠함 같다. 당시 나는 낮에는 부끄러워서 피지 못하는 박꽃처럼 수줍음 잘 타는 사내아이였다.

사람이 살아간다는 것은 한편으로 누군가에게 마음에 씨앗을 심는 일이다. 각자 딴 살림을 하고 사소한 오해로 검은 장막이 둘러싸였다. 나의 삶도 어언 석양에 붉은빛이 뉘엿뉘엿 사라지는 해넘이가 돌아왔다. 어두운 밤이 오기 전에 오누이 간 촛불을 켤 때다. 나는 까마귀가 되고 누님은 까치가 되어, 견우와 직녀의 사랑을 나눌 때다. 은하수에 오작교를 놓을 때다. 비록 변화된 사회에 원두막은 낙조落照처럼 사라졌어도, 오누이의 정情 만큼은 서광瑞光으로 동녘의 하늘을 수놓아야 하겠다.

━ 김권섭 ━

2012년 『한국수필』 등단. 한국수필가협회, 동부수필 회원. 교육부장관상, 대법원장상 수상. 녹조근정훈장 수훈. 교육학석사. 중등교장으로퇴임. 수필집 『원두막』 외 1권. kwonseop@hanmail.net

할아버지의 자장가

이춘만

　　어제, 토요일 저녁 무렵에 동탄에서 올라온 손자 재준이네가 서울 할머니 집에서 또 하룻밤을 잤다. 수년 간 매주 그렇게 해온 일이건만, 언제나 기다려지는 날이 토요일이고 유독 보고 싶은 사람이 그날 함께 오는 손자손녀들이다. 나도 역시 손자바보가 된 모양이다.

　오늘, 주일 오전 예배엔 우리 가족 삼대가 참석하여 은혜를 받았다. 예배를 마치고 교우들과 문안하며, 아들이 제 다니는 회사를 3년간 육아 휴직하고 호주로 유학을 떠난다는 소식을 전하자 다들 기뻐하며 축하해 주었다. 친교 시간에 문안 인사를 나누다 그리 되긴 했지만, 자식 자랑을 한 꼴이 되어 조금은 겸연쩍었다.

　이웃에 사는 조카딸 순분이가 저녁을 사겠다고 우리 집으로 찾아왔다. 재준이네가 호주로 이사 가면 오랫동안 볼 날이 없다고 해서 저녁을 함께 나누자는 것이다. 우린 그냥 집에서 조용히 음식을 시켜먹기로 했다. 마침 순분이네도 세 식구가 곧 장기 미국여행 길에 오른다고 한다. 모처럼 좋은 기회라며 잘 다녀오라고 했다. 이래서 피붙이는 늘 애틋한가 보다.

　메뉴는 모두 중국음식으로 정했다. 막둥이 여섯 살 예슬이는 가장 맛있는 게 자장면이란다. 식후에 정담을 나누고 다들 집으로 돌아가기로 했지만, 예슬이는 우리 집에서 한 주 간 함께 있기로 했다. 어미가 그동안 갈아입힐 옷 몇 가지를 싸들고 왔다며 건네고 재준이네 네 식구는 늦은 밤에 동탄 집으로 내려갔다.

예슬이(6살)는 제 할머니와 함께 밤 11시까지 종이접기도 하고 장난감도 만들고 읽어주는 동화를 듣기도 하다가 내 방으로 자러왔다. 예슬이와 함께 이불 속으로 들어가 나란히 누웠다. 가만히 안아보니 더욱 귀엽고 사랑스럽다.

인제 예슬이가 떠날 날이 딱 한 달 남았다. 아비는 2월 15일 호주로 먼저 떠나고, 예슬이는 어미와 두 오라비와 함께 3월 1일에 떠난다. 그 생각만 하면 마음이 서늘해진다. 요렇게 예쁜 것, 예슬이를 한동안 못 보게 될 날이 다가오니 그럴밖에.

이불 속에 말없이 누운 예슬이 손을 꼬옥 잡고 물었다.

"예슬아, 할아버지가 예슬이 보고 싶으면 어쩌지?"

"사진 보면 되잖아. 내가 할아버지 보라고 거실 탁자 위에 내 사진 만들어 놓았잖아."

"아니, 예슬이 얼굴을 직접 보고 싶으면 말이야."

"그럼 영상 통화로 전화하면 되잖아."

조손祖孫 간 주고받는 말에 막힘이 없다. 헤어짐이 아무렇지도 않은 모양이다. 치사랑은 없다 하니 그렇지 싶다. 어둠 속에서도 나는 두 눈에 맺히는 눈물을 감춘다. 목까지 멘다. 왜 이리도 허전한지!

특히 요즘은 재준이네가 떠난다 생각하면 심란하다. 저것들이 언어의 장벽도 뛰어 넘고 문화적 충격도 이겨낼 수 있을까 해서 부질없는 근심이 쌓인다. 헤어질 날이 가까이 올수록 왠지 서글프고 쓸쓸하다. 활력도 집중력도 떨어져 맥이 없다. 하는 일에 힘쓰기보다 손자 손녀 생각만 머리에 떠오른다. 아마도 이건 노파심일 게다. 나이 먹은 탓일 게다.

잠이 오지 않아 옆에 누운 예슬이 손을 세게 꼬옥 잡았다. 예슬이도 아직 잠이 들지 않았다.

"예슬아, 우리 자장가 부를까."

"그래, 할아버지랑 같이."

우린 '섬 집 아기'를 부르며 잠을 청했다. '엄마가 섬 그늘에 굴 따러 가면 아기가 혼자 남아 집을 보다가. 파도가 들려주는 자장노래에'까지 불렀는데,

"아니야, '바다가 불러주는' 이야." 한다.

참 영특한 아이라고 생각하며 고쳐 불렀다. 잔잔한 파도가 들려주는 노래를 연상하며 연거푸 몇 번을 부르다보니 예슬이는 어느새 잠이 들었다.

여전히 잠이 오지 않아서 나는 예슬이의 잠자는 모습을 찬찬히 내려다본다. 뽀얗고 둥근 얼굴이 오늘밤 따라 더 예쁘다. 눈에 넣어도 아프지 않을 듯싶다. 이렇게 몇 밤만 자면 꽤 오랜 기간 더는 함께 지낼 수가 없다. 벌써부터 서운하다.

문득 지난번 전화 받았을 때가 또 생각이 난다. "너 누구지?" "할아버지가 좋아하는 예슬이잖아." 라며 대답하던 슬이의 모습이.

밤이 얼마나 지난 지도 모른 채 이 생각 저 생각으로 몸을 뒤척였다. 잠든 예슬이의 얼굴을 몇 번이고 보고 또 내려다보곤 했다. 마음속으로 계속 자장가를 중얼거렸다. 부디 먼 나라에 가서 살더라도 할아버지의 자장가를 기억하기 바라면서.

■ 이춘만 ■

2010년 『한국수필』 등단. 한국문학 예술상 수상. 월산문학회 회장 (현)한국수필가협회, 한국문인협회, 국제펜클럽 한국본부, 한국수필작가회, 서울시인협회 회원. 작품: 서울시 지하철 시 선정, 『생각의 유희』 (공저) 외 다수. spring6302@hanmail.net

그 사람의 아우라

오세리현

'그 사람의 모습에서, 아름다움의 아우라(aura)가' 멘토이신 선배께서 보내주신 짧은 한 줄의 메시지에 수심에 잠겨 추락하던 마음은 파란 하늘을 나는 새의 깃털처럼 가벼워졌다. 단비를 만난 들녘의 풀처럼 내 안에 잠재해 있던 힘이 용수철처럼 불끈 솟는다.

우리는 어떠한 형편이나 상황에 처하더라도 누군가가 내 편에 서서 십분 이해하며 인정해줄 때 극단의 절망인 죽음에서조차 회생할 수 있는 강하고 신비한 생명력을 얻는다.

학교동창이나 지인의 모임에 참석하면 주위 사람 가운데 사방으로 분산된 에너지가 어느 한 사람에게 끌려 소용돌이처럼 빨려 들어가 감전되는 순간을 경험할 때가 있다. 그것은 눈에 보이는 단순한 외모의 매력이기보다 오랜 세월 수련된 사람의 인품, 인체로부터 밖으로 나타나는 영혼의 에너지이다.

아우라는 그리스신화에서 산들바람을 뜻하나 예술작품에서는 누구도 쉽게 모방할 수 없는 원본만이 갖는 고고한 분위기를 말한다고 한다. 일반적인 것과 달리 구별되는 독특한 것이다. 사람이나 물건에서도 발산되는 만질 수 없는 영기靈氣이다.

나는 가족이나 사회, 인간관계에서 나와 연관되는 일 외에는 대체로 무관심한 편이나 누가 옆에서 무엇을 하든 내 일에는 책임을 갖고 사명감을 다하고자 한다. 우리는 자기애에 너무 치우치거나 대중과의 균형을 잃으면 인간관계나 사회생활에 도움이 되지 않을 때가 있다. 모든 행동의 중심에 제 자신을 놓는 것은 그

균형이 깨졌을 때 이롭지 못한 방향으로 흘러가는 결과를 낳는다. 삐뚤어진 자세로 볼링공을 던졌을 때 똑바로 가지 못하는 것과 같다.

인간의 마음은 미풍에 떨리는 나뭇잎처럼 마음속 작은 균열에도 흔들리며 유리병처럼 깨지기 쉽다. 살아가는 동안 수많은 선택을 해야 하는 인생행로 또한 녹록치 않아 때론 움켜쥐었던 희망을 놓고 싶은 생각이 간절할 때도 있다.

우리는 각자 다른 사고로 인해 같은 단어도 받는 이에 따라서 전달되는 의미가 달라지며 정 반대의 뜻인 오해로 비춰질 수 있다. 동일 의미의 말이라도 대화 장소의 분위기나 감정에 따라 상대방의 수용 가치가 달라진다. 돌아보니 나도 남을 대할 때 정도에 충실치 못하고 좁은 도량으로 내 그릇 채우기에 연연하지 않았는가 싶다. 어쩌면 운이 좋아 타고난 건강이나 생활여건이 여일하여 내 속에는 자만과 교만이 자라고 있었는지 모르겠다. 진정한 실천보다는 말을 앞세우며 절조 없이 살아온 것은 아닐까 지나간 시간들을 헤아려본다.

살면서 얻어진 명예나 권세가 설령 남보다 조금 우위에 있다하더라도 그 높이가 높으면 과연 얼마나 더 높겠으며 높다한들 우리는 이 세상에서 머물 수 있는 찰나, 잠시의 삶을 영위할 뿐이다. 때론 나르시시즘의 착각 속에 미망과 욕망을 떨쳐 버리지 못해 방황한다.

너와 나 더불어 사는 세상이기에 정신적 물질적으로 좀 더 관대하며 너그럽게 포용하지 못하고 인색하다면 그 인생의 마지막은 외롭고 공허함만이 남지 않을까. 사람은 교만하면 예를 잃고 예를 잃으면 사람이 떠난다고 했다.

밤하늘에 있는 은하의 길은 무수한 작은 별이 모였을 때 빛을 이룬다고 한다. 별빛은 별이 각자 하나씩 떨어져 있으면 그 빛이 보이지 않는다. 그러하듯 나는 너에게 너는 나에게 아름다움의 아우라가 되어줄 수 있었으면 좋겠다. 비록 어둡고 쓸쓸한 현실 속에서도 우리는 서로를 비추는 푸른빛의 아우라가 되어 꺼지지 않는 횃불처럼 은하의 그 길을 함께 걷게 되리라 소망해본다.

■ 오세리현 ■

2012년 『한국수필』로 등단. 작품집 『바람 불어 좋은 날』, 공저 『생각의 유희』 등 다수. 한국수필가협회, 한국수필작가회 회원. 국제PEN한국본부 미주서부지역위원회 이사. sherrieoh@daum.net

아이슬란드 김밥

최건차

네덜란드에서 있었던 딸의 결혼식에 김밥의 인기가 대단했었다. 헤이그 왕립음악학교 유학 중에 이루어진 혼사여서 아내와 나 작은 아들만 참석하게 되었다. 여왕이 예배를 드린다는 웅장하고 고풍스러운 교회에서 교민들과 재학생들의 축제로 결혼식을 치르게 되었다. 혼사를 성사시키고 결혼식 주례를 맡아주신 이 목사님과 자신들의 일처럼 성의를 다하는 분들께 어떻게 감사를 해야 할지 말문이 제대로 열리지 않았다. 예식이 한참 진행되는 말미에 양가의 대표가 인사를 하게 되었다. 신부의 아버지인 나는 5분정도 감사의 말을 했는데 신랑의 아버지는 20분이 넘도록 말을 이어 갔다. 결혼 전, 경은이가 아이슬란드에 초청되어 갔을 때 김밥을 만들어주어 흥미롭게 잘 먹었다는 이야기까지 해 감동을 자아냈다.

예식을 마치고 하객들이 교회 식당으로 자리를 옮겼다. 우리 집에서 다 준비해야 하는 것을 이준열사기념교회 교인들이 김밥을 주메뉴로 불고기, 잡채, 전, 떡 등의 음식과 폐백까지 잘 준비해 놨다. 이웃 암스테르담과 로테르담 그리고 파리에서 달려온 하객들은 외국 유학생들과 어울려 타국생활의 외로움을 달래려는 모습들이어서 가슴이 뭉클했다. 특히 신랑 가족의 북유럽인 하객들과 여러 나라에서 온 학생들은 신랑신부가 양가의 부모님께 폐백드리는 풍습과 다양하고 맛있는 음식에 매료되어 원더풀을 연발하며 한국인들의 정情 문화를 부러워했다.

신랑 아버지가 김밥에 대한 예찬을 진지하게 한 때문에 모두들 김밥을 찾아

먹으려 들었다. 준비된 분량이 모자랄까 봐 한편에서 더 만들어 내는 통에 외국인들은 즉석에서 김밥 만드는 것을 보면서 받아먹으려고 줄을 서서 기다리기까지 했다. 헤이그에서 한국 유학생 국제결혼식이 처음이라 교민들은 외국 유학생들에게 모델케이스를 보이려는 분위기였다. 교민들은 이때를 위해서라는 듯이 김밥을 맛깔나게 만들어내면서 상냥하고 민첩하게 서빙을 했다. 아이슬란드에서 온 신랑 가족들과 노르웨이 덴마크와 영국에서 온 친족들은 신부 측의 준비와 환대에 감격하여 눈시울을 적시면서 김밥을 챙겨 먹는다. 나 역시 감정을 억제할 수가 없어 흐르는 눈물에 젖은 김밥을 먹으며 사돈네 가족들과 기쁨을 같이하게 되었다.

딸은 일찍 생모를 잃었다. 어머니 생전에 김밥을 만들어가지고 오빠들과 소풍을 다녔던 때를 그리면서 헤이그교회에서 김밥 만드는 일을 자청해서 잘 해냈던 것이다. 이 목사님 내외분께서는 경은이가 자기 가족과 같다면서 김밥도 잘 만들고 교회에서 맡은 일을 잘해주어서 고맙고 든든한 일꾼이라고 했다. 두 아들과 고명딸에게 슬픔과 고통을 안겨주었던 못난 아버지였기에 마음이 저려 말문이 막혔다.

딸은 남편이 될 청년의 가족들에게 김밥을 만들어 주면서 아이슬란드에 뿌리를 내릴 작정을 했던 것 같다. 큰 물고기만을 잡아먹는 바이킹들에겐 검은 종잇장 같은 해초에 싸서 먹는 생소한 음식이 화젯거리였다고 한다.

만찬 때 신랑 집 가족들은 김밥에 익숙하다는 표정들이었다. 경은이를 통해 한국을 좋아하면서 승용차, 세탁기, TV를 우리제품으로 바꾸었다고 하니 정성을 들인 김밥의 효력인가 싶다. 딸은 김밥을 즐겨 먹었던 아버지와 어머니가 만들어준 김밥을 먹고 유아시절을 보냈다. 새어머니를 만난 후에도 고등학교를 졸업할 때까지 도시락은 늘 정성으로 싸준 김밥이었다. 아이슬란드에는 외국관광객들이 즐겨 찾는 인기 핫도그집이 있다고 한다. 김밥을 핫도그처럼 만드는 한국식당을 우리 가족 중에서나 누군가가 레이캬비크에 내었으면 하는 마음이다.

순둥이로 자랐던 딸이 몰래 외국에 간 걸 알고 괘씸하면서도 걱정거리였는데, 가정과 인품에 신앙이 좋은 음악도의 적극적인 청혼으로 결혼을 하고 학업도 마치게 되어 마음이 풀렸다. 우리 남한 만 한 북유럽의 섬나라, 인구 30만 정도의 아이슬란드를 잘 몰랐었다. 이제는 사돈의 나라가 되는 바람에 관심이 많아졌고 수도 레이캬비크에서 외손자 마티아스와 에드바르드가 바이킹의 후예로 한참 자라고, 사위 비르키리는 음악교사 겸 뮤지션으로 활동하고 있다. 재즈클래식을 전공한 딸은 아이들이 웬만큼 자라는 동안 아이슬란드어를 공부하고 있다.

　김밥은 상을 차리지 않고 별다른 반찬이 없어도 간단하게 먹을 수 있어서 좋다. 나는 어렸을 적 어머니가 금방 지어준 더운밥을 김에 싸 참기름양념간장을 쳐서 먹는 것을 최고의 별미로 여겼다. 어쩔 때는 묵은 배추김치를 썰지 않고 잎을 펴 밥을 싸 먹으면서 김밥 먹는 기분을 내곤 했다. 겉을 싸는 마른 김과 쌀도 좋아야하지만 밥 속에 들어가는 여러 가지 식재들이 더 중요하다. 외모보다 속사람이 제대로 되어야하듯이 김밥도 속에 무엇이 어떻게 들어가느냐에 따라 맛과 영양가가 결정되기 때문이다. 김이 풍성한 요즘, 속이 꽉 차고 맛과 영양가 좋은 김밥처럼 딸이 아름답고 알차게 살아가기를 기원하면서 김을 보내주고 있다.

━ **최건차** ━

2012년 『한국수필』 등단. 일본 고베 출생. 크리스천문학가협부회장, 한국문인협회 회원. 저서 『진실의 입』 외. ckc1074@daum.net

비행기 안에서

신수옥

　　이젠 아주 오래전 일이 되어버렸다. 그때가 1997년이었으니 어느새 20년이란 긴 세월이 흘렀음에도 아직 내 마음속에 선명하게 남아있는 일이다. 스페인의 바르셀로나에서 회의가 있는 남편과 동행한 적이 있다. 그곳까지는 직항기가 없었으므로 먼저 프랑크푸르트행 비행기에 올랐다. 김포공항에서 프랑크푸르트까지는 빨라야 13시간이 걸리는 장거리 비행이었다.

　　성수기라 빈 좌석 하나 없이 모두 촘촘히 앉아 긴 여행을 대비했다. 이륙하고 조금 있자 멀지 않은 곳에서 아기 우는 소리가 들렸다. 언제부터 그 아기가 울고 있었는지 모르겠지만 하여간 안전하게 이륙하고 이제 눈감고 편안히 한잠 자면서 가야겠다고 생각할 때 그 울음소리가 귀에 거슬리기 시작한 것일 게다. 웬 아기가 이렇게 울어댈까. 보호자는 달래지 않고 무엇을 하고 있지? 안 그래도 비행기 여행은 힘드는 법인데. 하지만 저도 울다 지쳐 곧 잠이 들겠지. 그런데 아무리 기다려도 아기는 자지러지는 울음을 그치지 않았다. 여기저기서 수군수군 불평하는 소리가 들리기 시작했다. 나는 잠시 망설이다 아기 쪽으로 다가갔다. 주변 사람들은 짜증난다는 듯한 얼굴로 누가 어떻게 좀 해주길 바라는 눈치였다.

　　생후 대여섯 달 되어 보이는 한국아기를 외국인 남자가 입양해서 데리고 가는 길인 듯했다. 보호자에게 다가가 목례를 하고 아기를 살펴보았다. 두 아이를 길러낸 엄마의 마음으로 이 아기가 왜 우는지 알아내기 위해서였다. 보호자와 대화를 시도했다.

"아기가 배가 고픈 것은 아닐까요?" 조금 전에 우유를 먹였단다.

"혹시 기저귀가 젖은 것은 아닐까요?" 기저귀도 갈아준 지 얼마 안 됐단다.

"어디 아픈 데가 있지는 않습니까?" 아기들은 비행기를 타면 기압 차이로 인해 귀가 아플 수 있는데 아마도 그 때문인 것 같다며 자신은 의사라고 했다. 의사 앞에서 더 아는 체 할 수도 없어 잠시 망설이다 "아기를 품에 꼭 안아주면 울음을 그칠지도 모를 텐데요." 했다. 도착지까지는 15시간의 비행인데 지금부터 안아주기 시작하면 자신이 힘들어서 견디지를 못한다고 그가 대답했다. 잠시 침묵이 흐른 후 그에게 물었다.

"내가 좀 안아주어도 되겠습니까?"

허락을 받고 아기를 조심스럽게 들어 품에 안던 난 깜짝 놀랐다. 아기의 몸이 얼음장 같이 찼다. 게다가 기저귀도 푹 젖어있었다. 아기를 다시 침대에 눕히고 기저귀를 갈게 했다. 아기는 얇은 실내복 한 벌만 입고 있었다. 비행기 안은 얼마나 냉방이 잘되는지 비행기를 타자마자 스웨터 하나를 덧입어야 할 정도로 추웠다. 그 조그만 몸이 여름옷 한 겹만 입은 채 춥다는 말도 못하고 얼마나 힘들었을까. 옷을 더 입히라고 하자 그 사람은 모두 짐에 실어서 없다고 했다. 의사라는 사람이 이렇게 무지하다니. 말 못하는 아기를 제대로 돌볼 줄도 모르면서. 은근히 화가 났지만 어쩌겠나, 여승무원에게 담요를 한 장 달라고 해 아기를 등에 업었다. 품에 안는 것보다 등에 업는 게 체온 전달이 빠를 것 같아서였다. 그리고 승무원들이 머무는 조금 넓은 곳으로 가 아기를 달래기 시작했다. 승무원들도 어쩔 줄 모르고 쩔쩔 매던 터라 내게 친절했고 부탁도 잘 들어주었다. 아기는 잠시 울음을 멈추는 듯하더니 다시 자지러지게 울기 시작했다. 아기를 내려 무릎에 눕히고선 찬찬히 살펴보았다. 갓난쟁이를 키운 것이 20년쯤 전이었지만 아직도 엄마의 본능은 살아있어서 이 애가 배가 고파 운다는 것을 알 수 있었다. 녀석의 배가 홀쭉했다.

여승무원한테 아기에게 먹일 우유를 달라고 했다. 그녀는 얼른 우유병에 담긴 우유를 가져왔다. 냉장고에서 갓 꺼낸 차가운 우유였다. 추위로 꽁꽁 언 아이에게 이렇게 찬 우유를 주라니 어이가 없었다. 아직 아기를 낳아보지 않아서 모르는 걸까, 외국에서는 이렇게 찬 우유를 먹인다는 걸까. 어쨌건 아기가 추워하니 우유를 따뜻하게 데워달라고 다시 부탁했다.

드디어 따뜻한 우유가 왔다. 나는 내 체온이 잘 전달되도록 아기를 꼭 끌어안고 우유를 먹이기 시작했다. 그러자 그렇게 쉬지 않고 울어대던 녀석이 울음을 그치고 젖병을 빨기 시작했다. 몸도 차츰 따뜻해졌다. 젖병을 거의 비운 아이는 스르르 잠에 빠져들었다. 잠든 아기를 품에 안고 토닥여주며 난 간절한 마음으로 기도했다.

"가엾은 이 아기, 이 귀한 생명, 태어난 나라와 낳아준 부모를 떠나 만리타향으로 갑니다. 하나님 이 아이가 누구의 자식이 되든지 어디에서 살게 되든지 언제나 지켜주소서. 주님께서 늘 품에 안아주시고 보호해주셔서 새로운 부모에게 사랑받으며 밝고 맑고 튼튼히 자라게 해주소서."

새근새근 잠든 아기를 담요에 폭 싸서 보호자가 있는 곳에 데려다주고 조용히 내 자리로 돌아왔다.

올림픽을 멋지게 치른 지도 어언 30년, 월드컵을 성공적으로 개최한 지도 벌써 15년, 이제 내년이면 동계올림픽까지 치를 만큼 발전한 내 나라, 부유하고 자랑스러운 내 조국 대한민국! 더 이상 이런 불쌍한 아기들이 낯선 나라로 떠나 평생을 자신의 뿌리를 그리워하며 살게 하지 않을 수는 없는 걸까.

내 기억 속엔 춥고 배고파 울던 그날의 어린 아기로 늘 남아있는 아이, 이제는 스무 살 어엿한 청년이 되었겠구나. 훌륭하게 성장해서 지구촌 어디에서든 자신의 역할을 잘 감당해내며 살아가기를 오늘 다시 한번 기도해주어야겠다.

■ 신수옥

2013년 『한국수필』 등단. 수필집 『보석을 캐는 시간』, 『마흔 번째의 카드』. 2014년 『문학나무』 가을호 시 부문 신인상 수상. sueokshin@gmail.com

새끼 밴 망상어

공주무

생명은 실존이다. 그 비밀을 숨긴 채 지구는 공기 속이나 물 속에서 생명체들이 제각각의 모습대로 공간을 차지하고 즐겨 살게 했다. 모두 그대로 존귀하고 존중되어야 한다. 하지만 물고기에게는 이승과 저승이 아닌가. 자연의 조화로운 생태체계가 경이롭다. 특히 모든 생명의 근원인 바다는 언제나 역동적이고 신선하여 관심을 끈다. 내 인생이 착잡할 때면 가끔 바다를 찾아 그 황홀함을 즐기며 내 마음을 달랜다. 나의 삶을 살려는 인생길이다.

5월도 중순 어느 화창한 봄날, 오랜만에 낚시나들이를 갔다. 가까운 거리에 작은 섬들을 옹기종기 앞세우고, 퍼즐 조각처럼 들쭉날쭉한 삼천포 해안이 안성맞춤이라 언제나 내 마음이 그리로 달려간다. 나는 식어버린 혈기지만, 물고기와 함께 떠나는 바닷속 여행이 그렇게 좋을 수가 없다. 물고기는 하찮고 그저 그래 별로 중요시 여기지 않았지만, 무슨 공동사업을 하는 것처럼 3, 4년이나 쭉 선배 세 분과 함께 낚시나들이에 동행해 왔었는데, 이제는 아쉽게도 둘이서 다니는 용기를 추슬렀다.

어느 날 한 선배는 허리가 아프다고, 다른 한 선배는 집에서 식구들이 낚시를 못 가게 한다고 은근히 넋두리하는 것을 들은 적이 있다. 그땐 귓전 뒤로 그냥 흘려 지나쳤었지만, 아마 살생금기나 살생유택을 고집하는 가족의 만류를 매몰차게 뿌리치지 못하고 낚시를 포기한 것 같아 보인다. 불교에서 방생하는 것을 보고 낚시를 살생으로 보는 모양이다. 생명존중 사상은 불교뿐만 아니라 단군신화, 화랑도의 세속오계, 동학사상에서도 볼 수 있지만, 민간에서 별로 신경 쓰지 않지 않은가.

유유자적하며 자신의 새 세상을 즐겼던 강태공의 시늉을 내어본다. 뭍에서 가물가물 건너다보이는 20여 가구의 삶터, 작은 마도섬으로 아침 일찍 주민과 학생 몇 명, 그리고 낚시꾼 몇 하여 모두 여남이 함께 시내버스 같은 도선을 타고 바다를 건넌다. 모자를 푹 눌러 쓰고 허름한 작업복에 신분도 팽개치고 체면을 버렸다. 세속에서 벗어나 절대자유를 찾은 기분이다. 섬을 뒤로 인접하여 요강 같이 오목한 형상으로 선착장과 연안어선 몇 척을 품어 안은 방파제가 조용한 어촌을 평화스럽게 지키고 있다. 바닷가에 나란한 집 담벼락 30여 미터에 그려 놓은 벽화가 눈을 휘둥그렇게 한다. "여기에도 예술 문화가 있네." "등대 불빛 같은 초등학교 분교도 있지 않은가." 저절로 탄성이 나왔다. 보통 섬이 아니다. 연륙교를 놓고 관광지로 개발할 계획이 하루 속히 추진되기를 나도 간절히 갈망하는 마음이 맺힌다.

서쪽 방파제에 자리를 잡고 용왕님께 허락을 받는다. 낚싯줄을 타고 바닷속 넓은 세상을 여행한다. 낚싯줄 끝에 게눈같이 우뚝 세운 내 두 눈은 바다 세상을 훤히 보고 감상하느라 넋을 잃는다. 플랑크톤과 바닷말이 살랑살랑 춤추고, 크고 작은 제멋대로 생긴 고기들이 유영하고 있다. 망망한 광야도 있고, 큰 산과 절벽들이 절묘한 풍경을 이루고 있다. 온갖 무리가 군무를 추며 나들이하는 모습이 너무나 아름답고 인상적이다. 그들은 모험을 즐기는 듯 조류를 타고 무궁무진하게 여행을 즐긴다. 깊은 바다를 좋아하는 친구, 해안을 좋아하는 친구, 하늘거리는 풀과 나무의 그늘을 좋아하는 친구도 있다. 휴식을 취하는 아름다운 동굴도 엿보인다. 밤을 좋아하는 친구도 있다. 연료비도 관람료도 들지 않는다. 모두 신기하고 친근감마저 든다. 끝없는 여행은 행복하다. 생명들은 존중되어야 한다.

낚싯줄을 던져 바다로 다리를 놓으면 바닷속 내 발길은 고속도로처럼 무한대로 뻗는다. 무슨 생명체처럼 제길 따라 달려가다 움직움직하는 찌의 행태에 순간적 쾌감이 찌릿찌릿 까무러치는 듯하다. 계속해서 추격자의 눈빛으로 쫓는다. 드디어 빨간 찌가 갑자기 냅다 수면 아래로 쑤욱 빨려가는 순간 줄을 팽팽하게 당기면 터덕하고 바늘이 주둥이를 걸어 맨다. 멋모르는 이 나그네, 얼결에 이리저리 시위하며 저항하다 힘에 부쳐 이내 털털거리며 이승 관문을 통과하고 올라온다. 몸부림치듯 열연하는 춤사위가 안겨주는 찌릿한 쾌감, 그 희열, 손끝에 전해오는 야릇한 떨림의 손맛. 뻔쩍 하는 황홀한 순간이다. 숫제 그토록 많은 잡념이 하루 종일 어디로 꼬리를 감추었을까. 세속을 잊고 선계에 들어선 기분이다. 이 물고기는 어떤 의미의 생명일까.

불청객 망상어가 인사하러 짝으로 올라왔다. 언뜻 감생이 같지만, 달리 세로무늬가 없고 입이 뾰족하며 등짝은 암청색, 뱃집은 은백색이 비친다. 간 큰 큼직한 망상어들. 용왕님도 실수했을까. 한 뼘이 넘는 통통한 자태가 괴기스럽다. 생명 존중은 잊어버리기 일쑤다.

별생각 없이 곧장 안사 시켜 먼저 한 마리를 다듬고, 또 다른 한 마리를 다듬다가 깜짝 놀랐다. 뱃속에서 3~4cm쯤 되는 새끼 떨거지들이 눈을 멀뚱멀뚱 뜨고 제왕절개 수술로 나왔다. 거꾸로 출산하는 망신살은 피했지만, "아차" 하고 정신이 번쩍 들고 두 선배의 말이 떠올랐다.

오늘 동행하지 않은 두 선배의 가족들이 낚시는 살생이라 했다는 시답잖은 말이 내 볼때기를 때렸다. 물고기에도 죽음의 고통이 있어 살생을 금기하는 것일까. 그 아픔이 내 마음으로 전해와 살생으로 느껴진다. 새끼들은 잘 다독거려 바다로 되돌려 보냈다. 그래서 용왕님이 선물로 거무데데하고 통통한 볼락을 한 쿨러나 보냈을까. 오늘은 볼락을 한없이 퍼 올렸다. 혹 살생금기의 그 살생일까.

살생유택의 범위는 어디까지일까. 적어도 죽음의 고통이 없는 물고기를 죽이는 것은 살생이 아닌 성싶다. 그렇지만 망상어는 새끼를 봐서도 낚지 않기로 결심했다. 하지만 경매장에 쏟아지는 물고기를 보고 싹 가버리는 연민의 정. 그래도 생명은 존중해야 할 가치가 있다. 적어도 살생유택의 정신은 철저히 지켜져야 하겠다. 도살장으로 끌려가는 가축, 사지가 뒤틀린 분재, 가지가 모두 잘린 뭉텅한 겨울 가로수, 싹둑 전정한 과수원 나무, 보면 볼수록 미안하고 측은하다.

바닷속 뭇 생명들과 즐기는 진중한 인생길이다.

■ 공주무 ■

2013년 월간 『한국수필』 등단. 한국수필가협회, 한국수필작가회, 붓꽃문학회 회원.
gongjm724@naver.com

밥

김여하

　　흔히 사람들은 별생각 없이 밥 먹으러 가자고 한다. 아무렇지도 않게 지나가는 말로 인사치레로 그냥 '밥'이나 먹으러 가자고. 그러나 나는 그렇게 쉽고 당연한 '밥이나 먹자'를 길 가다가 만난 빈 깡통 차듯이 할 수 없다. 내가 먹어서 안 되는데 먹어버린 수많은 '밥' 때문에, 내가 먹고 싶었으나 못다 먹은 더 많은 '밥'들의 하소연 때문에.

　엎드려서 보던 세상을 서서 보니까 신기한 것이 필설로 형언할 수 없을 만큼 많던 타박네(막 걷기 시작한 어린아이) 는 젖도 곯았고 밥그릇도 얕았다. 친구들의 빚보증과 화폐 교환으로 인해 하루아침에 알거지가 되신 아버지는 얼음장 같은 윗목에 쪼그리고 앉아 한숨만 내쉬었고, 엄마는 냇가에서 죄 없는 서답만 방망이로 죽어라고 두드렸다. 가랑이 찢어지는 듯한 애옥살이는 언제나 끝날까 기약이 없었고, 아버지의 한숨 소리와 친구들에게 다리 아래 소리 하기가 빈 쌀독 긁는 것보다 지겨웠던 엄마는 십리 길을 걸어 무태에서 보리 이삭을 주워 오셔서 그것을 절구로 찧어, 풋나물과 묵은 된장국에 끓여 식구들의 주린 배를 채워주셨다. 그날 이후 누이는 앓기 시작했다. 아버지는 헛기침 소리만 높이시고 엄마는 부엌에 밥이 끓든지 죽이 넘든지 막내딸 옆에 앉아 병 수발을 들었다. 영문을 모르는 나는 동네 동무들과 매미 잡기, 잠자리 꽁지에 보릿짚 달기에 여념이 없었고.

　"하야, 옆집 창섭이 하고 놀지 마래이, 가 참 못됐대이." 하며 햄쑥한 얼굴로 걱정하던 누이. 그럼 난 고개도 들지 않고 "응."하고 아버지 말씀처럼 저놈은 대답만 꿀떡같이 잘해 하고, 대꾸만 잘 하던 나.

옆방 아이들이 툇마루에서 입가에 밥풀을 묻혀가며 하얀 쌀밥 먹는 것을 보고, "아부지, 나도 이 밥 한번만 묵어 봤으면…." 하고 애원하던 누이. 이제 아홉 살, 복숭아꽃보다, 살구꽃보다 오얏꽃보다 여리고 예쁘던 누이.

누이는 그 흔한 유행 감기로 약 한 첩 제대로 못 쓰고 눈을 감았다. 매미소리 멎고 감나무 가지가 제 무게를 못 이기고 늘어지던 어느 날 벌떡 일어나서 "어무이요, 머리 좀 빗어 주이소" 해 다 나은가 보다 하고 뛸 듯이 기뻐한 엄마가 목욕을 시켜 주고 종종머리를 땋아준 뒤 식모살이 간 큰누이가 지난 추석 때 선물한 댕기까지 머리에 묶고는 "엄마도 이젠 필요 없다." 하고 이를 앙다문 후.

"이 나쁜 년, 이 못된 년." 하며 식어 가는 누이의 뺨을 야윈 손으로 갈기던 엄마는 끝내 속울음을 터뜨리셨고 맞은 뺨의 아픔도 못 느끼는지 한번 감은 누이의 그 별 같은 눈은 다시 떠질 줄을 몰랐다.

생선 담는 가마니에 칭칭 감기고 나무지게에 얹혀서 묻힌 작은누이의 무덤은 경북도청 뒤 수도산 애기 무덤들의 발꿈치도 아니고, 밤늦게 바느질하다가 한숨을 내쉬며 "나무관세음보살" 하던 엄마의 한숨속도 아니고, 이제는 하늘나라에서 두 분과 만나 행복하실 아버지의 소 울음 가도 아닌, 이 죄 많은 탓에 땅에 남아, 아직도 흔들거리는 다리로 아르방 다리를 날마다 건너고 있는 나의 가슴 속 어디쯤이 아닐까.

막내딸을 잃자 아버지는 더 이상 저자에서 버틸 기력을 잃으셨는지 고향으로 낙향하셨다. 향후 5년간 갚아야 할 일수 빚만 잔뜩 짊어지신 채.

아버지는 시골에서 먼 친척집의 머슴살이를 하셨는데 농한기인 겨울이면 땔감을 구하러 십리 먼 길을 다니셨다. 산새들이 깃을 떨치고 둥지로 돌아오는 황혼녘이면 우리 형제는 마을 뒷산 마루에서 아버지를 기다렸다. 아니, 아버지가 몰고 오는 그 순하고 큰 눈의 암소 목에 걸린 방울소리를 기다렸다. 아니, 아버지가 어깨에 메고 오는 '밥'을 기다렸다. 그 식어 터져 버린 '주먹밥'을. 때로는 콩가루로 묻힌, 때로는 찌들은 묵은 김장김치와 나란히 어깨동무를 한.

당신께서 목이 말라서, 배가 불러서 못다 먹었다 하시던 그 '밥'들. 철모르고 좋아라 아우와 나눠 먹던 그 '밥'들.

개밥바라기가 질 무렵 산으로 향하여 식은 보리밥 몇 덩이와 시어 터진 신 김치 몇 조각으로 아침을 때우신 후 종일 끼니를 거르셨을 텐데, 그 먼 산길을 소를 몰고 또 지게 짐을 지고 허위허위 늦둥이 두 아들을 위하여 주린 배를 움켜쥐고 오셨을 아버지.

초등학교도 채 졸업하지 못하고 나는 월급도 한 푼 없이 밥만 얻어먹는 이발소의 머리 감겨주는 일부터 시작해서 식당 종업원, 다방 주방장 등 별별 일을 하며 소년기를 보냈다. 그야말로 도둑질 빼고 모든 일 하며.

타향살이가 너무 힘들고 지치면 나는 시도 때도 없이 고향 집을 찾았다. 때로는 하얀 대낮에, 어쩌다가는 별 총총 한밤중에. 그러면 고향 집 개다리소반에 언제나 기다리고 있었다는 듯이 '밥'이 있었다. 그것도 김이 모락모락 나는 하얀 '쌀밥'이. 엄마는 집 나간 식구가 객지에서 끼니를 거르지 않게 하려면 식사시간마다 그 사람 몫의 밥을 더 떠놓아야 한다는 어른들의 말씀에 따라 끼니 때마다 내 몫의 밥을 여분으로 지으셨던 것이다. 식으면 당신께서 드시고.

아직도 나는 늦깎이 공부 덕택에 학교 도서관 앞 수돗가에서 빈 배를 채운다. 지금은 하늘나라 어디쯤에서 예의 손때 묻은 가마솥에다가 내 더운밥을 짓고 계실 손 거칠고 맘씨 고운 우리 어머니.

언제나 엄마 곁에 가서 그 까끌까끌한 보리밥을 열무김치에 쓱쓱 비벼 꿀맛같이 먹어 볼꼬.

━ 김여하 ━

2014년 월간 『한국수필』 등단. 대구매일신문 『문예춘추』 수필 연재. 한국수필가협회, 한국수필작가회, 문학보리회 회원. aribogi@daum.net

설원의 노랑나비

권유경

눈 속에서 노랑나비가 나풀거린다. 아버지가 세상을 떠나시기 전까지 자주 보곤 했던 환영이다. 여덟 살짜리 여자아이가 지켜본 도덕이라는 방패와 본능이라는 창이 맞서며 공존하던 갈등이 그만큼 길고 질겼던 때문인가. 그녀의 자태와 마음씨 그리고 젊음이 어머니를 잃게 할지도 모를 일이었으므로 그녀는 내 상상 속에서 눈 속으로 날아든 나비가 되어주어야 했다.

일곱 살 아래로 남동생이 태어나던 날 그녀가 왔다. 버스 정류장에서 십여 리나 되는 마을까지의 들길은 폭설로 열흘이 넘게 인적이 끊겼다. 눈 속에 덮인 우리 집엔 딸로 태어난 우리 세 자매와 어머니는 죄인처럼 숨을 죽이고 있었다. 어머니는 다른 여인에게서 아들을 얻겠다는 아버지의 뜻이 옳든 아니든 받아들이기로 했다. 마침내 언니보다 겨우 댓살 많은 그녀가 우리 집으로 오기로 한 날이 되었다. 하늘을 비워낼 듯 눈이 계속해서 쏟아졌다. 차라리 어머니의 한도 그렇게 비워졌으면 싶었다. 섣달그믐 저녁은 여느 때보다 일찍 캄캄했다. 혹한과 어둠이 극에 달했다. 봄이 가깝다는 기미이기도 했다. 만삭이던 어머니의 산통이 시작되었다.

고통도 잊은 채 아들을 달라는 어머니의 울음소리가 들리고 마당엔 남폿불이 밝혀졌다. 놀란 여동생은 누군가의 등에서 울기라도 했지만 나는 엄마의 방이 보이는 마당 한편에서 숨을 죽이며 그 모든 상황을 지켜보았다.

눈바람 속에서 향긋한 분 냄새가 움츠러든 나를 흔들었다. 그녀로부터 불어

온 향기였다. 노랑 끝동을 단 남색 저고리에 노랑 치마를 입고 있었다. 지척도 가늠하기 힘든 어둠 속에서 언 발로 푹푹 빠지는 눈길을 헤쳐 왔을 터였다. 그녀가 손을 내밀었다. 차갑지만 보드라운 감촉이 느껴지는 손이었다. 맞잡은 손등에서 하얀 눈이 눈물이 되었다. 산골 오두막에서 아버지 없이 태어나고 자라서 열아홉에 작은 댁내 자리로 머리를 얹었다고 들었다. 딸도 낳았다고 했다. 아직 젖먹이인 딸은 친정에 맡기고 우리 집으로 오게 되었단다. 맑고 고운 그녀의 모습에서 먹고 쉴 곳만 있어도 행복할 듯해 보였지만 그녀의 인생길은 꼬여버린 실타래였다. 가난하게 태어나서인지 예쁜 얼굴 때문인지 고와만 보이는 마음 탓인지 모르겠지만 안쓰럽게 느껴졌다.

그녀는 우리 집에 들어오자마자 해산 중인 어머니를 위해 비단 치마의 허리띠를 동여맸다. 그냥 돌아서 떠나지 않고 선걸음으로 샘물을 길었다. 미끄러운 빙판이나 쏟아지는 눈도 아무렇지 않은 듯 무거운 물동이를 이고도 미소를 머금었다. 그녀가 길어와 따끈하게 데운 물로 사내아이를 씻었다. 날이 밝자 이른 아침부터 밥을 짓고 빨래까지 했다. 다음 날도 또 그다음 날도 그랬다.

봄이 왔다. 아버지의 걸음이 갈수록 바빠졌다. 며칠 후 그녀는 작은 도랑 하나 건너 향나무 샘물 옆집으로 이사했다. 이사 한 후에도 어머니의 아침상 차리기는 한동안 지속되었고 여전히 미소를 잃지 않았다. 어머니에게서 느껴보지 못한 아름다움이 느껴졌다. 집안일도 척척 해내면서도 나의 머리를 빗겨 주고 손톱도 다듬어 주었다. 어머니만 슬프게 하지 않았다면 언니보다 더 따랐을 것 같았다. 그런 그녀가 우리 집에 주저앉은 이유를 어린 마음에도 알 수 없었다.

얼마 후 그녀는 딸을 낳았다. 아버지는 그 아이를 품에 안았다. 오매불망 기다렸던 아들도 안아 주지 않던 아버지가 남 보기 민망하다며 버릇 나빠진다며 엄하기만 했던 아버지가 그 아이를 무릎에 앉혔다. 아버지께 그런 따뜻한 면이 있는 줄 처음 알았다. 그녀를 보며 아버지가 웃었다. 아버지가 웃는 모습이 낯설어 보였다. 아이의 재롱이 늘면서 그녀의 주장은 강해져 갔고 어머니와 대립의 날을 세우기도 했다. 어머니가 집을 비우면 어머니 방에서 지내려 애썼다. 어머니가 영영 돌아오지 않기를 바랐을 테지만 그 자리는 인연이 닿지 못했다. 어떤 선택해야 할 갈림길에 맞닥뜨릴지 깨닫지 못한 채 세월이 흘렀다. 몇 년이나 흘렀을까. 그녀의 큰딸이 취직할 만큼 자랐고 곱던 그녀의 얼굴에도 주름이 깊어졌다. 한 잔 두 잔 늘어나는 소주잔을 기울이는 그녀의 두 볼에 웃음 대신 눈물이 번졌다. 아버지와 그녀의 세 딸은 허망한 그녀의 마음을 달래주지 못했다.

어머니와 우리 사 남매는 그녀의 미소와 헌신에도 우리들의 둥지만큼은 내어줄 수 없었다. 그녀의 꿈은 꿈으로만 지속되고 신도 사람도 침묵했다. 아버지까지 침묵했을지는 모를 일이었다. 위로받지 못하며 견딘 세월로 그녀의 가슴에도 어머니처럼 얼음덩이가 쌓여 갔다. 눈꽃 위로 잘못 날아든 노랑나비처럼 그녀의 심장이 식어 감을 느낄 수 있었다.

그녀는 아버지가 찾지 못할 곳으로 숨어버렸다. 아버지는 한동안 식음을 전폐하며 찾아다녔지만 허사였다. 아버지의 사랑만으로 살 수 없었던 것일까. 눈 내리던 날 오던 걸음 그대로 돌아섰더라면 우리 모두 그토록 오래 아프지 않았을 것이었다. 그녀의 젊음도 헛되지 않았을 것이다.

이젠 어머니도 아버지도 그녀도 이 세상에 없는데 처음 그녀가 우리 집으로 온 날처럼 날이 저물고 눈이 내린다. 가로등 불빛 때문인지 함박눈이 복사꽃 같다. 문득 그녀의 노랑치마자락이 펄럭이는 환영을 본다. 눈꽃에 내려앉은 나비처럼 살다 가버린 그녀를 본다. 얼마나 아팠을까. 그녀가 떠날 무렵의 나이가 된 지금에서야 그녀의 인생을 생각해 본다. 어디서 어떻게 살고 있는지 모르지만 아직 이 세상에 있을 그녀가 이젠 설원이 아닌 따스한 봄날 같은 삶을 살았으면 싶다. 내리는 눈이 가로등 불빛을 받아 나비처럼 폴폴 내려앉는다.

■ 권유경 ■

2014년 『한국수필』 등단. 한국수필가협회, 한국수필작가회, 솔샘문학회 회원. ukkroad@naver.com

고기를 구우며

김은애

    한겨울에도 볼 수 없었던 함박눈이 온다. 눈송이가 귀하게 느껴져 베란다에 나가 밖을 내다볼 때였다. "카톡 카톡" 며느리가 동영상을 보내왔다. 두 아들네가 연휴를 이용해 '키즈 펜션'에서 놀고 있다는 유쾌한 소식이다. 하얀 눈밭을 손자들이 꺄르륵거리며 뛰어다닌다. 동화 속처럼 아기자기한 놀이기구들 틈에서 덩치 큰 아빠들이 눈썰매를 타면서 즐거워한다. 내 눈에는 아직도 미숙해 보이는 저 아이들이 벌써 아버지가 되었으니 세월이 참 빠르기도 하다.

    큰 애는 축구를 잘해 중학교 때 선수가 되고자 했었다. 반대를 했으나 취미로 좋아하는 것까지 막을 수는 없었다. 고등학생이 되어서도 틈만 나면 운동장에 나가 공을 찼다. 그러니 공부 시간에 졸기 일쑤고 성적은 뻔하였다. 수도권에 있는 대학에 들어간 것만 해도 대단한 일이었다. 그 무렵 뜻하지 않은 일로 우환을 겪었던 터라 학자금은 대출을 받았고 방세와 생활비 마련에 곤란을 좀 겪었다

    작은 애가 수능을 보던 날 우리 부부는 은근히 기대를 걸었었다. 가채점을 해본 결과 평소보다 성적이 나빠서 낙심하던 밤, 12시가 넘도록 들어오지 않는 아이 때문에 그 당시 초조했던 마음을 말로는 다 표현할 수가 없다. 성적에 맞춰 형이 살고 있는 집에서 통학이 가능한 사립대학에 보냈다. 나는 몇 가지 일을 동시에 해가며 생활비를 보탰으나 여전히 힘이 들었다. 그런데도 녀석들의 대학생활은 기대한 만큼 착실하지 않았고 오히려 낭만을 즐겨야 한다면서 다른 일에 관심이 많았다. 우편으로 성적표가 올 때마다 한숨이 나왔다.

시댁에 가면 늘 주눅이 들었다. 남편 형제의 자녀들은 대부분 명문대를 나와 박사나 의사도 있었고 교사가 대부분이었다. 작은애가 대학에 들어갔을 즈음이 었다. 행사가 있어 일가친척이 모인 형님댁에서 설거지를 하고 있었다. 집안의 큰 어른이 내게 다가오시더니 애들을 왜 그런 대학에 보냈느냐면서 걱정을 하셨 다. 고개를 숙인 채 그릇만 씻고 있는 내 뒷모습을 아이들이 보았는지 얼굴이 어 두웠다. 집으로 돌아오면서 우리 내외는 긴장하고 있는 애들에게 일상적인 말 이외에는 아무 소리도 하지 않았다. 공부를 썩 잘하지는 못했지만 말썽 없이 커 주었고 예의 바르다는 소리를 듣고 자랐으니 크게 잘못되지는 않을 거라는 믿음 이 있어서였다.

아직 추위가 가시지 않은 어느 봄날로 기억된다. 주말에 녀석들이 왔다. 두 아 들이 무릎을 꿇고 아버지에게 술을 따랐다. 첫 번째 당부는 언제나 "형제간에 우 애 있게 지내라."이다. 두 번째는 대학교 졸업할 때까지만 학비와 용돈을 책임지 겠으니 그 후의 삶은 각자 알아서 하라는 말이었다. 반복되는 말인데 그날따라 강하게 들렸다.

세탁한 옷가지와 반찬거리를 싸든 아이들을 터미널에 태워다주고 나서 몇 시 간이 지났을 때였다. 남편이 전화를 받았으나 잘 도착했다는 내용이 아닌 것 같 았다. 무슨 일인가 싶어 귀를 기울였다. 돈 걱정 말고 아버지가 용돈을 더 보내줄 테니 실컷 먹으라고 몇 번이나 힘주어서 말하고 있었다. 두 녀석이 자취방으로 들어가기 전에 갈빗집 간판을 보았단다. "형, 고기 먹고 싶어…" 그 말이 너무나 애절하게 들려서 형이 동생의 손을 잡고 무작정 식당으로 들어갔다고 하였다. 그러고 나서 아버지에게 허락을 받은 것이다. 비싼 고기를 먹는 일이 남들은 대 수롭지 않은 일인지 모르겠으나 그 당시 우리 형편으로는 참으로 어려운 일이었 다. 아버지의 흔쾌한 승낙에 힘입어 생전 처음 고기로 배를 채웠다고 한다.

그날 밤이었다. 전화벨이 울려 시계를 보니 2시를 가리키고 있었다. 놀란 가슴 을 쥐고 수화기를 들자 큰애의 목소리가 들렸다. "엄마! 그동안 잘못했어요, 아버지, 어머니! 앞으로 저희가 잘 할게요. 우리 약속했어요. 잠깐만요." 이번에는 동생이 울음 섞인 소리로, 자기들 때문에 엄마가 집안 어른에게 질책 당했던 일이 늘 괴로웠고 또 아버지의 너그러운 마음이 고마워서 둘은 지금껏 부모님얘기를 나누었다고 하였다. 새롭게 다짐한 마음을 전하고 싶었던 것이리라. 말은 마음의 그림이라고 했다. 두 아들의 울먹이는 목소리를 들은 우리는 잠을 이루지 못했다. 그 애들의 미래가 평화롭게 그려졌던 밤이다.

그날 이후 둘 다 노력하는 모습이 역력하였다. 고3 때 쓰던 수학 참고서를 책꽂이에서 빼 가는가 싶더니 복습을 해야겠다며 휴대용 녹음기를 구입하기도 하였다. 결과는 놀라웠다. 큰애가 장학금을 받으며 졸업을 하고 곧바로 취직을 해 몇 년 뒤 가정을 이루었다. 동생도 형과 비슷한 과정을 밟으며 직장을 잡아 결혼을 했고 곧바로 아이까지 낳았다. 지금은 중책을 맡은 사회인으로, 남편으로, 아버지로 제 역할을 다 하며 건강하게 살고 있다.

온 가족이 모이면 가끔 갈비를 먹는다. 고기를 구우면서 옛날을 회상하는 두 아들의 얼굴을 볼 때마다 만감이 교차한다. 다짐을 되새기고 싶어서일까. 아들네들은 주말을 같이 보낼 때가 많다. 며느리들도 한 마음이 되어 애기들을 안고 업고 뒤엉켜서 노는 것을 보면 그저 대견하다.

결혼과 출산을 포기하는 젊은이가 많다는 이야기는 어제 오늘의 이야기가 아니다. 걱정스럽고 안타깝다. 명문 대학과 대기업에 대한 야망을, 혹시나 우리 부모세대가 키워 준 것은 아닐까. 보통의 직장에서 출발하여 아이 낳아 기르는 평범한 일상이 얼마나 소중하고 행복한 일인지 결혼 적령기에 접어든 청년들과 우리 어른들 모두가 깨달았으면 좋겠다.

■ 김은애 ■

2014년 『한국수필』 등단. 한국수필작가회 회원. kimae56@hanmail.net

어느 아픈 청춘의 고백

조영갑

명절날이다.

세상에 흩어져 살든 부모형제들이 산 넘고 물 건너 모여, 그동안 하고 싶었던 정담을 나누는 가족 축제의 날이다.

예전 명절날에는 조상에게 제사모시고 부모님께 인사드리며 삶에 대한 덕담과 우의를 다지며 다시 세상을 살아갈 힘을 얻는 행복한 시간이었다.

오늘날 명절날은 부모님의 덕담은 사라지고, 그 자리는 돈이란 존재가 차지하고 있다. 어느 누구는 재벌회사에 취직했다느니 혹은 무슨 일을 해 많은 돈을 벌어 어느 지역에 큰 평수의 아파트에서 살고 있다는 등의 얘기가 가슴을 찌른다.

어디 그뿐인가. 누구 아들은 장가를 들어서 혹은 이웃집 딸은 시집을 잘 가서 아들딸 낳아 좋은 대학에 보내고, 부모에게 용돈도 잘 준다는 등 온통 삶의 척도를 돈으로 자랑하고 부러워한다.

명절날이면 고향에 가고 싶다. 그렇지만 고향에 계신 부모와 형제들이 모인 그 자리에 참석할 수 없는 마음시린 청춘들이 있다. 오늘날 최악의 실업률로 직장이나 직업을 구하지 못한 청춘들은 "넌 언제 취직하느냐?"는 곤혹스러운 물음 때문에 취업준비로 고향을 갈 수가 없다.

결혼 적령기를 넘긴 청춘들은 "너 언제 결혼하느냐, 네 친구는 결혼해 아이들과 함께 고향에 왔던데." 하는 성화로 일가친척들 뵙기가 민망해 명절날에 참석할 수 있는 용기가 나지 않는다. 나는 왜 이 모양인가 하고 생각하면 할수록 미래가 더욱 암담하다.

언제부터인가 사회는 수저계급론이 횡행하고 있다. 금수저를 물고 태어났으면 남들이 부러워할 큰 회사에 취직했거나 혹은 좋은 직업을 선택해 돈도 많이 벌었을 거고, 시집 장가도 걱정 없이 잘 갔을 것이 아닌가.

나라가 부유해졌다고 말하고 있지만 중산층은 줄어들어 빈곤층과 부유층의 간격은 더욱 커진 소득 불평등 사회구조가 되었다. 이런 사회적 환경에서 금수저가 아닌 흙수저를 물려 준 부모만을 탓하고 있는 자신이 더욱 서글프다, 이제는 흙수저 운명론을 넘어 희망가를 불러야 되지 않겠는가.

금수저는 아무리 번쩍거려도 섭씨 1,064도에서 녹아내리고, 은수저는 961도에서 녹아 버린다. 그러나 흙수저는 1,200도 열에도 버티어 은은한 빛을 내며 단단한 자기수저로 탄생한다.

사람은 무엇으로 태어났느냐는 운명론이 아니라 뜨거운 불 속에서 얼마나 잘 버티며 자기가 진정으로 하고 싶은 일에 꺼지지 않는 희망을 가지는 것이다. 그 목표가 달성할 때까지 열심보다 더한, 아름답게 미친 열정으로 행동해야 되지 않을까.

세계적인 철강왕 카네기는 유난히 아끼던 그림 하나가 있었는데, 그 그림 값은 비싼 것도 유명화가가 그린 것도 아니었다. 단지 그 그림은 조그만 한 배에 노 하나만이 달랑 걸려있고, 썰물이 훑고 간 자국으로 나무 조각, 쓰레기 등이 늘려 있어 볼품이 없었던 작품이었다. 그렇지만 카네기는 그림 밑에 적혀 있는 이 글 귀 때문에 그림을 아꼈다고 한다.

"반드시 썰물이 지나면 밀물 때가 오리라!"

벗어 날 수 없는 시련은 존재하지 않는 것이다. 시련 없이 성취는 오지 않고 단련 없이 명검은 날이 서지 않는 다는 말도 있다.

아픈 청춘들이여, 희망이란 열정적인 목표를 갖고 당당하게 준비하고 도전하라!

짙은 어둠 저 편에는 찬연한 태양이 떠오르고 있다는 진실이 숨 쉬고, 언제인가 그 진실은 기회가 되어 반드시 밀물되어 찾아 올 테니까!

■ 조영갑 ━━━━━━━━━━━━━━━━━━━━━━━━━━━━

2014년 『한국수필』 등단. 한국전쟁문학회 신인상(시). 한국문인협회 운영위원. 한국수필작가회, 국제 PEN클럽 한국본부 회원. 저서 시집 『사랑의 덫에 걸린 행복』. 수필집 『천년 숲 서정에 홀리다』(공저) 외 다수. kab21@naver.com

코스모스

하택례

　　　　가을 햇살을 가득 담은 아침, 창문을 연다. 알싸한 바람과 지저귀는 까치가 나를 반긴다. 내 곁에는 좋은 친구가 있다. 마음을 털어놓을 수 있고 지칠 때는 따뜻한 위로도 받는다. 나에게 희망을 주는 다정한 친구와 코스모스 길을 걷기로 한 날이다. 맑고 푸른 하늘에 간간히 양털구름이 일고, 비워진 들판에는 스산함이 가득하다.

　기쁠 때나 슬플 때에 먼저 달려와 위로 해주고 힘을 준 친구, 인생을 이야기하고 삶을 노래하며 나를 정신적, 지적으로 영글게 해준 동무와 함께한 코스모스 길은 행복했다. 우리들은 어느덧 비무장 길을 따라 연천-백마고지-철원을 향해 달리고 있었다. 길 양옆에는 분홍 빨강 노랑 하얀 코스모스가 우리를 반기는 듯 웃으며 춤추고 있다. 아름다운 꽃길이 가을바람에 너울거린다.

　합창단의 지휘자가 되듯이 〈코스모스 피어있는 길〉 노래를 함께 부르며 걸어간다. 나비 두 마리가 사랑의 천사처럼 나풀거리며 우리를 향해 날아왔다. 가슴으로 피는 꽃이라도 되는 듯 황홀했다.

　코스모스는 멕시코 원산지로 여러해살이꽃이다. 6·25전쟁 때에 미국의 군수물자와 원조물자에 씨앗이 묻혀 들어와 처음에는 인천 및 부산항구와 공항지역에 피었다가 그 이후는 급속히 전국에 퍼졌다고 한다.

　강원도 철원군에는 6·25전쟁 전까지 강원도 노동당사 건물이 수많은 탄흔에 앙상한 뼈대만 남아 슬픈 역사를 말해주고 있었다. 거기에도 각양각색의 코스모스가 그 아픔을 보듬고 피어 있다. 신이 제일 먼저 만들었던 꽃으로 너무 가냘파서 만족하지 못했다지만, 여기에는 애달픈 사연도 있다.

어느 고을 언덕에 꽃같이 예쁜 소녀가 병약한 아버지를 모시고 살고 있었다. 그 소녀는 언덕 너머에 마음 좋은 나무꾼 소년과 나란히 앉아 푸른 하늘에 꿈을 키우며 사랑을 노래하며 행복한 시간을 보냈다. 그러나 소녀의 아버지가 돌아가게 되자 옆집에 교만한 사냥꾼이 결혼을 강요했다. 이때 몹시 슬퍼하던 소녀는 결코 사랑하지 않는 남자와 결혼할 수 없다면서, 정절을 지키기 위해 일순간에 가냘픈 분홍색 꽃으로 변해버렸다. 그 말을 들은 나무꾼 소년도 소녀를 따라 흰 꽃으로 변했는데, 이 두 사람이 변해서 핀 꽃이 순정 혹은 사랑이란 꽃말이 되었다. 이같이 코스모스는 흔들리지 않는 사랑을 가득히 머금은 청초한 꽃이다. 어디 그뿐인가.

수많은 꽃들은 따스한 봄기운에 무더운 여름날에 찬란히 피고 진다. 그렇지만 가냘픈 코스모스는 찬바람이 부는 날에도 결코 꺾이지 않고 너울너울 춤추며 삶을 즐기는 꽃이다. 흰서리가 내리친 밤에도 고개숙이지 않고 방긋방긋 웃음 지며 고고히 자신의 존재를 과시한 꽃이다. 결코 화려하지 않고 진한 향기도 없지만, 지나가는 나비가 다소곳이 다가와 삶을 이야기하고 노래하게 한 여유러움을 주는 꽃이다.

코스모스 길을 걸으며 생각한다. 인생이란 얼마나 오래 사느냐가 아니라 어떻게 사느냐가 문제이다. 예전엔 뭘 하고 있는지, 무엇을 할 수 있는지 생각할 시간도 여유도 없이 쫓기는 삶, 그냥 숨 쉬며 살아왔다.

내 삶에 흙 태양과 비와 바람 모두를 껴안아서 여유롭고 즐거운 삶, 꺾이지 않는 소망으로 존재하고, 은은한 향기로 사색하고 노래하며, 시들지 않는 한 송이 꽃을 피우며 살리라. 밤의 어둠을 지나야 아침의 찬란함이 찾아오고, 무더운 여름이 지나야 가을의 뜰에 코스모스 꽃이 피듯이….

■ 하택례 ■

2014년 『한국수필』 등단. 한국문인협회 회원. 개간문학 특별문학상 수상. sonmwh@hanmail.net

찢어진 양복바지

선채규

중남미 해외출장 중 비행기 안에서 바지 뒤쪽이 찢어진 사건이 있었다. 며칠 전 마석에 갔을 때도 그랬다. 먼 친척이 일류 재단사 자격증 보유자다. 서울 소공동에서 명성 있는 양복점을 하고 있어 양복을 맞춰 입었다. 고급 수입품이라고 바지 두 개씩을 꼭 해 오곤 하였다.

교회 성도님과 오찬약속이 있는 날이었다. 잠실에서 마석행 직행버스를 탔다. 버스는 가을바람처럼 시원스럽게도 잘 달려 주었다. 출발 삼십 분 만에 정확한 약속시간에 도착했다. 모처럼 교외로 나가니 기분도 한껏 고무되어 상쾌하였다.

성도님께 맛있는 음식점에 가서 점심을 대접하고 싶다고 했다. 성도님은 서울 집 칼국수가 맛있다고 하였다. 이곳까지 왔으니 자신이 대접하겠다고, 안내해 따라갔다. 칼국수를 먹으면서 따뜻한 정담을 나누었다. 그날따라 식당에 손님이 별로 없어서 눈치 볼 일이 없어 마음도 홀가분하였다. 이런저런 얘기를 나누다 보니 어느덧 오후 세 시가 넘었다. 맛있게 먹은 칼국수 값을 성도님이 계산하러 나갔다.

바로 그때였다. 오십 대 전후로 보이는 목에 빨간 스카프를 맨 여성이 다가왔다. 예쁜 여성이 미소를 지으며 바짝 다가와 뜻밖에도 내게 말을 걸어왔다. 나는 순간적으로 나에게 호감이 있는 것일까, 착각하며 으쓱해졌다.

"선생님!" 그 목소리가 하도 정겨워 재빠르게 뒤를 돌아 그 여인을 바라보았다.

"옷을 갈아입으셔야 되겠어요. 바지 뒤가 터졌네요."

순간, 수치심이 뒤엉켜 얼굴이 화끈거렸다. 손은 이미 내 엉덩이를 더듬고 있었고, 정확히 중앙 한가운데 한 뼘 정도가 찢어져 있는 것이 아닌가. 하얀 팬티가 보일 것만 같은 불안한 생각을 하니 수치심이 크게 다가왔다.

"죄송합니다. 감사합니다." 인사도 제대로 못 하고 정신없이 신문지를 접어서 엉덩이를 가리고 도망치듯 뛰쳐나왔다. 쥐구멍이라도 있으면 들어가고 싶은 심정으로 황급히 시선을 피해 정류장으로 갔다. 연세가 지긋한 성도님께 점심 대접을 받은 것이 미안해서 오만 원권 지폐 한 장을 내밀었다. 맛있는 것 사 드시라고 하면서도 온통 엉덩이 뒤 바지에 신경이 쓰였다.

미어진 양복바지의 엉덩이를 신문으로 가리고, 버스에 황급히 탑승했다. 조금 전까지만 해도 불안의 부재不在 속에 갇혀 있던 것과는 달리 집으로 돌아간다는 생각에 잠시나마 안도감이 들었다. 잠실역이 가까워지고 버스에서 내리면서 마음은 다시 어두워졌다. 가급적 여성들의 시선을 피해 전철을 탔다. 도착 즉시 명품수선집에 찢어진 양복바지를 맡겼다.

이천 년도에도 중남미 칠레 출장을 갔다가 귀국할 때였다. 그때도 양복바지 뒤가 찢어져 마음고생을 많이 했다. 비행기 내에서 통로를 왕래할 때마다 손바닥으로 엉덩이를 가리고 다녔다. 더 이상 찢어지지 않기만을 간절히 바라며 마음 졸이던 생각을 하면 지금도 정신이 아찔하다.

엉덩이에 옹이가 있는 것도 아니고 어떻게 이런 일을 겪는 것인가. 생각만으로도 기가 찰 노릇이다. 칠레는 지구의 반대편에 위치한 먼 나라로 비행시간만도 삼십여 시간이 소요되었다. 그 후부터는 장거리 비행기를 탑승할 때면 꼭 여벌의 양복바지를 챙겨 가지고 탑승한다.

세월의 격세지감이랄까. 요즘 젊은 사람들을 보면 찢어진 청바지를 사 입기도 하고 멀쩡한 바지를 부러 찢어서 입기도 한다. 그것이 유행이라니 머릿속이 혼란스럽다. 언젠가 방송인 뽀빠이(popeye) 이상용이 할머니 엉덩이는 흔들어

대봤자 별 볼 일 없다고 하던 우스갯말이 생각난다.

　찢어진 청바지 위로 살결이 보이는 것도 젊음의 아름다운 과시인지도 모른다. 찢어진 양복바지 때문에 신경 쓰고 안절부절했다지만 뽀빠이의 말처럼 내 엉덩이 살결이 보여 봤자 별 볼일 없는 꼴불견이었을 것이 아니던가.

　그토록 좋은 고급 수입품도, 명품 양복점도, 먼 친척의 일류 재단사도, 모두 다 어디로 가고 없는지 세월의 무상함만 홀로 남아 기억속의 앨범을 뒤적이고 있다.

■ 선채규 ■

2014년 『한국수필』 등단. 한국문인협회 평생교육원 2년 수료. 한국수필가협회, 한국수필작가회 회원.
cksun45@hanmail.net

Granada
그라나다의 애수

박계화

경이에 이끌리며 굳이 세상과 발맞추지 않고 홀로 나선 나그네 발걸음. 나만을 위한 지도를 그리며 그라나다로 들어선다. 11세기 경 이슬람교 무어인(Moors)들이 이베리아 반도에 세운 그라나다 왕국에서 가장 번성한 도시이다. 유월의 뜨거운 태양 아래 머리에 히잡을 쓴 여인이 미소로 환영한다. 영어로 인사를 붙여보지만 언어가 통하지 않아 웃음으로 답한다. 순간 '이곳이 스페인이 맞는가.' 착각이 인다. '레콘키스타' 가톨릭국토회복운동으로 그라나다는 가톨릭 왕조로 통일되고, 이슬람은 최후를 맞은 곳이다. 왕국은 멸했어도 이슬람의 전통은 살아남아 곳곳에서 꿈틀거린다.

이슬람 사원이 있던 자리에 세워진 그라나다 대성당으로 들어선다. 하얀 대리석 기둥 사이로 세상의 모든 빛이 쏟아져 들어오는 것 같다. 제대 중앙으로 내려앉은 빛은 스테인드글라스를 통해 부드러워지며 무릎 꿇은 내 몸을 포근히 감싼다. 서로의 종교를 포용하기를 바라는 마음으로 두 손 모아 '평화의 기도'를 올린다. 제대 왼 쪽에 커다란 성가악보가 눈을 사로잡는다. 오선 위에 검은 점으로 음높이를 표시하고, 음길이는 음표 대나 꼬리 없이 음과 음사이의 거리로 나타낸 악보. 우리나라 세종 때 만들어진 정간보井間譜와 비슷하다. '우물 정(井)'자로 칸을 지어 1칸을 1박으로 음길이를 나타내고, 그 정간 속에 율자보律字譜로 음높이를 나타낸 악보. 음악전문가가 아니더라도 누구나 보고 쉽게 부를 수 있도록 만들어진 배려의 표현 방식이다. 만여 km 떨어진 동서양에서도 예술혼의 다르지 않음이 경이롭다.

그라나다 왕실예배당 앞 광장에 집시들의 마당놀이가 한창이다. 느린 템포 안단테에서 빠른 프레스토로 옮겨가는 장발 남성의 기타연주, 검은 핫팬츠를 입은 여인의 타악기 카혼 연주가 절정으로 치닫는다. 이슬람무늬 통바지를 입은 여가수의 독특한 음률로 부르는 노랫소리가 하늘을 가른다. 검은빛 층층드레스의 여댄서가 격렬한 탭댄스로 집시의 삶을 연기한다. 휘몰아가는 빠른 집시리듬에 심장박동을 멈출 수가 없다. 내 끼가 살아 춤춘다. 기타를 빌려 빠른 비트로 우리 노랫가락 '옹헤야'를 불러 젖힌다. 집시들이 환호한다. 우리 민요의 특징인 '메기고 받기'로 부르도록 이끈다.

내가 선창으로 메긴다. "그라나다 영화로다"

집시들이 후렴구를 받는다. "옹헤야, 옹헤야"

스페인 집시음악과 우리 민요가 비빔밥처럼 어우러진다. 묘한 하모니를 이룬다. 음악은 마음으로 통하는 글로벌 언어다.

알바이신 지구의 '알카이세리아' 골목시장은 아랍 특유의 향신료 내음이 가득하다. 골목골목에 의류, 가죽제품, 수공예, 도자기, 기념품 가게가 즐비하다. 아랍인들이 웃음을 얹어 유혹한다. 과거로 시간여행을 떠나온 것 같다. 오색찬란한 비단 직물의 빛깔들에 벨리 춤을 추고 싶은 마음을 들켜버린다. 10유로 주고 산 황금빛 비단 스카프를 목에 두른다. 아랍여인이라도 된 듯, 새하얀 벽에 푸른 조각타일이 아름다운 집 사이 길을 한들한들 걷는다. 좁은 공간만큼만 보이는 집 모퉁이를 돌면 또 나타나는 골목길. 은밀한 무엇이라도 숨어있는 미로 같다.

어느새 '산 니콜라스 전망대'에서 불어오는 상쾌한 바람을 맞는다. 전망대 맞은편 숲 언덕에 파노라마 전경으로 펼쳐진 이슬람건축의 백미 '알람브라(Alhambra)'와 조우한다. 알람브라는 아랍어로 '붉은 성'이란 뜻이다. 건축물의 붉은 벽돌색에서 유래되었다지만, 노을빛에 물들어 붉게 빛나는 알람브라의 자태 때문은 아닐까. 붉은 노을 속으로 침잠하는 왕의 거주지 나스르 궁전, 군사요새 알카사바, 여름 별장 헤네랄리페 정원의 황홀한 모습에 혼을 빼앗긴다. 절로 탄성이 터진다. 아!

"그라나다를 잃는 것보다 알람브라 궁전을 다시 보지 못하는 것이 더 슬프다."

이슬람의 마지막 왕 보압딜이 그라나다를 넘기며 남긴 말이다. 이슬람 흔적들을 모두 없애려 했던 이사벨라 여왕도 차마 없애지 못했을 만큼 아름다운 궁전. 운명적으로 용케 살아남은 알람브라가 이슬람인들의 가슴에 애수를 심어놓는다.

알람브라의 아름다운 외경에 넋을 잃는다. 문득 프란시스코 타레가 작곡의 '알람브라 궁전의 추억' 기타 선율이 내 귀를 간질인다. 검은 구레나룻 수염의 스페인 남성이 독특한 트레몰로 주법을 멋지게 연주하고 있다. 대학 졸업축제 때 내 파트너였던 인석이 깜짝 프러포즈로 연주한 곡이 아닌가. 알람브라를 바라보며 이 곡을 듣게 되다니! 꿈만 같다. 가슴이 떨린다. 눈을 감고 옛사랑 추억을 더듬는다, 받아주지 못한 내게 '카르카시 기타교본'을 내밀며 이곡을 연습해 들려달라던 인석. 제자였던 콘차 부인과 이루지 못한 사랑의 슬픔을 달래기 위해 이 곡을 작곡한 타레가. 알람브라 궁전의 아름다움 뒤에는 못다 이룬 사랑의 애수가 넘쳐난다.

야경 속 알람브라는 햇빛 아래 하나하나 빛나던 모습과 달리 은은한 조명 속에서 하나로 뭉뚱그려 빛난다. 800년을 빛내던 이슬람 문화와 뒤를 이은 가톨릭 문화가 공존하는 그라나다. 낯선 이웃도 서로 받아들여 하나로 향해가고픈 갈망의 빛처럼 느껴진다. 밤하늘에 애잔한 빛을 띤 별 하나가 유난히 반짝인다. 이슬람 왕조는 멸해도 살아남은 혼이 그라나다 애수로 빛나는 것은 아닐까. 애틋한 내 사랑별빛도 흐르는가. 여행은 뜻밖의 아련한 추억 속으로 빠져들게 하는 묘약을 지닌다. 패키지여행이 아닌 홀로 나서는 자유여행은 나만의 시간 속에 푹 머무를 수 있어서 좋다. 보폭을 빨리할 필요는 없다. 새로운 인생의 순례 길엔 또 어떤 신비가 나를 기다리고 있을까.

■ 박계화 ■

2015년 『한국수필』 등단. 기행수필집 『산티아고 가는 길에서 희망을 노래하다』, 수필집 『두 배로 행복하기』 2인 공저. park-keiwha@hanmail.net

노란 화살표

장석규

　봄기운이 물씬한 3월, 양평 '물소리 길'을 걸었다. 양평군에서 제주 올레길을 개척한 사람들을 초빙해 만든 길이다. 양수역에서 출발해 마을 샛길로 걷다가 골짜기에서 내려오는 긴 시냇물을 따라 걷기도 하고, 때로는 산허리 푹신한 낙엽 길을 걷기도 했다. 아침이어선지 여기저기서 들려오는 새소리가 더욱 싱그러웠다.

　물소리 길을 알려주는 크고 작은 안내판이 갈림길마다 서 있다. 마을길을 걷다가 산길로 접어드는 곳에는 앞으로 펼쳐질 구간의 정보를 제공하는 지도판도 세워져 있어 그동안 걸어온 거리와 앞으로 남은 거리를 알려줬다. 길가 나뭇가지에는 삼색 끈이 매달려 '이쪽으로 오세요.' 라고 손짓하듯 나풀거렸다. 길바닥에도 방향을 가르쳐주는 화살표가 그려져 있다. 진행 방향은 청색, 반대 방향에는 황색 화살표였다. 청색 화살표만 따라가다 보면 목적지가 나오리라. 곳곳의 친절한 배려로 길 잃을 염려는 없어 보였다.

　2년 전, 나는 스페인의 산티아고 순례길을 걸었다. 처음 걷는 그 길의 방향을 알려준 것은 노란 화살표였다. 내가 걸어가야 할 길, 내가 목표로 하는 산티아고까지는 그 표지만 믿고 따라가면 되었다. 길눈이 어둡다 해도, 방향 감각이 무디다 해도 화살표만 찾으면 되었다. 어떤 때는 숨은 그림 찾듯이 하다가 길을 헤맨 적도 있었다. 하지만 내가 못 찾아서 그랬을 뿐, 길바닥에도, 나무에도, 담벼락에도, 전봇대에도 화살표는 어김없이 있었다. 그것은 순례자들에게 절대적인 신뢰를 주었다. 890km 그 긴 거리를 33일 동안 아무런 탈 없이 순례를 마칠 수 있었던 것도 노란 화살표 덕분이었다.

산티아고에 이르는 순례길은 야고보라는 한 성인을 찾아 그의 신앙심을 기리는 사람들에 의해서 자연발생적으로 만들어진 길이다. 천 년을 두고 이어져온 길이니 거기에 서린 역사와 종교적 의미는 참으로 웅숭깊다. 순례를 마친 지금까지도 유독 인상 깊게 남은 것은 길을 안내해 준 노란 화살표였다.

왜 하필 노란 화살표였을까. 주의와 주목이 필요한 곳에 등장하는 색이 노랑이다. 검정 아스팔트의 정 중앙을 가른 노란 줄의 힘은 '넘지 말라'는 엄중한 경고이고, 어린이를 태우는 차량이 노란색인 것은 보호하려는 의미다. 특히 동양에서는 노랑을 깨달은 자의 색으로 보지 않았던가. 이곳 물소리 길의 황색 화살표도 눈에 띄기 쉬운 색깔이기도 하지만 노랑에 가까운 상징성이 있기 때문이리라.

살갗을 태울 것처럼 따가운 태양 빛을 받으며 온종일 걷고 걸어도 저 멀리 지평선뿐인 메세타에서 노란 화살표를 놓쳤을 때 밀려들던 황당함, 태백준령 같이 높고 깊은 산길을 홀로 나섰다가 갈림길에서 노란 화살표를 찾지 못했을 때 느끼던 송연함과 당혹감. 어두운 새벽길에서 흔히 벌어지던 일이었다. 그러다 어느 집 처마 밑에 숨은 그림처럼 그려져 있던 노란 화살표를 발견했을 때의 안도와 기쁨, 인생의 롤러코스트가 이렇지 않을까 싶었다.

살아간다는 것은 누구에게나 전인미답前人未踏의 길에 오르는 여행이 아닐까. 이 세상 누구도 가보지 않은 나만의 길. 길을 개척하면서 가는 사람이든, 남이 낸 길을 따라가는 사람이든 그 사람의 처지에서는 처음으로 가는 길일 수밖에 없다.

인생도 연습으로 한 번 살아볼 수 없을까. 연습을 해서 무대에 올리는 연극처럼… 인생의 초행 길, 수많은 갈림길을 만날 때마다 화살표가 나타나 '나 여기 있소. 이리로 오시오.' 하고 알려주면 또한 얼마나 좋을까. 이미 이긴 월드컵 축구경기를 녹화 방송으로 보듯 느긋한 마음으로 즐길 수 있을 것 아닌가.

그러나 삶의 길에 푸른 신호등만 켜지는 전능한 화살표는 없다. 만약 그럴 수 있다면 인생길이란 얼마나 무미건조할까. 내가 가야 할 곳은 스스로 결정해야 한다. 내가 결정한 길이지만 뜻하지 않은 방향으로 흘러가는 때도 있으리라. 그럴 때마다 가기 싫다고, 힘들다고 주저앉을 수는 없다. 아무리 멀고 험해도 돌이켜 걸을 수는 없기 때문이다. 매순간 밀려드는 두려움과 공포는 설렘과 기대로 극복하며 걷고 또 걸어서 목적지에 이르러야 한다.

이제 내 갈 길을 스스로 정하고, 담대하게 그 길을 찾아나서는 용기가 나를 이끄는, 그런 인생길을 걷고 싶다. 누군가 그려놓은 화살표만 따라 다니기보다 나도 한번쯤 다른 이들을 위해 노란 화살표 하나 그려 넣을 수 있는 그런 삶을 살고 싶다.

■ 장석규 ■

2015 『한국수필』 등단. 한국수필작가회 회원. 저서 『소나무의 미소』, 『벼랑 끝에 서 있는 나무는 외롭지 않다』. jangsk999@hanmail.net

그래, 내가 동생이다

강수창

"네가 강보에 싸여 눈도 뜨지 못할 때 나는 앉아서 말을 옹알거렸거든." 서로 형이라고 우김질을 할 때마다 K에게 하는 말이었다.

초등학생 시절 옆집에 동갑내기 K가 살았다. 6·25 격동기라서 그랬는지 그땐 전쟁놀이가 한창이었다. 윗마을과 아랫마을 아이들이 편을 갈라 총을 쏘고 돌격하는 전쟁놀이를 했다. 나이 많은 형이 으레 대장이 되었다. K와는 서로 형이라고 우기기도 했지만 결국 5개월이나 먼저 태어난 내가 형이었고 대장이었다. 상황이 반전된 것은 초등학교 입학할 무렵이었다. K는 입학하지만 나는 다음 해에 입학해야 한다는 것이다. 내 생일은 분명히 5월인데, 호적상으로는 이듬해 1월로 기재되어 있었다. K보다 정확히 2개월 반이 늦은 동생이 되고 말았다. 그때만 해도 그저 그러려니 하고 예사로 지나갔지만 이 상황은 살아오면서 내 일생동안 항상 그림자처럼 따라다녔다.

2000년대 초 외손자가 12월 16일 미국에서 태어났다. 한국에서 출생신고를 하려니 시차 환산으로 출생일을 12월 17일로 신고해야 한다는 담당자와 실랑이를 벌인 적이 있다. 만약에 미국인이 한국 국적을 갖고 싶다면 하루 줄여서 기재해야 하는지. 출생일에 관한 기록을 너무 가볍게 여기는 것 같아 몹시 마음에 들지 않았다. 12월 31일과 새해 1월 1일은 하루 사이지만 나이를 셀 때는 1년의 격차가 생긴다. 그 결과 나이 한 살 차이로 정년이 늦어지고 예비군 훈련 기간이 늦어진다. 출생 일자가 잘못되어 그렇게 된다면 억울하지 않을 수 없다.

제때에 출생신고를 하지 못한 경우는 일제 강점기와 6·25 격동기에 많았다. 징용이다, 창씨개명이다, 하는 것들에 반발하느라고 그랬을 것이고, 전쟁 중에 피난 다니다가 시기를 놓쳤을 것이다. 무엇보다도 전염병이 창궐하면 아이들이 돌을 넘기지 못하고 사망했기 때문에 일부러 늦췄는지 모른다. 내가 태어날 때는 일제 강점기였다. 호적을 보면 야마다山田로 창씨개명까지 했다. 아버지는 면사무소에 근무하셨다고 하는데 왜 신고가 늦었을까. 증조부님도 할아버지도, 아버지까지 환갑을 넘기지 못했다. 출생 후 3개월 이내에 사망한 삼촌과 고모들도 많았다고 한다. 삼촌들도 6개월 정도 출생일이 늦게 기재되었다. 어른들은 아이가 태어나면 6개월 정도 두고 보자는 것 같았다.

아버지는 우리 집이 명당(?)이라고 했다. 내가 태어난 시골집은 야트막한 산자락 밑에 위치한 음지마을이었다. 마당 양쪽에는 감나무 한 그루가 있었고, 길 건너에는 개울이 흘렀다. 저 멀리 문수산 정상도 바라보였다. 하지만 집 뒤쪽 처마 밑으로는 산속에서 나오는 실개천이 있어서 항상 물이 흘러 습한 지대였다. 사람이 살아가는 데는 적합하지 않은 환경일 수 있었다. 지금 그 집은 없어졌다. 내 생각으로는 수맥이 흐르는 곳이어서 풍수지리적으로 좋지는 않은 집터일 것으로 추정된다. 습지가 되어 환경이 쾌적하지 못하여 의학적으로도 좋지 않았을 것이다. 그런 연유로 병마가 잦으니 출생신고를 서두르지 않았던 것 같다.

이런저런 이유로 날아간 6개월의 내 나이는 고희가 지나도 친구들 사이에서는 늘 이야깃거리가 되었다. 인간의 팔자는 사주四柱라고 하였는데 잘못된 출생신고로 사주가 바뀌었으니 내 생애도 달라지지 않았을까 하는 엉뚱한 생각을 해보기도 한다. 철부지 시절에는 형이었던 내가 동생인 K 군에게 형의 자리를 내어 준 것이 억울해서 부모님을 은근히 원망한 적도 있었다. K는 월남전에서 전사했다. 그는 먼저 떠났고 나는 아직 남았다. 걸핏하면 서로 형이라고 우겼는데, 생각해보면 먼저 떠난 친구가 형처럼 여겨진다. 저승에서 먼저 자리를 잡은 그가 형이라고 해도 무방할 것 같다.

6월이 가기 전에 국립묘지에 친구 만나러 가야겠다. 묘 비석 앞에 소주 한잔 올려놓고 말해주고 싶다. "그래, 내가 동생이다."

■ 강수창 ■

2015년 『한국수필』 등단. 한국문인협회, 한국수필작가회 회원. choonkg@hanmail.net

사려니 숲

노태숙

사려니 숲이 걷고 / 나도 걷는다.

숲길이 내게로 오고 / 나는 사려니 숲에 안긴다.

숲이 있어 내가 있고 / 푸른 가슴에 숲이 숨 쉰다.

　제주 조천읍 1112 길에 있는 사려니 숲길을 걸으며 중얼거려 본 말이다. '사려니'라는 말은 '산의 안'이라는 뜻으로 '솔 아니'라고도 한다. 제주 관광 책자에는 '신령스러운 곳'이라고도 설명하고 있으니 그 의미가 확실하지는 않은 것 같다. 제주 방언으로 오래전부터 내려온 말이라고 한다. 초겨울 관광객들이 뜸한 때를 틈타 제주를 찾았다. 김포를 출발하기 전부터 제주에 강풍 예보가 있었다. 한라산 관광길에 인적이 별로 없다. 관광 도로조차 한산하기가 벼 벤 들판 같다. 넘쳐나던 사람들이 이렇게도 없다니 신기하기만 하다.

　예보와는 달리 생각보다 바람이 순하고 춥지도 않아 마음껏 활보하기에 딱 좋은 사흘의 여정이 되었다. 하늘에는 눈 싸라기가, 바다에는 새하얀 파도가 넘실거리다가도 구름 사이로 태양 빛이 쏟아져 내리고, 하루에도 몇 번을 뒤집어엎으니 제주 날씨는 변덕쟁이다. 비 오는 제주도 즐기고, 눈 내리는 해안의 낭만도 만끽하고, 바람 부는 모습도 즐기니 일석몇조의 날씨의 변화를 맛보게 되었다. 답답한 서울 공기가 몸에서 쏙 빠져나간 느낌이다. 바람은 강한데 향기롭고, 파도는 높은데 정겨웠다. 맨살로 하얗게 치솟다가 부서지는 파도의 장관을 넋 놓고 올려다본다. 자연이 저희끼리 축제하는 모습을 언니하고만 보자니 아깝기까지 하다. 텅 빈 해안 도로에 인적이 뜸하다. 초저녁부터 내리던 눈이 자정이 지나도 내리고 있다. 함박눈 사각거리는 소리가 '사랑의 세레나데'인가, 가슴이 두근거리기까지 하다.

'종일 눈밭을 마음껏 걷고 또 걸어보리라.' 고 작정하고 일찌감치 사려니 숲에 도착했다. 수십 번 제주를 오고 갔어도 이 아름다운 숲을 이제야 찾게 되다니. 이번 여행은 해안 도로와 숲길만을 도보로 하리라는 계획을 세웠다. 홀가분한 마음으로 달랑이는 배낭을 메고 왔기에 마음이 깃털 같다. 마음과 몸의 의지가 되는 사람과 뒤늦은 나이에 함께 여행을 다닌다는 것만큼 흐뭇한 일이 또 있을까.

내겐 어머니 같은 언니가 있다. 곡식이며 김장을 해마다 바리바리 안겨주는 언니에게 가끔 성의를 다하여 여행비를 도맡아 모시듯 함께 길을 떠날 때가 있다. 내 흠이 많아 실수를 연발해도 그러려니 인정해 주고 뒤 태, 앞 태 옷매무새 고쳐주며 머리 모양마저 다독여주는 언니다. 형만 한 아우가 없다는 데 언니는 더 유별난 것 같다. 언니와 손잡고 여행을 가면 마음이 고향 집에 온 듯 편안하다. 자잘한 일들을 언니가 챙겨주니 고마움 언제 다 갚을지.

숲 속에 들어서기도 전에, 제주 1112 길 이정표 옆으로 셀 수 없이 많은 삼나무 길이 펼쳐져 있다. 언젠가 하룻밤 묵었던 오스트리아 빈에 있는 웅장한 쉔부른 궁전이 생각났다. 성곽을 빼곡히 둘러싸고 신비의 역사를 자랑하던 곳에 이런 숲이 드넓게 있었다. 추억의 한 페이지를 보는 듯 가슴 설렌다.

수만 그루의 삼나무 숲이다. 12월인데도 둥치에는 아직 초록의 이끼가 선명한 채, 물방울이 떨어질 것 같은 싱싱한 모습을 하고 있다. 반들거리는 삼나무 가시 잎에 눈이 하얗게 쌓여져 있는 모습이 장관이다. 눈에 푹푹 빠지면서 언니와 서로 탄성을 질렀다. 길옆으로 어느 동물의 발자국이 한 줄로 이어져 있다. 밤새 내린 눈길로 한라산 동물들이 아침산책 나왔나. 고라니일까, 노루일까. 아니면 아기 사슴 아침먹이 찾던 어미 사슴이었을까. 졸참과 때죽, 편백나무도 사이사이

숨바꼭질하듯 이어져 있다. 누가 이곳에 삼나무를 이토록 많이 심어 놓았을까. 가도 가도 삼나무 길이다.

　제주는 바다와 한라산에만 바람이 많은 게 아니다. 벼랑 끝에 매달린 소나무 한 그루처럼 육지 아래 매달려 온갖 풍상을 견뎌낸 섬이니 유배지 사연도 많을 것이다. 귀양길에 오른 귀재들의 한이 한라산 꼭대기까지 박혔기에 돌들마저 시커멓게 뻥뻥 구멍 뚫렸나. 일본의 침략에 무참히도 쑥대밭이 되었다가, 제 민족 살 베기 전쟁 6·25니 4·3 사건으로 피비린내의 도살장이 된 곳이다. 제주 도민의 20%인 5만 명이 살육당했고, 어린이와 부녀자들이 무자비한 총칼 앞에서 희생양이 되었다고 한다. 불바다가 되어 한라산 밑 온 마을이 재가 되고, 남은 건 산자락에 뒹구는 무수한 시체와 타다 만 나무와 잿더미였다고 한다. 못다 한 제주민의 핏빛 사연들이 구슬피 울부짖는 분노의 섬. 삼나무 숲 15km '사려니' 숲은 그래서 한 맺힌 사연도 많은 곳이다. 그나마 어린 생명들이 엄마 품에서 죽임을 당한 것을 다행이라 해야 할까, 먹먹한 가슴에 눈발이 앞을 가린다. 슬픔을 이긴 안도의 숨인 듯, 눈발도 잠시 숨을 멎는다. 고요한 숲은 내 숨소리와 발자국 소리조차 소음이다.

　엄마와 잠든 어린 생명들이 방풍림 되어 '사려니' 마을을 사수했구나! 애처로운 마음에 하늘 한번 올려다본다. 숲에서 들려오는 눈 뭉치 떨어지는 소리가 아기의 울음인 양, 어미의 신음인 양, 알 수 없는 여운이 되어 간간히 들려오고 있다. 붉은오름 지나는 삼나무 길 '사려니' 숲. 하얀 눈밭 속에서 까치가 운다.

■ 노태숙 ■

2015년 『한국수필』 등단. 한국수필작가회 회원. 대한주부클럽 시문회 회원. ts-noh@daum.net

미니멀리즘과
영혼의 무게

이혜라

오월 중순, 나들이 하기에 적당히 화사한 날 집을 나섰다. 목적지
는 윌셔와 6가 길 사이에 있는 LA박물관이다. 예전 같으면 편리한 유료주차장
을 사용했을 텐데 만만찮은 주차료가 신경 쓰여 박물관 뒷길 6가에 차를 세웠다.
족히 열 블락은 걸을 만큼 먼 거리였다. 주차료를 아끼려다 박물관 관람에 필요
한 에너지를 소모하겠다는 생각은 잠시. 햇살은 부드러웠고 그 부드러움과 걸맞
은 바람이 불어와 기분이 상쾌해졌다. 바람을 만난 꽃잎 여럿이 함께 날리며 내
시야를 가린다. 고개를 들어 하늘을 올려다보니 보라색 꽃이 흐드러지게 피어있
다. 그리고 보니, 길가 도로변에 자카란다 나무가 줄지어 서 있는 가로수가 장관
이다. '아직도 자카란다꽃이 이렇게나 예쁘게?' 금세 마음은 작은 꽃잎 되어 가
볍게 날아오른다. 필시 오늘 만나게 될 그림들로 무언가 좋은 일이 생길 것 같은
예감에 발걸음이 가벼워진다.

미술관에 들어서자마자 추상표현과 미니멀리즘 화가인 아그네스 마틴(Agnes
Martin, 1912~2004)의 특별전시회가 열린 건물로 향했다. 전시실에는 1950년
후반부터 2004년도 그림들이 년도 별로 여러 방에 전시되어 있었다. 자기의 그
림을 "그냥 바다를 보는 듯 봐."라고 한 그녀의 말을 되새기며, 실제 바다를 바
라보듯 그림 앞에 섰다. 생이 끝나는 시점이 가까워질수록 점점 더 단순화한 구
도와 밝아지는 색채, 뿐만 아니라 삶을 경외하는 그림의 제목(I Love the Whole
World, Gratitude, Homage to Life)들로 세상을 사랑했던 화가의 내면이 여실

히 드러났다. 그녀 특유의 화법인, 그림의 대들보 같은 가느다란 연필 선들이 캠퍼스 위의 물감을 뚫고 나와 나에게 말을 건네는 것 같았다. 그림을 보기 전에 이미 만난 그녀의 사고와 단순하기 그지없는 그림 사이로 바흐의 무반주 첼로 곡의 선율이 흐른다. 그림과 음악과 나는 마치 오래된 친구처럼 어우러진다. 그때 같이 그림을 감상하던 딸이 "엄마는 아그네스의 그림을 보며 무얼 느껴?" 묻는다. 순간, 조금도 망설임 없이 "따뜻함, 그림이 따뜻해!"라고 하자 "응." 고개를 끄덕이며 미소를 짓는다.

나도 나이를 먹을 만큼 먹은 탓일까. 근래에 들어 인생을 좀 더 단순하게 살고 싶다는 생각에서 벗어날 수 없다. 그래서인지 시집을 읽을 때에도 최소의 언어로 지은 오규원의 『두두』 같은 시집을 즐겨 읽는다. 될수록 불필요한 물건을 정리하고 매일 먹는 음식도 지나친 양념을 줄이고 간단한 조리법으로 요리를 한다. 그러나 정작 내가 단순, 최소화시키고 싶은 것은 나의 생각과 마음이다. 생각해 보면 눈에 보이고 만져지는 물건은 언제든 한순간 버리면 되지만, 만질 수도 볼 수도 없는 내면의 공간을 단순, 최소, 정화시키는 일은 결코 쉽지 않다. 치우고 버려도 어느새 또 다른 상념이나 사념들로 꽉 차버린다. 참으로 이해할 수 없는 것은 분명 주인은 나인데 내 마음대로 할 수 없다는 것이다. 참으로 풀기 어려운 수수께끼다.

그러든 차에 만난 그녀의 그림은, 바닷가 모래사장의 모래알보다 작은 나 자신의 존재를 각성시켜 주기에 충분했다. 이 그림 저 그림 사이로 오가며 '기필코 삶을 단순하게 더 가볍게…' 라고 작심하는데, 서양미술사 책에서 본 지슬베르의 오텡 대성당 정문 위의 팀파눔 조각 〈최후의 심판〉이 떠올랐다. 그 조각의 한 부분에 이런 내용이 담겨있다. 죽은 사람의 영혼을 저울에 달아 '저울이 천사 쪽으로 기울면 천당에 가고, 악마 쪽으로 기울면 지옥에 간다.'는 것이다. 영혼을 구원해 준다며 면죄부를 팔던 중세시대의 작품인 만큼 그 아이러니에 웃음이 나오지만 때때로 그 작품이 주는 메시지를 생각해 보게 된다. 문득 '내 영혼의 무게는 얼마나 될까.'로 생각이 비약된다. 최후의 심판이 아니더라도 일상의 한복판에서 내 영혼을 저울에 달아본다면, 때에 따라 천국으로 기울기도 하고 지옥에 떨어지기도 할 것이다. 쉽지 않은 인생길에 가끔씩 내 영혼의 현주소는 어디일까 자문해 보는 것도 삶의 지혜가 아닐까 싶다. 평소 박물관 관람을 즐기는 편이지만, 이번처럼 단순히 그림을 보러 전시회에 갔다가 내 영혼의 무게까지 저울질해 보기는 처음 겪는 경험이다. 이 또한 나이 탓인가.

그림 감상을 마치고 기념품 가게에 들렀다. 아그네스의 화집과 그녀 생시의 모습과 육성이 담긴 다큐멘터리 DVD를 들고 계산대 앞에 서니 70불이 넘는다. 살까 말까 잠시 망설이다 단호하게 계산을 했다. 내 남은 삶을 위한 투자인데 망설일 이유가 없다. 나는 분명히 안다. 잡다한 인생사로 마음이 뒤죽박죽 엉겨 붙을 때 나는 이 화집을 열어 볼 것이며, 세속을 초월하는 듯한 그녀의 그림은 바로 내 영혼의 저울이 될 것임을.

박물관을 떠나 차가 주차되어 있는 곳까지 다시 걷는다. 하늘을 본다. 하루의 무게를 내려놓는 태양이 연출하는 노을이, 마틴의 그림 같고 어머니의 품 같다. 그 품에서 한 잎 두 잎 떨어지는 자카란다 꽃잎이 더없이 편안해 보인다. 아침나절에 이 길을 걸으며 무언가 좋은 일이 있을 것 같던 예감이 빗나가지 않았음을 느낀다. 마음이 따뜻함으로 충만하다. 강물처럼 흐르는 세월 속에 결코 떼어버릴 수 없는 이끼 같은 고통과 슬픔의 기억조차도 보랏빛 꽃잎으로 승화되어 날린다. '영혼이 가벼운가?' 찰나에 스치는 천국을 맛본다.

━ 이혜라 ━

2013년 『한국수필』 등단. 한국수필가협회, 한국수필작가회 회원. 동인지 『작은 꽃』.
hyera1023@gmail.com

꽃과 여인의 향기

줄리 정

　　천지에 색색들이 꽃의 향연이 펼쳐지고 온갖 꽃들의 향기가 코끝을 간지럽히는 계절이다. 라벤더, 오렌지, 벚꽃, 보랏빛 라일락, 재스민 향이 날리는 올봄 샌디에이고로 특별한 꽃 여행을 다녀왔다. 여행 제목은 타주로 떠나는 문우와 아쉬운 석별을 위해 '꽃 추억'을 함께 하는 것이었다.

　바람결에 운무가 흩어지는 이른 아침, 온통 꽃이 무지개처럼 물결치는 꽃이랑 속에서 한 명씩 오늘의 주인공인 조 선생님과의 추억을 사진에 담았다. 그들의 얼굴에는 헤어짐의 아쉬움보다 꽃처럼 아름다운 미소가 번지고 있었다. 돌아가며 짝을 이루어 사진을 찍는 모습을 보면서 이십 년 전 한국을 떠나 올 때의 나를 보는 듯했다.

　사십 대 초반이었던 그 시절, 성가대 단원들과 소나기 내리던 여름날, 예술의 전당 뒷산에 이십여 명이 모여 성가와 가곡을 목청이 터지도록 함께 불렀던 단원들. 색색깔의 우산 속에서 석별의 눈물을 빗물인 양 닦으면서 헤어짐을 아쉬워했다. 소프라노 파트의 단짝이었던 멋쟁이 안젤라, 안토니아, 반주자 심뽀로사, 그 당시 육십 살이었던 로사 형님은 "성가대는 정년이 없으니까 평생 성가대 해도 되지?" 하고 묻곤 하셨다. "한번 성가대는 영원한 성가대예요." 하며 격려했던 기억 속의 그분은 지금 건강하실까. 모두 그때의 모습에서 정지되어 나의 뇌리에는 사십 대의 원숙하고 우아한 여인들의 고운 모습으로 남아 있다.

　지금 돌아보니 성가를 부르던 아름답던 음성도 그때의 모습도 아침 안개처럼 희미하게 사라져 버리고 아련한 추억으로 남아 있다. 신으로부터 선물로 받은 고운 음성도 원석을 갈고 닦는 마음으로 노력과 공을 들여야 비로소 빛을 발하는 보석이 되나 그것도 연륜과 함께 녹슬어 버리니 안타까운 마음이다. 그렇지만 우리에게 마지막까지 남는 것은 이웃에게 덕을 쌓고 마음의 향기를 풍기도록 노력하는 것이 연륜이 늘어 가면서 터득하게 되는 진리이다.

일전에 고등학교 동문회 행사 '보수연'에 참석했다. 1950년대에 6·25 사변으로 부산 보수동으로 피난하여 그곳에 임시 학교가 세워졌을 때 피난 생활의 궁핍을 서로 위로하면서 교사와 학생들의 생일을 축하하고 한국의 전통 예법을 배울 수 있는 보수연이 처음으로 시작되었다. 피난지 보수동의 음을 따온 이 행사가 기원이 되어 지금까지 전통으로 이어지게 되었다. 이번 모임에는 특별히 칠순을 맞이한 선배들이 한국에서 이십여 명, 캐나다와 타주에서 사십여 명이 오게 되었다.

고운 한복에 쪽도리와 댕기를 매고 스포트라이트를 받으면서 한복을 입은 후배들의 에스코트를 받으면서 입장하여 무대에 마련된 의자에 착석하는 모습이 참으로 인상적이었다. 후배들의 큰절과 다과를 받으면서 함박웃음을 짓는 선배들의 모습이 수줍은 여고생들 같았다. 그 연세에도 배움에 게으르지 않고 열심히 취미 생활로 배운 오카리나 연주와 살풀이 공연을 하는 모습은 신선한 자극을 안겨 주었다. 또한 여든두 살이신 한 선배님께서 오십여 년 동안 공직에서 성실하게 활동하다 은퇴하신 소감을 말씀할 때에는 감개가 무량한 듯이 눈물을 글썽였다. 그들 모두의 모습에서 향긋한 꽃향기가 피어오르듯 진한 감동을 선물로 받았다.

마릴린 먼로는 샤넬 No. 5를 잠옷처럼 입었다는데 나의 향기는 무엇일까. 유명 브랜드의 향수가 아니더라도 은근한 향으로 마음을 끄는 친구가 있다. 인공적으로 꾸민 얼굴이 아닌 자연스러운 표정과 내면에서 풍겨 나오는 품위 있는 모습, 모든 일에 애정을 쏟고 산뜻하게 뒷마무리를 할 줄 아는 친구가 좋다.

우리 늙어 가는 것이 아니라 아름답게 익어 가자고 했던 친구들. 오드리 헵번 처럼 자연스럽고 우아하게 나이 드는 멋있는 친구로 남고 싶다.

▪ 쥴리 정 ▪

2013년 『한국수필』 등단. 한국수필가협회, 한국수필작가회, L.A 수향문학회 회원. 『작은 꽃』(공저).
prayingjulie@yahoo.com

장마

이승애

산마루에 응어리처럼 엉겨 있던 먹구름이 마침내 참았던 울분을 토해내듯 굵은 빗줄기를 쏟아낸다. 장마의 서막이 올랐다. 가뭄과 바늘을 쏟아붓는 듯한 불볕에 지쳐있던 대지가 이때를 기다렸다는 듯 온몸을 내맡기며 빗줄기를 받아들인다. 쩍쩍 갈라지던 강바닥도, 저수지도, 쏟아지는 비에 생기가 넘친다. 물기를 머금은 녹음방초가 더욱 싱그럽다.

가뭄으로 타들어가던 대지가 비에 함뿍 젖어 들 때면 나도 소소한 일상을 밀어놓고 느긋하게 차를 마시며 책더미에 틀어박혀 시간을 보낸다. 책 읽는 시간은 나에게 푸른 깃발을 꽂는 시간이며, 누추한 내 영혼에 색동옷을 입히는 시간이다. 비가 주는 선물이다.

고대하던 비라도 지나치면 고역스럽다. 며칠 전만 해도 비가 오지 않아 기우제라도 지냈으면 했는데 연일 비가 내리니 간사하게도 비가 지나치게 온다고 불평을 터뜨린다. 몸은 물먹은 빨래처럼 무겁고 입맛도 의욕도 없어진다. 잘 가꾸어 놓은 정원은 극성스럽게 자란 풀에 치여 제구실을 못하고, 잘 자라던 호박도 오이도 지신이 들어 뭉턱뭉턱 주저앉는다. 집안은 습기로 꿈꿈하고 싱크대와 욕실엔 곰팡이가 검은 그림자처럼 창궐한다.

장마는 이렇게 짧은 시간 내에 많은 변화를 일으킨다. 사소한 불편함이야 시간이 지나면 해결되지만 제어할 수 없는 힘으로 사달을 낼 때는 두려움마저 들고 그 사달이 사람의 삶까지 무너뜨리면 그때 장마는 장마가 아니다. 재앙이 된다.

장마가 재앙이라지만 때로는 삶을 되돌아보게 한다. 죽을 만치 힘들어 주저앉으면 더 보태어 희망을 앗아가 버린다. 돌아보면 인생의 장마는 정화의 시기요, 경고의 시기이기도 하다. 극복하는 법을, 내려놓는 법을, 서슴지 않고 잘라내는 법을 배우게 한다. 욕망이 절정에 이르는 것을 다스리고 고속 질주하는 오만의 허를 찔러 생과 사의 갈림길에 서게 함으로써 나를 거듭나게 한다.

중국에 가셨던 오라버니가 뜻하지 않은 불청객을 품고 왔다. 건강하던 뇌혈관 한 부분이 막혔다고 하였다. 뜻밖의 소식에 눈앞이 캄캄했다. 머리에서 천둥소리가 나고 다리에 힘이 풀려 중심을 잡을 수가 없었다. 평생 성실한 주님의 사제로 살아왔으니 웬만한 천둥 번개쯤은 피해갈 수 있을 거라고 생각하였다. 그것은 인간의 오만에 지나지 않았다. 오라버니가 삼십 년 가까이 주님의 사제로 살면서 어찌 기쁜 일, 즐거운 일만 있었으랴. 뜻하지 않은 역풍에 어려움을 겪기도 하고, 길을 찾기 위해 고뇌의 숲에서 눈물도 흘렸을 것이다. 기실 풀지 못한 응어리들이 머릿속을 떠돌다 하나의 매듭이 되었는지 모른다.

불행은 한꺼번에 온다던가. 내 삶도 불볕더위를 거쳐 질척거리는 장마전선에 머물러 있다. 안면신경 장애에 오른손 통증으로 일하기가 쉽지 않다. 우중에 우환이다. 뜻하지 않은 우환에 얼이 빠졌다. 몽당몽당 잘려나가는 삶의 조각들이 보내는 메시지를 이해하려고 안간힘을 쓰지만, 가슴만 터질 듯 아파온다. 하지만 언젠가는 지금 이 순간도 필요했다는 것을 알게 되리라.

굵은 빗줄기가 어느새 가늘어지더니 비가 그치고 해가 솟아올랐다. 당연하다고 여겼던 햇빛에 새삼 고마움을 느낀다. 우리의 생도 음지에서 양지로 나갈 때면 이렇게 감사하리라. 눅눅해진 집안을 뽀송뽀송하게 말리기 위해 보일러를 돌렸다. 구석구석 파고든 곰팡이도 깨끗이 없앨 수 있는 기회다. 창문을 활짝 열어젖히고 솔과 걸레를 집어 들었다. 곰팡이를 제거할 묘약도 챙겼다. 뽀드득 소리가 나도록 우울을 닦는다. 흥건하게 괴어 있던 슬픔이 썰물처럼 빠져나간다. 의

기소침했던 마음이 환해지고 기운이 난다. 내친김에 요한 슈트라우스의 『비엔나 숲속의 이야기』를 틀었다. 아름다운 음률이 집안 곳곳에 새 생명을 불어넣는다. 넉넉해진 마음으로 찻잔을 들고 창밖을 본다. 장맛비가 잠시 멈추어 준 시간은 이렇게 덤이다.

내일도 비가 내린다는 예보이다. 너무 지나치지 않았으면 좋겠다. 장마가 지나면 대지는 격한 호흡을 가라앉히고 숨고르기로 평화를 불러들일 것이다.

내 생에 닥친 이 어이없는 장마도 어느 순간 끝이 나면 찬란히 해가 떠오를 것이다. 다시 비가 온다 해도 나는 그 비가 지나가는 것인 줄 알기에 염려하지 않으련다. 우중에서도 사는 법을 배운다.

━ **이승애** ━

2014년 『한국수필』 등단. 한국수필가협회, 한국수필작가회, 충북수필문학회 회원. 수필집 『아버지의 손』, 『신호등』. agatha3333@hanmail.net

어머니 가슴 속
외침을 듣고 싶다

임하초

　　외출 전 어머니 아침밥과 약을 드리고 나오기가 바빠서 어머니를 서둘러 식탁에 앉게 했다. 아직 잠이 덜 깬 어머니는 "왜 그리 일찍 먹냐."고 투정하시는 눈이 반쯤 닫혔다. "뭐가 일러? 엄마, 시간이 몇 신데." 급한 맘에 큰소리를 내자 어머니는 놀라 손목시계를 곁눈으로 보시고 아홉 시라고 한다. "엄마 시계 틀리네. 열 시 다 되었어." "아녀! 내 시계가 맞는겨!" 이번엔 어머니가 버럭 질러 놀라서 벽시계를 보니 열 시가 넘어가는데 억지를 쓴다.

　구십에 가까운 어머니에게 정확한 시간이 무슨 소용이 있을까만은 어머니의 억지를 설득해야만 했다. 억지가 얼마나 심한지 일하고 들어온 사위 보고 니 집 가라고 욕하거나 남의 집 와서 밥을 많이 먹는다고 젓가락을 밀어내어 남편은 숟가락을 놓고 방으로 들어가니 하루의 일상이 여간 힘든 것이 아니다. 그런 아빠가 불쌍하다고 생각한 딸들이 외할머니에게 항의하자 손녀들의 머리채를 잡아당기는 불상사가 일어났고 순간의 어머니 행동에 내가 놀라 비명을 지르며 바라봤더니 똑바로 쳐다본다고 내 눈을 찌르려는 모습에 놀랍기도 하고 당황스러워 말이 안 나온다. 안 된다고 제재하면 흥분을 더 하니 소리칠 수도, 참을 수도 없이 우리 집은 밤낮 전쟁이 따로 없다.

　어머니는 팔 년 넘게 병원생활에서 굳어진 언행과 말투로 도저히 이해란 없고 노여움과 두려움에 쌓인 공격적인 행동에 우리는 당황하게 되었다. 가장 힘든 것은 노여움에 가득 찬 섬뜩한 눈빛으로 밥 먹는 가족을 노려보며 듣지 못할 욕을 해대니 가족이 함께 밥을 먹을 수 없는 것이었다. 어머니에 대한 측은지심도 한계가 있어 화가 나기 시작했다. 요양원에서 가끔씩 공격성을 보여 어머니에 대한 약 처방을 거절할 수 없었고 자식으로서 무척 맘이 아파 집으로 모신 것이 이제 팔 개월 남짓 되었지만 자식이라 하더라도 신경안정제의 약 처방이 절실히 필요하다. 그래도 남편은 장모님이 불쌍하다며 환자려니 하며 조금 이해해야지 병원에 다시 모실 수 없다는 말에 고맙기도 했지만 아이들에게 미안해 병원 상담을 갈 수밖에 없었다.

압박 세대와 전쟁세대 속에서 배고픔과 두려움 속에 자식 키우며 살았던 그 시대에서 풍족한 현 세대를 희석 시키지 못한 혼란기가 있을 수 있다고 이해하려 했다. 청춘은 어느새 가고 늙어 병든 자신의 고통을 알아주지 않는다는 것에 정신적 혼란기가 분노로 차 있는 상태는 아닌가 하는 생각도 들어 아이들에게 외할머니 맘을 이해시키기도 했다. 그러나 우리의 일상에서 어머니 맘만 헤아리고 이해하기도 어려운 현실에서 우리 가정을 위해 다른 사람의 도움이 절실히 필요했다.

그래서 평일에는 요양보호사의 방문으로 어머니 수발이나 살림에 도움을 받고, 주말에는 아들들이 어머니를 모시고 외출과 외식을 하게 되어 우리 가족들은 나름의 시간을 갖게 되었다. 아이들은 외할머니랑 간식을 먹으며 대화를 하다 보니 외할머니 때문에 웃는 날도 있고 일상적인 대화가 이루어지고 있었다.

얼굴이 복스럽다고 늘 예뻐하셨던 어머니가 치매로 자식들을 몰라보게 될 때까지의 어머니 고통을 생각하니 혼란스럽다. 갑자기 아버지가 돌아가시고 오 남매를 품고 살아오신 어머니의 고통스러운 삶에 대하여 딸로서 맘 편히 대화해 본 적이 없었고, 위로해 드린 적이 없었고, 육체의 아픔뿐만 아니라 심적 부담감에서 엄마를 이해해 본 적이 없던 것이 떠올라 눈물이 난다. 전화비 많이 나온다고 전화 통화도 실컷 못하고 자주 집에 오지 말라던 어머니의 말이 사실인 줄 알고 오히려 서운했었다. 전쟁 중에도 자식을 지키느라 밤마다 불안한 잠을 주무셨을 것이고, 보릿고개의 배고픔을 겪은 어머니는 모르는 사람이 밥을 먹는 것에 화가 날 수 있을 것이다.

그러고 보니 자기의 꿈을 시대 앞에 묻고 배움의 소망을 자식에게 주었던 어머니의 삶을 돌이켜 보니 안쓰럽고 측은하기까지 하다. 얼마 남지 않은 마지막 삶에서 본인의 주장을 조금 하려는데 알만한 자식이 똑바로 쳐다보고 항의하는 모습에 마지막 분노를 하고 계시는 것일게다. 이제는 어머니 가슴 깊은 곳에 엉겨있는 외침을 자세히 들어 주고 그의 의견을 존중해야겠다. 무릎에 힘이 없어 의지할 사람이 필요할 때 마지막 손을 잡게 해 드리고 싶다. 이런 내 맘을 이해하시고 함께 사는 날까지 맛있게 잡수시고 편히 주무시면 좋을 텐데 한숨 자고 나면 어머니는 딴 사람이 되어 있어 맘이 아프다.

■ 임하초 ■

2011년 『한국수필』 신인상. 한국수필작가회 회원. 서울시인협회 추천시인상 당선.
hacho3232@hanmail.net

그림자 찾기

이현원

　　어머니 제삿날이 며칠 전이었다. 제사상에 음식을 차리고 촛불을 켠 다음 향을 피웠다. 어머니가 돌아가신 지가 벌써 15년이 지났고 살아계신다면 백 세 가까이 된다. 그래서인지 어머니에 대한 추억이 점점 머릿속에서 사라져가는 듯하다. 기껏해야 제삿날이나 한식날 묘소를 돌보면서 1년에 한두 번 설핏하게 들추어내곤 한다.

　늘 아버지 그늘에 갇혀 마음껏 기지개를 켜지 못했던 어머니다. 집안의 대들보가 들썩이도록 아버지의 큰소리에 눌리어 살았다. 가부장적인 아버지 밑에서 여자의 운명이랄까, 부덕婦德이랄까, 숨죽이며 살던 어머니였다. 당신 중심 잡기도 힘든 처지에 애면글면 자식을 뒷바라지했던 어머니다. 아지랑이처럼 피어오르는 향불에서 어머니의 따스한 체온을 느낀다. 자신을 태워 불을 밝히는 촛불에서 어머니의 희생을 떠올린다.

　어머니의 자취를 또한 느낄 수 있는 곳이 재래시장이다. 물건을 사기 위해서만은 아니다. 녹슨 기억의 창고에서 어머니의 추억을 되새겨보고 싶을 때 그곳으로 발길을 옮긴다.

　어머니가 시내 오일장에 가는 날이면 아버지로부터 해방되는 날이다. 아침부터 쪽진 머리에 동백기름을 바르며 얼굴엔 생기가 났다. 5일 장날엔 무슨 핑계를 대서라도 아버지한테 허락을 받아 나가려 했다. 집을 나서는 어머니의 발걸음은 빨랐다. 시장엔 물건을 팔고 사는 사람들이 한데 엉겨 떠들썩하다. 행인들이 바삐 오가는 재래시장 구석구석에서 어머니의 체취를 맡을 수 있다. 그곳에 가면 어머니 그림자가 먼저 와서 어른거리기 때문이다.

그렇게 집을 나선 어머니는 저잣거리 어디, 어디를 다녔을까. 우선 푸줏간에 들어가 보았다. 가난한 농촌에서 고기라고는 구경하기 어려웠다. 붉은 조명의 유리창 속에 소고기, 돼지고기가 먹음직하게 진열되어 있다. 도마 위엔 썰다 남은 소고기 냄새가 몰씬몰씬하게 달라붙는다. 가족을 위해 얼마나 소고기를 사고 싶었을까. 그 푸줏간에는 어머니의 코가 여기저기 벌름거리고 있다. 돈이 없어 고기를 사지는 못하고, 코만 남겨놓고 돌아섰는가 보다.

다음으로 신발가게에 들렀다. 마침 겨울철이라 털신이 예쁘게 손님을 맞이하고 있다. 쭈그리고 앉아서 털신 하나를 집어 들었다. 털신에는 어머니의 손때가 묻혀있는 게 아닌가. 어머니의 몸 내음이 고스란히 내게 풍겨왔다. 변변치 못한 양말에 흰 고무신으로 추운 겨울나기가 힘들었을 것이다. 털신을 신고 싶어 여러 번 만졌다 놓았다 하다가 그냥 나왔나 보다.

답답한 가슴을 쓸어내리며 한복 겸 포목점으로 발길을 돌렸다. 시골 어머니인들 유행하는 한복 한번 입고 싶은 생각이 없을까. 바느질 솜씨가 좋으니 옷감만 있으면 당신 옷 한 벌 만드는 건 일도 아니다. 켜켜이 쌓인 색색의 옷감이 자태를 뽐내고 있다. 그러나 이것저것 만져보며 값을 물어보고는 떨어지지 않는 발길을 돌렸을 것이 분명하다. 이 벽 저 벽에 어머니 눈동자가 떠다니고 있기 때문이다.

붐비는 시장을 뒤로하고 집으로 향할 때였다. 오가는 길 모서리에 허름한 의자를 몇 개 놓고 국수를 말아 파는 작은 음식점이 보였다. 어머니가 허기진 배를 채우기 위해 이런 곳에서 국수 한 그릇 잡숫기나 했을까 하는 생각이 떠나지 않는다.

늦은 오후가 되면서 어머니가 집으로 돌아갈 시간인데, 빈손으로 갈 수는 없었다. 겨우 생선가게에서 고등어 한 손 사고, 성냥 등 생필품 하나, 둘 달랑 사 들고 갔을 게다. 게다가 늦게 돌아왔다고 아버지한테 꾸중 들을지 몰라 콩닥거리는 가슴으로 발길을 재촉했을 것이다.

내가 6, 7세쯤 되었을 적에, 이렇게 잰걸음으로 돌아오는 어머니를 마당 어귀까지 마중 나가기 일쑤였다. 어머니는 나를 데리고 안방에 들어서자 작은 보따리를 풀어놓고 아버지에게 시장 본 결과보고를 했다. 장에 한번 가지 않는 아버지로부터 왜 이런 물건은 안 사왔느냐, 요까짓 것 사는데 이렇게 늦었냐는 등 꾸중이 뒤따랐다. 어머니는 머리를 숙이고 죄인인 양 항변을 제대로 하지 못했다. 난 아버지가 원하는 물건은 죄다 사오든지, 아니면 못 사온 이유를 시원하게 답변하든지, 그렇지 못하고 아버지한테 혼나는 어머니를 이해하지 못했다.

그보다 나의 관심은 어머니의 작은 보따리 속에 눈깔사탕이 있느냐 없느냐가 문제였다. 내가 하루 종일 문설주에 기대서, 두 귀를 쫑긋이 세우고 주인을 기다리는 개처럼, 어머니를 기다리는 이유는 오로지 눈깔사탕 때문이었다.

그런데 어머니가 풀어놓은 보따리 속에는 눈깔사탕이 보이지 않았다. 나는 이내 서운해져 눈물을 글썽이며 윗방을 거쳐 마루 밖으로 뛰쳐나갔다. 분이 안 풀려 씩씩거렸다. 어머니가 아버지한테 듣는 꾸중은 둘째였다. 하루 종일 기다린 나의 헛수고가 억울하였고, 아버지 밑에서 어머니와 같이 오금을 펴지 못하는 자식의 마음을 몰라주니 그것이 더 서러웠다.

그때, 어머니는 나의 손을 가만히 잡고 부엌으로 들어가 아버지 모르게 허리춤에서 내가 좋아하는 눈깔사탕을 꺼내주는 게 아닌가.

'아 어머님! 그러면 그렇지.'

우리 자식들이 크면서 어머니가 마음속에 있는 말을 다 하지 못하고 사는 심정을 이해하게 되었다. 모난 세파를 둥글게 살아가는 지혜가 되기도 하였다. 어머니는 가슴이 미어질 때면 누구를 원망하지 않고 응어리를 삭였다.

"여자가 죽으면 뼈가 새까말껴."

어머니의 검은 뼈가 우리 4남매가 자라나는 밑거름이 되지 않았을까. 살아가면서 어머니 그 말을 곱씹을 때가 자주 있다.

━ 이헌원 ━━━━━━━━━━━━━━━━━━━━━━━━━━━━

2013년 『문예사조』 신인상 수상. 2015년 『한국수필』 등단. 한국문인협회, 현대시인협회, 한국수필가협회, 한국수필작가회, 별빛문학회 회원. 청숫골문학회 회장. 시집 『그림자 따라가기』. 문예사조문학상 수상. hwlee@kbs.co.kr

시인의 추억,
동자 스님의 추억

최장호

　　지난 토요일 원로 시인 한 분을 만났다. 그는 신간이라며 자기 시집 한 권을 내게 주었다. 나는 기왕이면 사인까지 해 달라고 그의 손앞에 책을 내밀었다. 시인은 겉표지 다음 장에 내 이름과 자기성명을 한자로 곱게 써서 다시 내게 주었다. 최근 월간문학에서 출판한 따끈따끈한 시집이었다. 시집 제목은 '아 아 어머니'.

　천안 행사 참석 관계로 밤늦게 잠자리에 들어 베개에 비스듬히 기대 노시인의 시집을 읽었다. 제목 그대로 시인의 어머니에 대한 추억, 사모곡이었다. 구구절절이 여류시인의 어머니에 대한 애정과 추억이 녹아있었다. 시집 전편이 시인의 어릴 적부터 어머니가 그의 품속에서 영면할 때까지 어머니를 애틋하게 그리워하는 내용일색이었다. 시인 어머니의 성품과 시인의 어머니에 대한 효심이 그대로 전달되어왔다. 8순 중턱의 노시인과 그 어머니가 마주앉아 도란도란 정겹게 얘기하는 모습이 머릿속에 그려졌다. 그리고 그 모습은 마치 오래된 사대부가 한옥 정원의 한 그루 소나무처럼 기품 있고 아름답게 내 마음에 다가왔다.

　나는 시집을 단숨에 읽어가다가 「봉숭아꽃 물들면」이란 시 앞에선 책장을 넘기지 못하였다.

　　봉숭아꽃 물들면

　　생각나서요 어머니?

이렇게 한 아름 여름밤이면

뽀오얀 손끝마다 꽃물 들이며

보조개가 웃던 제 예쁜 친구들이

어머니,

제 꿈길에 자주 뵈는 그 집 앞 뜰엔

이 여름도 봉숭아 다홍 꽃이 피었을까요?

옛처럼 아롱지게 피었을까요?

-『아 아 어머니』, 월간문학 21쪽

　그리고 나도 모르게 타임머신을 타고 수십 년 전으로 돌아갔다.

　공주 마곡사 은적암 외딴 토담별채. 나는 조용한 곳에서 공부한답시고 대학 마지막 여름방학 3개월을 그곳에서 보내고 있었다. 공부하다 지루하면 뜰에 나가 화단을 살피기도 하고 생쥐가 봉숭아꽃 줄기를 타고 오르면 봉숭아꽃대가 꺾어지지 않고 흔들리기만 하는 것을 신기하게 바라보곤 하였다.

　그때쯤이면 어느새 10세 내외의 동자 스님이 내 곁에 와서 나와 같이 말없이 봉숭아꽃을 바라보곤 하였다. 주지 스님의 잔심부름이나 하는 그는 하루 종일 심심하여 내 곁을 맴도는듯하였다. 회색 승복 입은 그의 모습은 무척이나 슬퍼 보였다. 나는 내 곁에 다가온 그에게 한쪽 팔을 뻗어 그의 어깨를 감싸주었다. 그러나 그것은 마음뿐이었다.

　주지 스님이 대전역 앞에 버려져 울고 있는 그를 데려왔다 하였다. 그는 학교도 승방에도 안 다니고 작고 큰 시계바늘의 5분과 1시간을 구별하지 못하였다. 걸핏하면 '비극이다'라고 뇌까렸다. 어디서 들었는지 '인생은 비극이다'라는 말을 하는 듯하였다. 어쩌다 내가 대나무장대로 감나무꼭대기에 매달린 연시를 따서 주면 얼굴에 칠갑을 하며 맛있게 먹었다. 동자 스님은 사람이 있으면 내게 아저씨라고 부르다 둘이만 있으면 부끄럽다는 듯 나지막하게 오빠라 부르기도 하였다.

찬바람이 나 내가 서울로 돌아간다 하자 그는 앞뜰의 봉숭아꽃을 따 돌에 으깨 내 손톱에 얹고 그 잎으로 칭칭 감아 봉숭아꽃물을 들여 주었다. 백반도 없이 들인 봉숭아꽃물은 남자의 손톱에도 곱게 물들었다. 그가 들여 준 봉숭아물은 내 손톱 위에서 빨간 매니큐어보다 부드럽고 고운 붉은색을 띠었다. 헤어짐을 서운해 하는 그에게 나는 내년에 다시 올 것이라고 말해주었다.

나는 서울에 와서도 손톱에 물든 봉숭아꽃물을 지우지 않았다. 버스손잡이를 잡으면 봉숭아꽃 물든 손톱이 반짝거렸다. 남자가 손톱에 무슨 봉숭아꽃물을 다 들이나 하는 말이 들리는 듯도 하였으나 지우고 싶진 않았다. 궁금해 하는 가족에게만 그 사연을 이야기하고 남이 물으면 적당히 둘러대었다. 손톱에 스며든 봉숭아꽃물은 그 해가 넘어 갈 때까지도 지워지지 않았다. 봉숭아꽃 물든 손톱이 동자 스님처럼 느껴졌다. 동자 스님이 항상 내 곁에 있는 듯하였다.

내년에 다시 올 것이라 말해주고 떠나온 후 세월은 덧없이 흘러 어느새 수십 년이 지났다. 20대 짙푸른 대학생이던 나는 어느새 황혼녘에 들어서게 되었다. 그동안 나는 그에 대한 약속을 지키지 못하였다. 그에 대한 약속을 지키지 못한 것이 두고두고 미안하고 후회되었다. 평생 마음의 빚으로 남아 있게 되었다. 그때 그 동자 스님은 지금은 어디서 어떻게 살고 있을까….

나는 동자 스님에 대한 이러 저러한 생각에 잠겨 밤새 잠을 청하지 못하였다. 새삼 그가 그리워졌다. 나도 모르게 뜨거운 물기가 두 줄기 내 뺨 위로 스며들었다. 어느새 밝은 아침햇살이 내 얼굴 위로 들어왔다.

■ 최장호 ■

2015년 『한국수필』 등단. 한국생활문학회 부회장, 한국수필작가회 이사, 단국대 명예교수. 『캠퍼스의 자화상』 등. wkmfam@naver.com

내 이름은
바다에 비낀 달

김해월

옛 사람들은 이름에 생명이나 정령이 있다고 믿었다. 남의 입에 자주 오르내리면 이름의 기운이 상할 수도 있다고 생각했다. 그래서 본명보다는 '자字'나 '호號'를 지어 제 2의 이름으로 불리려 했다. 심지어 어렸을 때는 천한 이름일수록 역신疫神의 시기를 받지 않아 오래 산다고 믿어 '개똥이'(高宗의 아명)나 '돼지', '동방삭이'와 같이 천박하나 천수를 누릴 수 있는 이름을 지어 아명으로 불러주기도 했다. 고전문학 속에 나타난 이름에는 해학과 멋이 뛰어나서 봄에 바람 난 처녀 '춘향(春香)'이나, 봄바람 가득한 난봉꾼 '이춘풍(李春風)', 물에 빠진 청순한 소녀 '심청(沈淸)'등의 이름도 있다. 또 무녀도의 묘화나 태백산맥의 소화 등은 무녀들의 미묘한 운명을 상징적으로 느끼게 하는 이름이다. 분례기의 똥례같은 이름도 인물의 성격과 운명을 암시한다.

아버지는 1951년에 나를 낳고 군대에 가셨단다. 내 이름은 원래 승리(勝利)라 불렸었다. 6·25 전란 중이어서 이기게 해 달라는 염원을 담은 이름이었던 것 같다. 아버지는 제주도 훈련소로 가게 되었는데 마침 보름달이 뜬 날이었다. 남해에 비친 푸른 달빛이 너무 아름다웠다. 하지만 전쟁 중 군대에 가니 살아 돌아올 수 있다는 믿음이 희박하여 만감이 교차했을 테고 그 달빛 젖은 바다가 슬픔을 더했을 것이다. 고향에 두고 온 처자식을 그리워하며 내 이름을 바다 해(海) 달 월(月)로 바꾸라는 내용의 편지를 엄마에게 보냈다. 그 뒤로 내 이름은 해월이 되었다. 나는 엄마가 장롱 서랍 속에 고이 모아 놓은 아버지의 편지를 읽는 게 재미있어 자주 읽어보곤 했다. 그 속에 내 이름의 유래도 있었던 것이다.

이름은 타고난 개인의 운명에 대하여 후천적 유도력을 발휘하기도 해서 운명을 호전시키기도 하고 부정적 영향을 끼친다고 말하는 성명학자들도 있는데, 그렇게 지어진 내 이름은 기생이름이라고 놀림을 받았다. 심리적으로 많이 위축되었고 창피했다.

'자기 잘못은 화투패처럼 숨겨도 남의 잘못은 귤껍질 까발리듯 까발린다.'는 옛말도 있듯이 명기인 명월이나 매월이를 거론하는 것 같지는 않다. 일제시대 퇴락한 기생의 존재만을 생각하고 기생은 남자에게 술이나 따르는 천박한 여자라는 생각으로 놀린다. "해월이~~ 명월이~~"

이름을 밝히면 누구든지 한마디씩 하지 않는 사람이 없다. 직언하여 상처를 주지 않으려는 사람들은 하다못해 "이름이 예쁘네요."라는 말이라도 한다. 그러면 나는 "기생 이름이지요." 라고 자폭해 버린다.

학창시절 새 학년이 시작될 때면 나는 이름 때문에 선생님들에게 제일 먼저 기억되는 학생이기도 했다. 여고 때 담임선생님은 스님 이름이라고 하면서 내 이름에 대해 여러 번 관심을 보이셨다. 김래성의 소설 『麻人(마인)』에 나오는 끔찍하게 무서운 스님의 이름이다. 그 책을 읽으면서 잔인하고 소름 끼치는 해월 스님의 행태에 온몸이 오그라드는 것 같았다. 이런저런 일들로 나는 내 이름이 너무 싫어졌다. 직장에서 개명을 했던 동료 직원을 통해 이름을 바꿀 수 있다는 걸 알았다. 일본식 이름이 많았던 때이고 반공의식을 고취하던 시절인지라 이름의 부당성을 적어 첨부하면 쉽게 바꿀 수 있다고 했다. 내 이름이 일본식은 아니었지만 개명신청을 해 보려고 했다. 법원에 근무하는 집안 아저씨를 찾아갔다. 아저씨는 아버지가 의미 있게 지어준 이름을 왜 바꾸려고 하느냐며 나를 설득했고, 나는 개명의 뜻을 접고 말았다.

가족 중에서 성격이나 이목구비가 서로 가장 많이 닮았으면서도 '딸이니까'라는 고루한 생각이 싫어서 아버지를 미워했던 때도 있었다. 그러다가 어느 때부터인가 내 이름에 대한 의미를 톺아보게 되었다.

전쟁 중 군사훈련을 받으러 제주로 가는 뱃머리에서 소리죽여 일렁이는 바닷물이 교교皎皎한 달빛을 받고 있는 망망한 바다 그림자를 본다. 그것을 바라보며 아버지는 고향 집에 두고 온 부모와 처자식이 그리워 가슴이 먹먹했을 것이다. 달을 품은 바다 물빛이 너무 시려서 눈물도 흘리셨을까. 아니면 너무 아름다워 딸도 그렇게 아름답기를 소망하며 이름을 지으셨을까. 그도 아니면 세상의 파도도 달빛으로 잠재워 버리는 큰 사람이 되라는 바람이었을지도 모른다. 달빛 젖은 밤바다에서 고뇌하는 아버지의 싸한 아픔이 내 가슴으로 절절히 사무쳐온다.

아버지의 감성에 젖은 작명 때문에 나는 중년의 초반부터 그 이름값을 하며 살고 있다는 생각이 들 때도 있었다. 차라리 승려로 살았다면 씩씩하고 당당하게 살 수 있지 않았을까. 외롭고 여린 마음으로 세상을 살 수밖에 없는 것은 모두 아버지의 작명 탓이라고 돌아가신 아버지에게 원망 아닌 원망의 소리를 했던 때도 있었다.

그러나, 이제 어떤 사람들이 내 이름을 거론하면 나는 부끄러워하지 않고 당당하게 말할 것이다. "내 이름은 어느 때에는 기생(매월. 명월)이 되기도 하고, 또 어떨 때는 하녀(삼월, 오월)도 되고 스님(해월)도 되지만 이렇게 수필가가 될 수도 있단다." 필명으로 써도 손색없을 이름을 마련하신 게 아버지의 혜안이었다면 나는 그 이름을 수필가로 빛내보고 싶다는 욕심을 부려 봐도 되지 않을까. 바다에 비낀 달, 얼마나 아름다운가. 이름풀이 만으로도 좋은 작품이 줄을 잇지 않겠는가.

■ 김해월 ■

2015년 『한국수필』 등단. (사)한국수필가협회, 한국수필작가회, 솔샘문학회 회원.
haewoul@hanmail.net

장미 백 송이

김숙영

　　장미가 가득 핀 원피스를 입었다. 이 옷은 기분 좋을 때 입는 애장
품 중의 하나다. 마음이 답답할 때, 기분 전환을 하고 싶을 때도 원피스 위에 빨
간 스웨터를 같이 입으면 상쾌해진다. 보는 사람마다 예쁘다고 환호한다. 옷의
앞뒤로 핀 장미를 세어 보았다. 붉은 장미 백 송이가 피어 있었다. 마음이 장미의
꽃말처럼 열렬한 사랑으로 꽃피우고 싶어지는 옷이다.

　결혼 초에 재래시장에서 샀다. 긴 드레스라 집안에서 살림할 때 입었다. 어쩌
다 손님이 오고, 시어른들이 오시면 집안이 다 화사하다며 칭찬을 하셨다. 몇 년
지난 후 유행이 지나서 입기가 불편했다. 정이 많이 든 옷이라 출근할 때 입을 수
있게 정장 스타일로 무릎까지 오도록 수선했다. 입어 보니 단정하고 아름다운
원피스가 되었다. 가끔 입을 때마다 거울 앞에서 장미의 왕국으로 들어간다. 이
처럼 많은 꽃이 함께해서 기분 좋고 마음까지도 환해지는 옷이다.

　사람들은 저마다 꽃을 피운다. 장미처럼 화려하게 삶을 꽃피우는 이, 야생화처
럼 살포시 은은한 향기를 피우는 이가 있다. 바쁘게 살면서 어떤 삶의 꽃이 피었
는지 모르고 사는 사람 또한 많은 것 같다. 나는 언제 꽃을 피웠나 생각해본다.

　거울 앞에서 장미무늬 원피스 입은 모습을 보며 개구쟁이들과 꽃피우던 시절
이 떠올랐다. 병아리 음악선생 때 일이다. 황철익 선생님의 〈꽃 파는 아가씨〉를
합창대회 곡으로 올려 1등을 했다. 어린 천사들이 무대 위에서 초롱초롱한 눈빛
으로, 당당하게 꽃을 피운 날이다.

노래 제목처럼 50송이의 어린 꽃들이 만드는 화음은 천상의 소리였다. 언제나 방긋 웃는 효은이, 수줍어 평소에는 조용한 성격이나 노래할 때는 당당한 은정이, 씩씩하고 남자답게 목청 높여 부르던 동찬이, 여학생처럼 곱게 생긴 용택이, 합창 반주부터 노래까지 다 잘하는 선우까지 사랑스러운 제자들의 얼굴이 떠오른다.

많은 꽃의 함성이 아름다운 화음을 이루었다. 이처럼 함께 하는 꽃들은 향기롭다. 옛 합창단의 노랫소리가 애틋한 사랑으로 들려온다. 그들은 어디선가 삶의 꽃을 피우며 살아가리라 생각한다.

꼬마 천사들은 소리로써 표현했지만, 꽃들은 향기로 말한다. 꽃의 향은 종류에 따라 모두 다르다. 장미의 그윽한 향은 사랑을 노래한다. 주변의 야생화들까지 은은한 향으로 이야기한다. 원피스의 장미들도 서로를 마주 보며 화음으로 같이 한다.

돌아보면 아들딸 낳고 피운 꽃이 가장 아름다운 꽃이었다. 가정을 이루며 핀 두 송이의 꽃은 무지개 빛깔로 아름다웠다. 입학, 졸업, 결혼 다양한 삶의 향기로 말하며 기쁨을 주었다. 꽃들은 지금도 내 곁에서 '어머니 건강하세요'하며 속삭여 준다.

친정어머니가 가꾸어 주신 다섯 송이 꽃도 활짝 피었다. 부처님께 발원하며 오 남매의 연꽃을 가꾸셨다. 이제 극락에 계시지만 연꽃의 향으로 어머님께 감사하다고 이야기한다.

아름다운 마음으로 향기로운 꽃을 피우는 이들도 많다. 인생의 선배인 어르신들께 감사하며 식사를 준비하는 천사 같은 언니들, 자식 없는 분들을 돌보며 반찬을 보시하는 봉사 단원들, 요양원에서 예술로 재능 기부하는 예술인들, 장애인을 돌보는 거룩한 분들도 귀한 향기 꽃을 피우는 이들이다.

아파트에서 청소하시며 언제나 활짝 웃는 아주머니를 본다. 본인 일을 성실히 하시는 모습 속에서 따뜻한 꽃이 핀다. 직장에서 힘들게 일하며 보람의 꽃을 피우는 이들도 많다. 이처럼 아름다운 꽃들은 온 세상을 밝게 해 준다. TV를 보면 꽃을 밟는 무서운 사건들이 종종 나온다. 마음을 열고 하심下心으로 살다 보면 한순간 돌리며 꽃이 보인다고 생각되며 안타깝다.

옷 색깔도 어두운색보다는 밝은색을 권하고 싶다. 산천초목을 보자 환한 빛을 보며 자란다. 파란 하늘에는 하얀 구름 꽃이 핀다. 이처럼 밝은 곳에서 꽃 피고 열매를 맺는다.

'옷 잘 입고 미운 여자 없다.'라는 옛말이 있다. 옷을 잘 입으면 누구든지 예뻐 보인다는 말이다. 잘 입는다는 말은 비싼 옷을 표현했다고는 생각하지 않는다. 내가 즐겨 입는 백 송이 장미 원피스는 비싼 옷은 아니지만 입고 있으면 아름다워 보인다. 그 속엔 주부로, 엄마로, 음악 선생으로 살아온 40년의 세월이 잉걸불이 되어 타오른다. 이보다 더 마음을 같이하는 애장품이 있을까 생각해본다.

오늘은 빨간 장미 원피스와 꽃을 피우며, 기분 좋은 하루를 맞이해 보련다.

▬ 김숙영 ▬

2015년 『한국수필』 등단. 한국수필가협회, 한국수필작가회, 충북여성문학 우암수필 충북수필 회원. 1998년 우수 예술인상 (한국예총 충북지회) 수상. 응모작 다수 입상. 수필집 『사박걸음으로 가오리다』. k103303@hanmail.net

역사탐방기

- 아산, 예산

정홍술

　　민주평화통일자문회의 자문위원 우리 일행들은 이른 아침 강남구청에서 07시 집결하여 대행기관장인 강남구청장님께서 한 사람 한 사람 따뜻하게 배웅을 해주시는 가운데. 자문위원 모두는 강남의 울타리로부터 벗어나 자유로운 아산예산 역사탐방을 떠나게 되었다.

　그 첫 번째로 충남, 홍성군, 갈산면, 행산리에 소재한 김좌진 장군 생가부터 일행들은 첫 방문지로 찾게 되었다. 그곳에 백야(사당)기념관이 있었고 백야공원, 동상 등이 있었다. 김좌진 장군은 1889(고종26)-1930 독립 운동가이며, 본관은 안동, 자는 명여, 호는 백야, 부친 김형규와 모친 한산이씨의 둘째아들로 태어났다. 1905년에 집안의 노비를 해방시키고 사립호명학교 설립에 참여하여 근대교육운동을 펼쳤다. 1918년 12월 중국길림에서 발표된 대한독립선언서에 민족대표로 참여하였다. 이러한 만주지역에서 한인동포의 실상을 조사하고. 한족총연합회를 조직하여 왕성한 활동을 한 것으로 기록되어 있다. 1962년 건국훈장. 대한민국장이 추서되었다.

　두 번째는 충남, 예산군, 덕산면 소재에 매헌 윤봉길 의사 기념관에 도착하게 되었다. 윤봉길 의사는 이곳에서 출생하여 윤황공과 김원상 여사의 장남으로 1908년 출생하여 1918년 덕산공립보통학교에 입학하여 1919년 식민지교육에 반대하여 자퇴하고 1919년 한학을 수학하고 1925년 한시집,『명추』,『옥타』,『임추』 등을 엮었다. 1926년 야학을 열어 문맹퇴치 운동을 전개하고 농민운동을 시작하여 스승으로부터 '매헌'이라는 아호를 받았다. 1927년 야학과 농촌운동 교재 농민독본을 저술하고 1931년 김구 선생을 만나 조국독립운동에 헌신할 큰 뜻을 피력하였다. 1935년 4. 29 홍커우 공원 의거 결행, 1962년 건국훈장, 대한민국장 추서되었다. 충의사 등의 얼을 되새겨 보면서 피상적으로 생각한 부분의 역사인식을 재조명하는 마음을 갖게 되는 계기가 되었다.

세 번째는 유서 깊은 수덕사로 산보삼아 올라가며 해설사의 친절한 설명까지 들으며 올라가게 되었다. 수덕사는 충남, 예산군, 덕산면, 덕승산에 있는 사찰로써 백제 위덕왕(554-597)때 고승 지명이 처음 세운 절이라고 한다. 무려 1400여 년의 역사를 지닌 셈이다. 덕승산은 호서의 금강산이라고 불리는 산 아닌가. 종교와 무관하게 절이라는 공간을 좋아하는 까닭은 그곳에 역사가 있기 때문이다 수백 년 전부터 이 공간이 존재했다는 것을 생각하면 마음이 뭉클해진다. 아주 옛날 까마득한 어느 시절에도 이곳에는 사람들이 몰려 들었고 그들은 무엇을 빌었을까. 지금의 우리들과 그리 다르지 않을 것이다.

자연의 고즈넉한 단풍잎이 오색으로 물들어 우리를 풍성하고 따스하게 반갑게 맞이 해준다. 그래서 우리들은 추억 한 장을 남기려고 이 먼 곳까지 달려와서 사진을 담으려고 한다. 주위를 빼곡히 매운 고목, 고 건축물 등에서 흘러나오는 냄새, 설렘으로 들뜬 사람들, 이 모든 것이 어우려져 형성된 공기는 참 신선하고 달콤하기만 하다.

네 번째는 아산 레일바이크로 안내하여 젊은 청춘 연인들이 즐기는 것을 구경만 하였는데 우리가 직접체험을 일행 모두가 한다고 하여 어리둥절했다. 4인용이 한 탑승이 되어 레일바이크에 몸을실어 약 한 시간 정도의 레일을 4사람이 공동 폐달을 밟으며 호흡을 맞추고, 농촌풍경을 한눈에 보면서 흥얼거리며 행진을 한다.

한때는 기찻길이 지금은 관광명소로 자리매김하고 있는 것을 감상하면서, 중간 중간에 지나가는 건널목이 있어 잠깐씩 정차한 후 차량들을 먼저 보내면서 가는 자태가 남다른 기분이 들었고 누른 들녘을 보며. 풍성한 곡식들. 주렁주렁 영글어 보이는 열매들이 땀의 결실로 여겨져 보였다. 이 또한 흐뭇하였고 기쁜 마음이였다.

우리 일행이 탄 4인용 레일바이크에는 특히 서정숙, 이동직 위원님께서 동요 〈보리밭〉, 〈꽃밭에서〉, 〈그 집 앞〉 등등 여러 곡을 선창하시며 흥을 돋구어 주었다. 오가며 노랫소리 장단에 모처럼만에 가을들녘의 추억을 자문위원들과 함께 남기는 아주 의미 있는 역사탐방 길이다.

서울에 다소 늦게 도착하였지만 집행부에서 마련한 만찬을 즐겁게 하며 마무리하였다. 이번 행사는 유익하고 단합과 우정이 넘치는 것으로 새로운 희망을 낳기 위하여 꿈을 찾아 레일바이크 환상의 길목이….

아름다운 추억이 되었으리라 본다.

■ 정홍술 ■

2016년 『한국수필』 등단. 세지건설(주) 대표이사. 코리아포럼 공동대표. 민주평화통일자문회의 자문위원. 『주택건설실무편람』 『부동산정책변동과 향후 주택건설 방안』, 수필집 『삶의 찬가』 외 다수.
junghong52@naver.com

아리랑이 흐르는 강변길

윤소천

　　무등산 북동쪽에서 발원한 증암천은 싱그럽고 풍성하다. 나무와 새들, 꽃 그리고 풀벌레와 수초, 이따금씩 수면 위로 뛰어오르는 물고기들. 강가에는 세월의 무게만큼 둥글게 닳은 돌들과 쌓인 은모래 톱이 군데군데 모습을 드러내고 있다. 물안개가 걷히자 말갛게 씻긴 갈대숲이 바람에 일렁일 때마다 햇살을 받아 반짝이며 물결치고 있다.

　계곡물은 소쇄원의 오곡문 흙담장 밑을 흘러 좌로 환벽당 우로는 식영정을 끼고 흐르다 성산의 물과 한데 어우러진다. 창평 향교 앞을 지나면서는 십여 호의 마을을 끼고 샛강이 되어 흐르는데 이곳 교촌마을이 내가 자주 들르는 곳이다. 강변에 차를 대고 걷다 보면 강변을 따라 삶을 꾸리고 있는 집들의 풍경이 정겹다. 골목길 울 너머 마당에 군데군데 소담스럽게 피어있는 꽃들, 키가 큰 해바라기와 접시꽃, 수국 분꽃 백일홍 봉숭아 채송화… 강변에서 빨래하는 아낙네의 모습과 나무 그늘 정자에서 부채를 들고 쉬고 있는 노인들의 모습은 정겨운 옛 시절을 떠올리게 한다.

　바람 부는 어느 봄날 복사꽃이 바람에 흩날리고 있었다. 묵은 갈댓잎은 엎어지고 제켜지며 바람에 씻기고 있었다. 풀잎도 서로 부비며 흔들리고 있었다. 흐르는 물결은 바람 따라 춤을 춘다. 내 마음의 잔 시름도 다 털어내 날려버렸다. 나는 이런 날이 더욱 좋았다.

　강가의 여우털빛으로 바랜 묵은 갈대들은 새 갈대가 올라와 쉴 때까지 버텨주

다가 여름 폭풍우가 지나면 어느 날 스르르 내려앉아 어린 갈대의 거름이 되어준다. 흔들리지만 결코 꺾이지 않는 갈대는 그로서 자신의 소임을 다하고 사라진다.

한낮의 강은 지루함을 못 이긴 듯 반쯤 눈을 감은 채 꾸벅꾸벅 졸고 있는 듯하다. 무료하게 앉아있던 왜가리 한 마리가 인기척을 느끼고 날개를 퍼덕이더니 가볍게 날아올라 건너편 갈대숲으로 사뿐히 내려앉는다. 강변에는 찾는 이도 기다려주는 이도 없는데 잡초들 사이로 들국화와 달맞이꽃이 지천으로 피어있다.

강 물결에 얼비치던 붉은 노을이 점차 어두워지면서 오늘도 지상의 하루가 막을 내린다. 일과를 마치고 집으로 돌아오는 길목에서 바라보는 저녁노을은 언제 보아도 아름답다. 이제 강에 사는 모든 생명들은 무사한 하루에 감사하며 저마다 쉴 곳을 찾아 안식에 들 것이다.

달 밝은 깊은 밤, 홀로 강변길을 거닐다 강 가까이 다가가면 밤의 강물은 쪽빛처럼 짙다. 수면에 비치는 달그림자를 무심히 바라보고 있으면 산을 넘어 깊은 계곡 시원始原 작은 샘으로부터 그 물줄기를 타고 "아리랑 아리랑 아라리요 아리랑 고개를 넘어간다. 나를 버리고 가시는 임은 십 리도 못 가서 발병 난다."는 아리랑가락이 들려오는 듯하다. 소천小泉이란 나의 필명은 '소박한 맑은 샘'이란 뜻으로 존경하던 선생님이 지어 주셨다. 나의 남은 생애를 시원의 샘물처럼 살라는 뜻으로 지어준 이름이다.

적막하기만 한 풀섶에 귀를 기울이면 온갖 풀벌레 소리 그리고 잠 못 이루고 뒤척이는 어떤 물고기의 툼벙거리는 소리가 들린다. 이곳은 있는 그대로의 자연이다. 자연 그대로가 마음을 정화시키고 편안하게 한다. 이런 연유에서 내가 자주 찾는 곳이다. 달 밝은 밤 달빛에 마음이 고요해지면, 길가에 핀 달맞이꽃과 두런두런 얘기를 나누고 아리랑을 읊조리며 강변길을 걷곤 한다.

■ 윤소천 ■

2012년 『에세이스트』 등단. 2016년 『한국수필』 신인상. 한국수필작가회 회원. 한국문인협회, 광주문인협회 회원. sochun323@hanmail.net

거미

박춘실

그는 참 밉상이다.

제멋대로 꽁무니를 들썩이며 처마 밑의 높고 낮은 곳, 모서리 진 곳, 빤한 틈 없이 그물을 친다. 시력이 나쁜지 그가 지은 집 모양은 엉성하기 짝이 없다.

집 모양이 그럴싸하면 꾸미는 것 좋아하는 내가 너그럽게 아량을 베풀 수도 있다. 텃밭에 다소곳이 자리 잡은 채마, 희희낙락 꽃밭에도 배짱 두둑하게 줄을 쳐댄다. 보쌈이라도 할 심산이었나, 이놈의 횡포를 더는 눈 감아 줄 수 없어 보이는 대로 걷어치웠다. 이때 기미를 알아챈 거미 한 마리가 뒤돌아볼 새도 없이 '걸음아 날 살려라.' 줄행랑을 친다. 사악한 놈, 잽싸게 신발 밑으로 몰아 소리소문 없이 압사를 시켰다.

거미에 정을 붙인 사람도 있으려나? 머리가 쭈뼛 서고 오금이 저리게 음산한 영화 속에는 으레 시커먼 거미가 등장하는 것만 봐도 좋아할 사람은 흔치 않을 것 같다. 쬐끄만 머리와 뒤뚱거릴 만큼 불룩한 배, 금방이라도 부러질 듯 앙상한 다리는 우스꽝스럽기 짝이 없다. 몸통을 둘러싸고 있는 빛깔만 고와도 그렇게 비호감은 아닐 게다. 바람 빠져나가 비천하기 이를 데 없는 휘청거리는 집을 지키며 먹이를 노리는 음흉스러운 모습, 간혹 노란색에 검은 줄무늬를 뽐내는 늘씬한 거미도 있지만 그놈 역시 꼭 굿 한판 벌일 무당 같이 생겨 먹었다.

적당히 타협할 수도 없는 무법이 법인 양 용감한 이놈에겐 집을 짓는 족족 부지런을 떠는 수밖에 도리가 없다. 그러나 조상의 은근과 끈기를 대물림이라도 했는가 거미는 쉬지 않고 보수공사를 한다. 어디 네가 이기나 내가 이기나 한번 해 보자. 날을 잡아 스스로 제왕이 되어 지휘봉을 휘두른다. 사방이 말끔해졌다. '한동안 뜸하겠지.' 마치 부패척결의 선구자 역할을 한 것 같아 속이 후련하다.

이튿날 아침, 활짝 웃는 꽃을 기대하며 화단으로 내려 가 보니 이파리와 가지 사이에 또 집을 지어 놓았다. 눈이 어디 붙었는지 구경도 못했는데 칠흑같이 어두운 밤에 누구의 도움을 받았을까. 방사선 그물로 정교하게 짜인 멋진 집에 아침 이슬이 반짝인다. 고색창연한 은하수 가루에 진액을 치댄 듯 투명한 은색 실. 끊어질 듯 낭창거리며 부드러운 바람에 하늘거린다.

송알송알 싸리 잎에 은구슬/ 조롱조롱 거미줄에 옥구슬
대롱대롱 풀잎마다 총총/ 방긋 웃는 꽃잎마다 송송송

이파리와 가지에 맺힌 거미줄과 이슬을 바라보니 초등학교 삼학년 시절 불렀던 동요가 떠올라 나도 모르게 흥얼거렸다. 이슬과 거미줄이 옥구슬과 오색 실로 비쳐 진 시인의 마음이 다가와 이판사판 맞장 뜨자 벼르고 있는 내 옹졸함이 들킨 듯하여 머쓱해진다.

거미줄의 향연을 뒤로하고 집으로 들어오려는데 처마 밑에 미처 떨어내지 못한 시커멓고 두터운 자루 모양의 거미집이 눈에 띈다. 조금 전 멋진 집과는 딴 판인 시커멓고 두터운 자루 모양의 거미 집, 그 안을 들여다보았다. 아뿔싸, 그곳에는 수백 마리의 모기와 날개 찢긴 나방들이 볼모로 잡혀 바싹 말라 있었다.

지난여름, 무더위에 모기 한 마리만 앵앵거려도 신경이 곤두서 잠을 설치기 일쑤였다. 그러고 보니 살충제를 뿜어대도 간들간들 잡히지 않던 그 모기를 잡아 충성을 다한 고마운 거미였다. 내가 잠든 동안에도 쉴 새 없이 꽁무니를 움직여 질긴 실을 뽑고 진액을 섞어 그물을 짜고 해충을 사냥한 거미, 그의 수고로움이 없었다면 더 많은 날들 모기와 씨름을 벌였으리라. 징그럽고 볼썽사나운 겉모습만 보고 투덜거리며 밟아 죽였는데 이렇게 기특할 수가….

깊은 안목으로 거미를 바라보지 못한 무지에 고개를 떨군다. 미안한 마음에 거미에 대한 정보를 뒤져보니 거미가 없다면 농작물은 해충의 극성으로 거의 수확이 어렵단다. 그뿐이랴, 농약을 사용하지 않는 유기농에서는 거미가 잘 살도록 환경을 만드는 것이 최우선이며 일명 거미를 '생물농약'이라 부른다니 우리 인간에게는 유익한 천적으로 꼽히는 귀하신 몸이다.

미안해하는 내 기분을 거미가 알아주려나, 진정한 응원의 박수를 보내고 싶어 도롯가의 구상나무 길을 따라 조심스레 걸었다. 빨간 꼬마전구처럼 열매를 단 구상나무 사이에 햇살에 반짝이는 거미줄이 보인다. 칸칸이 줄을 맨 집에 곤충들의 시신이 여기저기 걸려 있었다. 집 한가운데에는 갸름하고 날씬한 노란 거미가 승리의 개가를 부르는 듯 여덟 개의 다리를 벌려 활개를 치고 있었다. 볼록한 배 안의 실을 온통 뽑아냈음일까, 몸이 홀쭉하다. 비어가는 고통을 감내하면서 해충의 침입을 막아 준 거미가 개선장군처럼 멋지다.

캄캄한 어둠 속에서도 본연의 삶이 무엇인지를 알아 좋든 싫든 누구의 시선도 개의치 않은 거미, 집이 송두리째 무너져도 그에게 좌절이나 포기란 사치일 뿐이다. 성공이나 실패에 연연하는 것은 욕망이 가득한 인간의 모자람이다. 어쩌다 나처럼 무지한 인간도 있어 괴롭힘을 당하지만, 오늘도 거미는 그의 삶이 통하기를 기도하지는 않을까.

■ 박춘실 ■

2016년 『한국수필』 신인상. 충북여성문인협회 회원. (현) 청주샘터교회 사모. 저서 『바보의 삶』, 『내 안의 똥딴지』. pcs2710@hanmail.net

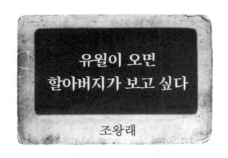

유월이 오면
할아버지가 보고 싶다

조왕래

　　나는 경상도 산골에서 태어나 읍내 중학교를 졸업하고 고등학교
는 할아버지의 권유로 대도시인 인천으로 갔다. 할아버지가 나를 대도시로 유학
을 보내고자 하는 데는 그분 나름대로 이유와 믿음이 있었다. 할아버지는 경상
도 사람이 소백산 준령을 넘어 서울로 가면 잘 산다는 옛말이 있다고 하시며 너
는 서울로 가라고 몇 번 말씀하셨다. 어린 마음에도 궁금했다. 할아버지는 농사
지으며 시골에 살면서 나보고는 여기를 떠나서 서울로 가라고 하는가에 대한 의
문이었다.

　어느 날 할아버지께 할아버지는 왜 서울로 가지 않고 시골서 농사를 짓게 되
었는지에 대해 돌직구 질문을 던졌다.

　"나도 고향을 등지고 서울로 가려고 했다. 그런데 부모님을 누가 모시는가에
대해 가족회의를 했는데 내가 부모님을 모셔야 하는 것으로 결정이 났기 때문에
떠날 수가 없었다. 형제들이 나를 지목했고 아버지도 나와 살겠다고 하니 내가
도저히 떠날 수가 없었다." 부모님의 말씀에 거역하지 못하던 시절이니 할아버
지도 어쩔 수 없었을 것이다. 할아버지는 꿈을 접어야 했던 지난날을 후회하는
눈빛으로 먼 하늘을 바라보았다.

　맏이가 부모를 모시는 것이 당연하던 시절에 할아버지는 3형제 중 중간이었
는데 어떻게 된 일인가. 맏이인 큰 할아버지는 읍내에서 한의원을 해서 농사를
지을 수 없다는 이유와 동생은 아직 어려 농사를 감당할 수 없다는 것이 겉으로

드러난 큰 이유였지만 할아버지는 유약한 성격으로 자신의 뜻을 강하게 어필하지 못했기 때문이었을 것이라고 나는 생각한다.

어쨌든 할아버지의 응원과 당시 인천에 살던 형님의 도움으로 나는 인천으로 유학(?)을 갔지만 형님도 총각인 탓에 같이 자취를 얼마간 하다가 형님은 곧 서울로 이동 발령이 나서 떠나갔다. 졸지에 나는 혼자가 되었다. 고등학생은 정서적으로 흔들림이 많은 시기다. 부모를 떠나서 처음하는 객지 생활이 외롭고 늘 쓸쓸했다. 내성적 성격인 나는 친구도 하나 없어 어디 정붙일 곳이 없었다. 더구나 학교폭력도 있었다. 같은 중학교 출신들이 서클을 만들어 몰려다니며 나처럼 외톨이를 공격하고 왕따시켰다. 나도 덩치 큰 아이들을 내 편으로 끌어들이며 맞서보려 했지만 역부족이었고 싸우다가 매를 맞기도 했다.

울적한 날은 뒷산에 올라갔다. 6월의 산야는 나뭇잎은 푸르고 줄기는 성장의 기지개를 맘껏 펼쳤지만 나는 점점 움츠러들었다. 학교가 싫었지만 나의 장래를 위해 다녀야 한다는 양 갈래 길에서 고민은 깊어갔다. 어디 멀리 달아나고 싶었다. 숨통이 막히는 것처럼 하루하루가 지옥 같았다. 참다못해 시골집에 가서 며칠 놀다 올 심산으로 6월 어느 날 담임선생님에게 할아버지가 돌아가셨다고 거짓말을 하고 허락을 받아 열차를 타고 고향 집으로 내려갔다.

내가 집에 들어서자 어머니가 깜짝 놀랐다. 어떻게 알고 왔느냐는 것이다. 아침에 할아버지가 돌아가셨는데 오후에 연락도 안 한 내가 집에 들어오니 어머니의 놀람도 당연했다. 나도 눈치로 사태를 파악하고는 망연자실했다. 내가 거짓말을 하여 할아버지가 돌아가신 것만 같았다. 숨을 죽이며 속으로 흐느꼈다. 언제나 나를 믿어주고 사랑해주시던 할아버지가 돌아가시다니 정말 꿈만 같았다.

할아버지의 꽃상여가 나가는 날이었다. 상여는 가다가 멈추고는 상여소리꾼의 애간장 녹이는 선창으로 일가친척들에게 저승가는 노잣돈을 달라고 했다. 아무리 그래도 고등학생인 나는 부르지 않을 줄 알았다. 그런데 아니다. 형님들이 다 불려갔는데도 상여는 움직이지 않고 나를 계속 찾았다. "손자, 손자 내 손자야 내가 가면 아주 가나 어디 있나 내 손자야" 하고 상여가 앞으로 반 발 뒤로 반 발 흔들흔들 움직이기만 할 뿐 앞으로 나아가지 않았다. 할아버지의 혼령이 상여요령꾼의 입을 통해 나를 찾고 있는 것만 같았다. 맨 뒷줄에 따라가던 내가 불려갔다. 어머니가 주신 만 원짜리 지폐를 내고 큰절을 올리고서야 상여는 그 육중한 몸을 움직였다.

할아버지는 훌륭한 농사꾼으로 83세에 돌아가셨다. 할아버지는 어린 시절 괴팍한 성격의 증조할아버지로부터 매를 자주 맞으면서 나는 절대 아이들을 때리지 않겠다고 결심하고 실천하신 분이다. 자식은 소유물로서 내 새끼 내가 때릴 수 있다는 권리(?)가 당연시되던 시절에 아이들의 작은 소리에 귀 기울이는 분이셨다.

연로하시어 살림을 아들인 아버지께 이양하신 후에도 할아버지의 노는 모습을 본 적이 없다. 언제나 일을 찾아서 했다. 농사일이 힘에 부치면 마당을 쓸거나 짚으로 멍석이나 소쿠리를 만들었다. 힘든 일은 아버지가 하시고 소꼴을 베어오고 소죽을 쑤는 일은 언제나 할아버지 몫이었다.

할아버지는 집안의 어른으로 대접은 받았지만 넉넉지 못한 농촌의 살림으로 특별하게 대접하기는 실상 어려웠다. 우리는 못 먹어도 간 고등어는 반찬이라 하여 늘 할아버지 밥상에 올리는 것이 특별한 어른 대접이었다. 가지를 밥 위에 쪄서 찢은 후 양념간장에 버무린 반찬을 즐겨 드셨다. 특이하게도 매운 고추를 불에 구워서 드시는 걸 좋아하셨다. 술에 취해 비틀거리는 모습도 보지 못했고 화를 내거나 남들과 싸우는 일도 없었다.

유월이면 어김없이 다가오는 현충일 추념식 날 국가와 민족을 위해 생명을 바친 호국영령들의 숭고한 희생정신을 기리는 진혼곡 나팔 소리를 들으면 나는 헛것을 본 것처럼 할아버지 생전의 모습이 떠오른다. 올해는 내 기억력이 혼미해지기 전에 할아버지 생전의 모습을 더욱 또렷이 기억하고 싶어 결심을 했다. 하루 날을 잡아 할아버지 산소에 걸어 오거며 할아버지 생각만 진종일 해 보려고 한다. 고향 버스터미널에서 할아버지 산소까지 왕복 팔 십리 길이다. 다리가 아플 거라는 두려움보다는 할아버지의 기억이 어디쯤에서 멈춰 버려서 더 이상 할아버지의 생각을 하지 못하고 걸을까 봐 두려워한다. 할아버지의 기억을 단 하루 진종일 하지 못하는 내 기억력의 한계를 느낄까 봐 불안해한다.

■ 조왕래 ■

2014년 『한국수필』 등단. 한국수필작가회 회원. 브라보 마이라이프 기자. 저서 『행복한 세상 이야기』 『은퇴 그리고 아름다운 시작』. cwlae@hanmail.net

손자의 첫 작품

김윤숙

그림 도구들이 마구 널려 있다. 이제 막 돌이 된 손자가 옆으로 기어가더니 그림을 그리고 있는 누나의 그림에 저도 연필을 그어댄다. 스케치북을 따로 하나 펼쳐주니 누나 그림 한번 보고 선 하나 긋고 또 한 번 보고 선 하나 긋고 하며 지그재그 선을 그려놓는다. 돌 된 손자가 그림 그리는 모습을 처음 본 나는 신기하기만 했다. 아무렇게나 그어진 듯한 낙서지만 내 눈에는 아름다운 작품으로 보였다.

손자의 그림을 보고 있으니 문득 옛 생각이 난다. 1980년대에는 털실 뜨개질로 옷을 만들어 입는 사람들이 많았다. 나도 곧 태어날 첫 아이에게 입히려고 조끼 만드는 것을 배웠다. 코 만드는 것부터 하나씩 배워나가는데 한 단씩 올라가는 재미가 막 붙었을 때였다. 실수로 그만 대바늘에 있던 코들이 한꺼번에 쑥 빠져버렸다. 다시 코를 끼워야 하는데 그것을 못해 밤새 쩔쩔맸다. 하는 수 없이 모두 풀고 첫 코부터 다시 만들었다. 또 웬만큼 올라간 것을 친구에게 보여주었더니 너무 촘촘하다며 풀고 다시 뜨라 했다. 이러기를 여러 번 하고서야 조끼 하나를 겨우 완성할 수 있었다. 그런데 완성된 것을 자세히 보니 한 코에 두 번을 넣기도 했고 코를 빼 먹기도 해 이상한 모양도 있었다. 그래도 조끼를 완성했다는 것만으로도 기분이 정말 좋았다. 나는 친정으로 가져가서 내가 만든 것이라며 자랑을 했다. 끈기가 없어 뭘 시작하면 완성을 못 하는 내가 조끼를 만든 것이 믿어지지 않는다는 눈치다. 그러나 엄마와 동생들은 사온 것이 아니냐며 예쁘다고 했다. 자세히 보면 군데군데 이가 빠지고 어설픈 모양이지만 가족들은 나의 첫 작품을 예쁘게 보아 주었다.

지난여름에는 손바느질로 리넨 블라우스를 만들었다. 처음에는 만들 수 있을까 주저하다가 손바느질 모임에 들어갔다. 대학로에 있는 조용한 카페 한쪽 자리에 모여 본을 뜨고 천을 자르며 바느질을 시작했다. 바늘에 손가락을 여러 번 찔려가면서 정말 옷이 될까 하는 마음이 있었지만, 시간이 갈수록 한 부분씩 완성되어 가는 것이 신기했다. 그런데 한쪽 솔기 부분을 홈질해야 하는데 박음질을 해버렸다. 뜯어서 다시 해야 했지만 선생님은 그냥 두고 반대편에만 홈질을 하라 했다. 선생님 말씀대로 고치지 않고 그냥 옷을 완성했다. 자꾸만 한쪽 바느질이 마음에 걸렸다. 그런 옷인데도 내가 만든 것이라며 입고 나가면 친구들도 잘 만들었다고 칭찬을 한다. 서툰 솜씨의 옷이지만 초보자인 내가 처음으로 만들었다는 말에 친구들도 예쁘게 보아주었을 것이다.

나는 길을 가다가 자주 하늘을 본다. 파란 하늘의 하얀 구름을 보면 마냥 기분이 좋아진다. 그런데 골목을 조금 올라온 이곳으로 이사를 한 후에는 하늘을 보는 기쁨이 사라졌다. 맑고 깨끗한 하늘을 보고 싶은데 어느 쪽에서 보아도 얼기설기 늘어져 있는 전깃줄이 눈엣가시 같았다. 파란 하늘이 아름다워 사진 한 장 찍으려면 어김없이 검은 줄이 가로놓여 있다. 골목 담장 위에 핀 능소화가 예뻐도 전깃줄이 방해한다. 정원이 예쁜 그 집 앞에서 파란 하늘을 배경으로 잘 익은 감을 찍고 싶은데 구도를 아무리 바꾸어도 전깃줄 없는 예쁜 사진은 찍을 수가 없다. 이제 하늘을 보는 즐거움은 짜증으로 바뀌고 말았다. 그런데 어느 날 외출에서 돌아올 때였다. 골목을 막 들어서며 습관처럼 고개를 들었는데 하늘 가득 손자의 작품이다. 이리 기웃 저리 기웃 해보아도 분명 손자가 그려놓은 지그재그 선일 뿐이다. 그동안 짜증 나고 거슬렸던 전깃줄이었는데 모두 손자가 그려 놓은 선 같아 보인 것이다. 어디선가 손자가 나를 보며 고개 내밀고 까르르 웃는 소리가 들리는 것만 같다. 이제 검은 전깃줄은 짜증 나서 없애야 할 물건이 아니라 내 손자의 사랑스러운 작품이 되었다. 파란 하늘이 손자의 그림에 바탕이 되어주고 있었다. 그러고 보면 세상의 모든 일이 사랑의 눈으로 보게 되면 다 달라지는 것 같다. 첫 뜨개질 작품 조끼나 리넨 블라우스가 어찌 그냥 예쁘게 눈에 들었겠는가. 눈에 넣어도 아프지 않을 손자의 줄긋기가 아름다운 작품으로 보이던 것처럼 사랑스러운 눈으로 보는 마력 아니겠는가. 첫 것이 주는 신기할 만큼의 아름다움은 사랑에 콩깍지가 낀 눈에 의해서이리라. 세상의 모든 것을 손주나 나의 첫 작품처럼 보며 살아야겠다. 사실 지금 이 순간의 모든 것이 실은 그런 첫 작품이 아니겠는가.

나에게 세상 보는 눈을 바꾸어 준 손자의 그림 덕분에 하늘을 올려다보는 기쁨을 다시 찾게 되었다. 지금도 손자의 작품이 나를 미소 짓게 한다.

━ 김윤숙 ━

2016년 『한국수필』 등단. 한국수필가협회, 한국수필작가회, 솔샘문학회 회원. altha@hanmail.net

봄이 오는 길목에서

명향기

소나무를 쪼아대는 딱따구리 소리에 끌려 밖으로 나왔다가 봉긋이 올라온 붉은 흙더미를 보았다. 그것은 마치 오븐에서 구워지는 쿠키처럼 부풀어 오른 채 갈라져 있다. 무엇인가가 붉은 흙을 밀치며 바깥세상을 엿보고 있는 듯 갈라진 틈 사이로 데워진 공기가 풍선처럼 탱탱하다. 살며시 귀를 대어보았다. 아련하게 바람이 들고나는 소리가 들리는 듯하다. 손가락으로 흙을 살짝 무너뜨렸다. 조그만 무엇이 꿈틀대리라 기대했는데 놀랍게도 손톱만큼 작은 연둣빛 새싹이 눈이 부신 듯 실눈을 뜬 채 나를 쳐다보고 있다. 순간 저 스스로 알아서 세상 밖으로 나올 시기를 재고 있다가 성급한 나의 행동에 무척 당황했으리란 생각이 들어 얼른 흙을 덮어주었다. 좀 더 가까이 살펴보니 삭은 낙엽 밑에서도 촉촉한 봄이 하얀 입김을 내뱉으며 숨 쉬고 있었다. 그곳에도 여린 싹들이 서로서로 키 재기 하며 소복하게 올라오고 있고 바로 옆 백합 자리에도 동그랗고 조그만 새끼 알뿌리들이 올망졸망 올라오고 있었다.

이들의 집요하고 강한 생명력은 어디서 오는 것일까. 얼어붙은 땅속에서 숨죽이며 기다렸을 그들의 긴 여정이 눈물겹다. 시계도 없는 땅속 깊은 곳에서 때맞추어 기지개 켜는 자연의 모습은 언제 보아도 경이롭고 신비하다.

남에게 기댈 생각은 아예 하지도 않고 따뜻한 봄날이 오리란 것을 의심하지도 않으며 오직 내일을 위하여 말없이 힘을 길러냈기에 눈으로 다져졌을 단단한 흙도 뚫고 나올 수 있는 것이리라.

어둠 속에서 매서운 시간을 견디며 살아온 그들의 인내가 나를 부끄럽게 만든다. 칼바람이 들어와도 얼음덩이를 머리에 인 채 침묵으로 일관한 그들의 태도가 나를 주눅 들게 한다. 투덜댈 줄도 모르고 주어진 환경에 적응하며 묵묵히 자기의 할 일만을 고집한 그들이 존경스럽다. 따스한 곳에서 안주하며 아무것도 이룬 것이 없는 나 자신이 한없이 작아져 보인다. 그러면서도 나는 오늘 또다시 이 작은 생명들로부터 새로운 힘을 얻는다.

그러고 보니 봄은 저만치서 조금씩 걸어오며 신호를 보내고 있었나 보다. 모든 만물들은 그들의 소리를 잘도 알아듣고 나름대로 봄 맞을 준비를 벌써부터 하고 있는데 미련한 빌딩 숲의 인간들만이 꽃이 피고 새싹이 돋아야 그제서 봄이 왔노라 호들갑을 떤다. 동장군이 벗어던진 눈외투를 엉겁결에 뒤집어쓰고서도 봄은 쉬지 않고 달려와 눈앞에 서 있는데 나는 눈과 함께 내려간 수은주에 잔뜩 움츠리고 있었다. 자연에 제일 둔하고 보잘것없는 것이 나 같은 인간인가 보다.

고개를 들어 나무를 보니 가지마다 꽃망울이 몽실몽실 달려있다. 따뜻해진 봄 햇살로 몸피를 늘린 공기가 하늘을 오르며 가지마다 톡톡 건드려 깨우나 보다.

봄 햇살로 점점 더 탱탱해진 봄바람은 개나리, 매화, 벚꽃들을 폭죽 터트리듯 한꺼번에 폭발시킬 것이다. 봄이 오는 길목은 이렇게 소리도 없이 조용하여 도시인의 눈에는 잘 띄지 않는다. 머지않아 따뜻한 봄바람이 꽃향기로 피어오를 것을 생각하니 마음이 따뜻하고 포근해진다.

봄의 알싸한 내음을 따라 천천히 걷다 보면 마당 한쪽 양지바른 곳에서 봄내음을 폴폴 날리며 떼를 지어 올라오고 있는 향긋한 달래를 만날 수 있다. 눈을 크게 뜨고 주변을 살펴보니 여기저기 어린 냉이도 조금씩 보인다. 오늘 점심엔 새콤달콤한 달래무침과 냉이된장찌개로 봄을 한껏 누려보아야겠다. 해마다 이맘때 이렇게 식탁에서부터 먼저 봄을 맞이할 수 있음은 시골에서 사는 나에게 얼마나 큰 위로와 축복이 되는지 모르겠다. 시간이 조금 더 지나면 논두렁, 밭두렁에서 바구니를 든 아낙네들의 나물 캐는 모습이 봄의 정취를 한껏 더해 갈 것이다.

때맞추어 저녁부터 는개비가 내린다. 내일이면 흙속에서 숨죽이던 어린 싹들이 밤사이에 훌쩍 자라 얼굴을 쑥 내밀 것 같다. 갑자기 나의 몸에도 봄물이 오르는 듯하여 여기저기 둘러보며 탄성을 질렀다. 나도 자연의 일부가 되어 머리에서도 팔에서도 파릇파릇 새잎이 돋아나고 발밑에서부터 싱그러운 봄물이 타고 올라 몸도 마음도 새로와진다면 얼마나 좋을까 하는 엉뚱한 생각을 해본다.

봄이 오는 길목에는 설렘과 기다림이 굴러다니고 그리움과 희망이 배어나온다. 상큼한 생명이 꿈틀거리고 꿈의 아지랑이가 피어오른다. 다시금 어려움이 앞을 가리더라도 긴 기다림 속에 봄을 맞는 그들처럼 소망을 가지고 꿈을 향해 힘을 기르리라 다짐해본다. 두 팔을 벌리고 촉촉한 봄내음을 한껏 들이마신다. 나도 자연의 하나가 되어 연둣빛 생명을 다독여주는 그들의 햇살이고 싶고 봄꽃으로 안내할 따뜻한 바람이고 싶다. 올해도 봄이 오는 길목에 서서 멀리서 달려오는 봄의 향기를 기억하며 새로운 설계를 한다.

어디선가 한 무리의 곤줄박이가 우루루 몰려와 여린 잎들을 쪼아댄다.

■ 명향기 ■

2015년 『한국수필』 등단. 한국수필작가회 회원. 2015년 계간지 『시선』 시 등단. 『나의 꿈 나의 인생』 『황혼의 풍금소리』 공저. fragnance@hanmail.net

울음소리 들리는 밤

원숙자

가을이 깊어가는 청명한 밤이다. 금방이라도 별이 쏟아질 것만 같다. 잠깐 졸다가 시계를 보니 벌써 자정을 넘어 한 시가 다 되어간다. 잠들기 전에 볼일은 보고 자야 될 것 같아 화장실로 간다. 문을 여는 순간, 어디선가 여자가 울고 있는 소리가 들린다.

"어~엉 어~엉"

등골이 오싹하고 머리끝이 하늘로 올라가는 섬뜩한 느낌이 온몸을 훑고 지나간다. 벌렁거리는 가슴을 쓸어내리며 조심스레 마당으로 나가 본다.

"어디지? 어디서 나는 소리지?"

두리번거리다가 화장실 쪽으로 발길을 옮겨 옆집 담 너머에 귀를 기울인다. 모두가 숨을 멈춘 듯 적막하다. 세상은 고요하고 하늘의 별빛만 요란하다. '앞집인가? 아니지, 찻길 건너 혼자 사는 여자네 집에서 들려오는 건지도 몰라.' 살금살금 여자네 울타리 밑으로 가서 숨을 죽인 채 창 쪽으로 귀를 기울여 본다. 역시 조용하다. 견디기 어려운 침묵이 가슴을 무겁게 내리누른다. 들리는 거라곤 새근거리는 내 숨소리뿐이다. 애써 마음을 진정시키려 하늘의 별빛을 세며 돌아온다.

집에 들어와 다시 화장실 문을 열었다. '어어엉~ 어어엉~' 또다시 여자의 울음소리가 들린다. 어렸을 때 들었던 빨강 손, 파랑 손이 열린 작은 창문으로 들어올 것 같아 잽싸게 문을 쾅 닫아 버린다. 방으로 들어와 잠을 청해 보지만 수세미처럼 엉긴 머릿속이 별의별 생각들이 떠돌아다닌다. 이 집에 이사 오기 전 주인의 말에 의하면 한 해 정도 집이 비어 있었다고 했다. 어떤 이는 이 집에 이사 와서 무서움에 질려 반 년도 못살고 이사 가는 바람에 두 해 반이 넘도록 비어 있었다고도 했다. 장가도 못간 나이 든 아들과 살던 할머니가 목을 매 죽었다는 소문도 얼핏 들었던 기억이 난다.

그런 소문을 일축하고 이 집으로 들어왔다. 집이 넓고 마당이 좋아 가족들의 입맛에도 안성맞춤이라, 고치고, 풀 메고, 나무 자르고, 꽃 심어 놓고, 사람 사는 집처럼 가꾸며 살아보니 몸도 마음도 편하기만 하다. 무엇보다 어린 손자녀들이 마당에서 그네도 타고, 자전거도 타고 수영도 하고 있으니 이보다 즐거운 집이 어디 있으랴 싶을 정도다. 어린것들이 가끔 꽃을 따서는 이 할미에게 선물이라고 안겨줄 때마다 집에 대한 넉넉한 만족감과 뿌듯한 행복감마저 든다.

잠은 이미 달아난 지 오래다. 누워서 둥글둥글 이 생각 저 생각하면서 애써 무서움을 달래고 있는데 이번에는 마당 쪽에서 울음소리가 들린다.

"앞집 그 여자가 많이 아픈가?"

혼자 살고 있으니 슬그머니 걱정이 된다. 다시 나가 그 여자네 집으로 건너간다. 무슨 소리라도 들리면 문을 두드려서라도 도와줘야 할 것 같다. 집주변을 서성이며 귀를 기울여 보지만 적막강산이다. 머리를 젖혀 하늘 보고 맴맴 돌다가 갑자기 오줌이 마려워 자동차 사이에서 실례를 한다. 화장실에는 죽었다 깨나도 못갈 것 같아서다.

그렇게 밤을 지새웠지만 차마 아들 며느리에게는 입도 벙긋할 수가 없다. 혹시라도 무서워 못 살겠다며 이사 가자고 할까 봐 말도 못 하고 혼자서 끙끙 앓으며 몇 날을 보냈다. 그 사이 나뭇잎은 자꾸만 옷을 벗듯 줄어가고 있다. 깊은 밤이 되면 어김없이 여자의 울음소리 같기도 하고, 사람들의 웅성거림 같은 소리가 음산한 울림으로 들려와 두 귀를 막고 잠을 청해 보지만 매일이 선잠이다. 이제는 창 쪽으로 머리를 놓고 누울 수도 없다. 꼭 누군가가 창문을 열고 그 무서운 옛날이야기에서처럼 '내 다리 내놔라~' 하면서 빨강 손 파랑 손을 흔들며 내려다볼 것만 같은 생각이 든다. 밤이 되면 방을 피해 마루에다 이부자리를 폈다. 두려운 나머지 밤이 싫어지기 시작한다.

바람이 더욱 차가워지는 어느 날 밤이다. 마당에서 쓰레기를 태우며 봉학산 위로 예쁘게 떠오르는 달을 보고 있는데 또다시 그 섬뜩한 울음소리가 들린다. 자세히 들어 보니 울음소리라기보다는 누군가 응응 노래를 부르는 것 같다. 그동안 우거진 숲과 수풀들, 그리고 바람의 방향이 달라서 들리지 않던 소리가, 추수가 끝나고 나뭇잎이 사라져 바람이 북풍으로 바뀌며 들리는 소리가 아닌가. 더군다나 북쪽으로 나 있는 화장실에 창문을 열어 놓았으니 접시 안테나처럼 안으로 울리면서 크게 들렸던가 보다.

며느리를 불러 그간의 이야기를 하고 대남 방송임을 확인한다. 며느리는 요절복통, 배꼽을 부여잡고 쓰러질 듯 구르며 웃어댄다. 나는 온몸에 힘이 쭈욱 빠져나간 듯 마음이 허탈해진다. 대남 방송인 줄도 모르고 나 혼자 귀신 놀이를 해가며 무서워했다니, 생각할수록 기가 막혀 헛웃음만 나온다.

내가 사는 이곳은 남과 북의 이념이 공존하여 언제든 긴장을 놓을 수 없는 철원이다. 지뢰밭과 철책을 지척에 두고 살아도 두려움 없이 지낸다. 대남 방송이 시작되면서 한바탕 귀신 소동까지 벌이긴 했지만 이곳은 나의 고향 같은 곳이다. 주민들의 따뜻한 인심과 상큼한 자연을 맛보며 행복한 가정을 이룬 것도 바로 철원의 땅에서다.

■ 원숙자

2016년 『한국수필』 신인상 수상. 태봉제 33회 시 부분 장원. 사임당 백일장 수필부분 차상. 한국문인협회 철원지부, 모을동비 회원. (사)한국수필가협회, 한국수필작가회 회원

한국수필작가회 대표작 선집

허상의
추억

한국수필작가회 지음

사단
법인 **한국수필가협회**